P9-CCN-009

PENGUIN BOOKS

THE PENGUIN BOOK OF MODERN YIDDISH VERSE

Irving Howe, Distinguished Professor Emeritus of English at the Graduate Center, City University of New York, is co-editor of *A Treasury of Yiddish Stories*.

Ruth R. Wisse, Professor of Yiddish at McGill University, is editor of *The Shtetl and Other Modern Yiddish Novellas*.

Khone Shmeruk, Professor of Yiddish at Hebrew University, Jerusalem, is editor of *A Shpigl oyf a Shteyn*, an anthology of Soviet Yiddish poetry.

Aunt Clare,

All the books I cherished as a kid and gratefully acknowledge as an adult had your loving wishes in them.

Here's my chance to give you some pleasant hours. Much love,

Pam

THE PENGUIN
BOOK OF

MODERN
YIDDISH
VERSE

THE PENGUIN
BOOK OF
MODERN
YIDDISH
VERSE

EDITED BY

Irving Howe, Ruth R. Wisse,
and Khone Shmeruk

PENGUIN BOOKS

PENGUIN BOOKS
Published by the Penguin Group
Viking Penguin Inc., 40 West 23rd Street,
New York, New York 10010, U.S.A.
Penguin Books Ltd, 27 Wrights Lane,
London W8 5TZ, England
Penguin Books Australia Ltd, Ringwood,
Victoria, Australia
Penguin Books Canada Ltd, 2801 John Street,
Markham, Ontario, Canada L3R 1B4
Penguin Books (N.Z.) Ltd, 182–190 Wairau Road,
Auckland 10, New Zealand

Penguin Books Ltd, Registered Offices:
Harmondsworth, Middlesex, England

First published in the United States of America by
Viking Penguin Inc. 1987
Published in Penguin Books 1988

1   3   5   7   9   10   8   6   4   2

Copyright © Irving Howe, Ruth Wisse, and Chone Shmeruk, 1987
Introduction and notes copyright © Irving Howe, 1987
All rights reserved

Page 721 constitutes an extension of this copyright page.

LIBRARY OF CONGRESS CATALOGING IN PUBLICATION DATA
The Penguin book of modern Yiddish verse/edited by Irving Howe, Ruth
R. Wisse, and Khone Shmeruk.
p.   cm.
Bibliography:p.
Includes indexes.
ISBN 0 14 00.9472 5
1. Yiddish poetry.   2. Yiddish poetry—Translations into English.
3. English poetry—Translations from Yiddish.   I. Howe, Irving.
II. Wisse, Ruth R.   III. Schmeruk, Chone, 1921–
PJ5191.E3P46   1988
839'.0913'08—dc19   88–17450

Printed in the United States of America by
Haddon Craftsmen, Scranton, Pennsylvania
Set in Andover and Hadassa
Designed by The Sarabande Press

Except in the United States of America, this
book is sold subject to the condition that it
shall not, by way of trade or otherwise, be lent,
re-sold, hired out, or otherwise circulated
without the publisher's prior consent in any form
of binding or cover other than that in which it
is published and without a similar condition
including this condition being imposed on the
subsequent purchaser.

To our children

CONTENTS

H. LEIVICK

CELIA DROPKIN

AARON GLANTS-LEYELES

DOVID HOFSHTEYN

ZISHE LANDAU

ACKNOWLEDGMENTS

I n the hope of providing the best available English translations of Yiddish poetry, we have taken—with the kind permission of publishers and editors—a number of translations from *A Treasury of Yiddish Poetry*, edited by Irving Howe and Eliezer Greenberg, published by Holt, Rinehart & Winston.

We thank the following friends and colleagues for their help and suggestions in compiling this book: Abraham Sutzkever, Gabriel Preil, Dan Miron, Nathan Cohen, Eugene Orenstein, David Roskies, and the late Max Hayward. Without the initiative of Dan Davin, longtime friend of the Yiddish poet Itsik Manger, the book might not have been conceived.

HOW TO USE THIS BOOK

In preparing *The Penguin Book of Modern Yiddish Verse* we have weighed the competing claims of enlightenment and entertainment, consistency and common sense. One reader may use this anthology to study the development of modern Yiddish poetry; another will open it at random to enjoy a poet or a poem. We have tried to structure the book so that it will be agreeable to both kinds of readers.

The poets appear in chronological order, and as far as possible we have also tried to present the poems of each author in the order in which they were published. This arrangement has the advantage of showing the way Yiddish poets of different continents and countries influenced one another, but it also means that poets linked together in literary or geographical units—like *Di Yunge* in the United States or the *Yung Vilne* group of the 1930s—now stand independently, in accordance with the dates of birth. The introduction and the biographical notes should alert the reader to the necessary historical associations.

All historical and critical material dealing with individual poets is to be found within the section presenting the poet's work. A brief biographical sketch opens each section. This is followed by the Yiddish texts and English translations, roughly aligned. Occasionally, a historical or critical note on an individual poem, intended to help readers with unfamiliar contexts or references, appears as a headnote over the English translation. Notes explaining unfamiliar customs or terms appear at the foot of the page of the English translation. Finally, bibliographical materials can be found at the back of the book. The bibliography provides dates of publication whenever these are available. When poets dated their works, the date appears at the bottom of the text.

The problem of transliterating Yiddish names and words is a troubling one. At the risk of inconsistency we have used a mixed approach. The names of poets who wrote mainly in Europe or who are little known in the English-speaking countries are spelled phonetically in accord with the transcription method of the YIVO Institute for Jewish Research. (The transcription chart can be found in Uriel Weinreich's *English-Yiddish, Yiddish-English Dictionary* or in the Index volume of the *Encyclopedia Judaica.*) We deviated from the phonetic orthography, however, in the case of American Yiddish writers, since it would have appeared odd to assign phonetic spellings to writers who had established their names in English. Their names appear, therefore, in their familiar English spelling, followed by the phonetic variant in parentheses—e.g., Jacob Glatstein (Yankev Glatshteyn). In the case of pseudonyms or names that have been altered, the original is given in brackets—e.g., Melech Ravitch [Zekharye-Khone Bergner].

The transcription of Yiddish words in the English texts also follows the YIVO system. Since some of these words are known according to their sound in modern Hebrew rather than in spoken Yiddish, the Hebrew common transcription appears in brackets—e.g., *tales* [Heb. *tallith*]: prayer shawl. But with a number of familiar Jewish terms like rabbi, Torah, Yom Kippur, we have followed the spelling of Webster's *Third New International Dictionary*, even though it may not correspond to either the Yiddish or the Hebrew phonetic transcription.

Our aim throughout has been to make Yiddish poetry, in both the original texts and the English translations, readily accessible to the interested reader.

The Editors

THE PENGUIN
BOOK OF
MODERN
YIDDISH
VERSE

INTRODUCTION

Yiddish as the language used in daily life by the Jews of Europe is many hundreds of years old, going back perhaps to the tenth century. Since the thirteenth century, a considerable body of writings in Yiddish has accumulated, ranging in character from glosses on the Bible to long elaborate poems based on entire biblical books. But Yiddish literature as a body of imaginative writings, composed in prose and verse by self-declared literary men and women, is only about a century and a half old.

It is a literature that starts tentatively, hesitantly, with modest didactic fictions and plays, intended mostly to instruct and somewhat to amuse. Then, as the east European Jewish world enters a period of major creative upsurge at about the middle of the nineteenth century, the literature speeds to a climax of achievement. The fictions of Mendele, Sholem Aleichem, and Perets written during the late nineteenth and twentieth centuries form a high point seldom exceeded by Yiddish writers of later decades.

In the opening years of the century, Yiddish literature breaks away from its early *shtetl* (small town) setting, quickly taking on a more urban and sophisticated character. It soon spreads across large parts of the globe, with important centers in Russia, Poland, and the United States. In the space of no more than six or seven decades it reenacts—or perhaps more accurately, it parallels—the lines of development which mark the literatures of Europe; but it does so under conditions of great, often extreme stress. The inner rhythms of Yiddish literary life are more compressed and, sometimes, frantic than those of any other literature we know. By the 1920s there are many striking equivalents in Yiddish to the modernist revolution that is overtaking the cultures of Europe and America. But then, just as it enters this phase, Yiddish literature, like the people from whom it stems, is crushed by the weight of twentieth-century history. Many of its leading figures—poets, novelists, critics—are destroyed by the symmetrical, sometimes

1

linked terrors of Hitlerism and Stalinism; and what remains of Yiddish literature, badly shaken and displaced, enters a phase of shock, mourning, and tragic reflectiveness. The losses are incalculable—whole generations of writers, millions of people who formed their actual and potential audiences, and the complex institutional networks which in Europe sustained the Yiddish culture. There is still, after the Second World War, some brilliant work done in Yiddish, more in poetry than in prose; but for the most part it is now a literature of survivors, displaced and aging. By the end of the twentieth century its historians will evidently be faced with the melancholy task of acknowledging its termination, since almost nowhere today are there young writers for whom the use of Yiddish remains inevitable, spontaneous, organic.

Is there, we may wonder, another body of imaginative writing in the modern era quite so rapid and cramped in its internal development, quite so harried by the brutal pressures of modern history, quite so bloodied at its point of fulfillment? All the literary tendencies and impulses which in other, more fortunate literatures take centuries to unfold in leisurely and organic rhythms are in Yiddish pressed into decades, sometimes merely a few years. There is a dizzying speed of motion within Yiddish literary life, from school to school, subject to subject, style to style. But there is also a deep and finally unbreakable continuity with the Yiddish cultural past and, perhaps less visibly but at least as deeply, with the whole tradition of Jewish life, thought, and writing, stretching by now across thousands of years.

In the time that the editors of this anthology have devoted to its preparation, it has come to seem that our book—not by intention but rather by historical misfortune—may serve to mark not only the end of a rich literary tradition but of an entire phase of modern Jewish history, that in which Yiddish served as the dominant language in the weekday life of millions of Jews and then, for some of them, as the medium for a partially secularized culture. It would be naive to suppose that any single volume could provide an adequate record of the achievements of this culture, but our hope is to preserve at least a few examples of distinguished Yiddish poetry in both the original texts and responsible English translations. As for this introduction, we can do no more than note a few of the main historical and cultural circumstances in which Yiddish poetry developed, as well as describe a few of its major characteristics and figures.

Old Yiddish Writing

Throughout their centuries of exile, Jews have adapted or "Judaized" the languages of their neighbors, putting them to their own daily use and in at least one instance creating a new language, Yiddish. Within the organized Jewish communities, however, Hebrew-Aramaic was always given the place of honor as *loshn koydesh*, the sacred tongue, which never lost its status of holy supremacy. One might even say that the Jews in exile turned to and improvised other languages precisely in order to keep intact the supremacy of Hebrew-Aramaic.

At least until the nineteenth century, Hebrew remained the sole medium of scholarship, serious writing, and reading for the learned and intellectual members of Jewish communities. Yiddish, by contrast, was the language of the home, the street, and family correspondence, usually regarded as a necessary and, with time, rather endearing aid with which to make one's way across the treacherous ground of the diaspora. Hebrew expressed the highest religious and intellectual ideals of all Jews—it was the universal connecting link, in exile, to the holy books and their commentaries. Thus exalted, Hebrew remained comparatively unchanged over the centuries, deprived of that lively transforming power which a language in daily use can possess, while Yiddish underwent constant and profound changes in diction, usage, and pronunciation.

Once modern Yiddish literature began to appear by the end of the eighteenth century, perhaps its first task was to rid itself of the petrified literary language of old Yiddish literature and to draw upon the vitality of Yiddish common speech as employed in the various eastern European dialects of the language. What we now think of as good "literary" Yiddish—the language of the major prose writers—draws openly and eagerly from immediate folk sources and imitates ordinary conversation. One of the great masters of this style is of course Sholem Aleichem, in whose work Yiddish takes on an incomparable pithiness.

Yiddish, then, wound its way through Europe across the centuries, producing a body of works that it would be difficult, perhaps also unnecessary, to fit into familiar genres. For this writing is often mixed in purpose and character, meant primarily to transmit the great tradition of Hebrew-Aramaic learning and letters to those who cannot reach it directly on their own, but sometimes also to satisfy such less exalted ends as diversion and entertainment. Old Yiddish writings, stretching from the thirteenth century to the second half of the eighteenth, are mainly pietistic, homiletic, and didactic, but partly also fictional and folkloristic.

There are Yiddish glosses along the margins of Hebrew manuscripts, originating at least from the twelfth century; Yiddish glossaries for individual books of the Bible; and by the sixteenth century a Yiddish dictionary and concordance for the entire Bible—the first book, as far as is known, to have been printed in Yiddish. By the sixteenth century, printed translations appear in Yiddish of the Pentateuch, and by the seventeenth century, in Amsterdam, of the entire Bible. This work of translation continues into the modern period, an important concern for such major Yiddish writers as Mendele and Perets and, a bit later, for the poets in New York known as *Di Yunge*. In our own century the poet Yehoash completed a fresh translation into Yiddish of the entire Bible that, with later revisions, continues to be a standard work.

A Yiddish poetry begins to appear by the fourteenth century, with poems that retell biblical tales. Such verse narratives—preserved in manuscript and discovered in the Cairo *Geniza**—were based on the stories of Abraham, Joseph, and Aaron and were embellished with talmudic legends and *midrashim* (homilies), thus allowing for a narrative and thematic elaboration beyond the spare biblical story. An epic poem about the binding of Isaac (*Akeda*) was very popular among Yiddish readers for centuries, being circulated both in manuscript and printed versions. Also popular was the *Shmuel bukh* (Book of Samuel), which appeared for the first time in Augsburg, Germany, in 1544, though some scholars believe its probable author, Moshe Esrim Vearba of Jerusalem, wrote it in the last third of the fifteenth century.

Geniza: a storage place for texts that cannot, according to Jewish custom, be destroyed because they bear God's name. Discovery of the immense *Geniza* in Fostat (Old Cairo) in 1896 brought to light about 200,000 literary fragments, books, and documents, including the earliest known manuscripts of Yiddish poetry.

An important strand of old Yiddish writing starts in the second half of the sixteenth century with homiletic prose works directed mainly to women. Indeed, as the Yiddish critic and literary historian S. Niger has stressed, since women did not customarily receive much education in Hebrew, they became a major audience for such Yiddish writings. The *Tsene-rene* by Rabbi Jacob B. Isaac Ashkenazi was a very popular work of this kind, attracting lay readers of both sexes and even children. It consists of a miscellany of tales, *midrashim*, and exegetical comments woven around a selection of quotations from the weekly portions of the Pentateuch, the *Haftarot* and the *Megilot.** Written in a simple and lively style, this work has gone through more than 200 editions and is still available today.

Such writings are not, as a rule, notable for intellectual originality; they simply follow, in a selective way, the Hebrew-Aramaic sources that were familiar to the learned segments of the Jewish community. Where they do show some originality is in their popularization, their transmission of often recondite material in a style and manner likely to appeal to an unsophisticated but eager audience.

Still another popular form in old Yiddish writing, found as early as the sixteenth century, is the *tkhine*, a noncanonical prayer offered up by an individual supplicant, apart from the synagogical liturgy. A number of formulaic patterns allow for varying contents and emphases according to the needs of the individual. Mainly regarded as prayers for women, and sometimes attributed to women authors, these prayers are marked, in about equal parts, by sincerity, simplicity, and sentimentality. Composed mainly in prose, the *tkhines* were printed in booklet form and are still available today.

A large ethical literature was meanwhile accumulating in Yiddish, again providing instruction in traditional principles for untutored readers. Some of these were translations of standard Hebrew texts, others original compositions. Within such texts

---

*The Pentateuch, Haftarot, and Megilot are portions of the Bible that are read publicly in the synagogue. Pentateuch: five books of Moses. Haftarot: portions from the Prophets. Megilot, literally "scrolls" of the Bible: Ruth, the Song of Songs, Lamentations, Ecclesiastes, and Esther.

there would be interwoven parables and exemplary tales, often derived from Hebrew sources. The famous *Mayse bukh* (storybook), which first appeared in Basle in 1602, is a collection of 257 stories, most of them based on talmudic and midrashic sources, though some of the narratives seem obviously borrowed from the literatures and folk materials of surrounding European cultures.

Niger distinguishes between works like the *Mayse bukh*, based on traditional Jewish sources, and those like the *Bove bukh*, adapted and rewritten from Italian by a Hebrew scholar and Yiddish poet, Elijah Bokhur, who lived in sixteenth-century Italy. The *Bove bukh* is a free Yiddish version of an Italian romance, reduced from 1,400 stanzas to 650, and with some of the erotic material of the original text cut out. The characters are sometimes Judaized, in several instances for comic effect, and for this purpose it seemed quite acceptable, apparently, to Yiddish readers that medieval kings and knights should observe Jewish customs. Both the *Mayse bukh* and the *Bove bukh* were extremely popular.

Very much part of an indigenous Yiddish tradition is a remarkable work, the memoirs of Glikl from Hameln (1645—1719), which provide a lively, shrewd, and indeed quite indispensable picture of Jewish society in central Europe during her lifetime.

Throughout old Yiddish writing we can observe, then, the coexistence and frequently the mixing of indigenous Jewish material and borrowed material. But this distinction, in principle a useful one, should not be overdrawn, because there is a constant melding of indigenous and borrowed traditions. The same caution is needed with regard to literary genres. Few, if any, of the writers of old Yiddish thought of their work in the way modern poets and novelists are likely to—and they did not hesitate, in their popularizations and elucidations, to mix genres freely.

Some Background

After the collapse of the false messianism of Shabtai Tsvi in the seventeenth century, the east European Jews turned inward, entering a lengthy phase of harsh rabbinic orthodoxy. The Jewish communities tried slowly to regain their moral footing; they shut themselves off from intellectual novelties and adventures; they held their members to a strict regimen of behavior and belief, reestablishing traditional religious customs.

By the second half of the eighteenth century, there were signs of change among the east European Jews, first in the movement of religious enthusiasm called Hasidism and then in the Haskalah, or Enlightenment.

Though entirely indigenous within the Jewish experience, Hasidism shared similarities of tone and outlook with a variety of heterodox religious tendencies that were becoming visible in the West at about the same time. Hasidism stirred profound enthusiasm within large segments of the Jewish people, satisfying long-thwarted needs for emotional release in a population disciplined—perhaps overdisciplined—by orthodoxy. While not opposed in principle to learning, Hasidism found wisdom in the experience of rapture and the fruits of intuition, rather than in theology or legalism. Organized around the dominance of *tsadikim*, or holy masters, who were believed to be intermediaries between the divine and the mundane—though in the later phases of the movement some of these wise men were no more than petty despots—Hasidism preached a kind of romanticist ethic. "Every Jew," said its founder, the Baal Shem Tov, "is an organ of the *Shekhine*, or Divine Presence."

The ascetic inclinations of Jewish religious life were brushed aside by the Hasidim. They favored dancing, sometimes a little drinking; they sought moments of ecstasy as an opening to religious zeal; they found strategies for narrowing the gap between the profane and the sacred. Hasidism offered a vision of spiritual rapture and communal bonding in *this* world. It offered emotional refreshment and homely wisdom but, perhaps most of all, a renewal of intimacy with both self and cosmos.

Hasidism developed a body of oral tales and sayings in Yiddish, later written down by scribes in Hebrew, which is of great literary and moral value. There are two main types of Hasidic stories: hagiographies glorifying the founders and leaders of the movement by describing their marvelous deeds, and tales (notably those of Rabbi Nakhman of Bratslav) which subtly depict, in both languages, the rewards and difficulties of faith through symbolic devices and mystical nuances. These stories reflect the characteristic Hasidic ethos, conveyed in cryptic remarks and aphorisms—a kind of wisdom poetry.

Hasidism contributed richly to Yiddish literature. A writer of skeptical inclination like Y. L. Perets was, for example, strongly drawn to the Hasidic tales, seeking there kernels of insight which, he felt, might be separated from the shells of superstition. Hasidism used Yiddish as its only spoken language, thereby helping to raise it to a plane of conscious esteem previously unknown in the world of east European Jews. Where the Haskalah intelligentsia would turn to Yiddish out of tactical necessity, the Hasidic sages used the language in a spontaneous and natural way. By the early twentieth century, Yiddish writers in search of "a usable past"—which includes, in one or another way, almost every Yiddish writer—would eagerly mine the rich accumulation of oral and recorded folk material that lay waiting among the common folk. To many of these writers the Hasidic stories seemed wonderfully rich in dramatic possibilities. For the great Hasidic figures, like the Baal Shem Tov and Rabbi Nakhman of Bratslav, had been genuinely inspired poet-sages whose parables and tales anticipate, at some points, the allusive and indeterminate character of literary modernism.

Yiddish poetry is rich with Hasidic themes, dramatic renderings, and adaptations. Many of the poets recognized in the Hasidic masters their indigenous precursors—artistic temperaments of an earlier time still working within folk and traditional Jewish modes. Such poets as Jacob Glatstein, Zishe Landau, and Itsik Manger have vividly portrayed Hasidic sages and situations; and sometimes a Yiddish poet, like Manger, would imaginatively transplant Hasidic figures into later, darker circumstances.

Confined mainly to the thin merchant class and portions of the Hebrew-writing intelligentsia, the Haskalah registered—at some remove and with significant variations—the influence of European enlightenment thought. Haskalah leaders in eastern Europe felt that rabbinic Judaism had become petrified in sterile ritual and pedantic casuistry; that rabbinism often held the Jewish communities in a tyrannical vise of opinion; that the east European Jews needed an infusion of fresh thought and secular learning, not to replace but to complement religious faith. The Haskalah hoped to scrape away the barnacles of superstition from the body of ceremony and observance. It wanted secular subjects included in

Jewish education. It looked forward to a reconciliation between the core of traditional Judaism and modern thought in philosophy and science. The German Haskalah had sought a partial entry into Gentile social and intellectual life; but in Russia and Poland the emphasis was on the intellectual revival of the Jewish community itself, if only because the repressive policies of tsarism made impractical any hope of breaking out of the ghetto.

The *maskilim,* or enlighteners, who served as spokesmen for the Haskalah, had little love for Yiddish; they still took it for granted that Hebrew (together with the language of the country in which they lived) was the only possible medium of serious and elevated discourse. But insofar as they now meant to enlighten the masses, they had to use the language of the masses, and that of course was Yiddish. What began as a tactical device soon became a source of delight; many of the Haskalah intellectuals who started to write in Yiddish with some degree of condescension came to love its freshness and pithiness, its vivid mirroring of the folk experience. Mendele Moykher Sforim, the first major Yiddish writer of the modern period, started out as a Haskalah writer, but as he developed his gifts, writing both in Hebrew and Yiddish, he left behind him the dry, explicit moralizing of the Haskalah and grounded his work in a vivid, often satirical rendering of the *shtetl* world.

The direct contribution of the Haskalah to Yiddish literature is somewhat problematic. If it led writers to the new idea of purely literary composition, it also imposed on them, more immediately, a weight of rigid moralism. If it exposed them to stimulating influences from the West, it also narrowed their sensibilities to a scratchy rationalism. Yet as an agency opening new paths for Yiddish literature, the Haskalah had an enormous importance in its day, second only to that of Hasidism.

The fierce disputes between Haskalah and Hasidism are now a matter of history and in their own right need not here concern us; what matters for the historian of Yiddish literature is that both the Haskalah and Hasidism, each from its own vantage point, served to hasten the breakup of traditional ways of life, a breakup that was in effect a precondition for the emergence of modern writing.

Because this inner Jewish struggle opened up, so to say, the terrain of the *shtetl,* Yiddish literature could find a broader path. Still more, the conflict between the Haskalah and Hasidism gave later Yiddish writers a rich subject—the relationship of two worldviews, rationalist and mystical, sober and ecstatic, outward-looking and hermetic. This interplay between worldviews can be seen as one in a series of recurrent philosophical encounters within Jewish life. External influences, filtered through the relatively emancipated German Jews, were starting to leave their mark—indeed, it is possible to see the Haskalah in retrospect as an agency for *modulating* these influences. Still more forcefully, Hasidism appears partly as one of those recurrent outbursts of inner creative energy that has kept occurring within the cramped limits of the Jewish diaspora.

During the last quarter of the nineteenth century this conflict, still largely contained within the boundaries of religious life, tends to be replaced by a still more bitter one, that between an insurgent Jewish secularism and all the strands of religious faith. By the 1880s and 1890s both the Jewish labor and socialist movement (later organized under the name of the Bund) and various proto-Zionist and Zionist groups establish themselves as significant presences within the east European Jewish world. Zionism, which provides ideological support for the new Hebrew poetry being written in Russia and Poland, will reach its greatest strength a decade or two later, but the Bund rapidly becomes a powerful secular force among the east European Jews. At first the Bund takes a narrowly cosmopolitan or internationalist position, expressing no special interest in Yiddish culture, even though almost all of its members use it as their natural language; but then, somewhat like the Haskalah before it, the Bund has to turn to Yiddish in order to reach the masses and, again like the Haskalah intelligentsia, finds the language pleasing. Before long Yiddish becomes for the Jewish labor movement not a mere tool of propaganda but a cultural asset with both national and intrinsic value.

The rise of these secular Jewish movements signals a remarkable moment in modern Jewish history. Despite recurrent severe repressions by the tsarist regimes, the growing poverty of the *shtetl,* and increasing social disorganization—or partly because of these?—the east European Jewish community during the last half of the nineteenth century experiences a creative renaissance. It is as if long-dormant energies suddenly are released; as if the continued availability of the Hebraic tradition, even if somewhat rigidified, gives the Jews inner resources with which to burst out in fresh ways, with fresh ideas and with fresh hopes. The idea of liberation, no doubt influenced by the growth of nationalism in Europe, sparks the Jewish community, and with it there appear new postures—less passive, more combative, engaged now with the world as it is and not prepared to wait for some ultimate redemption. The Jewish milieu is inflamed with sentiments of expectation and passion. New thinkers appear; new magazines are started; new groups are formed; new writers speak out. Modern Hebrew poetry begins its effort to forge a colloquial idiom out of a language which had for centuries been more or less fixed; modern Yiddish poetry begins its effort to create a literary language out of a common idiom and several dialects seen as excessively fluid.

In this moment of ferment, the Jewish labor movement played a central role. It persuaded many young Yiddish writers that worldly *activity* is a proper or acceptable attitude for Jews, a persuasion that would soon find a wide range of expression in fiction and poetry. It gave them a vibrant idealistic theme: the struggle of the newly formed Jewish working class for a decent life in the cities of eastern Europe and the United States, as well as the pitiful situation of those Jewish craftsmen who remained behind in the *shtetl*. And perhaps most important, it gave them an eager and growing audience, that layer of semi-educated and self-educated Yiddish-speaking workers who saw in the new literature a reason for communal pride and a reflection of their own yearnings for cultural possession. Through the next several decades, this segment of the Jewish population would form a significant and self-conscious portion of the public for Yiddish literature, hoping to find in or through it a fragment of that culture which the increasing secularization of Jewish life was making them desire.

The three or four decades in which modern Yiddish writing first declared itself—from the late nineteenth century to the start of the First World War—formed what Gershom Scholem has called "a plastic hour," one of those intervals in which the idea of transformation, both individual and collective, takes on the gripping colors of possibility. Jewish life, both in eastern Europe and the western hemisphere, blazed with feverish hopes, controversies, passions. Traditional orthodoxy, no longer in sole command yet still powerful, continued to exert its hold—a hold of memory and commandment—over the young rebels who denied it most violently. The *shtetl* slid into a period of economic disintegration and social decomposition, yet also flickered with a late brilliance. Meanwhile, it was surrendering its most gifted sons and daughters to the cities of eastern Europe and the United States, where they would become a generation of restive proletarians and intellectuals. Secular ideologies excited the newly formed Jewish working class and set in motion the struggle for a restored Jewish nationality. A growing intelligentsia, free-floating, impoverished, and inexperienced, dreamed of a Jewish cultural renaissance, of assimilating the literary and artistic heritage of the West, and of linking itself to the new revolutionary movements of Europe— sometimes dreamed of all three at once, without perceiving any internal contradictions.

What was happening here within the confines of the Russian Pale and on the streets of the immigrant quarters in America would seem to refute any simple notions of economic determinism. The cultural upheaval of the Jews occurred at a moment of wretched poverty, severe exploitation, and the traumas of enforced proletarianization. It constituted still another instance of the capacity Jewish life has shown through the centuries for spiritual self-renewal—a capacity that, not at all paradoxically, may be a consequence of holding firm to ancient sources and traditions.

Some Formative Circumstances

A primary task of the embryonic Yiddish literature was to establish its right to exist, its right to a modest place at, if not at the head of, the Jewish table. For those who have grown up in another culture this may seem strange; they are likely to think that any culture genuinely rooted in the experience of a people is simply *there*, and no fuss need be made about its "rights." The anomaly is that those who most harshly questioned the capacities of the Yiddish language and the validity of Yiddish literature were Jews themselves, among them some who used the language every day and loved it dearly.

The orthodox were quite right, from their vantage point, to look with suspicion on the rise of a literature which, by its very nature, had to be secular in character—a literature that in the pioneering fictions of Mendele and Sholem Aleichem, as in the early poems of Perets and Abraham Reisen, dealt not with biblical figures or legends, not with redemptive visions of the future, but with the wretched little *shtetl* of the here-and-now, sometimes satirized and sometimes celebrated, or dealt with commonplace dairymen, marriage brokers, and women selling fish in the marketplace. The Yiddish writer Isaac Bashevis Singer has recalled that his father "considered all the secular writers to be heretics, all unbelievers—they really were, too, most of them." But finally it wasn't even a question of whether this or the other Yiddish writer was an unbeliever, for what threatened traditional Jewish ways was the fact that the writing and reading of modern fiction and verse was often considered an irrevocable step into the modern secular world.

In the minds of the early Yiddish writers, the right to create imaginative literature was closely related to a defense of the language in which they wrote: again, an anomaly. Over the centuries Yiddish had accumulated an extremely rich deposit of idiom, proverb, legend, story, joke, and song, as if it were all waiting for literary use. The language of the streets could not simply be transcribed in poem or novel; it had to be transformed, yet with the essence of its strength preserved. By contrast, Hebrew, for all the veneration accorded it and perhaps because of this veneration, was for some Jewish young men and women aspiring to be writers *another language*, perhaps known but almost certainly distant, fixed into the molds of tradition but without the living substance that only daily use can provide. Early modern Hebrew poetry written in eastern Europe at this time tends to be overloaded with grandiose rhetoric, whereas the Yiddish work of Mendele and Sholem Aleichem is rich with the earthy flavors, the street aromas of common speech.

Yet many of the Yiddish writers, even as they were creating the elements of modern literary Yiddish, still felt a decided uneasiness about it. They would turn back intermittently to Hebrew; Sholem Aleichem wrote Hebrew stories and used Russian in letters to his family; Perets, who in his youth tried to write Polish verse and did publish Hebrew poetry, wryly noted the paucity of language for romantic love in Yiddish. Shimon Frug, another early poet who came to Yiddish from Russian poetry, compared the language to scraps of bread in a beggar's sack. In an early version of Perets's narrative poem "Monish," we read:

> Differently my song would ring
> If for Gentiles I would sing
> Not in Yiddish, in "Jargon,"
> That has no proper sound or tone.
> It has no words for sex appeal
> And for such things as lovers feel.
> Yiddish has but quips and flashes,
> Words that fall on us like lashes,
> Words that stab like poisoned spears,
> And laughter that is full of fears,
> And there is a touch of gall,
> Of bitterness about it all.

Perets's "Monish" is a poem about a pious Jewish prodigy who is fatally corrupted by the devil, in the form of a daughter of Germany. Rewritten several times during his lifetime, the poem can be read as a parable of its author's passage from orthodoxy to secularism, from the *nign*, or melody, of talmudic study to the siren's call of modern literature and sensibility. Perets's unease can be felt in this passage (deleted from the later versions), as well as in the self-mockery that pervades much of the poem.

The very need to "justify" both language and literature gives the early Yiddish writers a strong literary advantage. It makes them into pioneers of language, adventurers of phrasing, eager explorers in the rich horde of the centuries. They use Yiddish and create Yiddish. Sholem Aleichem raises colloquial Yiddish to a high level of stylization, comparable to what Mark Twain does for nineteenth-century American speech. Among the poets there is constant verbal improvisation and innovation.

Yiddish literature of the late nineteenth and early twentieth centuries is stronger in prose than in poetry, and one reason may be that prose absorbs colloquial speech more readily than poetry can—or at least than most poets suppose it can. For this is a time when colloquial speech is considered too "low" for poetry. Prose has the further advantage of appealing to a large audience of Yiddish readers for whom the stories of Sholem Aleichem and

Abraham Reisen seem like sparkling mirrors to their lives, while Yiddish poetry, rarely if ever able to gain a mass audience, must undertake the difficult task of training a corps of qualified readers.

In these years, which constitute what Yiddish literary historians call "the classical period" of the literature, a new love for the language emerges—or perhaps it is not really new, but rather a readiness to acknowledge an old feeling. Casting about for usable materials and manageable forms, the Yiddish writers turn back to the Yiddish folk tradition, and groups of folklorists emerge, among them the dramatist S. Ansky, author of *The Dybbuk*. These folklorists tour the towns and villages of Russia and Poland collecting stories, songs, jokes, and legends. Yiddish poetry would soon be drawing heavily from folk sources, in the lyrics, for example, of Abraham Reisen, some of which are put to music and become as well known to the Yiddish public as folk songs. Later, more sophisticated poets, like Mani Leyb and Itsik Manger, also draw heavily upon both the minstrel and folk sources. Before this conscious transformation by the poets, there had appeared for a while popular Yiddish minstrels—figures like Velvl Zbarzher, Eliakum Zunser, and the group called *Di Broder Zinger* (The Singers of Brody)—who drew upon folk materials, improvised satiric and sentimental verses of their own, and sometimes commented in rhyme on public events. These popular minstrels took over in part the tradition of the *badkhn*, or marriage entertainer, who at weddings cuts up a little with formulaic and improvised ditties.

When a group of young Yiddish writers, most of whom begin publishing at the turn of the century, starts meeting at the Warsaw home of Perets, one of their pleasures is to sing Yiddish folk songs which their grandparents had sung as a matter of course. There even arises in both eastern Europe and America an organized Yiddishist movement to defend the value and establish the norms of the language. In 1908—at a time when Yiddish creativity is in full bloom and some of the masterpieces of the pioneering trio of Yiddish writers have already appeared—a need is still felt for a conference in Czernowitz to proclaim the "status and rights" of Yiddish. Such leading writers as Perets, Reisen, and Sholem Asch attend and solemnly endorse a declaration: "The first conference devoted to the Yiddish language recognizes Yiddish as a national tongue, the language of the Jewish people, and demands for it political, communal, and cultural equality." Yiddish may still be seen by some Jews as a stepchild, but it soon becomes a stepchild to be petted and adored.

Indeed, for many Yiddish poets, the language—its problematic status, its extreme plasticity, its intimacy and charm—became a central preoccupation. As with much modern poetry, Yiddish never ceased to be its own subject, one poet—Zishe Landau—for example, writing a poem about the silent letter *heys* and the missing letter *ayens* thanks to the standardization of Yiddish orthography.

Yet the relationship between Yiddish and Hebrew must always be a complex one, sometimes amiable, sometimes tense. The two languages share an alphabet. Since its beginnings, Yiddish has been distinguished by its Hebrew-Aramaic component, the most important and easily recognizable. In the eyes of many scholars, Hebrew and Yiddish form a linguistic and cultural continuity. Yiddish literary critics have often spoken of "two languages, one literature"—an exaggeration, to be sure, since Yiddish and Hebrew literatures have taken different paths, but an understandable and even fruitful exaggeration.

Many of the Yiddish writers whose work began to appear around the turn of the century still wrote in both languages as a matter of course. Mendele, for example, started writing in Hebrew in the late 1850s, turned to Yiddish in 1863–4, translated from Hebrew into Yiddish, and in the 1890s undertook the substantial task of putting his Yiddish fictions into Hebrew. One of his novels, *Dos Vinshfingerl*, was begun in Yiddish, a portion of which he then translated into Hebrew; later he continued in Yiddish and finished it in Hebrew. With another novel, *Di Kliatshe*, things are still more complicated. Mendele wrote it first in Yiddish, made considerable changes when translating it into Hebrew, and then, when editing his collected writings, reworked the text in Yiddish to make it conform to the Hebrew version.

For someone like Mendele, who lived entirely within the confines of the Jewish world, this linguistic shuttling was natural and easy. For the Hebrew poet Khayim Nakhman Bialik, who grew up in eastern Europe and later migrated to Palestine, the problem of language was more troublesome. Until 1899 Bialik wrote entirely in

Hebrew. That year he sent a Yiddish poem to a literary magazine with the following remarks:

> I must confess that it is easier to convey the subtle childhood yearn-
> ings, the childhood of the ghetto and the *heder*, in "jargon" [Yid-
> dish], that is, the language in which they were first experienced,
> than to convey them in "the holy tongue" [Hebrew]. Several times I
> tried to do this in "the holy tongue" and it didn't work out, while I
> see that in "jargon" I can manage it.

If you wanted to render the realities of a *shtetl* childhood, sug-
gesting the flavor of life as experienced by a Jewish boy in eastern
Europe, then you were likely to feel constrained in Hebrew and
would turn back to Yiddish. Which didn't, however, keep Bialik in
the very same letter from delivering a curse upon Yiddish!

In poetry the relationship between the two languages was of
course more complex than in prose, since a writer translating his
poem from, say, Yiddish to Hebrew had necessarily to take greater
liberties with diction and meter, sometimes creating a virtually new
poem. Such important poets as Uri Tsvi Greenberg, Aaron Zeitlin,
and Gabriel Preil have written in both languages, sometimes mak-
ing it almost impossible to say whether a given poem is an adapta-
tion from a poem in the other language or a genuinely fresh work.

Yiddish poetry is suffused with borrowings from and references
to traditional biblical texts and linked commentaries. At least until
recently, Yiddish poets could take it for granted that anyone
reading their work in the original would understand such
references, just as Melville could still take it for granted that literate
Americans who might pick up *Moby Dick* would immediately
register the associations he wished to make by naming some of his
characters Ahab, Ishmael, Elijah, and Bildad.

Even among poets writing in Yiddish after the First World War
—poets often strongly under the influence of one or another
modernist outlook—the power of these traditional Hebraic associa-
tions remained visible. Consider, for example, Perets Markish, an
enormously talented Soviet Yiddish poet and a self-avowed mod-
ernist. His poetry contains a strong component of Hebrew, as well
as quotations from and allusions to Hebrew texts. *Di Kupe (The
Mound)*, a long poem (page 352), is an expressionist cry of rage
and despair over a 1920 pogrom in the Ukraine, but it is rich with

imagery and language taken from the Hebrew-Aramaic prayers, sometimes used as direct statement, more often for sarcastic juxtaposition. In his youth Markish had been assistant to a cantor and learned entire passages of cantorial chanting by heart; in later years, when typing out his poems, he would hum these cantorial melodies to himself—as if to dramatize the tension between the two halves of his sensibility.

Another Soviet Yiddish poet, Shmuel Halkin, went back to a traditional allusion in order to reinforce a subtly critical point in his poem "Russia" (page 512). Composed in 1923, the poem constitutes a pledge of support for the new Soviet order: "we" are yours "to the end of our lives." Yet even as "we have fallen in step with you," Halkin registers in the final line a gentle demurrer— "Though of your kisses we die." A reader who takes the poem at face value can recognize that Halkin is indicating a painful ambivalence about his own pledge of support. But a Yiddish reader with a modest Hebraic background would also know about the *midrash* containing the legend that when Moses at the end of his life rebelled against the idea of death, God summoned him to heaven with a kiss. The mixture of pledge and demurrer contained in Halkin's poem echoes, in both tragic and ironic ways, the mixture of love and rebellion in Moses's relation to God. An earlier poet might have put the last line in Hebrew, taking it over intact from the sources; but Halkin chose to translate it into Yiddish, perhaps because he knew the Soviet authorities took a dim view of Hebrew references, perhaps because he still trusted his readers to hear the echo, and perhaps because he feared that too many readers, no longer having a firm Hebraic education, would not hear the echo unless it were put into Yiddish.

The constant overshadowing by Hebrew gave Yiddish writers a seemingly inexhaustible supply of anecdote, imagery, moral exemplum; it provided them with standard devices for spiritual and rhetorical elevation, a simple poem or story becoming "enlarged" through a phrase about Isaac receiving the blessing, Jacob wrestling with the angel, Elijah solacing the poor. But this rich load of traditional material could also make for mechanical dependence, even a lazy exploitation and sentimentality. (The writer Joseph Opatashu once spoke about the way in Yiddish fiction and verse "the trees swayed too often in afternoon prayer, the sky was too often enveloped in a prayer shawl.") Precisely this awareness that the Hebraic traditional past loomed so powerfully would lead some of the modernist Yiddish writers to seek a protective distance, in order to establish their own identities and styles.

When we turn to the relations between Yiddish poetry and the literatures of Europe and the United States, we enter less secure ground. There are kinships and influences but the exact nature of these remains somewhat uncertain.

No one is likely to doubt that such major literary impulses as romanticism and modernism find parallels in Yiddish. The important group of Yiddish poets called *Di Yunge* (The Young Ones) whose work starts to be published in New York about 1907, shows many traces of European neo-romanticism. *Di Khaliastre* (The Gang), a short-lived but vital literary group making its appearance in Warsaw in 1922, has strong kinships with the expressionist poetry being written in Europe at the time. Yet a deeper acquaintance with Yiddish poetry is likely to suggest the presence of a strong distinctiveness. Yiddish poetry may develop in compressed parallel to the poetries of Europe and America, but it always keeps—perhaps always must keep—at a certain distance from them. The sense of being linked to a special history, the moral stresses and verbal tonalities carried over from the Hebrew, and the strong attachment felt by Yiddish writers to the immigrant and working-class publics: these are but a few of the reasons Yiddish writing must find its own ways. One Yiddish poet may seem to echo Baudelaire and another Esenin; one may seem to be influenced by the broad strophes of Whitman and another by Robert Frost's pastoralism; but almost always these turn out, on close inspection, to be similarities more than traceable influences. And often enough they are similarities of a surface nature. When Yiddish modernist poets, for example, began to write in the 1920s, brushing aside traditional themes and metrics, they would sometimes fall a few steps short of the full modernist stance. Being Yiddish poets, they could not quite enjoy the luxuries of complete aesthetic autonomy or carefree playfulness or anarchic rebellion. They could not quite give themselves over to the view that poetry makes earlier poetry its central subject matter. And even when they did approach such attitudes and sentiments, it was briefly, hesitantly, as a phase of their youth.

Still, certain influences can be indicated with reasonable assurance. In the formative years of east European Yiddish poetry, say between 1890 and 1914, such Russian and German writers as Lermontov and Heine had a considerable impact on Yiddish poetry.* Especially is this true of Heine, whose blend of the sardonic and sentimental, perhaps taken to be distinctively "Jewish," can be detected in the lyrics of Abraham Reisen. We know also that in New York *Di Yunge* published in their several magazines a great deal of European poetry translated into Yiddish, and if this translation did not directly influence their work it certainly helped them escape the grip of the earlier social didacticism that had dominated Yiddish poetry. Similarly, it seems clear that the violent futurism of Mayakovsky left a mark on the work of the Yiddish expressionist Perets Markish, and that the nostalgia for the village pervading the poems of Esenin left visible marks on the poetry of the Yiddish Soviet poet Izi Kharik.

But can we be quite certain? Kharik's nostalgia for the old *shtetl* was deeply imbedded in the feelings of many secular Jews of the 1920s, both in the United States and Europe; it was shared, sometimes in perversely ironic ways, by the gifted Yiddish poet Moyshe-Leyb Halpern, in New York. Again, there seem to be distinct similarities of voice and tone between the pastoral poems of Robert Frost and some of Joseph Rolnik's Yiddish poems, or between the modernist poems of Wallace Stevens and some of Gabriel Preil's Yiddish poems. But whether this amounts to a demonstrable influence is still, in our minds, a question.

Perhaps, for the moment, it is enough to say that there are two basic mistakes to be avoided: the first, taking a patronizing view of Yiddish poetry, sees all its trends and developments as mere reflections of what has occurred in Western literature. The second

---

*Yet even these obvious influences were resented and resisted. In 1907 Perets wrote a letter to another Yiddish poet, Yehoash, which sums up the often ambivalent feelings that Yiddish poets had about poets of other cultures. Yehoash's "romances," wrote Perets, smelled of Heine: "I cursed the days when I read [Heine] and the pieces in which I copied him. His ingenious clowning is after all no more than impotence . . . in the best of cases, self-loathing. We dare not joke around. . . . Let us be prophets and leaders not jesters."

locks Yiddish poetry into a closet of parochialism, treating it as entirely self-generated and self-sufficient. The truth is more complex, difficult, and problematic.

A Historical Sketch

The brief history of modern Yiddish literature is crowded with literary groups, schools, and tendencies; but their role in that history is not quite what conventional literary historians might make it seem—indeed, the role of such groups in any literature may not quite be what conventional historians make it seem.

Most of the Yiddish literary groups were short-lived and evanescent, and their importance had rather less to do with their declared principles than with the need of young writers to huddle together against the indifference of the general public and the hostility of older writers. *Di Yunge*, a group that began to cohere in 1907, had a fairly well-developed aesthetic program—essentially a demand that writers be free to write as they wished, out of personal feelings and apart from social programs or communal (Jewish-national) obligations; but even there what held these writers together for a number of years was essentially a shared rejection of previous literary modes. Once they had succeeded in breaking the dominance of the earlier social-national poets, *Di Yunge* began to disintegrate, with some of its supporters taking literary paths sharply different from those of the group's central figures. The important poet H. Leivick was an early ally of *Di Yunge*, sharing their distaste for didactic or ideological verse; but, not sharing their aestheticist creed or sensibility, he soon went his own way.

Other Yiddish literary groups were, if anything, still more amorphous. Consider the case of *Di Khaliastre*, the modernist group that appeared in Poland during the early 1920s and is commonly regarded by Yiddish literary historians as an extremely important development in the literature. Important it certainly is, but only symptomatically, as a sign of changing outlooks among the Yiddish poets, and not as any sort of stable literary group or school. The poet Uri Tsvi Greenberg, associated with *Di Khaliastre*, once told an editor of this anthology that the group had really kept together for less than a year, was fairly casual even during that year, and was linked more by generational sensibility and comradeship than by worked-out principles.

It should not be hard to understand why many Yiddish writers tended briefly to huddle together in groups or "gangs." Even a Yiddish poet starting to write in the 1920s, when the literature was in full bloom, had behind him only a thin and fragile tradition—no more than one or two generations of earlier Yiddish writers to acknowledge as models or mentors or even as figures to oppose. Becoming a Yiddish poet was still a somewhat lonely and perilous venture, sometimes leading onto the path of alienation and disbelief, often to a life of poverty. If by now the idea of being a poet was honored within small circles of Yiddish intellectuals and educated readers, it often met with suspicion and even scorn among both religious circles and ordinary people. Suppose you came to Kiev in 1912 or New York in 1908 or even Warsaw in 1922, straight from the *shtetl* in which you had been born or the *yeshiva* in which you were recently studying. You hoped to emblazon your name across the Jewish literary horizon but soon learned that this was likely to entail poverty, loneliness, and isolation. It was only natural to want the company of others who were also dreaming of composing the great Yiddish epics and lyrics, and who felt equally lonely and neglected. Soon this led to common bonds, daring manifestos, shared positions. But once the poems of the young writers actually got into print, it became clear, for example, that Mani Leyb, the central figure of *Di Yunge*, had little in common with Moyshe-Leyb Halpern or H. Leivick, two important poets who had circled around the group during its formative period. Poets in such groups started combative and short-lived magazines, fought common enemies, gave each other moral support; but as they grew more confident and gained a bit of a reputation, they began to feel stronger and more independent. They had come together in order to move apart.

It was in the United States, during the last two decades of the nineteenth century, that the first major group or school of Yiddish poets made its appearance—the pioneering "sweatshop" or labor poets whose work now seems of greater historical interest than literary value. In their calls to social activism, often set to stirring music and sung by thousands of Yiddish-speaking immigrant workers, and in their poignant evocations of the misery, waste, and loneliness of the early immigrant generations in America, these poets played an important part in the social history of American Jews. If only because they wrote verses that appeared in the Yiddish press and periodicals, they also played an important part in the history of Yiddish literature. In the main, they were not middle-class ideologues speaking for or to the masses; they had arisen organically out of Jewish working-class life, sharing its ordeals, hopes, and limitations. If ever there have been genuine proletarian writers, it was these poets—especially figures like Dovid Edelshtat and Morris Rosenfeld.

During the last two decades of the nineteenth century, the Jewish immigrant community experienced multiple traumas. It had been uprooted from traditional life in eastern Europe. It had undergone the pain of long journeys to America. It had been subjected to a cruel and enforced urbanization and proletarianization. And in America it had to confront a culture, largely Protestant, that seemed strange and hard to understand. The conditions of life for most of these early immigrants were wretched; their cultural level was low; and, most damaging of all, their sense of cohesion as part of the Jewish people had been damaged. Once the radical Yiddish poets began to print their verses of anger and pathos in the left-wing Yiddish papers, they were quickly seen by many immigrants as spokesmen and defenders. In the crude but effective verses these Yiddish poets turned out, they spoke to the immigrants' bewilderment, hurt, resentment—above all, their desolation. When translated into another language, these poems are likely to seem little more than propagandistic and sentimental—which is why we have chosen not to include most of the sweatshop poets in this anthology. But if read in their own language and with a sense of historical context, some of these poems can still be moving. They are not the manufactured agitprop verses of the kind that appeared in the 1930s; they are genuine expressions of the folk.

The line that Western culture draws between the social and the cultural was one that could scarcely be maintained in the immigrant quarters of those years. Barely educated or ill-educated workers were struggling, first, for survival and then for a minimal articulation. As soon as these Yiddish-speaking immigrants won a crust of bread for themselves, they sought to improvise some sort of cultural life, even though they were largely cut off from their east European origins and had only meager resources of their own. A sympathetic Yiddish critic, B. Rivkin, writes about their strivings:

> They sought in literature the same thing they wanted in a news-paper: a way of becoming somewhat less of a "greenhorn," a way of escaping a little from their loneliness. And when poem and story gave them a certain enlightenment about mankind in general, the greenhorns began to feel they were becoming a little Americanized. . . . They began to search out the "literary evening" which offered poetry readings and storytelling and would soon become a major folk institution. And then the newspaper brought the "literary evening" directly into their homes.

Morris Winchevsky, the senior figure among these poets, per-sonified in his long life the transition from Haskalah enlighten-ment to Jewish socialism. Well educated in traditional Jewish themes, he nevertheless chose to write declamatory political odes and satiric gibes at the immigrant Jewish communities of London and New York. For a time he was immensely popular among the working-class elements in these communities; but notwithstanding a certain forcefulness of expression, Winchevsky must be judged a writer of his moment, little more than a talented journalist in verse. Dovid Edelshtat lived out his brief life—he died at the age of twenty-six—as a fervent anarchist who had been raised on Russian romantic poetry and then turned to Yiddish, a language he had first to learn, because he wished to rouse his people to revolt. "Even his nightingale," remarks B. Rivkin, "sang anarchist proclamations." These proclamations may by now seem worn, but beneath their political surface there remains the sense of being lost that overwhelmed the early immigrants. As with other writers, Edelshtat left us not what he intended to but what he felt most deeply.

The most important of these sweatshop poets was Morris Rosenfeld, in the late 1890s and early 1900s the dominant poet of the immigrant Jewish quarter in New York. A man of flamboyant temperament inclined to lapses into depression, Rosenfeld wrote with rage, confusion, more than a touch of self-pity. Less explicitly political than Winchevsky or Edelshtat, he managed to bring together both socialist and national-Jewish sentiments—a mixture not easy to define or defend abstractly but very much part of immigrant sensibility. In one of his most famous poems, "My Little Boy," Rosenfeld described how, as a garment worker, he went to work too early and came home too late to see his son awake—

> The time clock drags me off at dawn;
> at night it lets me go,
> I hardly know my flesh and blood,
> his eyes I hardly know.
>
> *Aaron Kramer*

When he wrote about himself as a machine tied to other once-human machines in the sweatshop, Rosenfeld stirred the emotions of his Yiddish readers as no mere rhetorical exhortation possibly could. Later Yiddish poets, seeking literary autonomy and the privilege of a personal voice, found it difficult to maintain an objective attitude toward Rosenfeld. But even the iconoclast Moyshe-Leyb Halpern, who appeared on the Yiddish literary scene somewhat later than Rosenfeld, had to admit, "Rosenfeld is in the blood of every one of us." The curve of Rosenfeld's career reached a high point in the brief acceptance he won in American literary circles, when his poems were translated into English, and a sad conclusion when in his later years he felt himself attacked and dismissed by the younger Yiddish poets.

Equally close to the common reader, though in origin and style rather less a man of the folk, was the poet Abraham Reisen, perhaps the first major lyricist in modern Yiddish. Drawing heavily upon Yiddish folk songs, though also influenced by Nekrasov's romanticism and Heine's romantic irony, Reisen usually employed simple rhyme schemes and a four-beat metric. He wrote hundreds of short poems, a good many of which would be set to music, as well as hundreds of stories, really the lightest pencil sketches, in which the *shtetl* and, sometimes, immigrant life are portrayed with a mild, fluent economy. In Reisen's work an important strand of Yiddish sensibility found its home—the strand of anti-heroism, rejecting grand rhetoric and celebrating, instead, the little man, less for his wisdom than his kindliness and endurance.

There is no *Sturm und Drang* in Reisen, only the bittersweet remembrance of passions spent, hopes exhausted, ideals smashed.

Though a socialist in his opinions, Reisen wrote in a spirit undercutting militancy; his poems and stories turn Yiddish readers inward, to an ironic contemplativeness.

> A new world being made—one hears
> In childhood that it has begun;
> Then comes the passage of the years—
> Is it not yet fully done?
>
> *John Hollander*

Spiritually close to the folk, Reisen was by no means a folk poet. Intellectually devoted to the Yiddish-speaking workers, he was not (like, say, Rosenfeld) a worker himself. Reisen was an educated man with a considerable knowledge of European literature, but he lived out his life completely within the Yiddish milieu—for him, that culture was a sufficient world. And he looked upon it with a blend of irony, affection, and sadness, as if somehow, beneath the level of explicit knowledge, he had sensed its fragility and transitoriness, or as if he could foretell later judgments:

> Future generations,
> Brothers still to come,
> Don't you dare
> Be scornful of our songs.
> Songs about the weak,
> Songs of the exhausted
> In a poor generation,
> In the world's decline.
>
> *Leonard Wolf*

In both his poems and stories, Reisen takes his culture quite for granted. Precisely for this reason, the writings that his contemporaries assumed to be transparent may well come to seem distant, perhaps even opaque, to readers of the future. When Reisen refers fleetingly in one of his stories to a cantor's hoarseness on Yom Kippur, or when he writes with a characteristic mixture of amusement and sadness his lyric "To a Woman Socialist," he feels no need to explain or elaborate. He knows that the channels between himself and his readers are still unblocked; that, at least for a time, they still share an organic culture.

Everything in Reisen's lyrics—tone, diction, thought—is unmistakably his own, and often he writes in the first-person singular. Yet his voice is not quite that distinctively individual one, that intimately personal one, for which the slightly younger Yiddish poets will soon be striving. The "I" of his poetry is still a generic "I," the voice of a culture at least as much as the voice of a man. Now, decades later, as that culture has begun to fade into the past, Reisen's poems—delicate, thin, gently bringing together the sweet and the tart—take on a representative character that this modest poet could hardly have supposed they would ever have.

The years 1907—9 formed a major turning point in the history of Yiddish poetry. In Vilna there appeared the important though short-lived *Literarishe monatshriftn*, a literary magazine notable for its insistence that Yiddish literature merited attention in its own right, quite apart from whether it contributed to any ideology. And also important for the growth of Yiddish poetry, there began to appear in New York during the winter of 1907—8 a distinctively modern poetry, written by the group of young immigrants called *Di Yunge.*

Though influenced of course by earlier Yiddish poetry, especially the lyrics of Reisen, *Di Yunge* set as their immediate goal to effect a sharp break in Yiddish literary life. The leading poets in this group were Mani Leyb, Zishe Landau, and Reuven Ayzland, though for a time other important poets, such as Joseph Rolnik, Moyshe-Leyb Halpern, and H. Leivick, circled around the group. What *Di Yunge* wanted most—in the overcharged atmosphere of immigrant Jewish life—was some cultural space in which to breathe, some freedom to develop literary skills regardless of traditional constraints or social obligations. *Di Yunge* refused the burdens of political activism; they rejected the notion that Yiddish poets had a duty to speak for a collective ethos; they wished to see Yiddish literature treated as an end in itself. Less programmatically but at least as significantly, they chose for themselves a path of modesty. It was as if they were saying to Yiddish writers, Let's put an end to high-flown rhetoric, let's write for individual readers rather than communal gatherings, let's dig into defensive positions behind our ephemeral little magazines rather than submit to the heavy hand of the Yiddish press. One of Mani Leyb's loveliest poems, *Shtiler, shtiler* (translated as "Hush and hush—no sound be heard" on p. 124), is a plea for a poetry of mildness and modulation; but since *Di Yunge* could not quite escape the communal burdens they hoped to cast off, the poem is also a muted celebration of Jewish resignation.

Aestheticism—the view that artistic beauty is a self-sufficient standard—was their formal creed. In a famous wisecrack, Zishe Landau remarked that, until the appearance of *Di Yunge*, Yiddish poetry had been "the rhyme department of the Jewish labor movement." But now, said these young writers, it was not subservient to any external idea or agency; it would content itself for subject matter with the "small" experiences of life—a glimpse of personal pleasure, a fleeting mood, an incident at home. "We suffer," observed the caustic Landau, "from an epidemic of profound subject matter. It is considered a scandal to wife and child if we so much as treat an ordinary event."

This creed was very much at odds with traditional Judaism, which could find no place for secular imaginative art, and also with the expectations of newly emancipated Jews, who were beginning to look to literature for ethical and social guidance. By insisting on sensibility rather than social ideology as the ultimate arbiter of value, these Yiddish poets often cut themselves off from their own community, since not many Yiddish readers of the time had the intellectual sophistication or emotional ease that was needed to sympathize with their outlook. The rebellion of *Di Yunge* was expressed, so to say, in two voices, one of them ironic, even sardonic, especially in the writings of Zishe Landau, and the other with a prophetic intensity that seemed to bow to the very tradition it was rejecting. Thus the poet H. Leivick wrote in 1918, "I am sick to my stomach of . . . the diaspora themes, the *shoyfer* peals and the *shtetl* stories. I am bored by Hasidic tunes, folksy sing-songs, clerical sonnets." Indeed, from the time of *Di Yunge* onward, especially in the United States, Yiddish poets could rarely command the mass audiences that their predecessors had and that some Yiddish prose writers still could. The appearance of the group marks the start of a "minority culture" in Yiddish.

Three quarters of a century later there is still something remarkable and touching in the sight of these young writers, immigrants forced to labor in the shops quite like other immigrants, who speak fervently in behalf of aesthetic autonomy and turn eagerly to the recent masterpieces of European modernism. In the tenements of the Lower East Side they read a good many of the new European poets, Russians like Bryusov and Blok, Germans like Rilke and Hofmannsthal, French like Baudelaire and Verlaine, sometimes in the original, sometimes in translation. Their magazines were filled with translations from European languages. Nor was the fragility—indeed, the pathos—of their own situation lost on them. In a letter that Mani Leyb wrote many years later to a younger Yiddish poet, he said:

> An immigrant, I brought with me native landscapes, ideals of socialism, humanism, and vague artistic views derived from the German Romantics and French symbolists via Russian writers. . . . Lost in the factory, in poverty, without time to write—what could I do? But the little I gave is mine.

These poets were never quite at ease with American culture and society. During their formative years, the Yiddish subculture of New York was so vital and encompassing that they could readily live out their entire imaginative lives within it. America entered their work, especially the fictions of the prose writers, as a new and strange place—a new home uneasily glimpsed and partially accepted. (The narrator of a story by David Ignatoff, a stalwart of *Di Yunge*, goes off to work on a farm in Vermont: "I decided to accept a Christian employer. . . . And I was tempted by a passion to deliver myself into the hands of these new liberators of ours.") In the cityscapes of poets like Mani Leyb and Moyshe-Leyb Halpern, New York becomes a cosmopolitan maelstrom filled with deafening noise, unceasing motion, and chilling impersonality. Yet for almost all of them the pull of the old world continued to be strong, even when, as in the poems of Moyshe-Leyb Halpern, it was tinged with hatred. And once these writers felt the pressure of such historical events as the First World War and the Russian Revolution, they harked back still more strongly to the old world. Remaining immigrants, they started to feel like exiles. Zishe Landau, whose earlier poems had been ironic and debonair, now wrote a passionate poem of remembrance:

For every Jewish dirty lane,
I weep and mourn for every shop.
For every tavern, pawn shop, inn
for our false weight and measure. . . .

For everything that was ours
and now vanishes with the smoke.

The distance these Yiddish poets felt from American culture was all but inescapable: they could never be at home with the English language or American literature. Nor could they really live by their own creed as fully as they might have wished, since, finally, no Yiddish writer could long remain a pure aesthete.

Nevertheless, *Di Yunge* had an enormous impact on Yiddish writing. The need for a distinctive literary milieu, the effort to catch up with other literatures in mood, theme, and technique, the creation of magazines that would escape the vulgarities of the Yiddish press and the limitations of the larger Yiddish audiences—all began with *Di Yunge.* And one of the most interesting consequences of their appearance in the Yiddish world was that young women—assertive, combative, witty—began to appear on the scene as writers. Poets like Anna Margolin and Celia Dropkin started to publish in the New York journals of *Di Yunge,* writing of their feelings as women, sometimes with a sexual candor that exceeded anything to be found in the work of the male poets and that succeeded in shocking many Yiddish readers.

Di Yunge were innovators in some respects, conventional in others. In prosody they remained largely bound to the modes of European romantic and symbolist poetry, but with regard to language they were far bolder. Especially in the verse of Mani Leyb, who over the years would be the most faithful to the original views of the group, there occurs a purification and stabilization of the language as a literary medium, a sloughing off of both journalistic scrappiness and *daytshmerish,* or the pompous Germanisms earlier poets had liked to affect. Historically considered, this is a major contribution of *Di Yunge* to the development of Yiddish poetry.

A number of elements persist in the work of these poets: a readiness, especially in Landau's verse, to deal matter-of-factly with daily life; a reliance upon evocative symbols rather than explicit statement; a fondness for musicality, with a stress on sound patterns and oral effects; an emphasis on personal feeling and subjectivity, so that the "I" starts to appear in their poetry, if not yet with the full force it will have in twentieth-century modernist literature.

Among these poets, the romantic Mani Leyb achieved the most refined and melodious effects. He was a figure of a kind that has usually been more important in European and Yiddish than in American literary life: a "poetic personality." Bringing together a love for Pushkin and the Yiddish folk song, Mani Leyb wrote lyrics adhering, as he said, "to the principle of strict word choice." Employing conventional rhymed quatrains, he wrote out of a persuasion that "beauty" is something graspable, self-contained, and to be achieved through a modulated interplay of image and idea. His poems can now seem a little thin, but they are marked by the charm of a poet who sought "amid our gray days of hard physical labor at the sewing machines" the blessings of aesthetic composure. It was in the sonnets he wrote at the end of his life that Mani Leyb best fulfilled himself—sonnets still marked by a characteristic verbal refinement but richer in feeling, more complex in language than his earlier lyrics. In these sonnets, one senses a distinctive Jewish sensibility, that of the aging immigrant who looks back upon his life with some wisdom and still more regret, strongly aware that circumstances have imposed severe deprivations yet now taking a final glance of pleasure at the physical world.

Two other important poets should be mentioned here—H. Leivick and Moyshe-Leyb Halpern—who began for a little while with *Di Yunge* and then went their own ways.

Leivick was a strained, visionary figure, deeply Jewish in his commitments yet with a sensibility that in retrospect appears to have similarities to a "primitive Christianity" stressing passive endurance. As a young man he had suffered imprisonment in Siberia for his socialist activity, and after arriving in the United States in 1913 he contracted tuberculosis. He was forced to spend several years in a Denver sanitorium. Between personal experience and poetic sensibility there was an intimate link. Obsession with martyrdom, the scrutiny and even celebration of pain, a hunger for revelation or perhaps only apocalypse—all are strong motifs in

Leivick's poetry. In one of his long poems he writes, "Blessed be the man of suffering / Who calls God Himself to judgment." For a time Leivick stood at the center of Yiddish literary culture, even though some critics attacked his outlook as "masochistic" and heretical. With the coming of the Holocaust, he entered periods of anguished silence, though to some readers it seemed as if he had been tragically vindicated. Hard to render in another language, not so much for linguistic as for cultural reasons, his poems occupy a significant place in Yiddish literature.

"Help me, O God," Moyshe-Leyb Halpern once wrote, "to spit on the world and on you and on myself." This voice of turmoil and self-disgust, of romantic anti-romanticism, of modernist imprecation—"poet and anti-poet," as a Yiddish critic called him—is perhaps the most powerful in the entire history of Yiddish poetry. A master of grotesque playfulness, consumed in his weaker poems by demons of self-pity, sustained in his stronger poems by a mordant imagination cauterizing every falsity he sees in himself and others, the poet takes on the distanced persona of Moyshe-Leyb the rascal, a lost urban creature, full of nostalgia for the old country, full of contempt for his nostalgia. The drama of his poems is essentially the drama of a riven self, and out of it he makes some wonderfully abrasive and cunning poems. Though a friend of Mani Leyb, he cares nothing for the latter's smoothness and mellifluousness; he writes in a style of nervous imprecation, he shouts, curses, cries out. Nothing solaces him, nothing calms him, even though at times his voice can drop to a croon or whisper. Moyshe-Leyb Halpern is the great original of Yiddish poetry, brother to the modernist masters of Europe, a lonely soul in the immigrant streets of New York.

From the start of the First World War, the main thrust of Yiddish poetry for the next quarter of a century will be toward the modernist visions and styles which had, by now, come to dominate European literature: *toward* these visions and styles, but seldom quite reaching or staying with them.

We use the term "modernism" here in its most general sense, to include the many literary tendencies—symbolism, futurism, expressionism, surrealism, etc.—that, often through internal conflicts, have comprised the modernist impulse in the twentieth century. A rough simplification: Modernism has come to signify a complex of thematic and stylistic innovations which signify the abandonment of transcendent beliefs and moral absolutes, traditional systems of thought and sentiments of life, whether religious, philosophical, social, or moral. Modernism takes it for granted that in such a time serious people must adopt a strongly problematic stance toward human existence, a persuasion that the true home of sensibility is with questions, not answers. Modernism often entails formal experimentation with genres, structures, meters, and diction, as a way of finding modes of expression appropriate for an age of doubt and anxiety.

The rise of a modernist sensibility among Yiddish writers in the years directly after the First World War had its sources both in the inner development of Yiddish and the growing impact of the surrounding European and (to a lesser extent) American cultures. But an additional spur to the modernist impulse was the series of catastrophes that beset Jewish life during the First World War —the destruction of entire communities, the scapegoating of Jews at the hands of rival armies, the horror of the Ukrainian pogroms at the very moment when a "new age" of international brotherhood was being announced. This uprooting of traditional Jewish life meant that many young writers found themselves adrift and therefore especially responsive to the creeds and values of modernism.

The poetry that now began to emerge in Yiddish pulsed with contradictions. Despair and anger, oaths and imprecations, unbelief and obscurity, and eroticism sometimes bordering on the exhibitionistic are among the features of these new modernist poems. But there is also lyrical sensitivity, a nostalgia for the "obsolete" *shtetl*, a continued return to distinctively Jewish images and associations. The tradition may be breaking up, but precisely among those who recognize and even celebrate this, it still has an enormous imaginative hold.

A major factor in propelling Yiddish poetry toward modernism was the worldwide dispersion of the poets themselves. What had only yesterday been a small chorus from the *shtetl* now became the cacophony of an international literature, with important centers in Warsaw, New York, Kiev, and Moscow. The internationalization of Yiddish literary life meant that cross influences were strengthened and provincialisms subdued. To cite one or two examples: The literary journal *Literatur un lebn (Literature and Life)*, published for a number of years before the First World War, was edited jointly by Yiddish writers in New York and Warsaw; it was taken for granted that Yiddish literature cut across national boundaries. An important Yiddish poet, Abraham Sutzkever, presented himself in 1932 for "admission" to the literary group *Yung Vilne* with a ballad about seven Kirghistan tribesmen who compete for a wild beauty of the steppes. The young Vilna writers, though street buddies of Sutzkever, refused to take him into their group, then politically leftist in outlook, because his work seemed to them too exotic. A while thereafter he published several poems in *In Zikh (Introspectivist*, literally, Inside the Self), the magazine of the group in New York, and as a consequence the Yiddish Pen Club of Warsaw issued his first book of poems in 1937. There cannot be many poets of our time whose work has undertaken so complicated a journey.

One of the more important of these new literary groups began to take shape in the Ukrainian city of Kiev in 1912—13. Leading figures of the Kiev group were, in prose, Dovid Bergelson and *Der Nister* (The Hidden One) and later, in poetry, Perets Markish, Dovid Hofshteyn, and Leyb Kvitko. In ways somewhat akin to those of *Di Yunge* in New York, these writers wished to move beyond the earlier preoccupation of Yiddish fiction and poetry with folk motifs and references and to break with the idyllic or melancholy lyricism that had dominated Yiddish poetry in eastern Europe till the First World War. After the revolution, the Yiddish writers—their numbers greatly increased and their self-confidence visibly strengthened—often chose to present themselves as sympathizers to the new regime, though only a few poets, like Izi Kharik and Itsik Fefer, were outright Communists. Perets Markish, inspired by the excitements of the moment, declared the new Yiddish poetry "a child of the Revolution with all its qualities." He felt that a new aesthetic was required: "The new Yiddish poetry in revolutionary Russia has nothing more to learn from the European lyric."

.   .   .

Until about 1924 there was a flowering of Yiddish poetry and prose that paralleled in character and vivacity the flowering of Russian poetry during the same years. Some of this verse had a decidedly political bent, though it was not yet made to party order; there was also an occasionally ambivalent rejection of both the religious and the *shtetl* past. At least for writers who didn't collide head-on with the new regime, the atmosphere was still relatively free. Yiddish cultural life in Russia during those years was intense, with flourishing networks of secular Yiddish schools, theaters, publications, and research institutes. In the early 1920s, now and again, Yiddish writers would go abroad, mainly to western Europe, but most of them came back to the Soviet Union. By the end of the 1920s, however, there was a notable increase of harassment from the commissars, and in the early 1930s the Soviet cultural authorities started a preposterous campaign to rid Yiddish of its "Hebrew component"—which could only mean a crippling of the language. The poet Dovid Hofshteyn, for example, felt obliged in one of his poems to change the word for sunset from *shkiye* to *ovnt-randn*, decidedly not an improvement.

Yiddish writers grew obsessed with the clash between Jewish traditions and the revolutionary sentiments to which they tried to adjust themselves. Older poets, like Markish and Hofshteyn, still possessed a very considerable Jewish culture: they knew Hebrew well, they could recite the prayers, and so on. Younger poets, like Izi Kharik and Leyb Kvitko, were more cosmopolitan in outlook, though even in their work one can detect motifs of ambivalent nostalgia for the old Jewish world. Kharik's "August" (page 530) speaks to the *shtetl* in a voice of ambivalence:

> Not long ago I cursed and railed at you,
> And now, you lie before me, hushed.
> I wander in a fume of fruit and blossom
> And August lies transparent here, and cool.
> *Leonard Wolf*

In 1922 some of the Kiev Yiddish writers, led by Dovid Hofshteyn and Aaron Kushnirov, published in Moscow a literary journal called *Shtrom (Stream)*. Though it lasted only about three years, *Shtrom* made a strong impression upon Yiddish readers both in the Soviet Union and the West—for at that time there was a considerable sympathy among Western Jews for both the Soviet Union and its Yiddish literary contingent. What *Shtrom* made evident was that, with a little freedom, Yiddish literature could thrive in the Soviet Union. *Shtrom* followed a cautious path, avoiding both the banalities of "proletarian literature" and outright criticism of the regime. The writers connected with *Shtrom* managed to link their Jewish sensibilities and loyalties with a warm responsiveness to the new society. How long this could have continued had the Yiddish writers been left undisturbed, we can only speculate. No writers in the Soviet Union were left undisturbed. Soon enough *Shtrom* came under sharp attack from the Yiddish commissars, who, perhaps to demonstrate their political loyalties, were sometimes more venomous than their Russian equivalents.

From the mid-twenties onward, the story of Soviet Yiddish literature is a depressingly familiar one:* the writers kept struggling to save a margin of autonomy, free from party dictate and bureaucratic distemper. Yiddish poets, especially Hofshteyn and Kvitko, were repeatedly attacked for ideological "deviations," and they had no choice but to recant. After a time, as the Yiddish writers were forced to make "corrections" in order to add a "positive" note to their poems, their work began to lose its freshness and individuality. As one Yiddish writer, *Der Nister*, wrote to his brother in Paris, explaining why he had abandoned a lifelong commitment to literary symbolism, "Here one has to turn one's soul upside down."

In the late thirties two Yiddish poets, Izi Kharik and the immensely talented Moyshe Kulbak, were arrested, disappearing into prison camps from which they would never return. During the Second World War there was a temporary respite, as the Yiddish poets participated eagerly in the struggle against Hitlerism. But in the end they could not escape the terror of Stalinism. Many Yiddish writers were arrested in the late forties and early fifties; and

---

*Details can be found in the introduction to *Ashes Out of Hope,* an anthology of Soviet Yiddish fiction edited by Irving Howe and Eliezer Greenberg. A historical account appears in the introduction by Khone Shmeruk in *A shpigloyf a shteyn,* a memorial anthology of the Soviet Yiddish writers. A more detailed account is his paper "Yiddish Literature in the U.S.S.R." in *The Jews in Soviet Russia Since 1917,* ed. by Lionel Kochan.

on August 12, 1952, Bergelson, Markish, Hofshteyn, Kvitko, Fefer, and Shmuel Persov were executed by the Stalinist regime.

Put aside the agitprop fictions and verses these writers were forced to publish, and there still remains a significant body of work by the Soviet Yiddish novelists and poets. The Stalinist terror thwarted their careers, as it destroyed many of their lives; but important work remains, particularly from the earlier years. This especially is true about two poets featured in this anthology: Perets Markish and Moyshe Kulbak. Markish was a spectacular and stormy poet whose large body of work ranges from idylls of childhood to urban outcries marking him as a major voice of Yiddish expressionism. Kulbak was a gifted writer of both fiction and verse, ranging from satiric sketches of the *shtetl* under the impact of revolution to full-bodied evocations of the life of Jewish farmers and laborers in the *dorf* (village) to a long poem, "Disner Childe Harold," dealing with his experiences in Germany during the twenties. Since we lack the space to include this poem, let us at least quote a few lines indicating its Weimar flavor:

> Night. A tavern in Wedding
> In bow tie and jacket,
> Four thin silhouettes
> Sit on the oaken benches.
> "Comrades"—Harold is speaking.
> "Man is always good.
> He has shed,
> And he will shed blood.
> What is left is—drinking.
> Softly be it said,
> 'Man begins his stinking
> Even before he's dead.'"
>
> *Nathan Halper*

By the 1920s the modernist impulse began to dominate Yiddish poetry. In New York a number of young Yiddish poets—not immigrant shop workers, like *Di Yunge* of early years, but students and intellectuals—formed in 1920 the group called *In Zikh* (Introspectivists). That aesthetic autonomy for which *Di Yunge* had fought so hard, the leaders of *In Zikh*, Jacob Glatstein and

Aaron Glants-Leyeles, took for granted. These new poets rebelled against what they saw as the excessive mellifluousness of *Di Yunge*, against their "soft" romanticism and metrical conventionality. The *In Zikh* poets wanted to write poems completely and unequivocally personal; to evoke the bitter realities of Jewish experience; to venture in Yiddish upon the imagistic and free-verse experiments which had begun in American poetry. Where *Di Yunge* had been largely cut off from American literature, men like Glatstein and Glants-Leyeles knew it well, reading Pound and Eliot, Marianne Moore and Wallace Stevens. The *In Zikh* poets were ready to play with incongruities of diction and sound; they were contemptuous of the earlier wish of *Di Yunge* for "concentrated and well-rounded form," a wish, they felt, that made poems into "at best ornaments, verbal decor." In their opening manifesto, as it appeared in a 1920 anthology called *In Zikh*, they reiterated what by now seem standard notions of modernism: "Form and content are one. A poem that can be paraphrased is not a poem. . . . We believe that free verse is best suited for our individuality of rhythm, and that is why we prefer it. . . . For us there does not exist the sterile question as to whether the poet should write about national or social or personal problems." All this is familiar because once it was new. Yet, in retrospect, one can see how this group had many elements of continuity with *Di Yunge*, even if in the actual history of Yiddish poetry there were sharp conflicts between the two.

After a few years the *In Zikh* poets went their separate ways. Jacob Glatstein, who had been the literary spokesman of the group, soon developed into one of the major Yiddish poets of the century, a writer of great intellectual force and verbal dexterity, who spanned the distance from the youthful bravura of the twenties to the renewed employment of Jewish themes characteristic of the post-Holocaust years.

It was in Poland, however, that secular Jewish culture flourished most strongly during the years between the two world wars. Warsaw became a mecca for young Yiddish writers. The *kleynkunst bine*, or chamber theater, encouraged freewheeling satire and popular poetry. The Association of Jewish Writers and the Association of Jewish Actors were both active and lively. To be a Yiddish writer in Warsaw, said the poet Melech Ravitch soon after arriving there, was "to feel the redemption at hand and to be at its center." In such other centers of Jewish life as Vilna and Lodz, Yiddish literature, theater, and scholarship also blazed with talent. Trends toward assimilation were already visible, though a great many Polish Jews still spoke Yiddish. But while assimilation was encouraged in the other two great centers of interwar Jewry—by Communist policies in the Soviet Union and by the integrationist outlook prevailing in the United States—it was impeded in Poland by the xenophobic character of Polish nationalism. All too often this nationalism expressed itself in overt anti-Semitism and a resistance to intellectual pluralism. Only in Poland, during the years between the world wars, were the Jews forced inward rather than pressured or enabled to move outward.

Despite their material poverty, the life of these Jews was rich in culture—rich in publications, books, magazines, daily newspapers, institutions, and individual talents. And since Warsaw was a center of secular Jewish politics, especially that of the socialist Bund, the city steadily provided a large and eager public for the Yiddish writers. Here the hope of maintaining Yiddish as a distinctive culture found its last strong expression.

In the Polish Jewish community of the 1920s there sprang up a number of literary groups. Two of them have been mentioned: *Di Khaliastre* (The Gang), which appeared in Warsaw in 1922, and *Yung Vilne*, which began to assert itself seven years later. Both groups encouraged poetic talents, though not many of the poets who came under their influence upheld for long their aesthetic declarations.

"We young ones, a happy song-filled gang," reads the opening passage from a poem on the first page of *Di Khaliastre*, "we take an unmarked path, / In these deeply fearful days / In nights of fright / Per aspera ad astra!" The group held together for just one year, after which its main figures went off along widely different paths: Perets Markish to western Europe and then back to the Soviet "homeland," Uri Tsvi Greenberg to Berlin and then to Palestine and a place of honor in Hebrew poetry. Only Melech Ravitch stayed for a time in Warsaw, beginning his life as a Yiddish wanderer across the globe in the thirties.

Di Khaliastre was aggressive, impudent, playful, a Jewish version of the expressionist temper sweeping European literature after the First World War. These young poets delighted in affronting conventional Jewish sensibilities, whether religious or secular, conservative or radical, bourgeois or proletarian. Employing disjointed syntax, ejaculatory phrases, free rhythms, surrealistic images, erotic allusions, and, sometimes, leftist war cries, *Di Khaliastre* proclaimed, "Our standard is not the beautiful, but the horrible." Some of this was mere hijinks, some a serious engagement with the chaos of postwar European life.

Yung Vilne was different. Coming together at the time of the great depression, this group of writers in and near Vilna, long a great center of Jewish learning, assumed a more solemn tone and concerned itself more directly with social issues. As it proposed to "march into Yiddish literature" (in those days no one would merely walk), *Yung Vilne* managed to combine a strongly rooted connection to Jewish life and thought with an ardent political leftism. This was the first Yiddish literary group whose members—or most of them—were educated in modern Jewish culture. They studied Yiddish and Hebrew writers like Mendele, Perets, and Bialik in the Yiddish and Hebrew Vilna schools. They wrote Yiddish easily and naturally, with a sense of a modern literary tradition of their own. A number of talented young poets—Chaim Grade, Leyzer Volf, Abraham Sutzkever—began to write under the auspices of *Yung Vilne*: poets quite different in temperament and style but bound together by a common feeling of historical crisis. Leyzer Volf wrote grotesque expressionist lyrics; Chaim Grade began with poems of social protest but soon transformed himself into a significant national poet, drawing upon his *yeshive* experience and erudition; Abraham Sutzkever started as a poet not at all inclined to political outcries, preferring instead virtuoso play with the Yiddish language and writing about physical textures and exotica. Here, too, time and history would do their work, driving many of these writers to death or dispersion.

These literary groups by no means exhaust—they barely begin to comprehend—the diversity of Yiddish literary life in Poland between 1919 and 1939. In two decades, gifted poets appeared who had no interest in any group or school, writing out of individual sensibilities and visions. Aaron Zeitlin would remain, both in Poland and after his emigration to the United States, one of the few Yiddish poets standing fast by religious faith. Itsik Manger, coming from Rumania to Poland in 1929, won the hearts of the Yiddish public with poems featuring a playful transfer of biblical figures to the east European *shtetl* and their reduction from the legendary to an all-too-human condition. Though sometimes wearing the mask of folk entertainer and often employing meters close to those of the folk song, Manger was a canny artist who charmingly blended melancholy and lighthearted strains. And there were others, too, many others, lost to us through the terribleness of this century.

The years after the Holocaust were a time of shock, anguish, bewilderment, and hesitant efforts at reorientation. In eastern Europe—Poland, Rumania, Lithuania—Yiddish culture was destroyed. In the Soviet Union there remained, after the murders of 1952, only a pitiful remnant. A number of Yiddish writers reached Israel, where they managed to establish themselves, if only marginally. Under the editorship of Abraham Sutzkever an impressive literary quarterly in Yiddish, *Di Goldene Keyt* (The Golden Chain) began to appear in 1948 in Tel Aviv. In the United States, with its substantial though shrinking Yiddish public, there were a few concluding decades of brilliance for Yiddish poetry.

It was only to be expected that after the Holocaust the various modernist sensibilities and styles should be put aside—perhaps as triviality, perhaps as luxury—and that the remaining Yiddish writers should struggle to achieve what they must have known was impossible: to find some way of registering and coping with the horrors of their moment. In Yiddish as in other languages there were voices urging that only silence could be an appropriate response—a contradiction in terms, perhaps, but an understandable one. Those voices that were raised in poetry dealt with the Holocaust along a spectrum ranging from hushed lamentation to strident outcries. Some turned back to a God of mysterious ways, not to be denied or perhaps even questioned, after the world had drowned in blood. "Can I then choose not to believe," asked Aaron Zeitlin, "in that living God . . . / Who having turned my body to fine ash / begins once more to wake me?" Some proposed sardonically to break off: "O God of Mercy," wrote Kadya Molodovsky, "For the time being / Choose another people" (page 330). And some saw God as forlorn and helpless, quite like his people: "I love my sorrowful God, my wandering brother," wrote Jacob Glatstein, "And here he sits with me, my friend, clasping me / And sharing his last bite with me."

No writer could say what an appropriate literary response to the Holocaust might be, or whether literature was even capable of making it. The best poems—and the poets were luckier than the writers of fiction in that they did not have to cope with the problem of *representing* the Holocaust—were those which took the form of personal stammering, oblique, perhaps obscure, resting with neither doctrine nor opinion. The two major Yiddish poets of these years—Abraham Sutzkever in Israel and Jacob Glatstein in New York—approached the problem in different ways. Sutzkever, who had survived the Holocaust in Vilna, kept moving from past to present, nightmare to possible renewal, memory haunted and intolerable to the fields and streets of Israel. Glatstein wrote a remarkable group of Holocaust poems, always at a tangent, grazing the incomprehensibility of evil.

As the years went on, it became clear that the pressures of twentieth-century history, both malign and benign, had done their work. Yiddish writers kept passing from the scene. Younger replacements seldom appeared. The Yiddish era in Jewish history was reaching its end, and with it the moment of Yiddish poetry.

A Poetry of Homelessness

Yiddish poetry is a poetry of homelessness and dislocation. It is shaped, and sometimes misshaped, by pent-up yearnings for definition, security, free space, and even a bit of repose. One of its functions is to cast about, directly or obliquely, for new surrogate homes, even utopian enclaves—all of them places of the imagination in which a people may re-create itself as it enters the modern world. There is an eagerness, at this moment of Jewish history, to break away and get moving, though toward what and where is by no means always clear to those who harbor it. And Yiddish poetry often assumes the "task" of expressing this eagerness, though sometimes also of criticizing and mocking it.

The poets face this task in different ways. Some succumb to programmatic declamation, and theirs is usually the work that wears least well. Some turn to exercises in nostalgia, which, in the last analysis, represents a stratagem for breaking from the past. Some try to chart new modes of experience and sensibility for their readers and themselves, often through improvisations of personality. Some express a hunger for those little pleasures of ordinary life that other peoples enjoy as a matter of course—and this too, in its own way, reflects the inner turmoil of Jewish life. The one thing that can be said with some certainty is that in Yiddish writing, even that of the self-declared aesthetes, the shadow of history falls heavily.

In the decades between the late nineteenth century and the Holocaust, the Jewish experience in Europe represents, predominantly, a forced, sometimes ragged march toward modernity. There are segments of the Jewish community who resist this turn, usually remaining under the protective canopy of traditional belief. When we look at the efforts to create a secular Yiddish culture in eastern Europe and the United States, we must be repeatedly struck by the straining to break loose from the Jewish past, but without wholly abandoning it—indeed, the straining to break loose from the past while often cherishing it. Much of this is anticipatory, mental, a visionary preparation for new modes of life by no means clearly grasped or securely in hand. There is a tearing apart of that long-established, organic Jewish community, which by the nineteenth century had itself started visibly to disintegrate. There is a willing or fantasizing of both individual and collective liberation, with plenty of quarreling over its terms. Yet the circumstances of daily life continue to be constricted and dark, so that Yiddish literature, especially its poetry, has to bear a heavy burden of unfulfilled aspirations. The literature is young and frail, though abundant in talent; and the culture out of which it emerges makes enormous demands upon its writers: *Speak for us, guide us in our spiritual wanderings, create new values that can sustain us during this perilous Jewish moment.*

Without a physical territory, without the protection of nationhood, without the ripeness of culture that only a long and free development makes possible, Yiddish literature races ahead —races, so to say, even ahead of itself—with a bravado that often must veil weaknesses and vulnerabilities. The idea of a self-sufficient secular Yiddish culture, wedged between the overpowering presences of the Hebraic past and the Western present, proves to be inherently fragile—proves, we may even say, impossible to maintain for any extended length of time. The closer a secular Yiddish culture comes to achieving its own fulfillment, the closer it comes to preparing its own destruction. For soon enough fulfillment brings it to the very borders of Western or non-Jewish modernity, and the prospect of crossing these is one that Yiddish writers find almost equally attractive and alarming.

The role of imaginative literature, deprived by traditional Judaism of any independent value, grows among the east European Jews to the extent that they establish closer relations with surrounding cultures. Writers fill, in part, the spiritual vacuum left by the decline of rabbinic authority. Aestheticism, at first a challenge to traditional Jewish authority, soon becomes a still greater challenge to newly emancipated Jews who turn to literature for social and ethical illumination, a new "guide to the perplexed." By insisting on sensibility rather than traditional authority as the ultimate arbiter of value, the Yiddish poets come almost to defy their culture entirely, in both its religious and secular forms.

The sense of entering a moment of perilous transition gives the whole of Jewish life a strong vibration of anxiety and excitement. Crudely or subtly, this vibration can be heard throughout Yiddish poetry. Mani Leyb's stubborn, wistful devotion to the idea of a pure poetry; Moyshe Kulbak's poetic reconstructions of the strong village Jews of eastern Europe, so different from common stereotypes of the pale, bent figures of the *shtetl*; Itsik Manger's vignettes of biblical figures reduced to life size; Moyshe-Leyb Halpern's sardonic excoriations of the immigrant Jewish milieu in America; Kadya Molodovsky's impassioned lyrics in which the voice of the Jewish woman breaks out—all these, on one level, are exactly what they seem to be, the work of highly individual Yiddish poets. But they are also reflections of a deep restlessness of spirit that spreads through Jewish life in the nineteenth and early twentieth centuries. Even in the poems of such quiet writers as Y. Y. Segal and Joseph Rolnik, who are rarely tempted by ideological bombast and almost always content to portray one or another moment of fleeting existence, there is a note of urgency which the reader trained in Yiddish easily detects. For the tranquillity of such poets, like the tranquillity of Mani Leyb in the lovely sonnets he wrote toward the end of his life, is at least as much a condition yearned for as a condition achieved. Little in Yiddish literature, little in Jewish life, is finally at ease with itself, at rest with the sheer savor of being. Even when we take pleasure in the variety and range of Yiddish poetic voices, we still hear in them a murmuring undervoice, grave and anxious.

To read Yiddish literature one must know something about the passions and the clatter of the Jewish world; but finally it is the voices of the poets themselves that matter, the voices, rich and various, of Mani Leyb and Markish, of Halpern and Leivick, of Manger and Kulbak, of Shtoltsenberg and Margolin, of Glatstein and Sutzkever.

The Yiddish poets came upon the literary scene—more accurately, they had first to improvise one for themselves—uncertain of where or who their audience might be. That is one reason they tended to form groups: it brought comfort and warmth. ("We are a sect," wrote H. Leivick of *Di Yunge.* "We set ourselves apart from everyone.") There were plenty of people who could read Yiddish, but there were not many trained or experienced readers of modern Yiddish literature. And the more the poets ventured onto the unexplored terrain of modernism, the less could they expect the communal favor which had been the privilege of such earlier writers as Mendele and Sholem Aleichem. No sooner did Yiddish poetry break from folk constraints and ideological formulas than it became a poetry mainly of the little magazine and for the elite audience—not so very different from the fate of poets in Western countries.

Starting to write mainly in the first decades of this century, the Yiddish poets enjoyed—though they were also often overwhelmed by—a bewildering range of literary options. They could draw upon the incomparable Hebraic traditions; they had at hand materials from Yiddish folk culture; they began to emulate and learn from the virtuosities of European romanticism, symbolism, and modernism. There was so much in the way of usable resources they could turn to that finally, at least for some of the poets, there was rather little they could actually take possession of.

Many Yiddish poets, especially in the first two or three decades of the century, were attracted to the styles and tones of romanticism. By now we may feel that romanticism in poetry, like realism in fiction, has become exhausted and stale. One reason for this feeling is surely that in the lives of all of us romanticism has been so enveloping an influence. But for the Yiddish poets beginning to write some seventy years ago, whether in New York or Kiev or Warsaw, romanticism still seemed fresh, even revolutionary, in both its literary and nonliterary aspects. Romanticism signified for them uncharted territories of individual experience; it opened up the psychology of the self; it beckoned with alluring new repertoires of sensation. Romanticism may have been visibly decaying in Europe, but for Yiddish poets just starting to write, it represented possibilities for assertion, individuality, rebellion. It meant taking over literary modes, forms, and styles from Pushkin, Heine, Baudelaire. It meant stretching out a hand to, perhaps even shyly hoping for a pact with, the writers of Europe. It meant entering the outer world.

If we now are inclined to say that Yiddish poetry offers rather little in the way of formal experimentation, we should remember that such a statement can be made only from a distance. But if we see Yiddish poetry as an outgrowth of its own culture, then the familiar styles and forms of romanticism clearly represent something radically new—the domestication of elements borrowed from Western literature.

If there is little formal innovation within Yiddish poetry, there is a great deal of play with language. Yiddish poetry comes to its language not as a finished reality but as a range of untested possibilities. This enables Yiddish poets to improvise new verbal forms, to twist words and phrases into new compounds and formations, with a freedom that few writers in the established Western languages can match. The process of "creating" a literary language, which in English has taken centuries, is here pressed into a few decades. Refining diction, inventing neologisms, banishing alien vocabularies, settling (and then overturning) syntax—all this occurs at the very moment that the major Yiddish works are being composed.

There is a constant straining among Yiddish poets to break past customary limitations of subject matter. Individual poets rebel against the tyranny of collective themes. "The older Yiddish poet knows no moods," wrote Reuven Ayzland, theoretician of *Di Yunge*, "because he has never penetrated his own personal self.

And even when he does turn inward he has a ready-made generalized formula for everything." By the early years of the century the younger Yiddish poets are proudly asserting their own voices, moods, temperaments, styles; they insist upon shaking off the burdens of the folk in order to sing and speak as solitaries. Indeed, some of the Yiddish poets make this a major theme of their work, quite as the *problem* of poetry becomes a major theme in modern American and European poetry. That finally this testifies to the power and persistence of collective Jewish fate is perhaps the central irony in the development of Yiddish poetry. Always, the rhythm of flight and return: toward the lure of personal speech and back to the web of Jewish destiny. Weak poets succumb to the tension of this movement back and forth; strong poets make it into the very substance of their work.

It remains only to say a few words regarding the grounds on which we made our selection of poets, as well as the policies we tried to follow in translating. No one quite knows the number of writers who have tried their hand at Yiddish poetry. Of the hundreds whose work is known, it can safely be said that a few score have done work good enough to merit translation. Yet we have included in this volume only thirty-nine poets, first because of the obvious pressure of space and second because we felt that if the quality of a poet's work were to be glimpsed in translation, that would require us to use at least several of his or her poems.

Yiddish readers will no doubt be unhappy about some of our omissions—so are we. But we can only say that in some instances, especially with regard to the once-popular poets of the late nineteenth and early twentieth centuries who stressed social and national themes, even the most loyal translations seem likely to betray the spirit of the originals. The historical context, the sustaining atmosphere in which these poets wrote, is no longer here, and without that context and atmosphere their work cannot breathe. (Legal reasons determined some omissions.)

We have chosen to give the most space to six Yiddish poets, those who seem to us the strongest, the most characteristic, and the most accessible in translation. Moyshe-Leyb Halpern is perhaps the most original and tumultuous voice in Yiddish poetry, at once brilliantly comic and sad in rendering the "lostness" of immigrant Jewish life. His outspoken distaste for the "alrightniks" who were scrambling up the ladder of American opportunity made him something of a public conscience in the immigrant world, though his poetry grew so complex and personal that his later work (which includes the poems toward the end of our selection) was almost inaccessible to the ordinary Yiddish reader. Itsik Manger played the part of folk bard, a choice signaled even by his use of the diminutive "Itsik" over the formal name "Yitskhok." A notorious inebriate, Manger did not stay in one place or with one publication for very long, preferring, instead, to cultivate a vagabond air. Still, his lyrics are wonderfully crafted and owe as much to sophisticated European poetic traditions as to the Yiddish folk song. Moyshe Kulbak, an extremely versatile poet cut off in his middle years by the Stalinist terror, wrote both about old-country village life and cosmopolitan deracination in the Europe of the 1920s; for reasons of space, our selection features the former aspect of his work. Perets Markish, the major figure in Soviet Yiddish poetry, was a rebellious expressionist who took the Russian Revolution as a basic metaphor for Yiddish verse, writing with equal passion of its blood and hope, of the collapse and destruction of old Jewish communities and the new expectations of freedom. Later, under hardening Soviet censorship, Markish's poetry turned reflective and opaque. But in his final work, like the poem "Shards" (page 376), his boldness reemerges, now directed toward a harsh summary of his own experience. Jacob Glatstein not only played a leading part in bringing the modernist impulse into Yiddish poetry but through his sharp intelligence and technical virtuosity wrote powerfully in a great many poetic modes. And Abraham Sutzkever in his remarkable career—it spans a childhood in Siberia, the ordeal of the Holocaust in Vilna, and later residence in Israel—embodies a central line of modern Jewish experience. The only one of these six poets still alive, he is a master of Yiddish versification and linguistic play.

Our intention has been to present translations that are both faithful to the original Yiddish and constitute English poems in their own right—obviously a difficult task, and at times an impossible one. There are serious literary people who believe that the only authentic mode of translation is to make a strictly literal version, which means, of course, losing the poetry of the poem. There are serious literary people who believe that the only way to evoke in translation at least part of the poem's original quality is to take liberties with language and structure, which means, of course, to risk losing whatever is paraphrasable from the meaning of the original poem. Our own desire, very hard to realize, has been to avoid both these extremes and try for an English poem reasonably close in meaning to the original while also somewhat like it in poetic effect.

No matter which approach one takes to translation, losses are inevitable. Losses are especially likely when translating from Yiddish, not because there is some mysterious essence to Yiddish that makes translation from Yiddish more difficult than from other languages, but because Yiddish literature contains a heavy weight of historical references, cultural assumptions, and religious symbols that may not be familiar to the contemporary reader, especially one raised in the Christian cultural heritage. In such instances we have provided short notes, which appear at the foot of the translations. In other instances, however, we have had to decide that certain important Yiddish poems could not be adequately translated, so freighted are they with internal references.

There are other problems—all too many of them—with regard to translating Yiddish poetry. An especially recalcitrant aspect of Yiddish poetry is that it often approaches a state of bilingualism, with Hebraisms, quotations, and allusions drawn from the Bible and other traditional Jewish sources used by poets for a wide range of effects, from a heightening of tone to an undercurrent of irony. There are times when even the greatest verbal dexterity cannot cope with this problem.

The most common difficulty in translating has to do with choosing between faithfulness to paraphrasable meaning and faithfulness to structure, form, rhythm, diction, and the like. Such choices seemed best left to the individual translators as they struggled with each poem. Some translators have chosen to follow the rhyme scheme of the original or at least part of it; other translators have felt they could best capture the quality of the original by dropping rhyme and thereby gaining more flexibility of diction

and rhythm. Those who read Yiddish will be able to compare the
approaches of the various translators, some of whom tilt toward
the literal and others toward the liberal. Aware of how terribly dif-
ficult their task is, we have not tried to impose upon our trans-
lators any fixed pattern or formula, other than to hope that the
result of their work might be a poem in English.

This anthology is being completed at a moment when it seems all
too clear that the phase of Jewish culture in which Yiddish
flourished seems to be approaching its end. The number of Yiddish
readers keeps declining. There are no replacements for the poets
who leave us. A fragile remnant of the culture of Yiddish survives,
largely through the love and will of a small number of writers and
readers; but each day its position becomes more precarious. This is
the simple truth, and sad as it makes us, there is no point in deny-
ing it. But we would also affirm that in its tormented decades Yid-
dish literature has left us with a body of splendid and varied work.
What will remain? A Yiddish poet answers:

> . . . The wind will stay,
> and the blind man's blindness when he's gone away,
> and a thread of foam—a sign of the sea—
> and a bit of cloud snarled in a tree.
>
> . . . A word as green
> as Genesis, making grasses grow. . . .

YITSKHOK LEYBUSH PERETS

1852(?), Zamość, Poland—1915, Warsaw.

Together with Mendele Moykher Sforim (Sh. J. Abramovitch) and Sholem Aleichem (Sholem Rabinovitsh), Perets is one of the three classic masters of modern Yiddish literature. The only modernist among them, he is best known for his short stories and dramas, written in Yiddish and Hebrew. He began as a social critic, exposing the miserable conditions of Jewish life and the psychological accommodation that helped to perpetuate them. By the turn of the century, as revolutionary movements gathered strength, emigration to America and elsewhere increased, and traditional orthodoxy crumbled, Perets turned back to folk materials and Hasidic stories, though in ways that usually involved an inner tension between their content and his modern, often ironic, outlook.

Perets made his literary debut in Yiddish with the ballad "Monish" in 1888, after he had already achieved some slight renown as a Hebrew poet. Prolific journalist and editor, he stood at the center of Polish Jewish literary life like no Yiddish writer before or since, exerting profound influence on the successive developments of Yiddish realism, symbolism, and expressionism.

First published in 1888 and rewritten at least four times, "Monish" appears here in its last condensed version of 1908. Perets's revisions stripped the poem of discursive passages on Yiddish language and traditional Jewish behavior, refined the vocabulary of some Slavic elements, and clipped the lines to a sharper staccato rhythm. Mixing elements of autobiography with Jewish folklore, "Monish" dramatizes the exposure of the traditional Jewish hero, the masterful student of the Law, to modern secular temptation. It can also be read as a contest between two schemes of art, the capitulation of religious culture to the aesthetic lure of Germany or the West.

Monish

Life is like a river;
we are fish.
The water's wholesome and fresh
and we would swim forever,
but for a black figure
on the riverbank.

There Satan stands,
in his hands
a fishing rod,
and catches fish.

With a worm that eats the dust,
a little lust,
a moment's pleasure,
the line is baited.

Hardly a flick
and the pike flies in the pan
to be fried or roasted
on the flames of hell.

May his name be obliterated!
we know whose work it is—
Satan's—
and why it works so well.
The cause

מאָניש

צו וואָס איז אונדזער לעבן גלײַך?
צו אַ טײַך!
און די מענטשן? צו די פֿיש!

ס׳וואַסער איז געזונט און פֿריש,
וואָלט׳מיר שווימען אָן אַן עק;
שטעלט דער שוואַרצער זיך אַוועק,
ווי אַ פֿישער אויפֿן ברעג — —

שטייט דער שׂטן אויפֿן לאַנד
מיט דער ווענטקע אין דער האַנט —
כאַפּט די פֿיש

אויף אַ ווערעמל נישט קיין רײנס —
אויף אַ תּאווהלע אַ קליינס,
תּענוג אויף אַן אויגנבליק . . .
אָנגעצונדן שוין דער שטריק,

אין דער לופֿטן קוים אַ טרייסל,
ס׳פּליט דער העכט שוין צונ׳ם קעסל
אויפֿן פֿײַער פֿון גיהנום . . .
און געפּרעגלט און געבראָטן . . .

און — ימח שמו! — מע קען אים
און מע ווייסט: ס׳איז מעשה־שׂטן

is the little worm;
it draws and draws—

And so the story I'm about to tell.
Listen!

❖

There was a prodigy,
precisely when or where is hard to say,
but in Poland,
in olden days,
and he was raised
in a pious house.

Pious father,
pious mother;
the family,
one after another,
scholars all,
known and praised
everywhere,
and those who know best
say they'll all be surpassed
by our hero—Monish.

He's only
Seven, eight.
Yet always at his studies
day and night.

He laps up Torah like a sponge.
His mind is lightning;
it can plunge
from the highest

Torah: Pentateuch, the Five Books of Moses; also a term for Jewish learning
in general.

און ס׳גערֹאָט׳ם,
ווײַל דאָס ווערעמל ציט און ציט...

כ׳זינג דעריבער אײַך אַ לידו
לייגט די אויערן צו און הערט!

✧

ס׳איז געווען אַ מאָל אַן עילוי —
כ׳ווייס נישט ווען און ווו אַפֿילו,
נאָר אין פוילן, און, אַ פּנים,
אין דער גוטער אַלטער צײַט...
און בײַ גוטע פֿרומע לײַט:

פֿרום דער טאַטע,
פֿרום די מאַמע;
די משפחה —
לומדים סאַמע,
און זיי שֶמען
אויף דער וועלט,
און מבֿינים גרויסע זאָגן:
זיי וועט אַלע איבעריאָגן
מאָניש — אונדזער העלד...

צינד אין גאַנצן
זיבן, אַכט!
און אַ מתמיד —
טאָג ווי נאַכט!
תּורה זאַפּט ער, ווי אַ שוואָם;
און אַ קעפּל — ווי אַ בליץ,
צי אַרויף צום העכסטן שפּיץ,
צי אַראָפּ — אין טיפֿסטן תּהום!
ווי אַ וואַסער זופּט ער ט״ז;
מעג דער רמב״ם זײַן, ווי האַרב,
טרעפֿט ער באַלד אַרײַן אין קאַרב,
און אַ בקי שווין אין ש״ס...

to the most profound,
and can sound the *Taz*
and the ocean of *Shas;*
however stony the *Rambam,*
he finds a cleft in the rock.

And he's beautiful.
Black as night, his locks;
his lips are roses;
black arching eyebrows
and sky-blue eyes,
fire-bright.

A joy to see.
Ah, the blushes and sighs
when the maidens see Monish
go by.

The young *rebetsin* at *kheyder*
watches Monish, nothing else,
and she melts;
and the pots in the oven
spill and burn
as she sits,
her hands in her lap,
seeming to hear
how the children learn.

And the neighbor, pretty Odl,
lets her needle fall
as she listens to Monish:

Taz, Shas, Rambam: works of commentary on the Law. *Taz (tur zahav)* is a classic
commentary on the *Shulkhan Arukh,* the Code of Jewish Law; *Shas (shisha
sedorim)* refers to the six-sectioned *Mishna,* one of the two main parts of the
Talmud; *Rambam* refers to the *Mishneh Torah* of Rabbi Moses ben Maimon,
Maimonides (1135–1204).
rebetsin: in this context, a teacher's wife.
kheyder: Jewish elementary school for boys.

און אַ שיינער יונג — אַ פּראַכט:
שוואַרצע לאָקן, ווי די נאַכט;
רויטע ליפּלעך — רויזן צוויי,
שוואַרצע ברעמען, ווי די בויגן,
ווי דער הימל בלויע אויגן, —
און דאָס פּײַערל אין זיי!

אָנצוקוקן איז אַ פֿרייד
מיידלעך ווערן רויט און בלאַס,
אַז ער ווײַזט זיך אויף דער גאַס, —
אַז דער שיינער מאָניש גייט . . .

ד׳יונגע רביצין אין חדר,
זיצט אַ גאַנצן טאָג כּסדר,
קוקט אויף מאָנישן און קוועלט —
אויפֿן קוימען לויפֿט און ברענט,
און זי זיצט פֿאַרלייגט די הענט,
הערט, מכּלומרשט, ווי מען קנעלט . . .

און דער שכנה — שיינע אָדל
פֿאַלט פֿון האַנט אַרויס די נאָדל, —
לאָזט זיך אונדזער מאָניש הערן!
פּרעסט דאָס הערצל מיטן הענטל,
דריקט דאָס אוי׳רל צו צום ווענטל,
און עס קײַקלען זיך די טרערן — — —

אָבער ריין, ווי גאָלד, איז מאָניש,
פֿון דעם אַלעם ווייס ער גאָרניש׳!
וואָס האָט אונדזער מאָניש האָלד?
ער האָט ליב אַ בלאַט גמרא,
ער האָט חשק צו אַ סבֿרא . . .
,,שור שנגח את הפרה״!
אַז מען שמועסט, אַ גאָלד . . .

her hand on her heart,
her ear to the wall,
tears rolling down her cheek.

But Monish is as good as gold;
he knows nothing of this!
What does Monish seek?
His love—Gemara,
reason and hypothesis:
shor shenoygakh es hapora
"If an ox should gore a cow . . . "
He's as good as gold—

❖

And in those days
Monish was renowned.
Scholars from abroad,
rabbis near and far,
came to hear him out,
"A new star!"
say the silver beards dancing for joy—
"Happy the mother who bore him,
happy the father and the place!"
(I say only what I heard, word for word.
But is that what they would say
on Ararat?)

Those were the days
of the worthy men of old:
brass-rim spectacles,
tfiln housed in silver,
tales crowned in gold,

Gemara: with the *Mishna,* constitutes the Talmud. Here refers to talmudic learn-
ing in general.
shor shenoygakh es hapora: popular passage of the talmudic tractate *Baba
Kamma,* dealing with responsibility for the ox that gored the cow.
tfiln (Heb. tefillin): phylacteries.
tales (Heb. tallith): prayer shawl.

✣

און אין יענער צײַט
האָט מאָניש אַלס עילוי געשמט!
קומען לומדים פֿון דער פֿרעמד
און רבנים פֿון נאָנט און ווײַט
דעם עילוי פֿאַרהערן:
אַ נײַער שטערן!
עס טאַנצן פֿאַר שׂמחה די זילבערנע בערד, —
ווייל דער מאַמען, וואָס האָט׳ם געטראָגן,
ווייל דעם טאַטן, ווייל איז דעם אָרט!
כ׳גיב עס איבער וואָרט אין וואָרט,
נאָר וואָס וועט אַררט זאָגן?

געלעבט האָבן דעמאָלט
די אַלטע בעלי־בתּים, —
מעשענע ברילן,
זילבערנע בתּים,
גאָלדענע עטרות,
אײַזערנע מוחות . . .
אַנדערע יאָרן,
אַנדערע כּוחות . . .

אין בית־המדרש —
קעפּ אויף קעפּ

and their minds were as towers.
Other times,
other powers.

The house of study full,
and the people overflowed
to the entry and the step;
the lamp burned steady
past the middle of the night,
and judgment and Torah
abundant as the light.

❖

Now mountain peaks are plentiful,
but the Bible's Ararat
is not the average snowy
peak;
Ararat's unique,
for there when the flood waters crested
Noah's ark rested,
and the One Above Us drew the line;
and, as we've heard,
granted life forever to the earth.

"Dear people," He said, "steal, betray, and slaughter.
You will not be drowned in water,
for I avert my eyes,"
and in the sky he hung a bow
for a sign.

That was once, a pack of years ago,
but the ark is still buried deep in snow,
and there live Sammael and Lilith—man and wife—
grateful for the chill,

Sammael: used by Perets interchangeably with Satan.
Lilith: queen of the demons.

מ׳לערנט אין הייזל,
אויף די טרעפּ.

ס׳ווערט פֿאַר חצות,
קיין ליכט פֿאַרלאָשן —
אַ פּראָשבע — אַ רענדל,
תּורה מ׳גראָשן!

⁘

הויכע בערג פֿאַראַן אַ סך,
נאָר אַררט פֿון תּנ״ך
מיט די שנייען אויפֿן קאַרק
איז אַן אויסטערלישער באַרג;

אויף זייַן רוקן, ווי באַשריבן,
איז ד׳תּיבה שטיין געבליבן
נאָכן מבול. און מען הערט,
ווי זייַן ליבער נאָמען שווערט:
אייביק לעבן פֿאַר דער ערד . . .

„רַצחע, מענטשל, גַנבֿע, מַסר,
כ׳וועל נישט טאָפּיען דיך אין וואַסער;
איך פֿאַרשטעל מיר בעסער ד׳אויגן״ . . .
נ׳הענגט אַרויס אַ פֿייַלנבויגן
אויפֿן הימל לזכּרון . . .

אַ מאָל איז געווען, אַ פּעקל מיט יאָרן, —
עס זיצט נאָך די תּיבֿה טיף אין שנייען,
און עס לעבן דאָרט אין צווייען
סַ״ם און לילית — מאַן און ווייַב,
צוליב דער קעלט און צייַטפֿאַרטרייַב,
פֿון גיהנום גאַנץ פֿאַרבאָרגן,
נישט אַ ליבער טעט־אַ־טעט?

and to pass the time away,
far away from Gehenna,
and isn't it a pretty tête-à-tête?

One morning
as Sammael lay in bed smoking cigarettes,
and Lilith saw to her toilette
by the light of the *tsoyer*
(the gem that lights the ark),
the doorbell tinkled in the foyer:
"Enter!"
and there a trembly demon stood,
teeth all a-clatter,
who flung himself flat on his face and then flatter.

"My lord and sire,
You've hidden your face
from your people.
You've heard
and seen nothing,
and now it's too late!
Your throne is going to topple!"

Satan leaped up. "Sir Baron,
what transpires?"

"In the kingdom of Poland
where the border is drawn
stands a *shtetl*
as big as a yawn.

The place doesn't matter,
it's rarely mentioned,
houses like nutshells,
prayers are their mansions!

Gehenna: hell.
tsoyer: legendary gem or window that served as a source of light in Noah's
   ark.
shtetl: small east European market town inhabited largely by Jews.

איין מאָל פֿרימאָרגן
סַמָאֵל ליגט נאָך און רייכערט אין בעט,
לילית מאַכט טואַלעט
קעגן דעם צוהר, —
עס קלינגט אין טויער:
„הערײַן!״
באַווייַזט זיך, דערשראָקן, אַ שֵד,
קלאַפּט מיט די ציין,
פֿאַלט אויפֿן פּנים און צאַפּלט אויף דר׳ערד:
— „אָ, קעניג מייַן,
האָסט פֿאַר דער וועלט
דייַן פּנים פֿאַרשטעלט;
האָסט גאָרנישט געהערט,
גאָרנישט געזען . . .
און צינד איז שוין שפּעט, עס ציטערט דייַן טראָן״,
ס״ם שפּרינגט אויף: „הער באַראָן,
וואָס איז געשען?״

אין קעניגרייַך פּוילן
האַרט בייַ דער גרענעץ,
שטייט זיך אַ שטעטל
גרויס, ווי אַ גענעץ.

(כ׳רעד נישט פֿון מקום!)
הערט מען עס זעלטן,
הייַזלעך, ווי ניסלעך;
שֵמות — געצעלטן!

דרייען זיך יידלעך
אַרום ווי די מתים;
מ׳האָט קיין פּרנסה,
מ׳לעבט פֿון תּעניתים.

אָן האַנדל, אָן וואַנדל
האָט תּורה אַ קיום,
מ׳פּאַשעט למדנים,
ס׳וואַקסן עילויים . . .

The Jews drift around
as if these were their last days,
with nothing to eat,
living on fast days.

No business to do,
and so Torah can flourish,
and all the genius
its study can nourish.

A boy who lives there
will shame and hush
Lithuania, Poland,
Bohemia, and Prussia.
Let him mature
undiminished,
and we go under—
you're finished!
We'll be threshed
with iron rods
and the flames of Gehenna
extinguished,
he'll pursue us
with frightening hate
to the end
and bring the Messiah,
Heaven forfend!"

The moment Satan heard these words,
the party was over; his passion stirred,
his eyes turned red,
and devil's sweat
rose like the mist
of a steaming cauldron,
and he rushed at Lilith wagging his fist.
"It's her fault, only hers!"
"The nut is hard,
good sirs," said Lilith,

וואַקסט צינד אַ פּרי,
וועט עס פֿאַרשעמען
פּוילן און ליטע,
פּרײַסן און בעמען . . .

וועט ער אויסוואַקסן,
לאָזסטו אים פֿרײַ,
זע׳מיר פֿאַרפֿאַלן,
ביסטו פֿאַרבײַ!

מיט אײַזערנע ריטער
וועט ער אונדז דרעשן;
און וועט אין גיהנום
ס׳פֿײַער פֿאַרלעשן!

וועט ער אונדז יאָגן
מיט שרעקלעכן האַס,
ברענגען משיחן,
חלילה וחס!״

ווי ס״ם האָט די ווערטער דערהערט,
איז אים די שׂמחה געוואָרן געשטערט,
פֿלאַמען אים אויף די אויגן רויט,
און ער שוויצט מיט טײַוולסקויט,
ווי אַ קעסל אויפֿגעברויזט,
לויפֿט צו לילית מיט דער פֿויסט . . .
„זי איז שולדיק, זי אַליין!״
„די נוס איז האַרט,
נאָר, מײַן מאַן, וואַרט
זי קנאַקט דאָך אונטער די ציין . . .
נצחון איז זיס;
גרייט אָן די שפּיז,
דער בראָטן וועט קומען אַליין!״
ענטפֿערט לילית און פֿאַרשווינדט
אויף די פֿליגל פֿון אַ ווינט. —

"but wait.
A good set of teeth can crack it.
Victory's sweet.
Warm up the spit,
the meat
will come on its own!"
and she flew with the wind
and was gone.

❖

Tantivy-tan-ton!
What transpires?
Did somebody
see the Messiah?

When is the *shoyfer* blown?
Elul, not *Tamuz.*
Has he gone crazy,
the *shames?*

The rise and fall,
of the trumpet call,
whipcrack!
the wheels go round,
and a coach
rolls into town!
Trumpet blare
and *whipsnap!*
mouths drop open, people stare:
"What's up?"
What's up?
A German's come from Danzig.
And he's dealing in wheat, dealing in rye.

---

shoyfer (Heb. shofar): ram's horn blown daily during the Jewish month of
    Elul, preceding the high holidays.
Elul, Tamuz: months of the Jewish year corresponding to September, July.
shames: sexton.

⁘

טראַ־ראַ־ראַ, טראַך!
וואָס איז געשען?
האָט נישט ווער ערגעץ
משיחן געזען?

ווען בלאָזט מען שופֿר?
אלול, נישט תּמוז.
צי איז משוגע
געוואָרן דער שמש?

ס׳בלאָזט טראָמפּייט,
ס׳קנאַלט און קנאַקט,
אַן עקסטראַ פּאָסט
קומט אָן פֿון טראַקט!

בלאָזט די טראָמפּייט,
קנאַקט צו די בייַטש,
שטייט מען מיט אָפֿענע
מייַלער: וואָס טייַטש?

וואָס טייַטש?
געקומען פֿון דאַנציק אַ דייַטש;
האַנדלט מיט ווייצן, האַנדלט מיט קאָרן,
ס׳איז אינעם שטעטל אַ מחיה געוואָרן!
איין מאָל אַ קונה! איין מאָל אַ צאָלער!
ס׳בליצן די רענדלעך, ס׳בלאַנקען די טאָלער!

Everything's suddenly fine.
Now here's a client who knows how to pay!
The small change glitters, the dollars shine.
It's raining credit
all around,
the roads are full
of the wagon sound
of peasants coming to town,
and ah! the wheeling and dealing
of slaughterers, judges, perpetual scholars
chasing the dollars,
buying and sending things on.
God blessed the *shtetl* with luck!

Golden times and daily display
of satin and silk, whatever impresses,
weddings every day in the week,
and every tailor up to his ears
in orders for wedding dresses.
All the musicians are worn out and weary,
the *khupe* is torn, the poles are
as dull as the guests, who haven't the strength
to laugh at the *badkhn,*
and there's no wax left for *havdoles.*
Their hunger forgotten once and for all—
who eats bread or bothers to bake it?
Plum pastry, honey cake,
and liquor—a lake of it.
Now the German brought
an only daughter
with him—a jewel.
Golden hair falling to her feet,
and eyes as bright as stars,
so sweet,

---

khupe: wedding canopy.
badkhn: wedding entertainer.
havdoles: braided candles used at ritual marking conclusion of the Sabbath.

פֿון פֿאָרשוס אַ רעגן!
פֿאַרלייגן די פֿויערן מיט פֿורן די וועגן,
האַנדלען בטלנים,
שוחטים, דיינים,
מען לויפֿט, מען קויפֿט און פֿאַרשיקט . . .
גאָט האָט דאָס שטעטל מיט איין מאָל באַגליקט!

און ס'איז געקומען אַ גאָלדענע צײַט,
מ'טראָגט אין דער וואָכן אַטלעס און זײַד —
חתונות מאַכט מען טאָג־טעגלעך כּסדר,
באַוואָרפֿן די שנײַדער מיט חתונה־קליידער!

עס זענען אָן הענט שוין די כּלי־זמר געבליבן,
די חופּה צעריסן, די שטאַנגען צעריבן,
מ'האָט שוין פֿון בדחן קיין כּוח צו לאַכן
מען קריגט שוין קיין וואַקס ניש', הבֿדלות צו מאַכן.

מ'האָט מיט איין מאָל פֿאַרגעסן די נויט:
ווער נעמט עס אין מויל, מע באַקט נישט קיין ברויט!
ס'ווערן געגעסן נאָר לעקעך און פֿלאָדן,
און משקה — צום באָדן!

האָט דער דײַטש זיך מיטגעבראַכט
איין איינציק טעכטערל — אַ פּראַכט:
גאָלד'נע לאָקן ביז די פֿיס,
אייגלעך העלע, ווי די שטערן,
און אַ קול—אַ פֿרייד צו הערן,
האָניק־זיס,
און אין סאַמעט אײַנגעהילט!

רעדט זי, גלײַך אַ פֿידל שפּילט!
לאַכט זי — אַ קאַסקאַדע פֿרייד!
און דער טרעגער אונטער דער לאַסט,
און אין קלויז, דער פּרוש, וואָס פֿאַסט,
נאָר מען לאַכט, קינד און קייט!
דאָך דער עיקר איז דאָס לידל,

to hear her voice, so sweet.
Dressed all in velvet,
and when she spoke, to tell of it,
it was a fiddle playing.
Her laugh was a cascade of joy.
The porter under his load,
the hermit fasting and praying,
laughed when she laughed, and their own music flowed
when the music of her song came thronging,
and the fiddle spoke and sang,
sweet and full of longing.

Long, long, long,
on his way to his studies at the *kloyz*
day by day,
Monish passed her house,
lingered at the gate,
and his ears drank her song
till like wine it made him drunk
(an erring mortal, dust and ashes),
and when he turns to *Rashi*,
held by its power,
he hums the tune she sang
hour after hour.
The *kloyz* listens stunned
to such musical sorrow,
neither shepherd nor folk song,
so strong it draws the marrow
from your bones.

Perplexed,
Monish sits alone,
trembling as if he'd caught
a fever, his forehead white as chalk,
gazing past the holy text

---

kloyz: small synagogue, house of study.
Rashi: commentary on the Bible and Talmud, by the renowned
    Rabbi Solomon ben Isaac (1040—1105).

ס׳רעדט אַ פֿידל, ס׳זינגט אַ פֿידל . . .
עס ווערט אַזוי זיס, ס׳ווערט אַזוי באַנג . . .

מאָניש לערנט שוין לאַנג אין קלויז,
און טאָג אויף טאָג פֿאַרבײַ דעם הויז
מיט זאַנג און קלאַנג
גייט ער אין דער קלויז אַרײַן,
און ער שטעלט זיך אָפּ אין טויער,
זאַפּט די לידער אײַן אין אויער,
און ס׳פֿאַרשיכּורט אים ווי ווײַן, —
(אַ זינדיקן מענטשן, עָפֿר ואֵפֿר!)
נעמט דער נאָך דעם זיך צום ספֿר,
שווימען די זעלבע ניגונים אַרויס,
זינגט זיי שטונדן אויפֿן זייגער,
און עס הערט פֿאַרבליפּט די קלויז:
נישט קיין וואָלאַך, נישט קיין שטייגער,
און עס ציט די קליי אַרויס . . .

אַ חבֿר קוקט,
זעט ער, מאָניש זיצט פֿאַרצאָגט,
און פֿאַרציטערט, ווי אין פֿיבער,
און אַ שטערן בלאַס, ווי קרײַד,
און פֿאַרקוקט ערגעץ ווײַט
פֿון פֿענצטער אַרויס, פֿון ספֿר אַריבער.—
אוי, וואָס איז דיר, מאָניש, זאָג? — —
און אַזוי טאָג אויף טאָג,
טאָג אויף טאָג!

זעט די מוטער, ווי מאָניש פֿאַרשווינדט:
— „וואָס איז דיר, מײַן קינד?
ווער האָט פֿאַרלאָשן, וואָס פֿאַר אַ ווינט,
די אייגעלעך דײַנע, די שיינע הבֿדלות?
ווו האָסטו גענומען ניגונים — יללות?
פֿלעגסט דאָך זינגען גאָר אַנדערע זאַכן,
ס׳פֿלעגט דאָך פֿאַר תּענוג ס׳האַרץ אין מיר לאַכן
בײַם חזן אין שול, צי שבת בײַם טיש;
ווי אַ פֿויגל פֿרײַ, ווי אַ גלעקל פֿריש,
הײַנט — עפּעס אַנדערש זינגט פֿון דיר אַרויס,

at something far away.
"What's wrong with you, Monish?" says his friend.
"Tell me."
And so it goes day after day
after day.

His mother sees him pining away:
"What's wrong, my child?
What wind put out
the light in your eyes,
my bright *havdole* candles?
Why are all the tunes you sing
lamenting?

"You used to sing other things.
My heart would laugh
When you sang with the cantor
or at the Sabbath meal,
free as a bird, clear as a bell.
And now there's something else.
What is it, child? Tell me!
It frightens me!"

"Do I know, Momma, what song
is singing in me?
It's not that I want to sing;
it sings itself.
The sounds rise like birds
from the nest,
and these are the songs they bring me."

❖

Now from olden days
there was a ruin in that place—
(I won't attempt to say
whether church or castle;
let that much remain in doubt,
I can tell you only what I've read about it.)

וואָס איז דיר, מײַן קינד, דער מאַמען זאָג אויס!
עס שרעקט זיך די מאַמע דײַן!״
— ,,ווייס איך דען, מאַמע, וואָס ס׳זינגט אין מיר?
כ׳וויל גאָרנישט זינגען, עס זינגט זיך אַליין!
ס׳פֿליִען די קולות, ווי פֿייגל פֿון נעסט . . .
און אַזוי זינגט זיך, אַזוי ווי דו זעסט!״

⁘

און אין מקום איז געוועזן
פֿון קדמונים אַ מפּולת:
(כ׳וויל נישט נעמען אויף משקולת, —
פֿון אַ קלויסטער, צי אַ שלאָס;
כ׳גיב עס איבער אות באות,
כ׳האָב עס אין אַ בוך געלעזן . . .)

There are goblins in the ruin,
imps that crow and laugh for spite,
bark, meow,
and haunt at night,
hurl stones through the air
from their lair
at the houses underneath;
and on the roof
in the dark
a wild dog with tangled fell,
always on the prowl,
who never has been heard to bark,
he only grinds his teeth.
Flesh and blood tremble.
Jews and Christians both
stay well away from that street
and its tumbledown houses overgrown with weeds.

One night in the shadow of the walls
a solitary figure creeps toward the ruin;
all along the street there's no one else:
it's Monish clutching his lapels.

Two angels go with him,
one on either side;
the evil on the left,
and the good, weeping tears, on the right.

His good angel whispers in his ear,
"Have pity on yourself,
fear the Lord your God.
He created all the world,
heaven, earth,
and the seventy nations
who live by the sword.
But the essence of all people
are the Jews, whom He treasured,
and for them He weighed and measured
six hundred and thirteen commandments.

ווײנען לֵצים אין דער חורבָה,
און מען קרײַט דאָרט און מע לאַכט,
און זײ בילן, און זײ מיאַוטשען,
און זײ שרעקן נאַכט אויף נאַכט.

וואַרפֿן שטײנער פֿון די לעכער,
איבער הײַזער, איבער דעכער,
און אויפֿן דאַך
גײט אויף דער וואַך
אַרום אַ הונט, קודלאַטע, ווילד,
וואָס האָט קײן מאָל נישט געבילט,
נאָר געשטשירעט מיט די צײן . . .
מילא, ציטערט הויט און בײן,
ייִדן, און להבדיל, קריסטן,
ווײַכן לאַנג די גאַנצע גאַס,
און מיט הויכן גראָז באַוואַקסן,
שטײען הײַזלעך פּוסטע־פּאַס!

קומט די נאַכט, באַווײַזט זיך מאָניש
אין די שאָטן פֿון די ווענט . . .
און ער שלײַכט זיך צו דער חורבָה,
מיט די לאַצן אין די הענט —

אים באַגלײטן צוויי מלאכים:
אין דער לינקער זײַט אַ שלעכטער,
און מיט טרערן אין די אויגן
גײט דער גוטער אין דער רעכטער.

און דער גוטער מלאך רוימט אים
אינעם רעכטן אויער אַרײַן:
„האָב אויף דיר אַלײן רחמנות,
זאָלסט פֿאַר גאָט נישט זינדיק זײַן,

דען די וועלט האָט ער באַשאַפֿן,
וואָס אין הימל, וואָס אויף דר׳ערד!
און די אַלע שבֿעים אומות,
וועלכע לעבן אויף דער שווערד!

נאָר אַ תּמצית פֿון די פֿעלקער
האָט ער ייִדן אויסגעצויגן,

Three hundred and ten worlds
are for those who guard His Torah.
Tell me that it's worth it
to lose them for a girl!"

His evil angel sneers
in his other ear:
"When it's over, repent.
He'll forgive you. Why should *you* fear?
Reuben sinned,
David and Bathsheba sinned,
yet without stint
He gave them paradise,
because He's good by nature.
A wretched look, a tear,
fasting on a winter day;
only groan and state your
never-evers,
and He'll believe anything you say."

Monish listened to his angels
but didn't ponder long.
She appeared in a window,
he was spellbound by her song.

He had hardly seen and heard her
and he flew to her;
and his fears
he left behind him
with the angel weeping tears.

❖

און זעקס הונדערט דרײַצן מיצוות
אָפּגעמאָסטן, אָפּגעווויגן!

און וועט די היטער פֿון זײַן תּורה
מיט ש״י עולמות פֿאַרגעלטן —
זאָג־זשע, בחור, איז אַ דײַטשקע
ווערט אַזוי פֿיל שײנע וועלטן?״

חוזק מאַכט דער שלעכטער מלאך,
רוימט אין לינקן אויער אַרײַן:
„וועסט דער נאָך דעם תּשובֿה טון,
און ער וועט דיר מוחל זײַן!

האָט דען ראובֿן נישט געזינדיקט,
אָדער דוד מיט בת־שבֿע?
און זיי לײַכטן אין גן־עדן!
ווײַל ער האָט אַ גוטע טבֿע —

און אַ ליאַדע קרום, אַ טרער,
און אַ ווינטער־טאָג אַ תּענית,
און אַ קרעכץ: ,איך וועל נישט מער׳,
און ער גלייבט דיר אויף נאמנות . . .״

הערט ער, מאָניש, די מלאָכים,
און דער יישובֿ דוי׳רט נישט לאַנג,
זי באַווייַזט זיך שוין אין פֿענצטער,
און עס כּישופֿט איר געזאַנג.

קוים געהערט און קוים געזען,
און ער פֿליט שוין פֿײַל פֿון בויגן . . .
בלײַבט דער גוטער מלאך שטיין
מיט די טרערן אין די אויגן . . .

⁘

Their love in the ruin, how it burns;
the bats and spiders hear
how they sing, laugh, kiss,
and how they vow.

She tells him he must swear to her
and tell her true:
I'll never choose another,
I never will forget you.

He swears by his teacher,
by his father, by his mother,
and by all of them together.

"What else?" she whispers.
"What else?"
And he swears by his earlocks,
his fringes, his *tfiln*.
And at every stage his
vow is more fevered, more outrageous.
"But what else, Monish? Tell me,"
and her smile compels.

"For a boy will mislead a girl
and leave her in the dark—"
And he swears by the curtain of the ark
that holds the Torah.

And she cries out: "Higher, higher!"
She so wants to be certain.
And her eyes are on fire,
magic as her lips are magic,
pure flowing magic,
and he barely stops to reason,
he swears by the Messiah
and his *shoyfer*.
"Higher! Higher!" The last prod—

און אין חורבֿה ברענט די ליבע;
פֿלעדערמײַז און שפּינען הערן
זײער זינגען, זײער לאַכן,
זײער קושן, זײער שװערן!

זי פֿאַרלאַנגט, ער זאָל איר שװערן,
אַז עס איז קײן לײדיק פּלױשן,
אַז ער װעט זי נישט פֿאַרגעסן,
אױף אַ צװײטע נישט פֿאַרטױשן.

און ער שװערט איר בײַ זײַן רבין,
בײַ דעם טאַטן, בײַ דער מאַמען,
און בײַ אַלע נאָך צוזאַמען! . . .

— „זאָג, װאָס נאָך, אום גאָטעס װילן?"
און זי שעפּטשעט: „װײניק, װײניק!
און ער שװערט איר בײַ די פּיאות,
בײַ די ציצית, בײַ די תּפֿילין,

אַלץ פֿאַרברענטער און פֿאַרשײַטער,
און זי שמײכלט און זי בעט זיך:
„שװער נאָר װײַטער, שװער נאָר װײַטער!

װײַל אַ בחור קען פֿאַרפֿירן,
קען פֿאַרגעסן, — האָט זי מורא". . .
און ער שװערט איר בײַם פּרוכת,
בײַם פּרוכת, בײַ דער תּורה . . .

און זי רופֿט אַלץ: „העכער, העכער!"
זי װיל זיכער זײַן אין גאַנצן,
און זי כּישופֿט מיט די ליפּלעך,
און די אײגעלעך — זײ גלאַנצן,

און זײ פֿליסן לױטער כּישוף,
און ער האָט קײן לאַנגן יישובֿ,
שװערט בײַם שופֿר של משיח,
„העכער, העכער!" ביז ער האָט,

he sinfully speaks the name of God
and is struck by the thunder of His rod.

Laughter in Gehenna,
a reek of sulfur in the room,
and fast as a bowshot
he flies through the air on a broom.

❖

Ararat goes crazy—
one hilarious, profuse
shrieking party in the ark,
all Gehenna breaking loose.

Ten gypsy orchestras,
Gehenna's top musicians,
champagne by the bucket
while the demons do the can-can with precision.

Lamps—a thousand barrels full of pitch—
the wicked are the wicks—
and a special sexton with his scissors at the ready
goes a-trimming wicked wicks
to keep them burning steady.

Fire in her eyes,
the queen of all that place,
Lilith goes before, Sammael behind,
carrying her train of Spanish lace.

Monish stands at the side, nailed by his earlobe
to the doorway of the ark;
the fire's lit, the spit is ready,
and the rest is dark.

Seymour Levitan

דעם נאָמען גאָט . . .
פֿון זינדיקן מויל אַרויסגעזאָגט —

פֿון דער הייך אַ דונער שלאָגט!
פֿון גיהנום — אַ געלעכטער —
און פֿון שוועבל גייט אַ ריח,
און ער פֿליט שוין פֿײַל פֿון בויגן,
אויף אַ בעזעם אין דער הייך!

✣

אויפֿן באַרג אַררט דאָרטן,
איז אַ לעבן, אַ געפּילדער,
ס׳איז אַ באַל דאָרט אין דער תּיבֿה,
און אַ שרעקלעכער, אַ ווילדער!

און ציגײַנער פֿון גיהנום,
צען קאַפּעלן מוזיצירן,
און שאַמפּאַניער — ווי וואַסער,
און די רוחות קאַנקאַנירן.
לאָמפּן — טויזנט פֿעסער סמאָלע!
די רשעים זענען צויטן,
גייט אַרום אַן עקסטראַ שמשׂ
מיט אַ שערל צו די צויטן!
און די קעניגן איז לילית,
אין די אויגן האָט זי בליצן,
טראָגט סמאָאֵל די לאַנגע
שלעפּע מיט בראַבאַנדער שפּיצן . . .

אָן דער זײַט פֿון תּיבֿה־טויער,
בײַ דעם לעפּל פֿונעם אויער
אָנגעשלאָגן, מאָניש שטייט . . .
ס׳פֿײַער ברענט . . . די שפּיז איז גרייט . . .

MORRIS
ROSENFELD

1862, Suwalki region, Poland—1923, New York.

=====================

F ollowing his immigration to London, and then to New York in
1886, Rosenfeld worked as a tailor in clothing factories.
His poetry expressed the bitterness of sweatshop conditions and its
effect on the softer ranges of human feeling. The first Yiddish poet
to gain international fame, through his translated *Songs of the
Ghetto*, he was rewarded by work in the daily Yiddish press, but
this required, as he said, "service to the pen that had once served
him." While younger Yiddish poets rebelled against the social and
national stridency of his verse, some of them also acknowledged
their debt to his lyricism, which showed the potential of Yiddish as
a literary language.

The Sweatshop

Corner of Pain and Anguish, there's a worn old house:
tavern on the street floor, Bible room upstairs.
Scoundrels sit below, and all day long they souse.
On the floor above them, Jews sob out their prayers.

Higher, on the third floor, there's another room:
not a single window welcomes in the sun.
Seldom does it know the blessing of a broom.
Rottenness and filth are blended into one.

Toiling without letup in that sunless den:
nimble-fingered and (or so it seems) content,
sit some thirty blighted women, blighted men,
with their spirits broken, and their bodies spent.

Scurf-head struts among them: always with a frown,
acting like His Royal Highness in a play;
for the shop is his, and here he wears the crown,
and they must obey him, silently obey.

Aaron Kramer

דער סוועט־שאַפּ

קאָרנער וויי און עלנט שטייט אַן אַלטע הײַזל:
אונטן איז א שענקל, אויבן איז א קלײַזל.
אונטן קומען לומפּן אויפּטאָן נאָר נבֿלות,
אויבן קומען ייִדן, קלאָגן אויפֿן גלות.

אָבער העכער, העכער: אויפֿן דריטן גאָרן,
איז פֿאַראַן אַ צימער, — ווײ צו זײַנע יאָרן!
זעלטן ווען געוואַשן, זעלטן ווען גערייניקט, —
טוכלעקייט און בלאָטע זײַנען דאָרט פֿאַראייניקט.

אָט אין דיזן מקום אַרבעטן זיך פֿלײַסיק
און צופֿרידן, דאַכט זיך, בײַ אַן ערך דרײַסיק
אָפּגעצערטע מענער, אָפּגעצערטע ווײַבער,
מיט צעדריקטע גײַסטער און פֿאַרוועלקטע לײַבער.

דאָרטן גייט אַרום זיך מאָטקע פּאַרך אַ בייזער,
שפּילנדיק די ראָלע פֿון אַ גאַנצן קיסר,
דען ער איז דער מײַסטער און די שאַפּ איז זײַנע,
און מען מוז אים פֿאָלגן, פֿאָלגן אָן אַ טענה.

ABRAHAM REISEN

(Avrom Reyzn) 1876, Keidany, White Russia—
1953, New York.

=====================

Raised in a literary household—his father was an enlightened Jew who wrote Hebrew and Yiddish verse—Reisen began to write poetry when he was nine and to publish at fifteen. He read widely in Jewish and European literature, absorbing many influences, but his light, ironic stories and poems seemed the spontaneous expression of a simple Jew. Set to music, many of his verses became popular as folk songs.

Reisen was one of the most prolific and energetic of Yiddish poets and writers. In Warsaw (1900—1910, with some interruptions), he contributed to many Yiddish newspapers, published his first book, *Stories and Sketches* (1903), and edited a number of periodicals. He was equally productive during his first sojourn in America (1911—1913) and following his move there after the outbreak of the First World War. Though he was a Yiddishist and Socialist, his sympathies for the suffering poor were more instinctive than political; the many publications he edited placed greater emphasis on literary culture than on social action. He also wrote several important volumes of memoirs.

Household of Eight

Household of eight.
Beds are two.
When it gets late,
What do they do?

Three with father,
Three with mother:
Limbs
Over each other.

When it's night
And they go to bed,
Mother begins
To wish she were dead.

A resting place
All her own.
Narrow—
But you sleep alone.

Warsaw, 1899

Nathan Halper

What Have I to Do With

What have I to do with music, child?
The only hum in my house was the wild
Wind in the chimney, the hungry cry
Of children and mother's curses in reply.

What have I to do with beauty, child?
I went past gentiles and dogs to the field,
Through streets that were desolate and poor,
And a foothill of dung stood at every door.

Leonard Wolf

אַ געזינד זאַלבע אַכט

אַ געזינד זאַלבע אַכט,
און בעטן נאָר צוויי,—
און קומט אָן די נאַכט,
ווו שלאָפֿן דאַן זיי?

דרייַ מיטן טאַטן,
און דרייַ מיט דער מאַמען —
הענטלעך און פֿיסלעך,
געפֿלאָכטן צוזאַמען.

און קומט אָן די נאַכט,
מ׳דאַרף מאַכן די בעטן,
דאַן הייבט אָן די מוטער
דעם טויט אויף זיך בעטן.

זי מיינט מיט אַן אמת, —
עס איז נישט קיין וווּנדער:
אויך ענג איז אין קבֿר,
דאָך ליגט מען באַזונדער . . .

וואַרשע, 1899

ווי קום איך?

ווי קום איך צו זינגעןֹ? פֿון וואַנען מייַן קינד!
בייַ אונדז האָט אין קוימען געברומט נאָר דער ווינט;
די קינדער — זיי פֿלעגן נאָר זינגען: האָם—האָם!
און אָפּט מאָל די מאַמע — אַ קללה צום גראַם.

ווי קום איך צו שיינקייט? פֿון וואַנען, מייַן קינד!
דער וועג צו די פֿעלדער — דורך גויים און הינט . . .
די גאַס איז געווען אַזוי אָרעם און וויסט,
בייַ איטלעכער טיר נאָר — אַ בערגעלע מיסט . . .

To a Woman Socialist

Your eyes glisten, glow, and sparkle
When you talk of times to come
When humanity is equal
And the bad Old Order's gone.

I believe in your great vision,
Still, the tears in my eyes shine,
For even in the best New Order,
Darling, you will not be mine.
1914

Leonard Wolf

A Prayer

Teach me, teach me how
To deal with the world, O Lord!
And how I may transform
Evil into good.

If a wild beast lurks
In our humanity,
Let me turn it toward
A mild humility.

I've seen a trainer in
The circus tame a tiger;
Seen him de-fang a snake.
Lord, let me be wiser.

Bless me with patience, too,
And make me iron hard
That I may show mankind
At least such wonders, Lord.

Leonard Wolf

צו אַ סאָציאַליסטין

דײַנע אויגן לײַכטן, פֿינקלען,
ווען דו רעדסט פֿון נײַע צײַטן;
אַלע מענטשן גלײַך און גליקלעך,
ווען די אָרדענונג וועט זיך בײַטן.

און איך גלייב אין דײַן נבֿיאות,
דאָך אין אויג מײַנס שטייען טרערן;
בײַ דער בעסטער אָרדענונג, ליבסטע,
וועסטו אַלץ נישט מיר געהערן.
1914

געבעט

באַלער מיך, גאָט, באַלער,
ווי מענטשן צו באַהאַנדלען,
צו וויסן, ווי אַזוי
דאָס בייז אין גוטס פֿאַרוואַנדלען.

און אויב דער מענטש אַליין
איז אויך אַ חיה־רעה, —
באַקערן זאָל איך אים
צו מילדקייט און הכנעה . . .

אין צירק האָב איך געזען
אַ מאַן מאַכט מילד אַ טיגער,
באַפֿרײַט די שלאַנג פֿון גיפֿט —
טאָ מאַך מיך גאָט נאָך קליגער.

און בענטש מיך מיט געדולד
און מאַך מיך שטאַרק ווי אײַזן,
איך זאָל מיט מענטשן אויך
דעם זעלבן וווּנדער ווײַזן . . .

Children's Games

It happens sometimes when the children play,
You come upon them and you guess that they
Think your own serious life's another game;
And you grow thoughtful while you study them.

One child, with blue paper, makes a phone,
Then dials the name and number of someone
Entirely imagined; all unreal—
And yet you hear the child complete the call.

Then with a charming smile, he says goodbye—
As anybody might—as you and I.
Then he mounts his little horse; and shouts the name
Of your own distant city as he rides away.

Leonard Wolf

The Last Street

The last street of the town;
And there the final house.
The place seems like a joke
After the city's noise.

The neighbors are so hushed,
Each house so small—
Which makes the fields seem broad,
The sky especially full.

And everywhere you look
Your eyes with pleasure shine.
Here where city ends,
The world begins.

Leonard Wolf

קינדערשפּיל

און ווען די קינדער שפּילן זיך אין הויז,
דו קוקסט זיי נאָך, און ס'דאַכט דיר אָפּט מאָל אויס,
אַז אויך אַ שפּיל איז קעגן זיי דייַן ערנסט,
און ווערסט פֿאַרטראַכט און קוקסט זיי נאָך און לערנסט.

זע, פֿון אַ בלוי פּאַפּירל מאַכט דאָס קינד אַ טעלעפֿאָן,
עס קלינגט און רופֿט אַ נומער און אַ נאָמען אָן;
ס'איז ביידע אויסגעטראַכט און אַ ליגן,
דאָך הער — דאָס קינד האָט ענטפֿער באַלד געקריגן.

עס זעגנט זיך און שמייכלט ליבלעך צו
(אַזוי ווי אַלע טוען, פּונקט ווי איך און דו . . .),
עס זעצט זיך באַלד אַנידער אויף זייַן פֿערדל רייַטן
און רופֿט דעם נאָמען פֿון דייַן שטאָט אין לאַנד אין ווייַטן . . .

די לעצטע גאַס

די לעצטע גאַס פֿון שטאָט,
די לעצטע הויז פֿון גאַס:
נאָך שטאָטישן גערויש
קוקט אויס דאָ ווי אַ שפּאַס.

די הייַזער אַזוי קליין,
די שכנים אַזוי שטיל;
דערפֿאַר ווי ברייט דאָס פֿעלד
און הימל אַזוי פֿיל.

און וווּ דו קוקסט זיך אום,
דייַן אויג זיך העלט און קוועלט;
דאָ ענדיקט זיך די שטאָט,
דאָ הייבט זיך אָן די וועלט.

Future Generations

Future generations,
Brothers still to come,
Don't you dare
Be scornful of our songs.
Songs about the weak,
Songs of the exhausted
In a poor generation,
Before the world's decline.

We were all imbued
With the idea of freedom,
Yet sang our songs about it
With voices lowered.
Far from our good fortune
We met at night, in darkness,
And worked at building bridges
In secrecy.

We hid from the foes
Who lay in wait for us,
And this is why our songs
Resonate with grief,
And why our melodies
Have a dismal longing
And a hidden rage
In their warp and woof.

Leonard Wolf

דורות פֿון דער צוקונפֿט

דורות פֿון דער צוקונפֿט,
קומענדיקע ברידער,
איר זאָלט ניט דערוועגן
אויסלאַכן די לידער —
לידער פֿון די שוואַכע,
לידער פֿון די מידע,
אין אַ דור אַן אָר׳מען,
פֿאַר דער וועלטס ירידה.

מיט דער ווײַטער פֿרײַהייט
אַלע דורכגעדרונגען
האָבן מיר די לידער
שטילערהייט געזונגען.

און אין נאַכט אין חושך,
ווײַט פֿון אייג׳נע גליקן,
האָבן מיר בשתיקה
אויפֿגעשטעלט די בריקן.

זיך געהיט פֿון שונא,
וואָס האָט וואַך געלויערט,
און דערפֿאַר די לידער
קלינגען אָפּ פֿאַרטרויערט

און די גרויע בענקשאַפֿט
און דער געהיימער צאָרן,
וואָס איז אין די לידער
אײַנגעוועבט געוואָרן . . .

Kinds of Luck

Everything is marvelous and beautiful
Inside my well-loved children's book.
A peasant girl can find a golden shoe
That fits precisely the prince's foot.

A village peasant, poor, the butt of jokes,
A fool his clever brothers all deplore,
Suddenly, inside my children's book,
Becomes their overlord.

Again, a poor man, weary, wandering,
Meets a beggar on the road.
The beggar, not exactly what he seems,
Gives the traveler a rich reward.

A youth who means to leave his town
Seeks for something in a wood, and there
He meets a lovely lady riding who
Invites him to her castle fair.

Leonard Wolf

So!

So, they disappear,
The songs of yesteryear.
So they fade away,
The songs that praised
Her golden head, her hair
Of silk, her noble limbs.

Gently fades away
The antique noble song
Of the rustling of her dress.
In a time of dissonance,
Silk chooses not to sing . . .
Silk, too, is hushed.

Leonard Wolf

גליקן

אין ליבן קינדערשן קליין ביכעלע
איז ווונדערלעך געווען און שיין;
אַ מיידעלע געפֿינט אַ גאָלדן שיכעלע,
וואָס האָט געהערט דעם פּרינץ אַליין . . .

אַ פּויערל אין דאָרף אַן אָרעמער,
אַן אויסגעלאַכטער און אַ נאַר,
ביַי זיַינע ברידער — אַ פֿאַרלאָרענער —
ווערט פּלוצים איבער זיי אַ האַר.

אַן אָרעמאַן, אַ מידער וואַנדערער,
טרעפֿט אָן אַ בעטלערל אין וועג,
ערשט ס׳איז דער בעטלער גאָר אַן אַנדערער
און יענער שענקט אים אַ פֿאַרמעג.

אַ יונג פֿון שטאָט וויל זיך דערוויַיטערן,
זוכט אום אין וואַלד און ווייס ניט וואָס;
באַגעגנט אים אַ שיינע ריַיטערין
און לאַדט אים איַין צו זיך אין שלאָס . . .

אַזוי

אַזוי גייען זיי אָפּ,
אַזוי שווימען זיי אָפּ
— די אַמאָליקע לידער
פֿון דעם זיַידענעם לאָק,
פֿון דעם גאָלדענעם קאָפּ,
פֿון די הערלעכע גלידער.

און דאָס ליד שטיל פֿאַרגייט
— וועגן שאָרך פֿון איר קלייד
דער אַלט־איידעלער ניגון;
און עס זינגט ניט דער זיַיד
— אין דער רוישיקער ציַיט
אויך דער זיַיד איז אַנטשוויגן . . .

JOSEPH ROLNIK

*(Yoysef Rolnik) 1879, Zhukhovitz, White Russia—
1955, New York.*

=====================

After an earlier visit to America, Rolnik settled permanently in
New York in 1906 and was the first of the American Yiddish
poets to refine a body of verse evocative of Old Country memories
and landscapes. Somewhat older than the nucleus of *Di Yunge,* he
shared their preference for natural diction, sparse imagery, and
simple themes of wholly personal expression.

This poem and the following one, "Neighbors," are both parts of a longer work in fourteen sections called "Poets."

Poets

We have such plain faces
and talk quite ordinary talk;
the glow from our eyes is sober,
our joy altogether commonplace.

When we go in to eat, we sit down
in work clothes at the table set for us,
and when we bury someone close
it's on a day like any other.

Half asleep in the cold dawns, we hurry
to get under the whip on time,
and we drive away the young little poems
like the house dog who tries to come running along.

Irving Feldman

פּאָעטן

מיר האָבן אַזעלכע פּראָסטע געזיכטער
און ריידן געוויינלעכסטע רייד,
דער שײַן פֿון אונדזערע אויגן איז ניכטער
און וואָכעדיק זײַנען מיר אין אונדזער פֿרייד.

מיר גייען צו מאָלצײַטן. בײַם געגרייטן
טיש זיצן מיר אין אַרבעטס־רעק,
און ווען מיר באַגראָבן אַ נאָענטן טויטן
איז בײַ אונדז אַ טאָג ווי אַלע טעג.

אין קאַלטע פֿאַרטאָגן פֿאַרשלאָפֿענע, מידע,
אײַלן מיר זיך קומען צו דער בײַטש אין צײַט,
און טרײַבן פֿון זיך די יונגינקע לידער
ווי דעם שטוביקן הונט וואָס לויפֿט נאָך בײַ דער זײַט.

Isaac Raboy (1882–1944) was a noted American Yiddish novelist and short story writer who pioneered American subject matter in such works as Mr. Goldenbarg *and* The Jewish Cowboy, *both about ranching in the midwestern United States. By the late 1920s Raboy was a political leftist, while the apolitical Rolnik worked for a Zionist liberal Yiddish daily,* Der Tog. *Yiddish culture between the world wars was heavily politicized, in contrast to the early years of* Di Yunge, *when Levine's Cafe on East Broadway in New York City was a favorite hangout for those opposed to political tendentiousness in art.*

Neighbors

I and the poet Isaac Raboy
are next-door neighbors.
Maybe I drop in at his place,
or he comes over to me.

Between us—me and him—
only plaster over some lath.
Each one hears the other walking—
I on the right, Isaac the left.

We go back twenty-five years
together—to Henry Street.
Like one family then. And now
they call us "the old-timers."

I work in a word stable,
and he at marten and mink.
I lean a little to the right,
and he is thoroughly left.

We talk like good old friends,
we talk plainly and honestly,
though he's left through and through
and I—just a bit to the right.

And when we remember Levine's Cafe,
those five steps down,

שכנים

איך און דער דיכטער אײַזיק ראַבאָי
זײַנען שכנים, טיר בײַ טיר.
גיי איך אַ מאָל אַרײַן צו אים,
אַ מאָל קומט ער צו מיר.

צווישןביידן — מיר און אים,
נאָר ברעטער באַדעקט מיט טינק.
מיר הערן איינער דעם צווייטנס טריט —
איך רעכט, ער לינק.

מיר קענען זיך נאָך פֿון הענרי סטריט,
באַלד פֿינף און צוואַנציק יאָר.
געווען איין געזינד. מען רופֿט אונדז הײַנט:
„דער פֿריִערדיקער דור".

איך אַרבעט אין אַ ווערטערשטאַל,
ער — בײַ סייבל און מינק.
איך בין געשטימט אַ ביסעלע רעכט
און ער איז דורכויס לינק.

מיר ריידן ווי אַלטע גוטע פֿרײַנד,
מיר ריידן פּשוט און עכט;
כאָטש ער איז דורך און דורכויס לינק
און איך — אַ קאַפּעלע רעכט.

און אַז מיר דערמאָנען זיך לעווינס קאַפֿע,
פֿינף טרעפּלעך אַראָפּצוגיין,

a soft warm dew starts
to melt through our limbs.

And when we remember home,
Mir is mine, his Rishkan,
I'm no longer a little bit right
and he's not left anymore.

My father owned a flour mill,
his father, horses and wagons.
Our wheel turned in the water
and his ran over the earth.

We talk of Sabbath and weekdays,
about all kinds of foods,
what we prepared for the holidays,
what they were cooking in Rishkan.

We talk like old, good friends,
we speak from the heart and honestly—
though he is left through and through
and I just a bit on the right.

                              Irving Feldman

Home from Praying

The air was always damp and cool
when we hurried from the house.
The sun beat on the mill roof,
but shadow still slept in the lanes.
In our Sabbath best, our cuffs rolled up,
we walked, away from the roads and over the fields
to the next village, the Jewish estate there,
to gather for holiday services.
And stumps of trees spread across
the meadows and tripped our feet,

Mir: in Minsk province, Russia; *Rishkan* (Ryshkany) is in Moldavia.

הייבט אָן אַ וואַרעמער, ווייכער טוי
איבער אונדזערע גלידער צעגייִן.

און אַז מיר דערמאָנען זיך אונדזער היים,
איך „מיר״ און „רישקאַן״ ער,
בין איך ניט מער א ביסעלע רעכט
און ער איז לינק ניט מער.

מייַן טאַטע האָט געהאַט אַ וואַסערמיל,
זייַן טאַטע — וועגן מיט פֿערד.
אונדזער ראָד האָט זיך אין וואַסער געדרייט
און זייַנע אויף דער ערד.

מיר ריידן פֿון שבת און וואָכנטעג,
פֿון מאכלים אַלערליי;
וואָס מען פֿאַרגרייט אויף יום־טובֿ בייַ אונדז
און וואָס מען קאָכט בייַ זיי.

מיר ריידן ווי אַלטע גוטע פֿרייַנד,
מיר ריידן האַרציק און עכט —
כאָטש ער איז דורך און דורכויס לינק
און איך בין אַ קאַפּעלע רעכט.

פֿון דאַוונען

די לופֿט איז געווען נאָך פֿייַכט און קיל
ווען אייַלנדיק זייַנען מיר פֿון שטוב אַרויס.
כאָטש די זון האָט געשלאָגן אויפֿן דאַך פֿון מיל —
זייַנען שאָטנס געלעגן צווישן הויז און הויז.
אין שבת־קליידער, קאַלאָשעס פֿאַרבויגן,
האָבן מיר זיך אָן וועג און שטעג געצויגן
צום צווייטן דאָרף, צום ייִדישן הויף,
ווו מען קלייַבט זיך יום־טובֿ דאַוונען צונויף.
און קאָרטשעס האָבן זיך געשפּרייט
איבער דער פּאַשע און די פֿיס אויסגעדרייט.

but we sang our prayer book out
and leapt from stump to stump like boys.
Going back, we took the longer way,
over mountains and valleys, valleys and mountains.
And when we got home
with dusty feet and dry tongues,
at first sight
we didn't recognize the barn and bridge,
the mill and house,
coming as we did from a different side
and at such an odd hour.

                                        Irving Feldman

The Net

Bathed and fresh, the innkeeper's son
came over and said,
Let's go fishing in the Ravok.
The net was drying in the sun,
the paddle stood beside it—
a mother and her grown-up kid.
My pal was bigger than me
and older by a couple of years,
but when there are only three or four houses,
an unmatched pair is still—a pair.
Over his shoulder went the net and pole,
I carried the pail.
He was tall and strong
and I had to hustle
not to get left behind.
We got there pretty quick.
The Ravok was not
as wide as the sea
or as deep as the pit,
but its slender stream
ran over its soft bed

Ravok: a river near the poet's birthplace.

מיר האָבן דעם מחזור אויסגעזונגען
און פֿון קאָרטש אויף קאָרטש ווי ייִנגלעך געשפּרונגען.
צוריק זײַנען מיר געגאַנגען מיטן לענגערן וועג,
איבער בערג און טאָלן, טאָלן און בערג.
און אַז מיר זײַנען אַהיים אָנגעקומען,
מיט פֿאַרשטויבטע פֿיס, און פֿאַרטריקנטן גומען,
האָבן מיר מיל און שטוב, שײַער און בריק
ניט דערקענט אויפֿן ערשטן בליק.
אפֿשר ווײַל מיר זײַנען געקומען פֿון אַן אַנדער זײַט
און אין אַזאַ אומגעוויינלעכער צײַט.

די סעטקע

דעם קרעטשמערס זון, אויסגעבאָדן און פֿריש,
איז געקומען און געזאָגט צו מיר:
— נאָמיר גיין צום „ראַוואָק" כאַפּן פֿיש.
די סעטקע האָט זיך געטריקנט אויף דער זון,
דער „בויט" איז געשטאַנען לעבן איר —
אַ מאַמע מיט איר אויסגעוואָקסענעם זון.
מײַן חבֿר איז געווען העכער פֿון מיר
און עלטער מיט עטלעכע יאָר;
נאָר דאָרט וווּ הײַזער זײַנען דרײַ צי פֿיר
איז ניט קיין גלײַכע פּאָר — אַ פּאָר.
ער האָט פֿאַרוואָרפֿן די נעץ מיטן שטעקן אויפֿן קאַרק
און איך האָב געטראָגן דעם עמער אין האַנט.
ער איז געווען הויך און שטאַרק
און איך האָב אונטערגעשפּרונגען דאָרט
וווּ ער האָט בלויז געשפּאַנט.
עס האָט לאַנג ניט גענומען צו קומען צום אָרט.
געווען איז דער „ראַוואָק"
ניט ברייט ווי דער ים
און ניט טיף ווי דער תּהום
נאָר דער שמאָלער שטראָם
איבערן ווייכן גרונט

cheerfully
like beer flowing from
the open spout of a keg.
The grass along its banks
was matted and wet.
He laid the net in by its nose
to keep it from being carried off.
And I ran back upstream
a little way with the paddle
and slapped and beat the water.
I slapped and I ran fast,
yelling out loud,
and poked at the slimy banks,
wherever a fish was drowsing,
until water turned to ink
and foamed—like fallen snow.
And when he hauled it in,
the net was filled with water-eyes,
and through the loops, stuck halfway out,
fish peered as if through windows
and wriggled their tails coquettishly
before dry death.

Irving Feldman

The First Cigarette

My first Sabbath cigarette between my lips
one frosty Friday night
didn't taste awfully good.
I snorted and I coughed
but had to give it a drag.
This I took to be my first transgression.

So too Shloime Raskoser's son
got up from his mother's Sabbath table
to eat pig at the Gentile's place.

האָט זיך מיט אימפּעט געיאָגט
ווי ביר פֿון אַ פֿאַס
מיט אַן אָפֿענעם שפּונט.
און ביַי דער זיַיט דאָס גראָז
איז געווען איַינגעלייגט און נאַס.
מיַין חבֿר האָט איַינגעשפּאַרט די סעטקע מיטן נאָז,
דער שטראָם זאָל זי ניט פֿאַרטראָגן.
און איך בין פֿאַרלאָפֿן
אַ שטיק
אויף צוריק
מיטן „בויט״ אין די הענט
און דעם וואַסער געפּאַטשט און געשלאָגן.
געפּאַטשט און געלאָפֿן געשווינד
מיט אימפּעט און געשריי
און געפּאָרקעט אין די שליימיקע ווענט,
ווו אַ פּלאָטקע האָט זיך ערגעץ פֿאַרשלאָפֿן.
ביז וואַסער איז געוואָרן טינט
און שוים — געפֿאַלענער שניי.
און אַז ער האָט די נעץ אַרויסגעצויגן
איז זי געווען פֿול מיט וואַסעראויגן,
און דורך די שלייפֿלעך, ביזן העלפֿט אַרויסגערוקט,
האָבן פֿישלעך ווי דורך אַ פֿענצטער געקוקט
און מיט די עקלעך קאָקעטיש געדרייט
אַנטקעגן דעם טרוקענעם טויט.

דער ערשטער פּאַפּיראָס

דער ערשטער שבתדיקער פּאַפּיראָס אין מויל,
אין אַ פֿראָסטיקן פֿריַיטיק צו נאַכט,
האָט מיר ניט געשמעקט אַזוי וווּל.
איך האָב געפּירכעט און געהוסט,
נאָר ציִען האָב איך געמוזט —
איך האָב עס פֿאַר מיַין ערשטער עבֿירה געמאַכט.

אַזוי האָט שלמה ראַסקאָסערס זון
פֿאַרלאָזט דער מאַמעס שבתדיקן טיש,
אַוועק צום גוי פֿאַרזוכן חזיר אַ שטיק.

But that sensitive young kid
couldn't stomach stale pork—
he gagged and felt sick.

And all our young generation,
we were loud with foul talk
behind girls' backs and women's dresses.
We troubled the sleep of the pious,
knocking store signs over,
and did lots of things we didn't like,
all because we wanted to rouse God's wrath—
being pricked on by our sixteen years
the way ripe oats will prick a horse.

And God who watched over us all,
God against whom we talked with such impudence,
sat there on his throne in heaven
and laughed into his deep white beard.

Irving Feldman

דאָס חזיר־פֿלייש איז געווען ניט פֿריש
און עס האָט דעם איידעלן ייִנגל דערפֿון
געאיבלט אין האַלדז און געשטיקט.

און מיר אַלע פֿון יונגן דור —
מיר האָבן גערעדט הויך מיאוסע רייד
הינטער מיידלשע פֿלייצעס און ווײַבערשן קלייד.
מיר האָבן דעם שלאָף פֿון די פֿרומע געשטערט,
און שילדן אויף קראָמען איבערגעקערט,
און זאַכן געטאָן אָפֿט וואָס מיר האָבן ניט האָלט,
ווײַל ווען גאָטס צאָרן מיר האָבן געוואָלט.
עס האָט אונדז געשטאָכן די זעכצן יאָר,
ווי עס שטעכט דער זעטיקער האָבער דעם פֿערד.

און גאָט וואָס האָט איבער אונדז אַלע געוואַכט,
אַנטקעגן ווען מיר האָבן מיט העזה גערעדט,
איז געזעסן אין הימל אויף זײַן העסבעט,
און אין ווײַסן באָרד אַרײַנגעלאַכט.

ELIEZER SHTEYNBARG

1880, Lipkany, Bessarabia—1932, Czernowitz, then Rumania.

Shteynbarg, a dedicated teacher in the Jewish secular schools of Rumania and briefly in Rio de Janeiro, was the author of children's texts, poems, and plays. The most imaginative fabulist in modern Yiddish literature, he transformed the popular genre into a sophisticated form of dramatic poetry. Like his younger compatriot, Itsik Manger, he combined traditional and modern imagery and language to achieve witty, socially penetrating effects. The apparent folkishness of the fables does not obscure his innovative rhythms and artistic use of the spoken idiom: he was one of the most exacting craftsmen in Yiddish poetry, honing his poems for years before permitting their publication.

The Clever River

It was a river said one day,
"Flow all rivers to the sea?
Is earth so small, and are
The lands that rain forgot so rare?
Lands that lie and languish
Parched for water? Places that still anguish
For a drop of rain? Tell me, wouldn't it be better
To flow to them instead of to the sea to make it wetter?
In all this haste and hurry there's no time for thinking,
No still reflective moment as the sun is sinking.
No. I'll not with the others. I'll take a brand-new path.
And be assured—you have my solemn oath—
That even if His Highness Sea should send
To say, 'Take any of my pearls,
Or choose whichever of my siren-girls
You please,'
I'll turn my back on him. I will refuse."

Off went the stream; began strange ways to wander
Through woods and over fields on its meander
Through bone-dry desert places.
Everywhere he traced his
Way the merest pebble eagerly
Received him (no fool he).
The stream snaked on; it twisted on
And on
Through pathways new until it came
To the sultry desert, hot as flame—
How does the story end?
Go ask the scorching sand.

Yes, it's fine to make new paths; it's good to search.
But don't creep into deserts. Deserts scorch.

Leonard Wolf

דער קלוגער טײַך

ס'האָט אַ טײַך אַ מאָל געזאָגט:
„אַלע טײַכן נאָר אין ים — אַהין זיי טראָגט!
איך פֿאַרשטיי ניט: קליין די ערד זיי? ווייניק וועגן?
ווייניק ערטער דאָרשטיקע, פֿאַרגעסענע פֿון רעגן?
ערטער, וווּ מע לעכצט, מע חלשט נאָך אַ טראָפּן וואַסער?
זאָגט: ניט גלײַכער דען אַהינצו, ווי דעם ים צו מאַכן נאַסער?
אַז מע לויפֿט, מע רעשט! ניטאָ קיין צײַט זיך צו פֿאַרטראַכטן
אויף אַ רגע כאָטש אין די בײַנאַכטן
אין די שטילע!
ניין! איך גיי מיט זיי ניט! איך — איך זוך אַ נײַעם דרך!
און איך שווער אײַך:
ווען דער ים־הגדול, ער אַפֿילו,
ער אַליין שיקט זאָגן מיר: איך וועל דיר
אַלע מײַנע פּערל שענקען, די סירענע
יענע,
וואָס געפֿעלט דיר —
איין מאָל ניין! אויך אים וועל איך אויסמײַדן!"
און דער טײַך גענומען שלענגלען זיך און שנײַדן
איבער וועלדער,
וויסטע פֿעלדער
און יבשה פּיקלדאַרער.
(ניט קיין נאַר ער!)
ברכות אים באַגעגנט וווּ נאָר ער געקומען,
יעדעס שטיינדעלע מיט פֿרייד אים אויפֿגענומען.
נאָר דער טײַך, ער קרימט זיך אַלץ נאָך — ווײַטער, ווײַטער
שנײַדט ער,
זוכט אַלץ נײַע וועגן, ביז ער איז פֿאַרפֿאָרן
אין דער הייסער מדבר פָּארָן,
וווּ די זון ווי קאַלעכאויוונס פֿלאַמט.
און וואָס איז געוואָרן?
פֿרעגט דאָס הייסע זאַמד!

זוכן נײַע וועגן — יאָ, מהיכי־תיתי;
נאָר פֿאַרקריכט ניט אין מדבריות קיין הייסע!

The Pig and the Nightingale

Not a squeak. Not a rustle. Don't dare make a sound.
Hush! The nightingale, in voice, resounds.
"Trill, trill. Thrill the heart.
Thrill it.
Fill it
With delight.
Life's also sweet.
Thrill, trill,
Look and look again—
We fly. Return, return.
When lightning strikes, it dazzles.
When, then,
If not now?
Fluttering. Inflamed.
The blaze. The blaze."

Spectacular, amazing. What's
He want, the big shot?
Hush. Be still; be stiller.
Let him twitter.
The song he sings is all his own,
A psalm
Entirely for himself.

As for me,
It seems to me I languish
Like a bird in anguish
In a narrow cage
Whose air is foul;
A bird that pleads with its own soul
For pity,
Begging in despair
To gasp, to choke
Forever on a tear.

Hear it, hear.
The bird begins again,

דער חזיר און דער סאָלאָוויי

ניט קיין שאָרך! אַ פּיפּס צו טון ניט וואַגט!
שאַ! דער סאָלאָוויי, ער שפּילט, ער קנאַקט:
„קוויק דאָס האַרץ, קוויק, קוויק עס, קוויק עס
און באַגליק עס!
ס׳איז אין לעבן דאָ מתיקות!
קוויק!
בליק נאָך בליק
פֿלי׳מיר דאָך צוריק, צוריק, צוריק!
בליצט אַ בליץ, פֿאַרבליצט ער!
ווען זשע אַז ניט איצטער? איצטער, איצטער, איצטער!
פֿלאַטערדיק, צעהיצטער
פֿלאַקער! פֿלאַקער!״
הימל עפֿן זיך! וואָס וויל ער, אָט דער קנאַקער?
שטילער, שטילער! לאָזט אַליין אים!
שוין, ער שפּילט שוין ניט פֿאַר קיינעם,
נאָר פֿאַר זיך, פֿאַר זיך אַליין אַ מזמור:
איז מיר,
ווי אין אַ געפֿענגעניש אַ פֿייגעלע זיך פּיעסטעט,
ענג אים און די לופֿט פֿאַרפּעסטעט,
און סע קען ניט מער —
סע פֿאַרגייט זיך און סע בעט זיך, בעט זיך, בעט זיך רחמים
ביַי זיַין אייגענער נשמה, זאָל זי לאָזן זיך פֿאַרקיַיכן אים
און אויף אייביק זיך פֿאַרכליסנען אין אַ טרער!
הער נאָר, הער!
ווידער שוין גענומען שטאַרקער, העלער —
טאַנצט אַ שטערן אויף אַ טעלער!
הללויה! ערגעץ ווו קלינגט אָפּ אַ סטרונע
פֿון בטחון, פֿון אמונה!
טסס! אַ כּרובֿ איז דורכגעפֿלויגן
אויף אַ ציטער שטראַל, די טרעלן
אים געפֿעלן,
און ער קליַיבט זיי און ער טראָגט זיי העכער, העכער,
אין אַ פֿיַיערדיקן בעכער. —
און געמיטלעך, אַ בעל־בית אַ יוסטער, האַלב פֿאַרמאַכט די אויגן,
דרימלט זיך רב בולפֿאַס, כּשר־פּיסל אויסגעצויגן,
גענעצט, הייבט בנעימותדיק זיך אויף,

Louder, brighter.
A star is dancing on a platter.
Hallelujah! Somewhere there's a chord
Of faith resounds.
Pssssst. A cherub's just flown by
On a shimmering ray.
He finds the trilling
Thrilling
And gathers it all up
Into a cup
Of fire
And takes it higher, higher.

Sprawled, pleased,
Reb Porker Kosher-foot reposes,
Dozes.
A bourgeois at his ease.
Wheezing gentility,
Gets gracefully upon
His feet and belches, yawns,
Says "Snort"
And "Snort" again.
His many chins shake up and down.
"Hey," says he, "my little nightingale!
The devil take your grandma.
Hey, tell me, where'd you learn
To sing like that?
Snort! Snort!
I haven't had so fine
A belch in a long time.
Sing on,
You little bastard,
I'll not forget you.
Sing, sing on.
When you sing, my gut works to perfection;
Snort! Your music's great for my digestion."

Leonard Wolf

און די מאָרדע שאָקלענדיק אַראָפּ, אַרויף,
פּרייַכט ער און זאָגט גרעבצנדיק: „כריאָק, כריאָק!
העי, דו סאָלאָווייטשיקל, אַ רוח דייַן באַבען, זאָג,
ווו זיך אויסגעלערנט אַזוי קנאַקן?
כריאָק! (שוין לאַנג געטון אַ גרעבץ אַזאַ געשמאַקן!)
שפּיל, שפּיל, ממזרל, איך וועל דיך ניט פֿאַרגעסן!
שפּילסטו, קאָכט דער מאָגן אַנדערש גאָר דאָס עסן!"

The Lion and the Mouse

Caught in a net, a desperate, thrashing lion,
Encircled, tangled, muted thunder,
Fallen.
Ah, passerby, do not pass by
Such grief indifferently.
Comes now the mouse, afraid of drawing near,
She says,
"Poor fellow. It's a wonder
Not to be believed.
Lion and mouse—so long as we both live
We have our share of grief.
Woe's
Me. Oh, woe.
So that's a lion?
Run, bunny, run.
Go call the cat who only yesterday
Gulped my brother
And my brother-in-law
Down.
Call her, call and say,
'See, cat, see. See the lion,
Who, where he set his foot,
Made the whole earth tremble.
Now come and see and draw a moral.'
With the lion's fate before her eye,
Whatever will the cat reply?

"Now, if the net were rope—
Ah, that would be
Another matter.
I'd quickly turn it to a thing
Of shreds and tatters.
But steel! A net of steel. Oh, my!
What sort of mouse heroics can a mouse display?
Ah, there's ill luck even for a mouse's tooth,
And that's the truth.

דער לייב און דאָס מייַזל

אין אַ נעץ אַ לייב אַרייַנגעפּאַלן און ער
ליגט — אַ שטומער דונער,
אַ פֿאַרצווייפּלטער,
אַ פֿאַרפּלאָנטערטער, פֿאַררייפּלטער
אין אַ כמאַרע אַ געכפּלטער.
פֿאַר אַזאַ מין צער, מענטש, גלייַכגילטיק ניט פֿאַרבייַגייי!
קומט די מויז און קוים נאָר נענטער צוגיין זיך דערלויבט —
„נעבעך!” רעדט זי שוין, „איך וואָלט דאָס ניט געגלייבט!
מויז און לייב — אַבי מע לעבט נאָר, צרות ניט קיין דאגה!
וויי מיר, וויי!
דאָס דער לייב? דער ל י י ב ? אוי, האָזל, גיי,
רוף די קאַץ, וואָס נעכטן ערשט פֿאַרצוקט מייַן ברודער און מייַן
שוואָגער,
רוף זי, רוף, און זאָג איר:
קום און קוק: אַ לייב — די ערד געציטערט, ווו געשטעלט אַ פֿוס ער,
איצטערט זע און נעם אַראָפּ אַ מוסר!
וואָס זשע זאָל אַ קאַץ שוין זאָגן, אַז אַ לייב אַזוי אומגליקלעך?
וואָלט געוווען דאָס כאַטש אַ נעץ פֿון שטריקלעך!
מאַך איך באַלד פֿון איר שטיק-שטיקלעך!
אָבער אייַזן! וויי, אַ נעץ פֿון אייַזן!
דאָ אַ מויז אַפֿילו קען קיין גבֿורה ניט באַווייַזן!
ער, פֿאַראַן אוממיגלעכס אויך פֿאַר מייַזן-ציינער!
וואָס זשע טוט מען? זאָל איך וויסן מיר אַזוי פֿון שלעכטס!
מיט אַ זיפֿץ נאָר קען איך העלפֿן, מיט אַ קרעכץ!
אויך אַ זאַך דאָס, מיטגעפֿיל וואָס קומט דיר פֿון געטרייַשאַפֿט
ריינער —”
„בוררר!” קייַקלט זיך אַ דונער אייַן און אויס.
כאַפּט די פֿיסלעך אויפֿן פּלייצעלע די מויז,
טראָגט זיך אָפּ, ניט טויט ניט לעבעדיק, צוריק אין לאָך,
דאָרט געבליבן ליגן קראַנק אַ גאַנצע וואָך —
ניט פֿאַר אייַך געזאָגט, געכאַפּט זי אין דער לינקער זייַט אַ שטאָך —
און פֿאַרזאָגט קינדסקינדער און געשוווירן:
„וואָס ניט מיט אַ לייב זיך טרעפֿן, זאָל קיין מויז אים ניט באַדווי'רן!”

What's to be done?
What makes you think I know?
Unless a groan
Will help, or else a sigh.
That's something, anyway,
Pure sympathy
That comes from loyalty."

"Rrrrroarrr!" Out and in the lion thunder rolls.
The mouse, scared more than half to death,
Takes to her heels,
And scoots back
To her hole where she lies sick
(May God preserve you from the like)
With a pain in her side for a whole week;
Then binds her children and their children
With a solemn oath:
"When trouble overtakes a lion, in whatever fashion,
Damned be the mouse that shows the lion compassion."

Leonard Wolf

MANI LEYB

(Mani Leyb Brahinski) 1883, Niezhin, Chernigov,
Ukraine province—1953, New York.

====================

A skilled bootmaker, Mani Leyb emigrated to America in 1905
and worked in shoe factories until forced by tuberculosis to
find less demanding employment. As the leading figure of *Di
Yunge* he placed individual mood and sensation at the heart of
poetry and believed, with the Russian Symbolists, that the poet
transforms the commonplace through acts of artistic alchemy. To
achieve melodious verse, an ideal of softness in sound, Mani Leyb
initially stripped Yiddish vocabulary of its Slavic and Hebrew
components, especially the guttural consonants, creating effects of
assonance and hushed alliteration. The appeal of simplicity as an
aesthetic goal attracted him to folk songs and folk motifs, and to
the writing of children's verse.

Beginning in the 1920s his poetry gained in density and emo-
tional depth. He translated widely from Russian and Ukrainian as
part of an arrangement with the *Jewish Daily Forward (Forverts)*
that called for weekly poems, either originals or translations. Con-
scious of the missing "classical" tradition of Yiddish poetry, he
provided something of the kind in his later sonnets. They bring a
sense of resolution to very complex themes in verse of formal
regularity.

Written in 1914, this poem was read as an aesthetic call for modulation against the fervid oratory of the earlier Yiddish labor or sweatshop poets. It invokes, also, the classic posture of the diaspora Jew, eternally poised in expectation of the Messiah.

Hush

Hush and hush—no sound be heard.
Bow in grief but say no word.
Black as pain and white as death,
Hush and hush and hold your breath.

Heard by none and seen by none
Out of the dark night will he,
Riding on a snow-white steed,
To our house come quietly.

From the radiance of his face,
From his dress of shining white
Joy will shimmer and enfold;
Over us will fall his light.

Quieter—no sound be heard!
Bow in grief but say no word.
Black as pain and white as death,
Hush and hush and hold your breath.

If we have been mocked by them,
If we have been fooled again
And the long and weary night
We have waited all in vain,

We will bend down very low
To the hard floor, and then will
Stand more quiet than before,
Stiller, stiller and more still.

Marie Syrkin

שטילער, שטילער

שטילער, שטילער! רעדט ניט הויך!
שטייט געבויגן שוואַרץ און בלייך.
איַינגעבויגענע אין פּיַין,
שוויַיגט און האַלט דעם אָטעם איַין.

פֿון דער טיפֿער נאַכט אַרויס
און פֿון קיינעם ניט געהערט,
וועט ער אויף אַ וויַיסן פֿערד
קומען שטיל צו אונדזער הויז.

פֿון זיַין לויטערן געזיכט
און זיַין קלאָרן וויַיסן קלייד
ווייען וועט אויף אונדז די פֿרייד,
פֿאַלן וועט אויף אונדז זיַין ליכט.

זיַיט נאָר שטילער! רעדט ניט הויך!
שטייט געבויגן שוואַרץ און בלייך.
איַינגעבויגענע אין פּיַין,
שטייט און האַלט דעם אָטעם איַין.

אויב מען האָט אונדז אָפּגענאַרט,
און מען האָט אונדז אויסגעלאַכט,
און די גאַנצע לאַנגע נאַכט
האָבן מיר אומזיסט געוואַרט, —

וועלן מיר אין אונדזער בראָך
בייגן זיך צום האַרטן דיל
און מיר וועלן שוויַיגן שטיל,
שטילער נאָך און שטילער נאָך.

זיַיט זשע שטילער! רעדט ניט הויך!
שטייט געבויגן שוואַרץ און בלייך,
איַינגעבויגענע אין פּיַין,
שטייט און האַלט דעם אָטעם איַין . . .

Indian Summer

The bonfire of my Indian summer burns
In drops of gold and into smoke rings, and
Now I scrape the final star of coal,
Wordless and pious, with a darkened hand.

And night and villages. On lunar flutes
Crickets are playing sadness on my soul.
On white grass by the blossoming hedges,
Yellow as the moons, the pumpkins roll.

And trees—blue wax—glow in cool nudity
Like tall candles, or awe-struck before God.
Silence marks sharply the fall of dead leaves;
Sharper the trouble wherein I have trod.

John Hollander

Through the Eye of the Needle

Dear Comfort, when you come today
Don't lie: I am all clarity,
Thus let my tongue keep dumb in re
The wounding of what's true of me.

Only my poem—a puff of prayer,
A reticent wink of suffering,
A silent lamb unfolded there
I bring, my good Lord's offering.

And with burning lips, with all
Humps, bones, and hair, with snaggletooth,
I, like the ancient camel, crawl
Through my needle's eye of truth.

John Hollander

אינדיאַנער זומער

דער שפּעטער־הויפֿן פֿון מײַן אינדיאַנער זומער
אין טראָפּנס גאָלד און רינגען רויך דערברענט.
דעם לעצטן שטערנקויל אַ שטומער און אַ פֿרומער,
אין אַש פֿאַרשאַר איך מיט פֿאַרברווינטע הענט.

און נאַכט און דערפֿער. אויף לבֿנהדיקע פֿלייטן
די גרילן שפּילן טרויער אויף מײַן זעל.
אויף ווײַסן גראָז בײַ אויפֿגעבלויטע פֿלויטן
די קירבעסן ווי די לבֿנות געל.

און ביימער — בלויער וואַקס — אין קילער הוילקייט שטראַלן
ווי גלײַכע ליכט, ווי פֿאַרכטיקע פֿאַר גאָט.
און שטילקייט צייכנט שאַרף פֿון וועלקן בלאַט דאָס פֿאַלן,
און שאַרפֿער נאָך די אומרו פֿון מײַן טראָט.

דורך דער נאָדל פֿון מײַן וואָר

טרייסט געגאַרטע, קום ניט לײַגן,
אַלץ איז מיר ביז ווייטיק קלאָר.
זאָל דערפֿאַר מײַן צונג פֿאַרשווײַגן
מײַנע ווונדן פֿון מײַן וואָר.

נאָר אַ מאָל — אַ רויך פֿון תּפֿילה,
אַ פֿאַרשעמטן ווונק פֿון צער, —
פֿון מײַן הויף אַ לאָם אַ שטילע, —
ברענג איך פֿאַר מײַן גוטן האַר.

און די לעפֿצן אין אַ פֿלעמל,
מיט די הויקערס,ביין און האָר,
קריך איך, ווי דאָס אַלטע קעמל,
דורך דער נאָדל פֿון מײַן וואָר.

Brownsville, a district in Brooklyn, was the location of many small shoe factories during the early years of Jewish settlement in America. Yehupets is the fictional name of a city adopted by Sholem Aleichem to represent Kiev.

I Am . . .

I am Mani Leyb, whose name is sung—
In Brownsville, Yehupets, and farther, they know it:
Among cobblers, a splendid cobbler; among
Poetical circles, a splendid poet.

A boy straining over the cobbler's last
On moonlit nights . . . like a command,
Some hymn struck at my heart, and fast
The awl fell from my trembling hand.

Gracious, the first Muse came to meet
The cobbler with a kiss, and, young,
I tasted the Word that comes in a sweet
Shuddering first to the speechless tongue.

And my tongue flowed like a limpid stream,
My song rose as from some other place;
My world's doors opened onto dream;
My labor, my bread, were sweet with grace.

And all of the others, the shoemaker boys,
Thought that my singing was simply grand:
For their bitter hearts, my poems were joys.
Their source? They could never understand.

For despair in their working day's vacuity
They mocked me, spat at me a good deal,
And gave me the title, in perpetuity,
Of Purple Patchmaker, Poet and Heel.

Farewell then, brothers, I must depart:
Your cobbler's bench is not for me.

איך בין . . .

איך בין מאַני לייב, וויַיט און ברייט אַ באַוווּסטער,
פֿון בראָנזוויל ביז יעהופּעץ — העט;
מיט אַלע שוסטער — אַ גוטער שוסטער,
מיט אַלע פּאָעטן — אַ גוטער פּאָעט.

אַ ייִנגל בײַם ווערקשטעל, בײַ דער שווערער קאַפּילע,
אין נעכט פֿון לבֿנות — אַ מאָל, אַ מאָל,
איז צו מײַן האַרצן אַרונטער אַ ליד ווי אַ תּפֿילה,
און פֿון דער האַנט איז געפֿאַלן די אָל.

דאָס איז גנעדיק די ערשטע מוזע געקומען
און געקושט די ליפּן בײַם שוסטער־יונג,
און איך האָב יענעם זיסן שוידער פֿאַרנומען,
וואָס גיט דאָס וואָרט צו דער שטומער צונג.

און מײַן צונג איז געוואָרן צו אַ קוואַל אַ קלאָרן,
און מײַן ליד האָט אויפֿגעהילכט ווי פֿון ניט הי;
און מײַן ענגע וועלט איז מיר אָפֿן געוואָרן,
און זיס איז געוואָרן מײַן ברויט און מי.

די שוסטער־יונגען, די געטרײַע געזעלן,
זיי האָבן געגאַפֿט, ווי איך זינג מיט גוסט.
זייער ביטער האַרץ איז מײַן ליד געפֿעלן,
נאָר צו וואָס איך זינג האָבן זיי ניט געוווּסט.

און גערייצט פֿון אומעט אין מיזאַמען לעבן,
האָבן זיי מיט חוזק מיך אויסגעשפּעט,
און אויף אייביק אַ צונאָמען מיר געגעבן:
גראַם־שטראַם לאַטוטניק, גראַם־שטראַם פּאָעט.

איז זײַט מיר געזונט, מײַנע טײַערע ברידער,
בײַם ווערקשטעל מיט אײַך — גייט מיר ניט אײַן.

With songs in my breast, the Muse in my heart,
I went among poets, a poet to be.

When I came, then, among their company,
Newly fledged from out my shell,
They lauded and they laureled me,
Making me one of their number as well.

O Poets, inspired and pale, and free
As all the winged singers of the air,
We sang of beauties wild to see
Like happy beggars at a fair.

We sang, and the echoing world resounded.
From pole to pole chained hearts were hurled,
While we gagged on hunger, our sick chests pounded:
More than one of us left this world.

And God, who feedeth even the worm—
Was not quite lavish with his grace,
So I crept back, threadbare and infirm,
To sweat for bread at my working place.

But blessed be, Muse, for your bounties still,
Though your granaries will yield no bread—
At my bench, with a pure and lasting will,
I'll serve you solely until I am dead.

In Brownsville, Yehupets, beyond them, even,
My name shall ever be known, O Muse.
And I'm not a cobbler who writes, thank heaven,
But a poet who makes shoes.

John Hollander

אין האַרצן די מוזע, אין בוזעם לידער —
איך גיי צו פּאָעטן אַ פּאָעט צו זײַן.

און אַז איך בין צו די פּאָעטן געקומען, —
אַ פֿויגל אַ קליינס און אָקאָרשט פֿון איי, —
האָבן זיי מיט גרויס כּבֿוד מיך אויפֿגענומען,
און איך בין געוואָרן איינער פֿון זיי.

אַך, פּאָעטן, זינגער ווי די פֿייגל פֿרײַע! —
באַגײַסטערט און בלייך און מיט אונדזער ליד,
מיר האָבן געזונגען פֿון שיינקייטן נײַע,
ווי די בעטלער הפֿקר אויף אַ יריד.

און מיר האָבן געזונגען און די וועלט פֿאַרקלונגען,
די הערצער באַצוווּנגען פֿון העק צו העק,
געריסן די לונגען און דעם הונגער געשלונגען, —
אַז ניט איינער פֿון אונדז איז פֿון דער וועלט אַוועק.

און גאָט, וואָס ער שפּײַזט אַפֿילו דעם וואָרעם,
איז זײַן גנאָד צום פּאָעט געווען ניט גרויס.
בין איך מיר צוריק אַוועק באָרוועס און אָרעם
צום ווערקשטעטל עסן מײַן ברויט אין שווייס.

און אַ דאַנק דיר, מוזע, פֿאַר דײַן גרויסער מתּנה,
כאָטש אין דײַנע שפּײַכלערס איז קיין ברויט ניטאָ.
און בײַ דער קאַפּילע נאָר מיט ריינער כּוונה
זאָל איך דיר דינען ביז מײַן לעצטער שעה.

און מײַן נאָמען זאָל זײַן ווײַט און ברייט באַוווּסטער,
אין בראָנזוויל — יעהופּעץ און ווײַטער, העט —
און אַ דאַנק וואָס איך בין ניט קיין פּאָעט אַ שוסטער,
וואָס איך בין אַ שוסטער אַ פּאָעט.

This sonnet lamenting the murdered Jews of Europe recalls the melodies of a fallen civilization. The song of the splendid peacock is a well-known Yiddish folk song; the song of Elimelekh the King is a modern version of Old King Cole, transmuted by the American Yiddish poet Moishe Nadir (Itzkhok Rayz, 1885–1943) to resemble a Hasidic song. The biblical cymbals suggest the ancient music of the Jews, while the appropriate trope to which the Torah is read represents the musical tradition of the synagogue. The nine sonnets by Mani Leyb translated here are part of a loose sequence written during the last twenty years of his life.

They . . .

There had been multitudes, yea, multitudes, O God—
So many lively ones, and so many gallant,
So stately and so bearded, and so crowned with talent—
Whose language was astonishing, and nobly odd.

From under every rooftop with its gabled slopes
Such curious songs, and such haughty ones they'd sing,
Of the splendid peacock and Elimelekh the King,
With biblical cymbals, and the appropriate tropes.

But high above their heads, only the sun could see
The raw attack, the cold knife of the murderer
As he descended on them in a violent stir,
And what a lot there was of savage butchery. . . .

Now they are melted, they are what violence can remember,
Two or three trees left standing amid the fallen timber.

John Hollander

You Only Know . . .

You're full, sated with wonder as with bread,
Sated with days—a full river that goes
Beyond your eye, around the earth, and flows
With light that God's eternal lamp has shed.

זיי . . .

זיי זענען דאָרט, אוי, גאָט, געווען אַ סך, אַ סך,
אַזעלכע לעבעדיקע און אַזעלכע בראַווע,
אַזעלכע שטאַלטנע, בערדיקע און קוטשעראַווע —
און מיט אַ וווּנדערלעכער אויסטערלישער שפּראַך.

און זינגען פֿלעגן זיי פֿון אונטער יעדן דאַך
אַזעלכע האָפֿערדיקע לידער און טשיקאַווע:
פֿון מלך אלי־מלך און דער שיינער פּאַווע,
מיט מעבֿיר־סדרה־טראָפּ און צימבלען פֿון תּנך.

נאָר איבער זייער קאָפּ — די זון האָט נאָר געזען
די רויע גוואַלד, דעם קאַלטן מעסער בײַם רוצח,
ווי ער איז איבער זיי אַראָפּ, מיט ווילדן כּח,

און ס'אַראַ מערדערײַ איז דאָרט געווען!
איצט זענען זיי אַ זכר נאָר פֿון יענער גוואַלד:
אַ צוויי־דרײַ ביימער פֿון אַן אויסגעהאַקטן וואַלד.

דו ווייסט נאָר . . .

ביסט פֿול און זאַט מיט וווּנדער ווי מיט ברויט,
און זאַט מיט טעג — אַ פֿולער טײַך, וואָס פֿליסט
פֿאַרבײַ דײַן אויג אַרום דער ערד און גיסט
מיט לויטער ליכט פֿון גאָטס נר־תּמיד־קנויט.

Fed by him from the root up to the face
With overflowing, as if given suck . . .
He doomed you to become a pile of muck,
For death and the blind worm a nesting place.

His Will your wisdom cannot comprehend:
You only know you've been vouchsafed to see
His light, the purple of his drapery.
Thus when that light leaves your eye at the end

Throw your head down at his anointed sole:
Give thanks, till earth has covered your mouth whole.

John Hollander

A Plum

In the cool evening, the good provider plucked
From off a tree a fully ripened plum,
Still with its leaf on, and bit into some
Of its dewy, blue skin. From there, unlocked,

The long-slumbering juice came leaping up,
Foaming and cool. In order to make use
Of every single drop of all that juice,
Slowly, as one walks bearing a full cup

Of wine, he brought a double handful of plum
To his wife, and gently raised it to her mouth,
Whereupon she could lovingly begin—

"Thanks," she said—to gnaw the plum from out
Of his hands, until those hands held only skin,
And pit, and flecks of overbrimming foam.

John Hollander

גענערט פֿון אים פֿון וואָרצל ביזן צויט
מיט כּולו גנאָד ווי פֿון אַ מוטערס בריסט,
האָט ער באַשערט דײַן סוף צו ווערן מיסט, —
אַ נעסט דעם בלינדן וואָרעם און דעם טויט.

זײַן ווילן וועט דײַן חכמה ניט פֿאַרשטיין.
דו ווייסט נאָר, אַז דו האָסט פֿאַרזוכט די פֿרייד
צו זען זײַן ליכט — דעם פּורפּל פֿון זײַן קלייד.

איז ווען זײַן ליכט וועט פֿון דײַן אויג פֿאַרגיין,
פֿאַרוואַרף דײַן קאָפּ פֿאַר זײַן געזאַלבטער זויל
און דאַנק, ביז ערד וועט צודעקן דײַן מויל.

אַ פֿלוים

אין קילן אָוונט האָט דער בעל־הבית
פֿון בוים אַ רײַפֿע פֿלוים אַראָפּגעריסן
אין איינעם מיטן בלאַט, און אײַנגעביסן
די טוייִק בלויע הויט. האָט פֿון זײַן שלאָס

דער שלאָפֿעדיקער זאַפֿט געטאָן אַ גאָס
מיט קילן שוים. און צו פֿאַרשליסן
איר גאַנצן זאַפֿט — אַ טראָפּן ניט פֿאַרגיסן —
האָט ער פֿאַמעלעך, ווי מען טראָגט אַ כּוס

מיט ווײַן, אין ביידע פֿולע הענט די פֿלוים
געבראַכט דער ווײַב און איידל צוגעטראָגן
צו אירע ליפּן. האָט זי מיט אַ ליבן

„אַ דאַנק" — פֿון זײַנע הענט גענומען נאָגן
די פֿלוים. ביז אין די הענט איז אים פֿאַרבליבן
די הויט, דאָסביינדל און צעקלעקטער שוים.

Strangers

Like a child, down onto her heart he fell there,
Wan-eyed, and in great lonely sorrow nursed
With all of his blood hungrily athirst
On her awakened springs, a golden pair,

Her taste of milk, then moved in like a knife
To open her sweet body up, to stay
Inside, die in cool damp, then fall away
Up in her Deep, back in her stuff of life.

They sat at evening with stars overhead
At table. And they both ate of the bread.
Between them on the table the knife stayed.

Their eyes like strangers', each other's eyes evaded,
As though their knot had been cut, and they were divided,
Like two ends of the table, by the blade.

John Hollander

Odors

Such pungent odors the old synagogues dispel:
Like those a cemetery's cleansing-shed will hold—
The basin, the copper of the pitcher, reek of mold;
Of fine dust and the moth, the ark's silk curtains smell;

The books, of altars, sacrificial celebrations,
Old candles, and the sweet wine of the word of God;
To this the niches of the candelabra add
The stench of salt from tears of ancient lamentations.

But from the tables caked with dirt there has arisen
A sweet, delicious odor now of something such
That your beard is quite damp, your mouth waters so much—

פּרעמדע

ער איז איר ווי אַ קינד צום האַרצן צוגעפּאַלן
אין צער און גרויסן עלנט, מיט פאַרשמאַכטע אויגן;
און מיט זײַן הונגעריקן בלוט האָט ער געזויגן
פֿון אירע אויפֿגעוועקטע גאָלדענע צוויי קוואַלן

איר טעם פֿון מילך, און ווי אַ מעסער זיך געצויגן
צו עפֿענען איר זיסן לײַב — אים אויפֿצופראַלן,
און אויסגיין, אין פֿאַרקילטן רויג, פֿונאַנדערפֿאַלן
אין איר, צו איר אין תּהום, צוריק אין אירע רויגן.

אין אָוונט מיט די שטערן זײַנען זיי געזעסן
בײַם טיש. זיי האָבן ביידע פֿון דעם ברויט געגעסן.
דאָס מעסער אויפֿן טיש איז צווישן זיי געלעגן.

נאָר ביידנס אויגן האָבן פֿרעמד זיך אויסגעמיטן,
ווי ס׳וואָלט דאָס מעסער זייער קנופּ אויף צוויי צעשניטן
און זיי צעטיילט ווי פֿון דעם טיש די ביידע ברעגן.

ריחות

אין אַלטע קלויזן שפּירן זיך אַזעלכע טערפּקע ריחות,
ווי אין אַ טהרה־שטיבל אויף אַ הייליק אָרט:
מיט שימל שמעקט דער כּיור און דער קופּער פֿון דער קוואָרט,
מיט דינעם שטויב און מאָיל דער זײַדענער פּרוכת;

די ספֿרים שמעקן מיט קרבנות און מזבחות
און חלבֿ־ליכט און זיסן יין פֿון גאָטס וואָרט;
און די געוועלבן מיט די מנורות שמעקן דאָרט
מיט האַרבן זאַלץ פֿון טרערן פֿון די אַלטע איכהס.

נאָר פֿון די ברודנע טישן שפּירסטו אַזאַ זיסן
באַטעמטן ריח, וואָס פֿאַרשמעקט דיר אַזוי ווויל,
אַז ס׳רינט דיר אין דער באָרד די סלינע פֿונעם מויל:

This is the smell of cake and brandy passed at a circumcision
After prayers, by free-handed celebrants, to all
From where the poor sit to the high-toned eastern wall.

John Hollander

To the Gentile Poet

Heir of Shakespeare, shepherds and cavaliers,
Bard of the gentiles, lucky you are indeed!
The earth is yours: it gives your fat hog feed
Where e'er it walks, your Muse grazes on hers.

You've sat, a throstle in your tree, and trilled
Still answered by all the far-flung elsewheres,
By fullness of fields, by wide city squares,
By sated hearts' serenity fulfilled.

But I, a poet of the Jews—who needs it!—
A folk of wild grass grown on foreign earth,
Dust-bearded nomads, grandfathers of dearth—
The dust of fairs and texts is all that feeds it;

I chant, amid the alien corn, the tears
Of desert wanderers under alien stars.

John Hollander

דאָס שמעקט אַזוי דער לעקער־בראָנפֿן פֿון בעל־בריתן,
וואָס טיילן נאָכן דאַוונען מיט אַ ברייטער האַנט
פֿון פֿאָליש ביזן אויבנאָן אין מזרח־וואַנט.

צום גוייִשן פּאָעט

אַ יורש פֿון שעקספּיר, פֿון פֿאַסטעבער און ריטער,
אַז ווייל און ווויל איז דיר, דו גוייִשער פּאָעט!
די ערד איז דײַנע, ווו דײַן פֿעטער חזיר טרעט:
זי גיט אים פֿיטערגראָז און גיט דײַן מוזע פֿיטער.

דו זיץ נאָר ווי דער דראָסל אויף דײַן צווײַג און צוויטער,
און דיר וועט ענטפֿערן פֿון אַלע רוימען העט:
פֿון פֿעלד די פֿולע זעט, די רחבֿות פֿון די שטעט,
די פֿולע שלווה פֿון געזעטיקטע געמיטער.

און דאָ בין איך, אַ ניט־געדאַרפֿטער, אַ פּאָעט בײַ ייִדן,
געוואַקסן מיטן ווילדגראָז אויף ניט אונדזער ערד
פֿון זיידעס — מידע וואָגלער מיט פֿאַרשטויבטע בערד, —

וואָס נערן זיך אויף שטויב פֿון ספֿרים און ירידן;
און זינגען זינג איך אויף אַ פֿרעמדער וועלט די טרערן
פֿון וואָגלער אין אַ מדבר אונטער פֿרעמדע שטערן.

Christmas, with its religious processions and pageants, inspired fear among the Jews.

Christmas

The bronze of bells aroused by the night sky,
The town has frost, flares, incense on its breath;
Their God arises joyfully from death
And the crowds carry, on a pole on high,

His image. And their tread, heavy and blind,
Bears hate aloft; on every upper floor
Children of Israel, fearful, count the more
On You, God of mercies, being lovingkind.

While outside doors and shutters sings the snow,
Wide blue heavens dazzle the eye with frost,
The night from crown to girdle is embossed
With stars and quiet—but a shriek below

Rips peace away from its secluded life:
The outcry of blood in terror of their knife.

John Hollander

The Sun Is Good . . .

The sun is good to everyone. It shines for little
Children in the street; on threshholds for the old;
For travelers afar on the long, wearying road;
For stalks of corn in fields, and for the silent cattle.

It's good even to arsonists, and good to wolves,
And good to whores who come out with the night so gaily,
For it bestows on night and on its sinners daily
The very world itself, as westward it revolves.

ניטל

די נאַכט וועקט אויף דאָס קופּער פֿון די גלאָקן.
מיט פֿאַקלען, פֿראָסט און ווײַרעך וואַכט די שטאָט:
פֿון טויט שטייט אויף מיט פֿרידן זייער גאָט.
און מחנות טראָגן אויף אַ הויכן פֿלאָקן

זײַן דמות; און זייער בלינדער שווערער טראָט
טראָגט האַס; און אין די ענגע שטומע שטאָקן
ישׂראלס קינדער דופּענען צעשראָקן —
אָ, גאָט פֿון רחמים! — אויף דײַן באַראָט.

און הינטער טיר און לאָדן זינגט דער שניי.
און ברייטע בלויע הימלען פֿראָסטיק בלענדן.
די נאַכט איז פֿון איר קרוין ביז אירע לענדן

מיט שטערן און מיט רו . . . נאָר אַ געשריי
רײַסט אויף די רו פֿון אַלע אירע שלעסער:
דאָס שרײַט דאָס בלוט אין אַנגסט פֿאַר זייער מעסער.

די זון איז גוט . . .

די זון איז גוט צו אַלעמען. זי לײַכט פֿאַר קינדער
אין גאַס; אויף שוועלן פֿאַר די מידע אַלטע לײַט;
פֿאַר וואָגלער אויפֿן וועג, וואָס מעסטן זייער ווײַט;
פֿאַר זאַנגען אויפֿן פֿעלד און פֿאַר די שטומע רינדער.

זי איז אַפּילו גוט צו וועלף, צו אונטערצינדער
און זונות, וואָס זיי קומען מיט דער נאַכט פֿאַרשײַט,
ווײַל דעמאָלט קערט די זון זיך אָפּ צו מערבֿ־זײַט,
און גיט די וועלט אַוועק דער נאַכט מיט אירע זינדער.

The sun is good to all. It shines even to cut
Across to dead graves through the cemetery fence,
Shining for the grass and for the blindworms thence,
To raise them up from death, from its distended gut.

It must have God's consoling sign of old to give:
That from death, even, there springs forth life that will live.

John Hollander

*Hersh Itsi was the name of the poet's father. Jews were traditionally
buried in white shrouds, and shards were placed over their eyes as a sym-
bol of their return to earth.*

Inscribed on a Tombstone

Here lies Hersh Itsi's son: on his unseeing
Eyes are shards; in his shroud, like a good Jew.
He walked into this world of ours as to
A yearly fair, from that far town Nonbeing

To peddle wind. On a scale he weighed out
All that he owned to a wheeler-dealer friend,
Got back home to light candles, tired at the end
When the first Sabbath stars had just about

Curtained his town's sky above all the Jews.
Now here he lies. His grave stands, mossed in green,
Between him and the gray week, as between
Sabbath delights and the fair's noisy stews.

Great blasts of wind that could outlast him still
Were left to all the children in his will.

John Hollander

די זון איז גוט צו אַלעמען. זי לײַכט דאָך אויך
אין צוימען פֿון בית־עלמינס איבער טויטע קבֿרים:
דאָס לײַכט זי פֿאַר דעם גרעזל און דעם בלינדן וואָרעם

צו הייבן זיי פֿון טויט — פֿון זײַן צעווירטן בויך:
מסתּמא אונדז אין טרייסט גאָטס אַלטן צייכן געבן,
אַז אויך פֿון טויט אַרויס שפּראָצט לעבעדיקע לעבן.

אויפֿשריפֿט אויף מײַן מצבֿה

דאָ ליגט הירש איציס זון מיט שערבלעך אויף די אויגן
באַגראָבן אין תּכריכים ווי אַ שיינער ייִד,
ער איז אויף אונדזער וועלט ווי אויף אַ יאָר־יריד
אַראָפּ צו פֿוס פֿון ווײַטן ייִשובֿ ניט־געשטויגן

פֿאַרקויפֿן ווינט. ער האָט אויף וואָגשאָל אָפּגעווויגן
זײַן האָב און גוטס אַ סוחר־מוכר אַ ידיד;
און איז צו ליכטבענטשן אַהיים געקומען מיד,
ווען ערשטע שבת־שטערן האָבן שוין פֿאַרצויגן

דעם הימל אויף זײַן ייִשובֿ איבער אַלע ייִדן.
איצט ליגט ער דאָ. זײַן קבֿר־ערד מיט גרינעם מאָך
איז אַ מחיצה צווישן אים און גרויער וואָך,

און צווישן טומל פֿון יריד און שבת־פֿרידן.
און היפּשע רעשטן ווינט, וואָס איז נאָך אים פֿאַרבליבן,
האָט ער אין זײַן צוואה קינדער אָפּגעשריבן.

YISROEL-YANKEV
SCHWARTZ

(Shvarts) 1885, Lithuania—1971, New York.

========================

Son of the town rabbi, steeped in talmudic learning, Schwartz
came to New York in 1906 and worked as a teacher in the local
Hebrew schools. Between 1918 and 1928 he ran a large clothing
store in Lexington, Kentucky, and then returned to New York City.
Toward the end of his life he moved to Florida. Better educated and
more traditionally oriented than most of his colleagues among *Di
Yunge*, he translated classical and modern Hebrew poets, par-
ticularly Bialik, into Yiddish, as well as Shakespeare and Milton.
His epic poem *Kentucky* (1925), obviously inspired by his life in
the southern United States, was the first such sustained poetic nar-
rative in modern Yiddish literature. He also wrote, in addition to
lyrics and longer poems, a biographical narrative, *Yunge yorn*,
about growing up in the old country.

This excerpt is part of the epic poem Kentucky, *which traces the life of a Jewish family in the southern United States from the arrival of the immigrant father, Josh, who sets out as a peddler, to the growing-up and assimilation of the grandchildren.*

The Climb Up

When he bought the old Tompkins place,
Josh felt rooted in the earth.
All at once his gaze grew confident,
clear, good-natured.
There was certainty and heart
in the sound of his step in the big old yard,
and a smile played lightly
in the wrinkles around his lips.
Gratifying years of work passed,
peacefully linked to one another.
Immersed in business heart and soul,
he didn't see that in time
he really was rooted in the land;
it was close to him now, his own.
His English set free
with every turn of phrase his neighbors used,
he had a joke for everyone,
friendly words, something smart and pithy
from the book of common sense,
that left them feeling good.
When they were building a hospital
or church, they came to Josh for his donation.
They began to listen to him.
In uncertainty they came
to him for his advice;
in a dispute Josh set both sides straight
with a compromise.
Afterward the new-made friends
eased the peace in with a drink,
surprised at themselves—
they wondered why they ever had to fight at all—

באַרג־אַרויף

פֿון דער פּאָעמע ,,קענטאָקי״

אַז דזשאָש האָט אָפּגעקויפֿט דעם אַלטן טאָמפּקינס פּלאַץ —
האָט ער דערשפּירט זיך פּלוצעם ווי ער וואָלט
געלאָזן טיפֿע וואָרצלען אין דער ערד.
זײַן בליק איז מיט אַ מאָל געוואָרן זיכער,
געוואָרן גוטמוטיק און קלאָר און שמייכלדיק;
זײַן פֿעסטער טראָט אין אַלטן ברייטן הויף
האָט אויסגעקלונגען זיכערקייט און מוט;
און אין די קנייטשן פֿון דער קין און ליפּן
האָט אָנגעהויבן שפּילן לײַכט אַ שמייכל.

עס האָט פֿאַר אים זיך אָנגעהויבן ציִען
אַ קייט פֿון רויִקע און אַרבעטזאַמע יאָרן.
מיט לײַב און זעל פֿאַרטאָן אין זײַן געשעפֿט,
האָט ער אַליין ווי ניט באַמערקט, ווי דורך דער צײַט
איז ער געוואָרן אײַנגעוואַקסן אין דער ערד,
ווי אַלץ איז אים געוואָרן נאָנט און אייגן.
זײַן ענגליש־צונג איז אים געוואָרן פֿרײַ
מיט יעדן בייג און אויסדרוק פֿון די שכנים;
ער האָט געהאַט אַ וויץ פֿאַר יעדן איינעם,
אַ פֿרײַנדלעך וואָרט, אַ קלוגן קורצן משל
גענומען פֿון אַ שׂכלדיקן מדרש,
פֿון וואָס די שכנים פֿלעגן אָנקוועלן.
האָט מען באַדאַרפֿט צו בויען אַ שפּיטאָל,
צי אויפֿשטעלן אַ נײַע קירך — דאַן איז מען
געקומען נאָך אַ בײַשטײַער צו דזשאָשן.
מ׳האָט זיך גענומען צוהערן צו אים,
אין אַ פֿאַרלעגנהייט וועט מען שוין קומען
צום אַלטן דזשאָש צו האַלטן זיך אַן עצה.
און פֿלעגן שכנים קומען צון אַ סיכסוך —
פֿלעגט אָפּט מאָל דזשאָש די צדדים אויסגלײַכן

keeping at it till they ended with a spirited,
"Old Josh has a head on his shoulders."

By the time he built his life's edifice,
there were iron-gray streaks in his hair;
his face was burnt brick-red,
with deep wrinkles around a strong mouth
that smiled in hidden certainty.
In his house and yard were
slim, athletic sons
and slender puritanical daughters
in their white dresses, with long braids
and clean-cut, tanned faces.
Though by now they were estranged
from the old ways.
Even he grew away from it all,
indifferent to faith.
Give the devil a finger,
he'll want the whole hand;
Josh skipped praying one morning, then another,
till he gave it up entirely.
He was closed on the Sabbath,
but it didn't do a bit of good.
He didn't rest or read a holy book;
his head tugged at him and carried him off,
and the bigger his business grew,
the more burden the Sabbath.
He would catch himself totting up accounts
on the Sabbath and be ashamed,
then directly be lost in business again.

The only one who sighed over this
was his tall, thin wife.
She still made *shabes* holy,
blessed the candles, read the women's prayers,
longed for the old ways.

---

shabes (Heb. *shabat*): the Sabbath.

און ברענגען זיי צו שלום דורך אַ פּשרה.
און נאָך דעם ווי די נײַע גוטע פֿרײַנד
באַנעצט האָבן דעם שלום מיט אַ טרונק —
דאָ פֿלעגן זיי אויף זיך אַליין זיך חידושן:
למאי מען האָט זיך קריגן גאָר באַדאַרפֿט?
געהאַלטן אין איין טענהן מיט התלהבֿות:
„איַי, דזשאָש, ער טראָגט אַ קאָפּ אויף זײַנע פּלייצעס!"

אַז דזשאָש האָט אויפֿגעבויט זײַן לעבנס־בנין,
איז שוין זײַן קאָפּ געווען אַדורכגעשטרײַפֿט
מיט אײַזן־גרויע פּאַסמעס האָר; זײַן פּנים
פֿאַרבאַקן אין אַ העלער ציגל־רויטקייט,
מיט טיפֿע קנייטשן אַרום שטאַרקן מויל —
האָט מיט באַהאַלטן זיכערקייט געשמייכלט.
דאָס הויז און הויף זײַנען געווען פֿול
מיט שלאַנקע און אַטלעטיש־שטאַרקע זין
און יונגע, דינע, פּוריטאַנער טעכטער
אין ווײַסע קליידער און מיט לאַנגע צעפּ,
מיט ריין־געשניצטע ברוינע פּנימער.
נאָר די זײַנען געווען שוין פֿרעמד און ווײַט
פֿון אַלטן שטאָם; אַפֿילו ער, דער טאַטע,
איז דורך דער צײַט געוואָרן פֿרעמד צו אַלעם,
געוואָרן גלײַכגילטיק און קאַלט צום גלויבן.
דעם שׂטן, אַז דו גיסט אים בלויז איין פֿינגער —
פֿאַרלאַנגט ער באַלד די גאַנצע האַנט; צו ערשט
פֿאַרפֿעלט אַ דאַוונען, שפּעטער נאָך איינעם,
ביז ער האָט אויפֿגעהערט אין גאַנצן דאַוונען.
דעם שבת פֿלעגט ער האַלטן נאָך געשלאָסן —
נאָר אײַנגיין איז עס אים ניט אײַנגעגאַנגען.
אַנשטאָט צו רוען און אַרײַנקוקן אין ספֿר
האָט אים דער קאָפּ געטראָגן און געשלעפּט,
און וואָס מער דאָס געשעפֿט האָט זיך צעוואַקסן
איז אַלץ דער שבת מער צו לאַסט געפֿאַלן.
און אָפֿט מאָל פֿלעגט ער שבת, אומגעריכט,
זיך כאַפּן אַז ער חשבונט מיט אַ בלײַפֿעדער —
פֿלעגט ער אַ ווײַל פֿאַר זיך אַליין זיך שעמען,
נאָר באַלד זיך ווידער אין געשעפֿט פֿאַרטיפֿן.
די איינציקע וואָס האָט אויף דעם געזיפֿצט

But the light of the Sabbath candles
couldn't drive the weekday out;
the heartfelt prayers of the *tkhines*
fell shamed, pointless,
in the ears of her sons in this other land,
estranged flesh and blood,
and slender daughters with a strange language,
looking into incomprehensible books
by the *shabes* candlelight.

By then his name was known far and wide:
in Kentucky, Tennessee, Ohio, Indiana,
on to Illinois and Kansas on one side
and states far to the north on the other.
They all sent their goods to him
and trusted him to do exactly as he said.
He was as good as his word: prudent,
dependable, as demanding of himself as of others.
The business expanded, branched,
extended its reach and possibilities.
It was an arousing, wonderful game,
with the marrow in his bones, his nerves,
and thousands in cash at stake,
and Josh, the head of it, who made it all,
steering quietly to the goal he desired.
Like all strong, energetic natures,
he hated to talk about the lonesome long-ago,
and if a neighbor who knew him
in the days of his heavy pack
said, "Josh, by God, that pack
you brought into these parts . . ."
Josh humored him grudgingly
till he wandered on to another topic.

They still lived in the old house,
so clearly out of the past
compared to the unabashed new building.
His daughters were unhappy

---

tkhines: in this context, non-canonical Yiddish prayers, recited mainly by women.

איז בלויז געווען די דינע הויכע ווײַב.
זי פֿלעגט נאָך מאַכן שבת־קודש ווי אַ מאָל
און בענטשן שבת־ליכט און זאָגן תּחינות,
און בענקען נאָך די אַלטע גוטע צײַטן.
דער שײַן פֿון די געבענטשטע ליכט האָט אָבער
פֿאַרטרײַבן ניט געקענט די פֿרעמדע וואָכיקייט —
דאָס האַרציקע געבעט פֿון אַלטע תּחינות
געפֿאַלן איז פֿאַרשעמט און איבעריק
אין ווײַטע אויערן פֿון פֿרעמדלאַנד־זין
און אָפּגעפֿרעמדטן פֿלייש־און־בלוט,
פֿון שלאַנקע טעכטער מיט אַ פֿרעמדן לשון,
וואָס קוקן בײַ די שבת־ליכט אַרײַן
אין אומפֿאַרשטענדלעכע און ווײַטע ספֿרים.

און דאַן האָט שוין דער נאָמען פֿונעם ייִד
געקלונגען הויך און ווײַט איבערן לאַנד:
קענטאָקי, טענעסי, אָהײַאָ און אינדיאַנאַ
ביז אילינאָיז — און קענזאַס־שטאַט פֿון איין זײַט
און פֿון די ווײַטע צפֿונדיקע שטאַטן
פֿון צווייטער זײַט — די אַלע האָבן שוין
געשיקט אים זייער מיסחר, און געגלייבט
אין ייִדנס וואָרט און טאַט און פּינקטלעכקייט.
אַ וואָרט זײַנס איז געווען אַ וואָרט: באַרעכנט,
ראַיעל און שטרענג צו זיך ווי צו דעם צווייטן.
און דאָס געשעפֿט האָט זיך צעשפּרייט, צעצווײַגט,
און גרעסער איז געוואָרן זײַן פֿאַרנעם
און זיינע מעגלעכקייטן. ס׳איז געווען
אַ וווּנדערלעכע אויפֿגערייצטע שפּיל
אין שווערע טויזנטער און מאַרך און נערוון —
און דזשאָש, דער קאָפּ, דער אויפֿטוער פֿון דעם
איז שטיל געשטאַנען פֿון דעם אַלץ בײַם רודער
און האָט געטריבן צום געוווּנטשטן ציל.
און פּונקט ווי אַלע שטאַרק ענערגישע נאַטורן,
האָט ער ניט ליב געהאַט זיך אָפּשטעלן און ריידן
פֿון ווײַטער עלנטער פֿאַרגאַנגענהייט.
און אַז אַ שכן, וואָס האָט אים געדענקט

but wouldn't say so to their father's face.
But the old house satisfied their mother.
Every nook dear to her,
the crooked old walls,
the household things in their places in the corners.
Sometimes she thought about their dead child—
the sacrifice for all of this—
then bitter, poisoned, green-eyed,
she looked out at the yard,
where red, well-founded, and unashamed,
the four-story building rose.
And Josh, the head, the provider,
seemed far from it all,
but his sharp eye took it all in.
Engaged in business body and soul,
he sensed their needs and desires.
From time to time a remark
to a son or daughter would amaze them.
How could he know? No one had said a word.

Lately he was quiet,
would vanish from the yard for hours,
and when he came home at night,
a smile would play about his lips.
His still-young gray eyes
stared at the silver smoke of his cigar
spreading over the heads
of his daughters bent over their sewing
and sons engrossed in books—
and in a speaking silence, he kept his secret.
He had bought a home,
was busy daily with the renovations,
saw to the plastering, painting, papering.
It smelled of paint and paste
and pine boards freshly planed;
there was the noise of hammer and saw
and the plane singing.
Through the windows of the renovated house,
a green expanse of broad fields and distant woods,

פֿון יענע צײַטן מיטן שווערן פּאַק,
פֿלעגט אים אַ מאָל אַ זאָג טאָן: „דזשאָש בײַ גאָט,
אײַ־אײַ, אַ שווערער פּאַק געווען דײַן פּאַק,
וואָס דו האָסט דאָ געבראַכט אין די מקומות. . .״ —
פֿלעגט דזשאָש אים געבן ענטפֿער מיטן האַלבן מויל,
ביז וואַן דער גוי פֿלעגט זיך פֿאַרפּלוידערן
און איבערשפּרינגען אויף אַ צווייטן ענין.

געוווינט האָט מען נאָך אַלץ אין אַלטן הויז,
וואָס האָט זיך מיט זײַן אַלטקייט אויסגעטײלט
אַקעגן נײַעם שרײַענדיקן בנין.
די טעכטער זײַנען ניט געווען צופֿרידן —
נאָר ריידן הויך אין אָנגעזיכט פֿון פֿאָטער
האָט זיי פֿאַרפֿעלט דער מוט. דערפֿאַר, די מאַמע
איז מיטן אַלטן הויז געווען צופֿרידן.
עס איז איר ליב געווען אַיעדער ווינקל,
די אַלטע און צעדרייטע קרומע ווענט
און איטלעך ווינקל מיט די אָנגעשטעלטע כּלים.
אַ מאָל פֿלעגט זי דערמאָנען זיך אָן טויטן קינד,
וואָס איז געווען אַ קרבן פֿאַר דעם אַלעם —
און דאַן פֿלעגט זי אַ גיפֿטיקע, פֿאַרביסענע,
מיט גרינע אויגן קוקן אויפֿן הויף,
ווו ס׳האָט זיך רויט און פֿעסט און שרײַעוודיק
געהויבן דער פֿירגאָרנדיקער בנין.
און דזשאָש, דער קאָפּ, דער פֿירער און פֿאַרזאָרגער —
ער איז, דאַכט זיך, געוועזן ווײַט פֿון אַלעם,
נאָר מיט זײַן שאַרפֿן אויג באַנומען אַלצדינג.
פֿאַרטאָן מיט לײַב־און־לעבן אין געשעפֿט,
נאָר מיט זײַן חוש דערטאַפּט און דורכגעפֿילט
די נויט און דעם באַגער פֿון יעדן איינעם.
פֿלעגט צײַטנווײַז אַרײַנוואַרפֿן אַ וואָרט
צו איינעם פֿון די זין, צי פֿון די טעכטער,
פֿון וואָס זיי פֿלעגן ווערן שטאַרק פֿאַרוווּנדערט:
פֿון וואַנען ווייסט דער פֿאָטער גאָר אַזוינס
וואָס מ׳האָט גאָר אויף די ליפּן ניט געבראַכט?

די לעצטע צײַט פֿלעגט ער אַרומגיין שטיל,
פֿאַרשווינדן פֿונעם הויף אויף שעהען לאַנג —
און אַז ער קומט צוריק אַהיים בײַ נאַכט,

and on the pine floor
in a flood of sunlight,
the gold and green swaying shadows
of the pointed leaves
of heavy old oaks and young oaks.
It was hard for Josh to tear himself away
from the great secret filling him
like overwhelming wine;
and looking at the wide expanse,
the old verse would come to mind:
"God hath spread us abroad,
and we will be established in the land."

Seymour Levitan

פֿלעגט שפּילן אויפֿן מויל בײַ אים אַ שמייכל
און אין די גרויע יוגנטלעכע אויגן,
פֿלעגט נאָכקוקן דעם זילבער-גרויען רויך
פֿון דיקן שוואַרצן רויכיקן ציגאַר,
וואָס טוט זיך שפּרייטן איבער יונגע קעפּ
פֿון טעכטער אײַנגעבויגענע איבערן געניי
און זין פֿאַרטיפֿטע אין די ביכלעך —
און שווײַגן פֿלעגט ער היימלעך און פֿילזאָגנדיק.
דאָס האָט ער שטילערהייט געקויפֿט אַ היים,
געוווען פֿאַרנומען יעדן טאָג מיטן רעמאָנט:
מען האָט געקאַלכט, געפֿאַרבט, געקלעפּט פּאַפּיר
און ס׳האָט געשמעקט מיט פֿרישע פֿאַרב און פּאַפּ
און סאָסנעברעטער פֿריש און גלאַט פֿון הובל;
ס׳האָבן געקלאַפּט דער האַמער און די זעג
און ס׳האָט דער הובל רוישנדיק געזונגען.
און דורך די פֿענצטער פֿון באַנײַטן הויז
האָט זיך געשטרעקט די גרינע, פֿרישע פֿלאַך
פֿון ברייטע פֿעלדער און פֿון ווײַטן וואַלד;
און אויפֿן סאָסניקן און פֿרישן דיל,
באַגאָסן מיט אַ זוניק-וואַרעם ליכט,
האָבן אין גאָלד און גרין זיך אומגעוויגט
געצאַקטע און געשפּיצטע בלעטער-שאָטנס
פֿון שווערע, דיקע, אַלט און נײַע דעמבעס.
און דזשאָשן פֿלעגט זײַן שווער זיך אָפּצורײַסן
פֿון גרויסן סוד וואָס האָט אים אָנגעפֿילט,
ווי מיט באַרוישנדיקן שטאַרקן ווײַן;
און אָפֿט, באַקוקנדיק די ברייטע פֿלאַך
פֿלעגט קומען אים אין זין דער אַלטער פּסוק:
„דען אויסגעברייטערט האָט אונדז גאָט
און מיר׳ן זיך פֿאַרפֿעסטיקן אין לאַנד״.

This elegy recalls the beginnings of Yiddish culture on New York's Lower East Side; it evokes many of its legendary figures. Those of the first generation include Eliakum Zunser (1836–1913), a famous Yiddish folk poet who established a small printing shop that became a meeting place for writers; Yehoash (Solomon Bloomgarten, 1872–1927), translator of the Bible into Yiddish; Morris Rosenfeld (1862–1923); and Abraham Liessin (1872–1938), longtime editor of the influential magazine Zukunft and a well-received poet. Of his younger colleagues, Schwartz mentions Moyshe-Leyb Halpern (1886–1932); Zishe Landau (1889–1937); and Avrom-Moyshe Dilon (1883–1934), a less successful writer who was described as having moved through life "like an unpublished poem."

In the End-of-Summer Light

My heart, my tired heart, sings elegies
in the clear end-of-summer light.
All the allure and pain of withering hangs in the air
over the park, over the grass and trees.
The sky is blue, deep blue;
the sun burns bright in the blue expanse.
My face turned sunward, eyes half shut,
I sit and drink that good caressing warmth.
The trees rain yellow leaves unendingly, unceasing.
Bees hum, birds twitter in the branches.
On this still, bright day
that passes with so much peace,
an old song hums in my head and in my quiet heart
like a dove cooing in a ruin,
a song I knew and long ago forgot.
It wakes and stays with me and moves me to tears.

    I walk in woods I never knew,
    the sunlight doesn't warm me here.
    I sing—my song
    is hushed, my singing has no echo here.

Oh, clear light of our autumn days—
I've lived your beauty forty years,
and still the heart can't rejoice

אין ליכט פֿון סוף־זומער

עלעגיש זינגט דאָס האַרץ, דאָס מידע האַרץ,
אין קלאָרן, אין סוף־זומערדיקן ליכט.
דער גרויסער חן און צער פֿון וועלקן שוועבט
און שפּרייט זיך אויפֿן פּאַרק, אויף בוים און גראָז.
די הימלען זייַנען בלוי, אַ טיפֿער בלוי,
די זון ברענט קלאָר אין בלויער ליכטיקייט.
איך זיץ, מייַן פּנים צו דער זון געווענדט,
און טרינק די גוטע וואַרעמקייט, וואָס גלעט,
מיט אויגן האַלב־פֿאַרמאַכט. די ביימער רעגענען
אָן אויפֿהער און אָן אָפּשטעל אויפֿן גראָז
מיט געלע בלעטער. בינען זשומען שטיל
און פֿייגל צוויטשערן פֿון צווישן צווייַגן.
אין שטילקייט פֿון דעם ליכטיקן בייַטאָג
וואָס שפּאַנט מיט שלווה און מיט גוטער רו —
ברומט טיף אין מוח און אין שטילן האַרץ,
ווי ס׳וואָלט אַ טויב געוואָרקעט פֿון אַ חורבֿה,
אַן אַלט געזאַנג וואָס כ׳האָב געקענט אַ מאָל
און האָב פֿאַרגעסן לאַנג, און האָט אַצינד דערוואַכט
און טרעט ניט אָפּ און רירט ביז שטילע טרערן:

איך גיי אַרום אין פֿרעמדן וואַלד,
עס לייַכט די זון, נאָר מיר איז קאַלט;
זינגען זינג איך — מייַן געזאַנג
ווערט פֿאַרשטומט אָן ווידערקלאַנג.

or eye be gratified enough
by the grace of tints and colors
and mild, clear light that pours out so much peace.
(God grant that peace not be taken from us
or our children or all this land.)
Like red beads, the clusters of raspberries
shine through the yellow-green branches,
white smoke rises
from piles of burning leaves,
and when the mild breeze blows,
the sharp scent of burning leaves
finds me here on this sequestered bench,
the tart and bitter smell of sap and grass
dried and yellowed in flame.
And through the curtain of smoke
the chattering of children
vaguely reaches me as if it came from another world.
The sharp smoke makes my senses drunk,
and in my heart trembles, trembles, sings:

  I walk in woods I never knew,
  the sunlight doesn't warm me here.
  I sing—my song
  is hushed, my singing has no echo here.

A half hour's walk from the hill where I sit
is the field of great peace,
shaded by trees, covered with grass—
in the elegaic light of this day
our time of building-up and strength
in a new land rises up; a great forest,
a green rustling growing forest full of bird song.
With pity and grace that time is engraved in my heart.
And I remember Eliakum, the old bard,
sitting in his print shop
on East Broadway on hot summer days,
nodding off in his chair.
(I confess I never read his poems,
but I recall them from my mother's lips.)

אָ, קלאָרע ליכטיקייט פֿון אונדזער האַרבסט —
שוין פֿערציק יאָר ווי כ׳לעב אַדורך דייַן פּראַכט
און ס׳קען ניט האַרץ זיך אָנפֿרייען גענוג,
און ס׳קען דאָס אויג ניט זעטיקן זיך גאָר
מיטן חסד פֿון די פֿאַרבן און קאָלירן
און מיטן מילדן קלאָרן ליכט וואָס שטראָמט
אין גרויסער שלווה. (וואָרהאַפֿטיק, גיב גאָט,
די שלווה זאָל ניט ווערן אָפּגעטאָן
פֿון אונדז און פֿון די קינדער אונדזערע
און פֿונעם גאַנצן לאַנד.) די הענגלעך מאַלינעס,
ווי רויטע הענגלעך קרעלן, לייַכטן דורך
די געלבלעך-גרינע צווייַגלעך פֿון די ביימלעך,
און ווייַסע זייַלן רויך — זיי גייען אויף
פֿון פֿייַערן פֿון אָנגעשאַרטע בלעטער;
און אַז דאָס לינדע ווינטל פֿאָכט אַדורך —
דערגייט צו מיר, דאָ אויף דער אָפּגעלייגטער באַנק,
דער שאַרפֿער ריח פֿון געברענטע בלעטער,
מיט ווייַניקייט און ביטערקייט פֿון זאַפֿטן
און גראָזן געל-פֿאַרטריקנטע אין פֿלאַם.
און דורכן פֿאָרהאַנג פֿון די ווייַסע רויכן קומט
געפּילדער און געקלאַנג פֿון יונגע קינדער —
גרייכט נעפּלדיק צו מיר, ווי פֿון אַן אַנדער וועלט.
דער שאַרפֿער רויך פֿאַרשיכּורט יעדן חוש
און אינעם האַרצן ציטערט, ציטערט, קלינגט:

איך גיי אַרום אין פֿרעמדן וואַלד,
עס לייַכט די זון, נאָר מיר איז קאַלט;
זינגען זינג איך — מייַן געזאַנג
ווערט פֿאַרשטומט אָן ווידערקלאַנג.

אַ האַלב-שעה גאַנג פֿון בערגל ווו איך זיץ
ליגט אויסגעשפּרייט דאָס פֿעלד פֿון גרויסער רו,
פֿון בוים באַשירעמט און באַדעקט מיט גראָזן —
און אינעם ליכט אין דעם עלעגישן פֿון טאָג
שטייט אויף די צייַט פֿון אויפֿבוי און פֿון קראַפֿט
אין נייַעם פֿרעמדן לאַנד; אַ גרויסער וואַלד,
אַ גרינער רוישנדיקער וואַלד אין אויפֿגאַנג
מיט פֿייגל און געזאַנג. מיט רחמים און מיט חסד
איז אייַנגעקריצט אין האַרצן יענע צייַט. —

And I remember Yehoash in 1907,
shining with refinement,
old wisdom, and young faith;
and Rosenfeld in 1909
in Clairmont Park, the Bronx, under a tree,
angered, broken by life;
and Liessen, the man of struggle and song,
Jewish in his stubbornness,
and devotion of his life and soul,
a challenge to the hostile world—
a great, strong generation, rooted
in earth soaked in our blood
and with heads thrust up toward heaven.
Directly after, a great chorus,
a band of the young, joined them
in the great stream flowing here in all the ships
that carried the host of refugees to this free shore—
along with the poverty of the old home
each ship brought its rich tribute to Yiddish poetry.
They came in search—not of gold or worldly goods—
but like those who came before, wanting, searching only for
the poem burning on their lips,
flaming in their eyes and hearts.
And each of them in his own form,
with his own voice. A young generation,
new growth in an old field,
came up overnight with sound,
with rustling branches and fruit.
Some of them fell on the heavy way
at the height of blossom: Moyshe-Leyb,
as I see him now in those young years
before his head had turned ash-gray.
A young tough with a red face—
freckled—
our street musician in this land,
clashing the cymbals till he died.
And Zishe's genteel figure of those days.
A delicate, supple shoot come up
"from a kingdom not of this world,"

און איך געדענק אליקומען, דעם אַלטן באַרד,
ווי ער פּלעגט זיצן ביַי זיַין דרוקעריַי
אויף איסט־בראָדוויי, אין הייסע זומערטעג,
און שלומערן אין שטול. (איך בין זיך מודה דאָ,
אַז כ׳האָב די לידער זיַינע ניט געלייענט,
נאָר איך געדענק זיי פֿון מיַין מאַמעס ליפּן.)
און איך געדענק יהואָשן פֿון נײַנצן זיבן,
וואָס האָט געשטראַלט פֿון זיך מיט דינער פֿיַינקייט,
מיט אַלטער חכמה און מיט יונגן גלויבן;
און ראָזענפֿעלדן פֿון דעם נײַנטן יאָר
אין בראָנקסער קלערמאָנט־פּאַרק אונטער אַ בוים,
אַן אָנגעברוגזטן, צעבראָכענעם פֿון לעבן;
און ליעסינען, דעם מאַן פֿון קאַמף און ליד,
מיט יידישער עקשנות און מסירת־נפֿש,
אַרויסרוף צו דער פֿיַינדלעכער און האַרטער וועלט —
אַ גרויסער שטאַרקער דור, אַן איַינגעוואָרצלטער
אין דורכגעווייקטער ערד פֿון אונדזער בלוט
און מיט די קעפּ צום הימל אָנגעשפּאַרט.
און באַלד איז צוגעקומען צו דעם גרויסן כאָר
אַ מחנה יוגנט; מיטן גרויסן שטראָם
וואָס האָט געפּלייצט אַהער מיט אַלע שיפֿן,
געטראָגן מחנות פּליטים צו דעם פֿריַיען ברעג —
האָט איטלעך שיף, צוזאַמען מיט דער אָרעמקייט
פֿון אַלטער היים, געבראַכט זיַין רײַכע צינז
צום ליד דעם יידישן. די, ווי די פֿריערדיקע,
זיי האָבן ניט געזוכט קיין גאָלד און גליקן —
זיי האָבן גאָרנישט ניט געוואָלט און ניט געזוכט,
ווי בלויז דאָס ליד וואָס האָט געברענט זיי אויף די ליפּן
און אויפֿגעפֿלאַמט די אויגן און די הערצער.
און איטלעך איינער מיט זיַין אייגענער געשטאַלט
און מיט זיַין אייגן קול. אַ יונגער דור,
אַ יונגער ווידערוווקס אין אַלטן פֿעלד,
איז אויפֿגעקומען איבערנאַכט מיט קלאַנג,
מיט רוישנדיקע צווײַגן און מיט פֿרוכטן.
אַ טייל פֿון זיי געפֿאַלן אין דעם שווערן וועג
אין בליִענדיקסטע יאָרן: משה־לייב,
ווי כ׳זע אים איצט פֿון יענער יונגער צײַט,
נאָך איידער ס׳איז זיַין קאָפּ געוואָרן אַשיק־גרוי.
אַ יונג אַ לאָבוז, מיט אַ פּנים — רויט,

blue-eyed, with the gold of grainfields
in his curly head, "The man of poetry."
And Avrom-Moyshe should be remembered too;
he accompanied the orchestra
on his single string in his own way.
All of them lie in the great field of peace,
and all generations are equal,
shaded by trees, covered with grass,
a half hour's walk from the hill where I sit.

Seymour Levitan

און אָפּגעשאָטן מיט אַ קלייַען זומערשפּרענקלעך —
דער גאַסנפּויקער אונדזערער אין לאַנד,
וואָס האָט געדזשינדזשעט אויף די טאַצן ביז אין טויט.
און זישאָס איידעלע געשטאַלט פֿון יענער צייַט,
אַ צאַרט און בייניק שפּראָצלינג, אויפֿגעקומען
„פֿון קיניגרייַך פֿון ניט פֿון דיזער וועלט",
מיט בלויע אויגן און מיט זאַנגענגאָלד
אויפֿן געלאָקטן בלאָנדן קאָפּ. „דער מאַן פֿון ליד".
זאָל דאָ דערמאָנט זייַן אבֿרהם־משה אויך,
וואָס האָט געהאַלטן אין באַגלייטן די קאַפּעליע
אויף איינער אויף אַ סטרונע אין זייַן וועג.
די אַלע ליגן אויפֿן גרויסן פֿעלד פֿון רו,
און אַלע דורות זייַנען אויסגעגליכן,
פֿון בוים באַשירעמט און באַדעקט מיט גראָזן
אַ האַלב־שעה גאַנג פֿון בערגל ווו איך זיץ.

MOYSHE-LEYB
HALPERN

1886, Złoczów, then Galicia—1932, New York.

In 1908 Halpern came to New York, having received some train-
ing in Vienna as a commercial artist. Originally associated with
Di Yunge, he was also a contributor to anti-aestheticist satirical
magazines like *Der Kibitzer* and *Der Grosyer Kundes (The Big
Stick)*, where he cultivated the role of rebel and social critic. Over
the years, Halpern developed a number of literary personae, in-
cluding Moyshe-Leyb, the *takhshit*, or "jewel"; Zarkhi, the
philosophical aging immigrant; and the accursed poet, whom the
evil of the world does not inhibit from playing at versification.

In the 1920s he was briefly attached to the Communist daily
Freiheit and was involved in the argument over "proletarian
poetry," but his individualistic temperament precluded ideological
conformity. The internal struggle in his verse between tender con-
cern and disgust for the human condition expressed itself in
imagery of increasing density and complexity. Often considered
the most original and distinctive voice in Yiddish poetry, he
employed a low, idiomatic diction that influenced poets as different
as Itsik Manger and Jacob Glatstein.

I Say to Myself—

Why do you stand at the window like that?
Why don't you go out in the street?

The street is for merchants and such
As measure their time in cash.
The street is for railways that fly
Like birds back and forth in the sky.
The street is for children and cats
Leaping like fish in nets.
The street is for drunkards as well,
Who wobble like smoke till they fall,
Wasting what's left of their days
As they stumble about in a maze.

Why don't you shave—brush your clothes,
Go visit your old coffee house?

Like men in a bath, they all sit,
Naked and waiting to sweat,
Each crawling higher and higher.
Beating themselves, they perspire,
Flicking with whisks at their skulls
As they climb up the heat in the walls.

And talk! How they talk of themselves,
Of their wives and their griefs and their beds
Until they grow sleepy and close
Their eyes at the table and doze.

Buy flowers. Go knock on the door
Of that house where your old friends are.

I don't care for such pride as I'll find,
Wooden faces, grown hard, grown unkind.
I don't care for their riches. They shriek
Of fraudulent satin and silk.

זאָג איך צו מיר—

— צי מוזסטו בײַם פֿענצטער דאָ שטיין?
דו קענסט דאָך אין גאַס אַרײַן גיין.

— די גאַס איז פֿאַר הענדלער און לײַט,
וואָס מעסטן מיט געלט זייער צײַט;
די גאַס איז פֿאַר באַנען, וואָס פֿליִען
ווי פֿייגל אַהער און אַהין;
די גאַס איז פֿאַר קינדער און קעץ,
וואָס שפּרינגען ווי פֿיש אין אַ נעץ;
די גאַס איז פֿאַר שיכּורע אויך,
וואָס וואַקלען זיך גרויע ווי רויך,
און גיבן אַוועק זיי׳רע טעג
צו פֿלאָנטערן זיך אויפֿן וועג.

— ראַזיר זיך, און בערשטל זיך אָפּ
און גיי אין קאַפֿעהויז אַראָפּ.

— דאָרט זיצן דאָך אַלע אין ראָד,
ווי נאַקעטע ווו אין אַ באָד,
דאָרט קריכט מען דאָך אויך אין דער הייך,
און שמײַסן זיך שמײַסט מען דאָרט אויך,
אַזוי ווי אין באָד אויף די טרעפּ,
מיט בעזעמער איבער די קעפּ.
און רעדן אויך — זיצט מען און רעדט
פֿון זיך און פֿון ווײַב און פֿון בעט,
און שלעפֿערדיק — שלאָפֿט מען אויך דאָרט
בײַם טיש אויף דעם אייגענעם אָרט.

— קויף בלומען און קלאַפּ אין דער טיר
אין הויז, ווו מען וואַרט הײַנט אויף דיר.

— וואָס טויג מיר יחסנישער שטאָלץ
אויף פּנימער האַרטע ווי האָלץ?
וואָס טויג מיר די רײַכקייט, וואָס שרײַט,
ווי נאָכגעמאַכט סאַמעט און זײַד?
וואָס טויג מיר דאָס פֿײַער, וואָס ברענט

I don't care for the fire that burns
In the diamonds they flash on their hands.
I don't care for their love, or a lust
That too quickly uncovers a breast.
I don't care for their wealth. It disdains
Whatever is thoughtful or yearns.

But the world is much more than this town.
Travel a bit—look around.

I know that the world is broad
And rich in meadow and wood.
But I cannot persuade myself now
Is the time to shake loose and to go.
On the other hand, just staying here
Is more than a man ought to bear.

So I wait for a bolt from above
And I live like a zombie who moves
Swaying and lost through the house
In a world of mistakes, still a corpse.

                              Leonard Wolf

*The first published version of this poem appeared in the satirical review
Der Kibitzer in 1911. Rewritten several times, it became one of Halpern's
most famous self-characterizations, a provocative repudiation of the
dominant artistic preference for refinement and lyrical subtlety.*

The Street Drummer

The bird sings free and clear, alone,
There the king trembles on his throne.
Trembling is too absurd:
I sing freely as the bird;
And as fast
As the wind's blast

פֿון דימענטן גרויסע, אויף הענט?
וואָס טויג מיר די ליבע, די לוסט,
וואָס ווײַזט מיר אַ נאַקעטע ברוסט?
וואָס טויג מיר די רײַכקייט, וואָס לאַכט
פֿון אַלצדינג, וואָס בענקט און וואָס טראַכט?

— די וועלט, חוץ דער שטאָט, איז דאָך גרויס,
פֿאַר וואָס זשע ניט וואַנדערסטו אויס?

— איך ווייס, אַז נאָך גרויס איז די וועלט,
און רײַך נאָך אין וואַלד און אין פֿעלד,
נאָר איך קען ניט פֿועלן בײַ זיך
צו נעמען אויף די אַקסל די שיך.
אויך דאָ בלײַבן קען איך ניט מער,
ווײַל דאָ בלײַבן איז מיר צו שווער.
נו, לעב איך און וואַרט אויף אַ נס.
און לעבעדיק — בין איך אַ מת,
וואָס וואָגלט פֿאַרלוירן און שטום
און עולם־התּוהו אַרום.

דער גאַסנפֿויקער

זינגט דער פֿויגל פֿרײַ און פֿריילעך,
ציטערט אויף זײַן טראָן דער מלך,
ציטערן איז ניט כּדאַי,
זינג איך, ווי דער פֿויגל, פֿרײַ,
און געשווינד,
ווי דער ווינט,

I dance wildly, blindly past,
Street-out and street-in!
If I'm sick and old and gray,
Who could care, ha-ha-hey!
For only a copper coin, or tin,
As if to break
The drum, I bang
And then I make
The cymbals clang
And round and round about I spin—
Boom! Boom! Din-din-din!
Boom! Boom! Din!

A girl comes along, a sorceress,
A blaze ignites inside me; yes,
I dance more wildly round about,
And start to clench my teeth, and shout
As I twirl,
Hold hands, girl,
And grab me round while round we whirl:
Dancing's hotter done in couples.
A girl like you—a killer, though—
Left me not so long ago.
My sick heart breaks with pain and troubles,
So as if to break
The drum, I bang
And then I make
The cymbals clang
And round and round about I spin—
Boom! Boom! Din-din-din!
Boom! Boom! Din!

Children laugh in sport and fun
But I don't want to be outdone:
Shake a leg, kids! Hop on by,
One more punch, then, in the eye.
One more spit!
In spite of it
With one jump everything is quit.

טאַנץ איך הפֿקר, טאַנץ איך בלינד,
גאַס אַרײַן און גאַס אַרויס! —
בין איך קראַנק און אַלט און גראָ,
וועמען אַרט עס — האָ־האָ־האָ!
פֿאַר אַ קופּער־גראָשן בלויז
פּויק איך, אַז די פּויק זאָל פּלאַצן,
און איך דזשינדזשע אין די טאַצן,
און איך דריי זיך רונד אַרום —
דזשין, דזשין, בום־בום־בום.
דזשין דזשין בום!

קומט אַ מיידל אַ מכשפֿה,
צינדט זיך אָן אין מיר אַ שׂרפֿה,
נעם איך זיך נאָך ווילדער דרייען,
און איך פּרעס צונויף די ציין,
און איך ברום:
— מיידל קום,
גיב די הענט, און נעם אַרום,
הייסער טאַנצט זיך עס צו צוויי.
ס׳האָט אַזאַ ווי דו אַ שלאַנג,
מיך פֿאַרלאָזן ערשט ניט לאַנג.
קרענקט דאָס האַרץ און פּלאַצט פֿאַר וויי —
פּויק איך אַז די פּויק זאָל פּלאַצן,
און איך דזשינדזשע אין די טאַצן,
און איך דריי זיך רונד אַרום —
דזשין, דזשין, בום־בום־בום.
דזשין דזשין בום!

לאַכן קינדער לוסטיק, מונטער,
פֿאַל איך ניט בײַ זיך אַרונטער,
רירט זיך יונגען! פֿלינקער — האָפּ!
נאָך אַ מאָל אַ זעץ אין קאָפּ.
נאָך אַ שפּײַ!
סײַ ווי סײַ
מיטן שפּרונג גייט אַלץ פֿאַרבײַ.
צוגעוווינט צו אַל דאָס בייז,
קנײַפּ איך אַ שטיק ברויט פֿון טאַש.
און איך זשליאָקע פֿון דער פֿלאַש.
ברענט דאָס בלוט, און רינט דער שווייס —

Inured to all with an evil name,
From my pocket I pinch some bread
And swig from my flask; down from my head
The sweat pours, and my blood's aflame.
So as if to break
The drum, I bang
And then I make
The cymbals clang
And round and round about I spin—
Boom! Boom! Din-din-din!
Boom! Boom! Din!

That's the way I've torn on through,
Torn my way, and bitten, too,
With my head as through a wall,
Cross-country, over roads and all.
Break the stone
With tooth and bone!
Break the stone and stay alone!
Dog and bum, clod and wind so wild;
Reckless and free, on alien dirt,
I have no coat, I have no shirt,
I have no wife and I have no child.
So as if to break
The drum, I bang
And then I make
The cymbals clang
And round and round about I spin—
Boom! Boom! Din-din-din!
Boom! Boom! Din!

John Hollander

פּויק איך אַז די פּויק זאָל פּלאַצן,
און איך דזשינדזשע אין די טאַצן,
און איך דריי זיך רונד־אַרום,
דזשין, דזשין, בום־בום־בום.
דזשין דזשין בום!

אָט אַזוי זיך דורכגעריסן,
דורכגעריסן, דורכגעביסן
מיטן קאָפּ ווי דורך אַ וואַנט,
איבער שטעג און וועג און לאַנד
מיט די ציין —
האַק דעם שטיין!
האַק דעם שטיין און בלייַב אַליין!
הונט און שלעפּער, לומפּ און ווינט.
הפֿקר, הפֿקר דורך דער פֿרעמד!
האָב איך ניט קיין ראָק, קיין העמד,
האָב איך ניט קיין ווייַב, קיין קינד.
פּויק איך אַז די פּויק זאָל פּלאַצן,
און איך דזשינדזשע אין די טאַצן,
און איך דריי זיך רונד־אַרום —
דזשין, דזשין, בום־בום־בום.
דזשין דזשין בום!

Memento Mori

And if Moyshe-Leyb, Poet, recounted how
He's glimpsed Death in the breaking waves, the way
You catch that sight of yourself in the mirror
At about 10 A.M. on some actual day,
Who would be able to believe Moyshe-Leybl?

And if Moyshe-Leyb greeted Death from afar,
With a wave of his hand, asking, "Things all right?"
At the moment when many a thousand people
Lived there in the water, wild with delight,
Who would be able to believe Moyshe-Leybl?

And if Moyshe-Leyb were to swear
That he was drawn to Death in the way
An exiled lover is to the casement
Of his worshipped one, at the end of the day,
Who would be able to believe Moyshe-Leybl?

And if Moyshe-Leyb were to paint them Death
Not gray, dark, but color-drenched, as it shone
At around 10 A.M. there, distantly,
Between the sky and the breakers, alone,
Who would be able to believe Moyshe-Leybl?

John Hollander

Memento Mori

און אַז משה־לייב, דער פּאָעט, וועט דערציילן,
אַז ער האָט דעם טויט אויף די כוואַליעס געזען,
אַזוי ווי מען זעט זיך אַליין אין אַ שפּיגל,
און דאָס אין דער פֿרי גאָר, אַזוי אַרום צען —
צי וועט מען דאָס גלייבן משה־לייבן?

און אַז משה־לייב האָט דעם טויט פֿון דער ווײַטן
באַגריסט מיט אַ האַנט און געפֿרעגט ווי עס גייט?
און דווקא בעת ס׳האָבן מענטשן פֿיל טויזנט
אין וואַסער זיך ווילד מיט דעם לעבן געפֿרייט —
צי וועט מען דאָס גלייבן משה־לייבן?

און אַז משה־לייב וועט מיט טרערן זיך שווערן,
אַז ס׳האָט צו דעם טויט אים געצויגן אַזוי,
אַזוי ווי עס ציט אַ פֿאַרבענקטן אין אָוונט
צום פֿענצטער פֿון זײַנס אַ פֿאַרהייליקטער פֿרוי —
צי וועט מען דאָס גלייבן משה־לייבן?

און אַז משה־לייב וועט דעם טויט פֿאַר זיי מאָלן
ניט גרוי און ניט פֿינצטער, נאָר פֿאַרבנרײַך שיין,
אַזוי ווי ער האָט אַרום צען זיך באַוויזן
דאָרט ווײַט צווישן הימל און כוואַליעס אַליין —
צי וועט מען דאָס גלייבן משה־לייבן?

Perets (1852—1915), whose poem "Monish" appears on page 52, was a dominant figure of modern Yiddish literature. His death in Warsaw, on April 3, 1915, at the beginning of the First World War, seemed to mark the end of an era and elicited the greatest expression of public mourning until then given a modern Jewish writer. It has been suggested that this poem is an anti-Kaddish: in contrast to the traditional prayer of mourning, it never mentions God's name, it condemns the Jews, and it reflects on impending death instead of resurrection.

L. 21: "that great hero . . . thirty shekels to the world": Twisting the anti-Semitic stereotype, the poem cites Jacob's shrewd purchase of the birthright from Esau, and Judas's betrayal of Jesus for thirty pieces of silver as proof of the unbridled Jewish mercantile spirit. The final part of the poem seems to echo the anguished questions of the Book of Job, addressed here not to God but to Perets, the great "dead lion."

Yitskhok Leybush Perets

And you're dead. And you've not yet been covered by the ground;
Far through a thousand streets like horses galloping round,
Young and old newsboys spread, rushing about their business,
Hawking papers through which, with telegraphic swiftness,
We know now that your heart's not beating anymore.
Here, splashed as in a great advertisement, is your
Gray head, black-framed. We Important Persons, who, at most
Should be prostrate and dumb, now ring around your ghost,
As in a bar some rich old drunk's encircled by girls.
And we have tears and words as round and smooth as pearls,
As large around as coins. And everyone with a tongue
Inside his head now beats out, like a shoemaker's young
Apprentice, hammering away at a heavy nail
In an old shoe's heel, pounds out a rhythmic dirge, a wail.
Every sound is full of dirt, of the smell of sweat
Like a black skin; and everything's just merchandise. Hell! Yet
We'll deal in everything that sells, of every sort,
In Torahs and pigs' bristles, in men and devil's dirt.
Indeed, it's a wonder that all this time we haven't been
Cheating Death of his sickle for pennies and some gin.
But then, we're flesh and blood of that great hero who
Bought, for a mess of pottage, a birthright; and then, too,

יצחק לייבוש פּרץ

און דו ביסט טויט. און נאָך האָט דיך נישט צוגעדעקט די ערד
און איבער טויזנט גאַסן ווייַט ווי אַ גאַלאָפּ פֿון פֿערד
צעטראָגט זיך דאָס געלויף פֿון יונג און אַלט וואָס אייַלן זיך
און באָטן אָן צום קויף דאָס בלאַט ווּ טעלעגראַפֿיש גיך
אַנטפּלעקט מען אונדז מיט מאַרקגעשריי, אַז ס׳קלאַפּט ניט מער דייַן האַרץ,
און ווי אַ גרויסער פּוץ־רעקלאַם איז אייַנגעפֿאַסט אין שוואַרץ
דייַן גרויער קאָפּ. און מיר, די גרויסע לייַט, וואָס דאַרפֿן שטום
און טיף געבויגן זייַן — מיר רינגלען שוין דייַן גייַסט אַרום,
ווי מוידן אין אַ שענק בייַ נאַכט אַ שיכּורן מאַגנאַט
און טרערן האָבן מיר און רייד, ווי פּערל רונד און גלאַט,
ווי רענדלעך גרויס און ווער פֿון אונדז עס האָט אין מויל אַ צונג
קלאַפּט אויס אַ ריטמיש וויי־געזאַנג ווי ס׳קלאַפּט אַ שוסטער־יונג
אַ גראָבן טשוואָק אַרייַן אין קנאַפֿל פֿון אַן אַלטן שוך.
און יעדער קלאַנג איז פֿול מיט קויטיקייט און שווייסגערוך,
ווי נעגערפֿלייש און אַלץ איז סחורה בלויז — צום שוואַרצן יאָר! —
מיר האַנדלען דאָך מיט אַלץ, מיט אַלץ מיט וואָס עס לאָזט זיך נאָר —
מיט תּורות ווי מיט חזיר־האָר, מיט מענטש און טייַוולסקויט
איין וווּנדער נאָר פֿאַר וואָס מיר האָבן נאָך ביז הייַנט בייַם טויט,
ניט אויסגענאַרט זייַן מאָרדגעצייַג פֿאַר שנאַפּס און קופּערגעלט.
מיר זענען דאָך דאָס פֿלייש און בלוט פֿון יענעם גרויסן העלד,
וואָס האָט אַן ערשט־געבורט געקויפֿט פֿאַר איין טאָפּ לינזן בלויז
און האָט דאָך איינער אויך פֿון אונדז, אַ גאָט אין גאַנצער גרייס —

One of our number—a god as large as life, they say—
Was sold for thirty shekels to the world. Today,
Then, all this information being strictly true,
Indeed, why after all should we not trade in you?
Dust of our pride—what were you? A log not all burned up
Glowing in a gypsy camp at night out on the steppe;
The sail of a ship that wrestles with the wind and sea;
In a wandering wood bewitched, the last standing tree
Where lightning felled great oaks a thousand winters old,
Cut down at the roots. What are you now? On the cold
Ground, a silent man motionless as if penned
In marble by the death candle. A beginning-end.
An image—a glimpsed, momentary image now of it,
That long sleep taking day and night from us, a bit
Of life with all the world's beauty. Can this, then, be
Peace? this, our dark journey's dream of eternity?
Why does man fall prostrate at thoughts of death and moan
Like a child crying, out in the dark night alone?
Who orders spring to flower and fade? Who guides the world?
Who on autumn days, through wild and forest, has hurled
The wind? And when the fallen eagle no longer flies,
Why must there be a raven to rip out both his eyes?
Why can a fearless hand touch the dead lion? Why
Does not the regal soul of the lion pour forth a cry
From the flayed hide? Forgive my asking all this. Forgive.
But what else can I do? I, too, love to live.
And I have eyes
And I have eyes, yes; open eyes. And I am blind.
And I am the child only of a common kind
Of grocer. And like a clod of withered earth that quite
Longs for rain, I long to be bathed in your light.
And like the poor man's hands, trembling at the bread,
I want the sight of your averted spirit. The dead
Of you, the night of you, is all I now can see:
This wasteland, with you gone, is emptier for me.
Blessed is he for whom there is a world to come:
There can be no such solace for me. Yet one more tomb—
Mine—will sink below the ground, and yet one more
Death candle—mine—will end in smoke; and as before

מישטיינס געזאָגט — פֿאַרקויפֿט דער וועלט פֿאַר דרײַסיק שקלים לוין;
און אויב דאָס אַלץ איז וואָר — פֿאַר וואָס זשע זאָלן מיר ניט שווין
אויך האַנדלען הײַנט מיט דיר, דו שטויב פֿון אונדזער העכסטן שטאָלץ,
וואָס ביסטו דען געווען פֿאַר אונדז? — אַ לעצטע גלאָווניע האָלץ,
וואָס ברענט אין סטעפּ בײַ נאַכט אין רינג פֿון אַ ציגײַנער־שטאַם;
אַ זעגל פֿון אַ שיף, וואָס ראַנגלט זיך מיט ווינט און יַם;
אַ לעצטער בוים פֿון אַ פֿאַרכּישופֿט־וואָגלענדיקן וואַלד,
אַוווּ דער בליץ האָט דעמבעס־ריזן טויזנטיאָריק אַלט,
פֿון זיי׳רע וואָרצלען אָפּגעהאַקט. און איצט? וואָס ביסטו איצט? —
אַ מענטש אויף קאַלטער ערד, באַוועגלאָז שטום, ווי אויסגעשניצט
פֿון מאַרמאָרשטיין אין שײַן פֿון טויטנליכט. אַן אָנהייב־סוף;
אַ בילד — אַ רגע זעונג בלויז פֿון יענעם לאַנגן שלאָף,
וואָס נעמט בײַ אונדז דעם טאָג, די נאַכט, דאָס ביסל לעבן צו
מיט גאָר דער שיינקייט פֿון דער גאַנצער וועלט. איז דאָס די רו?
איז דאָס דער טרוים פֿון אייביקייט אויף אונדזער טונקלען גאַנג?
פֿאַר וואָס זשע בייגט דער מענטש זיך טיף בײַם בלויזן טויטגעדאַנק
און וויינט פֿאַרווייטיקט, ווי אַ קינד, אין טונקלער נאַכט אַליין?
ווער פֿירט די וועלט? ווער הייסט דעם פֿרילינג אויפֿבליִען און פֿאַרגיין?
ווער טרײַבט אין טעג פֿון האַרבסט דעם ווינט דורך וויסטעניש און וואַלד?
און ווען דער אָדלער פֿליט ניט מער און ווען דער אָדלער פֿאַלט, —
פֿאַר וואָס מוז זײַן די ראָב וואָס רײַסט די אויגן אים אַרויס?
פֿאַר וואָס? פֿאַר וואָס מוז זײַן די האַנט וואָס שטרעקט, אָן שרעק, זיך אויס
צום טויטן לייב? צי וויינט דען ניט אין אָפּגעשונדן פֿעל
די זעל פֿון אים — פֿון טויטן לייב די קעניגלעכע זעל?
פֿאַרגיב פֿאַר וואָס איך פֿרעג אַזוי. זײַ מוחל מיר. פֿאַרגיב.
ווי קען איך אַנדערש דען? איך האָב דאָך אויך דאָס לעבן ליב
און אויגן האָב איך אויך, און אָפֿענע, און איך בין בלינד.
נאָך אַלעמען בין איך דאָך אויך אַ פּראָסטן קרעמערס קינד.
און ווי עס בענקט נאָך רעגנגאַנג אַ שטיק פֿאַרטריקנטע ערד,
האָב איך אין דײַן ליכטיקייט צו לײַטערן באַגערט.
און ווי עס ציטערן נאָך ברויט בײַם אָרעמאַן די הענט,
באַגער איך איצט דײַן גײַסט צו זען וואָס האָט זיך אָפּגעווענדט
און וואָס איך זע איז בלויז די נאַכט אין דיר, דעם טויט אין דיר,
די וויסטעניש, וואָס וועט אָן דיר נאָך וויסטער זײַן אין מיר.
געבענטשט איז דער פֿאַר וועמען ס׳איז אַ יענע וועלט נאָך דאָ.
פֿאַר אים איז דאָ אַ טרייסט. פֿאַר מיר איז גאָרנישט, גאָרנישטאָ.
פֿאַר מיר וועט נאָך אַ טויטנליכט פֿאַרלירן זיך אין רויך,
פֿאַר מיר וועט נאָך אַ קבֿר־שטיין אין דר׳ערד פֿאַרזינקען אויך.

I shall be reading always the riddle of the dead,
Death's sickle flashing up in front of me in red
Fire. Like red fire.
Like gold.
Like blood.

John Hollander

Halpern's second book of poetry was called Di goldene pave *(The Golden Peacock, 1924) after the beauteous legendary bird of the Yiddish folk song. "The Bird" mocks the romantic expectations that the book's title elicits. The expression "He's a strange bird" is as common in Yiddish as in English.*

The Bird

So this bird comes, and under his wing is a crutch,
And he asks why I keep my door on the latch;
So I tell him that right outside the gate
Many robbers watch and wait
To get at the hidden bit of cheese,
Under my ass, behind my knees.

Then through the keyhole and the crack in the jamb
The bird bawls out he's my brother Sam,
And tells me I'll never begin to believe
How sorely he was made to grieve
On shipboard, where he had to ride
Out on deck, he says, from the other side.

So I get a whiff of what's in the air,
And leave the bird just standing there.
Meanwhile—because one never knows,
I mean—I'm keeping on my toes,
Further pushing my bit of cheese
Under my ass and toward my knees.

און ווײַטער וועל איך זען פֿאַר זיך דאָס רעטעניש — דעם טויט
און בלאַנקען וועט זײַן סערפּ פֿאַר מיר אַזוי ווי פֿײַער רויט,
אַזוי ווי פֿײַער רויט,
אַזוי ווי גאָלד,
אַזוי ווי בלוט.

דער פֿויגל

קומט צו גיין אַ פֿויגל מיט אַ קוליע אונטערן פֿליגל
און פֿרעגט פֿאַר וואָס איך האַלט די טיר אויפֿן ריגל.
ענטפֿער איך אים, אַז פֿאַרן טויער
שטייען גזלנים אויף דער לויער,
וואָס ווילן אויסכאַפּן דאָס שטיקל קעז,
וואָס איך האַלט באַהאַלטן אונטער מײַן געזעס.

וויינט דער פֿויגל דורכן שליסל-לעכל
און דערציילט מיר, אַז ער איז מײַן ברודער מעכל,
און זאָגט, אַז איך האָב נישט קיין באַגריף
ווי ער האָט געליטן אויף דער שיף,
וואָס האָט אים אַריבערגעבראַכט אַהער.
אויפֿן קוימען — זאָגט ער — געקומען איז ער.

זע איך דאָך שוין וואָס דער פֿויגל איז אויסן,
לאָז איך אים טאַקע שטיין אין דרויסן.
דערווײַל אָבער, ווי עס מאַכט זיך אַ זאַך,
באַשליס איך בײַ זיך צו זײַן אויף דער וואַך,
און איך שטופּ אַרונטער מײַן שטיקל קעז
נאָך טיפֿער אונטער מײַן געזעס.

The bird bends his wing to shade his eyes
—Just like my brother Sam—and cries,
Through the keyhole, that *his* luck should shine
Maybe so blindingly as mine,
Because, he says, he's seen my bit
Of cheese, and he'll crack my skull for it.

It's not so nice here anymore.
So I wiggle slowly toward the door,
Holding my chair and that bit of cheese
Under my ass, behind my knees,
Quietly. But then, as if I care,
I ask him whether it's cold out there.

They are frozen totally,
Both his poor ears, he answers me,
Declaring with a frightful moan
That, while he lay asleep alone
He ate up his leg—the one he's lost.
If I let him in, I can hear the rest.

When I hear the words "ate up," you can bet
That I'm terrified; I almost forget
To guard my bit of hidden cheese
Under my ass there, behind my knees.
But I reach below and, yes, it's still here,
So I haven't the slightest thing to fear.

Then I move that we should try a bout
Of waiting, to see which first gives out,
His patience, there, behind the door,
Or mine, in my own house. And more
And more I feel it's funny, what
A lot of patience I have got.

And that's the way it's stayed, although
That was some seven years ago.
I still call out "Hi, there!" through the door.
He screams back " 'Lo, there" as before.

מאַכט דער פֿויגל, ווי מײַן ברודער מעכל,
מיט אַ פֿליגל איבער די אויגן אַ דעכל
און ער שרײַט דורכן שליסל־לעכל אַרײַן,
אַז אַזוי זאָל דאָס מזל אים ליכטיק זײַן,
ווי ער האָט געזען דאָס שטיק קעז, וואָס איך האָב,
און אַז ער וועט דערפֿאַר מיר שפּאַלטן דעם קאָפּ.

זע איך דאָך שוין, אַז סע ווערט נישט פֿריילעך,
רוק איך זיך צו צו דער טיר פּאַמעלעך
מיט מײַן בענקל און מיטן קעז,
וואָס איך היט אונטער מײַן געזעס
און איך מאַך נישט חלילה קיין געוואַלד,
נאָר איך פֿרעג אים גלאַט אַזוי, צי ס׳איז קאַלט.

ענטפֿערט ער מיר, אַז ביידע אויערן
זענען בײַ אים אָפּגעפֿרוירן,
און ער שווערט מיר דאַבײַ מיט אַ גרויס געוויין,
אַז ער האָט אין שלאָף בײַ זיך אַליין
אויפֿגעגעסן דעם פֿוס, וואָס אים פֿעלט,
און ווען איך לאָז אים אַרײַן וואָלט ער מער דערציילט.

פֿאַרשטייט זיך, דערהערט דאָס וואָרט: געגעסן, —
האָב איך זיך דערשראָקן. שיר נישט פֿאַרגעסן
אָפּצוהיטן דאָס שטיקל קעז,
וואָס איך האַלט באַהאַלטן אונטער מײַן געזעס.
נאָר אַבי איך גיב אַ טאַפּ און ס׳איז דאָ,
איז דאָך שוין ווידער קיין זאָרג נישטאָ.

מאַך איך אַ פֿאָרשלאָג, מיר זאָלן פּרובירן
ווער עס וועט די געדולד פֿאַרלירן:
צי איך, אין מײַן אייגן הויז בײַ מיר,
ציר ער, אין דרויסן הינטער דער טיר?
ס׳איז, דאַכט זיך, טשיקאַווע אַזוינס צו דערגיין,
אַפֿילו — זאָג איך — פֿאַר זיך אַליין.

און אַזוי איז עס טאַקע זינט דעמאָלט געבליבן.
און הײַנט איז שוין אַוועק אַ יאָר זיבן,
שרײַ איך גוט מאָרגן צו אים דורך דער טיר,
שרײַט ער צוריק אַ גוט יאָר צו מיר.

"Let me out," I plead, "don't be a louse,"
And he answers, "Let me in the house."

But I know what he wants. So I bide
My time and let him wait outside.
He inquires about the bit of cheese
Under my ass, behind my knees;
Scared, I reach down, but, yes, it's still here.
I haven't the slightest thing to fear.

John Hollander

Halpern here offers his own version of the Christian sacrament, as he elsewhere parodies Jewish ritual.

The Tale of the Fly

On a windmill sail, in the golden sunset,
Sits a devil who whines with vexation,
For a fly has escaped from the starving village
And she buzzes and circles around his nose,
Never letting him sleep.

The miller hears, at his idle wheel,
Whining (but whose?) from outside somewhere;
He thinks it must be his wife, who comes
To ask why he sits there like a bear,
Not grinding bread for the children.

So he starts the idle millstones turning
And jumps between them—as if instead
Of wheat; the sun peers in and thinks
That her shining has made the flour red,
So she shows the devil this Wonder.

בעט איך זיך: ברודערקע, לאָז מיך אַרויס, —
זאָגט ער: לאָז מיך אַרײַן אין הויז.

ווייס איך דאָך אָבער וואָס ער איז אויסן,
לאָז איך אים ווײַטער שטיין אין דרויסן.
פֿרעגט ער מיך וועגן דעם שטיקל קעז,
וואָס איך היט עס אונטער מײַן געזעס.
דערשרעק איך זיך, גיב איך אַ טאַפּ, איז עס דאָ.
איז דאָך שוין ווידער קיין זאָרג נישטאָ.

די מעשׂה מיט דער פֿליג

אויפֿן ווינטמיל פֿליגל אין אָוונטגאָלד,
זיצט אַ שד און ווײנט פֿאַר פֿאַרדראָס.
פֿון הונגעריקן דאָרף איז אַנטלאָפֿן אַ פֿליג —
זשומט זי און דרייט זיך אַרום זײַן נאָז,
און לאָזט אים נישט דרימלען.

הערט דער מילנער בײַם ליידיקן ראָד
אַז מען ווײנט אין דרויסן — ווייסט ער נישט ווער,
מיינט ער, אַז דאָס איז זײַן ווײַב, וואָס קומט
צו פֿרעגן פֿאַר וואָס ער זיצט ווי אַ בער,
און מאָלט נישט קיין ברויט פֿאַר די קינדער.

לאָזט ער דאָס ליידיקע מילראָד גיין,
און וואַרפֿט זיך אַליין ווי קאָרן אַרײַן.
קוקט די זון דורך אַ שפּאַרע און מיינט
אַז זי מאַכט רויט דאָס מעל מיט איר שײַן —
ווײַזט זי דעם שד דאָס וווּנדער.

The devil runs into the village then
With the Miracle of the Reddened Bread,
But Abramka can tell he's a devil who wants
To torture the goyim till they're dead
With the tale of a Miracle. . . .

So he pushes his way to the front of the crowd
And says that they're bored with tales so absurd;
But the devil laughs, and pointing upward
As if at some suddenly passing bird,
He cuts Abramka's throat.

The goyim think this is a riot, and laugh
With their faces turned upward toward the sun,
And the devil proceeds to have with them
The same variety of fun
He had with poor Abramka.

The goyim lie in the golden sunset
Like red loaves of bread along the ground;
The crows say Grace to their Provider—
As they come gathering around—
For such a splendid banquet.

The devil runs back to the windmill then
And dances like a monkey, and springs
From sail to sail in the golden sunset
And crows like a cock, and whistles and sings
Like the silly wind at its labors.

John Hollander

From One of My Letters

Verily, I am far away from you . . .
But in your letters, gentle things you do
Recall whole companies of summer birds
Seeking flower-honey in among nettles.

לויפֿט דער שד אין דאָרף אַרײַן
מיט דעם ווונדער וועגן דעם רויטן ברויט.
דערקענט אַבראַמקאַ אַז דאָס איז אַ שד
וואָס וויל די גויים פֿאַרמוטשען צום טויט,
מיט אַ מעשׂה וועגן אַ ווונדער.

שטופּט ער זיך פֿונעם רעדל אַפּיר,
און ער זאָגט אַז מען איז שוין פֿון מעשׂיות מיד,
לאַכט דער שד, און ער ווײַזט אים אָן
בלומרשט אויף אַ פֿויגל וואָס פֿליט,
און ער שנײַדט אים איבער דעם גאָרגל.

מיינען די גויים אַז דאָס איז אַ שפּאַס —
לאַכן זיי, מיט די קעפּ צו דער זון.
טוט זיי אַלעמען אָפּ דער שד
דאָס אייגענע, וואָס ער האָט אָפּגעטאָן
דעם אָרעמען ייִד אַבראַמקאַ.

ליגן די גויים אין אָוונטגאָלד,
ווי רויטע שטיקער ברויט אויף דער ערד.
נעמען זיך די ראָבן צונויף,
און זיי בענטשן דעם וואָס האָט באַשערט
פֿאַר זיי אַזאַ גרויסע סעודה.

לויפֿט דער שד צו דער ווינטמיל צוריק,
און ווי אַ מאַלפּע טאַנצט ער און שפּרינגט
פֿון פֿליגל צו פֿליגל, אין אָוונטגאָלד,
און ער קרייט ווי אַ האָן, און ער פֿײַפֿט און זינגט
ווי דער נאַרישערווינט וואָס האָרעוועט.

פֿון אַ בריוו מײַנעם

ס׳איז אמת, איך בין טאַקע ווײַט פֿון דיר,
נאָר דײַנע צערטלעכקייטן אין די בריוו צו מיר
דערמאָנען אָן גאַנצע טשאַטעס מיט זומער־פֿייגל
וואָס זוכן בלומען־האָניק צווישן קראָפּיווע.

This part of the country? The sky, blue everywhere,
And I love you everywhere, my wife; but care
And weariness in me becloud your beauty
Like the smoke of the train on the blue sky.

A stranger who might read these verses through
Would probably think: What a peculiar Jew—
Likens his wife to sky and summer birds
And himself to smoke and nettles.

I say this loud and clear: to this good stranger
I stick my tongue out, and I give the finger
So that he won't, O my beloved wife,
Give you the eye from such a distance.

But watch yourself in any case; don't be
The one to let your head get turned by me
With blue sky and summer birds
Among the New York trolley cars.

It won't be long now, and I'll soon be back.
My train whistles on the hilly stretch of track
Near Cincinnati, that lies deep below
Poised like some perilous spittoon.

I laugh myself: I like the simile,
And only hope my little pleasantry
Won't end up, somehow, with egg on its face.
You know precisely the kind of jerk I am.

Meanwhile, wherever I go, there's not one thing
I lack, except your head, to which I cling
When I want to tantalize your little mouth
That longs for mine.

Soon, soon, as I told you. Now I am more
Than a thousand miles nearer you than before.
Give my best to New York—a lousy town
But not too bad, if you have someone there.

John Hollander

די געגנט? — דער הימל איז אומעטום בלוי,
און איך האָב דיך אומעטום ליב מײַן פֿרוי.
נאָר די מידקייט מײַנע פֿאַרוואָלקנט דײַן שיינקייט,
ווי דער רויך פֿון דער באַן דעם בלויען הימל.

ווען אַ פֿרעמדער וועט איבערלייענען דאָס ליד,
וועט ער טראַכטן: איז דאָס אַ מאָדנער ייִד: —
פֿאַרגלײַכט זײַן פֿרוי צו הימל און זומער־פֿייגל,
און זיך צו רויך און קראָפּיווע.

דער גוטער פֿרעמדער (איך זאָג עס אים אויס),
איך שטעל אים אַ פֿײַג מיט אַ צונג אַרויס,
ער זאָל דיר, מײַן ליבע פֿרוי, פֿון דער ווײַטנס
קיין גוט אויג נישט קענען געבן.

דו אָבער פֿון דעסט וועגן היט זיך אָפּ,
און לאָז זיך פֿון מיר נישט פֿאַרדרייען דעם קאָפּ
מיט בלויען הימל און זומער־פֿייגל
צווישן די ניו־יאָרקער גאַסנבאַנען.

ס'עט נישט נעמען מער לאַנג. איך קום די טעג
עס פֿײַפֿט שוין מײַן באַן אויף דעם באַרגיקן וועג
אַרום סינסינעטי, וואָס ליגט טיף אונטן
און זעט אויס אַזוי ווי אַ ריזיקער שפּײַ־טאָפּ.

איך לאַך אַליין. מיר געפֿעלט דער פֿאַרגלײַך,
ס'זאָל זיך נאָר נישט אויסלאָזן אַ טײַך
פֿון מײַן ביסל פֿריילעכקייט, נעבעך,
דו ווייסט דאָך אַז איך בין אַ שלימזל.

דערווײַל פֿעלט מיר גאָרנישט וווּהין איך קום,
אַ חוץ דײַן קאָפּ, וואָס איך נעם אַרום,
ווען איך וויל זיך רייצן מיט דײַנע ליפּלעך,
וואָס בענקען נאָך מײַנע ליפּן.

באַלד, באַלד ווי געזאָגט; איך בין צו דיר
מיט אַ טויזנט מײַל שוין נענטער ווי פֿריִ'ר,
גריס מיר ניו־יאָרק, — אַ פּאַסקודנע שטעטל
אָבער פֿאָרט אַ ווילס, אַז מען האָט דאָרט וועמען.

The Will

So this is how I did myself in:
No sooner did the sun begin
To shine, than I was up and away,
Gathering goat shit for my tune—
The one I wrote just yesterday
About the moonlight and the moon—
And then I put with these also
Some poems from my portfolio
In re the Bible's sanctity
(Just thinking of them sickens me)
And these I wrapped up in my rag
Of an old coat, packed up like a bag,
After which, I took the whole shebang,
Put up a nail, and let it hang
Outside my window, on a tray.
Adults and children passed my way
And asked what that mess up there could be,
So I answered them, on bended knee:
These are all my years; I think
They went all rotten with infection
By wisdom, and its ancient stink,
From my precious book collection.
But when my son, the little boy,
(In my sea of sorrow and cup of joy
He's just turned four) strained his eyes to see
Those summits of sublimity,
Well—I put him on my knee
And spake thus: Harken thou to me,
My son and heir, I swear that, just
As none disturb the dead in their rest,
So, when you have finally grown,
I'll leave you thoroughly alone.
Want to be a loan shark, a bagel-lifter?
Be one, my child.
Want to murder, set fires, or be a grifter?
Be one, my child.
Want to change off girls with the speed that those

מײַן צוואָה

האָב איך אַזוי מיר אָפּגעטאָן.
ווי נאָר עס איז אויפֿגעגאַנגען די זון
בין איך אַוועק און צונויפֿגעקליבן
קאָזע־באָבקעס אין דעם ליד אַרײַן,
וואָס איך האָב ערשט נעכטן אָנגעשריבן
פֿון דער לבֿנה מיט איר שײַן,
און צו דעם האָב איך נאָך צוגעגעבן
עטלעכע לידער — פֿון טיש דאַנעבן.
וועגן דער הייליקייט פֿון דער ביבל
וואָס ווען איך טראַכט פֿון דעם, ווערט מיר איבל.
און דאָס אַלצדינג האָב איך ווי אין אַ זאַק
אײַנגעפּאַקט אין מײַן אַלטן פֿראַק,
דערנאָך אַרײַנגעשלאָגן אַ טשוועקל
אין דרויסן בײַם פֿענצטער, און דאָס גאַנצע פּעקל
אויף דער קאָטשערע אַרויסגעהאַנגען
זענען מענטשן און קינדער פֿאַרבײַגעגאַנגען
און האָבן געפֿרעגט בײַ מיר, וואָס דאָס איז, —
האָב איך זיך פֿאַרנייגט ביז צו זייערע פֿיס
און געענטפֿערט, אַז דאָס זענען מײַנע יאָרן,
וואָס זענען אַזוי פֿאַרשימלט געוואָרן
צווישן דעם אַלטן חכמה־געשטאַנק
פֿון מײַן ווונדערלעכן ביכערשראַנק.
ווען אָבער מײַן אײנציקער זון, וואָס גייט
(מיט מײַן ים פֿול טרויער און מײַן פֿינגערהוט פֿרייד)
אין פֿערטן יאָר אַרײַן, האָט אויך
פֿאַרריסן זײַן קעפּל צו דער הייך,
האָב איך אים גענומען אויף מײַן שויס
און געזאָגט צו אים אַזוי: הער אויס,
מײַן יורש, איך זאָג דיר צו,
אַז פּונקט ווי מען שטערט ניט אַ טויטן די רו
וועל איך — ווען דו וועסט דערוואַקסן ווערן —
דיר קיין מאָל אין קיין זאַך ניט שטערן,
ווילסטו זײַן אַ בייגל־כאַפּער, אַ שינדער —
זײַ דיר, קינד מײַנס.
ווילסט זײַן אַ מערדער, אַן אונטערצינדער,
זײַ דיר קינד מײַנס.
ווילסטו בײַטן מיידלעך,

Same girls keep changing their own clothes?
Change away, my child.
But one thing, child, I have to say:
If once ambition leads you to try
To make some kind of big display
Of yourself with what's hanging up there in the sky;
If you dare (but may that time not come soon!)
To write about moonlight and the moon,
Or some poem of the Bible, poisoning the world,
Then, my dear,
If I'm worth something then by way of any
Money, so much as a single penny,
I'll make my will, leaving everything
To my *landsman*, the future Polish king.
Though we've both stopped calling each other "thou,"
I'll chop up, like a miser shredding
Cake for beggars at a wedding,
All the ties that bind us now:
Poppa-chopper Son-schmon
And so   help me   God in Heaven
This
Will
Be
Done.

John Hollander

The future Polish king: According to Jewish legend, Saul ben Judah Wahl
(1541–c. 1617), a leading figure of Lithuanian Jewry, became king of Poland
for a single day. In eastern Europe, the provisions for the poor at wedding
feasts were a test of generosity.

אַזוי ווי זיי אַליין די קליידלעך —
בייַט דיר, קינד מייַנס.
איין זאַך, אָבער, קינד מייַנס, זאָג איך דיר אָן:
אויב דו ווערסט — פֿאַר מענטשן זיך צו גרייסן —
דערגיין אַזוי ווייַט, זיך אָנצוטאָן
אין אָט אַזוינס, וואָס הענגט דאָ אין דרויסן
און ווערסט נאָך צו דעם — די שעה זאָל נישט זייַן —
אויך שרייַבן אַ ליד פֿון לבֿנה־שייַן,
אָדער גאָר פֿון דער ביבל, דעם סם פֿון דער וועלט, —
דעמאָלט מייַן ליבער,
אויב איך וועל נאָר האָבן עפּעס געלט,
מעג עס זייַן אַפֿילו ווי ווייניק,
שרייַב איך אָן אַ צוואה און לאָז דאָס איבער
פֿאַר מייַן לאַנדסמאַן, דעם קומענדיק פּוילישן קעניג
און אַ חוץ, וואָס מיר ביידע זאָגן זיך מער נישט — דו —
צעשנייַד איך אַזוי ווי אַ קאַרגער צעשנייַדט
לעקעך פֿאַר חתונה־אָרעמעלייַט,
אַלץ וואָס בינדט צו דיר מיך צו —
און טאַטע־שמאַטע און זון־שמון.
און זאָ העלף מיר דער הער גאָט
ווי —
איך —
וועל —
דאָס —
טון —

I Walk Along

I walk along, absorbed in thoughts of bread,
When, from out of the blue, just up ahead,
One of the Just gives me a stare, and then
Asks if I wish a rooster, or a hen.
Let's see: the hen lays eggs for Mankind's sake,
The rooster's crowing startles him awake.
But there's a horse's mouth I have to feed,
A cow to milk and soil to plow—I need,
In fact, the rooster, and I tell him so.
He touches me with his handerchief, and lo
And behold! a rooster made of gold jumps out—
The very kind I'd always dreamed about.
Under my arm I put him; off I go,
Like that, into the garden in the snow.
Meanwhile, I add up what I have: a red
Scarf, for one, the cap upon my head,
Galoshes, and a rooster made of gold.
I wonder what I still want—but I'm called
By a hurried, distant voice, I turn about:
A woman through a window reaches out
A flower to me, and I make it mine.
She asks me in, and orders up some wine
From someone kneeling, bowing to the ground
Until his forehead makes the floor resound;
He runs to fetch me milk and kasha—*nu,*
Kasha and milk was what I'd wanted, too.
I grab it, like the rooster made of gold
Under my other arm, and soon I've strolled
Farther into the garden in the snow.
Meanwhile, I add up what I have to show:
Galoshes, the cap upon my head as well,
A scarf, a rooster, a flower in my lapel,
And a bowl of milk and kasha on a tray.

One of the Just: reference to the legendary, anonymous, thirty-six Just Men
of every generation, for whose sake God allows the world to remain in
existence.

גיי איך אַזוי

דאָס ליד און די ווײַטערדיקע צוויי לידער געהערן צום "שטאָטגאָרטן."

גיי איך אַזוי און טראַכט פֿון ברויט,
טרעף איך אָן פֿון העלער הויט
אַ ל"ו; קוקט ער מיך אָן
און פֿרעגט מיך, צי וויל איך אַ הון צי אַ האָן. . .
טראַכט איך: די הון גיט דעם מענטשן אַן איי,
דער האָן אָבער וועקט פֿון שלאָף מיט אַ קריי.
און איך דאַרף געבן עסן דעם פֿערד
און מעלקן די קו און דינען דער ערד.
זאָג איך אים, אַז איך וויל אַ האָן;
רירט ער מיט זײַן פֿאַטשיילע מיך אָן;
שפּרינגט אַרויס פֿון איר אַ האָן פֿון גאָלד, —
אַזוינער טאַקע ווי איך האָב געוואָלט.
נעם איך אים אונטער אַן אָרעם און גיי
ווײַטער אַזוי דורכן גאָרטן און שניי.
און איך רעכן מיר אויס דערווײַל וואָס איך האָב:
קאַלאָשן, אַ היטל אויף מײַן קאָפּ,
אַ רויטן שאַל און אַ האָן פֿון גאָלד
און איך טראַכט, וואָס נאָך איך וואָלט געוואָלט.
נאָר אַז איך הער, מען רופֿט מיך פֿון ווײַט,
אַזוי ווי מען וואָלט ניט געהאַט קיין צײַט,
שטעל איך זיך אָפּ און ווענד זיך אום
גיט מיר אַ פֿרוי דורך אַ פֿענצטער, אַ בלום,
נעם איך — רופֿט זי מיך אַרײַן
און הייסט דעם וואָס קניט, מיר ברענגען ווײַן;
טוט ער אָן דר'ערד מיט זײַן קאָפּ אַ הילך
און לויפֿט און ברענגט מיר קאַשע מיט מילך, —
האָב איך דאָך קאַשע מיט מילך געוואָלט.
נעם איך דאָס גלײַך — ווי דעם האָן פֿון גאָלד —
אונטער מײַן אַנדערן אָרעם און גיי
ווײַטער אַזוי דורך גאָרטן און שניי,
און איך רעכן מיר אויס דערווײַל וואָס איך האָב:
קאַלאָשן, אַ היטל אויף מײַן קאָפּ,
אַ שאַל, אַ האָן, אַ בלום אין לאַץ,

Since this is almost all I want today,
A broomstick now is all I might invoke
(To measure the snow), a bagel made of smoke,
A feather for my cap perched high up there,
And a minute—perhaps two—free as air
In which I might sit myself down, you know,
And sing a song of something in the snow.
But since I know that nobody on earth
Is bound to live in anything but dearth
Of what he wants, it's what I have I prize.
Really, too—as if guarding my very eyes—
I take great pains now, as along I go,
Not to lose anything (Horrors!) in the snow.

John Hollander

The dichotomy set up in this poem between the prophet and the poet seems to grow out of vigorous contemporary debates about the proper function of art. But here the poet lets his imagination run loose.

Light—My Word

Who am I? Who am I? Who could have guessed right
That all I imagine would turn into light?

Like a monkey, from head to foot all hairs,
The prophet's around for thousands of years
Urging all to acquire his light—free, no cash—
Like a luminous herring you'd find in the trash.

A herring like that you don't skin: instead,
You hold it aloft, and eat up from the head,
And the famished soul who gets to the tail
At the top, which he also devours, won't fail
To open his mouth—that crater—so wide
With his hands outspread
As if wanting to cram some more inside.

און אַ שיסעלע קאַשע מיט מילך אויף אַ טאַץ.
און אַזוי ווי דאָס איז כּמעט וואָס איך וויל,
פֿעלט מיר נאָך — מער ניט אַ בעזימשטיל
צו מעסטן דעם שניי, אַ בייגל רויך
און צום היטל אַ פֿעדער אין דער הייך
און צו דעם נאָך אַ פֿרײַע מינוט אָדער צוויי,
זיך אַוועקצוזעצן עפּעס אַ זינג טון אין שניי.
נאָר אַזוי ווי איך ווייס, אַז דעם מענטשן אויף דר׳ערד
איז ניט אַלץ, וואָס ער וויל, צו האָבן באַשערט,
באַנוגן איך זיך מיט דעם וואָס איך האָב,
און דערבײַ טאַקע — ווי דאָס אויג אין קאָפּ,
היט איך אָפּ איך זאָל — אַזוי ווי איך גיי
ניט פֿאַרלירן, חלילה, עפּעס אין שניי.

ליכט—מײַן וואָרט

ווער בין איך? ווער בין איך? ווער וואָלט זיך געריכט
אַז אַלץ, וואָס איך טראַכט, זאָל ווערן ליכט?

ווי אַ מאַלפּע פֿון קאָפּ ביז די פֿיס אין האָר,
לויפֿט אַרום דער נבֿיא טויזנטער יאָר,
און בעט מען זאָל נעמען זײַן ליכט, פֿאַר אומזיסט,
ווי אַ הערינג וואָס מען געפֿינט אויפֿן מיסט.

און אַ הערינג אַזוינס שיילט מען ניט אָפּ,
נאָר מען האַלט אים איבער זיך אַראָפּ,
און מען הייבט אים אָן עסן פֿון קאָפּ.
און דער הונגעריקער וואָס גרייכט אַרויף
ביז צום עקל, וואָס ער עסט אויך אויף,
צעעפֿנט אַוודאי דאָס מויל, דאָס לאָך,
און צעשפּרייט די הענט, ווי ער וויל עפּעס נאָך.

But I—O thou, my God above all—
I still crave goose fat or jam to spread,
As thick as my finger, on my bread;
The boots I still walk around in show
Up just as red against the snow
As a Jew with a *shikse* behind a wall.

And after all, it doesn't just leap
Out of my head, that light I dream:
It will even gleam
Out at my navel from behind
Like a child still wet from the womb, and bright,
Or a basket of suns and moons you might find
In an empty meadow somewhere at night.

But even if all I imagined were lit
No more than a basket of comets you might
Count out on a dead man's shirt, a bit
Too much shining would still be going on:
Thus nobody should ever make fun
Of someone who raises his hands in fright
And flees from me, like a train in flight
From smoke—its own. My God.

What a game that is!
The faster the train can push smoke out
The faster the smoke can push it about,
The faster smoke pushes the train about
The faster the train will push it out,
And that's strange. My God!
But that smoke should push the train ahead
While the train pushes smoke behind instead,
Shouldn't be so. My God.

The prophet out in the world will run
About—it's true—over field and wild:
With a pair of shining glasses on,

---

shikse: a term for a Gentile girl.

אָבער איך — אָ דו, גאָט מײַנער, איבער אַלץ —
איך בענק דאָך נאָך אײַנגעמאַכטס, אָדער שמאַלץ,
צו באַשמירן אַ פֿינגער די גרעב מײַן ברויט —

און איך גיי דאָך אַרום אין קאַלאָשן צוויי
וואָס זעען אויס אַזוי רויט, אויפֿן שניי,
ווי אַ ייִד מיט אַ שיקסע הינטער אַ פּלויט —

און וואָס דאַרף איך דעם ליכטרינג אַרום מײַן קאָפּ,
אַז איך רוק מײַן שמויסן היטל אַראָפּ
אַזוי ווי אַ גנבֿ אויף אַ יאַריד,
וואָס טראָגט מיט זיך אַ תּהלימל מיט
עס זאָל היטן אים, בײַם נעמען דאָס עוף —
וואָס אַ מלאך האָט אים געוויזן אין שלאָף.

און עס לײַכט דאָך ניט נאָר פֿון מײַן קאָפּ אַרויס
וואָס איך טראַכט אויס. —
עס לײַכט דאָך אויך
אַפֿילו בײַם נאָפּל פֿון אונטער מײַן בויך
ווי אַ קינד אָט ערשט פֿון מוטערשויס;
אָדער גאָר ווי אַ קויש וואָס מען וואָלט געפֿונען
מיט לבֿנות און זונען
אויף אַ פּוסטן פֿעלד, ערגעץ אין דער נאַכט,
נאָר ווען אַפֿילו עס לײַכט וואָס איך טראַכט
ניט העלער פֿון אַ קויש מיט קאָמעטן,
וואָס מען ציילט אַ טויטן אין העמד אַרײַן —
איז דאָס אויך שוין אַ ביסל צו פֿיל שײַן,
אַז מען דאַרף פֿון אַ מענטשן ניט אָפּצושפּעטן
ווען ער טוט אַ הייב די הענט אין דער הייך,
און אַנטלויפֿט פֿון מיר ווי אַ באַן פֿון רויך
איר אייגענעם, — גאָט מײַנער.

סאַראַ שפּיל דאָס איז.
וואָס גיכער די באַן שטופּט דעם רויך אַרויס
אַלץ גיכער שטופּט זי דער רויך פֿאָרויס
און וואָס גיכער דער רויך שטופּט די באַן פֿאָרויס
אַלץ גיכער שטופּט זי אים אַרויס.

He'll come on a child at play in the sun,
Like a beggar (also a mother's child)
Not born to be blind, but punished instead.
If, honored in some strange town, he's led
With a *klezmer* band to the local bath,
He can rise like a lion, roaring in wrath,
And slam the shutters and shut the door
To make it as dark as it was before.

But for me—for me it would do as much good
As taking my shoes off to walk through a wood
Of thornbushes: even the mouse, it would seem,
Keeps itself hidden because of my gleam.

Even Lilith—no sooner thought of, than she,
Too, turns into light and trails after me
Like a tarted-up wretch who, you can bet—
My God—to collect the smallest debt
Would follow you into the outhouse, yet.
And if I look, like a goy at an axe
At a word as lofty as *"Rimzi-Brax"*
Whose light and whose significance
Are as alien to me as a shirt and pants
To a wolf in a cage, that light sticks to me there
As warmly as cow dung does to a bare
Foot. My God.

Even, I feel, if I rave away
Like a feverish woman in labor—what good
Will have occurred
If my jewel, the word,
Always flows out of me, come what may,
Like fire struck from the broken wood
Of a tree hit by lightning in the night?

---

klezmer band: Jewish musicians, usually violins, bass, drum, and clarinet.
Lilith: known in Jewish folklore as the queen of demons, who preys especially on newborn infants.

די באַן אָבער שטופּט דעם רויך אַרויס
אויף קריק דווקא ווען ער שטופּט זי פֿאָרויס.
און דאָס איז מאָדנע — גאָט מייַנער,
נאָר דאָס וואָס די באַן שטופּט דעם רויך אַרויס
אויף קריק דווקא, ווען ער שטופּט זי פֿאָרויס —
דאָס דאַרף ניט זייַן — גאָט מייַנער.

וואָר איז! דער נבֿיא אויף דער וועלט
לויפֿט אויף אַרום איבער לאַנד און פֿעלד.
קען ער אָנטאָן אַ פּאָר ליכטיקע ברילן
און טרעפֿט ער אין זונשייַן אַ קינד זיך שפּילן,
ווי אַ בעטלער — אויך אַ מאַמעס אַ קינד —
געשטראָפֿט, ניט געבוירן צו ווערן בלינד.

און באַערט מען אים אין אַ פֿרעמדער שטאָט,
און מען פֿירט אים אונטער מיט כּלי־זמר אין באָד
קען ער אַ שפּרונג טאָן מיט לייבן־געברום,
און פֿאַרהאַקן פֿענצטער און לאָדן אַרום,
עס זאָל ווייַטער פֿינצטער זייַן אומעטום.
אָבער איך — ווען איך זאָל שוין אַפֿילו פֿאַר זיך
ווי פֿאַרן דאָרנבוש, אויסטאָן די שיך —
וואָס טויג דאָס מיר — אַז אַפֿילו די מויז
קען אין ערגעץ צוליב מייַן ליכט ניט אַרויס.

און אַז לילית אַפֿילו — קוים טראַכט איך פֿון איר
ווערט זי ליכטיק, און שלעפּט זיך הינטער מיר,
ווי אַ וויסטער בעל־חובֿ אין זייַן גאַנצער שייַן,
וואָס גייט נאָך אַפֿילו אין אָפּטריט אַרייַן
דעם וואָס קומט אים עפּעס — גאָט מייַנער,
און וואָס אַז איך קוק, ווי אַ גוי אויף אַ האַק,
אויף אַ וואָרט אַזאַ איידלס ווי רימזי־בראַק —
אַז דער טייַטש און דאָס ליכט דערפֿון איז מיר פֿרעמד.
אַזוי ווי אַ לייַבצודעק מיט אַ העמד
אויף אַ וואָלף אין אַ שטייַג — און עס קלעפּט זיך דאָך צו
אַזוי וואַרעם צו מיר, ווי מיסט פֿון אַ קו
צו אַ באָרוועסן פֿוס — גאָט מייַנער.

But perhaps it's only a miracle
That I look like a treasure hunter still
Walking around with my lowered head:
The truth is, I'm really one of the dead
Belatedly leaving the synagogue
And hurrying toward his grave. My God.

John Hollander

Based on biographical fact, the poem summons up the image of the poet's brother, who died in infancy. The holiday Purim, commemorating the political triumph of the Jews over their enemy, Haman, is traditionally celebrated by masquerades and festivals. This poem and the two preceding it form part of a cycle called "Shtotgortn."

O, Shmuel My Brother!

A topper's a splendid kind of hat
And the red rose is splendid too;
But the Haman in the Purim plays
Gets smeared more than the others do
With makeup—then, quickly whisked offstage,
He's the first one through.

O Shmuel, my four-year-younger brother,
On Purim you died, on the very day;
There by Grandpa Israel, and other Jews,
You've lain at peace in the welcoming clay

נאָר אַפֿילו ווען איך טראַכט אַז איך פּלאַפּל
ווי אַ קימפּעטאָרן וואָס רעדט פֿון היץ —
וואָס טויג דאָס מיר,
אַז דאָס וואָרט, מײַן ציר,
גיט זיך אײביק פֿון מיר אַרויס אַזאַ צאַפּל,
ווי בײַ נאַכט אַ בוים ווען עס טרעפֿט אים אַ בליץ
וואָס צינדט אים אַ צעבראָכענעם אונטער. —

נאָר ס׳איז אפֿשר טאַקע ניט מער ווי אַ נס,
וואָס איך זע ווי אַן אוצר־זוכער אויס
ווען איך גיי אַזוי מיטן קאָפּ אַרונטער — — —
אין דער אמתן בין איך דאָך אַ מת
וואָס האָט זיך פֿאַרשפּעטיקט פֿון שול אַרויס,
און וואָס לויפֿט צום קבֿר — גאָט מײַנער — — —

אָ, שמואל מײַן ברודער!

אַ צילינדער איז אַ הוט אַ שיינער,
און שיין איז אויך די רויטע רויז.
נאָר דער, וואָס דאַרף שפּילן המן־הרשע
בײַם פּורים־שפּיל, נעבעך — אים שמירט מען אויס
מער פֿון אַלע. און דעם ערשטן פֿון אַלע
וואַרפֿט מען אים אַרויס.

אָ, שמואל, מײַן ברודער, מיט פֿיר יאָר ייִנגער
אין דעם טאָג פֿון פּורים געשטאָרבן ביסטו.
איז שוין פֿינף און דרײַסיק יאָר אַז דו ליגסט דיר
אין דײַן היימישער ערד, אין דײַן שטילער רו

For thirty-five years now; but I'll lie here,
Across the sea somewhere, far away.

A red lucky mark still on your forehead,
The light of the world first dawned for you,
And then, on the eighth day you died:
Your *mohel* was your Death Angel, too.
When you think about it, how hard to know
If things must happen as they do. . . .

If you were still here, we'd be shuffling together
And hushing ourselves deep into the snow;
And perhaps someone seeing our woolly caps
And our boots, and our scarves that looked just so,
Would have us in to tell her something
Of home—with a hot glass of tea below.

So the two of us, for the love of her
Across from us there in a house of gold
Would tell of a host of murdered children
To a chant deeply sorrowful, and old;
Perhaps then she would cry out, pleading
That some other kind of tale be told.

So the two of us, well-mannered now, like princes
Would sink before her on bended knee;
And implore her: could she not get us jobs
In some nightclub in the vicinity
To sing the good old songs for folks
Who sit there with women as gorgeous as she?

And perhaps, when she hears the way we talk,
She'll have us immediately enrolled
As her very own footmen; and then because
She wants all her visitors to behold
Us as princes, we're dressed in fine gold jackets,
And golden trousers, and shoes of gold.

---

mohel: performs the circumcision of a Jewish boy, normally on the eighth day
  after birth.

לעבן זיידן ישׂראל און אַנדערע ייִדן. —
איך וועל ליגן דאָ איבערן ים ערגעץ ווו.

מיט אַ רויטן גליק־סימן אויף דײַן שטערן
האָסטו דאָס ליכט פֿון דער וועלט דערזען,
און געשטאָרבן שוין אויפֿן טאָג דעם אַכטן, —
דער מוהל איז דײַן מלאך־המוות געווען.
ווי שווער עס ווערט, ווען מען הייבט אָן קלערן,
צי דאָס האָט געדאַרפֿט אַזוי געשען.

ווען דו ביסט נאָך דאָ — וואָלטן מיר ביידע געשלעפּט זיך
און ביידע אַרײַנגעשוויגן אין שניי,
און קען זײַן, ווען מען זעט אונדז אין שמויסענע היטלעך
און קאַלאָשן און שאַלן אַזוינע צוויי,
וואָלט אונדז עמעץ פֿאַרבעטן מיר זאָלן דערציילן
פֿון דער היים עפּעס — בײַ אַ גלעזל טיי.

וואָלטן מיר ביידע אויס ליבשאַפֿט צו איינער
אַנטקעגן אונדז, אין אַ גאָלדן געמאַך,
דערציילט מיט אַ ניגון פֿון טרויער טיפֿן
פֿון געקוילעטע קינדערלעך אַ סך;
וואָלט זי אפֿשר געוויינט און בײַ אונדז געבעטן
דערציילן פֿון נאָך עפּעס אַ זאַך.

וואָלטן מיר ביידע איידל, ווי פּרינצן,
זיך אַראָפּגעלאָזן פֿאַר איר אויף די קני
און געבעטן: צי קען זי אונדז ניט פֿאַרדינגען
אין אַ רײַכן נאַכטקאַפֿע ערגעץ הי
צו זינגען היימישע לידער פֿאַר מענטשן,
וואָס זיצן מיט פֿרויען שיינע, ווי זי.

און קען זײַן, ווען זי הערט אַזוי אונדז רעדן,
נעמט זי אונדז צו פֿאַר לאַקייען צו זיך,
און דערפֿאַר, וואָס זי וויל צו די געסט אירע טאַקע
פֿאַר פּרינצן פֿאַרשטעלן מיך און דיך, —
טוט זי אונדז אָן אין גינגאָלד־יאַקלעך
און הויזן מיט גאָלד און גאָלדענע שיך.

And you being young, would turn them on
(Of beauties there'd be more than a few)—
When someone's stuck with an old husband
A nice young footman seems quite her due,
And when one person has nothing at all
Then someone else has no need of two.

But even I, who am older already,
I, too, would be better off there, somehow.
I wouldn't hang about like a sick man
Whom no place ever would allow
To enter; there'd be no bedbugs to creep
Over body and head, as in where I live now.

The landlady here is an animal:
She ignores the house, which looks like hell,
And her boyfriend comes and throws you out
When in the darkness, you let out a yell—
Named Alphonse, he wears a yellow topper
And a rose there in his right lapel.

                                    John Hollander

In Central Park

Whose fault is it that your tree can't be seen,
Garden of snow, my garden of snow?
Whose fault is it that your tree can't be seen
When the woman strolling through you displays
A bosom that rises and falls in the ways
That a boat on the ocean will toss and careen
Over troubled waves, with twin pirates, yo-ho,
Who cry out that they are twin pirates, yo-ho!
Garden of snow, my garden of snow.

Whose fault is it that there's no stag hereabouts,
Garden of snow, my garden of snow?
Whose fault is it that there's no stag hereabouts
When a priest, who should be as devout as a child

און דו ביסט יונג, און וואָלסט צוגעצויגן,
און פֿאַראַנען שיינע גענוג צווישן זיי.
און אַזאַ, וואָס האָט אַ מאַן אַן אַלטן,
בענקט מיט רעכט נאָך אַ יונגן לאַקיי.
און ווען איינע האָט גאָרניט איז ניט נייטיק,
אַז אַן אַנדערע זאָל האָבן צוויי.

נאָר אַפֿילו איך, וואָס איך בין שוין עלטער,
אויך מיר וואָלט בעסער געווען ערגעץ דאָרט!
איך וואָלט ניט אַרומגיין געדאַרפֿט ווי אַ קראַנקער,
וואָס געפֿינט זיך אין ערגעץ ניט קיין אָרט,
און נישטאָ אויך קיין וואַנצן דאָרט — וואָס קריכן,
ווי אין הויז ווו איך וווין, אויף לײַב און באָרד.

די באַלעבאָסטע אונדזערע איז אַ בהמה —
זי האָט קיין מאָל ניט אין זינען דאָס הויז;
און אַז מען מאַכט אַ גוואַלד אין דער פֿינצטער,
קומט איר געליבטער און וואַרפֿט אַרויס;
ער הייסט אַלפֿאָנז — טראָגט אַ געלן צילינדער
און אין לאַץ אויף דער רעכטער זײַט, אַ רויז.

אין סענטראַל־פּאַרק

ווער איז שולדיק אין דעם וואָס מען זעט ניט דײַן בוים,
גאָרטן אין שניי, מײַן גאָרטן אין שניי.
ווער איז שולדיק אין דעם וואָס מען זעט ניט דײַן בוים,
אַז סע גייט שפּאַצירן אין דיר אַזאַ פֿרוי,
וואָס איר בוזעם הייבט זיך און וואַרפֿט זיך אַזוי,
ווי איבער צערודערטע כוואַליעס און שוים
אַ שיפֿל אין ים, מיט ים־רויבער צוויי. —
וואָס שרײַען אַז זיי זענען ים־רויבער צוויי. —
גאָרטן אין שניי, מײַן גאָרטן אין שניי.

ווער איז שולדיק אין דעם וואָס קיין הערש איז נישטאָ,
גאָרטן אין שניי, מײַן גאָרטן אין שניי.
ווער איז שולדיק אין דעם וואָס קיין הערש איז נישטאָ,
אַז אַ גלח וואָס דאַרף זײַן פֿרום ווי אַ קינד

Runs after his hat in the wind so wild—
Hey and ho and hello, he shouts,
And the hat, wildly springing to and fro,
Doesn't hear, wildly springing to and fro,
Garden of snow, my garden of snow.

Whose fault is it that I'm foreign to you,
Garden of snow, my garden of snow?
Whose fault is it that I'm foreign to you
When my funny shawl and my cap appear
Like nothing that anyone else wears here,
When I still have a beard that the wind picks through
Like a woman through straw, for the egg below
For her sick child, a chicken's egg below—
Garden of snow, my garden of snow.

John Hollander

Salute

There's always something in our land, too,
And when there's no lamppost that will do,
There's a convenient tree: what's clear's
That a Black of at least twenty years
Hates anything tall that, in a pinch,
Would hold you high enough to lynch.
Although the one that I saw get
Hanged, wasn't quite fifteen yet.

The white old maid has an unsweet face;
Like a rusty lock on an old suitcase
Were her nose and mouth, it must be said;
Feet? Hands? with such an old bag, instead
Of touching her skin, you're better dead.

She charged him: *You're the one*, she said,
I'll have you hanged until you're dead.
In his panic he laughed and befouled himself, true,
But she brought along tar, and she laughed too,

לויפּט נאָך דעם קאַפּעליוש זײַנעם אין ווינט,
און ער שרײַט צו אים העי און האָ, און האָ־לאָ!
און דער קאַפּעליוש אין זײַן וויסטן געדריי, —
הערט אים ניט, אין זײַן וויסטן געדריי, —
גאָרטן אין שניי, מײַן גאָרטן אין שניי.

ווער איז שולדיק אין דעם וואָס איך בין דיר פֿרעמד,
גאָרטן אין שניי, מײַן גאָרטן אין שניי.
ווער איז שולדיק אין דעם וואָס איך בין דיר פֿרעמד,
אַז איך גיי נאָך דעם שאַל און דאָס היטל דאָ,
וואָס בײַ קיינעם אין לאַנד איז אַזוינס נישטאָ,
און אַז כ׳האָב נאָך אַ באָרד וואָס דײַן ווינט צענעמט
ווי אַ ייִדענע שטרוי, ווו זי זוכט אַן איי, —
פֿאַר איר קראַנקן קינד, פֿון דער הון אַן איי, —
גאָרטן אין שניי, מײַן גאָרטן אין שניי.

סאַלוט

בײַ אונדז אין לאַנד איז אויך עפּעס דאָ —
און ווו קיין לאַמטערן־סלופּ איז נישטאָ
איז דאָ אַ בוים — און דאָס מיינט דאָך קלאָר
אַז אַ נעגער איבער צוואַנציק יאָר
מעג האַסן אַלץ וואָס שטרעקט זיך אַרויף
צו האַלטן דעם, וואָס מען הענגט אים אויף.
נאָר יענעם וואָס איך האָב שטאַרבן געזען,
קיין פּופּצן איז ער ניט אַלט געווען.

די ווײַסע אַלטע מויד האָט ניט אויסגעזען זיס.
אַ פֿאַרזשאַווערט שלאָס אויף אַן אַלטן וואַליס
די נאָז מיטן פּיסק. — און די הענט מיט די פֿיס,
איך זאָג דיר — זיך צורירן הויט צו הויט
צו אַזאַ מין פּליאַקע, איז בעסער — טויט.

דו ביסט דו. — דאָס האָט זי אים אָנגעקלאָגט. —
און דו וועסט בײַ מיר הענגען, האָט זי געזאָגט.
עס איז וואָר — ר׳האָט אין טויטשרעק פֿאַסקודנע געלאַכט;
נאָר געלאַכט האָט זי אויך און די סמאָלע געבראַכט,

And gave a look at the tree up there.
As the first smoke puff went up, I swear,
The crowd—but you'd never hear the same
Even in looney-bins set aflame.

Tar at his heart, the very first spot,
Is black over black, hot over hot,
Each eye not lightning—a soft, white blot.
Body twists skin off, as if trying
Thus to divest itself of dying.

Not only was a rope then flung
And around the neck of the carcass strung,
But other ropes were pulled up high
Causing the Stars and Stripes to fly.
But the sky is blue and doesn't care,
And the flag's a joy to the windy air.
And I—whipped dog—watching what occurred,
A partner in crime, said not a word.

You don't need to swallow a pigsty, I guess,
To vomit up a greenish mess—
Just hear the priest, wisdom's fount, who says
If Blackness was God's blunder to begin,
Then letting it mix with white's a sin.

It's not the branch, its whining prattle,
Nor the rope, with its dangling rattle,
Nor the windblown feather, that had to miss
Its chance to give the corpse a kiss,
But you—the whole world's sorrow-stink
Who stood at a distance there to think—
Playing pocket pool, with your fingers curled—
To dream up a poem for yourself and the world.

Now go wake up Chopin, the musician, and let
Him overflow (if he doesn't forget
How) with tinkling noises, and you can bet,

און באַקוקט דעם בוים איבער זיך אין דער הייך.
און די פֿרייד פֿון המון בײַ דעם ערשטן רויך,
איך שווער — פֿון אַ משוגעים־הויז,
אין אַ שׂרפֿה, הערט מען אַזוינס ניט אַרויס.

און דער ערשטער לעפֿל סמאָלע בײַם האַרץ
איז הייס אויף הייס, און שוואַרץ אויף שוואַרץ.
און די אויגן ניט בליץ, נאָר אַ ווײַס געשטאַרץ.
און דאָס לײַב — עס רײַסט זיך פֿון דער הויט;
ניט אַנדערש, עס וויל זיך אויסטאָן פֿון טויט.

אָבער ניט נאָר האָט מען דעם בהמהניק
פֿאַרוואָרפֿן אַרום האַלדז אַ שטריק,
נאָר די פֿאָן פֿון דער רעפּובליק האָט מען אויך
אַרויפֿגעצויגן אין דער הייך —
און דער הימל איז בלוי — אים גייט ניט אָן —
און בײַם ווינט איז אַ שׂמחה מיט דער פֿאָן,
און איך — געשלאָגענער הונט — ניט אַ וואָרט.
ניט אַרײַנגעלייגט גאָרנישט — אַ שותּף צום מאָרד.

נאָר מען דאַרף ניט פֿאַרשלינגען אַ חזיר־שטאַל
צו ברעכן מיט דער גרינער גאַל,
דאָס באַזאָרגט שוין דער גלח, דער חכמה־קוואַל —
אויב די שוואַרצקייט — זאָגט ער — איז גאָטס אַ גרײַז,
איז אַ זינד זי צו לאָזן זיך מישן מיט ווײַס.

און איך זאָג דיר — ס׳איז ניט דער קרעכץ פֿון צווײַג,
ניט דער שטריק, מיטן גאַנצן קלאַפּערגעצײַג,
ניט דאָס פּעדערל אין ווינטגעטרײַב
וואָס האָט פֿאַרזאַמט זיך צו קלעפּן צום לײַב,
נאָר דו — דאָס טרויער־געשטאַנק פֿון דער וועלט
וואָס האָט זיך פֿון ווײַטן אַנידערגעשטעלט,
מיט די הענט, דורך די קעשענעס, בײַם דיך,
פֿאַרטראַכטן אַ ליד פֿאַר דער וועלט און פֿאַר זיך.

גיי בעסער, וועק אויף דעם כּלי־זמר שאָפּען,
און זאָל ער אַ פּליוכע טאָן, אויב ער קען,
מיט טענער אַ ביסל — און זאָל מען זען,

When bloodshed needs background music, that few
Gentiles can't sing the *Kol Nidre* too.

John Hollander

*Two Italian immigrant workers, Nicola Sacco and Bartolomeo Vanzetti,
were found guilty on a first-degree murder charge in Massachusetts, and
although the verdict was called into question they were executed in the
electric chair on April 23, 1927. Liberals protested that the men had been
sentenced for their anarchist beliefs rather than for any crime they had
committed, and radicals used the case to attack the American system of
justice. Many Yiddish poets and writers wrote commemorative works on
this subject.*

Sacco—Vanzetti

You can pull from your head a gray hair
That sometimes comes too early with troubles that are too hard,
But for someone whose troubled head
Feels too hard with its skin and hair,
Too hard to bear any more
On these two wretched bones called—in humans—
Shoulders;
Let him not stand there, mouth and eyes agape,
As in some madhouse:
The stone of the wall is harder than his head,
And to hit himself against it will only yield a lump
No larger than an apple in a tree, that withers
With no one to pick it in due season.
And today, after all, there's an easier way
For anyone who looks for it:
You have only to keep quiet for a while
And submit your head, like a typhus patient, to someone who
    shaves it.

Kol Nidre: the opening prayer of the service on Yom Kippur, the Day of Atone-
ment, when Jews seek absolution from their sins.

אַז אַ גוי איז אויך אַ כּל-נדריניק,
ווען מען דאַרף צו פֿאַרגאָסן בלוט — מוזיק.

סאַקאָ—וואַנזעטי

מען קען זיך אויסרײַסן אַ גרויע האָר פֿון קאָפּ,
וואָס קומט צו פֿרי אַ מאָל פֿון צער, וואָס איז צו שווער;
נאָר ווען מען אין זײַן צער עס דאַכט זיך אויס,
אַז ס׳איז אים שווער דער קאָפּ זײַנער מיט הויט און האָר,
ווי עפּעס, וואָס ער קען ניט טראָגן מער,
אויף אָט די קנאָכן די צוויי אָרעמע, וואָס הייסן אַקסל, —
בײַ דעם מענטשן —
זאָל ער ניט בלײַבן שטיין דעמאָלט מיט מויל און אויגן אָפֿענע,
ווי אין אַ דולהויז ערגעץ;
און אויך דער שטיין פֿון וואַנט איז האַרטער פֿון זײַן קאָפּ
און שלאָגן זיך אָן אים וועט ברענגען בלויז אַ בײַל,
ניט גרעסער פֿון אַן עפּל אויף אַ בוים, וואָס דאַרט
און האָט ניט ווער עס זאָל אים אָפּרײַסן אין צײַט.
און ס׳איז דאָך דאָ אַן אויסוועג הײַנט אַ גרינגערער
פֿאַר דעם, וואָס זוכט אים:
מען דאַרף נאָר רויִק זײַן אַ ווײַל,
און ווי אַ טיפֿוס-קראַנקער צובייגן דעם קאָפּ צו דעם, וואָס גאָלט.
אַ ברודער איז ער דאָך,

He is, after all, a brother,
And you shouldn't be cross with him
For not scraping up the scalp as well.
He only does what he's told and when he's paid for it.
And the death-smock, as well,
That, too, was sewn up by a hungry brother.
And if a child of the very poorest
Dolled up in good clothes for a holiday
Can allow itself to be led everywhere by the hand,
You, too, may allow yourself to be led to the electric chair
No matter how old you are.
And if the murderous copper gleams on your head
What can still be too hard?
A king—even when the whole kingdom wails around his throne—
Should be silent at his coronation.
And if, elected, his crown is one of fire,
It is a crown of wonder in this desolate world;
And only the wolf, who ranges forever because of his wildness,
And only the thief in the night,
Are afraid of fire.
Infants, speechless, who cannot yet
See anything with open eyes,
Reach out toward fire.
And only the butterfly that longs for the light
In the night's darkness
Welcomes forever with outstretched wings
His fiery death.

John Hollander

און מען דאַרף ניט ברוגז זײַן אויף אים,
פֿאַר וואָס ער נעמט די הויט ניט מיט.
ער טוט נאָר וואָס מען הייסט און ווען מען צאָלט דערפֿאַר.
און אויך דאָס טויטנקלייד, —
דאָס אויך — האָט אויפֿגענייט אַ ברודער, וואָס איז הונגעריק.
און אַז אַ קינד — דאָס אָרעמסטע,
ווען מען טוט עס אָן אַ בגד אין אַ יום־טובֿ,
גייט בײַם האַנט, ווּהין מען נעמט עס מיט;
מעג מען אויך זיך לאָזן פֿירן צו דער טויטנשטול, וואָס וואַרט
ווי אַלט מען זאָל ניט זײַן.
און אַז עס בלאַנקט שוין אויך דאָס טויטנדיקע קופּער אויפֿן קאָפּ,
וואָס קען נאָך שווער זײַן דעמאָלט?
אַ קיניג — ווען דאָס גאַנצע פֿאָלק אַפֿילו וויינט אַרום זײַן טראָן —
דאַרף שווײַגן, ווען מען קרוינט אים.
און אַז פֿון פֿײַער איז די קרוין אויף אים דעם אויסדערוויילטן,
איז דאָס אַ ווּנדערקרוין אין אָט דער וויסטער וועלט.
און בלויז דער וואָלף, וואָס אייביק לויערט ער, ווײַל ער איז ווילד,
און בלויז דער רויבער אין דער פֿינצטער —
שרעקן זיך פֿאַר פֿײַער.
קינדער שטומע, נאָך
מיט אויגן אָפֿענע, וואָס זעען גאָרנישט נאָך,
שטרעקן זיך צום פֿײַער.
און בלויז דער שמעטערלינג, וואָס גאַרט נאָך ליכט
אין חושך פֿון דער נאַכט,
באַגעגנט מיט צעשפּרייטע פֿליגל אייביק —
דעם טויט אין פֿײַער.

ANNA MARGOLIN

(Rosa Lebensbaum) 1887, Brest-Litovsk, White Russia—1952, New York.

==================

Before settling permanently in New York in 1914, Margolin lived for short periods of time in Odessa, Warsaw, New York, London, Paris, and Palestine and led a stormy private life. In America she became well known as a journalist and woman's columnist. She published her first poems (as Anna Margolin) in 1920, soon after her marriage to the Yiddish poet Reuven Ayzland. Her tightly controlled verse, worldly in tone and allusions, bore some similarities to the work of the Imagists.

Once I Was Young

Once I was young, hung out
in doorways, listening to Socrates.
My closest pal, my lover
had the finest chest in Athens.

Then came Caesar, and a world
glittering with marble—I
the last to go. For my bride,
I picked out my proud sister.

At the late-night bashes, soused
and feeling fine, I'd hear
about the Nazareth weakling
and the exploits of the Jews.

Marcia Falk

Slender Ships

Slender ships drowse on swollen green water,
black shadows sleep on the cold heart of water.
All the winds are still.
Clouds shift like ghosts in the speechless night.
The earth, pale and calm, awaits thunder and lightning.
I will be still.

Marcia Falk

Dear Monsters

Dear monsters, be patient.
It's sober day, and the world
overflows with light and sound
to its farthest sunny shores.
I go among the crowds, on friendly roads,
gratefully, miraculously
freed of you.

איך בין געווען אַ מאָל אַ ייִנגלינג

איך בין געווען אַ מאָל אַ ייִנגלינג,
געהערט אין פּאָרטיקאָס סאָקראַטן,
עס האָט מײַן בוזעם־פֿרײַנד, מײַן ליבלינג,
געהאַט דעם שענסטן טאָרס אין אַטען.

געוועזן צעזאַר. און אַ העלע וועלט
געבויט פֿון מאַרמאָר, איך דער לעצטער,
און פֿאַר אַ ווײַב מיר אויסדערוויילט
מײַן שטאָלצע שוועסטער.

אין רויזנקראַנץ בײַם ווײַן ביז שפּעט
געהערט אין הויכמוטיקן פֿרידן
וועגן שוואַכלינג פֿון נאַזאַרעט
אוןווילדע מעשׂיות וועגן ייִדן.

שלאַנקע שיפֿן

שלאַנקע שיפֿן דרימלען אויפֿן געשוואָלן גרינעם וואַסער,
שוואַרצע שאָטנס שלאָפֿן אויפֿן קאַלטן האַרץ פֿון וואַסער.
אַלע ווינטן זײַנען שטיל.
כמאַרעס רוקן זיך געשפּענסטיק אין דער נאַכט דער שטומער.
בלײַך און רויִק וואַרט די ערד אויף בליץ און דונער.
איך וועל זײַן שטיל.

ליבע מאָנסטרען

ליבע מאָנסטרען, האָט געדולד.
ס׳איז ניכטערער טאָג, ס׳איז די וועלט איבערפֿולט
מיט שײַן און געררויש ביז די ווײַטסטע זוניקע ברעגן.
איך גיי צווישן מענטשן, איך גיי איבער פֿרײַנדלעכע וועגן
דאַנקבאַר, ווּונדערלעך פֿון אײַך באַפֿרײַט.
איר זײַט ווײַט,
ווי אין גאַסן דער טראַמפּ פֿון אַרמייען,

You are distant
as the thud of armies in the streets
heard from within a still, dreamy house;
as silhouettes in remote alleys
glimpsed through a golden haze of lamplight.
Yet something in the gesture, the stride,
reminds me that in some strange way
these things are familiar.
Dear monsters, be patient.

Because night is coming, and the heart,
sick from an old guilt,
defenseless, alone,
hears the approach of footsteps,
hears and waits, without resisting.
Now you are here! The room dissolves,
as I sink, an untrained swimmer,
about to be trampled and broken.

You are terrible, yet vague.
You loom up around me like mountains,
howl blindly at my sides like giant hounds,
and murmur with me dully and madly
the tales of an old, old guilt.

And the heart, a stray sheep,
cries itself to sickly sleep.

Marcia Falk

Epitaph

Say that she couldn't forgive
herself for her dark moods,
so she went through life
with apologetic steps.

Say that until her death
she guarded with bare hands

געהערט אין שטילן פֿאַרחלומטן הויז,
ווי אין אָפּגעלייגטע אַלייען
סילועטן, געזען
דורכן גאָלדענעם נעפּל פֿון לאָמפּן בלויז,
נאָר עפּעס אין זשעסט און גאַנג דערמאַנט,
אַז אומהיימלעך זײַנען זיי דיר באַקאַנט.
ליבע מאָנסטרען, האָט געדולד.

ווײַל נאַכט קומט, און דאָס האַרץ, קראַנק פֿון אַן אַלטער שולד,
אומבאַשיצט און אַליין הערט געגענען די טריט,
הערט און וואַרט און ווערט זיך ניט.
און איר זײַט דאָ! און עס צערינט דאָס צימער.
איך פֿאַרזינק צווישן אײַך, אַן אומגעניטער שווימער,
און ווער צעטראַמפּלט און צעקרימט.

איר זײַט אַזוי שרעקלעך און דאָך אומבאַשטימט.
איר וואַקסט ווי בערג אַרום מיר, ווי ריזיקע הינט,
און מיט מיר צוזאַמען וואָיעט איר בלינד,
צוזאַמען מיט מיר ברומט איר טעמפּ און צעדולט
די מעשׂה פֿון אַן אַלטער, אַלטער שולד.
. . . עס וויינט דאָס האַרץ, די בלודנע שאָף,
און פֿאַרוויינט זיך צום קראַנקן שלאָף.

עפּיטאַף

דערצייל עס אים: זי האָט פֿאַרגעבן
זיך ניט געקענט איר טרויעריק געמיט,
איז זי געגאַנגען דורכן לעבן
מיט זיך אַנטשולדיקנדע טריט.

דערצייל, אַז זי האָט ביזן טויט
געשיצט געטרײַ מיט הוילע הענט

the fire entrusted to her
in which she finally burned.

And say how in spirited hours
she struggled hard with God,
and how her blood sang deep
and small men ruined her.

Marcia Falk

Girls in Crotona Park

Girls have woven themselves into autumn evenings
as in a faded picture.
Their eyes are cool, their smiles wild and thin,
their dresses lavender, old rose, apple green.
Dew flows through their veins.
Their talk is bright and empty.
Botticelli loved them in his dreams.

Marcia Falk

Entr'acte

The delicate weave of clever talk
like a spiderweb shaken by wind
has suddenly torn.
Bemused, a slow smile on her lips,
through the clatter of silence
she feels him
the way you sense a wolf in your sleep:
glazed, golden eyes,
taut ribs,
paws stiff and ready to pounce.
Dizzying rings tighten around her.

Crotona Park: the Bronx, New York, park was a popular meeting place for
Yiddish writers who lived in the neighborhood.

דאָס פֿײַער, וואָס איז איר געווען פֿאַרטרויט
און אין אייגענעם פֿײַער געברענט.

און ווי אין שעהן פֿון איבערמוט
האָט זי מיט גאָט זיך שווער געווערט,
ווי טיף געזונגען האָט דאָס בלוט,
ווי צווערגן האָבן זי צעשטערט.

מיידלעך אין קראָטאָנאַ־פּאַרק

אין האַרבסטיקן פֿאַרנאַכט
האָבן מיידלעך זיך פֿאַרוועבט
ווי אין אַ וועלקן בילד.
זייערע אויגן זײַנען קיל, דער שמייכל ווילד און דין.
זייערע קליידער זײַנען לאַווענדער, אַלט־רויז און עפּל־גרין.
אין זייערע אָדערן פֿליסט טוי.
זיי האָבן ווערטער העלע און לערע.
זיי האָט אין טרוים געליבט באָטיטשעלי.

אַנטראַקט

דאָס איידעלע געוועב פֿון קלוגן שמועס,
ווי שפּינוועבס דורכגעציטערט פֿון אַ ווינט,
האָט פּלוצים זיך צעריסן.
זיך וווּנדערנדיק, געלאַסן שמייכלענדיק,
האָט זי דורך דעם שווער־רוישנדיקן שווײַגן
דערפֿילט אים,
ווי מען פֿילט אין שלאָף אַ מאָל אַ וואָלף:
מיט אויגן גאָלדענע, פֿאַרלאָפֿענע,
ריפּן אײַנגעצויגענע,
לאַפּעס שטײַף־געבויגענע,

Bemused, a slow smile on her lips,
with disgust and a sweet dread,
she tastes the wolfish blood
between her teeth.
Slowly she crouches and shows him
the hot, faint whites of her eyes.
That's all, just slowly crouches
and gathers up the finely sharpened words
of the cool talk.

Marcia Falk

אין רינגען שווינדלענדע זיך דרייענדיק
אַלץ ענגער אַרום איר.
זיך וווּנדערנדיק, געלאַסן שמייכלענדיק,
מיט עקל און מיט זיסן שווידער
האָט זי דערפֿילט דעם טעם פֿון וואָלפֿיש בלוט
צווישן די ציין.
און האָט זיך לאַנגזאַם איינגעבויגן,
געוויזן אים דעם הייסן, דעם פֿאַרחלשטן
ווייַסל פֿון די אויגן,
אַזוי זיך לאַנגזאַם איינגעבויגן
און אויפֿגעקליבן
די פֿייַן־געשניצטע ווערטער פֿון דעם קילן שמועס.

H. LEIVICK

(Leyvik Halpern) 1888, Ihumin, White Russia—1962,
New York.

====================

A rrested in 1906 for illegal revolutionary activity on behalf of
the Jewish socialist Bund, Leivick was sentenced to hard labor
and life exile. He escaped from Siberia in 1913 and fled to America.
Though initially attracted to *Di Yunge* (he inverted his given and
family names when he was confused with Moyshe-Leyb Halpern),
he identified his own experience of incarceration with the Jewish
trauma of persecution, lending national resonance to personal
themes. The theme of spiritual endurance triumphing over
physical suffering was reinforced in his work after repeated bouts
of tuberculosis that required long periods of hospitalization. He
was deeply affected by the mounting anti-Semitism in Europe that
culminated in the destruction of European Jewry. On these sub-
jects he wrote dramatic poems and poetic dramas as well as lyrics.
His most famous play, *The Golem* (1920), is one of his many works
exploring the Messianic motif in Jewish history and consciousness.

The Night Is Dark

The night is dark
And I am blind,
From my hand the stick
Is torn by the wind.

Bare is my sack,
Empty my heart,
A burden are both,
A useless load.

I hear the touch
Of someone's hand:
I pray you allow me
To carry your load.

Together we go,
The world is black:
I carry the sack
And he . . . my heart.

                    Meyer Schapiro

Leivick's political exile in Siberia and his solitary escape from there was a recurring subject of his poetry for many years after his arrival in America. This is the title poem of a series.

On the Roads of Siberia

Even now
on the roads of Siberia
you can find
a button,
a shred of one of my shoelaces,

די נאַכט איז פֿינצטער

די נאַכט איז פֿינצטער
און איך בין בלינד,
עס רײַסט דעם שטעקן
פֿון האַנט דער ווינט.

ס׳איז פּוסט מײַן טאָרבע,
מײַן האַרץ איז לער,
און בײדע — איבעריק,
און בײדע — שווער.

איך הער אַן אָנריר
פֿון אײנעמס האַנט:
— גיב לאָמיר טראָגן
דײַן לאַסט באַנאַנד.

מיר גײען צוויײען.
די וועלט איז שוואַרץ:
איך טראָג די טאָרבע,
און ער — מײַן האַרץ.

אויף די וועגן סיבירער

אויף די וועגן סיבירער
קען עמעץ נאָך איצטער געפֿינען אַ קנעפּל, אַ שטריקל
פֿון מײַנס אַ צעריסענעם שוך,
אַ רימענעם פּאַס, פֿון אַ ליימענעם קריגל אַ שטיקל,
אַ בלעטל פֿון הייליקן בוך.

a belt,
a bit of broken cup,
a leaf of Scripture.

Even now
on the rivers of Siberia
you can find
some trace:
a scrap of the raft
the river swallowed;
in the woods
a bloodied swatch dried stiff;
some frozen footprints
over the snow.

Cynthia Ozick

With the holy poem

With the holy poem
clenched between my teeth,
I set forth alone
from that wolf-cave, my home,
to roam
street after street
like a wolf
with his solitary bone.

There is prey enough in the street
to sate wolf-hate, wolf-lust.
Sweet is the blood
that steams and drips
from flesh,
but sweeter the dry dust
that has settled on clamped lips.

Struggle in the streets.
From hoarse throats—the call.
Let me for once become
all deadly tooth and claw,

אויף די טײַכן סיבירער
קען עמעץ נאָך איצטער געפֿינען אַ צייכן, אַ שפּענדל
פֿון מײַנס אַ דערטרונקענעם פּליט;
אין וואַלד — אַ פֿאַרבלוטיקט־פֿאַרטריקנטן בענדל,
אין שניי — אײַנגעפֿרוירענע טריט.

מיטן הייליקן ליד

מיטן הייליקן ליד
צווישן געקלאַמערטע ציין,
פֿון וואָלפֿישער הייל — מײַן הויז —
לאָז איך אַוועק זיך
גאַס איַין, גאַס אויס, —
ווי אַ וואָלף מיט אַן עלנטן ביין
צווישן געקלאַמערטע ציין.

אין גאַסן — פֿאַר וואָלפֿישער שׂנאה
גענוג איז דאָ רויב,
און זיס איז פֿון לײַבער
דאָס דאַמפּיקע בלוט;
נאָר זיסער דער טרוקענער שטויב
אויף ליפּן פֿאַרהאַקטע, וואָס רוט.

אויף ראָגן — געראַנגל,
פֿון העלדזער — דער רוף:
זאָל איין מאָל שוין קומען
דער טויטלעכער ביס.
דער ביס — דאָס בין איך,
נאָר — איך קום ניט.

and come
to tear and gnaw.
Instead, I hunch into myself,
my head between my feet.

Back to my cave.
A lump on a cot. Alone.
But far from asleep,
as tireless of holding in my teeth
the holy poem
as the wolf
his solitary bone.

                    Robert Friend

Written during a period of recuperation from tuberculosis at a sanatorium
in Denver, Colorado, this poem is part of a series entitled "Poems from
Paradise" (1932–36).

Sanatorium

Gate, open;
doorsill, creep near.
Room, I'm here;
back to the cell.

Fire in my flesh,
snow on my skull.
My shoulder heaves
a sack of grief.

Good-bye. Good-bye.
Hand. Eye.
Burning lip
charred by good-bye.

איך האָרבע צוזאַמען מײַן גוף,
דעם קאָפּ ביז אַרונטער די פֿיס.

צוריק צו מײַן הייל.
אויף געלעגער — אַ קנויל.
נאָר וואַך בין איך,
קיין מאָל נישט מיד
צו טראָגן צווישן די ציין
דאָס הייליקע ליד,
ווי דער וואָלף זײַן עלנטן ביין.

עפֿן זיך, טויער

עפֿן זיך, טויער,
נעענטער זיך, שוועל, —
איך קום צו דיר ווידער,
צימערל־צעל.

מײַן לײַב — פֿײַער,
מײַן קאָפּ — שניי;
און אויף מײַנע אַקסלען
אַ זאַק מיט געשריי.

אָפּשייד. אָפּשייד.
אויגן. הענט.
אַדיע אויף די ליפּן
דערברענט — פֿאַרברענט.

Parted from whom?
From whom fled?
Let the riddle slip
unsaid.

The circling plain
is fire and flame:
fiery snow
on the hills.

Look—this open door
and gate. Guess.
Hospital? Prison?
some monkish place?

Colorado! I throw
my sack of despair
on your fiery floor
of snow.

Cynthia Ozick

A Stubborn Back—And Nothing More

Come, let us hide ourselves in caves,
in stony crevices, in graves
where stretched full length on the hard ground
we lie, backs up and faces down.

We shall not record, we shall not say
why we've immured ourselves this way.
No notch in a wall, our stony page,
shall mark the historic year or age.

We shall not leave behind as clue
one thread of ourselves—not the lace of a shoe.
No one shall find, hard though he look,
one shred of a dress, one page of a book.

מיט וועמען צעשיידט זיך?
פֿון וועמען אַוועק? —
דאָס אייביקע פֿרעגן
דאָס מאָל ניט פֿרעג.

אין פֿײַער, אין פֿלאַקער
אַרומיקער סטעפּ,
און שניי אינעם פֿלאַקער
אויף בערגיקע קעפּ.

זע, ס'איז שוין אָפֿן
טויער און טיר; —
שפּיטאָל? ווידער תּפֿיסה?
צי גאָר מאָנאַסטיר?

איך לייג צו די פֿיס דיר
מײַן זאַק מיט געשריי,
לאַנד קאָלאָראַדאָ
פֿון פֿײַער און שניי.

האַרטער נאַקן—און גאָרניט מער

קום, מיר וועלן זיך באַהאַלטן
אין גריבער פֿון ערד, אין שטיינערנע שפּאַלטן, —
מיר וועלן זיך אויסציִען מיט אונדזער גוף
מיטן פּנים אַראָפּ און נאַקן אַרויף.

און מיר וועלן ניט רעדן און ניט דערציילן
פֿאַר וואָס מיר פֿאַרמויערן זיך אין היילן,
און מיר וועלן ניט פֿאַרצייכענען דאָס יאָר,
און ניט די תּקופֿה און ניט דעם דור.

און מיר וועלן ניט איבערלאָזן פֿון זיך קיין סימן,
ניט קיין שטיקל קלייד און ניט קיין רימען,
ניט קיין שנירל-בענדל פֿון אַ שוך,
און ניט קיין בלעטל פֿון אַ בוך.

Whether he search by night or by day,
no one shall find a trace of our clay.
But if someone should, let his find be poor:
a stubborn back—and nothing more.

Let him stand wondering, mouth agape,
why we fled to a cave for our escape,
what the last words of our distress
in these depths of stoniness.

And let him seek and still not find
if conscience here were undermined,
if the tormented heart grew faint
and blood and courage suffered taint;

If we were tortured by a fiend,
or maybe by someone just and kind;
by ax, by bullet, by lynching herd
or maybe by a casual word.

If he asks our bones mixed one with the other:
Are you the bones of a foe or a brother,
the answer will come: horror struck dumb
and from his own mouth white bubbles of foam.

Long will he stare—not comprehending—
till he turn—eyes bulging, arms extending—
to flee in his fear and consternation
from generation to generation.

The greater his fear, the faster his flight,
running till history flounder in night,
while we go on lying as heretofore:
a stubborn back and nothing more.

Robert Friend

און עס זאָל אונדז קיינער ניט קאָנען געפֿינען
ניט אין נאַכט און ניט אין באַגינען,
און ווער אונדז אַ מאָל יאָ געפֿינען ווער —
זאָל ער געפֿינען אַ **האַרטן נאַקן**, ניט מער.

ער זאָל גאַפֿן און ניט באַגרייפֿן
פֿאַר וואָס מיר האָבן געמוזט אין הייל אַנטלויפֿן,
און וואָס איז געווען אונדזער לעצט וואָרט
אין דער טיף פֿון שטיינערנעם אָרט.

און ער זאָל קוקן און זיך גאָרנישט דערוויסן
צי עפּעס איז געטאָן געוואָרן מיט אונדזער געוויסן,
צי ווער האָט פֿאַרפֿייַניקט אונדזער מוט,
צי ווער האָט אומריין געמאַכט אונדזער בלוט.

צי ס׳האָט אונדז געפֿייַניקט אַ כּולו־שלעכטער,
צי אפֿשר גאָר אַ כּולו־גערעכטער;
דורך האַק, דורך תּליה־שטריק, דורך קויל,
צי אפֿשר גאָר דורך וואָרט פֿון מויל.

און אַז ער וועט פֿרעגן בײַם רעשט פֿון גלידער:
ווער זענט איר — רעשט פֿון שׂונאים, צי פֿון ברידער?
וועט אַן ענטפֿער זײַן: — שטומער גרויל
און ווײַסער שוים אויף זײַן מויל.

און אַזוי לאַנג וועט ער קוקן און ניט באַגרייפֿן,
ביז וואַנען ער וועט נעמען אין מורא אַנטלויפֿן
מיט אויגן אַרויס און הענט פֿאָרויס,
און לויפֿן אַזוי דור אײַן — דור אויס.

זײַן געלויף אַלץ גרעסער — וואָס גרעסער די מוראס.
ער וועט לויפֿן אַזוי ביז סוף פֿון דורות, —
און מיר וועלן ליגן, ווי ביז אַהער,
אַ האַרטער נאַקן — און גאָר נישט מער.

Sacrifice

Bound hand and foot he lies
on the hard altar stone
and waits.

Eyes half shut, he looks
on his father standing there
and waits.

His father sees his eyes
and strokes his son's brow
and waits.

With old and trembling hands
the father picks up the knife
and waits.

A Voice from above cries, "Stop!"
The hand freezes in air
and waits.

The veined throat suddenly throbs
with the miracle of the test
and waits.

The father gathers up the son.
The altar is bare
and waits.

Ensnared in thorns a lamb
looks at the hand with a knife
and waits.

Robert Friend

עקידה

ער ליגט אויפֿן האַרטן מזבח,
די הענט און פֿיס געבונדן,
און — וואַרט.

זײַנע אויגן — האַלב צו, האַלב אָפֿן.
ער קוקט דורך זיי אויפֿן טאַטן,
און — וואַרט.

דער טאַטע זעט זײַנע אויגן,
ער גיט אים אַ גלעט איבערן שטערן,
און — וואַרט.

דער טאַטע נעמט אין האַנט דעם מעסער,
אין ציטעריקע, אין אַלטע פֿינגער,
און — וואַרט.

דערהערט זיך פֿון אויבן אַ בת־קול,
— האַלט אָפּ! — בלײַבט די האַנט אין גליווער
און — וואַרט.

גיט דער האַלדז מיט אַלע זײַנע אָדערן
אַ טאַנץ אינעם נס פֿון נסיון,
און — וואַרט.

טראָגט דער טאַטע דעם זון אַרונטער,
בלײַבט ליידיק און פֿרײַ דער מזבח,
און — וואַרט.

שטייט אַ לאַם אין דאָרנבוש פֿאַרפּלאָכטן
און קוקט אויף דער האַנט מיטן מעסער,
און — וואַרט.

CELIA DROPKIN

1888, Bobruisk, White Russia—1956, New York.

Dropkin began to write in Russian, but shortly after settling in America in 1912 she turned decisively to Yiddish, and in the 1920s was associated with the Introspective group (see Introduction). An artist as well as a poet, she pioneered eroticism in Yiddish poetry.

The Circus Dancer

I am a circus dancer.
I whirl around daggers
stuck in the ring,
blades high.
My agile body
just grazes the knives;
I never fall to death.

Gasping, they watch my steps.
Someone out there prays for me.
I see the spikes gleam
in a flaming circle;
nobody knows I want to stumble.

I'm tired of gliding around you,
cold steel daggers.
I want my blood to heat you.
I want to fall
on your naked spears.

Grace Schulman

Adam

I met you on the way,
young Adam,
fondled,
soothed by women's hands.
Before we kissed
you begged me,
your face a pale
gentle lily:
"Don't bite. Don't bite."
I saw your body
covered with teeth marks.
Frightened, I bit.
You widened your nostrils,

די צירקוס־דאַמע

איך בין אַ צירקוס־דאַמע
און טאַנץ צווישן קינזשאַלן,
וואָס זײַנען אויפֿגעשטעלט אויף דער אַרענע
מיט די שפּיצן אַרויף.
מײַן בייגזאַם לײַכטער גוף
מײַדט אויס דעם טויט פֿון פֿאַלן,
באַרירנדיק קוים, קוים דעם שאַרף פֿון די קינזשאַלן.

מיט אַ פֿאַרכאַפּטן אָטעם קוקט מען אויף מײַן טאַנצן,
און עמעץ בעט דאָרט פֿאַר מיר גאָט.
פֿאַר מײַנע אויגן גלאַנצן
די שפּיצן אין אַ פֿײַערדיקן ראָד, —
און קיינער ווייס ניט, ווי מיר ווילט זיך פֿאַלן.

מיד בין איך פֿון טאַנצן צווישן אײַך,
קאַלטע שטאָלענע קינזשאַלן.
איך וויל מײַן בלוט זאָל אײַך דערהיצן,
אויף אײַערע אַנטבלויזטע שפּיצן
וויל איך פֿאַלן.

אָדם

אַ צעלאָזענעם,
אַן אויסגעצערטלטן פֿון פֿילע פֿרויען־הענט,
האָב איך דיך אויף מײַן וועג געטראָפֿן,
יונגער אָדם.
און איידער איך האָב צוגעלייגט צו דיר מײַנע ליפּן,
האָסטו מיך געבעטן
מיט אַ פּנים, בלאַסער און צאַרטער
פֿון דער צאַרטסטער ליליע:
— ניט בײַס מיך, ניט בײַס מיך.
איך האָב דערזען, אַז דײַן לײַב
איז אין גאַנצן באַדעקט מיט צייכנס פֿון ציינער,
אַ פֿאַרציטערטע האָב איך זיך אין דיר אײַנגעביסן.
דו האָסט פֿונאַנדערגעבלאָזן איבער מיר

breathed life into me
and drew near:
a seething horizon to a field.

Grace Schulman

The Filth of Your Suspicion

You cover my words, my deeds,
with the filth of your suspicion.
Your glances taunt me.
Frogs leap from my mouth.
Worms slide from my fingers.
I have the eyes of a hideous witch.
My hands are snakes
that uncoil to choke you;
but my shy feet,
glued to earth,
fail to escape
your mocking eyes.

Grace Schulman

Like Snow on the Alps

Like snow on the Alps,
sharp as mountain air,
like heady old balms,
your beauty calls.

Because you dazzle, like new snow,
your thin air stifles breath.
My head spins
from a bitter magical fragrance.

Still, you're just a small-town boy
with a longish nose.
You will slip a ring on your bride's finger,
and grass will grow over me.

Grace Schulman

דייַנע דינע נאָזלעכער,
און האָסט זיך צוגערוקט צו מיר,
ווי אַ הייסער האָריזאָנט צום פֿעלד.

אין קויט פֿון דייַן פֿאַרדאַכט

וואָס איך זאָג און טו,
אַלץ טובֿלסטו אין קויט פֿון דייַן פֿאַרדאַכט
און לאַכסט אויס מיט קאַלטע שווערע בליקן.
זשאַבעס הייבן מיט אַ מאָל אָן שפּרינגען פֿון מייַן מויל,
ווערעם גליטשן זיך אַראָפּ פֿון מייַנע פֿינגער;
ווי בייַ אַ פֿאַרזעעניש, אַ מכשפֿה, ווערן מייַנע אויגן,
מייַנע הענט, ווי שלאַנגען,
וואָס ווילן דיך דערשטיקן,
נאָר מייַנע פֿיס, פֿאַרשעמטע
שטייען צוגעקלעפּט צום דיל,
אומזיסט פּרוּוון זיי אַנטלויפֿן
פֿון דייַנע קאַלטע אויסלאַכנדיקע בליקן.

ווייַס ווי דער שניי

ווייַס ווי דער שניי אויף די אַלפּן,
שאַרף, ווי די באַרגיקע לופֿט,
געווירצט, ווי פֿאַרצייַטיקע זאַלבן
מיך דייַן שיינקייט רופֿט.

ווייַל דו בלענדסט, ווי אומבאַרירטע שנייען,
פֿאַרכאַפּסט דעם אָטעם, ווי די צו הויכע לופֿט,
און עס הייבט מאָדנע דער קאָפּ מיר אָן דרייען,
ווי פֿון פריקרען פֿאַרכּישופֿטן דופֿט.

אָבער דו ביסט נאָר אַ קליינשטעטלדיק ייִנגל
מיט אַ ביסל אַ צו לאַנגער נאָז.
דו וועסט אָנטאָן דייַן כּלה אַ רינגל,
און אויף מיר וועט אָנוואַקסן גראָז.

AARON
GLANTS-LEYELES

1889, Włocławek, Poland—1966, New York.

====================

A fter emigrating to London in 1905 and to New York in 1909, Glants-Leyeles studied literature at Columbia University. A lifelong activist in socialist and Yiddish cultural causes, he helped found Yiddish schools in New York, Chicago, and western Canada and was one of the organizers of the Central Yiddish Cultural Organization, CYCO, in 1937.

At about the time he began to publish verse in 1914, he also became a writer and literary critic for the Yiddish daily *Der Tog (The Day)*. As coeditor of *In Zikh* (1920), he helped formulate the Introspective credo that true poetry had to filter through the psychological prism of the self. Rebelling against their literary predecessors in America, the *In Zikh* group made no distinction between the intellectual and emotional content of verse, and favored modernist fragmentation of selfhood. Champion of free verse, Glants-Leyeles also experimented with strict verse forms such as rondeaux and villanelles.

This poem and the two that follow are part of a book of poems written over a period of eleven years (1926—37), incorporating many elements of the poet's biography. They project a composite image of the Yiddish intellectual—one Fabius Lind—in New York during this period, a figure or persona of restlessness, experimentation, and self-irony, searching for points of stability in life.

Fabius Lind's Days

Fabius Lind's days dribble away in blood.
Red ribbons of failure, emptying his veins.
Inside his head, turbid white stains. Confusion.
And his heart is heavily laden.
He would . . .
He would . . .
Great webs of gloom—
In his mind; before his eyes,
And some kind of bent bow that's aimed
Right at the tip of his nose.
Fabius Lind, lost in thought,
In reading and wandering speech,
Tugs, in his bewilderment,
At the leash around his neck.

Why is it Fabius cannot ride
The coattails of the age?
Or find his place in the ranks
Of all the marchers?
Why can't he take a fast trip there,
To the playground of his childhood
And bring the little whistles back
With which to whistle for himself
The song of soothing?
Why is he so indifferent at a funeral,
So nervous at a birth?
Why can't he grab both whores, death and life,
And join them in a holy-foolish dance?

But whom does he ask, Fabius Lind?

פֿאַביוס לינדס טעג

פֿאַביוס לינדס טעג גייען אָפּ מיט בלוט.
דורכפֿאַלן אין רויטע שלענגעלעך ליידיקן אויס די אָדערן.
אין קאָפּ — מוטנע־ווײַסע פֿלעקן. צעטומלעניש.
און דאָס האַרץ איז שווער־באַלאָדן.
ער וואָלט . . .
ער וואָלט . . .
גרויסע געשפּינסן מרה־שחורה —
אין דעם זינען, פֿאַר די אויגן,
און עפּעס אַן אָנגעצויגענער בויגן, וואָס צילט
אין סאַמע שפּיץ נאָז.
פֿאַביוס לינד פֿאַרטראַכט זיך,
פֿאַררעדט זיך, פֿאַרלייענט זיך, פֿאַרציט
פֿון פֿאַרלוירעניש
די פּעטליע אַרום האַלדז.

פֿאַר וואָס קאָן זיך פֿאַביוס לינד נישט אָנכאַפּן
פֿאַר די פּאָלעס פֿון דער צײַט
און מיטגיין אין די רייען פֿון אַלע מאַרשירער?
פֿאַר וואָס קאָן ער נישט אַ פֿאָר טאָן צוריק צום קינדישן שפּיל־הויף
און ברענגען פֿון דאָרטן די פֿײַפֿעלעך אויסצופֿײַפֿן זיך
דאָס ליד פֿון באַרוּונג?
פֿאַר וואָס איז ער אַזוי גלײַכגילטיק בײַ אַ לוויה
און אַזוי דענערווירט בײַ אַ געבורט?

פֿאַר וואָס קאָן ער נישט אַ כאַפּ טאָן ביידע הורן — טויט און לעבן
און לאָזן זיך מיט זיי אין אַ הייליק־נאַריש ריקודל?

נאָר וועמען פֿרעגט ער דען פֿאַביוס לינד?
קיינעם נישט, בלויז זיך אַליין.
און וואָלט ער געקאָנט אויסמוחן אַן ענטפֿער,

No one, except himself.
And if he could cerebrate an answer
He would not ask.

In these days of straight railway tracks,
Fabius Lind is not awake at all.
He wanders about, hours, days,
Dreaming nonexistences:
A nonexisting age,
A country that doesn't exist,
People that don't exist,
A Fabius Lind who doesn't exist.
Yes, yes, he would!
He would . . .
He would . . .

The desire, the thought flies off on an uninvited wind,
And returns like a ball of smoke.
Fabius Lind has never been well served
by the accounting mind.

Leonard Wolf

Bolted Room

Dark and bolted room.
Air dense and steeped in fear and danger,
Fabius Lind is eye to eye
With a remarkable woman.
Fabius Lind is small and trembles.
The woman, large and growing—
And torrential with heavy-bodied smells:
Smell of a stable,
Of summer afternoons in forest thickets.
Powerful limbs and powerful feet.
Fabius Lind is scared, and death
Seems good to him.
The smells enfold him,
Take away his will. Death seems good to him.

וואָלט ער נישט געפֿרעגט.

פֿאַביוס לינד איז אין אָט די טעג פֿון גראַדע רעלסן
גאָרנישט וואַך.
ער גייט אַרום שעהן, טעג
און חלומט גאָלע נישטאָען.
אַ צייַט, וואָס נישטאָ,
אַ לאַנד, וואָס נישטאָ,
מענטשן, וואָס נישטאָ,
אַ פֿאַביוס לינד, וואָס נישטאָ.
יאָ, יאָ, ער וואָלט!
ער וואָלט . . .
ער וואָלט . . .

דער פֿאַרלאַנג, דער געדאַנק פֿליט אַוועק אויף אַ נישט געבעטענעם ווינט,
און קומט צוריק ווי אַ קנויל רויך.
דער חשבונדיקער מוח האָט פֿאַביוס לינדן קיין מאָל נישט גוט געדינט.

פֿאַרריגלט צימער

טונקל, פֿאַרריגלט צימער.
לופֿט געדיכט און אָנגעזאַפּט מיט מורא און געפֿאַר.
פֿאַביוס לינד איז אויג אויף אויג
מיט אַן אויסטערלישער פֿרוי.
פֿאַביוס לינד איז קליין און ציטערט,
די פֿרוי איז גרויס און וואַקסט — און שלאַקסט
מיט שווערלייַביקע ריחות.
גערוך פֿון שטאַל,
פֿון זומערדיקע נאָכמיטאָגס אין געדיכטעניש פֿון וואַלד.
מעכטיקע לענדן און מעכטיקע פֿיס.
פֿאַביוס לינד האָט מורא, און אים איז צום שטאַרבן גוט.
די ריחות וויקלען איַין,
נעמען צו ווילן — אים איז צום שטאַרבן גוט.
ער דאַרף נישט דאַרפֿן עקסיסטירן.

He does not need to need to be.
He and the woman and fear and delight are one;
And he is terribly alone.

Leonard Wolf

Disorder

Fabius Lind has forgotten his name.
He is a clown at the fairs,
Plays tricks before men
Who shave at most once a week;
Before women who wear heavy, worn-out shoes;
And before blacks.
He's a success.
A hundred housewives—blacks and others—gather around,
Shaking their hips at him,
Crying, "Hallelujah, hallelujah, hallelujah,
Our Lord, our Lord! Be our Lord."

He takes some ten of them to be his wives,
Saying,

You, cook my favorite food with savory!

You, make sure my pajamas have all of their buttons.

You, watch over my sleep, for I fondle my sleep
As a child does the warmth of its mother.

You three, display your large, sad eyes
With all the pain of flogged Africa
So that the most faceted words
On the most delicate tongues will shame me;
So that I never tire
Of cursing the world's achievements.

You three learn the skills of body-and-love caresses.
Sate the Neanderthal, the Cro-Magnon,
And the rest of the blood drops in me.

ער און די פֿרוי און די מורא און דאָס גוטסקייט איז איין,
און ער איז געוואַלטיק אַליין.

דער באַלאַגאַן

פֿאַביוס לינד האָט פֿאַרגעסן זייַן נאָמען.
ער איז אַ פּאַיאַץ אויף די יאַרידים.
ווייַזט קונצן
פֿאַר די מענער, וואָס גאָלן זיך העכסטנס איין מאָל אַ וואָך,
פֿאַר די פֿרויען, וואָס טראָגן שווערע צעפּאָרענע שיך,
און פֿאַר נעגערס.
ער נעמט אויס.
הונדערט ווייַבער, נעגערטעס, און אַנדערע, קלייַבן זיך אַרום אים,
טרייסלען מיט זייערע היפּטן אויף אים,
שרייַען: האַלעלויאַ, האַלעלויאַ, האַלעלויאַ,
אונדזער האַר, אונדזער האַר, זייַ אונדזער האַר!

נעמט ער אַ צען צווישן זיי און מאַכט זיי פֿאַר זייַנע ווייַבער.
זאָגט ער צו זיי:

דו קאָך מיר דאָס געקעכטס וואָס איך ליב — מיט ריישעכץ.

דו זע, אַז עס זאָלן נישט פֿעלן קיין קנעפּ אויף מייַנע פּידזשאַמעס.

דו היט מייַן שלאָף, וואָרעם איך צערטל דעם שלאָף,
ווי אַ קינד דער מאַמעס וואַרעמקייט.

איר דרייַ שטעלט אויס גרויסע אומעטיקע אויגן,
מיטן גאַנצן ווייטיק פֿון דער געקאַטעוועטער אַפֿריקע,
איך זאָל זיך פֿאַרשעמען פֿאַר די געשליפֿנסטע ווערטער אויף די
דעליקאַטעסטע צינגער,
איך זאָל נישט מיד ווערן צו שעלטן דעם אויפּטו פֿון דער וועלט.

איר דרייַ געניט זיך אין די צערטלערייַען פֿון לייַב־און־ליב,
זעטיקט דעם נעאַנדערטאַלער, דעם קראָמאַניאָנער און אַנדערע
בלוטסטראָפּן אין מיר.

And you, straight-nosed and mystic-eyed,
Run on your thin (indeed, too thin) feet,
And announce my poetic fame in all
Four corners,
And all four sub-corners.
Whether calm or resting,
Whether fed or fasting,
Dressed, or in your olive nakedness,
Speak my greatness to the world.
It is high time.
Those wicked folk, my enemies,
Are busy taking pains
To erase from memory
Across the stars, across the seas,
The trace in poetland
Of its prince of princes.
It's reaching the provinces now.

Leonard Wolf

Leyeles was deeply affected by the appearance between 1909 and 1927 of the Yiddish translation of the Bible by the poet Yehoash (Solomon Bloomgarten, 1872–1927). This is one of his many poems on biblical motifs.

Isaiah and Homer

Homer's grace is unparalleled; it is *Homer's!*
  The dignity, the full, childlike desire;
The manly power, and the sublime heroics—
  But even more rare is Isaiah!

Homer—a wide pool, flowing and yet profound:
  He bathes Aegean shores in the sun's high fire,
Or strokes the ear with moonlight's silver vespers.
  But the water of life is Isaiah.

און דו, גראַד־נאָזיקע און מיסטיש־אויגיקע,
דו לויף אויף דײַנע דינע (באמת צו דינע) פֿיס,
און קינדיק אָן מײַן דיכטערישן רום אין אַלע פֿיר עקן
און אין אַלע פֿיר סוב־עקן.
נישט גערוט, נישט געראַסט,
צי געגעסן, צי געפֿאַסט,
צי אָנגעטאָן אָדער אין דײַן אָליווענער בלויזקייט —
דערצייל דער וועלט מײַן גרויסקייט.
עס איז הויכע צײַט.
מײַנע שׂונאים די בייזע לײַט
טוען און מיִען זיך עס זאָל פֿאַרגעסן ווערן
פֿון אַריבער די ימען ביז אַריבער די שטערן
דאָס געדעכעניש אין דיכטערלאַנד פֿון דעם פּרינץ שבפּרינץ.
עס דערגייט שוין ביז דער פּראָווינץ.

ישעיה און האָמער

די שיינקייט פֿון האָמערן איז אָן גלײַכן, ס'איז האָמער!
די תּמימות נאָבעלע, די העלדישקייט די פֿרײַע,
די גבֿורה מענלעכע, דער גראַדער, קינדישער באַגער.
נאָר וווּנדערלעך איז ישעיה.

אַ טײַך אַ ריזלדיקער, פֿליסנדיקער איז האָמער —
ער באָדט אין זון די ברעגן פֿון דעם לאַנד אַכאַיע,
און פּרעפּלט דער לבֿנהס זילבער־פּרעפּל צום געהער.
נאָר לעבנס־וואַסער — איז ישעיה.

Homer—a field of brightness, a forest of fragrance;
  Royal stags roam there; gently, birds rise higher;
Young lambs leap to the singing of green earth;
  But heaven's own eye is Isaiah.

Homer danced on the hillsides with laughing nymphs;
  His splendid creature, Man, plucked bow and lyre.
But "Purge thyself of the buck's darkness, the deer's"
  So man must declare in Isaiah.

Homer left Hector to the savage dogs,
  Had Achilles rob him of his funeral pyre.
Inferring the Fallen State from the infant's tear,
  The bitter words rushed from Isaiah.

How wonderful bearded Homer's gold and green,
  His rare blue universe, crystal entire!
But the world will only glow for the stranger among you
  When victory comes to Isaiah.

John Hollander

אַ פֿעלד אַ העלס, אַ וואַלד אַ שמעקעדיקער איז האָמער,
מיט הירשן פֿרינצלעכע, מיט גרינגער פֿייגל־סטאַיע,
מיט לעמער שפּרינגענדיקע צום געזאַנג פֿון גרינער ערד.
נאָר ס׳אויג צום הימל — איז ישעיה.

מיט נימפֿן לאַכעדיקע האָט אויף בערג געטאַנצט האָמער,
זײַן מענטש — אַ שיינע, פֿײַלן־שיסנדיקע חיה.
נאָר: „יאָג פֿון זיך אַרויס דעם חושך פֿון דעם באָק און בער" —
באַשווירן האָט דעם מענטש ישעיה.

די געטער מיט די מענטשן האָט געדיכט צעמישט האָמער.
אויף ביידנס אַלטע זינד געוואָקסן זײַנען נײַע.
נאָר פֿאַר אַ גאָט פֿון גוטס און פֿאַר דער גוטסקייט־לער
אויף טויט געגאַנגען איז ישעיה.

ס׳האָט העקטאָרן געגעבן צו די ווילדע הינט האָמער,
זײַן אַכילעס האָט צוגערויבט אים די לוויה.
נאָר אונטערגאַנג פֿון דער מלוכה — פֿאַר אַ יתומס טרער —
האָט צאָרנדיק געמאָנט ישעיה.

אָ, ווונדערלעך דאָס גאָלד און גרין פֿון האָריקן האָמער,
זײַן וועלט די דורכזיכטיקע, בלויע און געטרײַע.
נאָר ליכטיק וועט ערשט זײַן די ערד — פֿאַר תּושבֿ און פֿאַר גר,
ווען יובֿלען וועט דער מאַן ישעיה.

DOVID HOFSHTEYN

*1889, Korostyshev, Ukraine—1952, place of death
unknown.*

==========================

Hofshteyn's musical ear and natural diction won him early
recognition as one of the finest Yiddish lyrical poets in the
Soviet Union. His verse evoked the sweet cadences of bygone life
but also caught the tempo of modern unrest. Raised in a village, in
1907 he went to Kiev to study and after the Revolution formed part
of the literary circle around the publication *Eygns*, which balanced
revolutionary priorities with Jewish national themes. He left the
Soviet Union for Berlin in 1924, when his protest against the Soviet
anti-Hebrew campaign elicited sharp attacks upon him. In 1925 he
went to Palestine, but he returned to the Soviet Union and repented
of his "nationalistic" tendencies. Despite his difficulties in com-
plying with the ideological directives from the late 1920s onward,
Hofshteyn remained prolific throughout the 1930s and the wartime
period. He was arrested in 1948 and executed on August 12, 1952.

This section of a longer poem, "In vinter farnakhtn" (On Winter Evenings; 1912), is one of the best-known prerevolutionary Russian Yiddish lyrics. In his wartime work, "Introduction to the Poem, 1944," Hofshteyn expressed wry satisfaction that these lines had remained popular among Jewish soldiers at the front.

In Winter's Dusk . . .

Russian fields on winter evenings!
Where can one be more lonely, where can one be more lonely. . . .

An old horse wheezing and a sleigh creaking,
and I half-way along a snow-covered road.

Below, in the only pale corner of twilight,
sad streaks of light dying and smoldering.

Before us stretching a desert of whiteness,
and sown in its vastness a scatter of houses.
Sunk in its snow-depths a farmhouse dreaming. . . .

Many paths leading to a house like the others,
to a little Jewish house, but its windows larger.
Among all the children I am the oldest.

My little world narrow, my circumference tiny—
only once in two weeks to visit the village.

In silence longing for the fields in the distance,
for the paths and the by-paths wind-blown and snow-covered . . .

And concealed in the heart the sorrow of seedlings
that keep waiting, keep waiting their time of sowing. . . .

Russian fields on winter evenings!
Where can one be more lonely, where can one be more lonely?

Robert Friend

אין ווינטער־פֿאַרנאַכטן . . .

אין ווינטער־פֿאַרנאַכטן אויף רוסישע פֿעלדער!
ווּ קען מען זײַן עלנטער, ווּ קען מען זײַן עלנטער . . .

אַ פֿערדל אַן אַלטינקס, אַ סקריפּנדער שליטן,
אַ שליאַך אַ פֿאַרשנייטער — און איך בין אין מיטן.

פֿון אונטן, אין איינציקן ווינקל אין בלאַסן,
נאָך לעשן זיך טרויעריק טליִענדע פּאַסן.

פֿון פֿאָרנט פֿאַרשפּרייט זיך אַ מידבר אַ ווײַסער,
און ווײַט דאָרט צעזייט איז אַ צענדליקל הײַזער —
דאָרט דרעמלט אַ כוטאָר, פֿאַרזונקען אין שנייען . . .

צום ייִדישן הײַזל פֿיל סטעזשקעלעך גייען,
אַ הײַזל, ווי אַלע, נאָר גרעסער די פֿענצטער,
און צווישן די קינדער דאָרט בין איך דער עלטסטער . . .

און ענג איז מײַן וועלטל, און קליין איז מײַן רעדל:
אין צוויי וואָכן איין מאָל פֿון כוטאָר אין שטעטל.

און בענקען אין שווײַגן פֿון פֿעלדער פֿון ברייטע,
פֿון וועגן און וועגלעך פֿאַרשנייטע, פֿאַרווייטע . . .

און טראָגן אין האַרצן פֿאַרבאָרגענע ווייען
פֿון זוימען, וואָס וואַרטן און וואַרטן אויף זייען . . .

אין ווינטער־פֿאַרנאַכטן אויף רוסישע פֿעלדער!
ווּ קען מען זײַן עלנטער, ווּ קען מען זײַן עלנטער?

City

City!
You called me from afar
With your droning wire.
I saw you always on a height!
You drew me with glittering,
Gleaming tongs.
You deceived me
And you ensnared me.
You pierced, and you split
And you splintered
The calm of my village chamber
With the whistling of trains
And train-track vibrations.
And always, on high, there hung
Your restless, enchanting sounds.
City!
You ensnared me.

Before my eyes,
Long dazzled by woods and fields,
Your mighty stone body now lies;
Pipes rooted deep in the earth,
Arms outflung;
Heaped up, many storeyed,
Chambered and checkered;
Dark at the base and sparkling on high,
Towered with blades and pointed with chimneys,
Knotted and girdled
With serpentine train tracks,
Braided and curtained
With cobwebs of wire.
City!
You ensnared me.

City!
I arrived in your harbor
On the ship of my loneliness.

שטאָט

שטאָט!
דו האָסט מיך פֿון ווײַטן גערופֿן
מיט הודען פֿון דראָט!
כ׳האָב שטענדיק אויף באַרג דיך געזען!
דו האָסט מיך פֿון ווײַטן געצויגן
מיט צוואַנגען
פֿון שײַן און פֿון שימער —
דו האָסט מיך פֿאַרנאַרט
און דו האָסט מיך געפֿאַנגען!
די רו פֿון מײַן דאָרפֿישן צימער
האָסטו מיר צעעקבערט
מיט פֿײַפֿן פֿון צוגן,
צעשפּאָלטן, צעשפּליטערט
מיט ציטער פֿון רעלסן. . .
אין הייכן איז שטענדיק געהאַנגען,
איז שטענדיק געגאַנגען
דער אומרו פֿון דײַנע פֿאַרצויבערטע קלאַנגען —
שטאָט!
דו האָסט מיך געפֿאַנגען!

פֿאַר מײַנע פֿאַרבלענדעטע אויגן
אויף פֿעלדער און וועלדער־באַראָט
איצט ליגט דײַן אַלמעכטיקער שטיינערנער קערפּער
מיט רערן פֿאַרוואָרצלט אין טיף פֿון דער ערד,
צעשלײַדערט די אָרעמס,
געהויפֿנט, געגאָרנט.
צעקעסטלט, צעצימערט,
אין גרונטן פֿאַרשוואַרצט און אין הייכן באַשימערט.
מיט קוימענס פֿאַרשפּיצט און מיט שאַרפֿן פֿאַרטורעמט,
פֿאַרקניפּט און פֿאַרגאַרטלט מיט רעלסישע שלאַנגען,
באַפּלאָכטן, באַהאַנגען
מיט שפּינוועבס פֿון דראָט, —
שטאָט!
דו האָסט מיך געפֿאַנגען.

שטאָט!
אויף שיף פֿון מײַן עלנט

The ship of my loneliness . . .
I rinsed her sails
In the winds . . .
They dwindled and tore
In the lengths and breadths
Of the world.
In the wild flights
Of wasting simooms,
City!
I arrived in your harbor on the ship of my loneliness.

I tied
The ship of my loneliness
To iron rings
In your harbor.
On shore,
In countless taverns
I drank
Till I was drunk
The wines of the world.
On your constricting and concrete roads,
I learned not to limit my road,
To go endlessly on
Round and round,
Continually driven
And to feel
That a fifth one, a tenth one
Is driven,
Running in circles,
Each one at the center.

City!
On your constricted and concrete roads,
I learned to take risks,
To desire,
And, like everyone else,
To put my pitchers
Into the wells of the world;
To join my quiet breath

בין איך אין דײַן האַפֿן געקומען!
די שיף פֿון מײַן עלנט! . . .
איך האָב אירע זעגלען געשווענקען
אין ווינטן אין אַלע
פֿון ערדישע ברייטן און לענגען,
עס האָבן די זעגלען
צעפּיצלט, צעריסן
פֿיל אָנפֿליִען ווילדע
פֿון וויסטע סאַמומען.
שטאָט!
אויף שיף פֿון מײַן עלנט בין איך אין דײַן האַפֿן געקומען!

אין האַפֿן אין דײַנעם
בײַ אײַזערנע רינגען
האָב איך זי פֿאַרבונדן,
די שיף פֿון מײַן עלנט!
אויף ברעג,
אין אָנצאָליקע שענקען
האָב איך דאָ געטרונקען,
ביז שיכּור געטרונקען
פֿון ווײַנען פֿון וועלטן.
אויף דײַנע פֿאַרצאַמטע געפֿלאַסטערטע וועגן
האָב איך זיך געלערנט מײַן וועג ניט באַשרענקען,
אומענדלעך צו גייען,
אַרום און אַרום זיך אַלץ יאָגן און דרייען
און פֿילן — עס יאָגט זיך אַ פֿינפֿטער, אַ צענטער,
און יעדער אַרומלויפֿט, און יעדער אין צענטער.

שטאָט!
אויף דײַנע פֿאַרצאַמטע געפֿלאַסטערטע וועגן
האָב איך זיך געלערנט דערוועגן
און וועלן,
און אונטער די וועלטישע קוואַלן
מיט אַלע, מיט אַלע
די קרוגן צו שטעלן. . . מײַן אָטעם מײַן שטילן
צונויפֿגעהויכט האָב איך מיט אָטעמס פֿון מענגען,
דעם גלי פֿון מײַן ווילן
צונויפֿגעפֿלאַמט האָב איך מיט פֿלאַקערס פֿון ערדן,
מײַן שאַרף גלאַנצט זיך איבער

To the breathing of multitudes.
And to inflame
With earth's torches my gleam of desire.
My blade took the gleam
Of glittering swords;
And the sounds of worldly bells
Now resounds
Over fragments
Of my copper bells—
Old copper, and red—and old.
City!
The ship of my loneliness
Is hidden in your harbor.

Leonard Wolf

When clenched teeth grate

When clenched teeth grate,
When eyes sparkle,
Who can measure . . . who can advise me?
Who can ask:
    "Have you weighed it?"
I know only one thing.
That's all I can count:
    The heart's
    Inflamed;
    It drives
    The blood.
    It glows
    With pain
    And blooms
    With courage
And I can't divide the courage from pain.

Driven in to the circle of houses,
Tamed with steel thorns,
What is there left for me?
My pale face

אין בלאַנקען פֿון שווערדן,
אין קלאַנגען פֿון לענדערשע גלעקער
זיך קלינגען שוין איבער
די שטיקער
פֿון קופּער פֿון מייַנעם,
פֿון קופּער פֿון רויטן, פֿון אַלטן.
שטאָט!
די שיף פֿון מייַן עלנט
האָסטו אין דייַן האַפֿן באַהאַלטן . . .

ווען ס׳קריצן ציין

ווען ס׳קריצן ציין צונויפֿגעפּרעסטע,
ווען ס׳בליצן פֿונקען פֿון די אויגן,
ווער קען מיר עצהן, מעסטן,
ווער קען מיך פֿרעגן:
האָסטו אָפּגעוווינן?
איך ווייס נאָר איינס,
און אָט דאָס איינס נאָר קען איך ציילן:
ס׳איז הייס
דאָס האַרץ,
עס טרייַבט
דאָס בלוט,
עס גליט
פֿון וויי,
עס בליט
פֿון מוט,
און וויי און מוט איצט קען איך ניט צעטיילן!

אין הייַזערקרייַז פֿאַרטריבן,
מיט דערנער שטאָלענע פֿאַרצאַמט,
וואָס איז מיר נאָך פֿאַרבליבן?
עס פֿלאַמט און פֿלאַמט

Flames and flames
And weighty tears
Embitter the clear light
Of my yearning eyes.

My escape route is hidden
In the decline of evenings,
In the ascent of mornings,
In the gleamings of blood.

When houses stand ablaze
With cries of pain;
When clusters of loathing
Roll through the streets
Who is it that bids me wait?
And who prohibits my hate?

Leonard Wolf

Procession

We're striding in your front ranks,
marching mankind—
with the cool and with the fervid,
with the proud and the courageous—
step after step!
On his high gibbet, the old god
swings and swings.
Patched with air, the old red flag
still flutters and flutters.
Not one step back!

Sticks awakening scatter
buckshot on taut drums,
cymbals buffet brightness into drifting air,
and far into the distance shining trumpets
hurl their blare.

מיַין בלייך געזיכט,
און טרערן שווערע
פֿאַרביטערן די קלאָרע ליכט
פֿון מיַינע בענקענדיקע אויגן . . .

אין נידער פֿון פֿאַרנאַכטן,
אין שטיַיגן פֿון פֿרימאָרגנס,
אין בלוטן העלישע
מיַין אויסוועג איז פֿאַרבאָרגן!
ווען היַיזער שטייען
אין פֿלאַם פֿון וויי־געשרייען,
ווען קנוילן גרויל זיך קיַיקלען איבער גאַסן,
ווער קען מיר הייסן וואַרטן?
ווער קען פֿאַרווערן האַסן? . . .

פּראָצעסיע

מיר גייען אין דיַינע פֿאָרנטיקע רייען,
שפּאַנענדיקע מענטשהייט,
מיט שטאָלצע, דרייסטע, זודיקע און קאַלטע —
טראָט נאָך טראָט!
אויף שאַנדן־שטאַנגען וואַקלט זיך און וואַקלט
דער אַלטער גאָט.
מיט לופֿט געלאַטעט, פֿלאַטערט אַלץ און פֿלאַטערט
די אַלטע רויטע פֿאָן —
צוריק קיין טראָט!
און שטעקלער וועקנדיקע שיטן שרויט אויף שטיַיפֿן פּיַיקל,
און טאַצן דזשימזשען — שליַיפֿן שאַרפֿס אין שוועבנדיקער לופֿט,
און הויך פֿאַרוואַרפֿט זיַין רוף
דער שיַינענדער טרומייט. . .
היַינט בין איך אויך אַ שטיקל קלינגענדיקער קופּער —
איך היפּער
שטילע סאַמעטענע ערטער,

Today I, too, am a piece of clanging brass.
I leap across
hushed and velvet places,
I wake the weary,
and drown with my resounding laughter
the sighs of those who languish.
Not one step back!
1919

Robert Friend

איך וועק די מידע,
כ׳באַדעק דעם זיפּץ פֿון אָפּגעשוואַכטע
מיט הילכיקן געלעכטער —
צוריק קיין טראָט!
1919

ZISHE LANDAU

1889, Płotsk, Poland–1937, New York.

===================

Descendant of a Hasidic dynasty, Landau transposed its tradition of spiritual refinement into a personal ideal of aesthetic perfectibility. Arriving in New York in 1906, he became associated with *Di Yunge* as their leading exponent of "pure" poetry, free of rhetoric and collective themes. He undercut early romantic idealism by self-mockery, irony, and deflationary effects. Later, resisting the disintegrative pressure of immigrant life, he celebrated the joy of the commonplace, the harmonious clarity of everyday experience. Landau also translated English ballads, Russian symbolists, and German lyricists, and wrote charming poetic dramas combining old-world Jewish subjects with characters and motifs of the European stage.

Epilogue

Because the papers meanly ignore me—
they think my luncheon menus not fit to print—
small wonder girls don't give me a tumble
and day by day my stock goes down.

And every day my debts get higher.
Vainly my ten fingers stretch out for patrons.
It's lucky Martel's isn't beyond my reach
and coffee—black—is still a nickel.

If coffee goes up, I'll go and hang myself,
and how many poets are as classy as me?
But while the coffee's cheap, my marvelous songs
will bring happiness to our people and our tongue.

Irving Feldman

This Evening

Evening in the house
where you sit and look out
the window,
and in her chair your wife is knitting
or maybe sewing.
You turn around—and she is sitting there
doing nothing,
the needle, scissors, cloth
are lying idle in her hands,
and she is lost in thought over the days and days
that creep by in worries.
Here, we say, everything is always missing
and the daily grind is inescapable.
And every day that's gone is gone for good,
it won't come back again.
And just as this one has, the next too will pass,
and what was hoped for, waited for,
will also have gone past.

עפּילאָג

ווייַל ס׳האָט אַזוי געמיין פֿאַרשוויגן מיך די פּרעסע,
און וואָס איך עס אויף מיטאָג שרייַבט זי קיין מאָל ניט —
דערפֿאַר קען איך ביז איצט ניט קריגן קיין מעטרעסע
און נידעריקער פֿאַלן נעמט אַלץ מייַן קרעדיט.

און וואָס אַ טאָג נעם איך אין חובֿות טיפֿער זינקען,
אומזיסט נאָך מעצענאַטן שפּרייט איך אויס די הענט; —
אַ גליק, וואָס כ׳קען „מאַרטעלס״ דערלויבן זיך צו טרינקען,
און שוואַרצע קאַווע קאָסט אין גאַנצן פֿינעף סענט.

וואָלט קאַווע טייַער זייַן — וואָלט איך זיך אויפֿגעהאַנגען,
און דיכטער גלייַך צו מיר איז גאָר נישטאָ קיין סך!
דאָך ווי דער פּרייַז שטייט איצט — מיט הערלעכע געזאַנגען
קען איך מיר גליקלעך מאַכן אונזער פֿאָלק און שפּראַך.

הייַנט אָוונט

אָוונט אינעם הויז.
דו זיצסט אין הויז און קוקסט אַרויס
פֿון פֿענצטער דיר אַרויס.
דאָס ווייַב זיצט אויף אַ שטול און העפֿט
און אפֿשר נייט.
איך קוק מיך אום און זע: זי זיצט זיך גלאַט אַזוי
און ניט זי העפֿט, און ניט זי נייט,
נאָר האַלטנדיק נאַכלעסיק אין דער האַנט
די נאָדל, שער, צי דאָס געוואַנט,
פֿאַרטראַכט זי זיך ווי טאָג נאָך טאָג
אין דאגות נאָר פֿאַרגייען.
מען רעדט זיך דורך: אָט פֿעלט וואָס אויס
און קיין מאָל קענסטו ניט אַרויס
פֿון אָנגעצייכנטן און לאַנגווייַליקן קרייַז.
און יעדער טאָג, וואָס גייט אַוועק, איז דאָך אַ שאָד,
ער וועט צוריק שוין מער ניט קומען.
און גלייַך ווי דער, וועט דאָך דער צווייטער אויך פֿאַרגיין,
און דאָס, אויף וואָס דו האָסט געהאָפֿט, געוואַרט,

These are the things she is thinking,
when she looks up hopefully at you—
who have just now turned from the window
to look at her.
Everything suddenly is clear.
You get up
and go over to your wife, your faithful wife,
and touch her shoulder lightly
and stroke her hair,
and want to say so many sweet things to her,
and say not a single word.
You go back to your chair
and look out the window.
The night is deep, the stars are big,
and quietly your heart opens.

Irving Feldman

*The two following poems portray Landau's paternal grandparents, the
Hasidic rabbi Wolf Landau and his wife. In their attitudes toward reality
he finds resemblances to his own joy in the substantive world.*

The Strikover Rabbi

Wolf Strikover in the middle of the room
swilling up air with apprehensive nose;
on his face a twitch is getting frozen—
just so, a hare halts in its frightened pose.
A heavy smile unfreezes his mouth—almost,
his bony hand compresses his chin,
and what makes his hand look like a horse blanket
is the beard springing out between the fingers.
And suddenly his head sways high,
his foot scrapes the shining floor,

ביסט צאַרט ווי אַ פֿאַווע־פֿעכער, און שלעכט ווי אַ פֿוריע . . .
מאָדנע פֿינקלען דײַנע אוירינגלעך, די אַלטע פּרוטות אַרום ברוסט,
ווי מען וואָלט זיי ערשט אַרויסגראָבן פֿון אונטער חורבֿות אין סוריע,
ווו גאַנצע דורות אין שטויב האָבן זיי שלאָפֿן געמוזט . . .

ליג רויִק אויפֿן טעפּיך, מײַןווילדע, צאַרטע,
עפֿן דײַן גראַנאַטן־מויל, די אויגן פֿאַרמאַך . . .
הויך איבער אונדז שטייט ערגעץ אַסטאַרטע,
און איר שטרענגער בליק — ווי אַ סריס אויף דער וואַך . . .

✣

זײַן אַליין. אַליין. אין גאַנצן אַ פֿרײַער.
פֿאַרגעסן אַלץ, נאָך וואָס איך בענק און איך גאַר.
אַבי — אַ וואַרעמער קאַמין, אַ פֿלעשל טאָקײַער,
אַ טרײַער הונט און אַ גוטע ציגאַר.

זײַן אַליין. אַליין. מעג הינטער די פֿענצטער ברויזן,
מעג דאָרט ליאַרעמען און שרײַען דער מאָדערנער סדום, —
אין מײַן איינזאַמקייט וועלן אויפֿבליִען די שענסטע רויזן,
און, ווי אַ שוואַן, קומט צו שווימען דער שענסטער טרוים.

זײַן אַליין. אַליין. מיט קיינעם זיך טרעפֿן.
אַראָפּוואַרפֿן פֿון זיך די אַלטעגלעכע לאַסט.
און ווען דער פּוסטער טומל אין טיר אָנקלאַפּן: עפֿן!
וועל איך לאָזן אין פֿירהויז דעם אומגעבעטענעם גאַסט . . .

✣

איצט, נאָך דער באָבעס טויט, קום איך אָפֿט אין איר קאַמער,
פֿון ווײַטע דורות קומט מיר אַנטקעגן אַ גרוס;
שטיל בלעטער איך די ספֿרים מיטן אַלטן אַמסטערדאַמער
אָפּגעוועלקטן, ליבן, אויסטערלישן דפֿוס . . .

I thumb through the thick prayer books' yellowed leaves
Which she had used to pray from with such power.
They stilled her heart-storms, let her tears relieve
The pain of prayer.

I see so clearly how it longs for her:
The floor, for her slipper; the wall, for her shadow; and
The old abandoned *tsene-renes* waiting
For her beloved, gaunt, old woman's hand.

Naomi Wolf

❖

I often watch you leave the morning service
Walking so calmly, thoughtful, motherly,
Chastened with your praying to the Virgin,
A tender child of nobility.

Pious and quiet, you leave the churchyard, holding
Carefully between your pale hands
The prayer book bound in leather, black and golden,
And the black prayer beads with it, a long strand.

Your slender fingers must carry now the scent
Of incense, and your ears, the organ hymn;
Your Catholic blood flows modest with the restraint
Of generations; like church air, your skin

Must be so cool. Silently, you slip by
But I know you see me.
                        This evening, on your knees
When you pray for your loved ones to the Blessed Mary,
You may pray for me also, with that liquid gaze.

Naomi Wolf

Tsene-rene (Heb. *Tsena U-Re'ena:* Come and See): the Yiddish collection of
homilies on selected passages of the Pentateuch, the Haftarot, and Megilot,
composed by Jacob ben Isaac Ashkenazi (c. 1600), was the most popular
book among Jewish women.

איך מיש דורך די פֿאַרגעלבטע בלעטער פֿון די גראָבע סדורים,
די באָבע פֿלעגט מיט כּוונה דאַוונען אין זיי.
דאָ פֿלעגט ווערן אײַנגעשטילט איר האַרציקער שטורעם,
און טרערן פֿלעגן פֿאַלן אין תּפֿילה־ווײ . . .

אַלץ בענקט נאָך דער באָבען איצט, — ווי קלאָר איך דערקען עס! —
די ערד — נאָך אירע פֿאַנטאָפֿל; נאָך איר שאָטן — די וואַנט,
און די אַלטע, פֿאַרלאָזענע צאינה וראינהס —
נאָך איר ליבער, ביינערדיקער זקנהשער האַנט . . .

✧

דו ביסט אַ צאַרט יחוס־קינד פֿון דער איידעלער שליאַכטע,
כ׳זע דיך אָפּט אַרויסגיין פֿון טעמפּל אין דער פֿרי;
דו גייסט אַזאַ באַרויִקטע, אַזאַ מוטערלעך־פֿאַרטראַכטע,
געלײַטערט פֿון תּפֿילות פֿאַר דער הייליקער מאַרי.

אַ גאָטספֿאָרכטיקע, פֿאַרלאָזסטו שטיל דעם קלויסטערשן גדר,
פֿאָרזיכטיק האַלטנדיק אין דער בלייכער האַנט
דעם געבעט־בוך מיטן גאָלדשניט, געבונדן אין שוואַרצן לעדער,
און דערבײַ — פֿון שוואַרצע תּפֿילה־פּאַטשערקעס אַ לאַנגן באַנד.

דײַנע שמאָלע פֿינגער מוזן שמעקן, מסתּמא, מיט קטורת,
אין דײַנע אויערן לעבט שטענדיק דעם אָרגלס שפּיל,
דײַן קאַטויליש בלוט פֿליסט באַשיידן און אײַנגעהאַלטן פֿון דורות,
און, ווי די לופֿט אין אַ גרויסן טעמפּל, מוז דײַן הויט זײַן קיל.

שטום שלײַכסטו פֿאַרבײַ מיט דײַן גאַנג דעם לײַכטן,
נאָר איך ווייס, אַז דו זעסט מיך. . . און אין אָוונט אויף די קני,
ווען דו בעטסט פֿאַר דײַנע נאָנטע מיט אַ בליק אַ פֿײַכטן,
בעטסטו אפֿשר אויך פֿאַר מיר בײַ דער הייליקער מאַרי.

LEYB KVITKO

1890 or 1893, Alesskov, Ukraine—1952, place of death unknown.

======================

Orphaned in childhood, Kvitko worked at manual jobs and began writing "straight out of the air, not out of any school." In 1918 he moved to Kiev and became part of the group around the magazine *Eygns*. He published his first book of lyrics, *Steps*, in 1919. During his sojourn in Germany (1921—25), he became an active Communist and on his return to the Soviet Union participated in many literary and cultural undertakings. His early work showed expressionist tendencies, but as a result of ideological pressure he cultivated a strong "folk voice" in later years. His children's verses were sung, taught in the Yiddish schools, and translated into Ukrainian. In 1929, after criticizing some Jewish cultural authorities, he was ostracized and his work was not published for a number of years. Later "reinstated," he was active in the Anti-Fascist Committee during the Second World War. Arrested early in 1949, he was executed on August 12, 1952, with other leading Jewish writers.

Inscrutable Cat

Inscrutable cat!
I am as still, as still as you,
Although you tread with shadow-steps—
The peace of distant worlds within your gaze
So softly in the shadows of my rage. . . .

I am as still, as still as you. . . .
Along my meager island shore—
The island of my memory—where ruins flicker faintly through
Awareness with its waves, its fog,
On that pathetic island
At times there creeps an ancient frog.
Lazily he looks about, lazily he croaks—
At all that was, the old, the shriveled heretofore.
Then lazily he turns around; he croaks another croak—
At the insane, the stolen here and now.
In me the present and the past are soon to speak no more.
Only the croaking will be etched into my island shore.
I start to sink into a shapeless torpor
And—
I am as still, as still as you. . . .

Allen Mandelbaum and Harold Rabinowitz

Day and Night

Day and night—
Shivering, we wait in bitter day
For moonlit night,
For the caressing moon.

Quivering, we wait in angry night—
For the sunlit day,
For the warming sun.

Day and night—
We must loom large within their eyes,
They bother with us so.

באַהאַלטענע קאַץ

באַהאַלטענע קאַץ!
כ׳שווייַג אַזוי פֿיל, וויפֿל דו,
כאָטש גייסט ווייך אַרום אין שאָטן פֿון מייַן ראָש געמיט
מיט שאָטנטריט
מיט אויגן — ווייַט־וועלטישע רו . . .

כ׳שווייַג אַזוי פֿיל, וויפֿל דו . . .
אויף מייַן קליינעם אינדזל, מייַן זיכּרון,
וועלכער טונקלט חרובֿדיק אַרויס
פֿון נעפּלדיקן אויסגוס — מייַן באַוווּסטזייַן,
אויף דעם שוואַכן אינדזל
קריכט אַ מאָל אַרויף אַן אַלטע פֿראָש,
קוקט זיך פֿויל אַזוי אַרום, טוט אַ פֿוילן קוואַ —
אויף דעם פֿאַרשרומפּענעם און אַלטן ביז־הער
קוקט זיך פֿוילער נאָך אַרום, טוט אַ צווייטן קוואַ —
אויף דעם משוגענעם און נגזל איצט.
איצט און ביז־הער ווערן באַלד אין מיר פֿאַרשטומט,
נאָר קוואַ אויף אינדזל מייַנעם ווערן אויסגעקריצט.
כ׳הייב אָן זינקען אין אַ פֿאָרמלאָזער רו
און—
כ׳שווייַג אַזוי פֿיל, וויפֿל דו . . .

טאָג און נאַכט

טאָג און נאַכט —
דערפֿרוירענע וואַרטן מיר אין בייזן טאָג
אויף נאַכט לבֿנהשער,
אויף לבֿנה צערטלעכער.

אָנגעשראָקן וואַרטן מיר אין בייזער נאַכט —
אויף טאָג דעם זוניקן,
אויף זון דערבאַרעמדיקער.

טאָג און נאַכט —
גרויס זייַנען מיר זיי אין די אויגן,
זיי וואַרפֿן זיך מיט אונדז.

Small is what we are, so small—
Fear drags us to the earth,
As if we were fear's very own.

Where, then, we small ones,
Can we hide?
Where can we hide our full-grown grief?
Our grief?
Our love?
Our secrets?

Day and night—
We must loom large within their eyes,
They bother with us so.

Allen Mandelbaum and Harold Rabinowitz

Esau

Esau,
Hairy Esau, blessed with fragrant fields;
To you I owe an ancient debt,
Debt deep within my marrow,
Buried in my innards' shadows. . . .

Esau,
Quietly, behind your back,
Quietly I sensed the savor of your good fortune,
Esau—that sturdy draft
of your fragrant fields. . . .

Esau,
Hairy Esau, with our blind father's blessing
On your wild, wooded head,
On your gentle, fair hair—
Don't ask for payment now, Esau . . . not now . . .
Drop by drop you have seeped your way

קליין זײַנען מיר, גאָר קליין —
פּחד שלעפּט אונדז צו דער ערד,
ווי זײַנס, ווי אייגנס.

ווּהין זשע זאָלן מיר זיך הינטאָן,
קליינע?
ווּהין אונדזער גרויסן ווייטאָג הינטאָן,
ווייטאָג?
ליבע?
סודות?

טאָג און נאַכט —
גרויס זײַנען מיר זיי אין די אויגן,
זיי וואַרפֿן זיך מיט אונדז.

עשׂו

עשׂו,
באַוואַקסענער, געבענטשט מיט שמעקנדיקן פֿעלד!
דיר קומט פֿון מיר אַ גרייַזער חובֿ,
ער ליגט פֿאַרזונקען אין מײַן טיף,
באַגראָבן אין מײַנע פֿאַרשאָטענע אוצרות . . .

עשׂו,
שטיל, הינטער דײַנע פּלייצעס,
שטיל האָב איך געזויגן די ריחות פֿון דײַן מזל,
דאָס קרעפּטיקע געטראַנק
פֿון דיר, עשׂו, שמעקנדיק פֿעלד.

עשׂו,
האָריקער, מיט בלינדן טאַטנס ברכה
אויף וואַלדן־קאָפּ,
אויף מילדן, בלאָנדן —
מאָן מיך ניט אַצינד. . . מאָן מיך ניט אַצינד. . .
טראָפּנווייַז דײַנס איז אײַנגעזוונקען

Into my gloom of distant days,
Breath by breath exhaled
With all my many-thousand souls,
On the ashes of the road,
On the ashes of being. . . .
Esau,
On the broad canvas of pain, of moldy distant days,
Is spun,
Is sewn,
Is stitched,
My ancient heart.
My ancient dreams
My dark glassy stare. . . .
Look there, look there. . . .
Esau,
Leave me and tend your sheep,
Your fragrant springs,
Lay your hand on them,
Your hairy ancient hand. . . .

Allen Mandelbaum and Harold Rabinowitz

Russian Death

A Russian death
Is death of all deaths.
Russian pain,
Pain of all pains.

Does the world's wound ooze pus?
How does its heart do now?
Ask any child,
Ask any Jewish child.

Allen Mandelbaum and
Harold Rabinowitz

אין מײַן גרײַזן אומעט.
טראָפּנווײַז אויסגעהויכט
מיט אַלע מײַנע טויזנטער נשמות,
אויף אַש פֿון גאַנג,
אויף אַש פֿון זײַן . . .

עשׂו,
אויף ברייטן פּײַנען־פֿלאַך פֿון שימל־אוראַלט
איז אויסגעשפּינט,
אויסגעשטיקט,
אויסגעשטריקט
מײַן אוראַלט האַרץ,
מײַן גרײַזער טרוים,
מײַן טונקל־גלאַנציק קוקן . . .
זוך דאָרט, זוך . . .
עשׂו,
קער זיך אָפּ פֿון מיר צו דײַנע שעפּסעלעך.
צו דײַנע שמעקנדיקע קוואַלן,
לייג אַרויף דײַן האַנט אויף זיי,
דײַן האָריק אַלטע האַנט . . .

רוסלענדישער טויט

רוסלענדישער טויט
איז טויט פֿון אַלע טויטן.
רוסלענדישער פּײַן
איז פּײַן פֿון אַלע פּײַנען.

יאַטרעט וועלטס אַ ווונד?
ווי האַלט איר האַרץ אַצינד?
פֿרעג אַ ברעקל קינד,
פֿרעג אַ יִידיש קינד.

MELECH RAVITCH

[*Zekharye-Khone Bergner*] *1893, Radymno, Galicia—*
1976, Montreal.

==================

R avitch was one of three poet-editors known as the "gang," or
Di Khaliastre, who published Yiddish expressionist maga-
zines in Warsaw in the early 1920s. An exponent of the new and
experimental, he wrote neo-primitive verse, essay poems, dramatic
narratives, and confessional lyrics. He stood at the center of Yid-
dish literary life in Warsaw, as secretary of the Jewish Writers As-
sociation. He circled the globe in the 1930s, organized many
literary and cultural institutions during his visits to Australia,
Argentina, Mexico, and Canada, settled in Montreal during the
Second World War, and visited Israel from 1954 to 1956. He is
equally well known as an essayist and literary memoirist.

This is part of a long narrative poem on Spinoza, the dominant philosophic influence on Ravitch's life. The Jewish philosopher Baruch (Benedict) Spinoza was excommunicated in Amsterdam on July 27, 1656 (the date is given in the poem according to the Jewish calendar). Solomon (Saul Levi) Morteira was one of those who signed the rabbinical pronouncement.

The Excommunication

The leaden summer fog
spreads over the streets of Amsterdam,
the alleys are crowded with carts,
and the drivers' curses mingle
with the sound of horses' hooves;
the crack of whips cuts the soggy air
and the fog falls like a curtain
over the marketplace.

In another part of the city
shutters come down over Jewish storefronts,
and in a distant suburb, more shutters,
you hear the same slamming of doors and shutters
all over Jewish Amsterdam;
the Jewish wives and daughters, their heads covered
with black silk kerchiefs, come out of their houses
and fill the streets with ominous waiting.
From the depths of the fog a beadle's voice cries:
"Everyone to the synagogue!"
Then a silence, broken only by the three loud raps
of a wooden hammer.
And here's a woman shouting up to the window above her,
"Solomon, Solomon, for God's sake, hurry,
or we'll be late for synagogue and we'll miss
Spinoza's come-uppance!"
The forlorn Jewish district seems suddenly lonelier,
its streets are as empty as on Yom Kippur,
everyone has crowded into the synagogue,
black candles are being lit, there is shouting
and lamentation, all is confusion—

דער חרם

שווער און מוטנע ווי בלײַ ליגט אויף די אַמסטערדאַמער גאַסן
שפּעטזומערדיקער נעפּל,
די גאַסן זענען פֿול מיט באַלעגאָלעס, און זייַ שרײַען,
מישן זיך די קללות מיט שווערע, פֿערדישע שריט,
אַ בײַטש גיט אַלע מאָל אַ שניט
די געדיכטע לופֿט און מען זעט שוין באַלד גאָרנישט אין מאַרק.

ערגעץ אויף אַ ייִדישן הויף פֿאַלן צו די קראָמלעדן, ווערן פֿאַרריגלט מיט אַ שווערן האַק,
נאָך ערגעץ און נאָך ערגעץ — די גאַנצע ייִדנשטאָט —
און אומעטום אין דרויסן שטייען שוין און וואַרטן,
מיט שוואַרצע, זײַדענע טיכלעך אויף די קעפּ,
ייִדישע ווײַבער און ייִדישע טעכטער.
ערגעץ טיף אין נעפּל רופֿט אַ שמש:
— אין שול אַרײַן! — — —
און נאָכן רוף — דרײַ האָלצערנע האַמערקלעפּ.
און איינע פֿון די ווײַבער גיט אַ שרײַ אַרויף צום פֿענצטער פֿון אַן ערשטן שטאָק:
— סאַלאָמאָן, סאַלאָמאָן, גאָט גערעכטער,
מיר'ן פֿאַרזוימען אין שול צו ספּינאָזאַס מפּלה.

די איינזאַמע ייִדנשטאָט ווערט איינזאַמער, יום־כּיפּורדיקער, פּוסטער;
קאָפּ אויף קאָפּ איז שוין אין שול, שוואַרצע ליכט, געיאָמער, געשריי, געפֿליסטער:
דע עספּינאָזאַ, נאַר, משוגענער, ברוך, ארור, וואַרפֿט אים צו די משוגענע הינט,
בענעדיקטע, טריפֿנער שאַרבן, גזלן, שטאַרבן, גיהנום, שלאַק, שינד, בינד
אײַ טאַטע זיסער, אַזאַ מין שפּײַ אין פּנים,
— עבֿרה גוררת עבֿרה —
(ציטערט פֿון אַלטן כּעס דער סוחר סאַלאָמאָן מאָרטעיראַ).

Spinoza, fool and lunatic—Baruch, the so-called blessed
and luminous, throw him to the dogs, that Benedict,
that traitorous pig's-brain!
Hell, beating, prison, public shame be on his head!
Dear God Almighty, that he dared defy you,
to spit upon your Name. One sin begets another!
(This from Solomon Morteira, merchant, trembling with rancor
    and hate.)

A little Jew shrieks: *Look, there he is, he's coming,*
he's here, he himself, ay!
Just look at him, let me be the first to spit in his face!
The young bosoms of the Jewish daughters quake with fear,
the housewives weep, a voice calls out:
It's not true! and again the little Jew:
from all sides they're beating him!
—It can't be true—you're dreaming—where, who?
Suddenly Hanan the beadle thunders in a voice
loud enough to make the chandeliers dance:
He—will—not—come—today—
and almost by itself the *orn koydesh* comes to life
and moves; then all is quiet.
Tekiah, intones the leader of the congregation,
and his eyes glaze; *tekiah*, the *shoyfer* sighs and groans,
and the congregation sighs and groans in answer.
Then in a hoarse voice the *shoykhet* begins to chant the
    prayers,
(men curse, women cry, and children scream)
on the sixth day of Av, 5416.
1916
                                            Miriam Waddington

_____

orn koydesh, tekiah, shoyfer, shoykhet: As part of the ritual of excommunica-
    tion, the ram's horn, *shoyfer* (Heb. *shofar*), is blown before the *orn koydesh*
    (Heb., *aron kadosh*), the ark containing the scrolls of the law. *Tekiah* is the
    blast of the *shoyfer*. A *shoykhet* is a ritual slaughterer, who here also func-
    tioned as prayer leader.

קוויטשעט אַ ייִדל: זע, ער גייט, ער איז דאָ, ער, אַליין, אָ נאַ, זע — איַי!
לאָז מיך, לאָמיך אים טון דער ערשטער אַ שפּיַי! — —
יונגע בריסט פֿון ייִדישע טעכטער וואַרפֿן זיך פֿון שרעק, מאַמעס וויינען —
— נישט אמת! — גיט מען אַ געשריי, און נאָך אַ מאָל דער זעלבער: איַי —
עס פֿאַלן פּעטש פֿון אַלע זייַטן —
— קיין פּתרון פֿון קיין בייזן חלום — ווּ — וואָס — ווער?

פּלוצלונג שרייַט חנן, דער שמש, הייזעריק, אַזש די הענגלייַכטער הייבן אָן
צו ברומען:
— ער — וועט —אַפּילו — הייַנט — נישט — קומען. —

ווי פֿון זיך אַליין גיט זיך אַ צעפּראַל דער ארון־קודש, אַלץ ווערט אַנטשוויגן.
—תּ—קי—עה! — האָט דער ראש־הקהל מיט פֿארגלייזטע אויגן
אויסגעשריגן.
דער שופֿר גיט אַ לאַנגן קרעכץ,
און ס׳ענטפֿערט אים אַ זיפֿץ פֿון דער קהילה,
און מיט אַ הייזעריקן קול הייבט אָן דער שוחט און בעל־תּפֿילה:
(די מענער שעלטן מיט, די ווייַבער וויינען און די קינדער שרייַען)
— זעקס טאָג אין אבֿ ה׳תט״ז — —
1916

Horses

Eighteen years
of hauling heavy loads,
two forgotten horses
on the lonely roads.

Eighteen years
of standing on the hard stable floor;
the horse-stall dust dimmed the sheen
their skin had all those years before.

Cringing under the whip
that stung and burned;
the straw they ate two times a day
they dearly earned.

Lashed by cold and rain one night,
the elder pressed his heavy head
against the other,
coughing as he said:

"I'm tired, brother. Eighteen years
by your side without protesting.
I'm shaking, sick, and blind,
and I need rest."

Two horses alone that night
without a future;
sold in a tavern
to a horse butcher.

Their master gave his hand
and toted up the worth
of two unhappy horses
in this wide earth.

Bargaining for one more trip
with them to haul

פֿערד

זיי זענען געגאַנגען אַכצן יאָר,
און האָבן געצויגן שווערע לאַסט,
און זענען געווען אַן אָרעם פּאָר
פֿאַרגעסענע, איינזאַמע פֿערד.

און זענען געשטאַנען אַכצן יאָר
אין שטויביקן שטאַל מיט דער שטיינערנער בריק,
און שטויב איז געפֿאַלן אויף זייערע האָר,
וואָס האָבן פֿאַרלוירן די גלאַנציקע פֿאַרב.

און האָבן געליטן אַכצן יאָר
פֿון בײַטשן, וואָס קאָרטשען צוזאַמען די הויט.
און האָבן זיך ערלעך פֿאַרדינט דאָס שטרוי
פֿון נאַכטמאָל און פֿון מיטאָגברויט.

און זענען געשטאַנען איין מאָל בײַ נאַכט,
רעגנצענעצט און קעלטצענאָגט;
האָט צוגעטוליעט דעם טרויעריקן קאָפּ,
דאָס עלטערע פֿערד, און הוסט־געזאָגט:

מיד בין איך ברודער, זע שווײַגנדיק אָט,
גיי איך מיט דיר שוין יאָר אַכצן אַצינד,
די קניִען ציטערן, צײַט איז צו רוען —
די הויט ווערט פֿאַרשלאַפּט, די אויגן בלינד.

און זענען געשטאַנען איין מאָל בײַ נאַכט;
צוויי איינזאַמע פֿערד אויף דער ווײַטער ערד. —
און ס׳האָט זייער האַר זיך געדונגען אין שענק
מיט אַ פֿאָרשטאָט־קצבֿ פֿון פֿערד.

און האָט געגעבן תּקיעת־כּף,
און אָפּגעשאַצט די גענויע ווערט,
פֿון איינזאַמע, טרויעריקע פֿערד,
אויף דער ווײַטער ערד.

און האָט זיך באַדונגען צומאָרגנס נאָך,
איין לעצטן גאַנג מיט די פֿערד צום וואַלד,

a last wagonload of wood,
and a cold farewell.

As it had for eighteen years
the whip cracked, and they trod
the forest path hauling wood
for the winter days ahead.

And when they came from the forest,
no need for them to eat;
they took their own flesh to the slaughter
on their own weary feet.

Two brother horses trembled
when they saw where they stood,
two long heads pressed together,
attentive to the blood.

Plain to see when the yoke was lifted
off their necks that day,
the black skin
where their manes were worn away.

Plain to hear the sound of fear
when they lay in their blood on the floor,
the wild sound of iron hooves
pounding the stony floor

like the sound of their feet on the stony street
for eighteen years,
and their heavy breath as they went—
two horses
on this lonely earth.
And now their lives are spent.
1919

Seymour Levitan

דאָס לעצטע פֿורל צו פֿירן מיט זיי
און זיי צו געזעגענען קאַלט.

זיי זענען געגאַנגען ווי אַכצן יאָר,
און איבער זיי האָט די בײַטש געקנאַלט,
און האָבן געפֿירט פֿאַר די ווינטערטעג,
אַ שווערן וואָגן האָלץ פֿון דעם וואַלד.

און אַז זיי זענען געקומען פֿון וואַלד, —
הײַנט איז נישט געווען מער קיין מיטאָגברויט — —
און טרויעריק האָבן זיי ווײַטער געפֿירט,
צום שלאַכטהויז די מידע, די אייגענע הויט.

און אַז זיי האָבן דערשפּירט דאָס בלוט,
האָבן געציטערט צוויי ברידער פֿערד,
און האָבן געטוליעט די לאַנגע קעפּ,
און האָבן צום בלוט זיך אײַנגעהערט.

און אַז מען האָט פֿון זיי אויסגעטון
דעם האַלדזיאָך פֿון מיפֿולע אַכצן יאָר,
האָט מען געזען די שוואַרצע הויט
מיט אויסגעקראָכענע האָר.

און אַז זיי האָבן געוואַלגערט אין בלוט זיך
באַלד אויף דער שטיינערנער שלאַכטהויזבריק
האָט ווילד געקלונגען דער אײַזערנער קלאַפּ
פֿון פּאָדקאָוועס אויף דער שטיינערנער בריק,

און האָט דערמאָנט זייער שריט פֿון אַ מאָל,
אויף שטיינערנע גאַסן דורך אַכצן יאָר,
וואָס ס'איז געגאַנגען אָטעמענדיק שווער
איבער דער ווײַטער איינזאַמער ערד,
אַ פּאָר אָרעמע פֿערד.
1919

During the 1930s Ravitch journeyed around the world. He spent time on each continent, seeking out Jewish communities. This poem, written in the form of a lullaby, invokes the refrain of a well-known Yiddish folk lullaby: "Once there was a story / the story is not at all merry / the story begins / with a Jewish king." In Yiddish, Melech, the poet's adopted name, means "king."

Tropic Nightmare in Singapore

Seven continents, seven seas,
and two and forty years—
and torrid equatorial nights
filled with nightmare fears.

Open eyes, naked heart.
And draining blood from me,
mosquitoes buzzing, buzzing, buzz
their nightmare melody.

Over seven continents, seven seas,
on fire-wind wings, dreams soar,
and in these soaring dreams
I am a child once more.

Across seven continents, seven seas
I see my village marketplace
and great throngs at a fair,
while mosquitoes all night long
buzz, buzz their buzzing song.

Across seven continents, seven seas—
a marketplace, a fair,
and their arms upon a windowsill,
my parents gazing on a train
winding a little hill.

And now the two old people go—
having gazed all day—

טראָפּישער קאָשמאַר אין סינגאַפּאָר

זיבן וועלטן און זיבן ים̇מען
און צוויי און פֿערציק יאָר —
קאָשמאַרן זענען די הייסע
נעכט אויפֿן עקוואַטאָר.

די אויגן אָפֿן, נאַקעט דאָס האַרץ
און בלוט טרינקט אַ מאָסקיט,
און עס זשומעט, זשומעט, זשומעט
אין קאָפּ זײַן קאָשמאַרנע ליד.

איבער זיבן וועלטן און ימען,
אויף פֿליגלען פֿון פֿײַערווינט
פֿליט אַ חלום, און אין חלום
ווער איך ווידער אַ קינד.

איבער זיבן וועלטן און ימען,
זע איך רעדים, מיין שטעטל און אַ יריד,
און עס זשומעט, זשומעט, זשומעט
זײַן זשומענדיק ליד דער מאָסקיט.

איבער זיבן וועלטן און ימען
אַ יריד אויף אונזער מאַרק,
בײַם פֿענצטער דער טאַטע מיט דער מאַמען
קוקן אויף דער באַן אויפֿן באַרג.

קוקן אַזוי לאַנג ביז זיי גייען
אין קיך אַרײַן די אַלטע צוויי לײַט,

where from the kitchen they can see
the graveyard far away.

And my nightmares toss in a dance
of delirium and dread,
and suddenly, sharp, like a lightning flash
the notion enters my head

that the seven continents are dreams,
and dreams the seven seas,
and my forty-two years as well
mere fantasies.

Momma smiles. Poppa breaks into laughter:
"Though continent and sea
may appear mere dreams to you,
Our home is reality.

From one side of the house
you can see a hill and a train,
and always from the other side
the graveyard, sun or rain.

There our forefathers lie,
four generations or more.
We must rest, we must rest, my son,
after forty-two years are done
after tropics and Singapore."

Momma says, "You really believe—
I can read it clear in your face—
that the world out there is something more
than our little marketplace.

Well, out through the window go
your continents, if you please,
and into the kitchen pail
I pour your seven seas.

און פֿון אונדזער קיכנפֿענצטער זעט מען
די בית־עולם־מויערן פֿון דער ווײַט.

און עס וואַרפֿן די קאָשמאַרן
אין טויטאַנגסט און אין היץ,
פּלוצלינג זיך איך מיט אָפֿענע אויגן,
אַ געדאַנק קומט — שאַרף ווי אַ בליץ —

אַז די זיבן וועלטן און ימען
זענען דאָך אַ חלום נאָר,
און חלום זענען אויכעט
די צוויי און פֿערציק יאָר.

גיט די מאַמע פּלוצלינג אַ שמייכל
און דער טאַטע צעלאַכט זיך גאָר:
—אוודאי, דו נאַר פֿון וועלטן און ימען,
בײַ אונדז אין דער היים איז די וואָר — — —

פֿון **דער** זײַט שטוב איז אַ בערגל
און פֿון דאָרטן זעט מען די באַן,
און פֿון **יענער** זײַט שטוב — זעסטו זון?
איז — ווי תּמיד — דער בית־עולם פֿאַראַן.

דאָרטן ליגן אונדזערע זיידעס
ביז אַרויף צום פֿערטן דור —
מען דאַרף רוען, זון, מען דאַרף רוען,
נאָך צוויי און פֿערציק יאָר,
נאָך עקוואַטאָר, נאָך סינגאַפּאָר.

זאָגט די מאַמע: — דו מיינסט טאַקע אמת,
וואָס דו האָסט דיר אײַנגערעדט שטאַרק,
אַז די וועלט איז עפּעס מער דאָרט
ווי אונדזער קליינער מאַרק.

אָט וואַרף איך די זיבן וועלטן
דורך דעם פֿענצטער אַרויס —
אָט גיס איך די זיבן ימען
אין דעם קיכשעפֿל אויס — —

Sit down at my feet, little fool,
rest your head on my lap, my son.
The whole thing was only a dream,
and now the dream is gone.

Take these seven groschen instead;
buy a fresh apple and feel,
biting into the flesh,
the meaning of the real.

And help me to light the lamp
and see that the stove is lit,
and take off your shoes
from your tired feet, and sit.

And get rid of the thoughts in your head,
the buzz, buzz, buzz of ideas,
and toss from your shoulders at last
the burden of years.

And lie down in that cot again,
your childhood cot, my dear.
See, here's a screen in front of the lamp
to protect your eyes from the glare.

Ephraim, you must be tired.
So go to sleep as well,
and I shall croon our child a song
that has this tale to tell:

Once there was a story.
Hardly happy, it could not sing,
and the story had its beginning
with a Jewish singer, a king.

Over seven continents and oceans
he wandered in every weather,
finally returning
to his old mother and father.

דאָ זעץ דיך, מײַן זון, מיר צופֿוסנס
און דעם קאָפּ לעג אָן אין מײַן שויס,
ס׳איז אַ חלום אַלץ געווען
און איצט איז דער חלום אויס — — —

און נאַ דיר פֿאַר אַלץ זיבן גראָשן
און קויף דיר עפּל אַ פּאָר —
און בײַס אַרײַן און זע אַליין
ווי עס איז די וואָר — — —

און העלף מיר אָנצינדן ס׳לעמפּל
און פֿײַער מאַכן אין קיך,
און נעם אַראָפּ פֿון דײַנע
מידע פֿיס די שיך.

און לייג אַרויס די געדאַנקען,
וואָס דריקן דיר אין קאָפּ,
און פֿון די אַקסלען נעם שוין
די לאַסט פֿון די יאָרן אַראָפּ.

און לייג דיך צוריק אין בעטל,
אין דײַן קינדער־בעטל אַרײַן,
איך וועל פֿאַרשטעלן דאָס לעמפּל,
עס זאָל דיך נישט שטעכן די שײַן.

פֿראָים, גיי דיך שוין לייגן,
דו ביסט דאָך אוודאי מיד,
און איך וועל דאָ פֿאַרזינגען
אונזער קינד מיט אַ ליד — — —

...אַ מאָל איז געווען אַ מעשׂה,
די מעשׂה איז גאָרנישט פֿריילעך,
די מעשׂה הייבט זיך אָנעט
מיט אַ ייִדישן זינגער, אַ מלך.

דער זינגער איז אַוועקגעפֿאָרן
איבער זיבן וועלטן און ימען,
און ער איז צוריקגעקומען
צו זײַנע אַלטע טאַטע־מאַמע.

And tears from his eyes kept flowing
and all delight was drowned,
for on continent and ocean
the world was not to be found.

For on continent and ocean,
wherever he was blown,
the king, the singer, always
found himself alone.

From continent and ocean,
he returned to his piece of earth,
asking his old mother
why she had given him birth.

And his mother lamenting,
while tears ran down her face,
locked the king, the singer,
like a child in her embrace.

(The lamp began to flicker,
its glass shade turning black . . .)
I had to give birth to you, my child,
so that death would take you back.

❖

Once there was a story.
Hardly happy, it could not sing,
and the story had its beginning
with a Jewish singer, a king."
1935
                              Robert Friend

און פֿון דעם מלכס אויגן
טרערן רינען און רינען,
ווײַל אויף זיבן וועלטן און ימען
האָט ער די וועלט נישט געפֿונען.

ווײַל אויף אַלע זיבן וועלטן
און אויף אַלע ימען זיבן
איז דער זינגער, דער מלך
אַליין אויף דער וועלט געבליבן.

פֿון זיבן וועלטן און ימען
איז ער צוריקגעפֿאָרן
און ער פֿרעגט בײַ זײַן אַלטער מאַמען
פֿאַר וואָס זי האָט אים געבוירן — —

האָט די מאַמע זיך צעיאָמערט
און דעם זון מיט טרערן באַגאָסן,
און האָט דעם מלך, דעם זינגער,
ווי אַ קינד אין די אָרעמס געשלאָסן.

(האָט גענומען צאַנקען דאָס לעמפּל,
און דאָס גלעזל שוואַרץ זיך צו פֿאַרבן ...)
— כ׳האָב, מײַן זון, געמוזט דיך געבוירן
כּדי דו זאָלסט מוזן שטאַרבן — —

✣

אַ מאָל איז געווען אַ מעשׂה
די מעשׂה איז גאָרנישט פֿריילעך,
די מעשׂה הייבט זיך אָנעט
מיט אַ ייִדישן זינגער אַ מלך ...
1935

KADYA
MOLODOVSKY

*1894, Bereza Kartuskaya, White Russia—1975,
New York.*

==========================

Molodovsky's first series of poems appeared in the Kiev publication *Eygns* in 1920, and she was briefly associated with its young Yiddish writing group. In 1922 she moved to Warsaw, where she taught in the local Yiddish secular schools until her departure for America in 1935. She wrote children's poems and stories on a more mature level than was common, adopting something of the same open, naive style in her "adult" verse. Modern and confessional, particularly in the exploration of women's themes, Molodovsky was also deeply attached to Jewish folkways. She wrote of Jewish experience during the Second World War and of the birth of Israel in its aftermath. An active literary presence in New York, she edited the literary journal *Svive* in 1943—44 and revived it in the 1960s.

Women's Songs

I will come to him
who was the first to give me woman's joy
and say, Husband,
I've given my gentle glance to another, too,
and one night laid my head beside his,
and now I have my grief
like bees swarming and stinging around my heart,
and no honey to soothe the wound.
And when he takes me by the braid,
I'll fall down
and lie on the doorstep like Sodom in stone.
I'll lift my hands to my head
as my mother did lighting the candles,
but my fingers will stand like ten enumerated sins.
1924
                                        Irving Feldman

*Each of the biblical matriarchs—Sarah, Rebecca, Rachel, and Leah—is
associated in popular legend with the blessings appropriate to her role in
the text.*

Women's Songs

For poor brides who were servant girls,
Mother Sarah taps sparkling wine
from dark barrels and pitchers.
She who is destined to have a full pitcher,
to her, Mother Sarah carries it with both hands;
and she who is given only a small goblet
has Mother Sarah's tears that fall into it.
And to the street girls
dreaming of white wedding shoes,

פון פֿרויען־לידער

צו דעם וועל איך קומען,
ווער ס׳האָט דער ערשטער מיר מייַן פֿרויענפֿרייד געבראַכט
און זאָגן: מאַן,
כּ׳האָב נאָך איינעם מייַן שטילן בליק פֿאַרטרויט
און אין אַ נאַכט לעם אים מייַן קאָפּ געלייגט,
ערשט האָב איך מייַן צער,
ווי בינען אָנגעשטאָכענע אַרום מייַן האַרץ געבראַכט
און האָב קיין האָניק ניט אויף לינדערן מייַן ווונד.
און ס׳וועט דער מאַן מיך נעמען פֿאַרן צאָפּ,
וועל איך אַנידערברעכן זיך אויף בײדע פֿיס
און בלייַבן אויפֿן שוועל ווי די פֿאַרשטיינערונג פֿון סדום,
איך וועל די הענט אַרויפֿהייבן צום קאָפּ,
ווי ס׳פֿלעגט מייַן מאַמע טאָן בייַם בענטשן ליכט,
נאָר ס׳וועלן מייַנע פֿינגער שטיין ווי צען געציילטע זינד.

✣

פֿאַר כּלות אָרעמע וואָס זענען דינסטמיידלעך געוועז,
צאַפּט די מוטער שׂרה פֿון פֿעסער טונקעלע
און קרוגן פֿינקלדיקן ווייַן.
ווען ס׳איז אַ פֿולער קרוג באַשערט,
טראָגט די מוטער שׂרה אים מיט בײדע הענט,
און ווען ס׳איז באַשערט אַ בעכערל אַ קליינס
פֿאַלט דער מוטער שׂרהס טרער אין אים אַרייַן.
און פֿאַר גאַסן־מיידלעך
ווען ווייַסע חופּה־שיכלעך חלומען זיך זיי,

Mother Sarah brings clear honey
on tiny trays
to their tired mouths.
To poor brides of noble birth,
ashamed to lay their trousseau of patches
under their mother-in-law's eye,
Mother Rebecca brings camels
heaped with white linen.
And when darkness spreads out around them
and all the camels kneel down to rest,
Mother Rebecca measures out ell after ell of linen
from the rings of her hand
to her golden bracelet.
For those whose eyes are weary
from gazing after every neighborhood child
and whose hands are thin from longing
for a small soft body
and a cradle's rocking,
Mother Rachel brings healing leaves
from faraway mountains,
and comforts them with a kind word,
at any hour God may open the closed womb.
To those who weep at night on lonely beds
and have no one to bring their grief to,
murmuring to themselves with burnt lips,
to them Mother Leah comes softly
and covers their eyes with her pale hands.

1924

                                        Irving Feldman

A Stool at the Head of My Bed

Dawn. Blueness comes down.
But I don't recognize this bed.
One of my good brothers must have
let me lean on him for some sleep last night.

טראָגט די מוטער שׂרה האָניק לויטערן,
אויף קליינע טעצעלעך,
צו זייער מידן מויל.
פֿאַר כּלות אָרעמע פֿון אַ מיוחסדיקן שטאַם
וואָס שעמען זיך דאָס אויסגעלאַטעטע וועש
ברענגען צו דער שוויגער פֿאַרן אויג,
פֿירט די מוטער רבֿקה קעמלען אָנגעלאָדענע
מיט ווײַסן לײַוונט — לײַן.
און ווען די פֿינצטערניש שפּרייט אויס זיך פֿאַר די פֿיס,
און ס׳קניִען אַלע קעמלען צו דער ערד צו רו
מעסט די מוטער רבֿקה לײַוונט אייל נאָך אייל
פֿון די פֿינגערלעך פֿון האַנט
ביזן גאָלדענעם בראַסלעט.
פֿאַר די וואָס האָבן מידע אויגן
פֿון נאָכקוקן נאָך יעדן שכנותדיקן קינד,
און דאַרע הענט פֿון גאַרן
נאָך אַ קליינעם קערפּערל אַ ווייכס
און נאָך אַ וויגן פֿון אַ וויג,
ברענגט די מוטער רחל היילונגסבלעטער
אויסגעפֿונענע אויף ווײַטע בערג,
און טרייסט זיי מיט אַ שטילן וואָרט,
ס׳קאָן יעדע שעה גאָט עפֿענען דאָס צוגעמאַכטע טראַכט.
צו די וואָס וויינען אין די נעכט אויף איינזאַמע געלעגערס,
און האָבן ניט פֿאַר וועמען ברענגען זייער צער
רעדן זיי מיט אויסגעברענטע ליפּן צו זיך אַליין,
צו זיי קומט שטיל די מוטער לאה
האַלט ביידע אויגן מיט די בלייכע הענט פֿאַרשטעלט.

1924

אַ בענקל אַוועקגעשטעלט צוקאָפּנס

פֿאַר טאָג. אַ בלויקייט נידערט.
נאָר איך מײַן בעט האָב נישט דערקענט.
בײַ עמעצן פֿון מײַנע גוטע ברידער
מײַן שלאָף בײַ נאַכט כ׳האָב צוגעלענט.

A stool set at the head of my bed.
A light. A book of Kulbak's poems.
And drop after drop falls
poison and smiles onto a prayer book.

A little nap comes along.
I fly off somewhere. How light my world is.
No roof has weighed me down,
but chains threaten my fingers.

A strange bed. And opposite, an unfamiliar wall.
A window lights up and goes out.
Someone middle-aged there is looking for
a door, a raincoat, a pair of rubbers.

Everything swims away. Even my faith swims away
that once was as strong as heaven.
The melody of a prayer crumbles like sand,
as if children had sent it flying with a shovel.

And a fair takes to the road
and leaves behind it shattered panes, caps, dark weather,
and dusty routes
twisted by greed and smashing.

The clouds stretch into the blue,
in wind, in thirst, in sunny desires.
And at dawn a Jew in Brisk hauls
a last board, oaken, heavy.

A hole covered and a sign painted:
"Shoelaces and combs and matches and boards."
Play it, barrel organ, again and again,
that same refrain.

Kulbak: the Yiddish poet Moyshe Kulbak (1896–1940), whose poems appear
   later in this volume.
Brisk: Jewish name for the city of Brest Litovsk.

אַ בענקל אַוועקגעשטעלט צוקאָפּן.
אַ ליכט. אַ ביכל קולבאַקס לידער.
און ס׳פֿאַלט אַ טראָפּן נאָך אַ טראָפּן
סַם און שמייכל אויף טאָוולען פֿון אַ סידור.

און ס׳קומט אַ דרימל אויף אַ ווײַלע.
איך פֿלי ערגעץ. מײַן וועלט איז אַזאַ גרינגע.
ס׳האָט מיך קיין דאַך נאָך נישט באַשוועדט,
נאָר קייטן דראָען מײַנע פֿינגער.

אַ פֿרעמדע בעט. אַן אומבאַקאַנטע וואַנט אַנטקעגן.
אַ פֿענצטער צינדט זיך אָן און ווערט פֿאַרלאָשן.
עס זוכט דאָרטן אַ מענטש אַ מיטליערקער
אַ טיר, אַ רעגן־מאַנטל און אַ פּאָר קאַלאָשן.

אַלץ שווימט אַוועק. עס שווימט אַוועק אַפֿילו
מײַן גלויבן, וואָס איז שטאַרק געווען ווי הימל.
ס׳צעפֿאַלט ווי זאַמד אַ זינגענדיקע תּפֿילה,
ווי קינדער וואָלטן זי צעשאָטן מיט אַ רידל.

און אַ יריד צעפֿאָרט זיך.
עס בלײַבן נאָר צעהאַקטע שויבן, היטלען, פֿינצטערקייט און וועטער,
פֿאַרחלשטע, פֿאַרשטויבטע וועגן,
פֿאַרקרימטע פֿון אַ רויבערשן צעשמעטער.

די וואָלקנס ציִען זיך אין בלוי,
אין ווינט, אין דאָרשט, אין זוניקע באַגערן.
און ס׳שלעפּט פֿאַר טאָג אַ ייִד אין בריסק
אַ לעצטע ברעט, אַ דעמבענע, אַ שווערע.

פֿאַרשטעלט אַ לאָך און אויסגעמאָלט אַ שילדל:
„שוכבענדלעך און קעמעלעך און שוועבעלעך און שפּענער״.
שפּיל, קאַטאַרינקע, נאָך אַ מאָל און נאָך אַ מאָל —
דעם זעלבן זמר.

Everything swims away. Brightness and white clothes.
Red and green and blinding flutter.
A circle starts up around my head
which is undergoing thorny and hard torment.

Irving Feldman

Invitation

My God, like a beloved great-uncle
you lived in every corner of our house.
Invite me now—right now!—to be *your* guest.
Let me taste your Great Ox and drink your old wine.

And make it simple, on some Wednesday out of the blue
(just set a pretty footstool for me there).
There's one of your worlds I haven't been crazy about,
its rulers frighten me . . . so you mustn't tell.

You play such odd tricks
on your lovely flower garden,
and in New York even on your chosen Israel,
which laments our destruction, laments and cuts the deck.

And send your most ravishing angel for me,
so that I may fly lightly to your Temple,
yes, send your very most ravishing angel
that my last glance go out with a smile.
1940

Irving Feldman

Great Ox and old wine: according to folk tradition, the repast that will be
  offered after the coming of the Messiah.
footstool: according to Jewish folk tradition, wives who live uprightly in
  this life will be rewarded in the next by a footstool at their husband's side.

אַלץ שווימט אַוועק. שײַן און ווײַסע קליידער.
רויט און גרין און בלענדענדיקער פּלאַטער.
מאַכט אַ קאַראַהאָד אַרום מײַן קאָפּ,
וואָס גייט דורך שטעכיקן און האַרטן מאַטער.

אָנבאָט

מײַן גאָט, ווי אַ גוטער עלטער־פּעטער
ביסטו פֿול געווען אין שטוב בײַ אונדז אין אַלע ווינקלען.
פֿאַרבעט צו גאַסט מיך איצט און לייג ניט אָפּ אויף שפּעטער,
דײַן שור־הבר פֿאַרזוכן, דײַן אַלטן ווײַן כ׳וויל טרינקען.

און מאַך דאָס פּשוט, אין אַ מיטוואָך איין מאָל אין אַ העלן,
(נאָר גרייט דאָרט צו פֿאַר מיר אַ פֿוסבענקל אַ שיינעם).
איינע פֿון די וועלטן דײַנע איז מיר ניט געפֿעלן,
כ׳האָב מורא פֿאַר די מושלים . . . טאָ זאָג דאָס ניט פֿאַר קיינעם.

דו מאַכסט אַזעלכע מאָדנע שפּאַסן
מיט דײַן שיינעם בלומען־גאָרטן,
און אין ניו־יאָרק אַפֿילו מיט דײַן פֿאָלק ישׂראל,
וואָס וויינט אויף אונדזער חורבן, וויינט און שפּילט אין קאָרטן.

נאָר שיק נאָך מיר דײַן שענסטן מלאך,
עס זאָל מיר גרינג זײַן פֿליִען אין דײַן היכל,
טאָ שיק נאָך מיר דײַן סאַמע שענסטן מלאך,
עס זאָל מײַן לעצטער בליק פֿאַרלאָשן ווערן מיט אַ שמייכל.
1940

White Night

White night, my painful joy,
your light is brighter than the dawn.
A white ship is sailing from East Broadway
where I see no sail by day.

A quiet star hands me a ticket
open for all the seas.
I put on my time-worn jacket
and entrust myself to the night.

Where are you taking me, ship?
Who charted us on this course?
The hieroglyphs of the map escape me,
and the arrows of your compass.

I am the one who sees and does not see.
I go along on your deck of secrets,
squeeze shut my baggage on the wreath of sorrows
from all my plucked-out homes.

—Pack in all my blackened pots,
their split lids, the chipped crockeries,
pack in my chaos with its gold-encrusted buttons
since chaos will always be in fashion.

—Pack the letter stamped *Unknown at This Address*—
vanished addresses that sear my eyes,
postmarked with more than years and days;
sucked into my bones and marrow.

—Pack up my shadow that weighs more than my body,
that comes along with its endless exhortations.
Weekdays or holidays, time of flowers or withering,
my shadow is with me, muttering its troubles.

Find me a place of honey cakes and sweetness
where angels and children picnic together

ווײַסע נאַכט

ווײַסע נאַכט, מײַן פֿרייד און וויי,
ביסט ליכטיקער פֿון ליכטיקן באַגינען.
עס זעגלט אויף אַ ווײַסע שיף אויף איסט־בראָדוויי,
וווּ כ׳קען בײַ טאָג קיין זעגל נישט געפֿינען.

אַ שטילער שטערן דערלאַנגט מיר אַ בילעט,
אַ גילטיקער פֿאַר אַלע ײַמען,
און איך טו אָן מײַן אוראַלטן זשאַקעט
און צי אַוועק אויף נאַכט־פֿאַרטרויטע לאַנען.

וווּ פֿירסטו מיך, מײַן שיף?
ווער איז דער באַשטימער פֿון מײַן רײַזע?
איך קען נישט לייענען דײַן מאַפּע־היעראָגליף,
און די צייכנס פֿון דײַנע ווײַזערס.

איך בין אַ זעעוודיקע און אַ סגי־נהור,
איך ווער געפֿירט אויף וועג דײַנעם געהיימען.
פּאַק אײַן אין באַגאַזש מײַן קראַנץ פֿון טרויער
פֿון אַלע מײַנע אָפּגעפֿליקטע היימען.

פּאַק אײַן מײַנע פֿאַרברענטע טעפּלעך,
די צעקנאַקטע שטערצלעך, שערבלעך,
פּאַק אײַן מײַן תּהו מיט די גאָלדבאַפּוצטע קנעפּלעך,
ווײַל תּהו איז אומשטערבלעך.

פּאַק אײַן די בריוו מיט די פֿאַרשוווּנדענע אַדרעסן.
מיט קאַלטן גרויל זיי בריִען מײַנע אויגן.
זיי זענען אויסער יאָרן און מעת־לעתן
אין מײַן מאַרך און ביין אַרײַנגעזויגן.

פּאַק אײַן מײַן שאָטן וואָס איז שווערער פֿון מײַן גוף,
ער גייט נאָך מיר מיט אייביקער רגילות.
ס׳איז יום־טובֿ אָדער וואָך, ס׳איז בליִונג אָדער וועלק,
מײַן שאָטן קומט און שעפּטשעט מיר מגילות.

פֿיר מיך אין אַ לאַנד פֿון צוקערלעקער,
וווּ כּרובֿים זיצן מיט קינדערלעך און נאַשן.

(this is the dream I love best of all),
Where the sacred wine fizzes in bottles.

Let me have one sip, here on East Broadway,
for the sake of those old Jews crying in the dark.
I cry my heretic's tears with them,
their sobbing is my sobbing.

I'm a difficult passenger, my ship
is packed with the heavy horns, the *shofars* of grief.
Tighten the sails of night as far as you can,
for the daylight cannot carry me.

Take me somewhere to a place of rest,
of goats in belled hats playing on trombones—
to the Almighty's fresh white sheets
where the hunter's shadow cannot fall.

Take me. . . . Yes, take me. . . . But you know best
where the sea calmly opens its blue road.
I'm wearier than your oldest tower;
somewhere I've left my heart aside.

Adrienne Rich

God of Mercy

O God of Mercy
Choose—
another people.
We are tired of death, tired of corpses,
We have no more prayers.
Choose—
another people.
We have run out of blood
For victims,
Our houses have been turned into desert,
The earth lacks space for tombstones,

דאָס איז פֿון מייַן דינגעניש דער העכסטער מקח.
דאָרט ברויזט דער יין־המשומר אין די פֿלאַשן.

גיב מיר אַ זופּ פֿון אים, אָט דאָ אויף איסט־בראָדוויי,
אין זכות פֿון יידן וואָס וויינען אין די חצותן.
איך בין אַן אַפּיקורס, נאָר איך וויין מיט זיי,
מיט זעלבער עצבֿות און פֿאַרדראָסן.

איך בין אַ שווערער פּאַסאַזשיר, מייַן שיף —
פּעק מיט יאָמער, שופֿרות מיט געקלאָגן.
צי אָן די זעגלען פֿון דער נאַכט ביז פֿולסטער טיף,
ווייַל דער טאָג קען מיך נישט טראָגן.

פֿיר מיך צו אַ לאַנד פֿון לינדער רו,
ווו ציגן טראָגן מיצלעך און שפּילן אויף טראָמבאָנעס,
צו די ווייַסע לייַלעכער פֿון קדוש־ברוך־הוא,
נאָך נישט באַוואָלקנטע מיט יאַגד און מיט סכּנות.

פֿיר מיך . . . יע, פֿיר מיך . . . דו ווייסט דאָך מערער
ווו עס ליגט דער בלויער יַם פֿון רו.
ס'איז מייַן מידקייט פֿון דייַן טורעם שווערער,
און מייַן האַרץ פֿאַרשלייַדערט ערגעץ ווו.

אל חנון

אל חנון,
קלייַב אויס אַן אַנדער פֿאָלק,
דערווייל.
מיר זייַנען מיד פֿון שטאַרבן און געשטאָרבן,
מיר האָבן נישט קיין תּפֿילות מער,
קלייַב אויס אַן אַנדער פֿאָלק,
דערווייל,
מיר האָבן ניט קיין בלוט מער
אויף צו זייַן אַ קרבן.
אַ מדבר איז געוואָרן אונדזער שטוב.
די ערד איז קאַרג פֿאַר אונדז אויף קבֿרים,

There are no more lamentations
Nor songs of woe
In the ancient texts.

God of Mercy
Sanctify another land,
Another Sinai.
We have covered every field and stone
With ashes and holiness.
With our crones
With our young
With our infants
We have paid for each letter in your Commandments.

God of Mercy
Lift up your fiery brow,
Look on the peoples of the world,
Let them have the prophecies and Holy Days
Who mumble your words in every tongue.
Teach them the Deeds
And the ways of temptation.

God of Mercy
To us give rough clothing
Of shepherds who tend sheep
Of blacksmiths at the hammer
Of washerwomen, cattle slaughterers
And lower still.
And O God of Mercy
Grant us one more blessing—
Take back the divine glory of our genius.
1945

Irving Howe

נישטאָ קיין קינות מער פֿאַר אונדז,
נישטאָ קיין קלאָגליד
אין די אַלטע ספֿרים.

אל חנון,
הייליק אַן אַנדער לאַנד,
אַן אַנדער באַרג.
מיר האָבן אַלע פֿעלדער שוין און יעדן שטיין
מיט אַש, מיט הייליקן באַשאָטן.
מיט זקנים,
און מיט יונגע,
און מיט עופֿהלעך באַצאָלט
פֿאַר יעדן אות פֿון דײַנע צען געבאָטן.

אל חנון,
הייב אויף דײַן פֿײַערדיקע ברעם,
און זע די פֿעלקער פֿון דער וועלט —
גיב זיי די נבֿואות און די יום־נוראים.
אין יעדן לשון פּרעפּלט מען דײַן וואָרט —
לערן די מעשׂים זיי,
די וועגן פֿון נסיון.

אל חנון,
גיב פּראָסטע בגדים אונדז,
פֿון פּאַסטעכער פֿאַר שאָף,
פֿון שמידן בײַ דעם האַמער,
פֿון וועשוואַשער, פֿון פֿעלשינדער,
און נאָך מער געמיינעס.
און נאָך איין חסד טו צו אונדז:
אל חנון,
נעם צו פֿון אונדז די שכינה פֿון גאונות.

1945

YISROEL SHTERN

1894, Ostrołęka, Poland—1942, Warsaw.

================================

The product of an intense religious education, Shtern went to Vienna in 1914, where he was imprisoned as an illegal alien. Later he returned to Warsaw and from the early 1920s published poems and essays in local magazines. He lived alone, in acute poverty, maintaining an uneasy balance between ingrained religious habits and literary experimentation. He died in the Warsaw ghetto.

Men Who Hunger

Different their voices, different their eyes,
the sky as bald as a hairless head,
the smell of ether in every street,
and each day white like a hospital bed.

Different their voices, different their eyes,
burning like lamps with their wicks turned low,
but why does their speech cut sharp as an awl
though they are healthy like water or bread?

Different their voices, different their eyes,
When they say "man," the world fills with regret
as though the gold sun were shorn of its locks.
When they say "branch," the forests grow sick
as though the birds lost the notes of their song.
And when they say "hay," fires flare in the ricks.
for their eyes and voices are different,
different—utterly different.
Because the hungry can be as solid as bone,
lacking in mercy and hard as a stone,
they tell themselves in the depths of the night
a tale that appalls:
that the stars are the heads, greenish and white,
of pus-swollen boils.

So they wander on far-flung roads,
seeking a long spear that when heaven-hurled
will pierce the white pustules till the pus flows
and floods all the world.

Robert Friend

מענטשן וואָס הונגערן

איז אַנדערש זייער אויג און אַנדערש זייער קול.
דער הימל איז אַ קאָפּ מיט אויסגעקראָכענע האָר.
די טעג שטייען ווייַסע ווי בעטן אין שפּיטאָל.
דורך אַלע גאַסן פֿליסט דער ריח פֿון כלאָראָפֿאָרם.

איז אַנדערש זייער אויג און אַנדערש זייער קול,
און ברענען ווי אַ לאָמפּ מיט אַראָפּגעדרייטער קנויט.
טאָ פֿאַר וואָס איז זייער וואָרט אַן אויסגעשלייפֿטע אָל?
ווייַל דאָך זענען זיי געזונט ווי וואַסער, ווי ברויט.

איז אַנדערש זייער אויג און אנדערש זייער קול.
אַז זיי זאָגן „מענטש" — ווערט דער וועלט אַזוי באַנג,
ווי מ׳וואָלט די גאָלדענע האָר פֿון דער זון אָפּגעשוירן.
און אַז זיי זאָגן „צווייַג" — ווערן די וועלדער קראַנק,
גלייַך די פֿייגל האָבן די נאָטן פֿאַרלוירן.
און אַז זיי זאָגן „היי" — איז אַ שׂרפֿה אין דעם סטויג,
ווייַל אַנדערש, אַנדערש, אַנדערש, זייער קול, זייער אויג.
ווייַל הונגעריקע קאָנען פֿעסט, האַרט זייַן ווי ביין
און האָבן נישט רחמנות און דערציילן זיך אַליין
אין טיפֿע נעכט אַ גרויזאַמע מעשׂה,
אַז די שטערן אין הימל זענען קעפּעלעך ווייַסע
פֿון אָנגעצויגענע געשווירן.

נעמען זיי אויף פֿאַרוואָרפֿענע וועגן שפּאַצירן
און זוכן אַ לאַנגן שפּיזל זאָל דעם הימל דערכאַפּן
און אַ שטאָך טאָן די בלאָטערס, עס זאָל אייַטער זיך צאַפּן
און פֿאַרגיסן די וועלט.

An Adage Concerning a Man
and an Old Book

Spring, but the day was dark with rain and sleet.
Over the pillars of night like a cat, grief
climbed and frightened every street.
Solitary in my room I sat, leafing
an ancient tome, when like a crown
through the gloom of centuries dead
an adage gleamed, proud though old.
I didn't greet the dream—not with a silver tray
and not with salt or bread.
Nor did the adage flash like lightning through my sleep,
nor did it sit at the head of my bed
in the first light of dawn,
with knives in its eyes of judgment and punishment,
nor did it gnaw like sulfur night and day.
And I partnered the spring in the dance of the day,
and my stick wrote gladness on the warm sands,
and sorrow did not drip into my food.

A Jew, heavy and blind like a cloud, and covered with blood,
dragged along a wall, unable to find his house,
while laughter rippled the hair of torturers on a lark,
and my street fled, small and fleet as a mouse,
and the trees stood erect like hunters' guns in the park.
But the dawn felt no shame and neither did the noon,
and the sun towered over the town in its crown of gold,
and not in sun, not in tree, and not in me
did the old-book-words burn, "Man is a fragment of God."

Robert Friend

אַ וואָרט וועגן מענטשן
און אַן אַלטן ספֿר

כאָטש פֿרילינג, איז געגאַנגען אַ שניי און אַ רעגן,
איבער די זײַלן פֿון דער נאַכט האָט ווי אַ קאַץ געקלעטערט
דער טרויער און געשראָקן אַלע וועגן.
איך בין געזעסן אַליין, אַן אַלט ספֿר געבלעטערט.

האָט אַ וואָרט איבער דורות זיך צעגלאַנצט, ווי אַ קרוין
אין מײַן שטוב, אַ שטאָלץ וואָרט כאָטש אַן אַלטס,
נאָר איך בין נישט אַנטקעגנגעגאַנגען דעם טרוים
מיט אַ זילבערנער טאַץ, מיט ברויט און מיט זאַלץ.

און נישט געגליט האָט דאָס וואָרט, ווי אַ בליץ דורך מײַן שלאָף,
און אין דער פֿרי איז עס נישט מיר צוקאָפּנס געזעסן
מיט מעסערס אין די אויגן אויף משפּט און שטראָף,
ס'האָט נישט ווי שוועבל געגריזשעט אין מײַנע מעת־לעתן.

איך האָב מיטגעפֿרילינגט אין טאַנץ פֿון דעם טאָג,
געשריבן פֿרייד מיט מײַן שטעקן אויף וואַרעמען זאַמד;
אין מײַן פֿרישטיק האָט זיך נישט אַרײַנגעטריפּט קלאָג,
אַ צעבלוטיקטער ייִד האָט זיך געשאַרט בײַ דער וואַנט,

שווער און בלינד ווי אַ וואָלקן און טרעפּט נישט צו זײַן הויז,
אַז געלעכטער קרײַזלט זיך אין די האָר פֿון די שלעגער,
אַז מײַן גאַס אַנטלויפֿט שנעל און קליין ווי אַ מויז.
און אין פּאַרק שטייען די ביימער ווי ביקסן פֿון יעגער. . . — — — —

נישט דער פֿרימאָרגן, נישט דער מיטאָג האָבן זיך נישט פֿאַרשעמט.
און די זון האָט זיך גאָלדיק געטורעמט אין שטאָט.
און נישט אין זון, נישט אין בוים, נישט אין מיר האָט געברענט
דאָס אַלט־ספֿר־וואָרט: „מענטש איז אַ שטיק גאָט". . .

For the Curious

When someone asks me who I am,
I send that someone to my nights.

The first night says:
A grave.
No stone has yet been raised.
He flew about as quiet
as a dove,
and somewhere fell asleep
like a dove.
No one cried over him,
and no stone has been raised.
But sometimes while the world laments
somehow so softly
and as white
as a white dove,
the moon in the middle of the sky
stands still
and with a long finger points
toward the window of a little house:
    he died here!

The second night replies:
Always in love—
once with a day that sailed away
in a ship of gold across the sea
and once with a day that cradles still
within my lap and sleeps its fill,
until in red-blue ink
God scrawls across the sky:
Wake up . . . wake up . . . wake up!

Always in love,
he could stand for hours
in the midst of the sleeping town
and burn and burn
between two suns.

פֿאַר נײגעריקע

ווער עס פֿרעגט מיך ווער איך בין,
דעם שיק איך אָפּ צו מײַנע נעכט.

אײנע זאָגט:
אַ קבֿר.
קיין מצבֿה שטייט נאָך נישט.
ער איז שטיל אַרומגעפֿלויגן
ווי אַ טויב
און איז ערגעץ אײַנגעשלאָפֿן
ווי אַ טויב.
קיינער האָט אים נישט באַוויינט,
און קיין מצבֿה שטייט נאָך נישט.
נאָר אַ מאָל בשעת די וועלט
טרויערט עפּעס אַזוי ווײַס
און ווײך,
ווי אַ ווײַסע טויב, —
בלײַבט אין מיטן הימל שטיין
די לבֿנה
און טײַטלט מיט אַ לאַנגן פֿינגער
אויף דעם פֿענצטער פֿון אַ שטיבל:
פּה נפֿטר!

די צווייטע ענטפֿערט:
שטענדיק אַ פֿאַרליבטער,
אַ מאָל אין טאָג, וואָס איז אַוועק
אין אַ שיף מיט גאָלד אויף יענער זײַט,
אַ מאָל אין טאָג, וואָס וויגט זיך נאָך
בײַ מיר אין שויס און שלאָפֿט זיך אויס,
ביז מיט רויטן-בלויען טינט
וועט פֿאַרשרײַבן גאָט דעם הימל:
שטיי אויף. . . שטיי אויף. . . שטיי אויף!

שטענדיק אַ פֿאַרליבטער,
קאָן ער אָפּשטיין גאַנצע שעהען
אין מיטן דער שלאָפֿעדיקער שטאָט
און ברענען און ברענען
צווישן צוויי זונען.

The third night looks down:
Still—still.
Streets—
shops—
poles—
parks—
still—still.
A path—
a bridge—
a stream—
a mill—
still, still.

But somewhere near a fence
creeps someone bent.
Is it the watchman?
Is it a thief?
A watchman maybe who's also a thief?

The third night looks down
and at her side the clouds
drift, drift, wobbling as they drift.

When someone asks me who I am,
I send that someone to my nights.

Robert Friend

די דריטע קוקט אַראָפּ:
שטיל — שטיל.
גאַסן —
קראָמען —
סלופּעס —
פּאַרקן —
שטיל — שטיל.
אַ וועג —
אַ בריק —
אַ טײַך —
אַ מיל —
שטיל, שטיל.

נאָר בײַ אַ פּאַרקאַן דאָרט ערגעץ
קריכט עמעץ געבויגן.
איז עס דער וועכטער?
איז דאָס אַ גנבֿ?
און אפֿשר אַ וועכטער — אַ גנבֿ?

די דריטע נאַכט קוקט אַראָפּ,
און די וואָלקן בײַ איר זײַט
גייען, גייען און וואַקלען זיך. . .

ווער עס פֿרעגט מיך ווער איך בין,
דעם שיק איך אָפּ צו מײַנע נעכט.

PERETS MARKISH

1895, Polonnoye, Ukraine—1952, place of death unknown.

<hr>

D rafted into the tsarist army in 1916 and wounded on the German front, Markish welcomed the Russian Revolution as a break with the past that would also usher in an explosive new movement in Yiddish poetry. He was briefly associated with the *Eygns* group in Kiev, but in 1921 he went to Warsaw, where he stepped into the foreground of modern literature as one of the poet editors of the expressionist *Khaliastre* magazine. His startling imagery, expressive diction, devil-may-care attitudes, and extravagant projection of the untrammeled "I" made him the symbol of the new cultural freedom. During the years of his emigration, Markish also lived briefly in western Europe and visited Palestine, returning to the Soviet Union in 1926. One of the most prolific and celebrated of Soviet Yiddish writers, he wrote poems and novels of epic sweep on themes of Jewish national decline and regeneration. He was awarded the Lenin Order in 1939 and was active in the Jewish Anti-Fascist Committee during the Second World War. He was arrested in 1949 and executed with other Soviet Yiddish writers on August 12, 1952.

Because many of Perets Markish's short poems are untitled in the original Yiddish, we have left them untitled in the English as well.

❖ ❖ ❖

The rinsed fences dry themselves in the wind.
The kneaded black earth turns softer under my feet.
Soaked soil, tousled and wanton wind,
What more can I want from you today?
It seems to me that I've seen you
For the very first time in the world,
And I, a child,
Own you completely today.

Red cattle, their bottoms smeared,
Their udders swollen,
Lie down in the mud-black dale.
And in my hushed heart there lies
A young delight
In the warm silent morning,
In last year's withered hay,
In the unharnessed horses.

I want to hug all the cows,
To lie on the ground with them,
And bellow along with them.

                                        Leonard Wolf

❖ ❖ ❖

The day's not enough for my idle meandering.
And the night too short for my sprawling in beds.
What is the world's dazzle set against the thirst of an eye?
And what barrier the dark of the world against my blazing
        heart?

The path is too short for the uncertainty of my goal.
For my wild tenacity, the wind is too slothful and sleepy.

❖ ❖ ❖

טריקענען זיך אויפֿן ווינט די אָפּגעשווענקטע פֿלויטן
און ווייכער קנעט זיך אונטער מײַנע פֿיס די שוואַרצע ערד.
וואָס זאָל איך בײַ דיר נאָך הײַנט בעטן,
צעווייקטע ערד, צעפּאַטלטער, פֿאַרשײַטער ווינט,
מיר דאַכט, צום ערשטן מאָל האָב איך דיך הײַנט
אויף וועלט דערזען . . .
און איך, אַ קינד
אין גאַנצן, איך פֿאַרמאָג דיך הײַנט אַליין . . .

לייגן זיך רויטע קי אויס אינעם בלאָטיק־שוואַרצן טאָל
מיט הינטנס אויסגעשמירטע און מיט אָנגעפּילטע דיקעס
און אין מײַן האַרצן לייגט זיך שטילערהייט
אַ יונגע פֿרייד
פֿון וואַרעמען און שטילן אינדערפֿרי
מיט אויסגעטריקנט פֿאַראַיאָריק היי
און אויסגעשפּאַנטע פֿערד . . .

אַרומכאַפּן מיר ווילט זיך אַלע קי
און לייגן זיך מיט זיי אויף דר׳ערד
און רעווען גלײַך מיט זיי.

❖ ❖ ❖

פֿאַר מײַן אַרומגיין פוסט־און־פּאַס איז מיר דער טאָג נאָך קאַרג,
און פֿאַר מײַן וואַלגערן זיך אויף געלעגערס — איז מיר די נאַכט נאָך ווייניק;
וואָס איז דען וועלטיש ליכטיקייט קעגן מײַן דורשט פֿון איין אויג,
און קעגן שׂריפֿות פֿון מײַן האַרץ, וואָס איז דען פֿינצטערניש פֿון וועלט
אַ באַרג?

מיר איז צו קליין דער וועג — פֿאַר מײַן ניט וויסן ווו איך גיי דאָ,
און פֿאַר מײַן אײַנשפּאַרן זיך ווילד איז פֿויל און שלעפֿעריק דער ווינט;

What is the world compared with the sacrificial altar toward
    which I lead myself?
And what's eternity compared with my dying Now?

All I can see is scanty compared with my lack of desire;
And earth's arid ground is skimpy for my heel.
What is female flesh set against my flaming desire?
And flaming desire compared with my idleness?

Leonard Wolf

❖ ❖ ❖

Hey, women, spotted with typhus and riddled with rakes of
    fingers
Across autumn heads of woe,
Are you fruitful? Do you multiply? How many times each?
In whorehouses? On floors?
In the stable? In train stations?
In culverts, like bitches?
How many times, each?
In a moment, a train, like a coffin, will go into the earth—
Up on the roof! Lift your feet, like smokestacks,
Tie your shirts to foamy skies
And breathe the hot street-corner midnights—
And from each of you let there be born—a Jesus
To be gobbled on feast days
And not for the gallows, and not for crucifixions.

Hey, whores of discarded children,
Beat it!
Suck your own udders . . .
Milk them; choke on them.
Gnaw them away
from the body's gaunt walls—
Three echelons
Of swollen bastards—
No one knows where

וואָס איז די וועלט קעגן מײַן אייגן פֿירן זיך צו דער עקידה,
די אייביקייט וואָס איז קעגן מײַן שטאַרביקן אַצינד? . . .

פֿאַר מײַן ניט דאַרפֿן גאָרניט — ווייניק איז מיר אַלץ, וואָס זען נאָר
איך אַליין קען,
די גאַנצע טריקעניש איז קאַרג פֿאַר מײַן אָפּצאַס;
וואָס איז דען מיידלש לײַב קעגן מײַן פֿלאַקערן און בענקען,
וואָס איז מײַן פֿלאַקערן און בענקען — קעגן מײַן פּוסט־און־פּאַס? . . .

❖ ❖ ❖

היי, פֿרויען פֿון טיפֿוס געפֿלעקט און געפּינטלט
מיט גראַבליעס פֿון פֿינגער אויף האַרבסטיקע ווײַ־קעפּ!
— געמערט זיך? געפֿרוכפּערט? צו וויפֿל מאָל יעדערע?
אין שאַנדהויז? אויף דילן?
אין שטאַל? אויף וואָקזאַלן?
אין ריוו, ווי די הינטעבעס? צו וויפֿל מאָל יעדערע?
אָט גייט באַלד אַ צוג ווי אַ טרונע אין דר׳ערד אַרײַן,
אַרויף אויפֿן דאַך! הייבט די פֿיס ווי די קוימענס!
פֿאַרהאָלעט די העמדער צו הימלען צו שוימיקע,
און אָטעמט מיט האַלבנאַכט מיט הייסער
פֿון ראָגן.
און לאָז פֿון אײַך יעדע געבוירן אַ יויזל
צום פֿרעסן אויף חגא
און נישט פֿאַר די סלופּעס, און נישט צוליב קרייצן! . . .

היי, זונות פֿון אונטערגעוואָרפֿענע קינדער, —
באַזונדער!
אַרײַנלייגט די אײַטערס אין אייגענע מײַלער
און מעלקט זיי, און וואַרגט זיך,
און גריזעט זיי אָפּ פֿון די מאָגערע לײַב־וועגט! . . .
. . . ממזרים געשוואָלענע
דרײַ עשאַלאָנען
מען ווייסט נישט פֿון וואַנען
פֿאַרבלאָטיקט,
פֿאַרנעגלט, —

They were muddied,
Nailed down—

Hey, human mothers! Thou shalt not roast them . . .
Thou shalt not fry them.
1920
                                                            Leonard Wolf

❖ ❖ ❖

Out of frayed sackcloth—breasts of filthy cataracts,
Like raw potatoes, branched with rooted blue veins.
What shall we trade? Salt? How much do you want?
There's a dead child's hat still here.

In the marketplace, a surveyor dozes like a white skull—
A homeless dog sniffs him as he would an old cadaver.
What shall we trade? Bread? How much do you bid?
A pack of dogs in the street tears a heap of rusted brains into
    bits.

And birds in the air flap like scattered black hats—
A disheveled tuft of wind keeps trying them on—
Is there a deal? Wind! What do you bid for a windmill?
There, across foothills, they aimlessly quarrel over eagles'
    wings.
Making a trade? Wind? What do you bid?
1920
                                                            Leonard Wolf

❖ ❖ ❖

Cattle carry on their horns
The cries of the flocks.
Ah, in our great nation of grief
Sorrow grows on trees.
I'll not whet my ax on them,
Nor fence myself round with them.

— היי, מענטשיכעס־מאַמעס! איר זאָלט זיי נישט בראָטן,
איר זאָלט זיי נישט פּרעגלען! . . .
1920

❖ ❖ ❖

פֿון זאַק־קלייד צעריבענעם — ברוסטן פֿאַרברודיקטע בילמען,
ווי רויער קאַרטאָפֿל מיט אָדערן בלויע געוואָרצלט, גערי‌טלט;
— אויף וואָס וועט מען בייַטן? אויף זאַלץ? וויפֿל וויל מען?
ס׳איז דאָ פֿון געשטאָרבענעם קינד נאָך אַ היטל! . . .

אַן ערד־מעסטער דרימלט אין מאַרק ווי אַ שאַרבן אַ וויסטער,
ס׳באַשמעקט אים אַ היימלאָזער הונט, ווי אַן אַלטע פּגירה;
— אויף וואָס וועט מען בייַטן? אויף ברויט? — וויפֿל גיסטו?
אין גאַס שלעפּן הינט דאָרט אין פֿינפֿן אַ קופּע פֿאַרזשאַווערטע געהירן! . . .

און ס׳פֿלאַטערן פֿייגלען אין לופֿטן, ווי שוואַרצע צעוואָרפֿענע היטלען,
דער ווינט מעסט זיי אָן אַלע מאָל אויף זייַן ווילדער צעשויבערטער קודלע;
אַ בייַט מאַכט מען? ווינט! אויף אַ ווינטמיל — וואָס גיט מען?
אויף בערגלעך דאָרט אַמפּערן סתּם אין דער וועלט זיך מיט פֿליגל פֿון אָדלערס!

אַ בייַט מאַכט מען? ווינט? וואָס גיט מען?
1920

❖ ❖ ❖

פֿון די טשערעדעס געוויינען
אויף די הערנער טראָגן בהמות;
אָ, ביי‌ַ אונדז אין גרויסן וויילאַנד
וואַקסט דער אומעט אויף די ביימער . . .

כ׳וועל קיין האַק אויף זיי נישט שלייַפֿן,
זיך קיין פּלויט פֿון זיי נישט צאַמען;

My mother's sewing me a shirt
Of the sky's bright linen—
And my blind destiny expects a train
In lonely train stations.
Such widespread woe lies on your bosom,
Great land of horror.
Who cares that a neck is already
Stretched on the rails.
On Sunday, there'll be a carousel
And sorrow, also, dancing.
1921
                                            Leonard Wolf

Markish's agonized response to the Ukrainian pogroms of 1919—20, this work is a kind of "Black Kaddish" dedicated to the victims of the pogrom in Gorodishche. It can be read as a parody of the prayers on the Day of Atonement, as indicated by the date of 11 Tishrei, the day after Yom Kippur. These excerpts constitute about two fifths of the poem, which was first published in Warsaw in 1921 and in a slightly different version in Kiev in 1922.

From *The Mound*

After you, the killed of the Ukraine;
After you, butchered
In a mound in Gorodishche,
The Dnieper town . . .
                    Kaddish

No! Heavenly tallow, don't lick my gummy beards.
Out of my mouth's brown streams of pitch
Sob a brown leaven of blood and sawdust.
No. Don't touch the vomit on the earth's black thigh.

Away. I stink. Frogs crawl on me.
Looking for mother-father here? Seeking a friend?

פֿונעם הימלס העלער לײַוונט
נייט אַ העמדל מיר מײַן מאַמע . . .
אויף די איינזאַמע וואָקזאַלן
וואַרט אויף צוג מײַן בלינדער גורל;
אומעט אומעטום אַזאַ ליגט
אויף דײַן בוזעם, גרויסע גרויל־לאַנד!
וואָס זשע איז, אַז אויף די רעלסן
האָט שוין אויסגעשטרעקט דער האַלדז זיך;
זונטיק וועט אַ קאַרוסעל זײַן,
וועט דער אומעט אויכעט טאַנצן! . . .
1921

פֿון די קופּע

נאָך אײַך, הרוגים פֿון אוקרײַנע,
ווי פֿול מיט אײַך די ערד איז,
און אויך נאָך אײַך, געשאָכטענע אין „קופּע"
אין האָראָדישטש דער שטאָט בײַם דניעפּער,
— קדיש!

ניט! לעק ניט, חלבֿ הימלשער, מײַנע פֿאַרפּאַפּטע בערד,
פֿון מײַנע מײַלער כליופּען ברוינע ריטשקעס דזיעגעכץ,
אָ, ברוינע ראָשטשינע פֿון בלוט און פֿון געזעגעכץ,
ניט! ריר ניט דאָס געברעך אויף שוואַרצער דיך פֿון דר׳ערד.

אַוועק! סע שטינקט פֿון מיר, סע קריכן אויף מיר פֿרעש!
דו זוכסט דײַן טאַטע־מאַמע דאָ? דו זוכסט דײַן חבֿר?

They're here. They're here, but taint the air with stink.
Away. Awkwardly they delouse themselves with hands like
warped brass.

From top to bottom, a mound of filthy wash.
Claw, crazed wind. Take what you want; take it.
Before you, the church sits like a polecat beside a heap of
strangled fowl.

Ah, black thigh. Ah, blazing blood. Out, shirttails! To the
dance; to the dance.

We're laid out here. All. All. A mound. The whole town.
11 *Tishrei* 5681

❖

As one of the dead, I'll enter
The day of blood and honey.
My first doves will be
Dead spies upon the land.
Doves. Doves. Uphill.

It is my fate that hangs
Upon the bloody moon,
Her gleams, mere vowel signs.
Bellies, bellies to the dust—
Sleep is for dawn.

A mad town expires on my heart.
Street corners creep from my shoulders.

---

11 Tishrei 5681: The day after Yom Kippur, corresponds to September 23, 1920.
The day of blood and honey: Alludes to the Book of Joshua's description of
the return of the Israelites to the land of milk and honey, the spies that were
sent to reconnoiter Canaan, and the second circumcision the Jews underwent
that Passover—to sanctify them for their conquest of the promised land. A
chain of associations leads from this triumphal portion of the Bible to the
song that concludes the Passover service, *Khad Gadyo*, the only kid, bought
by the father for two coins, and eaten by a cat, touching off a seven-tiered
chain of retribution. Jewish commentators saw in this kid an allegorical
reference to the oppressed Jewish people, which was bought by the father
(God) for two coins (Moses and Aaron), then swallowed by Assyria, beaten
by Persia, etc. Images of humiliation lead finally to Samson, blinded and
enslaved.

זיי זײַנען דאָ! זיי זײַנען דאָ! נאָר ס׳שטינקט פֿון זיי אַן אויר!
אַוועק! זיי לויזן זיך צערעפּעטע מיט הענט צעבויגענע ווי מעש . . .

אַ קופּע קויטיק גרעט — פֿון אונטן ביז אַרויף איז!
נאַ! וואָס דיר ווילט זיך, דול־ווינט, קראַץ אַרויס און נעם דיר!
אַנטקעגן זיצט דער קלויסטער, ווי אַ טכויר בײַ קופּע אויסגעשטיקטע
עופֿות.

אָ, שוואַרצע דיך! אָ, פֿײַער בלוט! אויף טענץ, אויף טענץ — אַרויף די
העמדער!
מ׳האָט אונדז דאָ אויסגעלייגט די גאַנצע שטאָט — אַ קופּע — אַלע, אַלע,
י״א תּשרי תּרפּ״א . . .

✣

. . . טויטערהייט וועל איך אַרײַנגיין
אינעם טאָג פֿון בלוט און האָניק;
טויטע אויסקוקער אין לאַנד זײַן
וועלן מײַנע ערשטע טויבן.
— טויבן, טויבן, — באַרג אַרויף!

ס׳איז מײַן גורל אויפֿגעהאַנגען
אויף דער בלוטיקער לבֿנה . . .
נאָר נקודות אירע גלאַנצן:
„בײַכער, בײַכער — צו די שטויבן,
אויף שאַריען איז דער שלאָף . . .״

אויף מײַן האַרץ גייט דול אַ שטאָט אויס,
פֿון די אַקסל קריכן ראָגן;

Ah, thou kid of the ascending sun,
Traded for two gulden,
I'm at your circumcision feast again.

Ah, you, my blind fathers,
How many bloated wombs,
How many debaucheries have borne me?
Then why am I afraid to take
A step into the ripped world?

Hey, boundaries of the earth! Spread.
The mill wheel turns from Nile to Dnieper now.
You, with spiked eyes,
Leap, mound, wild fever,
Over threshold, over ditches.

Blind Samson, blinded hero,
Hair's sprouting on your head again.
Leap upon a bow; on firebrands.
Make the distance tremble
And topple all the world.

❖

Sunk to the loins in silence, the town sits
Like an upturned empty wagon in a marsh.
Ah, if only one would come
To say something.

Ah, grief and woe. The sunset, like a weeping hawk
Sits on the blind roof of an entreating palm.
Ah, Almightiest of the world,
Open—open up your starry title page.
    Hineni, he'oni. Unworthy, here I stand.

Hineni he'oni: "Here am I, poor in worthy deeds," the reader's meditation that
    precedes the recital of the *Musaf* service on Yom Kippur morning. Of un-
    known authorship, the prayer asks that the congregation not be held respon-
    sible for the iniquities of their representative in prayer, and pleads for God's
    love to draw a veil over all wrongdoing.

— אָ, דו, ציגעלע פֿון אויפֿגאַנג,
פֿאַר צוויי גילדן אויסגעביטן,
נאָך אַ מאָל כ׳בין אויף דײַן ברית! . . .

אָ, איר מײַנע בלינדע טאַטעס!
וויפֿל זנות האָט מיך געטראָגן?
וויפֿל טראַכטן אָנגעזויפּטע? . . .
— וואָס זשע שרעק איך זיך אַ טריט טאָן,
איך אין מיט פֿון וועלט־צעריס? . . .

היי, צעשפּרייט זיך, וועלטן־זײַטן!
פֿונעם ניל ביז דניעפּ די ראָד איצט,
דו, מיט אויסגעשפּיזטע אויגן,
העפּע, קופּע, ווילדן פֿיבער,
איבער גריבער, איבער שוועל . . .

בלינדער שמשון! בלינדער גיבור!
האָר אויף קאָפּ שוין ווידער שפּראָצן . . .
האָפּ אויף זשאָרנע, האָפּ אויף בויגן
און אַ טרייסל אָן די ווײַטן
און צעוואַליעט גאָר די וועלט! . . .

⁘

פֿאַרזונקען זיצט די שטאָט אין שטילקייט ביז די לענדן,
ווי אין אַ זומפּ — אַ ליידיקער אַן איבערקערטער וואָגן . . .
אָ, ס׳זאָל כאָטש עמעץ זיך מיט עפּעס קומען ווענדן,
ס׳זאָל עמעצער כאָטש עפּעס קומען זאָגן! . . .

אַ וויי און ווינד נאָר ווײנט אַ שקיעה, ווי אַ שפּאַרבער,
אויף דאַך אויף בלינדן פֿון אַ בעטלערישער דלאָני . . .
אָ, עפֿן, עפֿן אויף דײַן שטערנדיקן שער־בלאַט,
אַלמעכטיקער פֿון וועלטן, —
הנני העני . . .

כ׳באַגער מיט דיר אין תּפֿילה איצט באַהעפֿט זײַן,
און נאָר אויף לעסטערן און נאָר אויף שעלטן
באַוועגן זיך מײַן האַרץ און מײַנע לעפֿצן . . .

I yearn to merge with you in prayer
And yet my heart, my lips are moved
Only to blasphemies and curses.

Ah, my prayer-exhausted,
Tenfold dishonored hands turn.
Take them; take them.

Caress them, lick them, as a dog
Licks its scabby, suppurating hide.
I pledge them to you.

I've built you a new ark
In the middle of the marketplace.
A black mound, like a blotch.
Seat yourself upon its buxom roof
Like an old raven on a dungheap.

Take my heart, my prayer-exhausted heart,
And all such rubbish. Take it
And peck, peck what the chariot of twenty generations brought.
I pledge it to you.

A wander-stick rolls about
Waiting for your steps that follow
Cain's unscrewed right legs.
I cool a capful
Of sanctifying blood
From Abel's throat for you.

You, whom noise diminishes,
A black wagon full of mud-smeared
Sleeping passengers pulls up
And something, something stirs.

Ah, sucked from my eyes, streams of pitch
To cleanse the dead. Take them, take them.

אָ, מײַנע אויסגעדאַוונטע געווענדטע הענט,
געשענדט אין צענטן —
נאַ דיר, נאַ דיר! . . .

און צערטל זײ, און לעק זײ, ווי אַ הונט
אויף פֿעל צעקרעציקטער — אַן אײַטערדיקע וווּנד,
איך בין זײ דיר מנדר! . . .

איך האָב דיר אויפֿגעשטעלט אין מיטן מאַרק אַ נײַעם משכּן, גאָט.
אַ שוואַרצע קופּע, ווי אַ בלאָטער . . .
באַזעץ זיך אויף איר דאַך דעם ברוסטיקן,
גלײַך ווי אַ ראָב אַן אַלטער אויף אַ מיסטקאַסטן . . .

מײַן האַרץ, מײַן האַרץ, מײַן אויסגעדאַוונט האַרץ,
מיט אַלע אָפּוואַרפֿעכצן, — נאַ דיר, נאַ דיר! . . .
און פּיק עס, פּיק אויף רײַטוואָגן פֿון צוואַנציק דורות דיר געבראַכטס
— איך בין עס דיר מנדר! . . .

אַ וואַנדער־שטעקן וואַלגערט זיך און וואַרט שוין דײַנע טראָט
נאָך קַיִנס אָפּגעשרויפֿטע רעכטע פֿיס . . .
נ׳אויף קידוש־בלוט
פֿון הבֿלס האַלדז — אַ היטל, —
קיל איך דיר . . .

פֿאַרהילעכטער!
ס׳האָט זיך דאָ אָפּגעשטעלט אַ שוואַרצע בויד מיט שלאָפֿנדע פּאַרשוין,
אין בלאָטע אײַנגעריכטע,
און עפּעס, עפּעס, דאָרטן רירט זיך . . .

אָ, טײַכן סמאָלענע פֿון מײַנע אויגן,
אויסגעזויגענע אויף טהרה, — נאַ דיר, נאַ דיר!
אַ שוואַרצע בויד מיט שלאָפֿנדע פּאַרשוין,
אין בלאָטע אײַנגעריכטע . . .
מען פֿירט דאָרט נאָך, מען פֿירט דאָרט נאָך, מען פֿירט דאָרט . . .

— נעם, צלם איבער זיך און צייל זײ אויס!
אַ שקל פֿון אַ קאָפּ,
אַ שקל פֿון אַ קאָפּ,
און שטויס זײ, שטויס

A black wagon with mud-smeared, sleeping passengers
More being driven there, more being driven, still being . . .

Come! cross yourself and count them.
A shekel a head,
A shekel a head,
And thrust them—as always—
Thrust them from you.
I pledge them to you.
I pledge them to you.

❖

Go slow. Pilgrim winds, from rocky lands and wild,
Will you now tread the brass and scarlet snows
Of the mound's head?
Store food for a millennium and, wrapped in elephant hides,
Sanctify your wings with blood. I myself will guide you.

Here, like cliffs of hacked bellies,
Wells lurk around you.
Wild bones, gummed with a black hoof,
Protrude like giant horns,
Two thousand years of a fierce blizzard wandering in a well,
And still not yet arrived at the unsated depth.

Go slow. The mound climbs to lick the sky up like a plate of
    cloudy calf's-foot jelly,
To suck dry the hollow, scraped bone of the world.
Any moment now, red madness gushes to seas and distances.

Ah, pilgrim winds, you will yet tread upon my father's prayer
    shawl.
Though dead, there, on the mound, he delouses my sleeping
    mother.
Go slow! After me, step by step. After me.

ווי שטענדיק אָפּ,
— איך בין זיי דיר מנדר,
איך בין זיי דיר מנדר! . . .

✣

פֿאַמעלעך! ווינטן־פּיליגרימען, פֿון לענדער פֿעלדזישע פֿון ווילדע,
באַטרעטן גייט איר דאָ פֿון קופּעס קאָפּ די מעשענע די רויטע שנייען?
פֿאַרגרייט זיך שפּײַז אויף טויזנט יאָר, אין עלפֿאַנטישער פֿעל פֿאַרהילטע,
באַשווערט מיט בלוט די פֿליגל אײַערע, — און דורכפֿירן וועל איך אײַך גיין
אַליין! . . .

דאָ ברונעמס לויערן אויף אײַך, ווי אָפּגרונטן פֿון אויפֿגעהאַקטע בויכן,
און ביינער טאָרטשען ווילד, ווי הערנער ריזיקע, פֿאַרפּאַפּט מיט שוואַרצן
טלאָ,
— צוויי טויזנט יאָר פֿאַרבלאָנדזשעט אין אַ ברונעם האָט אַ ווילדע·
זאַווערוכע
און האָט נאָך ניט דערגרייכט ביז איצט דעם בענקענדיקן דנאָ . . .

פֿאַמעלעך! קופּע קלעטערט אויסלעקן דעם הימל, ווי אַ טעלער
כמאַרעדיקע דראַליעס,
און אויססמאָקען פֿון וועלט דעם אָפּגעשקראַבעטן דעם הוילן ביין,
אָט יושעט פֿון איר רויטער משוגעת אויף ווײַטן און אויף יַמען . . .

אָ, ווינטן־פּיליגרימען! איר וועט נאָך אָנטרעטן מײַן טאַטן אויפֿן טלית . . .
ער לויזט דאָרט אויף דער קופּע טויטערהייט מיין שלאָפֿנדיקע מאַמע.
פֿאַמעלעך! טראָט בײַ טראָט נאָך מיר, נאָך מיר אַליין! . . .

❖

Fluttering ribbons, beads,
Buttons and tubs
At fairs and marketplaces
Seethe.

At Sunday market stalls,
Joy flickers on all faces;
Each wagon heaped to the skies with wares,
Peddlers dance while dickering.
It's Yom Kippur's-end. Quickly. A ducat more or less.
Beggars on *banduras* pray for all,
And with false yardsticks measure
Ripped Torah parchments scrap by scrap.

"Hey, ribbons, beads, buttons and tubs!
use them in good health."
An idiot pig, somewhere in a culvert,
Wets the holy Ten Commandments
As on a piece of smeared and foaming rag.

❖

From the heights, mouths like sheaves
Reach up to withered udders—
Clouded, sealed.
Will heaven yield a drop?

And skies, like blue tin teapots bent,
Or naked bakers bending.
Will they trickle at least once?

With hairs curled like twisted wires,
A jostled wheel quarrels.
Will there be the slightest puff of wind?

And sunsets chew the cud of trodden grass
Like tiny bones of childish hands.
Will there be no wondrous sign at last?

⁘

אויף מאַרקן און ירידן
זידן
סטענגעס פֿלאַטערדיקע, קרעלן,
קנעפּ און ציבערעס.

עס פֿלאַקערט פֿרייד אויף אַלעמענס געזיכטער,
אַ שיכּור פֿריילעכס אויף די זונטאָגדיקע שטעלן,
עס טאַנצן דינגענדיק זיך טענדלער, —
ביז הימלען אָנגעשטאָפּט מיט סחורה יעדער פֿור איז,
ס׳איז נעילה־צײַט. אויף גיך! אַראָפּ־אַרויף אַ רענדל!
די בעטלער דאַווענען פֿאַר יעדן אויף באַנדורעס
און מיט אַרשינען פֿאַלשע אויף געריס,
פֿאַרשמירטע,
מעסט מען ספֿר־תּורהשע יריעות . . .

— „היי, סטענגעס, קרעלן, קנעפּ און ציבערעס! . . .
— טראָגט געזונט!“
און ערגעץ אין אַ ריוו אַ חזיר תּמעוואַטע
נעצט אויף די עשׂרת הייליקע הדיברות,
ווי אויף אַ שטיק פֿאַרשמירטער שוימענדיקער שמאַטע . . .

⁘

ווי זאַנגען ציִען מײַלער זיך צו דאַרע דיקעס
פֿון הייכן, — כמאַרעדיק פֿאַרחתימהטע,
— וועט כאָטש אַ טריף דער הימל טאָן? . . .

און הימלען, גלײַך ווי בלויע בלעכענע טשײַניקעס,
צעבויגן, בייגן זיך צי באַקן נאַקעטע,
— וועט כאָטש איין מאָל אַ קאַפּע טאָן? . . .

מיט קרומע הערעלעך, ווי מיט פֿאַרדרייטע דראָטן,
אַ ראָד זיך אַמפּערט אַ צעשטאָרכעטע,
— וועט כאָטש אַ ווינט אַ פֿאָכע טאָן? . . .

און שקיעות מעלה־גרהן גראָז צעטראָטנס,
ווי ביינדעלעך פֿון הענטלעך קינדערשע,
—וועט ניט געשען קיין ווונדער שוין? . . .

❖

Ah, generation after generation will come
And go, in bread and salt,
In exhausted vexations,
And will pause, perhaps,
To count and caress their *groschens*
Beside the extinguished crow-shine
Of the Ark.

And, should sunshine
Ever again be desired,
Then, in the course of a meal
Of worldly radiance,
The outdoors will turn foul;
Thresholds will weep
And, in the midst of the world
A specter will swim into view,
Scratch its back on the sun,
And blaspheme:

"Brothers and sisters, I itch; I stink."

They take shattered glass and stain it with smoke;
On seaside hills, eyes protrude—
A wonder, a wonder. A miracle. A solar eclipse!

The day's sun is obscured with blood and pus,
With the cadaverous Mound, with a Babel of corpses.

And the Mound—a filthy cloud—blasphemes:
"Who'll cleanse me for death?
And who will console me?
And out of what deluge
Will a straying Ark
Bring me doves
To this City of Death?"

Ah, wind of the desert,
You will stay faithful to me.
Prometheus, perhaps, will kiss me from a cliff.

✣

אָ, קומען און דורכגיין אַ דור נאָך אַ דור וועט
אין ברויט, און אין זאַלץ, און אין דאגות פֿאַרהאָרעוועט,
וועט אפֿשר בײַם משכּנס פֿאַרלאָשענער
קראָ־שײַן
זיך אָפּשטעלן ציילן און גלעטן די גראָשנס . . .

און וועט מען אַ מאָל שוין
די זונשײַן
זיך ווינטשן,
ז׳אין מיטן דעם מאָלצײַט פֿון וועלטישן העלן
ווערט קויטיק דער דרויסן,
צעוויינען זיך שוועלן . . .
און אָנשווימט אין מיט פֿון דער וועלט אַ געשפּענסטער
און קראַצט אָן דער זון זיך דעם רוקן און לעסטערט:

— „סע בײַסט מיך! סע שטינקט פֿון מיר, ברידער און שוועסטער!"

פֿאַררויכערט מען גלאָז פֿון צעבראָכענע פֿענצטער,
מע סטאַרטשעט די אויגן פֿון בערג בײַ די ימען,
— אַ וווּנדער, אַ וווּנדער, אַ נס! ליקוי־חמה! . . .

פֿאַרשטעלט איז די טאָגזון מיט בלוט און מיט אײַטער,
מיט פּגרשער קופּע, מיט בבֿל פֿון טויטע . . .

און לעסטערט די קופּע — אַ קויטיקע כמאַרע:
— „און ווער וועט מיך טהרהן? . . .
און ווער וועט מיך טרייסטן? . . .
נ׳פֿון וואָס פֿאַר אַ מבול — אַ בלאָנדזשנדע תּיבֿה
וועט טויבן מיר ברענגען אַהער אין דער טויט־שטאָט? . . ."

אָ, ווינט פֿון דעם מדבר, — דו סט׳בלײַבן
געטרײַ מיר,
אַ קוש טאָן מיך אפֿשר פֿון פֿעלדז פּראָמעטיי וועט! . . .

Pass on; pass on.
My head will not offer the Ark any respite,
Nor desert cattle drink at my heart.

"In thy blood live!
In thy blood live."

❖

It's a milky night, like moon-flesh set in a pitcher.
Oh, black cats, don't be afraid of my restless tapping—
I will utter the Sovereign Mound's decree:
It flings the Ten Commandments back at Mount Sinai.

Its thirsty mouth, a swill of grief that seethes
With black marrow, fumes like a glowing crater.
Hey, markets and mountains, I call you to oath with my song.
The Mound spatters Mount Sinai's Commandments with blood.

Two birds circle its mouth; they speak; they conjure.
From on high, they wind its tongue like a blazing scroll
And place on its brow a crown of frothing stars.

Ah, Mount Sinai! In the upturned bowl of sky, lick blue mud,
Humbly, humbly as a cat licks up its midnight prayers.
Into your face, the Sovereign Mound spits back the Ten
    Commandments.

Leonard Wolf

"*In thy blood live! In thy blood live!*": Ezekiel 16:6. Reviewing the history of
the nation in the form of an allegory, Ezekiel represents Israel as a female in-
fant, abandoned after birth in an open field. When God passes and sees her
wallowing in her blood, he says, "In thy blood live! In thy blood live!" He
grants the child life despite its unclean, repellent appearance. The midrash
suggests that the repetition of the phrase refers to the blood of circumcision
and the blood of the paschal lamb, which the Jews shed in Egypt before the
Exodus, signifying that self-sacrifice ensures life. Markish depends on some
familiarity with the redemptive interpretation of this prophecy for its bitter
application here.

— פֿאַרבײַ מיר, פֿאַרבײַ מיר,
מײַן קאָפּ וועט קיין אָפּרו ניט געבן קיין תּיבֿה,
מײַן האַרץ וועט קיין טרונק זײַן פֿאַר מדברשע פּי,

— בדמיך חיִי!
— בדמיך חיִי! . . .

⁘

ס'איז הײַנט אַ מילעכיקע נאַכט פֿון אײַנגעשטעלטן קריגעלע לבֿנה־לײַב
גערוֹאָטן,
דערשרעקט זיך ניט, אָ שוואַרצע קעץ, פֿאַר אומרו פֿון מײַן טופּען;
איך גיי אײַך אָנזאָגן אַ גזירה פֿון דער מלכּה־קופּע:
— זי שלײַדערט דעם באַרג סינַי אָפּ צוריק די צען געבאָטן . . .

איר מויל זיך דאָרשטיק רויכערט, ווי אַ קראַטער א צעגליטער,
און טרויעריק איר זויף, גלײַך ווי מיט שוואַרצן מאַרך פֿאַרזאָטן;
— היי, בערג און מאַרקן! אויף אַ שבֿועה רוף איך מיט מײַן ליד אײַך,
די קופּע בלוטיקט דעם באַרג סיני אָפּ די צען געבאָטן! . . .

צוויי פֿויגלען דרייען זיך אַרום איר מויל און שפּרעכן, און באַשווערן,
און וויקלען איבער הויך איר צונג, ווי אַ צעפּלאַקערטע מגילה,
און לייגן אויף איר קאָפּ אַ קרוין פֿון שוימענדיקן שטערן . . .

אָ, סינַי־באַרג! אין איבערקערטער שאָל פֿון הימל — לעק די בלאָווע
בלאָטע! . . .
און נכנע, נכנע, ווי אַ קאַץ, אין האַלבנאַכטישער תּפֿילה,
— די מלכּה־קופּע שפּײַט אין פּנים צריק דיר אָפּ די צען געבאָטן! . . .

❖ ❖ ❖

On the mute walls of empty shops
Whose bored windows yawn over marketplaces,
Clocks, hairy as decapitated calves' heads, hang
And lick, like a pendulum, back and forth, the void.

One moment here—on the swallowing side—
An instant there, and the business is done.
The hovering foam's small change is silently counted.
And raised hands turn time on.

And houses, like medicinal leeches, suck
Earthly shoulders. Ah, cadaver of boredom,
Shaking time violently here and there,
Don't set your dozen eyes on me.

I don't want to know how the past is defined.
I don't want to know what time it is!
I don't want to know my age.

Leonard Wolf

❖ ❖ ❖

It's good, it's good not to shield the heart this way
From black smoke and windy rains;
Ah, somewhere in the world a mother blesses
Candles over seven weekdays for her children.

Why do I need the Sabbath with its rest and couches;
Who'll drink the Sabbath through such dreary windowpanes?
Somewhere, a father, like a hunched, complaining tree with
    crooked branches,
Gives his blessing to the rain.

To the threshing floor. Days like autumn sheaves, lay
    themselves down,
Nor will the thresher wind delay its prayer.
My head, like a stalk, I'll not deny you, scythe.
Nor yet accuse you, as I would a mother, wind.

❖ ❖ ❖

אויף שטומע ווענט פֿון ליידיקע געוועלבער,
מיט פֿענצטער, גענעצדיקע לאַנגווייַליק אויף מערק;
הענגען זייגערס האָריקע ווי אָפּגעהאַקטע קעפּ פֿון קעלבער
און לעקן פּוסטקייט מיט די אומרוס הין־און־העריק . . .

אַן אויגנבליק אַהין — אויף שלינגענדיקער זייַט,
אַהער אַן אויגנבליק — און אָפּגעהאַנדלט, שוין . . .
און ס׳הייבן שטיל זיך הענט און שטעלן אָן אויף זיך די צייַט
און ס׳ציילט זיך שטיל דאָס מינץ פֿון שוועבנדיקן שוים . . .

און הייַזער סמאָקען פּלייצעס ערדישע, גלייַך ווי רפֿואהדיקע באַנקעס . . .
אָ, שטעל ניט אָן אויף מיר די צוועלף אויגן, לאַנגווייַל־פּגר,
אַ טרייסל טאָן אַהין און הער די צייַט אַליין מיט גוואַלד!

איך וויל ניט וויסן ווען פֿאַרגאַנג איז!
איך וויל ניט וויסן וויפֿל איז דער זייגער!
איך וויל ניט וויסן וויפֿל איך בין אַלט! . . .

❖ ❖ ❖

ס׳איז גוט, ס׳איז גוט אַזוי דאָס האַרץ זיך ניט באַוואָרענען
פֿון שוואַרצן רויך און רעגנס ווינטיקע;
אָ, ערגעץ בענטשט אַ מאַמע ליכט אויף זיבן וואָכנטעג,
אָנגעצונדענע אין וועלט פֿאַר אירע קינדער . . .

וואָס דאַרף איך שבת? מיט זייַן רו, מיט זייַן געלעגער?
ווער וועט אים טרינקען דורך די פֿענצטערלעך פֿון אומעט?
עס מאַכט אַ טאַטע, ערגעץ, קידוש אויף אַ רעגן,
ווי אַ הויקערדיקער בוים מיט קלאָגעדיקע צווייַגן קרומע . . .

צום דרעשן — טעג, ווי זאַנגען האַרבסטיקע, אַליין זיך לייגן,
און דרעשערווינט וועט דאָס געבעט שוין ניט פֿאַרזאַמען.
מייַן קאָפּ כ׳וועל, קאָסע, ווי אַ זאַנג דיר ניט פֿאַרלייקענען,
נ׳קיין טענות כ׳האָב צו דיר ניט, ווינט, ווי צו אַ מאַמען . . .

Why do I need the Sabbath with its pots and blessing candles?
Night, at the head of its bed, sets its lanterns out,
There, funereal horses stitch out my black shirt.
Make way, droplets of the sea—for one more drop.
1922

Leonard Wolf

❖ ❖ ❖

The marketplace sleeps, its booths like skulls.
Lamps, like doves, come into its dreams.
Then why is the Sabbath still here
On my dusty feet?

Enamored winds come to spend the night,
Their wings spread in blessing.
Then why don't the candles light up
On my work-a-day hands?

Will nobody come in a dream?
Or ever be greeted again?
Has anyone straying out there
Encountered my radiant Sabbath?
1922

Leonard Wolf

וואָס דאַרף איך שבת מיט די בענטשליכט, מיט די טעפלעך?
די נאַכט שטעלט אָן זיך שוין לאַמטערענעס צוקאָפנס;
מייַן שוואַרצע העמד דאָרט פֿערד לווּיהשע דערשטעפן,
— צערוקט זיך, טראָפנדלעך פֿון יַם, פֿאַר נאָך אַ טראָפן! . . .
1922

❖ ❖ ❖

שלאָפֿט דער מאַרק מיט די בודקעס ווי שאַרבענעס,
קומען לעמפּ אים צו חלום, ווי טויבן;
— פֿאַר וואָס זשע פֿאַרגייט נאָך ניט שבת
אויף פֿיס מייַנע שטויביקע? . . .

קומען ווינטן פֿאַרליבטע צו נעכטיקן
מיט פֿליגל צעשפּרייטע אויף ברכה,
— פֿאַר וואָס זשע זיך צינדן קיין ליכט ניט אָן
אויף הענט מייַנע וואָכיקע? . . .

ס׳וועט צו חלום מער קיינער ניט אָנקומען?
ניט אַרויסגיין מער קיינעם אַנטקעגן?
— אָ, אפשר האָט עמעצער בלאָנקענדיק
מייַן ליכטיקן שבת באַגעגנט? . . .
1922

Dated Safed, 1922, this poem was written during a trip to Palestine.

Galilee

Mountains after mountains, road upon road scramble
And cling. They unload the day from their necks
To beg, and to make confessions. Wheels roll me to Arab
   markets
In the valley. Spirals pour me out on the dust heaps of fairs.

Where is the land of the sunny specters?
Where's the road gone? Where has it disappeared?
Galilean hills, and the rocky havens of Safed—
Where Jerusalem winds arrive at night.

Lead me, day, as my heart is led by sorrow!
Lead me, lead me through tattooed green fields.
We'll tarry nowhere along the way.

On your feet! A tiny donkey, sadder than fate;
A wild mix of wild Bedouins,
Or a camel in love on its way, Jerusalem, toward you.
Safed, 1922
                                                    Leonard Wolf

❖ ❖ ❖

I recall: beside some rivulet, lonely shepherds arrange their
   fires.
There is no pasture, but cattle drowsily chew their cud.
There, black windows in white huts—the dusking twilight,
And I don't know whose horn it is that sounds the call to rest.

In the village, hasty bells ring this white Sunday in,
Twilight creeps out of ownerless wells;
On the far side of the river, on the Bolshevik Russian border,
The wind-whipped songs of soldiers fade with the day.

גליל

בערג אויף בערג און וועג אויף וועג זיך קלאַמערן און דראַפּען,
זיי לאָזן פֿון די קערק אַראָפּ דעם טאָג אויף בעטלען און אויף ווידוי;
און רעדער קייַקלען מיך אין טאָל אויף מאַרקן פֿון אַראַבער,
און ס׳שיטן מיך ספּיראַלן אויס אויף מיסטן פֿון ירדן! . . .

ווּ איז דאָס לאַנד פֿון זוניקע געשפּענסטער?
ווּ איז דער וועג אַוועק? ווּ האָט דער וועג זיך דאָ פֿאַרטייַעט?
— גלילער בערג און צפֿתער האַפֿנס פֿעלדזיקע,
ווּ ווינטן קומען אָן אויף נאַכט פֿון ירושלים.

— פֿיר מיך, טאָג, ווי ס׳פֿירט מייַן האַרץ דער טרויער!
— פֿיר מיך, פֿיר, דורך פֿעלדער טאַטויִרטע, גרינע,
מיר וועלן זיך אין ערגעץ דאָ ניט הייַען.

צו פֿוס! אַן אייזעלע, אַ קליינס, אַן אומעטיקערס פֿונעם גורל,
אַ ווילדן מול פֿון ווילדע בעדויִנער
אָדער אַ קעמל אַ פֿאַרליבטן, וואָס גייט אַליין צו דיר, ירושלים! . . .
צפֿת, 1922

❖ ❖ ❖

כ׳געדענק: ערגעץ בייַם טייַכל צעפֿירן פֿייַער אומעטיקע פּאַסטעכער,
קיין פּאַשע איז ניטאָ. נאָר בהמות מעלה־גרהן דרעמלענדיק;
דאָרט ווייַסע כאַטקעלעך מיט פֿענצטער שוואַרצע — דעמער דעמערן
און כ׳ווייס ניט — וועמעס האָרן רופֿט צו רו, אויף נאַכטלעגער צו
גאַסט . . .

אין דאָרף דערקלינגען גלעקער אויף דער גיך דעם ווייַסן זונטאָג,
עס קריכן דעמערן אַרויס פֿון קיינעמס קרעניצעס;
נ׳אויף יענער זייַט פֿון טייַך, אויף באָלשעוויצקע רוסלענדישע גרענעצן
פֿאַרגייען מיטן טאָג סאָלדאַטסקע לידער ווינטיקע!

Too silent shepherds; too gusting fires.
I, too, would come near to smoke a cheerless cigar,
But the day flickers, and cities, churches, are burning.

Ah, soldiers' songs from the Russian frontiers—
When day expires upon your drawn-out breaths
I gather, like bits of bread, the distant sounds that cross the
  border.

Leonard Wolf

❖ ❖ ❖

This is part of a long poem entitled To a Jewish Dancer *written after the German invasion of Poland, 1940. It could not be published at the time because of the German-Soviet pact. Part of it appeared in 1945 in Russian translation. The entire poem appeared in Yiddish only posthumously, in 1959.*

From *To a Jewish Dancer*

My homeless one, will you ever fly again?
Is there a road on which your grief's unknown?
Lithuanian Brisk is opened like an old book,
And multitudes come bearing grief and woe.

Hunched, on foot, with children in their arms,
And exile knotted with waistbands to their loins,
Their beards point high, in the direction of the stars.
Parchment foreheads over theories quarrel.

Their mouths are warmed by flickering candle stubs,
Set out, as for a *shive* on the earth.
Winds wail: they wonder who will pity them.
Frequently a star runs past and glitters like a sword.

Brisk: Jewish name for the city of Brest-Litovsk.
shive: the period of mourning for the dead.

— צו שטילע פֿאַסטעכער, צו בלאָזנדיקע פֿײַער,
כ׳וואָלט אויך גענענען איצט פֿאַררייכערן פֿון אומעט אַ ציגאַיער,
נאָר ס׳צאַנקט דער טאָג און שטעט, ווי קלויסטערס ברענען איצט;

אָ, לידער זעלנערשע פֿון רוסלענדישע גרענעצן,
ווען טאָג גייט אויס אויף אָטעמס אײַערע אומענדלעך לאַנגע —
קלײַב איך צונויף, ווי שטיקלעך ברויט — די ווײַטע איבערגרענעצדיקע
קלאַנגען! . . .

❖ ❖ ❖

פֿון צו אַ יידישער טענצערין

ווערסטו נאָך ווידער, ווען עס איז, מײַן היימלאָזע, אַ פֿלי טאָן?
איז נאָך פֿאַראַן אַ וועג, וואָס ווייס ניט פֿון דײַן ווינד און ווייִ?
געעפֿנט האָט זיך, ווי אַן אַלטער ספֿר בריסק־דליטא
און ס׳קומען מענגעס אָנגעלאָדענע מיט טרויער און געוויין.

צו פֿוס. געהויקערטע. מיט קינדער אויף די הענט.
די בערד — אין דר׳הייך. די ריכטונג — לויט די שטערן.
דער גלות — אײַנגעקניפּט מיט גאַרטלען צו די לענד,
אויף חקירה רײַסן זיך די פֿאַרמעטענע שטערנס.

בײַ שטיקלעך צאַנקענדיקע ליכט די מײַלער זיך דערוואַרעמען
זיך אויסגעזוצט זיי האָבן, ווי צו שבֿעה אויף דער ערד;
און ווינטן וואָיען: ווער וועט זיך אויף זיי דערבאַרעמען?
און אַלע ווײַל לויפֿט דורך אַ שטערן, ווי אַ שווערד.

A blizzard rages from the River Bug
And wipes out footsteps with a lash of snow,
But on the bent menorahs of Bialystok,
They've hung their exile up—like violins.

Leonard Wolf

Written sometime between 1940 and 1943, this first appeared as section 3 of a sequence, entitled Ho lakhmo (This Is the Bread), *a reference to the invocation* "This is the Bread of Affliction," *which launches the Passover Haggadah recitation. The phrase* "mirror on a stone" *from the first stanza has been used as the title of the major anthology of Soviet Yiddish literature.*

[Shards]

Now, when my vision turns in on itself,
My shocked eyes open, all their members see
My heart has fallen like a mirror on
A stone and shatters, ringing, into splinters.

Certainly, not every shard is free
To testify about me till my last four destined ells.
But don't you trample on me, Time, my judge,
Till I've recovered from the breakage all the bits.

Piece by piece, I'll try to gather them
To make them whole with stabbed and bleeding fingers.
And yet, however skillfully they're glued,
My crippled, broken image will be seen.

In the midst of grief, at last I solve the problem;
In the pain of molten glass, flaming, I see
The self's need to be whole inside the mirror
Which, in the shards, was sown to the seven seas.

Leonard Wolf

פֿון בוג דעם טײַך — אַ זאַווערוכע בושעוועט אַ דולע,
פֿאַרווישט אַיעדן טראָט דאָרט, שמײַסנדיק מיט שניי;
נאָר אויף געבויגענע מנורות פֿון די ביאַליסטאָקער שולן
דעם גלות, גלײַך ווי פֿידלען אויפֿגעהאַנגען האָבן זיי.

[בראָכשטיקער]

אַצינד, ווען ס׳קערט די ראיה מיר זיך אום צוריק אַליין,
איז מיר אַ ריס די אויגן עפֿענען און זען מיט יעדן גליד דאָ,
אַז ס׳איז מײַן האַרץ אַראָפּגעפֿאַלן, ווי אַ שפּיגל אויף אַ שטיין,
און מיט אַ קלונג פֿון בראָך אויף שטיקער זיך צעשפּליטערט.

געוויס איז אויך אַיעדער בראָכשטיק ניט באַפֿרײַט
צו זײַן אַן עדות וועגן מיר ביז מײַנע לעצטע פֿיר באַשערטע איילן.
— צעטרעט מיך נאָר ניט, דו, — אָ, ריכטער מײַנער, צײַט,
ביז איך וועל אָפּזוכן אין אויסשאָט די צעשפּריצטע טיילן . . .

איך וועל זיי אויפֿקלײַבן פֿאַרפֿרווון — איינס צו איינס —
באַהעפֿטן זיי באַנאַנד, ביז בלוט אין פֿינגער זיך פֿאַרשטאָכן, —
— כאָטש ווי איך זאָל זיי קונציק ניט צונויפֿקלעפּן, אַלץ איינס
וועל איך אין דעם זיך שטענדיק זען פֿאַרקריפּלט און צעבראָכן.

ערשט איצטער קומט צו מיר אין טרויער דער באַשייד,
אין וויי פֿון איבערשמעלץ — באַגרײַף איך פֿלאַמיק
דעם פּײַן פֿון וועלן זען זיך אין שפּיגל — גאַנצערהייט,
וואָס איז אין בראָכשטיקער צעזייט אויף אַלע שבֿעה ימים . . .

MOYSHE KULBAK

*1896, Smorgon, near Vilna—1940, place of death
unknown.*

==========================

Born of a farming family—his mother came from a Jewish farm colony near Vilna—Kulbak celebrated the earthiness and vitality of Jews of the soil. He also captured the unsettling excitement of the cities that were being transformed by war, industrial development, and revolution, and during a sojourn in Berlin (1920—23), was exposed to expressionist trends in literature and art. He then settled in Vilna, where he became a popular teacher of literature in the Teachers' Seminary. Anticipating more liberal cultural and political conditions for Jewish writers in the Soviet Union, he went to Minsk in 1928. His major "Soviet" work, the novel *Zelmenyaner*, an often comic and grotesque chronicle of Jewish adaptation to communism, is one of the masterpieces of Yiddish prose. He was arrested in 1937, following criticism of his "reactionary" tendencies, and perished in a labor camp.

Kulbak's poetry enjoys great rhythmic variation: the staccato throb of "A Ball"; the long-breathed luxuriance of *Byelorussia*; the reverential power of the great ode in "Vilna." His ability to straddle the old and the new—the residual impact of the religious tradition and the robust attractions of the modern idiom—influenced such younger Vilna poets as Chaim Grade, Leyzer Volf, and Abraham Sutzkever.

In the Tavern

A band of carousers sits crammed in a tavern;
With dark hair disheveled, they lean and they sprawl
On the benches.
They sit and they drink in the tavern. A band of carousers.

One rolls up his sleeve; he strikes with his hand at his bosom:
"There's a worm in there, gnawing," he says.

Someone else starts to speak as he lifts his earthenware beaker,
"I have slept in the fields of Russia,
And spent days on its loneliest roads;
Now tell me, where shall I bury this body,
This wasted life that drags me along, still complaining?"
Someone else, a tall, affable stranger,
Smiles and says,
"There's nothing I've lost, my friend,
For there's nothing I've owned."

Alone in a corner, a traveler sits.
Trembling a bit, he mutters,
"Ah, tell me if anyone can,
Who it was who forgot me here
In a tavern where my doom is to sit
At an empty table
For reasons unknown?
It may be that my guardian is wandering about;
It may be I'm a shadow mislaid by its owner—L'chaim."

A band of carousers drinks what is left of the time . . .
    L'chaim.
Drunkards, exiled and spurned by men and by God . . .
    L'chaim.

A young woman with pale, gleaming eyes goes to the window.
The drinkers turn their faces and send their dull gazes

L'chaim: "to life," the traditional Jewish toast.

אין שענק

עס זיצן אַ חבֿרה הוליאַקעס געפּראָפּט אין אַ שענק,
צעשויבערט די שוואַרצע טשופּרינעס,
און שווערע, צעזעצט און צעלייגט אויף די דעמבענע בענק,
עס זיצן און טרינקען אַ חבֿרה הוליאַקעס אין שענק . . .

איינער פֿאַרקאַשערט די אַרבל און טוט זיך אַ שלאָג אינ׳ם האַרצן:
— עס זיצט דאָרט אַ וואָרעם און נאָגט . . .
און איינער הייבט אויפֿעט דעם ליימענעם קוביק און זאָגט:
— איך האָב אויף די פֿעלדער פֿון רוסלאַנד געגנעבטיקט,
איך האָב אויף די עלנטסטע וועגן געטאָגט,
אָ, זאָג מיר, ווו קאָן מען באַגראָבן אַ מת,
אַ פֿאַררייכענטן לעבן, וואָס שלעפּט זיך און קלאָגט . . .
און איינער אַ הויכער, אַ גרינער האָט ליבלעך געשמייכלט:
— כ׳האָב גאָרנישט פֿאַרלאָרן, מײַן פֿרײַנד,
און כ׳האָב גאָרנישט פֿאַרמאָגט . . .

אין ווינקל אַליין בײַ אַ טיש איז אַ גייער געזעסן,
געשוויגן, געשאָקלט זיך קוים און געמורמלט אָן ווערטער:
אָ, זאָגט מיר, ווער האָט מיך אין ערגעץ אַ שענקל פֿאַרגעסן,
כ׳דאַרף זיצן בײַם לײדיקן טיש, נאָר איך ווייס ניט צו וואָס,
מסתּמא גייט אום מײַן באַוואָרער אין אַנדערע ערטער,
מסתּמא בין איך דאָ אַ שאָטן — פֿאַרלאָרן פֿון זײַן בעל־הבית . . .
לחיים!

אַ חבֿרה הולטײַעס פֿאַרטרינקען דאָס ביסעלע צײַט,
לחיים!
שיכּורים פֿאַריאָגט און פֿאַרטריבן פֿון גאָט און פֿון לײַט,
לחיים!

אַ מיידל מיט שײַנענדע ווײַסלען איז צו שטילערהייט צו דעם פֿענצטער,
און שווײַגעוודיק־טעמפּ האָבן אַלע די צורות צו איר אָפּגעווענדט,
נאָר פּלוצלינג האָט ס׳מיידל געטאָן אַ געשריי און פֿאַרבראָכן די הענט:
—דאָרט שטייט אַ פֿאַרגעסענער מענטש בײַ דעם ענד פֿונ׳ם ווײַט,
די ערד, ווי אַ נעפּל, ליגט גרוי הינטער אים, הינטער אים — — —
ער האָט זיך אַליין דורכגעגנבֿעט אַהין,

In her direction; but she, wringing her hands, cries out,
"There's a man out there, ignored at the end of all distance,
Behind him . . . behind him, the earth is like fog. . . ."
He stole away there himself,
And unlocked the shackles of time.
Now he hears the cold, precise,
Grimly mournful eternal voice . . .
In all—

The carousers are numbed by vague fear;
Mute shape by mute shape, they sit in the silent half-dark
In which the woman wrings her hands as she weeps.
Her gleaming pale eyes turn darker; they glow
Like fireflies in withering grass—

Then some fellow kisses her:
A man with a rubber nose.

Leonard Wolf

A Ball . . .

Mene, mene, tekel upharsin

Brilliantly lighted halls resound,
And the orchestra mourns.
Drums muffle the deep grieving of fiddles.
The basses, like old grave-makers, dig their dark shovels.

The clarinets laugh;
The cymbals chatter—
The brass platters yell . . .

And gentlemen in stiff coats
Dance with white-silken ladies.
Bright,
Brighter,
And brighter . . .

The prefatory epigram "*Mene, mene, tekel upharsin*," from Daniel 5:25–28, is
the source of the phrase, "the handwriting on the wall." During Belshazzar's
feast, Daniel warns the king that if he does not humble himself before the
Lord of Heaven, his kingdom will be conquered and destroyed.

זיך אַליין אויסגעקייטלט פֿון צײַט,
איצטער הערט ער, דער מענטש, יענעם הילכיקן, קאַלטן געשאַל
פֿון דער אייביקער, קלאָגעוודיק־גרויזאַמער שטים
אין אַל . . .

געליימט איז געבליבן דער עולם פֿון עפּעס אַ שרעק,
אין טונקעלן שענק איז מען שטום בײַ די טישן געזעסן אַ פֿלעק לעם אַ פֿלעק . . .
עס האָט נאָר דאָס מיידל געוויינט אין דער שטיל און געבראָכן די הענט,
אין חושכניש האָבן די ווײַסלען, די ווײַסע געברענט,
ווי גליווערעם ברענען בײַ נאַכט צווישן טרוקענעם גראָז . . .
און עמעצער האָט זי געקושט — אַ פֿאַרשווין מיט אַ גומענער נאָז.

אַ באַל . . .

מנא מנא תקל ופרסין

עס קלינגען באַלויכטענע זאַלן
און ס׳קלאָגט דער אָרקעסטער . . .
די פּויקן פֿאַרטויבן דעם טיפֿן געוויין פֿון די פֿידלען,
עס גראָבן די בעסער, ווי אַלטע קברנים מיט פֿינצטערע רידלען,
עס לאַכן קלאַרנעטן,
עס פּלוידערט דער צימבל,
עס שרײַען די מעשענע טעלער
און ס׳טאַנצן שטײַף־רעקיקע הערן, ווײַס־זײַדענע דאַמען,
העל,
העלער
און העלער . . .
און ס׳מישן זיך דאָרשטיק צוזאַמען
שוואַרץ־פֿלאַמיקע וואָנצן און ציינדלעך צעבליצטע,
געגלעקלטע לאָקן,

And avidly mingle
Flame-black moustaches, glistening small teeth,
Tinkling curls,
Cravats,
Hand-carved shoes,
Lightning glances
And hose . . .

Dizzied with drink,
In the silence of a pulsating heart,
Knees nestle closer and
Closer, scattering sparks.
Fire glows from the pupil
Of each eye;
And eyelashes tremble, tremble.

A cello suddenly groans
In the orchestra,
Like the grief heard in a wood
Of abandoned nests;

A blood-red half moon pierces the window;
And a hand appears;
A work-gnarled,
Chain-shackled hand
That sets letters of blood
On the wall: D E AT H.

And gentlemen in stiff coats
Dance with white-silken ladies
Bright,
Brighter,
And brighter . . .

The brass platters yell;
The clarinets laugh,
The cymbals chatter.
Drums muffle the deep grieving of fiddles.
The basses, like old grave-makers, dig their dark shovels.

Leonard Wolf

די שניפּסן,
די שיכלעך געשניצטע,
די בליציקע בליקן
און זאָקן . . .
און שטום אין דעם הערצער־געצאַפּל
פֿאַרטרונקען
עס טוליען זיך נענטער די קניִען
אַלץ נענטער, און שפּריצן מיט פֿונקען . . .
און פֿייַער לאָדט אויסעט אַ יעדער שוואַרצאַפּל,
און ס׳ציטערן, ציטערן וויִען . . .
נאָר פּלוצלינג אַ וויאָלאָנטשעל טוט אַ קלאָג אין אָרקעסטער . . .
ווי ס׳טוט ווען אַ קלאָג אין אַ וואַלד פֿון פֿאַרגעסענע נעסטער . . .
און בלוטיק די האַלבע לבֿנה טריפֿט דורך אין די פֿענצטער.
עס ווייַזט זיך אַ האַנט —
אַ האַנט אַ צעקרימטע פֿון אַרבעט, פֿאַרשמידט אין אַ קייט,
לייגט אויסעט די אותיות פֿון בלוט אויפֿן וואַנט:
— טויט! . . .
און ס׳טאַנצן שטייַף־רעקיקע הערן, ווייַס־זייַדענע דאַמען
העל,
העלער
און העלער,
עס שרייַען די מעשענע טעלער,
עס לאַכן קלאַרנעטן,
עס פּלוידערט דער צימבל,
די פּויקן פֿאַרטויבן דעם טיפֿן געוויין פֿון די פֿידלען,
און ס׳גראָבן די בעסער, ווי אַלטע קברנים מיט פֿינצטערע רידלען . . .

Ten Commandments

My grandfather's kinsman, a Jew who tamed bears,
Performed in the market towns;
By day his beast was confined in chains;
At night, they danced under the stars.

Nicknamed "Ten Commandments," the man was bald,
With long bony hands to his knees;
He was hunch-backed and scruffy and sweaty and old
And he stank of fur like a beast.

Traveling the roads with his bear at night,
The man led, the bear followed behind.
If a shoeless peasant chanced to walk by,
The bear grumbled and rattled his chain.

The burial society washed off the blood
Of "Ten" 's wives who all died in great pain,
For he stripped them naked and lashed them by night
Till their grief was heard by the town.

His thirteenth wife, who passed for a witch in Lithuania,
A year after their marriage bore him a daughter;
For years, he drained his wife's strength, then the witch
Too was laid out on a stretcher.

"Ten Commandments" he was, a man who tamed bears
And performed in the market towns;
By day his beast was confined in chains;
At night they danced under the stars.

Leonard Wolf

עשׂרה דבריא

גְעהאַט האָט דער זיידע אַ קרובֿ אַ טרײַבער פֿון בערן;
אַ ייִד, וואָס פֿלעגט מאַכן קאָנצערט אויף די גרויסע ירידן.
דעם בער פֿלעגט דער קרובֿ בײַ טאָג אויף די קייטן פֿאַרשמידן,
בײַ נאַכט פֿלעגט ער טאַנצן מיט אים בײַ דער שײַן פֿון די שטערן.

מען האָט אים געגעבן דעם נאָמען עשׂרה דבריא,
די קנאָכיקע הענט ביז די קני, מיט אַ שאַרבן אַ גלאַטן,
אַן אַלטער פֿאַרשלומפּערטער קאָפּ אויף אַ גוף אַ האָרבאַטן,
און דאָס האָט געטראָגן מיט פֿעל און מיט שווייס, ווי אַ חיה.

איז ער געגאַנגען בײַ נאַכט מיט דעם בער אויף די וועגן;
עשׂרה פֿאָרויס, און דער בער פֿלעגט אים הינטן באַגלייטן,
און טאָמער אַ באָרוועסער פּויער קומט זיי אַנטקעגן —
אַ בורטש האָט געגעבן דער בער און אַ קלונג מיט די קייטן,

עס זײַנען געשטאָרבן פֿון פּײַן בײַ עשׂרהן די ווײַבער;
בײַ נאַכט פֿלעגט ער אויסטאָן זיי נאַקעט און אָנהייבן שלאָגן,
דאַן האָט זיך געהערט אויפֿן דאָרף אַ פֿאַרטײַעטער קלאָגן,
און חבֿרה־קדישא פֿלעגט וואַשן די בלוט פֿון די לײַבער.

די דרײַצנטע ווײַב האָט געשמט פֿאַר אַ וועדמע אין ליטע,
זי האָט אים אַ טאָכטער אַ יאָר נאָך דער חופּה געבאָרן,
עשׂרה דבריא האַט אויסגעצאַפּט שטיל אירע יאָרן
מען האָט פֿון דער וועדמע די ביינער געלייגט אויף דער מיטה.

געווען איז עשׂרה דבריא אַ טרײַבער פֿון בערן;
אַ ייִד, וואָס פֿלעגט מאַכן קאָנצערט אויף די גרויסע ירידן.
דעם בער פֿלעגט עשׂרה בײַ טאָג אויף די קייטן פֿאַרשמידן,
בײַ נאַכט פֿלעגט ער טאַנצן מיט אים בײַ דער שײַן פֿון די שטערן.

These excerpts from a long poem entitled Byelorussia *first appeared in the* Tsukunft *(New York) in February 1922. Included here are sections 1, 6, 8, 10, and 12.*

From *Byelorussia*

Grandpa and the Uncles . . .

Ah, my grandpa in Kubelnik is a simple sort of fellow;
A farmer with a horse and with an ax and with a sheepskin.
As common as the clay are all
My sixteen uncles and my father,
Hauling logs out of the forest; driving rafts upon the river.
They toil the livelong day like ordinary peasants,
Then eat their supper of an evening gathered round a single
    platter;
And fall into their sixteen beds like sheaves of grain—together.
Grandpa—ah, my grandpa . . . he can hardly climb the oven . . .
Half asleep at supper, his poor old eyes kept closing;
And yet, his feet have somehow found their own way to the
    oven;
My grandpa's loyal feet which served him for so many years.

Leonard Wolf

Uncle Avram Pastures the Horses . . .

At night, Uncle Avram looked after the horses.
He had food in his sack; and was wrapped in a sheepskin
From which only his legs showed, stretched toward the fire
Beside which he sat like a stump, and as silent.

That was the way that he pastured the horses. . . .
They, impeded by hobbles, clumped through the meadow
Where the shimmering moonlight touched the mares gently
And the fog-shrouded Niemen distantly sounded.

Niemen (Neman): This river, running through White Russia and Lithuania into
    the Baltic Sea, was a route for log rafts.

פֿון רײַסן

דער זיידע מיט די פֿעטערס . . .

אָ, דער זיידע פֿון קאָבילניק איז אַ ייִד אַ פּשוטער,
אַ פּויער מיט אַ פּעלץ און מיט אַ האַק און מיט אַ פֿערד . . .
און מײַנע זעכצן פֿעטערס און מײַן טאַטע —
ייִדן פּראָסטע, ייִדן ווי די שטיקער ערד,
טרײַבן פּליטן אויף די טײַכן . . . שלעפּן קלעצער פֿון די וועלדער . . .
און דעם גאַנצן טאָג געהאָרעוועט ווי כלאָפּעס,
עסט מען וועטשערע פֿאַר נאַכט צוזאַמען פֿון איין שיסל,
און מען פֿאַלט אַנידער אין די זעכצן בעטן ווי די סנאָפּעס.
דער זיידע, אָ, דער זיידע קלעטערט קוים אַרויפֿעט אויפֿן אויוון,
ער איז דער אַלטיטשקער בײַם טיש אַנטשלאָפֿן שוין געוואָרן,
נאָר די פֿיס — זיי ווייסן, פֿירן זיי אַליין אים אָפּ צום אויוון . . .
דעם זיידנס גוטע פֿיס, וואָס דינען אים פֿון כּמה יאָרן . . .

דער פֿעטער אַבֿרהם פּאַשעט פֿערד . . .

בײַ נאַכט איז דער פֿעטער אַבֿרהם געווען אויף דער וואַרטע,
דאָס פּעלצעלע האָט ער געהאַט און די טאָרבע צום עסן,
בײַם פֿײַערל גרוי, ווי אַ קאָרטש איז אַבֿרהם געזעסן
און ס׳האָבן געסטאַרטשעט פֿון אים נאָר די ביינער די האַרטע . . .
אַזוי האָט דער פֿעטער אַבֿרהם די פֿערד אויף דער לאָנקע געפֿיטערט,
געפּענטעטע האָבן זיי שווער אויפֿן גראָז צוגעשפּרונגען,
די שײַן פֿון לבֿנה האָט ווייך אויף די שקאַפּעס געציטערט
און ווײַט אין פֿאַרנעפּלטן פֿעלד האָט דער ניעמאַן געקלונגען . . .
דאָס טרוקענע פֿײַערל האָט זיך אָן כּוחות געלאָשן . . .

When his dry little fire winked out, exhausted,
Avram sat like a sleeper, engrossed in the silence
As tree into tree merged in the shadows,
And what could be heard was the grass being cropped and
   devoured.

And what could be heard were the stars in the sky now in
   motion,
As if smoke in a wisp had enclosed them in music;
And the sky that was empty now gleamed in a network
Of light in which fish were gleaming and bobbing.

Avram tilted his face toward the heavens
Where the cold yellow disk of the moon was seen wheeling.
There, suddenly, seventeen stars flew together,
One of them green—the one that shone brightest.

As from a blue eye a spark might go darting,
So the star, all at once, as if seized by a spasm,
Plunged from the sky toward the network of light;
Then fell to the earth; to a moss-covered thicket.

Avram felt something distant and dreamlike
And glittering blue that touched the whole region;
Sighing, he stood and turned his attention
To the warm mares where they stood in the shadows.

There, for a while, he worked with the horses
Where, neck over neck, they stood heavily breathing.
Sometimes the light slanted and touched a horse briefly,
And revealed for a moment its work-weary shoulder.

The cluster of mares formed a pool in the shadows.
Tired, my uncle crept back to his straw hut
While the leaves of the poplar shone dim in the darkness
And wheat in the distance trembled in moonlight.

On the floor of the hut, my uncle lay dreaming
Of his village; he smiled to himself and was silent;

אַזוי ווי אין שלאָף איז אַבֿרהם באַנומען געזעסן,
אַ בוים אין בוים האָט אין טונקעלער ליכט זיך געגאָסן,
און ס׳האָט זיך געהערט ווי דאָס גראָז ווערט געצופּט און געפֿרעסן . . .
און ס׳האָט זיך געהערט: אויפֿן הימל עס רירן זיך שטערן,
אַ רויכעלע טוליעט זיי אײַן, ווי אַ וואַרעמער ניגון;
אַ ציטריקע נעץ האָט פֿאַרנומען דעם הימל דעם לערן
און ס׳שווימען דאָרט פֿישעלעך, פֿינקלען און וויגן זיך, וויגן . . .
עס האָט זיך אַבֿרהם, דעם פּנים אַרויף, אויסגעצויגן:
די קאַלטע לבֿנה גייט אום אין אַ ראָד אין אַ געלער
און זיבעצן שטערנדלעך זײַנען געקומען צעפֿלויגן,
עס ציטערט איין שטערן אַ גרינער פֿון אַלעמען העלער . . .
נאָר פּלוצלינג דאָס שטערנדל האָט זיך געגעבן אַ צאַפּל,
אַ פֿלי דאַן געטאָן אינעם בלויען געוועב פֿון די שטראַלן,
אַזוי ווי אַ פֿונק פֿליט אַרויס פֿון אַ בלויען שוואַרצאַפּל . . .
אין מאָכיקן וואַלד איז דער שטערן אַרונטערגעפֿאַלן.
אַבֿרהם האָט עפּעס אַ חלום אַ ווײַטן פֿאַרשטאַנען — — —
דער פֿינקלענדער בלוי האָט די געגנט די גאַנצע באַשאָטן,
און דאַן מיט אַ זיפֿץ איז דער פֿעטער פֿון דר׳ערד אויפֿגעשטאַנען
און שטיל צו די וואַרעמע קליאַטשעס אַוועק אינעם שאָטן . . .
ער האָט זיך אַזוי בײַ די פֿערד אין דער פֿינצטער געפּאָרעט.
אַ האַלדז אויף אַ האַלדז האָבן אַלע געעטעמט פֿאַרשלאָפֿן,
דאָס ליכט פֿון דער זײַט האָט אויף איינעם אַ פֿערד אָנגעטראָפֿן
און ס׳האָט זיך פֿון אים נאָר די פּלייצע גוזען אויסגעמאָרעט . . .
דאָס בינטל פֿון שקאַפּעס איז טונקל צוזאַמענגעגאָסן געוואָרן,
פֿאַרמאַטערט אין שטרויענעם בײַדל אַרײַן איז דער פֿעטער,
אַ טאָפּאָל האָט מאַט אין דער פֿינצטער געשײַנט מיט די בלעטער,
און ווײַט איז פֿאַרגליווערט אין שטראַלן געלעגן דער קאָרן.
שטיל איז אַבֿרהם אויף דר׳ערד אין דעם בײַדל געלעגן,
געחלומט פֿון דערפֿל, געשמייכלט צו זיך און געשוויגן.
אַרויס איז פּאַמעלעך אין בענקשאַפֿט זײַן האַרץ פֿון די ברעגן
און ס׳האָט זיך דער פֿעטער גאָר פּלוצלינג צעטרעלט אין אַ ניגון:
ביסט די שענסטע אין דאָרף, נאַסטאַסיע,
זע,
ס׳קוועלט דער גערשטן און געבערדלט איז דער האָבער
די געמויזעכצן אין נעפּל פֿינקלען פֿונם טוי . . .
הער זיך אײַן,
הער זיך אײַן,
אין די וועלדער די יאַדלאָווע גייט איצט אום פֿאַרחלומט
אין לבֿנה־שײַן

Then slowly, his heart overflowed with a longing,
And Avram, my uncle, was suddenly singing.

You are the loveliest one in the village, Nastasya.
See,
The barley is pleased; the oat is bearded;
The swamp is gleaming with moisture.

Listen,
Listen,
In the forest, the fir tree moves like a dreamer
In moonlight;
Covered with moss, a barefooted spirit.

Come to the fields while the birds are still sleeping;
While only the brooks are awake; and your father
Lies in the barn, worn out by his day's work.

No one will know but the ash tree that grows in the
courtyard,
And the night breeze that naps in the reeds.

You are the loveliest one in the village, Nastasya.

Wiping the tears from his eyes with his coat sleeve
Avram heard how the dream-enclosed district lay silent
While a heart bade farewell to a heart in the darkness.

Leonard Wolf

Winter at Night in the Old Hut . . .

My stupefied uncles lay in the old hut
And stared with exhaustion at night where they lay.
Smoking big pipes, they murmured and panted—
One sat at a table snoring and sweating—

A last bit of torch on the wall was still burning;
By its light, Uncle Rachmael stitched up his trousers.
Wind pounded the hut and snow lashed the window.
The oven door scraped at the wall, and my grandpa

דער מאָך־באַוואַקסענער, דער באָרוועסער בעל־דבֿר . . .

קום אַרויס אין ברייטן פֿעלד, ווען אַלע פֿייגלען שלאָפֿן
און נאָר די קוואַלן זייַנען אויף,
דייַן טאַטע ליגט פֿאַרמאַטערט פֿון דער אַרבעט אויפֿן שייַער,
ס'ווּעט וויסן נאָר פֿון דעם די אַלטע ריאַבינע אין הויף
און נאָר דאָס ווינטל, וואָס נעבטיקט אין די אייַער . . .

ביסט די שענסטע אין דעם דאָרף, נאַסטאַסיע!

אַבֿרהם האָט אויסגעווישט שטיל מיט דעם אַרבל די טרערן . . .
האָט צוגעהערט טיף, ווי עס שווייַגט די פֿאַרחלומטע געגנט:
עס האָט זיך אַ האַרץ מיט אַ האַרץ אין דער פֿינצטער געזעגנט . . .

❖ ❖ ❖

ווינטער בייַ נאַכט אין דער אַלטיטשקער כאַטע . . .

איז מען געלעגן בייַ נאַכט אין דער אַלטיטשקער כאַטע,
גערייכערט די ליולקעס די גרויסע, געברומט און געסאָפּעט.
פֿאַרמאַטערטע האָבן די פֿעטערס געקוקט תֿמעוואַטע,
אין שווייס איז אַ פֿעטער געזעסן בייַם טיש און געכראָפּעט.
אין שטיבל האָט קוים אַ לוטשינע אַ שטילע געברענט . . .
דערבייַ האָט דער פֿעטער רחמיאל די הויזן פֿאַרשצאָבעט,
אַ שניי האָט געכליאָפּעט אין פֿענצטער, אַ ווינט האָט געקלאַפּט אין די ווענט,

Twisted and turned on the oven; he was weak
And enveloped in fear; his nightshirt unbuttoned.

The wind on the meadow stirred up the waves of the Niemen.
The old cow in the barn kept up her incessant complaining.

The uncles, by twos, lay in their beds. They turned their dull
    faces
And gazed at the rafters in silence.
My grandfather, twisting and turning, begged his son, "Avram,
My child, won't you give us a sad song?"

Then Avram crawled from his warm bed—
There, in the dark, he was gray as a fir tree—
And sang, like the wind stirring the leaves in the autumn.
Then howled in the dark as a wolf does
At night on the roads; as a wolf might
Howl on a snow-dazzled plain.

Like logs, my uncles lay huddled
As my grandfather beat at the oven
And wept, "O Lord, help us,
Life is dark; life is bitter."

Through Avram's strong frame passed a shudder,
And his song gave a spurt, like a mirror;
Like a lake in blue fog it resounded—
And he was as dark as an oak and as sturdy.
He threw his hair back and put himself in position,
Like a stallion that yearns for a hot mare,
(For, in a dream, he had seen the young Gentile, Nastasya).
Then he danced with his hands on his hips and he kindled
A gleam of delight in the eyes of the watchers,
Till the griefs in the hut fled like gray magpies.

Avram danced and he sang and he stamped with his great boots;
His eyes glowed; the air scorched; he was flame; he was fire;
Till my grandfather felt that he and the hut were both flying,
That he was creeping up high on a broken-runged ladder.

די זאַסלינקע האָט זיך אין אויוון אָן ווענטל געסקראָבעט . . .
עס האָט זיך דער זיידע געדרייט אויף דעם אויוון דעם הייסן,
אָן כּוחות, די העמד אויפֿגעעפֿנט, אין אַנגסטן באַשלאָגן,
דער ווינט אויפֿן פֿעלד האָט די כוואַליעס אין ניעמאַן געשטויסן,
די אַלטע בהמה אין שטאַל האָט ניט אויפֿגעהערט קלאָגן.
עס זײַנען די פֿעטערס געלעגן צו צוויי אין די בעטן,
טעמפּ מיט די צורות צום באַלקן געקוקט און געשוויגן — — —
דער זיידעניו האָט זיך געקערט, אָ, דער זיידעניו האָט זיך געבעטן:
„אַבֿרהמציק, מײַן קינד, טו אַ זינג אונדז אַ טרויעריקן ניגון”.

פֿון הייסן געלעגער אַראָפּ איז אַבֿרהם דער פֿעטער,
אין חושכניש איז ער געווען, ווי אַ יאָדלע אַ גרויע — — —
האָט ער געגעבן אַ זונג, ווי אַ ווינט אין אָסיעניקע בלעטער,
האָט ער געגעבן אין טונקעלער כאַטע אַ וואָיע,
אַזוי ווי עס וואָיעט אַ וואָלף בײַ דער נאַכט אויף די וועגן,
ווי ס'וואָיעט אַ וואָלף אויף פֿאַרשנייטע, באַלויכטענע פֿליינען — — —
פֿאַרטײַעטע זײַנען די פֿעטערס, ווי קלעצער געלעגן.
ס'האָט פּלוצים דער זיידעניו שטיל אָנגעהויבן צו וויינען,
ער האָט זיך געדרייט אויפֿן אויוון, געקלאַפּט אין די ציגל.
אָ, גאָטעניו העלף, עס איז פֿינצטער און ביטער . . .
דעם פֿעטער אַבֿרהם איז דורך אין די ביינער אַ ציטער,
עס האָט זיך דער ניגון געגעבן אַ גאָס, ווי אַ שפּיגל,
געגעבן אַ קלונג, ווי אַ וואַסער אין נעפּלען אין בלויע . . .
אין חושכניש איז ער געווען ווי אַ דעמב אַ געזונטער.
האָט ער אַ טרייסל געטאָן די טשופּרינע אַרויף און אַרונטער
(דאָס האָט ער דערזען אינעם חלום נאַסטאַסיע די גויע).
ער האָט זיך אַוועקגעשטעלט אויס און געגעבן אַ רייטשע
אַזוי ווי אַן אָגער, וואָס בענקט נאָך אַ קליאַטשע אַ הייסע,
אַ שפּרונג און אַ הייב זיך געטאָן מיט די הענט אין די באָקעס,
אַז ס'האָבן פֿון פֿרייד זיך צעפּינטלט בײַ יעדן די אויגן,
און ס'זײַנען די שלעכטע געדאַנקען אַזוי ווי סאָראָקעס,
ווי גרויע פֿון טונקעלער כאַטע צעפֿלויגן . . .
איז ער אַרויס אין אַ טענצל, אַ זונג און אַ זעץ מיט די שטיוול,
אַ ברען אין דער לופֿט, ווי אַ פֿלאַם, מיט די הייסע שוואַרצאַפּלען,
אַז ס'האָט זיך דער זיידע דערפֿילט, ווי ער פֿליט מיט דעם שטיבל,
ער קריכט ערגעץ הויך, ערגעץ הויך אויף צעבראָכענע שטאַפּלען . . .

צעטומלט פֿון ניגון, געליימט איז דער פֿעטער געבליבן,
אין סקאַווראָד האָט שוין געטליִעט די לעצטע לוטשינע,

My uncle stood still, confused by his singing.
The last bit of torch flickered out in its socket.
Grandpa smiled, rubbed his hands, and said, "Avram,
Where'd you get such a voice?" The blue dawn-light
Crept into the hut. The trees in the garden,
Wound round with straw, were still freezing.
The wind in the cart shed plucked wool from a sheepskin;
The old cow in the barn lapsed at last into silence.

Leonard Wolf

Nastasya . . .

Nastasya was gathering sorrel on the footpaths
To make a meal for her father, Antosha.
Byelorussia is blessed with cold, shaggy sorrel,
With fir trees like pelts, and ravens like cinders.
Bowed, she went through the fields, clutching her apron.
She moved like a duckling that knows neither evil nor sorrow.
Her feet, moistened by dew and tinged by the light of the
    morning.

Her hand at her eyes, she watched as he came from a distance
Out of the woods, in his arms a horse-collar.
Her hand at her eyes, she watched as he came from a distance.
His step was so lively—as if he had slept in the forest.

Shyly, Nastasya bent once again to the sorrel,
It was Avram, at dawn, coming back from tending the horses.
"Good morning, Nastasya. Timid, sweet lambkin, good morning!"
Nastasya, embarrassed, tried hiding herself in the bushes
Hoping that Avram, my sturdy young uncle, might miss her,
But Avram plunged into the thicket at once and his laughter,
Deep in the leaves, could be heard a far distance.
"Lambkin, my sweet one, my darling. Where are you?"
Hidden in leaves, Nastasya was pleased by my uncle.
"He looks so lively, as if he had slept in the forest."

דער ווײדעניו האָט זיך צעשמייכלט, די הענט זיך געריבן:
אַבֿרהמעלע, וווּ׳סטע גענומען אַזאַ קול־נגינה?״ . . .

דער בלוי פֿון פֿאַרטאָג איז אַרײַן אין דער וואַרעמער כאַטע,
פֿאַרוויקלט אין שטרוי האָבן ביימער אין גאָרטן געפֿראָרן . . .
דער ווינט האָט אין פֿירהויז געצופּט פֿון אַ פּעלצל די וואַטע,
די אַלטע בהמה אין שטאַל איז אַנטשוויגן געוואָרן.

נאַסטאַסיע . . .

נאַסטאַסיע האָט שצאַוויע געקליבן בײַם זײַט פֿון די סטעזשקעס,
אַ מאָלצײַט צו מאַכן אַנטאָשען — איר טאַטן דעם אַלטן.
ס׳איז רײַסן געבענטשט מיט אַ האָריקן שצאַוויע אַ קאַלטן,
מיט יאָדלעס, ווי פּעלצן, און ראָבן, ווי די האָלאָוועשקעס . . .
דעם פֿאַרטעך אין האַנט גייט נאַסטאַסיע אין פֿעלד אײַנגעבויגן,
אַזוי ווי אַ קאַטשקעלע, ווייסט ניט פֿון שלעכטס און פֿון זאָרגן,
די פֿיסלעך באַנעצטע פֿון טוי און באַרוישט פֿון פֿרימאָרגן,
זי האָט אים באַקוקט פֿון דער ווײַט מיט דער האַנט בײַ די אויגן:
דאַן קומט איר פֿון וועלדל אַ מענטש מיט אַ כאָמעט אַנטקעגן.
זי האָט אים באַקוקט פֿון דער ווײַט מיט דער האַנט בײַ די אויגן:
ער קומט אַזוי פֿריש פּונקט ער וואָלט אין די וועלדער געלעגן.
פֿאַרשעמט האָט נאַסטאַסיע זיך ווידער צום שצאַוויע פֿאַרבויגן.
דאָס קערט זיך אַבֿרהם אַהיים פֿון דער וואַרטע באַגינען.
„גוט מאָרגן, נאַסטאַסיע, דיר קעלבעלע שטילע, גוט מאָרגן!״
זי האָט זיך פֿאַר בושה אַהינטער די קוסטעס פֿאַרבאָרגן,
עס וועט זי דער פֿעטער, דער שווערער ניט קענען געפֿינען.
דאַן האָט זיך אַבֿרהם אַ לאָז אין די קוסטעס געגעבן,
געהערט האָט זיך ווײַט זײַן געלעכטער פֿון צווישן די בלעטער:
„דו קעלבעלע מײַנע, ווו ביסטו, מײַן קרוין און מײַן לעבן!״
נאַסטאַסיע האָט הינטער די צווײַגן געקוואָלן פֿון פֿעטער . . .
„ער איז אַזוי פֿריש, פּונקט ער וואָלט אין די וועלדער געלעגן!״
אַ ברוינער, צעהיצט, מיט צעשויבערטע אויגן און לאָקן.
ער האָט זי געפֿונען אין גראָז האַלב דערפֿרייט האַלב דערשראָקן.
אַ הינדעלע שרעקט זיך אַזוי אין אַ זוניקן רעגן . . .

He was tan and excited. His eyes glowed and his hair was
    disheveled,
He found her at last in the grass—half afraid, half delighted.

She was scared, as a pullet might be when sunlight pierces a
    shower.
Then Nastasya was caught in his arms; he embraced her,
And kissed her tanned throat, though she trembled,
Till, startled by pleasure, she wriggled against him
And pressed herself silently to him, closer and closer.

Leonard Wolf

Grandfather Dying . . .

Gray as a dove, toward evening, my grandfather came from the
    pasture;
He made up his bed and said a prayer of confession,
Then inwardly bade his farewell to the world
And closed his eyes, utterly exhausted.

My uncles came in and gathered around at his bedside;
Bowing their shaggy heads they stood about, silent;
Something clutched at their hearts that left them all wordless—
Clutched at their hearts and kept them from sighing.

Then slowly my grandfather opened his eyes, and a smile
Spread over his face; he sat up, though it cost him much trouble;
And here's what he said to his sons: "You, my Ortsheh,
You've been the family keystone;
First in the field and the last one to sit at the table. The earth
    opened warmly to you and your plowshare.
May your seed, like the earth, be forever as fresh and as fertile.

And you, Rakhmiel, who is like you in the meadow?
Your scythe in the field was an outburst of fire.
You are known to the birds in the air; to the snakes in their
    marshes.
May my blessing rest on your barn; and blessed be your stable.

האָט ער זי געטאָן דאַן אַ כאַפּ אין די אָרעמס די ברייטע,
דערלאַנגט איר אַ קוש אין דעם ציטריקן האַלדז דעם פֿאַרברענטן.
זי האָט זיך געגעבן אַ צאַפּל צו אים אַ דערפֿרייטע
און שטיל צו זײַן ברוסט זיך געטוליעט אַלץ נענטער און נענטער . . .

דער זיידעניו קומט שטאַרבן . . .

גרוי, ווי אַ טויב, איז פֿאַרנאַכטלעך דער זיידע געקומען פֿון פֿעלד,
צורעכט געמאַכט שטיל דעם געלעגער און אָפּגעזאָגט ווידוי,
אין האַרצן צעזעגנט זיך רויִקערהייט מיט דער וועלט
און דאַן צוגעשלאָסן, אָן כּוחות, די אויגן די מידע . . .
און ס'זײַנען די פֿעטערס געקומען צוקאָפּנס פֿון זיידן,
אַראָפּגעלאָזט טיף די באַוואַקסענע קעפּ און געשוויגן.
ס'האָט עפּעס פֿאַרשטשעמעט די הערצער און ניט געלאָזט ריידן,
פֿאַרשטשעמעטע הערצער — אַ זיפֿץ ניט געקענט אַרויסקריגן . . .
פּאַמעלעך האָט דעמאָלט דער זיידע געעפֿנט די אויגן,
ס'איז וואַרעם אַ שמייכעלע איבערגעגאַנגען זײַן פּנים,
ער האָט זיך געזעצט אויפֿן בעט, קוים זיך איבערגעבויגן,
און אָט־וואָס דער זיידע האָט דעמאָלט גערעדט צו די בנים:
— דו, אָרטשע, מײַן בכור, ביסט געווען דער יסוד פֿון משפּחה!
דער ערשטער אין פֿעלד און דער לעצטער געזעצט זיך צום טיש . . .
די ערד האָט זיך וואַרעם צעעפֿנט פֿון אונטער דײַן סאָכע,
אַזוי ווי די ערד זאָל דײַן זאָמען זײַן פֿרוכטבאַר און פֿריש . . .
רחמיאל, ווער קען זיך מיט דיר אויף דער לאָנקע פֿאַרמעסטן!
געווען איז דײַן קאָסע אין גראָז, ווי אַ פֿלייצל פֿון פֿײַער,
דיך קענען די שלענג אין די זומפּן, די פֿייגלען אין זייערע נעסטן.
די ברכה זאָל רוען בײַ דיר אינ'ם שטאַל און אין שײַער!
דו שמוליע, דער טײַך־מענטש, ניטאָ אויף דער וועלט אַזאַ גלײַכן!
באַשטענדיק דעם בוטש אויף די פּלייצעס, באַשטענדיק אַ נאַסער,
געשמעקט האָט מיט שופּן פֿון דיר, מיט דעם ריח פֿון שליים אין די טײַכן,
געבענטשט זאָלסטו זײַן אויפֿן לאַנד, און געבענטשט אויפֿן וואַסער! . . .

You, Schmulye, river man; who in the world is like you?
Eternally wet; and always a lash at your shoulders;
Smelling of fish scales, and smells of the scum of the river,
Blessed shall you be on the shore,
And blessed on the water."

It was evening; the glimmer of red at the window
Cast in the darkness, a tinge of light on my grandpa;
My uncles were still; and silent, too, was my father.
And caught every word of his blessing.

Then Grandfather said his goodbyes and gathered his limbs
    together;
He closed his wide eyes one more time, now and forever.
The watchers looked on and regarded his muted body;
There was nothing to see; and no tear was shed by my uncles.

A bird in the forest sang to the night of its sorrows;
The last bit of torch in the hut still gleamed in its socket.
My uncles formed a small band round my grandfather's pillow,
Their heavy, their shaggy heads drooped on their shoulders.

Leonard Wolf

From *Songs of a Poor Man*

In the attic, at night, a poor man sits.
The smile on his face is thin.
He sings that he, too, exists
In the world, but that it gets on without him.

He sings the wretched song of gray and poor. He weeps
And stretches his long frame higher and higher.
On the rooftops, the moon, sharp and crescent, creeps
Like a pallid, glistening worm.

Ah, the voice of that man in sackcloth clad,
The yellow voice of that fearful man

ס׳איז נאַכט צוגעפֿאַלן. די רויטינקע שייַבלעך פֿון כאַטע
אין טונקלעניש האָבן געוואָרפֿן אַ שייַן אויפֿן זיידן . . .
עס האָבן געשטומט מייַנע פֿעטערס, געשטומט האָט דער טאַטע
און ניט געלאָזט פֿאַלן אַ וואָרט פֿון זייַן בענטשן און ריידן.
דאַן האָט זיך דער זיידע צעזעגנט . . . די גלידער צוזאַמענגענומען . . .
און שטיל און אויף אייביק די אויגן די שטאַרע פֿאַרשלאָסן.
געקוקט האָט דער עולם, געקוקט אויף דעם קערפּער דעם שטומען
און גאָרניט געזען און קיין איינציקע טרער נישט פֿאַרגאָסן . . .
אַ פֿויגל האָט ערגעץ אין וואַלד אויסגעקלאָגט פֿאַר דער נאַכט זייַנע ליידן,
די לעצטע לוטשינע אין כאַטע האָט קוים נאָך געגליט אין די פֿונקען,
און ס׳זייַנען די פֿעטערס געשטאַנען צוקאָפּנס פֿון זיידן,
די שווערע, באַוואַקסענע קעפּ אין די אַקסלען פֿאַרזונקען . . .

פֿון לידער פֿון אַן אָרעמאַן

אויפֿן בוידעם זיצט בייַ נאַכט אַן אָרעמאַן
מיט אַ דינעם שמייכל אויפֿן פּנים;
ער זינגט, וואָס ער איז אויבעט אויף דער וועלט פֿאַראַן,
און וואָס אומעטום באַגייט מען זיך שוין אָן אים.

עס ציט זיך אויס זייַן לאַנגער גוף וואָס העכער, העכער.
ער וויינט. ער זינגט דאָס בידנע ליד פֿון גרוי און אָרעם.
און די געהאָרנטע, די שטעכיקע לבֿנה אויף די דעכער
קריכט אום אַרום — אַ ווייַסער, גליִענדיקער וואָרעם.

אָ, די געלע שטים פֿון אָרעמאַן, אין טיפֿער שרעק,
פֿאַר אַלע ווינקעלעך פֿון דער וועלט דער גרויער!

Who dreads each corner of the whole gray world,
Yet only grudgingly parts from his pain.

The joy that inhabits grief is slim and sings
Like cool water between scorched and naked stones.
In the attic, at night, a poor man sings
And nobody, nobody hears, but the moon.

❖

A man built a hut in the woods
And stayed there alone
Living on horseradish, cabbage and moss,
And grass.
And stayed there alone.

Ah, he went contrary to the world's ways,
Piping "Ta, ta, ta, ta, ta."
Until he felt such a brilliant cold,
And such a grief,
"Ta, ta."

Away he went, like one pursued
(Do the wise know a remedy? Did the hoary-gray man?)
But slowly, into his ear, the old man whispered,
"There's nothing in the book about this."
That clever, hoary-gray man.

Away he went, like one pursued,
Groaning "Woe, woe, woe, woe."
A thin grief complaining within,
White as snow,
"Woe, woe."

A man built a hut in the woods
And stayed there alone
Living on horseradish, cabbage and moss,

די שטים פֿון מענטש, אַן אָנגעטאָנענער אין זעק,
וואָס זשאַלעוועט זיך שיידן מיט דעם טרויער!

עס זינגט די דינע פֿרייד, וואָס איז אין פּייַן פֿאַראַן,
ווי קילער וואַסער צווישן נאַקעט־אָפּגעברענטע שטיינער,
אויפֿן בוידעם זינגט בייַ נאַכט אַן אָרעמאַן
און די לבֿנה הערט און ווייַטער קיינער, קיינער . . .

✣

אַ מענטש האָט אַ שטיבל אין וואַלד אויסגעבויט
און פֿאַרבליבן אַליין.
געלעבט האָט ער דאָרטן פֿון גראָז, און פֿון מאָך, און פֿון קרויט,
און פֿון כריין — — —
אַ מענטש איז פֿאַרבליבן אַליין.

אָ, ער איז געגאַנגען צו להכעיס דער וועלט
און געפּייַפֿט: טאַ, טאַ, טאַ! טאַ, טאַ, טאַ!
ביז ער האָט דערשפּירט אַ בריליאַנטענע קעלט
און אַן אומעט אַזאַ — — —
טאַ, טאַ!

דאָ איז ער אַוועק און אַוועק ווי געיאָגט.
— ווייס דער חכם אַ ראָט? ווייס דער גרייַז־גרויער מאַן?
נאָר ס׳האָט אים דער אַלטער פּאַמעלעך אין אויער געזאָגט:
„וועגן דעם איז אין בוך ניט פֿאַראַן״ — — —
דער חכם, דער גרייַז־גרויער מאַן . . .

דאָ איז ער אַוועק און אַוועק, ווי געיאָגט:
און געקרעכצעט: וויי, וויי, וויי! וויי, וויי, וויי!
דער אומעט, דער דינער, אין אים האָט געקלאָגט
אַ ווייַסער ווי שניי — — —
וויי, וויי!

אַ מענטש האָט אַ שטיבל אין וואַלד אויסגעבויט
און פֿאַרבליבן אַליין.
געלעבט האָט ער דאָרטן פֿון גראָז, און פֿון מאָך, און פֿון קרויט,

And grass.
And stayed there alone.

❖

The prayer of a poor man in hiding
Who pours out his heart to God.
O Lord, why is one so punished?
I am too much where I stand; and wherever I go I carry
The smell of darkness.
I envy the bird who has it better than us;
And I envy the soil that has it better than all.
What shall I do with my superfluous hand,
And with my heart which is superfluous too?

Leonard Wolf

Summer

Today, the world was unfurled once more and renewed.
The teeming earth, the whispering green, the swelling bud.
Everything shook, as the tense body of a virgin
Becoming a joyful wife might be shaken.

And I, like a cat, lay in the middle of a field
Where light spurted and glistened and glowed.
One eye smeared by the sun, the other eye shut;
Silently laughing, silently feeling delight.
Across fields and valleys and woods, mile after mile,
I ramble: gleaming and hard, like steel.

Leonard Wolf

און פֿון כריין — — —
אַ מענטש איז פֿאַרבליבן אַליין.

⁘

די תּפֿילה פֿון אַן אָרעמאַן וואָס איז פֿאַרטײַעט געוואָרן
און פֿאַר גאָט טוט ער אויסגיסן זײַן האַרץ.
פֿאַר וואָס ווערט מען אַזוי געפּײַניקט, גאָט!
ווו איך שטיי, בין איך צו פֿיל פֿאַראַנען, און ווו איך גיי, טראָג איך מיט
דעם ריח פֿון דער פֿינצטערניש.
בין איך מקנא דעם פֿויגל, וואָס אים איז בעסער פֿון אונדז,
און דעם ליים, וואָס אים איז בעסער פֿון אַלעמען.
וואָס זאָל איך טאָן מיט מײַן האַנט, וואָס איז מיר איבעריק,
און מיט מײַן האַרץ, וואָס איז מיר איבעריק?

זומער

הײַנט האָט די וועלט זיך אויפֿגעוויקלט ווידער נײַ;
דער גראָבער קנאָספּ, די פֿולע ערד, די גרינע שושקערײַ —
ס׳האָט אַלץ געציטערט, ווי אַ שטײַפֿער מיידל־לײַב
פֿאַרציטערט ווערט פֿון שאַרפֿער פֿרייד ביַים ווערן ווײַב . . .

און איך בין, ווי אַ קאַץ, געלעגן אויפֿן מיט פֿון פֿעלד,
ווו ס׳האָט געשפּריצט, געבליצט, געפֿינקלט און געהעלט,
איין אויג פֿאַרשמירט מיט זון, דאָס צווייטע — צוגעמאַכט,
כ׳האָב שווײַגעדיק געקוואָלן, שווײַגעדיק געלאַכט . . .
אַריבער מײַלן פֿליין, און וואַלד, און טאָל —
דאָ וואַלגער איך זיך אום — אַ בלאַנקער, האַרטער שטאָל.

This ode to the city in which Kulbak was raised forms a tribute to one of the most vital Jewish communities of eastern Europe. About a third of Vilna was Jewish in the pre-Hitler years. The poem includes references to both the traditional and the modern.

The Jewish Socialist Bund was founded in Vilna in 1897.

Vilna

1

Someone in a *tales* is walking your rooftops.
Only he is stirring in the city by night.
He listens. Old gray veins quicken—sound
Through courtyard and synagogue like a hoarse, dusty heart.
You are a psalm, spelled in clay and in iron.
Each stone a prayer; a hymn every wall,
As the moon, rippling into ancient lanes,
Glints in a naked and ugly-cold splendor.
Your joy is sadness—joy of deep basses
In chorus. The feasts are funerals.
Your consolation is poverty: clear, translucent—
Like summer mist on the edges of the city.
You are a dark amulet set in Lithuania.
Old gray writing—mossy, peeling.
Each stone a book; parchment every wall.
Pages turn, secretly open in the night,
As, on the old synagogue, a frozen water carrier,
Small beard tilted, stands counting the stars.

2

Only I am stirring in the city by night.
No sound. Houses are rigid—bales of rag.
A tallow candle flutters, dripping,
Where a cabalist sits, tangled into his garret,
Like a spider, drawing the gray thread of his life.
"Is there anyone in the cold emptiness?
In our deafness—can we hear the lost cries?"

ווילנע

1

אויף דײַנע מויערן גייט ווער אַרומעט אין אַ טלית.
בײַ נאַכט איבערן שטאָט איז ער אַליין אַ טרויעריקער אויף.
ער האָרכט: די אַלטע אָדערן פֿון שאַרע דורכהויפֿן און קלויזן
וואַכן, קלינגען, ווי אַ הייזעריקע האַרץ אַ שטויביקע.
דו ביסט אַ תּהילים אויסגעלייגט פֿון ליים און אײַזן;
אַ תּפֿילה איז אַיעדער שטיין, אַ ניגון יעדע — וואַנט,
ווען די לבֿנה רינט אַראָפּ אין דײַנע געסלעך פֿון קבלה,
און ס׳בלייכט אַרויס די נאַקעטע און מיאוס־קאַלטע פּראַכט.
דײַן פֿרייד איז טרויער — די פֿרייד פֿון טיפֿע בעסער
אין קאַפּעליע, יום־טובֿים זײַנען די לוויות,
און טרייסט — די קלאָרע, לײַכטנדיקע אָרעמקייט,
ווי שטילע זומער־נעפּלען אויף די ראָגן פֿון דער שטאָט.
דו ביסט אַ טונקעלע קמיע אײַנגעפֿאַסט אין ליטע,
פֿאַרשריבן גרוי און אַלט אַרום מיט מאָך און מיט לישײַעס;
אַ ספֿר איז אַיעדער שטיין, אַ פּאַרמעט — יעדע וואַנט,
צעבלעטערט סודותדיק און אויפֿגעעפֿנט אין דער נאַכט,
ווען אויף דער אַלטער שול, אַ וואַסער־טרעגער אַ געפֿראָרענער, —
דאָס בערדעלע פֿאַרקאַשערט, — שטייט און ציילט די שטערן.

2

בײַ נאַכט איבערן שטאָט בין איך אַליין אַ טרויעריקער אויף:
ניטאָ קיין קלאַנג. עס גליווערן די הײַזער — קופּעס שמאַטעס,
נאָר ערגעץ הויך אַ חלבֿדיקע ליכטל טריפֿט און פֿלאַטערט, —
עס זיצט אַ בעל־מקובל אײַנגעוועבט אין בוידעם,
ווי אַ שפּין, און ציט דעם גרויען פֿאָדעם פֿון זײַן לעבן:
—איז ווער פֿאַראַן אַרום אין ווײַטער, קאַלטער פּוסטעניש,
וואָס מיר, פֿאַרטויבטע, הערן די פֿאַרלאָרענע געשרייען?

Raziel is standing before him; he gleams in the darkness.
The wings an old, faded parchment.
The eyes—pits filled with sand and with cobweb.
"There is no one. Only sorrow is left."
The candle drips. Stupefied, the weak man listens.
He suckles the darkness out of the angel's sockets.
The garrets breathe—lungs of
The hunchbacked creature who is drowsing in the hills.
O city! You are the dream of a cabalist,
Gray, drifting in the universe—cobweb in the early autumn.

3

You are a psalm, spelled in clay and in iron.
The letters fading. They wander—stray.
Stiff men are like sticks; women, like loaves of bread.
The shoulders pressed. Cold, secretive beards.
Long eyes that rock, like rowboats on a lake—
At night, late, over a silver herring,
They beat their breasts. "God, we are sinful . . . sinful."
The moon's white eye, bulging through the tiny panes,
Silvers the rags that hang on the line,
Children in beds—yellow, slippery worms,
Girls half undressed, their bodies like boards—
These gloomy men are narrow like your streets.
The brow mute—a rigid wall of a synagogue yard.
The eyebrows mossy: like a roof above your ruins.
You are a psalm inscribed upon the fields.
A raven, I sing to you by the flow of the moon.
No sun has ever risen in Lithuania.

4

Your joy is sorrow—joy of deep basses
In chorus. The quiet Maytime is somber.
Saplings grow from the mortar. Grasses push from the wall.
Sluggishly, a gray blossom crawls out of the old tree.
The cold nettle has risen through mud.

Raziel: an angel mentioned in Midrashic and magical literature connected with
the mysteries of God.

און ס׳שטייט פֿאַר אים רזיאל בלייַיִק אין דער טונקלקייט
מיט אַלטע, פֿאַרמעטענע פֿליגלען אָפּגעקראָכענע,
און אויגן — גריבער אָנגעפֿילט מיט זאַמד און שפּינוועבס:
— ניטאָ. חוץ טרויער איז שוין גאָרניט מער פֿאַראַן!...
דאָס ליכטל טריפֿט. עס האָרכט דער גרינער ייִד פֿאַרשטיינערט
און זייגט דאָס פֿינסטערניש פֿון מלאכס אויגנלעכער,
און בוידעם איבער בוידעם עטעמט אָפּ — די לונגען
פֿון דער האָרביקער באַשעפֿעניש, וואָס דרעמלט אין די בערג.
אָ, אפֿשר ביסטו, שטאָט, אַ חלום פֿון אַ בעל־מקובל,
וואָס שוועבט אַ גרויע אין דער וועלט, ווי שפּינוועבס אָנהייב יעסיען.

3

דו ביסט אַ תּהילים אויסגעלייגט פֿון ליים און אײַזן,
און דײַנע אותיות וואָגלען, בלאָנדזשען אָפּגעקראָכענע:
ייִדן שטײַפֿע, ווי די העלצער, ווײַבער, ווי די לעבלעך ברויט;
קאַלטע, סודותדיקע בערד, די פּלייצעס אויסגעהאַמערטע,
און אויגן וואַקלענדיקע, לאַנגע, ווי די שיפֿלעך אין אַ טײַך — — —
ייִדן דײַנע בײַ אַ זילבערדיקן הערינג שפּעט בײַ נאַכט
שלאָגן זיך על־חטא: אָ, גאָט, מיר זינדיקן, מיר זינדיקן...
און די לבֿנה, ווי אַ ווײַס אויג, אַדורך די שײַבלעך גלאָצט —
דאָרט זילבערן זיך שמאַטעס אָנגעהאַנגען איבער שטריק,
די קינדער אין די בעטן — געלע, גליטשעווודיקע ווערעם,
און מוידן האַלב שוין אויסגעטאָן מיט לײַבער, ווי די ברעטער — — —
שמאָלע, ווי די גאַסן זײַנען דײַנע כמורנע ייִדן;
שטומע שטערנס, ווי די ברייטע, גליווערדיקע ווענט פֿון שול־הויף,
און ברעמען מאָכיקע, ווי דעכער איבער דײַנע חורבֿות.
דו ביסט אַ תּהילים אָנגעשריבן אויף די פֿעלדער,
און ווי אַ ראָב זינג איך פֿון דיר בײַם שײַן פֿון דער לבֿנה,
ווײַל קיין מאָל איז די זון ניט אויפֿגעגאַנגען אין דער ליטע.

4

דײַן פֿרייד איז טרויער — די פֿרייד פֿון טיפֿע בעסער
אין קאַפּעליע, אַ שוואַרצער איז דײַן שטילער פֿרילינג.
ביימלעך וואַקסן פֿונ׳ם מויער, גרעזער פֿון די ווענט;
דאָס גרויע בלײַעכץ קריכט פֿאַרשלאָפֿן פֿונ׳ם אַלטן בוים
און בלאָטיק שטייט די קאַלטע קראָפּעווע שוין בײַ דער ערד,

Dung and rigid walls are steeping in their damp.
It may happen by night that a breeze blows stone and rooftop dry,
And a vision, moonbeam and drops of water,
Flows through the silver, tremulously dreaming streets.
It is the Viliya, cool, mistily arising,
Fresh and baby-naked, with long, riverlike hands,
That has come into the town. Blind windows are grimacing.
Arching bridges are crooked on their walls.
No door will open. No head will move
To meet the Viliya in her skinny, blue nakedness.
The bearded walls marvel—the hills around you.
And silence. Silence.

5

You are a dark amulet set in Lithuania.
Figures smolder faintly in the restless stone.
Lucid white sages of a distant radiance,
Small, hard bones that were polished by toil.
The red tunic of the steely bundist.
The blue student who listens to gray Bergelson—
Yiddish is the homely crown of the oak leaf
Over the gates, sacred and profane, into the city.
Gray Yiddish is the light that twinkles in the window.
Like a wayfarer who breaks his journey beside an old well,
I sit and listen to the rough voice of Yiddish.
Is that the reason why my blood is so turbulent?
I am the city: the thousand narrow doors into the universe,
Roof over roof, to the muddy-cold blue.
I am the black flame, hungry, licking at these walls—
That glows in the eyes of the Litvak in an alien land.
I am the grayness! I am the black flame! I am the city!

6

And, on the old synagogue, a frozen water carrier,
Small beard tilted, stands counting the stars.

Nathan Halper

Bergelson: Dovid Bergelson (1884—1952), major Yiddish novelist who wrote of
    the decline of Jewish traditional life in the Pale of Settlement.
Litvak: popular Yiddish term referring to Jews from Lithuania.

נאָר קויט און אייביק גליווערדיקע ווענט אין נעץ.
און ס׳טרעפֿט בײַ נאַכט, אַ ווינטל טוט אַ טרוקן שטיין און דאַך,
און אַ געשטאַלט פֿון טראָפּן־וואַסער און לבֿנה־שײַן
שלײַכט דורך די גאַסן זילבערלעך און ציטערדיק פֿאַרחלומט —
ס׳האָט די ווילִיע קיל און נעפּלדיק זיך אויפֿגעהויבן,
און פֿריש, און נאַקעט־הויל, מיט לאַנגע, וואַסערדיקע הענט,
אַרײַן אין שטאָט. די בלינדע שײַבלעך קוקן אויסגעקרימט,
די בריקלעך רונד איבערגעוואָרפֿן אויף די מויערן.
אָ, קיינער וועט ניט עפֿענען אַ טיר, אַרויסשטעקן דעם קאָפּ
צו דער ווילִיע אין איר דינער, בלויער נאַקעטקייט.
עס שטוינען, ווי די בערג אַרום, די מויערן מיט בערד,
און שטיל, און שטיל — — —

5

דו ביסט אַ טונקעלע קמיע אײַנגעפֿאַסט אין ליטע,
און ס׳טליִען קוים געשטאַלטן אין דײַן אומרוּיִקן גרונט:
די ווײַסע, בלאַנקע גאונים פֿון ווײַטער ליכט,
מיט ביינער שמאָלע, האַרטע, אויסגעשליפֿענע פֿון מי;
דאָס הייסע, רויטע העמדל פֿונ׳ם שטאָלענעם בונדיסט;
דער בלויער תּלמיד זיצנדיק בײַם גרויען בערגלסאָן,
און ייִדיש איז דער פּראָסטער קראַנץ פֿון דעמבנבלעטער
אויף די אַרײַנגאַנגען די הייליק־וואָכיקע פֿון שטאָט.
דאָס גרויע ייִדיש איז דאָס ליכט, וואָס פֿינקלט אין די פֿענצטער —
אָ, ווי אַ גייער בײַ אַן אַלטן ברונעם אונטערוועגס,
זיץ איך דאָ און האָרך די רויע שטים פֿון ייִדיש.
און אפֿשר רוישט עס אַזוי שטאַרק דאָס בלוט אין מײַנע גלידער?
איך בין די שטאָט! די טויזנט שמאָלע טירן צו דער וועלט,
די דעכער איבער דעכער צו דעם בלאָטיק־קאַלטן בלוי.
איך בין דער שוואַרצער פֿלאַם, וואָס לעקט דאָ הונגעריק די ווענט
און גליט אין שנײַדיק־שאַרפֿן אויג פֿון ליטוואַק אין דער פֿרעמד.
איך בין דאָס גרוי! איך בין דער שוואַרצער פֿלאַם! איך בין די שטאָט!

6

און אויף דער אַלטער שול אַ וואַסער־טרעגער אַ געפֿראָרענער, —
דאָס בערדעלע פֿאַרקאַשערט — שטייט אין ציילט די שטערן.

YANKEV-YITSKHOK SEGAL

1896, Solobkovtsy, Ukraine—1954, Montreal.

======================

Shortly after his arrival in Montreal in 1911, Segal became an active contributor to local Yiddish publications and helped initiate several little magazines. Except for a five-year stay in New York (1923—28), he taught in Jewish schools in Montreal and wrote for the local daily, the *Keneder Odler*. His lyrics are filled with close observation of everyday reality and finely etched memories of childhood and youth.

In Me

I will carry you across
all the blind waters.
You have yet to live;
you've barely stuck your head
out of your hidden bud.
Death has mixed its colors
in your cool blood;
death has carved its notch
on your white throat.

You will inhabit me
in the quiet place,
the narrow path
between stones in a graveyard.

Grace Schulman

Winter

My father woke at dawn
and found death at the table
in the empty gray house.

Death rose from the bench,
cane in hand,
came to his bed
and said, like a Jewish stranger:

Reb Aaron Ber,
you're not well;
it's still and white;
the road is easy and silent.
Look: just hold on to me
and off we'll go.

And off they went.
They passed the synagogue.

אין מיר

כ׳וועל דיך אַריבערטראָגן
אַלע בלינדע וואַסערן.
דו האָסט נאָך נישט געלעבט —
האָסט קוים אַרויסגעשטעקט דײַן קאָפּ
פֿון דײַן באַהאַלטענעם קנאָספּ.
אין דײַן קיל יונג בלוט
האָט דער טויט זײַנע פֿאַרבן געמישט,
אויף דײַן בלייכן ווײַסן האַלדז,
האָט דער טויט זײַנע קאַרבן פֿאַרקריצט.

דו וועסט זײַן אין מיר. —
אין מיר איז דאָס שטילסטע אָרט,
אַזוי ווי דער שמאָלער דורכגאַנג
צווישן קבֿרים אויפֿן הייליקן אָרט.

ווינטער

און מײַן טאַטע האָט זיך אויפֿגעכאַפּט פֿאַר טאָג,
און געטראָפֿן דעם טויט בײַם טיש
אין דער ליידיקער גרויער שטוב.

און דער טויט איז אויפֿגעשטאַנען פֿון באַנק,
און איז צו זײַן בעט צוגעגאַנגען
מיט זײַן שטעקן אין האַנט
אַזוי ווי אַ פֿרעמדער ייִד,
און געזאָגט צו אים:

רב אהרן בער,
איר זײַט דאָך קראַנק,
און איצט איז אַזאַ שטילקייט און ווײַס,
און גרינג און נישט הערבאַר דער וועג,
אָט, איר וועט זיך אָנהאַלטן אָן מיר
וועלן מיר גיין.

און — זיי זײַנען געגאַנגען.
זײַנען פֿאַרבײַ דער שול געגאַנגען.

The first *minyen* was at prayer,
candles and lamps in the windows,
and goodness lay
over the high snow.

Grace Schulman

Psalms

Countries grow old and fall apart;
nations decline, torn;
generations grow moss and gather dust;
still, every morning,
a chapter of psalms
stands by the window
in the synagogue
and intones its eternal chant
over the world's tears,
over the Gentiles' mutterings,
over the Jews' laments.

Jewish boy, do I have to tell you this?
Didn't you hear him, only yesterday,
playing his muted fiddle?
In cornices of buildings,
birds in their nests
held back their wings;
I think that the glorious Rilke
passed a synagogue
on a summer morning
in a Germany of the past
and heard a psalm.
That morning he found his song,
fell in love with fallen angels
on the roads, with their beggars' sacks,

---

minyen (Heb. *minyan*): a minimum of ten Jews who may form a communal
prayer quorum.

דער ערשטער מנין האָט שוין געדאַוונט.
ליכט און לאָמפּן אין די פֿענצטער.
און אַ פֿרומקייט און גוטסקייט איז געלעגן
אויפֿן הויכן שניי אין דרויסן.

תּהילים

לענדער ווערן אַלט, צעפֿאַלן,
פֿעלקער ווערן דאַר, — צעבראָכן,
דורות ווערן מאָך, — צעשטויבן,
און אַ קליין קאַפּיטל תּהילים
שטעלט זיך נאָך אַוועק פֿרימאָרגן
ביַי דעם פֿענצטער פֿון בית־מדרש
און נעמט ציִען שטיל זיַין אייביקן ניגון
אויפֿן טרויער פֿון די וועלטן,
אויף דער בלאָנדזשעניש פֿון גויים,
אויף דעם וואָגלאַנגסט פֿון ייִדן.

ייִדיש ייִנגל, דאַרף איך דיר דאָס דען דערציילן
האָסט דען אַליין ערשט נעכטן נישט געהערט אים
שפּילן אויף זיַין שטילן פֿידל?
פֿייגל אין די נעסט־געזימסן
האָבן איַינגעהאַלטן די פֿליגל.
און מיר דאַכט, מיַין טיַיער ייִנגל,
אַז דאָס וווּנדערלעכע ייִנגל רילקע
איז אַ מאָל אין אַ זומער־מאָרגן
דורכגעגאַנגען אַ ייִדיש שולכל
ערגעץ אין אַלט־וויַיטן דיַיטשלאַנד דאָרטן,
און געהערט אַ מזמור־תּהילים,
האָט ער אויפֿגעכאַפּט זיַין ליד אין יענעם מאָרגן,
האָט ער ליב באַקומען די מלכים־יורדים
מיט די בעטלער־טאָרבעס אויף די וועגן
און איז געוואָרן זייער נאָכגייער אין רעגן,

and followed them in the rain.
He listened to the sound of wandering
and wrote his poems: new settings
of the old psalms.

Grace Schulman

At My Wedding

A jolly blond musician played
at my wedding
on a small, quiet fiddle.
He played a lament,
an old-fashioned poignant song.
Old musicians marveled silently:
Where did this blond fellow pick it up?
After all, he lurks in villages night and day,
playing at peasant brawls,
and can barely trek through a page of Hebrew.
He sleeps on a hard couch
and eats wherever he happens to be,
as when a peasant gives him radishes from her garden.
He's a scholar, cunning in the science of cards,
with its subtleties, interpretations, and grammar.

It was, though, a wonder to look at him:
Shoulders and head, nose and ear
laughed magically in joy and sorrow;
his thin bony face
rejoiced like a rising well.

He played
at my wedding,
lifting them from their seats,
making feet want to fly
but stay in place,
turning ears into spears;
his fingers kissed and tore the fiddle,

און זיך אײַנגעהערט צום קלאַנג פֿון זייער וואָגל
און געשריבן זײַנע לידער ווי אַ נײַעם צושפּיל
צו דעם אַלטן לידערבוך פֿון תּהילים.

אויף מײַן חתונה

אויף מײַן חתונה האָט געשפּילט
אַ רויטער פֿריילעכער כּלי־זמר
אויף דעם קלענסטן, שטילסטן פֿידעלע.
געשפּילט האָט ער אַ טרויעריקס —
אַן אַלט־פֿאַרצײַטיק אומעטיק לידעלע.
אַלטע כּלי־זמר האָבן שטום געגאַפֿט:
ווו האָט ער דער רויטער יונג געכאַפּט?
אַז בסך־הכּל נעבטיקט ער און טאָגט אין דערפֿער,
שפּילט אויף גויִשע שיכּורע וועטשערניצעס,
און בסך־הכּל קאָן ער קוים אַ שײַטל עבֿרי דראַפּטשען,
שלאָפֿן שלאָפֿט ער אויף אַ האַרטן טאַפּטשאַן,
עסן עסט ער ווו עס מאַכט זיך דאָרטן:
אַ שיקסע שענקט אים רעטעכלעך פֿון גאָרטן,
אַ בקי איז ער און אַ חריף אין דעם ספֿר קאָרטן
מיט אַלע פּישטשעווקעס, פּירושים און דיקדוקים,
נאָר אַ װוּנדער און אַ חלום איז געווען אויף אים צו קוקן:
די אַקסל און דער קאָפּ, און נאָז און אויער
האָבן כּישופֿדיק בײַ אים געלאַכט מיט פֿרייד און טרויער,
און דאָס גאַנצע דאַרע קנאָכעוואַטע פּנים
האָט געקוואָלן ווי אַ לעבעדיקער ברונעם —

אויף מײַן חתונה האָט דער יונג געשפּילט,
אַז ס׳האָט פֿון אָרט געהויבן — פּיס האָבן געוואָלט
אַ ריס טאָן זיך און זײַנען שטיין געבליבן,
אויערן האָבן זיך פֿאַרשפּיצט ווי שפּיזן,
און דאָס פֿידעלע האָט געקושט, געריסן,
געביסן שטיקער ביז צו ווייטיק און געקניפּן
ביז צום בלוט די אָנגעצויגענע אָדערן־סטרונעס,
אַזש די אַלטע האָבן זיך געבעטן: האָב רחמנות.

bit off pieces, and ripped
its taut arteries bloody,
until the old guests pleaded: *pity.*

Grace Schulman

Korets Landscape

In Korets, my city in Volhynia,
there were tall, wiry thieves.
I saw them in chains:
Strong, broad, they walked on the road,
and the guards who escorted them
reached to their shoulders.
Were it not for their flashy buttons
and tall hats
and dangling swords,
I would have looked away.
The thieves, captured in broad daylight,
in the church cellar,
who were chased through the cavern
for half a day,
soared with heads high.
Pigeons flew from the church;
children burst forth from the streets.
I see the tumult now,
though years have passed:
even the priest with blond braid,
chain slung across his back,
followed the crowd.
Their height and their power,
their silence, their gentle smiles,
persist even today.

I say *lehavdl, lehavdl,*
lehavdl, lehavdl,

---

lehavdl (Heb. *lehavdil):* Yiddish uses the word *lehavdl* to indicate the transitions
between, for example, Gentile and Jew, or profane and holy.

קאָרעץ־לאַנדשאַפֿט

אין קאָרעץ, מײַן װאָלינער שטאָט,
זײַנען געװען הױכע שלאַנקע גנבֿים.
כ׳האָב זײ געזען געפֿירטע אויף אַ קייט
זײ זײַנען געגאַנגען איבערן שליאַך שטאַרק און ברייט,
און די שומרים װאָס האָבן זײ באַגלייט,
זײַנען קליין געװען אונטער זייערע אָרעמס.
װען נישט זייערע גלאַנציקע קנעפּ
און זייערע הױכע היטלען אויף די קעפּ,
און די שװערדן װאָס זײַנען זײ נאָכגעהאָנגען
װאָלט אַ בושה געװען אויף זײ צו קוקן.
און די גנבֿים װאָס מ׳האָט אין מיטן העלן טאָג
געכאַפּט אין קעלער פֿון קלויסטער — און װי מ׳האָט געזאָגט,
האָט מען זײ אין דער הייל אַ האַלבן טאָג אַרומגעיאָגט, —
זײַנען זײ געגאַנגען די קעפּ אויפֿגעהויבן.
פֿונעם קלויסטער זײַנען געפֿלויגן די טויבן,
פֿון די גאַסן האָבן זיך אַ לאָז געטאָן די קינדער.
איך זע דעם טומל, װי ס׳װאָלט נאָר װאָס, אַצינדער
געשען — נאָך אַזאַ יאָרן־מהלך,
אַפֿילו דעם בלאָנדצעפּיקן גלח
מיטן קייטעלע אויפֿן פּלייצע נאָכגעהאָנגען,
איז נאָכן געזעמל נאָכגעגאַנגען.
זייער הויך און זייער שטאָלץ
און זייער שטיל־שמייכלענדיק שװײַגן
שטייט מיר נאָך הײַנט פֿאַר די אויגן,
און להבֿדיל, להבֿדיל, להבֿדיל,
להבֿדיל אלף הבֿדלות,
נאָר עס קומט דאָך מיר פֿאָרט אין זכּרון —
אונדזערע קאָרעצער צװיי רבנים:

one thousand times,
dividing sacred and profane.
Still, in my mind's eye
are two Korets rabbis:
one old, with a white beard,
the other young, with a short blond beard,
both from Lithuania, Byelorussia.
Everyone in town knew them,
and they met occasionally in the market:
"Good day, Reb Mordecai."
"Good day to you, Yisroel."
And they would stand and talk
smoothly, so elegantly
that everyone blessed and cherished them
in reverence,
and the summer day was radiant.
I see it now, gleaming from there;
in the market, the noise wanes,
and the old beggar plays piously
on a thin string
near a ditch;
I can hear the sun's golden drone
in its passage across the sky
over the old Korets marketplace.

                                        Grace Schulman

איינער אַן אַלטער, מיט אַ באָרד אַ ווײַסער,
דער צווייטער — אַ יונגער, מיט אַ בערדל אַ בלאָנדס,
און ביידע זײַנען געקומען פֿון ליטע, רײַסן,
און ווער האָט זיי אין גאַס נישט געקאָנט.
ווען זיי פֿלעגן אין מאַרק זיך באַגעגענען אַ מאָל:
— אַ גאָטהעלף, רב מרדכי,
— אַ גאָטהעלף דיר, ישׂראל.
און ביידע זײַנען געשטאַנען אויפֿן מאַרק און גערעדט
אַזוי שטיל און איידל, אַז איטלעך אויג
האָט זיי בכּבֿוד געבענטשט און געגלעט,
און דער זומערטאָג האָט נאָך זומערדיקער געשײַנט.
כ׳זע זײַן שיינקייט פֿון דאָרטן אַריבערלײַכטן הײַנט,
און אין מאַרק האָט דער רעש אַביסל אײַנגעשטילט,
און אויף אַ דינערער סטרונע האָט תּהילימדיק געשפּילט
דער בעטלער הזקן בײַם ראָוו אויף דער ערד,
און מ׳האָט דאָס גאָלדענע זשומען פֿון דער זון געהערט
און איר גאַנג איבערן הימל אין דער הייך
איבערן קאָרעצער אַלטן מאַרק.

JACOB GLATSTEIN

*(Yankev Glatshteyn) 1896, Lublin, Poland—1971,
New York.*

Coming to America in 1914, Glatstein studied law at New York University, where he befriended the poets N. B. Minkoff and Aaron Glants-Leyeles, co-founders of the magazine *In Zikh* (literally, Inside the Self). His early poems, influenced by psychoanalytic theories of the unconscious and by the modernist break with cultural continuity, fulfilled the Introspectivist platform of "individuality in everything and introspection in everything." In time, and particularly after a visit to Poland in 1934, his poetry drew more powerfully from Jewish tradition and contemporary Jewish concerns. His verbal wit and cultural allusiveness gained depth from this fresh exposure to his own and the common Jewish past. One of the most cosmopolitan and intellectual of Jewish writers, he also excelled at political journalism and literary criticism, wrote short stories and novels, edited literary magazines, and for some years stood at the center of American Yiddish cultural activity.

The year 1919 was filled with many bloody events trumpeted by extra editions of daily newspapers (referred to in the poem): the conclusion of the First World War, pogroms against Jews in Poland and the Ukraine, the civil war in Russia.

Using the traditional form of Jewish nomenclature and the familiar diminutive Yankl, the poem refers to the poet Jacob, son of Isaac—names that echo the biblical source of their lineage. The "tiny round particle"—or dot—that remains of the old-country Jewish son can be taken as a reference to the Yiddish expression dos pintele yid, *the essential crumb of Jewishness that is said to remain within even the most assimilated Jew. Literally, the dot of the letter* yud—*pronounced as* i—*is the smallest vowel sign of the smallest letter in the Hebrew alphabet.*

1919

No trace left these last days
of Yankl, Reb Isaac's son:
only a tiny round particle
wheeling annoyingly through the streets,
thrashing clumsy stumps.
The great lord ringed the whole earth
with sky blue.
And no rescue.
From high up, Extras fall all over,
squashing my soggy head.
One with a long tongue
splattered my glasses
with a permanent splotch of red.
Red, red, red.
Listen:
These days somehow my skull bursts and flames
in a density of uproar, leaving behind
a little heap of dirty ash.
Tiny round particle,
I'll swirl in eternities of ether
swathed in red veils.

Cynthia Ozick

1919

די לעצטע צײַט איז קיין שפּור ניט מער געבליבן
פֿון יאַנקל ברב יצחק,
נאָר אַ קליינטשיק פּינטעלע אַ קײַלעכדיקס,
וואָס קײַקלט זיך צעדולטערהייט איבער גאַסן,
מיט אַרויפֿגעטשעפּעטע, אומגעלומפּערטע גלידער.
דער אויבערהאַר האָט מיט דעם הימלבלוי
די גאַנצע ערד אַרומגערינגלט
און ניטאָ קיין רעטונג.
אומעטום פֿאַלן „עקסטראַס" פֿון אויבן
און צעפּלעטשן מײַן וואַסערדיקן קאָפּ.
און איינער מיט אַ לאַנגער צונג
האָט מיט אַ שטיק רויט מײַנע ברילן אויף אייביק באַפֿלעקט
און רויט, רויט, רויט.
איר הערט:
אָט די טעג וועט עפּעס אַזוינס אין מײַן קאָפּ פּלאַצן
און מיט טעמפּן קראַך זיך אָנצינדן דאָרט
און איבערלאָזן אַ קופּקע שמוציקלעכן אַש.
און איך,
דאָס קײַלעכדיקע פּינטעלע,
וועל זיך דרייען אין עטער אויף אייביקייטן
מיט רויטע וווּאַלן אַרומגעהילט.

Evening Bread

On the table: fresh bread, swollen, fat.
Around the table: silent guests—
I, and she, and that other she.
Mute mouths. Drumming hearts.
The guests' hearts tick like small gold watches.
Close by the bread the knife
is sharp and still,
stiller by far than the guests;
the knife's little heart has a restless throb
more restless
than mine, or hers, or that other's.

The door's wide to the dying sun.
On the ceiling
day-weary flies doze.
The windowpanes flash
waiting in dread
dumbstruck by dread
of evening bread.

The knife and I tensely embrace
exchanging terror face to face.
I brandish the bread
in a quivering grip
and meditate
on my hot love
and deadly hate.
The knife grows weak in the clamp of my fist:
danger and dread
of evening bread.

She takes the knife and looks
at me and at her:
two guests at table, mute, dead.
The blade's edge sings in her heart,
the dangerous song of evening bread.

אָוונטברויט

אויפֿן טיש אַ פֿריש ברויט, שוואַנגער מיט זעטיקייט.
אַרום טיש שווײַגנדיקע געסט —
איך און זי און נאָך אַ זי.
די מײַלער שווײַגן, נאָר די הערצער קלאַפּן.
ווי די קליינע גאָלדענע זייגערלעך, קלאַפּן די הערצער בײַ די געסט.
און לעבן ברויט, אַ מעסער אַ שאַרפֿס, שווײַגט נאָך שווערער פֿון די געסט,
און קלאַפּט מיט אַ הערצל נאָך אומרויִקער,
ווי בײַ מיר, בײַ איר און בײַ דער אַנדערער איר.

די טיר איז אָפֿן צו דער זון וואָס גייט אונטער.
אויף דער סטעליע דרעמלען פֿליגן מידע פֿון טאָג
און די שויבן ליכטיקן פֿאַרוווּנדערט מיט דערוואַרטונג און שרעק,
שרעק און דערוואַרטונג פֿון אָוונטברויט.

דאָס מעסער און איך האַלדזן שטײַף איינס דעם אַנדערנס מורא.
איך פֿאָך אַרום ברויט מיט ציטעריקע הענט,
און איך טראַכט פֿון מײַן וואַרעמער ליבע צו זיי.
פֿון מײַן טויטלעכער שׂינאה צו זיי.
דאָס מעסער חלשט אין מײַן פֿאַרקלאַמערטער האַנט,
פֿון שרעק און געפֿאַר פֿון אָוונטברויט.

זי נעמט דאָס מעסער און קוקט אויף מיר און אויף איר:
צוויי טויטע געסט זיצן שטיל אַרום טיש.
און אין האַרץ פֿון זי דאָס מעסערשאַרף זינגט
אַ ליד פֿון געפֿאַר פֿון אָוונטברויט.

די אַנדערע זי שפּילט זיך מיט פֿלאַטערדיקער פֿרייד
מיטן שאַרף פֿון מעסער און געשטאָרבענע רייד;
און איר ליבע צו אונדז און איר שׂינאה צו אונדז,
און איר ליבע צו מיר און איר שׂינאה צו איר,
זינגט אַרויס דורך דער צעפּראַלטער טיר,
צו דער זון וואָס גייט אונטער, צו דער זון, צו דער זון,
מיט פֿאַרבענקטע געזאַנגען פֿון אָוונטברויט.

שויבן פֿאַרפּלייצט מיט קאָליר און געזאַנג.
דאָס מעסער פֿאַרמאַטערט פֿון רויטן פֿאַרלאַנג,

With fluttering joy
that other one toys
with the edge of the blade.
Talk is dead.
And her love for us and her hate for us
and her love for me and her hate for her
sings out through the wide-open door
to the dying sun, to the sun, to the sun:
a longing for evening bread.

Windowpanes flooded with crimson and song.
The knife's worn out, yearning for red.
The guests at table sit mute.
I and she and that other.
The knife cavorts
from me to her,
and from her to her,
and we mutely partake
of love and of hate:
evening bread.

                              Cynthia Ozick

From *Kleine Nachtmusik*

Trust me from here to there
And a few steps more.
I won't fool you; I come alone.
I bring my open face
That you may fathom every why.
I'm saddened through and through with books,
Heavy with old wine,
Phlegmatic as a cat whose bowl is filled.
See how I come back
To the wonder of my first word.
Close the window, friend,
Shield me from the smallest wind.
In the dark there are two of us;

שטיל זיצן אַרום טיש שווייַגנדיקע געסט —
איך און זי און נאָך אַ זי.
דאָס מעסער טאַנצט פֿון מיר צו איר און פֿון איר צו איר.
און שווייַגנדיקע עסן מיר פֿון ליבע און האַס —
דאָס אָוונטברויט.

פֿון קליינע נאַכט־מוזיק

געטרוי מיר פֿון דאַנען אַהין
און עטלעכע טריט ווייַטער.
כ׳גיי אַליין און וועל דיך נישט נאַרן.
כ׳וועל דיר ברענגען מייַן אָפֿן פּנים
און דו וועסט אָנען אַלע דערפֿאַרן.
איך בין אָנגעטרויערט מיט ביכער,
און אָנגעטרונקען מיט ווייַן פֿון צייַטן,
און איך בין פֿלעגמאַטיש ווי אַ קאַץ,
וואָס לעבט אויף אַלע גרייטן.
זע, ווי איך קום צוריק צו זיך
צום ווונדער פֿון ערשטן פֿינטל.
פֿאַרמאַך דאָס פֿענצטער, ליבער פֿרייַנד,
און היט מיך אויס פֿון מינדסטן ווינטל.

What could be less?
I am the hearty patron
Of all the hungry tasters.
Let us saddle sleep
And ride off in our private park.
The mays will kiss
The must-nots in the dark.

                              Chana Bloch

Wagons

With quiet signs of faraway
At dusk the mournful wagons come.
Doors stand ajar,
But no one waits to meet them.
The town is peaceful, bells of silence toll.
Every blade of grass pricks up
In the heady cool.
A few sickly Jews climb down from the wagons,
And a clever word falters
In every brooding head.
God, on your scale of good and bad,
Set a dish of warm porridge,
Toss some oats, at least, for the skinny mules.
The deadness of the town grows dark.
A cruel silence afflicts the Jewish beards,
And each sees in the other's eyes
A prayer of fear:
When death comes,
Let me not remain the only one,
Do not pass over me with my thin bones.
June 1938
                              Chana Bloch

און אין דער פֿינצטער זענען מיר צוויי,
וואָס קען נאָך זײַן ווייניקער און מינער?
צו אַלע נישט געזעטיקטע פֿאַרזוכערס
בין איך דער האַרציקסטער פֿאַרגינער.
לאָמיר אָנזאָטלען דעם שלאָף
און רײַטן אין אַן אייגענעם גאָרטן.
און אין דער פֿינצטער וועלן זיך קושן
די געמעגטן מיט די נישטגעטאָרטן.

וועגענער

מיט שטילע צייכנס פֿון ווײַט
קומען אָן פֿאַר נאַכט טרויעריקע וועגענער.
ס׳שטייען אויפֿגעפּראַלט די טירן,
נאָר אין ערגעץ וואַרט נישט קיין באַגעגענער.
ס׳דאָרף איז רויִק, ס׳קלינגען גלאָקן פֿון שטילקייט.
ס׳בייגט זיך געהאָרכיק יעדער גרעזל
אונטער צעצונדענער קילקייט.
עטלעכע קראַנקע ייִדן קריכן פֿון די וועגענער אַראָפּ
און ס׳פּלאָנטערט זיך אַ קלוג וואָרט
אין יעדער פֿאַרטראַכטן קאָפּ.
גאָט, אויף דײַן וואָגשאָל פֿון גוסט און פֿון שלעכטס
שטעל אַוועק איצט אַ טעלער וואַרעם געקעכץ,
אָדער גיב כאָטש אַ וואָרף
אַ ביסל האָבער פֿאַר די מאָגערע פֿערד.
ס׳ווערט פֿינצטערער די טויטקייט פֿון דאָרף.
אַ גרויזאַמע שטילקייט באַפֿאַלט די ייִדישע בערד
און איינער אין אַנדערנס אויגן דערזעט
— ווי ס׳שווידערט אויף מיט שרעק אַ געבעט
אַז ס׳וועט קומען דער טויט
זאָל איך נאָר נישט בלײַבן דער לעבעדיקער איינער.
פֿאַרזע מיך נישט מיט מײַנע דינע ביינער.

יוני, 1938

This poem was written in response to the destruction of European Jewry.
In challenging God it inverts many familiar passages and beliefs. The
morning prayers open with the invocation, "How goodly are your tents,
O Jacob, your habitations, O Israel!" (Numbers 24:5). According to the
Kabbalistic doctrine of Shevirat ha-kelim, *the divine light which flowed*
into primordial space should have been caught and held in special
"bowls," or vessels, that emanated from God for this purpose. But the
light broke forth too suddenly, and under its impact the vessels were
broken and their fragments scattered into the depths of evil.

Without Jews

Without Jews, no Jewish God.
If, God forbid, we should quit
this world, Your poor tent's light
would out.
Abraham knew You in a cloud:
since then, You are the flame
of our face, the rays
our eyes blaze,
our likeness
whom we formed:
in every land and town
a stranger.
Shattered Jewish skulls,
shards of the divine,
smashed, shamed pots—
these were Your light-bearing vessels,
Your tangibles,
Your portents of miracle!
Now count these heads
by the millions of the dead.
Around You the stars go dark.
Our memory of You, obscured.
Soon Your reign will close.
Where Jews sowed,
a scorched waste.

אָן ייִדן

אָן ייִדן וועט נישט זײַן קיין ייִדישער גאָט.
גייען מיר, חלילה, אַוועק פֿון דער וועלט,
פֿאַרלעשט זיך דאָס ליכט פֿון דײַן אָרעם געצעלט.
זינט אַבֿרהם האָט דיך אין וואָלקן דערקענט,
האָסטו אויף אַלע ייִדישע פּנימער געברענט,
פֿון אַלע ייִדישע אויגן געשטראַלט,
און מיר האָבן דיך געפֿורעמט אין אונדזער געשטאַלט.
אין יעדער לאַנד, אין יעדער שטאָט
איז מיט אונדז אויך געווען אַ גר
דער ייִדישער גאָט.
יעדער צעשמעטערטער ייִדישער קאָפּ
איז אַ פֿאַרשעמטער, צעבראָכענער, געטלעכער טאָפּ,
ווײַל מיר זײַנען געווען דײַן ליכטיק געפֿעס,
דער וואָרצייכן פֿון דײַן ממשותדיקן נס.
איצט ציילן זיך אין די מיליאָנען
אונדזערע טויטע קעפּ.
ס׳לעשן זיך אַרום דיר די שטערן.
דאָס געדעכעניש פֿון דיר ווערט פֿאַרטונקלט,
דײַן מלכות וועט באַלד אויפֿהערן.
דער ייִדישער פֿאַרזיי און פֿאַרפֿלאַנץ
איז פֿאַרברענט.
אויף טויטע גראָזן וויינען די טויען.
דער ייִדישער חלום און ייִדישע וואָר געשענדט —
זיי שטאַרבן אין איינעם.
ס׳שלאָפֿן עדות גאַנצע,

Dews weep
on dead grass.
The dream raped,
reality raped,
both blotted out.
Whole congregations sleep,
the babies, the women,
the young, the old.
Even Your pillars, Your rocks,
the tribe of Your saints,
sleep their dead
eternal sleep.

Who will dream You?
Remember You?
Deny You?
Yearn after You?
Who will flee You,
only to return
over a bridge of longing?

No end to night
for an extinguished people.
Heaven and earth wiped out.
Your tent void of light.
Flicker of the Jews' last hour.
Soon, Jewish God,
Your eclipse.

Cynthia Ozick

"The tribe of Your saints": This recalls the legend of the *lamed vov tsadikim*,
the thirty-six anonymous Just Men for the sake of whose great merit the
world is preserved. (The Hebrew letters *lamed* and *vov* have the numerical
equivalent of 36.)

עופּהלעך, פּרויען,
יונגעלײַט און זקנים.
אַפּילו דײַנע זײַלן, די פּעלדזן,
די שטאַמיקע ל״ו,
שלאָפֿן אַ טויטן, אַן אייביקן שלאָף.

ווער וועט דיך חלומען?
ווער געדענקען?
ווער וועט דיך לייקענען,
ווער וועט דיך בענקען?
ווער וועט צו דיר, אויף אַ פֿאַרבענקטער בריק,
אַוועק פֿון דיר, כּדי צו קומען צוריק?

די נאַכט איז אייביק פֿאַר אַ טויט פֿאָלק.
הימל און ערד אָפּגעווישט.
ס׳לעשט זיך דאָס ליכט אין דײַן אָרעם געצעלט.
ס׳פֿלעמלט די לעצטע ייִדישע שעה.
ייִדישער גאָט, ביסט שוין באַלד נישטאָ.

Mozart

I dreamt that the goyim
crucified Mozart
and dug him a donkey's grave.
It was only the Jews
who made him a God-Man,
and kept his memory
blessed.

His apostle, I ran through the world
converting everyone in sight.
I snatched proselytes
all over; Christians for Mozart.

Marvel
at the Testament of Music
of the Man Divine:
his song-nailed hands
shine.
Crucified singer,
how his fingers go after
laughter
in deepest affliction.
Through dooms of tears
more than himself he loves
his neighbor's ears.

The Sermon on the Mount:
how stark,
how bereft,
when you count
what Mozart left.

Cynthia Ozick

מאָצאַרט

ס׳האָט זיך מיר געחלומט,
גוויים האָבן מאָצאַרטן געקרייציקט
און אים באַגראָבן אין אַן אייזל־קבֿר.
נאָר ייִדן האָבן אים געמאַכט פֿאַר גאָטס מענטש
און זײַן געדעכעניש געבענטשט.

זײַן אַפּאָסטאָל בין איך איבער דער וועלט געלאָפֿן
און באַקערט יעדער איינעם וואָס כ׳האָב געטראָפֿן.
אומעטום ווו כ׳האָב געכאַפּט אַ קריסט,
האָב איך אים געשמדט אויף אַ מאָצאַרטיסט.

ווי וווּנדערלעך איז פֿון געטלעכן מענטש
זײַן מוזיקאַלישער טעסטאַמענט,
ווי דורכגענאָגלט מיט געזאַנג
זײַנען זײַנע ליכטיקע הענט.
אין זײַן גרעסטער נויט,
האָבן בײַם געקרייציקטן זינגער
געלאַכט אַלע פֿינגער.
אין זײַן וויינענדיקסטן טרויער,
האָט ער נאָך מער ווי זיך אַליין
ליב געהאַט דעם שכנס אויער.

ווי אָרעם און ווי קאַרג,
אַנטקעגן מאָצאַרטס פֿאַרבלײַב,
איז די דרשה אויפֿן באַרג.

Rabbi Nakhman of Bratslav (1772—1810), great-grandson of the founder of the Hasidic movement, Rabbi Israel Baal Shem Tov, was the founder of his own Hasidic sect that survives to this day. His scribe, Nathan of Nemirov, served as Rabbi Nakhman's secretary and, after the latter's death, published his teachings. The characteristic form of expression favored by Rabbi Nakhman was the oral tale, often embodying complex symbolic elements and implications. Many modern Yiddish writers have considered Rabbi Nakhman their spiritual ancestor.

The segments below are part of a longer dramatic monologue.

The Bratslaver to His Scribe

1

Nathan, lay off thinking today;
Have you ever seen such a world:
Such loveliness, every which way?
I'll give you a mouthful of fist
If you squeeze out a thought today.
Is there anything that keeps you from living?
Live, with all of your organs;
Breathe the sun, like a fly. . . .
Let's go backward again . . .
Let's think our whole fortune away
And squander our thoughts on the byways.
Let's become holy peasants
With hallowed cows on a holy pasture;
Let's eat kasha with milk;
Let's find stinking tobacco to smoke
And tell fairy tales about dwarfs;
And let's sing songs.

Dai-donna-dai, dai-donna-dai,
Pure songs, without words—
Dai-donna-dai.

I see a small cloud rising already
over your forehead.
Oh, what a sock in the kisser I'll give you

דער בראַצלאַווער צו זייַן סופֿר

1

נתן, דאַוואַי הייַנט נישט טראַכטן.
האָסט שוין אַ מאָל געזען אַזאַ וועלט
מיט אַזוי פֿיל לויטערע פּראַכטן?
כ׳וועל דיר דערלאַנגען אַ פֿראַסק,
אויב וועסט הייַנט אויסקוועטשן אַ געדאַנק.
קראַנק ביסטו הייַנט צו לעבן?
לעב מיט אַלע דייַנע אבֿרים
און אָטעם זון ווי אַ פֿליג.
לאָמיר נעמען גיין אויף קעריק,
לאָמיר אַוועקטראַכטן אונדזער גאַנץ פֿאַרמעגן,
און צעטרענצלען אונדזערע רעיונות אויף די וועגן.
לאָמיר ווערן הייליקע פּויערימלעך,
מיט הייליקע קי אויף אַ הייליקער פּאַשע.
לאָמיר עסן קאַשע מיט מילך,
לאָמיר רייכערן שטינקענדיקע פֿייַקעס
און דערציילן בייַקעס פֿון שרעטעלעך,
לאָמיר זינגען לידלעך —
דייַ־דאַנע־דייַ, דייַ־דאַנע־דייַ.
הוילע לידלעך אָן ווערטער,
דייַ־דאַנע־דייַ.

כ׳זע ס׳איז שוין אויפֿגעגאַנגען אַ כמאַרעלע
אויף דייַן שטערן.
וועסט כאַפּן בייַ מיר אַ פֿליק אין פֿרעסער,

If you start thinking.
Today, you'll have to shut
Your thinker behind locked doors.
Today, we are innocent singers
Who can hardly count up to two.
D'you get it—
How splendid it is?
One—*echod*;
One, and only one,
And always, one;
And again, and once more—*echod*.
Listen—how simple;
How lonely, how lovely, how sadly beautiful.
One—*echod*.

Seedling sing!
Honeybee, hum!
Caress the flower.
Little cloud, rain!
Refresh the roads;
Make the earth drunk.

Nathan, night will fall soon.
Let us sleep without thought—without dream,
Like the dear peasants.
Let's put that ladder away,
Nor climb toward heaven today,
Down and up; up and down.
Let the angels clamber about.
Let us catch a snooze and a snort
And leap up at dawn to greet the fiery east
With our song:
Dai-donna-dai, dai-donna-dai.

---

echod: The One, the principle of God's oneness, articulated in the prayer,
    "Hear, O Israel, the Lord is God, the Lord is One."
climb the ladder: a reference to Jacob's dream.

טאָמער נעמסטו קלערן.
הײַנט וועסטו מוזן פֿאַרשליסן
דעם טראַכטער הינטער שלעסער.
הײַנט זײַנען מיר זינגנדיקע תּמעלעך
און מיר קענען קיין צוויי נישט ציילן.
איז כאַפּ זשע נאָר —
ווי וווּנדערלעך דאָס איז,
איינס — אחד.
איינס און באַזונדער איינס
איז אַלץ אחד,
און נאָך אַ מאָל און ווידער אַ מאָל אחד.
הער נאָר ווי פּשוט,
ווי אַליין, ווי שיין, ווי טרויעריק שיין,
איינס — אחד.

גרעזעלע זינג,
בינעלע זום,
גלעט די בלום,
וואָלקנדל רעגן,
פֿריש אויף די וועגן.
טרינק אָן די ערד.

נתן, באַלד פֿאַלט צו די נאַכט,
לאָמיר שלאָפֿן אומגעחלומט און אומגעטראַכט
ווי די פּויערימלעך.
לאָמיר הײַנט אַוועקלייגן די לייטער
און לאָמיר נישט הימלעווען,
אַראָפּ און אַרויף, אַרויף און אַראָפּ.
זאָלן מלאכים קלעטערן
לאָמיר כאַפּן אַ כראָפּ און אַ שנאָרך
און זיך אויפֿכאַפּן אַנטקעגן אַ צעפֿלאַמטן מזרח
מיט דעם געזאַנג —
דײַ־דאַנע־דײַ, דײַ־דאַנע־דײַ.

I'll break your leg
If you don't understand the refrain
Or change it by adding a word, or so much as a letter.
It will have to be simple—like this:
Dai-donna-dai.

2

There are some kinds of people
Who think for a year and a day
And their heads become holy.
But they consider the body entire as dust made of dust.
They look into a holy book
And roll their eyes upward,
But they treat their lovely limbs
As if they were dust and ashes.
And everything over the belt
And under the cincture
Is unclean and then uncleaner.
They teach themselves verbal graces,
And are pilgrims to holy places,
But let a hungry man come begging a handout
And their hands close tight
And their hearts close tighter.
They've exiled their heads away from all reason
And their brains are dizzied, spinning with heavenly spheres
While the dear bit of humanity is lost
For all eternity.

Now, therefore, Nathan, I tell you
That thought is as words are to music,
And music lives in the heart.
See that the heart thinks truly
And the head, of itself, will stop spinning.
I detest that holy man—
That would-be expert
Who spoils with imprisoning wisdom

---

belt: Hasidim customarily wore belts to distinguish the upper, spiritual part
of the body from its lower, animalistic region.

כ׳וועל דיר ברעכן אַ ביין
אויב וועסט דאָס ניגונדל נישט פֿאַרשטיין.
טאָמער וועסטו עפּעס דערלייגן, אַ וואָרט אָדער אַפֿילו אַן אות,
ס׳וועט מוזן זײַן אַזוי פּשוט ווי דאָס —
דײַ־דאַנע־דײַ.

2

פֿאַראַן אַזעלכע שטייגער לײַט,
וואָס טראַכטן אַ יאָר מיט אַ מיטוואָך
און דער קאָפּ ווערט בײַ זיי הייליק,
אָבער דער גאַנצער גוף בלײַבט שטויב פֿון שטויבן.
זיי קוקן אַרײַן אין אַ ספֿר
און די אויגן גלאָצן באַלד אַרויף אויבן,
אָבער די פֿיסלעך מיט די הענטלעך
זײַנען נאָך בײַ זיי עָפָר ואֵפֿר,
און איבערן גאַרטל
און אונטער דעם צווישנשייד,
ווערט אַלץ טרף און טרפֿער.
זיי לערנען זיך אויס שיינע ווערטער,
זיי זײַנען עולה־רגל צו די הייליקסטע ערטער.
נאָר זאָל קומען אַ נדבֿה בעטן אַ מענטש אַ פֿאַרשמאַכטער,
בלײַבט זייער האַנט פֿאַרמאַכט
און ס׳האַרץ פֿאַרמאַכטער.
דעם קאָפּ האָבן זיי מרחיק געווען פֿונעם שׂכל,
און ס׳אָרעמע מוחל רודערט אַזש מיט די גלגלים,
נאָר ס׳פּיצעלאָנטשיקל מענטשל ווערט פֿאַרפֿאַלן
אויף עולם ועד.

דערימער, זאָג איך דיר, נתן,
טראַכטן איז ווי נאָטן צו געזאַנגען,
און די געזאַנגען ווײַנען אין לבֿ.
זע, אַז ס׳האַרץ זאָל טראַכטן לויטער,
וועט ממילא דער קאָפּ אויפֿהערן צו טשאַדען.
פֿײַנט האָב איך דעם גוטן יידן,
דעם כּלומרשטן ידען,
וואָס פֿאַרטריפֿט די אותיות פֿון ספֿרים

The letters in holy books.
Take a candle and light up *B'reshis*,
Boro, he created.
B'reshis, he created.
Damn it, Nathan, what's there to think about here?
Let's go through rain and snow together,
Through frosts and through sunlight,
And let's sing:
B'reshis, he created worlds.

3

Just as I tell you about it, that's how it was—
I'm strolling through the wood and I see the morning rise,
And I see it climbing up crookedly.
The whole creation is pouting mutedly;
And the trees—you should excuse the expression—show me
    their rears;
The birds, at my greeting, act as if none of them hears.
A hare turns and sends me the look of a querulous woman,
And, from its pool, the spring water's saying with venom,
"Never mind, Nakhman. No blessing from you today."
Their heads lowered, the flowers stink pitifully,
And whatever I think is tangled or heavily rooted,
And all that I say becomes silent, or muted.
So what's to be done, except to make tracks out of there?
What's the use, Nakhman, if all the creation is angry?

But, since I know that the world is compared with a person,
And that all that grows and all that flies,
And even the creepers, poor things, want to be,
I say aloud, as if I weren't joking,
"Well, what *is* the world?
Something imagined; a delusion;
A transitory moment,
A nonentity, an illusion."

B'reshis boro: "In the beginning he created" are the opening words of the
    Book of Genesis.

מיט נעצרדיקע טראַכטערייַען.
נעם אַ ליכט און באַלייַכט דעם בראשית,
ברא האָט באַשאַפֿן.
בראשית האָט באַשאַפֿן.
גוואַלד, נתן, וואָס איז דאָ שייך צו טראַכטן.
לאָמיר גיין בייַזאַמען אין רעגנס און אין שנייען,
אין זונען און אין קעלטן.
און לאָמיר זינגען —
בראשית האָט באַשאַפֿן וועלטן.

3

אָט ווי איך דערצייל דיר, אַזוי האָט עס פּאַסירט.
כּעלות, ווען איך האָב מיטן וואַלד שפּאַצירט,
זע איך ווי דער מאָרגן גייט אויף אין דער קרום
און די גאַנצע יצירה איז ברוגזלעך־שטום.
דיביימער שטעלן זיך מיט די זייַטשעמויכלס צו מיר.
די פֿייגל הערן מייַן גוטמאָרגן און גיבן זיך נישט קיין ריר.
אַ העזל קוקט מיך אָן ווי אַ ייִדענע אַ מרשעת,
און דער טרונקוואַסער אין קוועלכל זאָגט מיר מיט כּעס:
נחמן, מוחל, מאַך איבער מיר הייַנט נישט קיין ברכה.
און די בלומען לאָזן נעבעך אַרויס אַ פֿינצטערע געסראָכע.
און אַלץ וואָס איך טראַכט ווערט פֿאַרפּלאָנטערט און פֿאַרצווייַגט,
און אַלץ וואָס איך זאָג ווערט פֿאַרשטילט און פֿאַרשווייַגט.
כאַפּ זשע, ליבערשט, די פֿיס אויף די פּלייצעס און טראָג זיך אָפּ.
נחמן, וואָס טויג עס, אַז די גאַנצע וועלט איז ברוגז.

ווייס איך דאָך, אַז די וועלט איז צו אַ מענטש געגליכן.
ווייַל אַלץ וואָס וואַקסט און אַלץ וואָס פֿילט,
און אַלץ וואָס טוט קריכן וויל נעבעך זייַן.
גיב איך זיך אַזוי אַ זאָג אויף קאַטאָוועס:
וואָס איז דען די וועלט?
אַן איינבילדעניש, אַ פֿאַרבלענדעניש.
אַ רגעדיקע פֿאַרבייַיִקייט,
אַן אויסגעטראַכטע נישטזייַיִקייט.
און אַזויערנאָך האָב איך דער גאַנצער יצירה

With these words, I meant to give the entire creation
A hell of a poke in the ribs.
But all at once,
An old tree breaks into sobs
Enough to give me heartache.
And things begin to move.
With all its secret force,
The whole wood undertook to be
Itself in the dawn.
The trees turned their faces toward me,
The birds broke into twitters,
The hare gave me a smile,
The water in the brook said sincerely,
"Nakhman, give me your blessing,"
And the flowers burst into bloom
As if in the Garden of Eden.
A crow laughed aloud, like a child,
And all petulance was gone.
I breathed an air like wine.
And everything quickened the soul; all was alive
And there was a burst of joyful noises:
"Who is delusion,
Who doesn't exist?
We are here, here, here."

And thus, an angry world
Dawned into radiance and light,
And there was squealing,
And whistling, and yelling as loud as might be:
"We are here, here, here,
We are here, here, here."
Until I, too, myself
Stood in the midst of the wood

And my voice rang out like a *shoyfer:*
"World, I swear by this morning hour,
World, you are here."

---

shoyfer: ram's horn blown on High Holidays.

דערלאַנגט אין דער זיבעטער ריפּ.
אַן אַלטער בוים האָט געטאָן אַ כליפּ.
ס׳האָט מיר טאַקע גלייַך פֿאַרקלעמט בייַם האַרץ.
אָבער ס׳איז געגאַנגען אַ גאַנג.
מיט אַ כּוח אַ פֿאַרבאָרגענעם
האָט דער גאַנצער וואַלד גענומען זייַן
און זיך מאָרגענען.
די ביימער האָבן צוריק אויסגעדרייט די פּנימער צו מיר.
די פֿייגל האָבן געטשוויטשערט.
דאָס העזל האָט זיך צעשמייכלט.
דער טרונקוואַסער אין קוועלכל האָט זיך געבעטן מיט האַרץ:
נחמן, מאַך אַ ברכה איבער מיר.
און די בלומען האָבן זיך געגעבן אַ צעבלי
ווי אין גאָרטן עדן.
אַ קראָ האָט זיך צעלאַכט ווי אַ קינד.
און דער גאַנצער ברוגז האָט געטאָן אַ פֿאַרשווינד.
און איך האָב ווייַניקע לופֿט געשעפּט,
און אַלץ האָט געלאַכט און אַלץ האָט געלעבט.
און ס׳האָט זיך צעטראָגן אַ פֿריידיקער געשריי.
ווער איז אַ פֿאַרבלענדעניש?
ווער איז נישטאָ.
מיר זייַנען דאָ, דאָ, דאָ.

און אָט אַזוי האָט אַ ברוגזע וועלט
זיך צעמאָרגנט, צעשטראַלט און צעהעלט.
און ס׳איז געוואָרן אַ קוויטשערייַ,
אַ געשרייַערייַ, אַ טשוויטשערייַ פֿון קולי־קולות.
מיר זייַנען דאָדאָדאָ.
מיר זייַנען דאָדאָדאָ.
אַז איך האָב זיך שוין אויך
אַוועקגעשטעלט אין מיטן וואַלד
און מייַן קול האָט זיך ווי אַ שופֿר צעשאַלט.
וועלט, איך שווער דיר בייַ דער מאָרגן־שעה,
וועלט, דו ביסט דאָ.

4

Through disciplined hunger,
I came at last to the taste of bread and butter
And corporeal thinking.
I went, and my body went with me,
And there wasn't a single thought
That couldn't shine through my skin and bones.
I clambered about and my feet clambered with me.
Several of my speculations gleamed
Unusually ordinary.
And, as night fell,
Further hunger brought me to bread alone,
And to think joyfully,
I, in the dark, by myself,
Some rare, somnolent simplicities
Which, if they chance to be holy,
Sanctify and make sleepy
Feet and hands and head.

And today, I jumped up, famished,
And on an empty stomach, I began
With absolute nothing.
And the day also grew
Out of practically nothing—out of black and all but, all but
    blue.

And, to my dark limbs
I decreed: Let there be light,
And we both acquired luminous wings—
I, and the day,
And we both became one,
And we both prayed aloud with a single voice,
"How goodly are Thy tents. . . ."

"*How goodly are Thy tents*": Numbers 24:5, the first blessing of the morning
    prayers.

4

כ׳האָב זיך דערהונגערט,
ביז צום טעם פֿון ברויט מיט פּוטער
און גופֿיק טראַכטן.
כ׳בין געגאַנגען און מײַן גוף איז געגאַנגען מיט מיר,
און ס׳איז נישט געווען קיין איין געדאַנק,
וואָס האָט נישט דורכגעשטראַלט מײַן הויט־און־ביינער.
כ׳האָב געקלעטערט און מײַנע פֿיס האָבן געקלעטערט מיט מיר,
און איטלעכע מחשבֿה האָט געגליט
מיט וווּנדערלעכער וואָכיקייט.
און אַז ס׳איז צוגעפֿאַלן די נאַכט,
האָב איך זיך דערהונגערט ביז פּיסנע ברויט
און געטראַכט האָב איך מיט פֿרייד
איינסיק אין דער פֿינצטערניש,
באַזונדערע פּשוטקייטן וואָס שלעפֿערן אײַן,
און וואָס טאָמער זײַנען זיי הייליק,
פֿאַרהייליקן זיי און פֿאַרדרימלען
פֿיס און הענט און קאָפּ.

און הײַנט האָב איך זיך אויפֿגעכאַפּט אַ הונגעריקער
און אויפֿן ניכטערן מאָגן האָב איך אָנגעהויבן
פֿון סאַמע גאָרנישט,
און דער טאָג איז אויך געוואָקסן
פֿון כמעט־גאָרנישט, פֿון שוואַרץ און קוים־קוים בלוי.
און איך האָב מײַנע טונקעלע גלידער
באַפֿוילן: יהי אור.
און מיר ביידע האָבן געקראָגן ליכטיקע פֿליגל,
איך און דער טאָג,
און ביידע זײַנען מיר געוואָרן איינס
און ביידע האָבן מיר געדאַוונט אויפֿן קול —
ווי גוט זײַנען דײַנע געצעלטן.

5

Sometimes, it seems to me I have it all in my hand,
And all at once it is shrouded, concealed.
There's much that puzzles me, Nathan. Do you understand?
I don't want to put my mouth to my own ear.
We cast a drowsiness on the son of man;
He is shown the earth below
And a dreadful sky above.
But in between there's something too.
I know . . . it's called . . . it seems to me . . . living.
Somewhere, there's a desiring woman pleased
By a man's answer in warm secrecy.
But should it thus begin to move in me,
I'm overcome with fear, and I say:
See that thought . . . that scoundrel;
Beat hell out of it . . . attack . . . pursue.

Nathan, inscribe.

For example, consider the good instinct. A high-class relative,
    a welcome guest,
A gourmand, his little belly well-pastured among good deeds.
But my pity's for the instinct for lust.
Devout little Jews drive the poor thing, tooth and nail.
It fasts with them on fast days.
It faints for a spoonful of warm stew.
And what is the purpose of the instinct for lust?
Joy and the revelation of joy; consolation fermented of grief;
Grief twinned out of solitude—
Solitary generations of loss
Multiplied into eternity
Between heaven and earth.
What else, poor thing, is the instinct for lust:
Body. Flesh.

------

good and evil instincts: The *yeytser toyv* and the *yeytser hore* (the latter
    usually associated with the sin of lust) are the two opposing forces that strug-
    gle for domination of the human personality.

5

אַ מאָל דאַכט זיך מיר, כ׳האָב עס אַלץ אויף דער האַנט,
און מיט אַ מאָל גיט זיך עס אַ פֿאַרהויל און אַ פֿאַרמאַך.
פֿאַרשטייסט, נתן, מיר איז פּלא גאָר אַ סך.
כ׳וויל דאָס מויל נישט צוזאַמענפֿירן מיטן אייגענעם אויער.
מיר וואַרפֿן אויף דעם בן אדם אַרויף אַ דרימלעניש.
מען ווײַזט אים די ערד אונטן
און העט־אויבן אַ פֿאָרכטיק הימלעניש.
אָבער אינצווישן איז דאָך אויך עפּעס פֿאַראַן.
כ׳ווייס, מען רופֿט דאָס, דוכט זיך, לעבן.
ערגעץ גלוסט אַ פֿרוי און ס׳פֿריידיקט
פֿון וואַרעמער באַהעלטעניש דאָס אָפּ־קול פֿון אַ מאַן,
נאָר טאָמער נעמט זיך עס אַזוי אין מיר וועבן,
באַפֿאַלט מיך אַ פּחד און איך זאָג:
זעסט יענעם שקאָץ, יענעם געדאַנק,
שלאָג אים מכּות־רצח, יאָג אים, פֿאַרטרײַב.

נתן, פֿאַרשרײַב.

למשל, נעם דעם יצר־טובֿ — אַ שיינער מחותּן, אַן אָנגעלייגטער גאַסט.
לעבט אויף גוטע קעסט, מיט אַן אויסגעפּאַשעט בײַכל פֿון מצוות.
אָבער אַ צער איז מיר אויף דעם יצר פֿון שלעכטס.
פֿרומע ייִדעלעך טרײַבן אים נעבעך האַלדז און נאַקן.
ער פֿאַסט בײַ זיי תּעניתים.
ער חלשט נאָך אַ לעפֿל וואַרעם געקעכץ.
און וואָס איז דען אויסן דער יצר־הרע?
חדוה. באַשייד פֿון פֿרייד. טרייסט געיערט פֿון טרויער.
געוויין פֿון אַליין פֿאַרצווייט.
איינזאַמע דורות פֿון פֿאַרגיין
פֿאַרמערט אין אייביקן דויער.
וואָס איז ער דען נעבעך אויסן דער יצר־הרע?
גוף. לײַב.

Nathan, inscribe.

At night, if you have an ear,
You will hear how each gate of the 310 worlds
Weeps with one voice:
Flesh.
Do you think the music found in such longing is trivial?
And that's the bit of joy (alas, it need saying)
Between heaven and earth
Until the shards are pressed to the eyelids.
It's the precious tune of a heartfelt song of great praises.
You know well how tormented my flesh is,
But my heart weeps for that remnant of pleasure.
The instinct for lust means one and in union;
Splendid provocation.
It means a trembling word;
Fire and flames and God's braiding of two—
It means woman.

Nathan, inscribe.

I know, though indeed it's fearful to let the lips speak it . . .
It's late at night.
Nathan, I give you words that are not to be caught with the ear.
It may, God forbid, lead to confusion.
"Well," they will cry. "Does he mean, perhaps,
To condone the adulterer?"
Yet, what *do* I mean to say?
My heart goes out to the instinct for lust.
It is force, after all, desire and longing,
Power and strength,
And it's song, after all,
And grief, and secret beginnings,

---

310 worlds: Though the etymology of this phrase is uncertain, it is the blessing bestowed on the righteous in the world to come.

נתן, פֿאַרשרײַב.

בײַ נאַכט, אויב דו האָסט נאָר אַן אויער,
הערסטו ווי יעדער טויער פֿון אַלע שַ״י וועלטן
וויינט מיט איין רוף:
גוף.
מיינסט, ס׳איז פֿאַראַן קנאַפּ געזאַנג אין אַזאַ בענקשאַפֿט?
און דאָס איז דאָך ס׳ביסעלע תּענוג, מישטיינס געזאָגט,
צווישן הימל און ערד,
ביז מען לייגט שערבעלעך אויף די אויגן.
דאָס איז דאָך דער טײַערער ניגון פֿון אַ האַרציקן מה־יפֿית.
דו ווייסט גאַנץ גוט, ווי אויסגעמאָרעט מײַן גוף איז,
נאָר ס׳וויינט מיר דאָס האַרץ פֿאַרן ביסל פֿאַרגענאַכעס.
יצר־הרע מיינט דאָך ייִחוד אין צוזאַמען —
ווונדערלעכער צו־להכעיס.
ס׳מיינט אַ געציטערט וואָרט,
פֿײַער און פֿלאַמען אין גאָטס געפֿלעכט פֿון צוויי.
ס׳מיינט ווײַב.

נתן, פֿאַרשרײַב.

כ׳מיין ס׳איז ממש אַ מורא דאָס צו ברענגען אויף די ליפּן.
ס׳איז שפּעט בײַ נאַכט.
איך גיב דיר, נתן, מײַנע רייד, מיטן אויער נישט צו כאַפּן.
ס׳קען נאָך, חלילה, ווערן אַ פֿאַרמיש.
נו, וועט מען שרײַען, וויל ער אפֿשר,
מתּיר זײַן אַן אשת־איש?
און וואָס מיין איך דען צו זאָגן?
ס׳רײַסט מיר ס׳האַרץ אויפֿן יצר פֿון שלעכטס.
דאָס איז דאָך קראַפֿט, חשק, פֿאַרלאַנג,
כּוח, געמעכטס,
און ס׳איז דאָך געזאַנג,
און ס׳איז דאָך געוויין און סוד פֿון שטאַם,
און דאָס איז דאָך תּענוג און דאָס איז דאָך ליד.
און גליד־גליד פֿון הייליקן פֿלאַם
און דאָס ליכט פֿון אירס און זײַנס וואָס ווערט איין.

And it's joy, after all, and melody also,
And akin to the holy flame,
And his light and hers, becoming united.
Poor Nathan, you're tired; your eyelids are closing.
You're falling asleep.
Don't leave me here with my thoughts, alone.
Watch with me. Stay.

Nathan,
Inscribe.

Leonard Wolf

Old Age

In old age affection thins.
You move unsure
of your limbs
as of the ground,
calculating how keen
the spurs,
feeling the prick
of every given day.

A pity you missed
all those sunsets.
Flowers, trees, grass
stab you with thorn-song.
You tread your life
as if stepping on glass.
Shadows show shafts
of meaning. Like a gift
you acquire a cool smile.
You grow stingy
with God's plenitude of time.

Cynthia Ozick

נתן, ביסט נעבעך מיד, ס׳קלעפּן זיך דיר די אויגן.
שלאָפֿסט איַין.
לאָמיך נישט איבער מיט מיַינע רעיונות אַליין.
וואַך מיט מיר. פֿאַרבלײַב.

נתן,
פֿאַרשרײַב.

עלטער

דין און דורכזיכטיק
די ליבשאַפֿט פֿון עלטערע יאָרן.
באַוועגסט זיך אומזיכער
אויף לײַב ווי אויף ערד.
מיט רעכענונג נעמסטו די קראַפֿט דײַנע שפּאָרן,
דערשפּירסט דעם שטאָך פֿון יעדער טאָג, וואָס איז דיר באַשערט.

ס׳איז דיר אַ שאָד וואָס האָסט פֿאַרזען
אַזוי פֿיל זונפֿאַרגאַנגען.
און בלומען,ביימער און גראָז
קריצן איַין אין דיר דאָרניקע געזאַנגען.
טרעטסט אויפֿן לעבן ווי אויף גלאָז.
שאָטנס קריגן פֿאַר דיר אַ טיפֿן באַטײַט,
נעמסט אָן אַ קילן שמייכל ווי אַ געשאַנק,
ווערסט קאַרג אויף גאָטס שפּע פֿון צײַט.

Glatstein wrote many poems directed to God, particularly after the Second World War, transposing His traditional attributes into homely human terms. This poem recalls the special bond created between God and the Jews through the granting of the Law at Sinai. It notes that the Jewish success in spreading the idea of a universal God, first through Christianity and Islam, then through secular messianism of modern political movements, benefited neither the Jews nor the God whose messengers they presumed to be.

Genesis

Why don't we start all over again
with a small people,
out of the cradle and little?
The two of us, wanderers over the nations.
Tillers of the soil will bow before You.
You'll live on burnt offerings of grain.
I'll go around preaching folk wisdom;
it won't reach past our borders,
but the least little child will greet me
good morning.

Why don't we both go home and start over,
from the very beginning,
out of our littleness?

Almighty Yahweh, who hast waxed great
over the seven firmaments and continents,
swollen steel-strong in vast churches
and synagogues, God of the Universe!
You've deserted field and barn;
I, the close love of my people.
We've both turned universal.
Come back, dear God, to a land no bigger than a speck.
Dwindle down to only ours.
I'll go around with homely sayings
suitable for chewing over in small places.
We'll both be provincial,
God and His poet.
Maybe it will go sweeter for us.

אָנהייב

זאָלן מיר אפֿשר אָנהייבן קליין און וויגלדיק
מיט אַ קליין פֿאָלק?
מיד ביידע פֿאַרוואָגלטע צווישן פֿעלקער.
ערד־אַרבעטער וועלן זיך בוקן צו דיר.
וועסט לעבן אויף קרבנות
פֿון אָנגעברענטן מעל.
איך וועל אַרומגיין און זאָגן פֿאָלקישע חכמות
וואָס וועלן פֿאַרבלײַבן אין אונדזערע גרענעצן,
אָבער ס׳מינדסטע קינד וועט מיך
באַגריסן מיט גוט־מאָרגן.

זאָלן מיר אפֿשר ביידע גיין אַהיים
און צוריק אָנהייבן קליין פֿון סאַמע אָנהייב?

מעכטיקער יהוה, וואָס ביסט זיך צעוואָקסן
איבער זיבן הימלען און קאָנטינענטן
און ביסט געוואָרן אַ שטאָלענער וועלטגאָט,
מיט גרויסע קירכעס און סינאַגאָגעס.
האָסט פֿאַרלאָזן דאָס פֿעלד, דעם שטאַל,
איך — די ענגע ליבשאַפֿט פֿון מײַן פֿאָלק —
וויי, מיר זײַנען ביידע געוואָרן אוניווערסאַל.
קום צוריק, ליבער גאָט, צו אַ פּיצל לאַנד.
ווער אונדזערער אין גאַנצן.
איך וועל אויך אַרומגיין און זאָגן היימישע רייד,
וואָס מ׳וועט זיי שמועסן אין די שטיבער.
מיר וועלן ביידע זײַן פּראָווינציעל —
דער גאָט און דער פּאָעט —
און ס׳וועט אונדז אפֿשר זײַן ליבער.

You'll begin with a scrap of truth,
not promising seventh heaven,
mindful of human flesh, bone, failings;
wine that gladdens the heart of man;
the body's pleasures.
You'll cherish us for those moments of belief
when out of our depths we invoke You.
You'll keep far from blood, blade, killing.
You'll choose to be the approachable God
of a prayerful huddle
rather than an omnipotent God of Prey.
You'll come near.
We'll begin to spin
merciful laws binding on You and on us.

Out of the cradle and little,
why don't we start all over again,
growing up bordered by a hallowed land?
Children will laugh all around in delight.
We'll be poor and full of truth.
Your holy blessing will just suffice
for a people peaceable and good.
My own word will be the warm pride
of a family.
Your nostrils will savor
the pure meal-offering of a nation
nurturing its God with everything good.
And me they'll feed and fondle like a child.
I'll be rocked in cozy fame.
No one beyond our borders will hear my name,
or Yours.

Shouldn't the two of us go home?
Why don't we both, beaten, go home?

Thou hast chosen us.
We were both cried up for grandeur
so that they could bring us to dust
and scatter us and stamp us out.

ווּעסט אָנהייבן פֿון קליינעם אמת,
נישט צוזאָגן קיין זיבן גליקן.
ווּעסט געדענקען דעם מענטש,
זײַן פֿלייש, זײַן ביין, זײַנע חסרונות,
דעם ווײַן וואָס דערפֿרייט ס׳האַרץ פֿון מענטש,
די פֿרייד פֿון לײַב.
ווּעסט אים ליב האָבן אין די רגעס
ווען זײַן האַרץ וועט דאַוונען צו דיר מיט גלויבן.
דערווײַטערט ווּעסטו זײַן פֿון בלוט, האַק, מאָרד,
ווּעסט ליבערשט זײַן דער דערגרייכטער גאָט פֿון מנין,
איידער דער מעכטיקער גאָט פֿון גזלנים.
ווּעסט קומען נענטער צו אונדז
און מיר וועלן אָנהייבן צו שפּינען
נײַע מענטשלעכע דינים,
גילטיק פֿאַר דיר, פֿאַר אונדז.

זאָלן מיר אפֿשר אָנהייבן וויגלדיק און קליין
און וואַקסן מיט די גרענעצן
פֿון אַ געבענטשט לאַנד?
קינדער וועלן לאַכן מיט פֿרייד אונדז אַנטקעגן,
ווײַל מיר וועלן זײַן אָרעם און אמת,
דײַן געטלעכע ברכה וועט זײַן פּונקט גענוג
פֿאַר אַ רויִק און גוט פֿאָלק.

מײַן אייגן וואָרט וועט ווערן
דער וואַרעמער נחת פֿון אַ משפּחה.
דײַנע נאָזלעכער וועלן שמעקן
דעם סולת פֿון אַ פֿאָלק,
וואָס האָדעוועט זײַן גאָט
מיט אַל דאָס גוטס.
מיך וועט מען אויך קאָרמען און צערטלען ווי אַ קינד.
און איך וועל פֿאַרוויגט ווערן
אין אַן ענג־באַקוועמער באַרעמטקייט.
און קיינער וועט אויסער די גרענעצן
נישט הערן —
נישט דײַן נאָמען און נישט מײַנעם.

זאָלן מיר אַפֿשרביידע גיין אַהיים?
זאָלן מיר אפֿשר ביידע, געשלאָגענע, גיין אַהיים?
אתּה בחרתּנו.

They tricked You out in stars over a whole universe.
How is it that great nations flock to You?
You are quiet and content with your own.
You are one of us,
completely.
Why did You abandon your closet-ark,
your little tent,
going far away to be converted
into the Lord of the Universe?
Therefore we became Your errant children,
agitators of pillars, world incendiaries.
You lapsed into the Jewish International
before we did.

We followed You into Your wide world
and sickened there.
Save Yourself, return
with Your pilgrims who go up
to a little land. Come back,
be our Jewish God again.

Cynthia Ozick

Yiddishkayt

Yiddish poets,
why such yearning
after what remembered burning
of Sabbath candles turning
to tapers round a bier?
It's only pity here,

Yiddishkayt: the term here points to a concept of worldly or secular Jewish
culture.
tapers round a bier: candles were placed at the head of a corpse during the
time before its burial.

דו האָסט אונדז אויסגעקליבן.
מ׳האָט אונדז ביידע פֿאַרשריגן פֿאַר גרויס,
כּדי מ׳זאָל אונדז צעשטויבן און צעשפּרייטן
און מאַכן אויס.
דיך האָט מען אויסגעשטערנט איבער אַ גאַנצער וועלט.
ווי קומען צו דיר גרויסע פֿעלקער?
ביסט שטיל און נחתדיק
און אין גאַנצן אַן אונדזעריקער.
פֿאַר וואָס האָסטו פֿאַרלאָזט דײַן משכּן,
דײַן קליין געצעלט,
און אַוועק צו ווערן דער גאָט פֿון אַ וועלט?
זײַנען מיר געוואָרן דײַנע זינדיקע קינדער,
די זײַלן־שאָקלער, וועלטן־צינדער.
דאָס ביסטו פֿריער פֿון אונדז געוואָרן אַ ייִדישער אינטערנאַציאָנאַל.
מיר זײַנען דיר נאָכגעגאַנגען אין דער וועלט,
קראַנק געוואָרן מיט דײַן וועלט.
ראַטעווע זיך און קום מיט די עולים
צוריק צו אַ קליין לאַנד,
ווער ווידער דער ייִדישער גאָט.

ייִדישקייט

נאָך יענע שבת־לעכט, וואָס פֿלעמלען
אין דײַן זיכּרון,
און זײַנען שוין באַלד געוואָרן צוקאָפּנס־ליכטער,
בײַ אַ וויינענדיקער נשמה,
בענקסטו אפֿשר, ייִדישער דיכטער?
פֿאַרגעס, זיי זײַנען נישט מער,

and pain,
to see Yiddishkayt becoming
no deeper than the tune
the cantor's humming,
while by and by
the well of ritual runs dry.

A Yiddishkayt of folk air
to prick the heart and pour
warm honey at the sight
of things that touch the cockles?
If that's the stuff we celebrate,
we'd better do without.
Yiddish poets, are you bees
who close the feast
with honey-store
of song, and nothing more?

You are the choirboy in the ruined chorus
who completes the last Amen.
No more remembrance for us;
we counted on it all the while
till drop by drop
we used it up.
Nostalgic now for rhyme, for melody,
for a zest gone stale,
around our heads we whirl
the sacrificial bird,
muttering
our empty word.

Longing's a crooning
for old men gumming sops.
Was it we were doomed to dole
these bits of soggy bread—

---

the sacrificial bird, kapore (Heb. *Kapara*): the custom of post-Talmudic origin,
objected to by some religious authorities, of transferring the sins of a man or
woman to a sacrificial cock or hen on the eve of the Day of Atonement.

ווי טריפֿנדיקער רחמנות.
אַ ווייטיק צוצוקוקן ווי פֿון ייִדישקייט
איז געוואָרן נישט מער ווי חזנות,
און אויסגעטריקנט איז דער קוואַל
פֿון גאַנצן ליכטיקן ריטואַל.

זאָל פֿון ייִדישקייט ווערן
בלויז אַ פֿאָלקסליד,
וואָס גיט אַ כאַפּ בײַם האַרצן
און גיסט אָן מיט וואַרעמען האָניק
פֿון דערמאָנונג די געדערעם?
ליבערשט נעם אַזאַ יום־טובֿ און פֿאַרשטער אים.
דו, ייִדישער דיכטער, וואָס ביסט געוואָרן די בין,
און שטעלסט צו דעם האָניק־מאַרגאַרין,
וואָס איז מוציא מיט געזאַנג.

נישט מער ווי אַ משורר ביסטו,
וואָס איז יוצא פֿאַר זיך
מיט אַן אָמן אין כאָר פֿון אונטערגאַנג.
מיר האָבן זיך צו פֿיל פֿאַרלאָזט אויפֿן זיכּרון,
ביז ס׳האָט טראָפּנווייז פֿון אונדז
אַלץ אויסגעדענקט.
איצט זײַנען מיר פֿאַרבענקט
נאָך אַ זמרל, נאָך אַ גראַם,
נאָך אַן אויסגעוועפּטן טעם.
אַרום אונדזערע קעפּ דרייען מיר אַלע
אַ כּפּרה־האָן,
אָבער דער געפּרעפּלטער תּוכן
גייט אונדז מער נישט אָן.

בענקשאַפֿט־ייִדישקייט איז אַ וויגליד פֿאַר זקנים,
וואָס טשקאַיען אײַנגעווייקטע חלה.
זאָלן מיר צושטעלן די ווייכע קרישקעס,
די ווערטער אויסגעלעבטע און הוילע,
מיר וואָס האָבן געחלומט
פֿון אַ נײַער אנשי כּנסת־הגדולה?

hollow words, and dead—
we who once went mooning
(but now the dream's undone)
for a Great Assembly of our own?

Cynthia Ozick

Sabbath

In boyhood once I rated
one of my Sabbaths—an ordinary day,
and desecrated—against the hallowed way
my father kept his. Even then I knew
how mine sped like short Friday to
its end. My father's Sabbath waned
as if it had a year to spend.

His Sabbath rest gave full weight.   ·
I profaned the day.
The more I broke it, the faster it fled.
Each boyish breach made it fly away.
My father sang, studied, prayed—
in a single Sabbath could fit so much!
Bliss lit him; his eyes would touch
my mother with new love.

In boyhood once I slipped like a shadow
after my father's Sabbath
with all its laws,
tunes, heartfelt limits, happy ways;
that Jewish rest wore me out.

Great Assembly: in Hebrew, the *kneset hagdola,* the Jewish judicial and admini-
strative authority at the beginning of the Second Temple period, which in-
troduced the classification of the Oral Law.
Sabbath: Short Friday is the Friday closest to December 21, when all preparations
for Sabbath must be completed in the shortest number of daylight hours.

שבת

כ׳האָב אַ מאָל ייִנגלווייַז געמאָסטן
מייַנעם אַ פֿאַרשוועכטן שבת
ווי אַ וואָכנטאָג אַ פּראָסטן
אַנטקעגן מייַן טאַטנס שבת —
געהייליקט און אָפּגעהיט.
ס׳איז מיר נאָך דעמאָלט געווען קלאָר,
אַז מייַן שבת ווי אַ קורצער־פֿרייַטיק פֿאַרפֿליט.
דעם טאַטנס אַ שבת איז געווען געלעבטער פֿון מייַנס אַ יאָר.

ווייַל די שבת־רו זייַנע איז געווען אַ פֿולע לאַסט לעבן.
וויפֿל חילול כ׳האָב נישט אין מייַן שבת אַרייַנגעגעבן,
איז דער טאָג אויף זייַן פֿאַרשוועכונג פֿאַרפֿלויגן.
יעדער ייִנגלישער אָפּטו מייַנער האָט דעם שבת מקצר־יום געווען.
מייַן טאַטע האָט אין אַן איינציקן שבת אַזוי פֿיל ליכטיקן תּענוג געזען,
געדאַוונט, געלערנט, געזונגען,
ליב געהאַט די מאַמע מיט פֿרישע אויגן.

כ׳בין אַ מאָל ייִנגלווייַז נאָכגעגאַנגען ווי אַ שאָטן
מייַן טאַטנס אַ שבת מיט אַלע זייַנע געבאָטן.
האָט מיך דער זינגענדיקער שבת־ייִד
מיט זייַן שטאַמיקער רו אייַנגעמידט,
מיט זייַנע פֿריידיקע מעשׂים, האַרציקע שטראָפֿן.

Bit by bit, the daze and maze of it
made me numb.
I dropped and slept. In a dream
a silver horn called, with no one blowing.
Instantly my father took off his everyday clothing.
Over him, like a silken morning gown,
Sabbath fell.

Far away he sat, under a glowing sun,
out of reach. The Sabbath was long
as Lublin. The sun would not set
till my father gave a sign,
in song.
Then it went down.

Cynthia Ozick

Prayer

The inmost sense
of my sublimest words
turns my prayer imbecile.
Exalting You makes incense fill
the air with redolence
of idols.
I pray from a tongue-tied page,
my woebegone God.

The least little flower
rejoices You more
than all six days
of Creation.
Evil's inertia
brings You small care.
You lend us years

Lublin: Glatstein's birthplace, a city in southeastern Poland with a once large
Jewish population where the poet lived till 1914.

ביסלעכווײַז זענען מיר אָפּגענומען געוואָרן אַלע חושים.
כ׳בין אַוועקגעפֿאַלן און אײַנגעשלאָפֿן.
מיר האָט זיך געחלומט
אַ זילבערנער טרומייטער האָט פֿון זיך אַליין גענומען שאַלן.
דער טאַטע האָט גלײַך אויסגעטאָן אַלע פרנסה־מלבושים.
דער שבת איז אויף אים
ווי אַ זײַדענער שלאָפֿראָק אַרויפֿגעפֿאַלן.

ווײַט פֿון מיר, אונטער אַ ברענענדיקער זון,
איז ער געזעסן און כ׳האָב צו אים אַהין
נישט געקענט דערגרייכן.
דער שבת איז געווען לאַנג ווי גאַנץ לובלין.
די זון איז נישט פֿאַרגאַנגען,
ביז דער טאַטע האָט נישט געגעבן
אַ זינגענדיקן צייכן.

תּפֿילה

דער טײַטש פֿון מײַנע שענסטע ווערטער
פֿאַרנאַרישט מײַן תּפֿילה צו דיר.
מײַן לויב ווײַרעכט די לופּט מיט געץ־געריך.
כ׳דאַוון צו דיר פֿון אַ שטומען סידור,
מײַן טרויעריקער גאָט.

דאָס מינדסטע בלימל גיט דיר מער נחת,
ווי דער גאַנצער זעקס טאָגיקער באַשאַף.
די אינערציע פֿון אונדזער משחיתדיק לעבן
איז דײַן קלענסטע זאָרג.
גיסט אונדז טויזנטער יאָר אויף באָרג
און פֿאַרהוילסט דײַן פנים פֿון אונדז.
די ווענט פֿון אונדזערע הײַזער
טריפֿן מיט שטות.

by the thousands,
then hide Your face.
The walls of our houses
drool gibberish.

We have yet to learn
the ABCs
of holiness.
How many myriad lives must we seize
before our thoughts can earn
even the footstool of Your favor?
I pray from a tongue-tied page,
my woebegone God.

You do not terrify,
You have no malice.
Still You keep Your distance from us
who live in the profanation
of every moment.
The flash of eternity
in our nostrils
assures our ruin.
I pray from a tongue-tied page,
my woebegone God.

Cynthia Ozick

Our Jewish Quarter

❖

Not for nothing did we let them know
far and wide: We are God's Elect.
Every Friday, with the dawn's first glow,
a bit of manna fell and decked
our streets, though
not enough. No matter how cleverly,

---

manna: Each day on the desert journey from Egypt enough manna fell to sustain
the Jews until the next day.

מיר קאָנען אַפּילו נישט דעם אַלף־בית פֿון קדושה.
וויפֿל טויזנטער לעבנס דאַרף מען,
כּדי זיך צו דערטראַכטן צום פּוסנבענקעלע פֿון דיינס אַ שמייכל?
כ׳דאַוון צו דיר פֿון אַ שטומען סידור,
מייַן טרויעריקער גאָט.

ביסט נישט פֿאַרכטיק. ביסט נישט בייז.
ביסט בלויז ווייַט פֿון אונדז,
ווען מיר פֿאַרשווענכן יעדער רגע לעבן.
וויפֿל בליץ אייביקייט ס׳איז אַרייַן אין אונדזערע נאָזלעכער,
איז עס מער נישט ווי זיכערער חורבן.
כ׳דאַוון צו דיר פֿון אַ שטומען סידור,
מייַן טרויעריקער גאָט.

אונדזער ייִדנגאַס

נישט אומזיסט האָבן מיר אַלעמען
ברייט און ווייַט דערציילט:
מיר זייַנען פֿון גאָט אויסדערוויילט.
מיט די ערשטע מאָרגן־שטראַלן
איז אַלע פּרייַטיק אַ ביסל מן געפֿאַלן
אויף דער ייִדנגאַס, אָבער נישט גענוג.

how deftly that morsel of manna
was blended with penury,
plenty of tables
were left paltry on Sabbath.

Jewish fish burbled in dialect
(Polish-Yiddish babble),
then dutifully squirmed into nets.
An easy catch—
yet meager all the same,
no match
for so many homes
privation put to shame.

⁂

We were dangerously drawn to games
of dominoes, *dreydl*, and dice;
to the world seen lit.
They were lecturing us on Asiatic-Judaic lore.
Whole days we were caged in school.
The rabbi was nice,
no one got hit.

Two pockmarked whores,
each with her jangling key
to a private hell,
late at night near the town clock
would loathesomely repel
every drop
of stripling curiosity.

Polish-Yiddish babble: Of the three main dialects of east European Yiddish, the "Lithuanian," the "Ukrainian," and the "Polish," this last was the one spoken in the poet's native city.

dreydl: a game played with a four-sided top on the winter holiday of Hanukah.

ווי בריהש און קלוג
מ׳האָט דאָס ביסל מן
אין גרויסן דלות געגומען צעמישן,
זײַנען פֿאַרשעמט געבליבן אַ סך שבתדיקע טישן.

די ייִדישע פֿיש האָבן אַ פּוילישן ייִדיש געפּלאַפּלט,
און זיך מצווהדיק אין די נעצן געצאַפּלט,
זיי האָבן זיך געלאָזט גרינג פֿאַנגען,
אָבער דער פֿאַנג דער קנאַפּער
האָט אַלץ געמוזט פֿאַרשעמען
אַ סך אָרעמע ייִדישע היימען.

⁘

ס׳האָט אונדז מסוכּן געצויגן צו אַזאַרט,
צו שפּילן דאָמינאָ, טערניטשקע און דריידל
און צו זען די ליכטיקע וועלט.
מ׳האָט מיט אונדז געקנעלט אַזיאַטיש־יודעאיש וויסן,
מיר זײַנען גאַנצע טעג געווען אין חדר פֿאַרשפּאַרט,
דער רבי איז געווען אַ גוטער און קיינעם נישט געשמיסן.

די צוויי געשטופּלטע הורן, יעדע מיט איר קלינגענדיקן שליסל
צו אַ פּריוועטן גיהנום,
שפּעט בײַ נאַכט בײַם שטאָטזייגער
האָבן מיאוס און מאוס געמאַכט יעדער טראָפּן אונטערוואַקסנדיקן נייגער.

מיט די טעמפּע חזיר־שקצים
האָבן מיר זיך נישט אינטעגרירט,
האָבן מיר געכאַפּט און — עמיגרירט.

We didn't integrate
with the native scum—
we rushed to emigrate.

Cynthia Ozick

Sunday Shtetl

Rabbi Levi Yitskhok's drayman—the one who wore
tales and *tfiln* as he smeared the wheels
of his wagon with tar—
turns up in the shape of a bunch of Jews
hanging around their houses,
washing the car
(while the shtetl drowses
in its Sunday snooze),
adding up bills and working out deals
to pay up what's owed to the pinochle fund-raiser
they attended last night at the Center.

A hushed hand feeds the ache
of this chronic languor
that drops on the town:
weekly monotonous logic,
once out of seven.
In the little square
the clock creeps on
to point the dawn;
a wary church bell wakes
its passive god.
Windows start the stench
of bacon crackling.

Rabbi Levi Yitskhok of Berdichev (c. 1740–1810): a famous Hasidic rabbi, noted
for his benign view of humankind. The story goes that he once saw a
drayman, arrayed for the morning service in his prayer shawl and
phylacteries, greasing the wheels of his wagon. "Lord of the Universe," he
exclaimed with delight, "behold the devoutness of your people! Even when
they grease the wheels of a wagon they are still mindful of your name!"
(Martin Buber, *Tales of the Hasidim*)

זונטאָג־שטעטל

רבי לוי יצחקס באַלעגאָלע,
וואָס שמירט די רעדער מיט סמאָלע,
אָנגעטאָן אין טלית און תּפֿילין,
האָט זיך אין דעם מידן,
אײַנגערוּיקטן זונטאָג־שטעטל,
פֿאַרשטעלט פֿאַר עטלעכע ייִדן,
וואָס שטייען אַרום זייערע הײַזער,
וואַשן די אויטאָמאָבילן.
טאַשן איבער בעת־מעשׂה
דעם סך־הכּל
פֿון נעכטיקן צדקה־פּינאַקל
אין צענטער.

אַ שטילע האַנט פֿיטערט דעם טרויער
פֿון כראָנישער רו,
וואָס באַפֿאַלט דאָס שטעטל,
איין מאָל אַ וואָך;
מיט דער מאָנאָטאָנער לאָגיק
פֿון איין מאָל אין זיבן.
דער ווײַזער אויף דעם קליינעם סקווער
קריכט פֿאַרטאָגיק.
אַ קלויסטערגלאָק וועקט פֿאָרזיכטיק
אַ גאָט אַ פּאַסיוון.
פֿון די פֿענצטער הייבט אָן עיפּושן

The neighbors are off to church.
Our draymen-in-disguise,
hosing down their wheels,
cut the stream to cut the noise.
Lost souls, they look for safekeeping
to the deserted synagogue
that waits to fill up on Yom Kippur.

These Sunday Jews are secret Jews
smiling for the neighbors.
The church bell tolerantly skips over
the doorposts of the Jews.
They listen
with pricked-up ear,
in Marrano fear.

Cynthia Ozick

Yom Kippur: the holiest day of the Jewish calendar, when even nominally observant Jews attend the synagogue.

the doorposts of the Jews: an ironic reference to the story of Passover, which commemorates the flight of the Jews from Egypt. Before the last of the ten plagues, the Jews were invited to mark their doorposts so that the angel of death would avoid their households when he went in search of the Egyptian first-born sons.

Marranos: Jews in Christian Spain and Portugal from the late fourteenth century onward who were forced by the Inquisition to convert to Christianity but who continued to observe certain Jewish customs in secret.

מיט חזיר־גריוון.
ס׳גייען שכנים אין קלויסטער.
די פֿאַרשטעלטע באַלעגאָלעס
באַשפּריצן שטילער די רעדער,
שנייַדן דעם שטראָם פֿון דער קישקע
ס׳זאָל נישט מאַכן קיין טרעוואָגע.
און יעדער זוכט, פֿאַרלוירן,
שוץ בייַ דער עלנטער סינאַגאָגע,
וואָס איז אין שטעטל פֿאַראַנען
און וואַרט נעבעך אויף יום־כּיפּור.

די זונטאָג־ייִדן שמייכלען
צו די שכנים ווי מאַראַנען.
דער קלויסטערגלאָק גיט אַ טאָלעראַנטן היפּער,
פֿאַרבייַ ייִדישע טויערן.
זיי האָרכן צום קלויסטער
מיט אָנגעשפּיצטע,
דערשראָקענע אויערן.

URI TSVI
GREENBERG

1896, Biały Kamień, Poland—1981, Tel Aviv.

===================

All the major figures of the Warsaw Yiddish avant-garde in the early 1920s—Perets Markish, Melech Ravitch, I. J. Singer —had seen action in the First World War, including Greenberg, who served in the Austrian army and deserted in 1917. A poet in Hebrew and Yiddish, he was part of *Di Khaliastre* (The Gang) of defiant expressionists, but he also wrote delicate late-romantic lyrics. In 1924 he settled in Palestine. After the Arab riots of 1929 he joined the Revisionist Zionist Party and went to Poland (1931—35) to assist in its work. He became a member of the Israeli Knesset for the Herut Party in 1949.

Greenberg is one of the most powerful elegists of modern literature. He differs from other Yiddish poets in also venting his fury against the marauding representatives of "the Cross and the Crescent."

Published in Lvov in 1921, and revised for its second edition (Warsaw, 1922), the long poem—about 1,700 lines—of which this forms a part, was the first full-bodied work of Greenberg's Expressionist period of the 1920s.

From *Mephisto*

❖

Why is it then that early-spring blue is so deeply distressed?
Why at the sight of the lilac does a tear well up in the eye?
Why do the wedding nights of the brides grow sad?
And when the band plays, why are the bridegrooms pale?

Why does a dark grief gnaw on evenings of blessedness,
when the world's dearest—your wife, trembles on the bed
and covers you with her hair?
Why does the heart then heave?

Why is the song of a rain-filled night sorrowful?
And the odors of a field—why do they make you sad?
Why does the peace of a village draw you to loneliness,
and the ripe reds of an orchard
becloud your thirsty eye?

There must be *someone* surely, someone not God,
who rests in the blue, wafts fragrance from lilacs,
and breathes from the walls in sadness,
someone who cries out from every play of hands
in the house of joy.

And there must be someone, surely, who blows
a nightmare through the heart of repose,
so that it seems: somebody's standing there
and listening, somebody sees . . .
and through the imagination wings a baleful crow.

❖

Copperlight-time, midday, the soup is like a pond.
Flies come to drink from my plate as from a stream,

פֿון מעפֿיסטאָ

✣

פֿאַר וואָס איז דען פֿאַרפֿרילינגס בלאָקייט טיף אַזוי באַצערט?
פֿאַר וואָס גייט אויף אַ טרער אין אויג, ווען ס׳זעט דעם זיסן בעז?
פֿאַר וואָס זשע זענען אומעטיק די כּלות חופּה־נעכט
און ס׳זענען די חתנים בלייך, ווען די קאַפּעליע שפּילט?

פֿאַר וואָס זשע נאָגט אַ טונקעלע ווייִ אין אָוונטן פֿון גליק,
ווען ס׳ציטערט אויפֿן בעט די וועלטן־טײַערסטע — **דײַן** פֿרוי
און דעקט דיך אײַן מיט אירע האָר, — —
פֿאַר וואָס זשע פּאָכט דאָס האַרץ?

פֿאַר וואָס איז אַזוי עצבֿותדיק די רעגננעכטס געזאַנג
און ס׳פֿילן דיך מיט טרויער אָן די ריחות פֿון אַ פֿעלד
און ס׳ציט דיך צו דער איינזאַמקייט די שלווה פֿון אַ דאָרף
און די גערײַפֿטע רויטקייט פֿון אַן עפּלסאָד באַטרערט
דײַן דאָרשטיק אויג?

מוז זײַן אַוודאי **עמעץ** — אויסער גאָט —
וואָס רוט אין בלאָ און דופּטעט פֿונעם בעז,
און אָטעמט אויף מיט עצבֿות פֿון די ווענט,
און וויינט אַרויס פֿון יעדן פֿריידנשפּיל
אין הויז פֿון גליק.

און ס׳מוז אַוודאי עמעץ זײַן, וואָס בלאָזט
אַ גרוילנווינטל דורכן האַרץ פֿון רו,
אַז ס׳דאַכט זיך: עמעץ שטייט און הערט זיך אײַן,
אַז עמעץ זעט . . .
און ס׳ציט אין דמיון דורך אַ בייזע קראָ.

✣

ס׳איז קופּערליכט־צײַט, מיטנטאָג, די זופּ איז ווי אַ טײַכל.
ס׳קומען פֿליגן טרינקען פֿונעם טעלער, ווי צום טײַך.

and in the copperlight my brown bread-loaf lies gleaming,
and on its back flies dancing, dancing and buzzing: *bzzz*.
The knife is glittering. The spoon glows silver.
I'd like to start digging in. I'm hungry and thirsty, faint
from walking the streets—
The white door opens, and what comes in? A lump,
cheeks sunken, eyes bulging (it's the loneliness).
A gnarled and hairy hand extends, imploring:
I'm hungry and thirsty, tired
from walking the streets.
I invite the lump to sit in my chair and eat.
So the lump sits down and eats and chews like an animal,
and having finished slithers toward the door,
licking his lips: how good—
his grimy face all grin, his eyes grown green.

And when he leaves and the white door locks behind him,
its whiteness stirs, and something
trembles into life: two horn-tips first, and then a white, dead
    brow.
It twitches, twitches, lugs itself up until
the eyebrows show. A moment later,
and two pear-green eyes squint forth.
Spear-sharp they look at me and try to laugh—
and having looked—it's finished. The door is white. Midday.
In the quiet room the copperlight lies outspread. And I am
    smoking.
The biting flies fly around, buzzing venomously.
My gums grow dry, my thoughts spill over.

                                        Robert Friend

און אין קופּערליכט ליגט גלאַנציק ס׳ברוינע לעבל ברויט מייַנס,
ס׳טאַנצן אום די פֿליגן אויפֿן רוקן, זשומען: זשום.
דאָס מעסער בלאַנקט. דער לעפֿל זילבערט. כ׳וויל מיך נעמען עסן:
הונגעריק און דאָרשטיק בין איך, שלאָף פֿון גיין אין גאַסן — —
עפֿנט זיך די ווייַסע טיר און ס׳קומט אַרייַן אַ קלומפּן:
אָפּגעצערטע באַקן, שטאַרע אויגן (ס׳איז דער עלנט;)
און אַ האָריק קנאָכנדיקע האַנט צעלייגט זיך בעטנד:
הונגעריק און דאָרשטיק בין איך, מיד פֿון גיין אין גאַסן . . .
כ׳בעט דעם קלומפּן זיצן אויף מייַן שטול און הייס אים עסן,
זיצט דער קלומפּן, עסט און מעלה־גרהט ווי אַ חיה.
אָפּגעגעסן, שלייַכט ער צו דער טיר, באַלעקט די ליפּן:
גוט געוועזן . . . ס׳ברודיק פּנים שמייכלט, ס׳גרינען ד׳אויגן.
און אַז ער גייט אַוועק און ס׳איז די ווייַסע טיר געשלאָסן,
ציטערט אויף די ווייַסקייט און עס נעמט זיך עפּעס ווייַזן:
קודם־כּל, צוויי הערנערשפּיצן, דאַן: אַ טויטער שטערן —
צוקט ער, צוקט און ציט אַרויף זיך, ביז מען זעט די ברעמען,
נאָך אַ רגע — זשמורען אויף צוויי אַגרעס־גרינע אויגן,
שפּיזיק קוקן זיי אַקעגן מיר און פּרוּוון לאַכן — —
אָפּגעקוקט — און אויס. די טיר איז ווייַס. אין שטילן צימער
ליגט צעלייגט דאָס קופּערליכט, ס׳איז מיטנטאָג. איך רייכער.
און ס׳פֿליִען אום די בייַסנדיקע פֿליגן, זשומען גיפֿטיק,
און מייַן גומען טריקנט, און מייַן מוח איז צעגאָסן . . .

*These excerpts are from the beginning and the conclusion of the poem,
first published in the magazine* Albatross, *in Berlin in 1923. The alleged
anti-Christian sentiment of one of Greenberg's poems in the magazine's
first issue had provoked its seizure in Poland. Greenberg went to Berlin,
and put out the second and final issue there. As a kind of gloss to the
poem he wrote an impassioned attack on the anti-Semitism that was
threatening Polish Jewry and on the various Jewish organizations that
refused to respond, either through flight or concerted self-defense. "The
horror spreads across all the East Slavic land. I watch it terrorized."*

From *In the Kingdom of the Cross*

❖

The forest's black and dense; it grows out of the flatlands.
Such depths of grief, such terror out of Europe.
Dark and wild, dark and wild, the trees have heads of sorrow;
From their branches hang the bloody dead—still wounded.
All the faces of the heavenly dead are silver,
And the oil that moons pour out on minds is golden;
And if a voice shouts, "Pain!" the sound's a stone in water
And the sound of bodies praying—tears falling in a chasm.

I am the owl of that sad wood, the accusing-bird of Europe.
In the valleys of grief and fear, in blind midnights under crosses,
I want to raise a brother's plea to the Arab folk of Asia:
Poor though we may be, come lead us to the desert.
But my sheep are fearful, for the half moon is descending
Like a scythe against our throats.
So I, heart-of-the-world, complain at random. Oh, terror, and oh,
    Europe!
In the land of grief, its throats outstretched, the lamb lies,
And I, wound-of-the-world, in Europe, spit blood upon the
    crosses—
(In the land of grief old men tremble, and the young whose heads
    are made of water.)

In the abyss, beneath the trees, two thousand years of burning
    silence,
The sort of poison the abyss accumulates.

פֿון אין מלכות פֿון צלם

❖

אַ שוואַרצער וואַלד אַזאַ געדיכטער וואַקסט דאָ אויף דעם פֿלאַכלאַנד,
אַזעלכע טיפֿע טאָלן ווײ און אימה אין אייראָפּע!
די ביימער האָבן ווייקעפּ פֿינצטער־ווילדע, פֿינצטער־ווילדע.
אויף די צווײַגן הענגען טויטע נאָך מיט בלוטנדיקע ווונדן.
(אַלע הימלדיקע מתים האָבן זילבערנע געזיכטער
און לבֿנות גיסן בוימל אַזוי גאָלדיק אויף די מוחות — —)
אַז מען שרײַט דאָרט פֿון די ווייען איז דאָס קול אַ שטיין אין וואַסער
און דאָס תּפֿילה־טון פֿון גופֿים איז אַ טרערנפֿאַל אין אָפּגרונט.

איך בין די סאָווע, קלאָגער־פֿויגל, פֿונעם ווײַוואַלד אין אייראָפּע.
אין די טאָלן ווײ און אימה בלינדע האַלבנעכט אונטער צלמים.
איך וואָלט ברודערקלאָג געהויבן צום אַראַבער־פֿאָלק קיין אַזיע:
— קומט אונדז פֿירן צו דער מדבר, אַזוי אָרעם ווי מיר זענען!
האָבן מורא מײַנע שעפּסן, ווײַל סע לייגט זיך האַלב־לבֿנה
ווי אַ סערפּ צו מײַנע העלדזער — —
קלאָג איך סתּם אַזוי פֿאַר אימה האַרץ־די־וועלט־דורך אין אייראָפּע
און מיט אויסגעשטרעקטע העלדזער ליגט דאָס יונגע שאָף אין ווײַוואַלד — —
שפּײַ איך בלוט אַריבער צלמים ווונד־די־וועלט־דורך אין אייראָפּע. — —
(שאָקלט, זקנים, שאָקלט, יונגוואַרג, מיט די וואַסערקעפּ אין ווײַוואַלד!)

צוויי יאָרטויזנט ברענט אין אָפּגרונט אונטער ביימער דאָ אַ שווײַגן,
אַזאַ גיפֿט וואָס ליגט און זאַמלט זיך אין אָפּגרונט — און איך ווייס נישט
וואָס דער מער איז: צוויי יאָרטויזנט דויערט בלוטונג, דויערט שווײַגן
און קיין מויל האָט נישט געשפּיגן פֿונעם גומען נאָך דעם גיפֿטשפּיי.

Endured two thousand years—of silence and of blood, and no
    mouth ever spat against the poison.
And *I don't know what's wrong.*
Though there are books in which the Gentiles' murders have
    been written,
But there's nothing written there about our answers to the
    murders.

That forest of grief has grown; the trees are crowned with sorrow,
Dark and wild, and when the moon peers down, what terror.
And if a voice shouts, "Pain!" the sound's a stone in water.
And the bleeding of the dead's like dewdrops to the ocean.

Kingdom of the cross! Great Europe!

❖

In the land of grief upon a sun-day, a black feast day in your
    honor,
I'll open up that forest and I'll show you all the trees where hang
My decaying dead.
Kingdom of the Cross, be pleased.
Look and see my valleys:
The shepherds in a circle round the emptied wells;
Dead shepherds with their lambs' heads on their knees.

It has been long since there was water in those wells instead
Of execration.

❖

Dress me in a broad Arab *abaya,* and toss a *tales* over my shoulder,
And the extinguished East flames up in my poor blood.
Take back the frock coat, the tie, and the patent-leather shoes
I bought in Europe.

Set me on a horse and command it to race with me to the desert.
Yield me my sands again. Farewell to the boulevards. Let me have
    my sands of the desert.

---

abaya: Arab outer garment.
tales (Heb. *tallith):* prayer shawl.

און אין ספֿרים שטייט געשריבן אַלע **מיתות בידי גויים**,
נאָר דער **ענטפֿער** איז נישטאָ דאָרט, **אונדזער** ענטפֿער אויף די מיתות.

אַזוי גרויס איז שוין דער ווייוואַלד און די ביימער האָבן ווייקעפּ
פֿינצטער־ווילדע; סאַראַן אימה, אַז לבֿנה קומט אַ קוק טון!
אַז מען שרייַט דאָרט פֿון די ווייען איז דאָס קול אַ שטיין אין וואַסער
און דאָס בלוטיקן פֿון גופֿים איז ווי טוי אין ים אוקינוס — —

גרויס־אייראָפּע! מלכות־צלם!

⁘

איך וויל פֿייַערן שוואַרץ־יום־טובֿ אין אַ זון־טאָג דיר לכּבֿוד.
איך וויל עפֿענען דעם ווייוואַלד און דיר ווייַזן אַלע ביימער,
וווּ די מתים מייַנע הענגען מיט די פֿוילנדיקע גופֿים.
האָב הנאה, מלכות־צלם!
קום און זע אין מייַנע טאָלן:
ס׳שטייען וויסטע מייַנע ברונעס מיט די פֿאַסטעכער אַרומעט.
טויטע פֿאַסטעכער מיט ווייַסע קעפּ פֿון לעמער אויף די קניִעס.

ס׳איז שוין לאַנג נישטאָ קיין וואַסער אין די ברונעס. נאָר די קללה.

⁘

טוט מיך אָן אין אַ ברייטער אַראַבער־אַבאַיע, פֿאַרוואַרפֿט אויף מייַן אַקסל
אַ טלית,
פֿלאַקערט אויף מיט אַ מאָל דער פֿאַרלאָשן־געוואָרענער מיזרח אין
אָרעמען בלוט מיר
און — נאַט אייַך דעם פֿראַק און דעם שניפּס און די לאַקשיך
וואָס איך האָב געקויפֿט אין איי־ראָ־פּע.

זעצט מיך אויף אויף אַ פֿערד און באַפֿעלט: עס זאָל לויפֿן מיך טראָגן אַוועק
צו דער מדבר.
גיט־מיך־אָפּ מייַנע זאַמדן. איך לאָז די בולוואַרן. איך וויל צו די זאַמדן פֿון
מדבר.

There is such a people of naked bodies, bronzed youth under sun-
brands.
(There is no bell there that hangs over heads. Only the planets.)
When one of those bronze young men opens his mouth in the
spacious desert
And glows with love (at the time when the planets appear) and
shouts his love to the planets,
There's an answering gush of blue-bloody water there at the seam
of the desert:
LOVE.

Leonard Wolf

*Shabtai Tsvi (Shabbetai Zevi, 1626—76) was the leader of the strongest
messianic movement in Jewish history. He is traditionally considered a
"false," even treacherous, messiah because of his conversion to Islam in
1666. In the 1920s Greenberg became interested in the whole gallery of
Jewish messianic figures and rehabilitated them from a modern national
perspective as great, misunderstood visionaries. These excerpts are from a
long poem that appeared in installments in the newspaper* Di Velt *in War-
saw in 1933, under the pseudonym Yoysef Molkho.*

King Shabtai Tsvi

. . . Shabtai Tsvi lived, in fact, by the grace of the Turkish Sultan
—a Moslem like all his courtiers,
and fell (as was the custom) face down on a divan each day, to bow
and pray toward Mecca—
upon his head not David's gold crown but a Turkish fez with a
tassel—
false Messiah!
cursed by the pious among the Jews, derided by even the foolish.
But it was not sanctity, it was this mockery, that Shabtai Tsvi
desired.

From Istanbul in Turkey to the Polish towns on the Visla,
as far as the River Bug and the Carpathian Mountains, as far as
world-famed Cracow,

אַזאַ פֿאָלק איז פֿאַראַנען מיט בראָנדזענע יונגען, מיט נאַקעטע גופֿים אין זונבראַנד.
(קיין גלאָק איז נישטאָ דאָרט, וואָס הענגט איבער קעפּ, איבער קעפּ גייען בלויז די מזלות).
אַז אַ בחור אַזאַ פֿון די בראָנדזענע עפֿנט זײַן מויל אין דער רחבֿות פֿון מדבר און גליט פֿאַר אַהבה, (ס'איז צאת־הכּוכבֿים) . . . און שרײַט צו די שטערן: אַהבֿה.
דאַן ענטפֿערט אַן אויפֿשטראָם פֿון בלאָ־בלוטיק וואַסער בײַם זוים פֿון דער מדבר:

אַ ה בֿ ה.

מלך שבתי־צבֿי

(אַ פֿראַגמענט פֿון אַ פּאָעמע)

האָט טאַקע שבתי־צבי געלעבט אין חסד פֿונעם קייסער: מוסלים ווי אַלע טערקן אינעם הויפֿישן אַנסאַמבל.
אַיעדן טאָג איז ער געפֿאַלן מיטן פּנים אויף אַ דיוואַן און געבוקט זיך קעגן מעקאַ: לויט דער מנהג איז אין סטאַמבל.
אַנשטאָט דאָס גאָלד פֿון כּתר־דוד אויפֿן קאָפּ — אַ טערקיש מיצל מיט אַ טראָלד.
משיח שקר און צו קללה בײַ די פֿרומע לײַט פֿון פֿאָלק און צו געלעכטער בײַ אַיעדן יאָלד.
ס'האָט שבתי־צבי אַזוי געלעסטערט — און נישט געהייליקט זײַן געוואָלט.

פֿון סטאַמבל אין טערקײַ ביז פּוילנס שטעטלעך אויף דער ווײַסל
און ביז צום בוג און ביז קאַרפּאַטן־בערג ביז דער ייִחוסדיקער קראָקע,
פֿון דאָרט צום רײַן און טאַקע ווײַטער, אומעטום ווו ייִדן וווינען

and from there to the Rhine and farther, wherever Jews are living
his name is mocked, and every boy in *kheder* an authority on his story—
much bitterness on their lips. For the apostate hankered
for the gold of every treasure,
the crown of every Caesar.

Do you twig the devil's game?
If it were possible to cut up this apostate
into little slices, it would be worth the trouble!
To throw them to the street dogs and season them in salt.
Among the Jews each spider weaves all of this into its web,
and every Jewish eye beholds smoke rise, sparks fly from Turkey.
Shabtai's set fire to our faith's foundations—may His mercy preserve us—*ai! ai! ai!*

At morning and evening prayer Jews grimace their tiger-pain angrily, bitterly,
but no one knows the secret of his great suffering
as he lies on his Turkish bed at night, utterly divided:
half of him Messiah, the other a second Mohammed;
and between him and the people a curved knife looming.

And just as they cannot see him, eating gall and drinking poison as he sits at a Turkish table,
so they cannot know the secret of his weeping, head buried in a pillow,
the intensity of his horror!
No, no one knows the wound-woe of this Messiah, this newly-become effendi, as from afar
his people's poisoned glare falls on him in Turkey.
(The mockery survives in Jewish books—may he rot and putrefy!)

No, no one saw how he'd rise in the night and hold in his two hands
his uncrowned head-of-a-king, as if it were not a head but a sort of metal—seared,
and champ the scream within his mouth:

לעסטערט מען דעם נאָמען און יעדער חדר־ייִנגל איז אין דער מעשׂה
שבתי־צבי אַ גרויסער בקי.
אַזוי פֿיל גאָל איז אויף די ליפּן: ס׳האָט דעם משומד זיך פֿאַרוואָלט
פֿון אַלע קייסאָרים די קרוינען!
פֿון אַלע אוצרות דאָס גאָלד. . .
איר פֿאַרשטייט דעם שפּיל פֿון שׂטן? וואָלט׳ן קענען שנײַדן פּאַסעס פֿון
שמדילניק — וואָלט זיך לוינען!
און וואַרפֿן פֿאַר די הינט אין גאַס; צי זאַלצן זיי אין זאַלץ — —
אַיעדע שפּין בײַ ייִדן וועבט אין איר געוועב אַרײַן דאָס אַלץ;
אַלע אויגן בײַ די ייִדן זעען: ס׳רייכערט זיך אין חלל; ס׳פֿליִען פֿונקען פֿון
טערקײַ. . .
שבתי־צבֿי האָט אָנגעצונדן די יסודות פֿונעם ייִדנטום, רחמנא יצילנו,
אײַ־אײַ־אײַ!. . .
אַזוי צו שחרית און צו מנחה בייז־און־ביטער גרימען ייִדן זייער טיגערישע
וויי — —
ס׳ווייסט אָבער קיינער נישט דעם סוד פֿון זײַנע נעכט פֿון גרויסער וויי
אויף אַ געלעגער בײַ די טערקן, אַ צעשניטענער אויף **צוויי:**
איינער — אַ משיח און אַ צווייטער — אַ מאַכמעט;
און צווישן **אים** און צווישן פֿאָלק גייט אויף דער האַלדז פֿון אַ מעטשעט.
און ווי מען ווייסט נישט ווי אַזוי ער פֿלעג זיך זעצן עסן גאַל און טרינקען
סם בײַ טערקנס טישן
ווייסט אויכעט קיינער נישט דעם סוד: ווי אַזוי ער פֿלעג עס ווײַנען,
קאָפּ־אַרײַנגעגליט אין קישן,
ווי אַזוי ער פֿלעג עס גרוילן!
ס׳ווייסט אָבער קיינער נישט די וווּנדנוויי פֿון אָט־אָ־דעם משיח און
געוואָרענעם עפּענדי:
אַלע ייִדנס בייזע בליקן פֿלעגן פֿאַלן פֿון מרחקים ביז קיין סטאַמבל ווי
פֿאַרגיפֿטע קוילן.
(אין ספֿרים בײַ די ייִדן שטייט געלעסטערטס: ער זאָל פֿוילן!)
האָט טאַקע קיינער נישט געזען, ווי ער פֿלעג אויפֿשטיין האַלבע נעכט און
נעמען האַלטן אין די הענט
דעם נישט־געקרוינטן מלכות־קאָפּ, ווי נישט אַ קאָפּ, נאָר אַ מעטאַל אַזאַ
צעברענט
און מיט די ציין דעם אויפֿגעשריי צעבײַסן אינעם מויל:
עס האָט אַ מאָל מיט בשׂמים מײַן משיחיש לײַב געשמעקט, איצט פֿיל איך
אַזאַ ריח פֿונעם קערפּער, ווי איך פֿויל
לעבעדיקערהייט! און ווי מיט שפּילקע־קעפּלעך — גרויל!
כ׳האָב אַלע טרויערן פֿון דורות אָנגעצונדן ווי די וועלדער; אין מדינות בײַ
די סלאַוון,

"Once my Messiah-body gave off the fragrance of balm; now it
throws off the smell of a body rotting
alive! a horror as if encrusted with the heads of pins!
I had set aflame like forests the sorrows of generations. In the Slav
   lands
all the Jews celebrated—in sable hats and silken coats made
   pilgrimages to Turkey.
And those who didn't go—their eyes followed after,
followed those privileged to go to the King Messiah, he who would
   soon take over
the Turkish crown. And every night Jews dreamed
that the great hurts, the great needs, like little fish were swimming
   in clear streams of joy;
that figs were growing, dates were growing, and breads as well,
   breads, too;
that the mountains were all dissolving; that there were lying on
   either side the world-path
radiant stones, all gold!"

But the Jews' dark destiny did not wish it so.
There waited instead for Shabtai Tsvi a Turkish fez with a tassel—
and when Shabtai Tsvi-Mohammed-Effendi died, and the Moslems
buried him as their rituals required,
not one Jew tore his jacket cloth, or the cloth of the Ark in
   mourning.
The very opposite! Oh, Jews, rejoice, rejoice! Satan is his mourner!
Nor did the Jews inquire among the Moslems
regarding the blue-brown bruises everywhere upon him,
because, when he had been called throughout his days and nights
   Mohammed and Effendi,
his hands had pinched like dough the flesh of his body.

Once more among the Jews every table has grown sad.
Once more—anxiety and anguish, like a sea with its fish;
and curses and prayers in the morning and curses and prayers at
   night.
And thirsty cattle once more by the closed well-mouth.

האָבן ייִדן אָנגעהויבן יום־טובֿן און אויפֿגיין מיט סויבלהיט מיט זײַדענע
קאַפּאָטעס קיין טערקײַ.
און די, וואָס זענען נישט געגאַנגען — האָבן נאָכגעקוקט נאָך זיי,
נאָך די, וואָס זענען זוכה יאָ צו גיין צום מלך המשיח וואָס נעמט די קרוין אָפּ
פֿון טערקײַ — —
און ס'האָבן ייִדן אַלע נאַכט געחלומט, אַז אין די קלאָרע טײַכן פֿרייד
שווימען אום ווי קליינע פֿיש די גרויסע ווייטיקן, די נויטן,
פֿײַגן וואַקסן, טייטלען וואַקסן, ברויטן אויכעט, אויכעט ברויטן!
און אַלע בערג צעגייען זיך; פֿון ביידע זײַטן וועלטוועג ליגן שטראַלנדיקע
שטיינער,
אַלע זענען גאָלד!
האָט אָבער ייִדנס פֿינצטער מזל נישט אַזוי געוואָלט.
פֿאַר שבתי־צבֿי האָט גאָר געוואַרט אַ טערקיש מיצל מיט אַ טראָלד — —
און אַז עס איז געשטאָרבן שבתי־צבֿי־מאַכמעט־עפֿענדי און ס'האָבן די
מוסלימס מיט דין זײַן רעכט געטון, האָט קיינער
קריעה נישט געריסן אין פּרוכת און אין רעקל; נײַערט אַדרבא: פֿרייט אײַך,
ייִדן, פֿרייט אײַך, ס'איז דער שׂטן **זײַן** באַוויינער!
און ס'האָבן ייִדן זיך נישט נאָכגעפֿרעגט בײַ די מוסלימס אַ שטייגער וועגן
ברוינע־בלאָע פֿלעקן
אויפֿן לײַב פֿון נפֿטר—
ווײַל ס'האָבן זײַנע הענט געקניפּן ס'פֿלייש ווי אין אַ טייג, אַזוי־אָט־הייסנדיק
דורך טעג־און־נעכט: מאַכמעט־עפֿענדי.
ס'איז ווידער טרויעריק געוואָרן בײַ די ייִדן יעדער טיש,
און ייִדנס ווייטיקן און זאָרגן—ווי דער ים מיט זײַנע פֿיש.
און ווידער קללהדיק און תּפֿילהדיק באַגינענס, אויפֿדערנאַכטן;
ווידער דאַרשטנדיקע סטאַדעס רינדער בײַ אַ ברונעם אַ פֿאַרמאַכטן.
עס האָט זיך נישט געטראָפֿן אַזאַ ייִד אין דער טערקײַ, וואָס זאָל דעם וויסטן
בר־מינן פֿון טערקנס הענט אויסקויפֿן,
כּדי אים, דעם פֿאָלקס־געלעסטערטן משיח מיט אַ טלית אײַנצודעקן—און
אַנטלויפֿן.
ווי ווײַט איז דען פֿון סטאַמבלס ים קיין **יפֿו** דער מהלך?—נעמט מען און
מע לייגט אַוועק דעם טויטן אויף אַ פּליטע
און מען לאָזט זיך מיטן שטראָם אַזוי אַוועק (ווי ס'לאָזן ייִדן זיך אַוועק אויף
די געוואַסערן פֿון ליטע . . .)
און פֿייגל פֿליִען נאָך און ס'שווימען וואָלקנס, ווי די כוואַליעס אונטן,
אויבן—ס'איז די סוויטע
פֿון אַ טויטן פֿאָלקס־געלעסטערטן משיח אויף אַ פּליטע— —

Nor did there appear one Jew to redeem that wretched body
from Turkish hands, to cover with a *tales*
that folk-mocked Messiah—to cover him and flee.

How great then is the distance between Istanbul and Jaffa? He
    could have placed the dead man on a raft,
entrusted all to the current (just as the Jews once trusted
    Lithuanian waters),
with birds following after,
and like the waves beneath them, the clouds rolling above them—
that for cortège for a dead man on a raft, a folk-derided Messiah.
But there was no such Jew in Turkey.
Nor can any man in these parts realize
with what a shout of joy King Shabtai Tsvi descended
into the fire of hell, his own fire!

Robert Friend

איז אָבער נישט געווען אַזאַ ייִד אין דער טערקײַ— —
אַ פּשיטא שוין, אַז ס׳ווייסט קיין שום בן־אָדם נישט דאָ הי:
מיט סאַראַ אויפֿגעשריי פֿון פֿרייד עס איז אַרײַן אין דעם גיהנום־פֿײַער,
אינעם פֿײַער זײַן, מלך שבתי־צבֿי!

MALKA HEIFETZ TUSSMAN

(Kheyfets Tuzman) 1896, Bolshaya-Chaitcha,
Ukraine.

After coming to America in 1912, Tussman became a teacher in a secular Yiddish school in Milwaukee and studied at the University of Wisconsin. Later she moved to Los Angeles and then to Berkeley, California. Since 1918 she has published poems, stories, and essays in American and European Yiddish magazines; her first book of poems appeared in 1949. Strongly personal and feminine, Tussman's poetry often achieves a dramatic strength in its address to a recipient (the reader, or God).

Water Without Sound

The sea
tore a rib from its side
and said:
Go! Lie down there, be
a sign that I
am great and mighty.
Go
be a sign.

The canal
lies at my window,
speechless.

What can be sadder
than water
without sound?

Marcia Falk

Songs of the Priestess

Gather me up
like wheat.

Cut quickly
and bind me
before autumn's whirlwind
sweeps me away.

Hurry—
I am fully ripe
and all the fences are down.

Don't be afraid—
I don't have to grow any more.

וואַסער אָן לשון

דער ים
האָט פֿון זײַן זײַט
אַ ריף אַרויסגעריסן
און געזאָגט:
גיי,
לייג זיך דאָרטן,
זײַ מיר אַ סימן אַז איך בין
גרויס,
מעכטיק בין איך.
גיי,
זײַ מיר אַ סימן.

ליגט דער קאַנאַל בײַ מײַנע פֿענצטער
שטום.

וואָס קען נאָך טרויעריקער זײַן
ווי וואַסער
אָן לשון.

געזאַנג פֿון דער פֿריסטערין

זאַמל מיך אײַן
ווי מע זאַמלט אײַן תּבֿואה.

שנײַד גיך,
בינד גיכער
איידער
ס׳פֿאַרשנײַדט מיך דער האַרבסטיקער וויכער.

אײַל זיך—
איך האָב שוין געצײַטיקט
און שוין זײַנען אַלע מניעות באַזײַטיקט.

ניט שרעק זיך—
איך דאַרף שוין ניט וואַקסן.

The rain is yours.
I have been through my rainstorms.

Gather me up
like wheat.

Marcia Falk

❖

Love drained me pale
and I became still
and I became thin
and weightless.

Flesh toppled me over
and I became swollen,
thick and heavy
with passion.

God, where are you not!
Even in the unclean fires of hell
I see the shadows of your lashes.

And flesh is a golem,
staring, dumb,
and when it cries,
what a pity,
what a desolate pity.

Marcia Falk

Last Apple

"I am like the last apple
that falls from the tree
and no one picks up."

דער רעגן איז דייַנער.
איך בין שוין אַדורך מייַנע שלאַקסן.

זאַמל מיך איַין
ווי מע זאַמלט איַין תּבֿואה.

✣

ליבשאַפּט
האָט מיך אויסגעבלייכט
און איך בין געוואָרן שטיל
און איך בין געוואָרן דין
און גרינג.

מייַן לייַב האָט מיך אומגעוואָרפֿן
און איך בין אויפֿגעלאָפֿן
דיק געוואָרן
שווער געוואָרן מיט תּאווה.

אָ, גאָט,
ווו דו ביסט דאָס אַלץ ניט פֿאַראַן!
אַפֿילו אין אומריינעם פֿייַער פֿון גיהנום
זע איך דעם שאָטן פֿון דייַן ברעם.

און לייַב איז
אַ גולם מיט אויגן
און אַז סע וויינט
איז אַ גאָטס רחמנות
אַ וויסטער רחמנות.

לעצטער עפּל

„כ׳בין דער לעצטער עפּל
וואָס פֿאַלט אַראָפּ פֿון בוים און
קיינער הייבט ניט אויף.
קיינער הייבט ניט אויף.“

I kneel to the fragrance
of the last apple,
and I pick it up.

In my hands—the tree,
in my hands—the leaf,
in my hands—the blossom,
and in my hands—the earth
that kisses the apple
that no one picks up.

                              Marcia Falk

Widowhood

1

Do something
to the W
in "widow"
so it won't be
like a spider

that crawls on my flesh
scratching death,
scratching
death.

Do something
to the
W.

איך קני אַראָפּ צום ריח
פֿון דעם לעצטן עפּל
וואָס פֿאַלט אַראָפּ פֿון בוים
און
איך הייב אויף.
איך הייב אויף!

אין מײַנע הענט
דער בוים.
אין מײַנע הענט
דער בלאַט.
אין מײַנע הענט
דער צווייט
און
אין מײַנע הענט די ערד
וואָס קושט דעם עפּל
וואָס קיינער הייבט ניט אויף.

אלמנהשאַפֿט

1

טו עפּעס
מיטן מם אין
„אלמנה"
ס'זאָל ניט זײַן
ווי אַ
זשוק
ווי אַ
מוק

ס'קריכט איבער מײַן הויט
און גראַבלט
„טויט"
און גראַבלט
„טויט"

2

Illumined within myself
luxuriating in my warmth,
I am a column of sun.

And he bent down,
bent down low over me.

I looked up and softly said:
My name is Desire—
is yours Passion?

And he: No, my name
is Compassion.

And he opened his large, square mouth
and blew on my glow,
and put me out.

טו עפּעס
מיטן מם
אין
אלמנה

2

דורכגעליכטיקט פֿון מײַן סאַמע אינער,
זוניק־גאָלדיק
אין מחיהדיקער זיסער אייגענער
וואַרעמקייט געוווילטאָגט
בין איך אַ זײַל
גאָלדענע זוניקייט.

און ער
האָט זיך געבויגן איבער מיר
טיף געבויגן.

איך האָב אַרויפֿגעקוקט צו אים,
מײַן קול—ווייך־ווײַביק
און געזאָגט:
מײַן נאָמען איז גלוסטונג,
איז דײַן באַגעריקייט?
און ער:
ניין.
מײַן נאָמען איז דערבאַרעמקייט.

און ער האָט געעפֿנט זײַן מויל—
אַזאַ גרויס מויל,
אַ פֿירעקעכדיק מויל
און דאָס פֿירעקעכדיק מויל
האָט אַ בלאָז געטאָן איבער מײַן פֿײַער־זײַליקייט
און מיך אויסגעלאָשן.
מיך אויס־
געלאָשן.

3

A gentle hand slowly descended
like an earth-longing leaf
to brush my skin.

A quiet cheek,
cool and compassionate,
bent down and barely touched mine.

And he whispered
like a quiet prayer:
Wife, sad wife.

He had wanted to calm,
he had meant to soothe
the wailing of my flesh.

Marcia Falk

3

אַן איידעלע האַנט
אַזאַ צאַרטע האַנט
פֿאַמעלעבקע גרינג
גענידערט ווי
אַן ערד־פֿאַרבענקטער בלאַט
און קוים
באַרירט מײַן הויט
אַ שטילע באַק
אַזאַ קילע רחמימדיקע באַק
זיך געבויגן
און קוים צו מײַנער צוגערירט
בלחש ווי
אַ שטילע תּפֿילה
אַרײַנגעסודעט מיר אין אויער:
ווײַב
טרויעריקע ווײַב

אײַננעמען אַזוי געוואָלט
אײַנוויגן אַזוי געמיינט
דאָס געיאָמער
פֿון מײַן לײַב.

With a Fool

Culture—
What does a fool do with culture?
What does a cultured fool do?
With culture, he can wreck the world.
And strange—I can't be clever with a fool.
I become more foolish than he.
I'm afraid of a fool,
and I have no idea
how this fool fastened on
to me.

Marcia Falk

מיט אַ נאַר

קולטור—
וואָס טוט אַ נאַר מיט קולטור?
וואָס טוט אַ קולטורעלער נאַר?
מיט קולטור
ער קען חרובֿ מאַכן די וועלט.
און מאָדנע:
איך קען ניט קלוג זייַן
מיט אַ נאַר.
מיט אַ נאַר
בין איך נאָך נאַרישער
פֿון נאַר.
איך פֿאַרכט זיך פֿאַר אַ נאַר.
און איך ווייס ניט ווי אַזוי
ס׳האָט זיך צוגעקלעפּט צו מיר
דער נאַר.

SHMUEL HALKIN

1897, Rogachev, White Russia—1960, Moscow.

H alkin made his debut as a Soviet Yiddish poet in 1921. His lyrics of the 1920s expressed his pain at seeing how Jewish national existence had unavoidably begun to decline after the Revolution. During the 1930s he also wrote historical dramas and translated Pushkin and Shakespeare, including the famous Moscow Yiddish Theatre production of *King Lear*. Arrested in 1950, he was spared execution because of ill health, but languished in labor camps until 1955, after which he returned to Moscow.

Of Things Past

My father's lips that might be blessing someone,
His eyes turned toward the hardening, green west;
The corpse-cold curtain pulled back from the window
To let his fingers brush away the frost. . . .
In the sky the first two stars like pinpricks;
A silver gleam from the frog-rumpled marsh:
O leave the weekday cloth still off the table
Let that much of the Sabbath not depart. . . .
1920

Hillel Halkin

This tribute to Russia gains resonance from the concluding reference to a well-known image in the Talmud: Moses is said to have died when God took his soul through a kiss. For a further discussion of this poem— important in the history of Yiddish poetry written in the Soviet Union— see the Introduction, page 18.

Russia

Russia! If my faith in you were any less great
I might have said something different.
I might have complained: You have led us astray,
And seduced us young wandering gypsies.

Precious to us is each blow of your hand,
Though frightfully painful to bear.
Yet no matter how great the hurt or the shame,
We have come to you to declare:

To where could the oceans implore us
To go now, to what distant shores,

---

the first two stars: The Sabbath comes to an end when three stars are visible.

פֿון פֿאַרגאַנגענעם

די ליפֿן בײַם טאַטן, ווי עמעצן בענטשט ער,
די אויגן צום האַרט־גרינעם מערבֿ געהויבן;
דעם טויט־קאַלטן פֿאָרהאַנג ער הייבט אויף פֿון פֿענצטער,
ווישט אויס מיט די פֿינגער פֿאַרלאָפֿענע שויבן . . .
צוויי שטערן — צוויי נאָדלען אין הימל פֿאַרשטאָכן,
באַזילבערטע בלאָטעס צעגרײַזלען די זשאַבעס,
אוי, זאָל מען דעם טישטעך ניט לייגן דעם וואָכיקן —
זאָל דאָ נאָך פֿאַרבלײַבן אַ זכר פֿון שבת . . .
1920

רוסלאַנד

רוסלאַנד! ווען ניט מײַן גלויבן מײַן שטאַרקער אין דיר,
איך וואָלט איצטער אַנדערש געטענהט.
כ׳וואָלט אפֿשר געזאָגט: דו האָסט אונדז פֿאַרפֿירט,
פֿאַרבלענדט האָסט אונדז, יונגע ציגײַנער.

טײַער איז אונדז יעדער הייב פֿון דײַן האַנט,
און ווייטיקדיק־שווער זי פֿאַרטראָגן —
און, ווי גרויס ס׳זאָל ניט זײַן איצט דער בראָך און די שאַנד,
מיר קומען פֿאַר דיר זיך קלאָגן:

אויף ווּהין באַשווערן איצט וואַסערן?
אויף ווּהין, צו וועלכע לענדער?

When glad Russian streets are before us?
To the end of our lives we are yours.

Until now we followed, unpledged to you,
Our wild birthright's star far and wide.
But now we have fallen in step with you,
Though of your kisses we die.
1923
                              Hillel Halkin

Ah, When Will Dawn Begin to Break?

Between this wall and that I place
My hand on this cold pillowcase,
And on my hand I lay my head
Between those walls in this cold bed.

Through the endless night I keep
A long, cold vigil without sleep,
From last evening till tomorrow
Thinking of a thousand sorrows

Whose refrain's so long it could
Last till doomsday if I should
Keep lying witlessly awake.
Ah, when will dawn begin to break?

In the dark am I in some sense
Burdened by an unclean conscience?
Its weight has never been so great.
Ah, when will dawn begin to break?

Have I betrayed a friend or brother,
Or, while mourning my own father,
Rejoiced in the poem he would make?
Ah, when will dawn begin to break?

גליקלעכע רוסלענדער גאַסן,
און אײַך מיר װעלן זיך ענדיקן.

ניט באַשערט אײַך געװעזן ביז הײַנט
זען אונדז אױסגײן אונטער װילדער ירושה,
און איצטער — מיר גײען אין שפּאַן
און שטאַרבן פֿון אײַערע קושן.
1923

װען װעט װערן ליכטיק

צװישן װאַנט און װאַנט צעװישן
ליגט מײַן האַנט אױף קאַלטן קישן
און דער קאָפּ ליגט אױף דער האַנט
צװישן קאַלטער װאַנט און װאַנט.

לאַנג די נאַכט און האָט קײן סוף ניט,
קאַלט די נאַכט, און ס'נעמט קײן שלאָף ניט!
און פֿון אָװנט ביז פֿרימאָרגן
טױזנט פּלאָגן, טױזנט זאָרגן:

יענע ליד װעט שװין אױף שטענדיק,
ביזן טױט ניט זײַן פֿאַרענדיקט,
און איך טראַכט: מע מוז זײַן טיכטיק —
אױ, װען װעט װערן ליכטיק?

אין דער פֿינצטער כ'פּרוּװ באַשליסן,
צי ס'איז ציכטיק מײַן געװיסן.
און ס'איז איצט, װי קײן מאָל, װיכטיק.
אױ, װען װעט װערן ליכטיק?

כ'האָב אַ נאָנטסטן פֿרײַנד פֿאַרראַטן?
כ'האָב באַװײנענדיק מײַן טאַטן,
אױך געטרײסט זיך, אַז ס'איז דיכטונג? —
אױ, װען װעט װערן ליכטיק?

Have I stood by as someone died,
Or someone dear was mortified,
All the time preoccupied
With my poet's craft and trade?
Dear God, will dawn then never break?

Hillel Halkin

ס׳איז אַ ברודער אָפּגעקומען,
ס׳איז אַ צווייטער אומגעקומען,
איך — געווען בין אַלץ פֿאַרנומען
מיט מײַן דיכטונג, מיט מײַן ריכטונג.
גאָט מײַנער, ס׳וועט ווערן ליכטיק?!

ROKHL KORN

1898, Podliski, a village then in East Galicia—
1982, Montreal.

The atmosphere of field and orchard permeates Korn's poems, even those written after she moved from her village birthplace to the larger center of Lvov, and exchanged Polish, the language of her first poems, for Yiddish. She spent some time in Warsaw, escaped to the Soviet Union as a refugee during the Second World War, and went to Montreal in 1948. The narrative quality of her early poems, when she was concurrently writing short stories, gave way after the war to an intimate lyricism and the exploration of memories in solitude.

Crazy Levi

And no one knows what became of him, Crazy Levi,
who tied the roads
from Yaverev to Moshtsisk
to Samber to Greyding in a bow,
carrying always in his bosom pocket
his letters to Rivtshe,
his uncle's youngest daughter.

All the houses in the villages knew him,
the road accepted his long shadow
like a horse that knows its rider,
and the dogs lay quiet in their doghouses
when the familiar smell of Levi's black coat
spoke to their hearts.

Women broken in the middle like sheaves
were in the field when Levi came by.
They toyed with him
and with a laugh that smelled of goodness, like dark bread,
they would say,
"Levi, you have no father or mother.
Why don't you take a wife
like the rest of your people?
She would wash your shirt for you
and cook you a spoonful of something warm for supper."

And Levi would look at their raw, swollen feet
and plow the brown field of his forehead
with the painful thought that was always present to him:
"Because my uncle wouldn't give me his daughter for a wife.
I carry my heart around
like a cat in a sack,
and I want to leave it somewhere
so that it won't be able to find its way back to me."

Yaverev (Yavoróv), *Moshtsisk* (Mostishche), *Samber* (Sambór), and *Greyding:*
small towns in the area of Lvov.

לייווע

און קיינער ווייסט נישט, וווּ אַהינגעקומען איז דער לייווע, דער משוגענער.
וואָס האָט געבינען אין אַ שלייף די וועגן
פֿון יאַווערעוו ביז מאָשציסק,
פֿון סאַמבער ביז קיין גרייַדינג,
טראָגנדיק אין בוזעם־קעשענע די בריוו
צו זייַן פֿעטערס ייִנגסטער טאָכטער ריווטשע.

עס האָבן אים געקענט שוין אַלע הייַזער אין די דערפֿער,
ס׳האָט דער גראָער וועג זייַן לאַנגן, אויסגעשפּיצטן שאָטן אויפֿגענומען,
ווי אַ פֿערד זייַן אַלטן רייַטער,
און ס׳זענען שטיל די הינט געלעגן אין די בודעס,
ווען ס׳האָט דער גוט באַקאַנטער ריח פֿון לייוועס שוואַרצער בעקעשע
גערעדט צו זייער הינטיש האַרץ.
עס האָבן זיך געפֿרייט מיט אים די גויעס אינעם פֿעלד,
אייַנגעבראָכענע, ווי סנאָפּעס אין דער מיטן,
און מיט אַ לאַכן, וואָס שמעקט מיט גוטסקייט, ווי ראַזעווע ברויט
האָבן זיי געפֿרעגט בייַ אים:
— לייווע, דו האָסט דאָך נישט קיין טאַטן, נישט קיין מאַמען,
פֿאַר וואָס זשע נעמסטו נישט קיין ווייַב, ווי אַלע „דייַנע”,
זי זאָל דיר אויסוואַשן אַ העמד און אָפּקאָכן אַ לעפֿל וואַרעמס? —

ס׳קוקט לייווע אויף דער גויעס רויע, אויפֿגעשפּרונגענע פֿיס
און אַקערט דורך דאָס ברוינע פֿעלד פֿון אָפּגעברענטן שטערן
מיטן ווייטיק פֿון אַ שאַרפֿן און נאָענטן געדאַנק:

— ווייַל ס׳האָט מייַן פֿעטער נישט געוואָלט מיר געבן
זייַן טאָכטער פֿאַר אַ ווייַב,
גיי איך אַרום און טראָג מייַן האַרץ מיט זיך,
ווי אַ קאַץ אַן אייַנגעבינענע אין זאַק
און וויל עס ערגעץ איבערלאָזן
עס זאָל נישט טרעפֿן מער דעם וועג צו מיר —

און נעמט אַרויס פֿון בוזעם־קעשענע אַ קוויטיק שטיק פּאַפּיר
און לייענט דער גויע אויף אַ קול אַ דייַטשן בריוו:

And he would take a filthy piece of paper
out of his bosom pocket
and read aloud from a letter in German,
"An Liebchen!"—
and a red berry would blossom
in the dark moss around his lips:
Levi's crazy, melancholy smile.

But after one long hard winter,
worse than any the old people could remember,
the small eyes of the windowpanes
looked for Levi without finding him
and the dogs put their heads to the ground
and sniffed at all the tracks on the road,
thinking he might have come by.

And to this day, no one knows what became of him.
Maybe the hungry wolves in the woods tore him to pieces
or maybe his mother who hung herself in her youth
missed her son, and a small, white hand
reached out to him from the dark attic of the old house.

Seymour Levitan

I stand in the midday ...

I stand in the midday of your life,
a stalk bent in fullness,
no longer wearing the green of June,
growing in golden certainty of days to come.

The wind stirs lilac bells in far-off meadows.
Summer has the bitter scent of wild poppies,
of steamy earth,
and of my hair.
And when day puts up her blond hair in braids
and evening gathers pearls of dew,

„אַן ליבכען!“
און אין דעם טונקלען מאָך אַרום די ליפּן זייַנע
בליט אויף אַ רויטע יאַגדע פֿון אַ משוגען שמייכעלע.

און נאָך איינעם, אַזאַ לאַנגן, שווערן ווינטער האָבן אויסגעקוקט אויף אים אומזיסט
די קליינע, קאַפּרעוואַטע אייגעלעך פֿון שויבן,
און ס׳האָבן זייערע קעפּ אַראָפּגעלאָזט צו דר׳ערד די הינט
ניוכענדיק צו אַלע שליאַדעס אויפֿן וועג —
טאָמער איז ער דאָרט אַרומגעגאַנגען.

נאָר קיינער ווייסט ביז הייַנט נישט, ווו ס׳איז אַהינגעקומען לייווע דער משוגענער —
אפֿשר האָבן אים אין וואַלד די הונגעריקע וועלף צעריסן,
און אפֿשר האָט די מאַמע, וואָס האָט זיך אויפֿגעהאָנגען יונגערהייט
זיך פֿאַרבענקט נאָך אים,
האָט זי דעם זון פֿון טונקלעם בוידעם אויף דער אַלטער שטוב
דערלאַנגט איר איידל־שמאָלע, ווייַסע האַנט.

כ׳שטיי אין דער מיטאָגצייַט . . .

כ׳שטיי אין דער מיטאָגצייַט פֿון דייַן לעבן,
אַ זאַנג, אַ געבויגענע פֿון פֿולקייט אין מיטן פֿון פֿעלד,
וואָס האָט שוין אויסגעטאָן דאָס גרינע יוני־העמדל
און וואַקסט אַרייַן אין גילדנער זיכערקייט פֿון קומענדיקע טעג.

ס׳שפּילט די לופֿט מיט לילאַגלעקעלעך אויף ווייַטע לאָנקעס,
דער זומער שמעקט מיט ביטער־ריח פֿון ווילדן מאָן,
מיט פֿאַרענדיקער, הייסער ערד
און מיט מייַנע האָר.

און ווען סע פֿלעכט זיך צו די בלאָנדע צעפּ דער טאָג,
און דער אָוונט קלייַבט די פּערל פֿון דער ראָסע,

my brown body falls at your feet,
a stalk breaking before the harvester.

Seymour Levitan

On the Other Side of the Poem

On the other side of the poem there is an orchard,
and in the orchard, a house with a roof of straw,
and three pine trees,
three watchmen who never speak, standing guard.

On the other side of the poem there is a bird,
yellow brown with a red breast,
and every winter he returns
and hangs like a bud in the naked bush.

On the other side of the poem there is a path
as thin as a hairline cut,
and someone lost in time
is treading the path barefoot, without a sound.

On the other side of the poem amazing things may happen,
even on this overcast day,
this wounded hour
that breathes its fevered longing in the windowpane.

On the other side of the poem my mother may appear
and stand in the doorway for a while lost in thought
and then call me home as she used to call me home long ago:
Enough play, Rokhl. Don't you see it's night?

Seymour Levitan

פֿאַלט מײַן ברוינער לײַב צו דײַנע פֿיס,
ווי די זאַנג, וואָס ברעכט זיך פֿאַרן שניטער.

פֿון יענער זײַט ליד

פֿון יענער זײַט ליד איז אַ סאָד פֿאַראַן
און אין סאָד איז אַ הויז מיט אַ שטרויענעם דאַך —
עס שטייען דרײַ סאָסנעס און שווײַגן זיך אויס,
דרײַ שומרים אויף שטענדיקער וואַך.

פֿון יענער זײַט ליד איז אַ פֿויגל פֿאַראַן,
אַ פֿויגל ברוין־געל מיט אַ רויטלעכער ברוסט,
ער קומט דאָרט צו פֿליִען יעדן ווינטער אויף ס'נײַ
און הענגט, ווי אַ קנאָספּ אויף דעם נאַקעטן קוסט.

פֿון יענער זײַט ליד איז אַ סטעזשקע פֿאַראַן,
אַזוי שמאָל און שאַרף, ווי דער דין־דינסטער שניט,
און עמעץ, וואָס האָט זיך פֿאַרבלאָנדזשעט אין צײַט,
גייט דאָרט אום מיט שטילע און באָרוועסע טריט.

פֿון יענער זײַט ליד קענען ווונדער געשען
נאָך הײַנט, אין אַ טאָג, וואָס איז כמאַרנע און גראָ,
ווען ער דופּקט אַרײַן אין דעם גלאָז פֿון דער שויב
די צעפּיבערטע בענקשאַפֿט פֿון אַ ווונדיקער שעה.

פֿון יענער זײַט ליד קען מײַן מאַמע אַרויס,
און שטיין אויף דער שוועל אַ ווײַלע פֿאַרטראַכט
און מיך רופֿן אַהיים, ווי אַ מאָל, ווי אַ מאָל:
— גענוג זיך געשפּילט שוין, דו זעסט נישט? ס'איז נאַכט.

Last Night I Felt a Poem on My Lips

Last night I felt a poem on my lips,
a luscious fruit, sweet and tart,
but it dissolved into my blood at dawn,
all but its smell and color gone.

I hear the quiet pulsebeat in the stammering of things
that might have come into the open,
abandoned, their heart shut tight,
and no pleading now will lure them out.

Every part of me has died an early death,
my head is bowed in mourning to the ground.
God called me to renew Creation
and I failed to hear His word.

The day paled at the start,
God's face is covered with a cloud.
Left with a barren sheet of paper in my hand,
I stand shamed at my door
like a stranger.

Seymour Levitan

כ׳האָב הײַנט בײַ נאַכט

כ׳האָב הײַנט בײַ נאַכט געפֿילט אַ ליד אויף מײַנע ליפּן —
עס איז געווען ווי אַ פּרי זאַפֿטיק־זיס און האַרב,
נאָר עס איז אויסגערונען אין מײַן בלוט בײַם טאָגס באַגין,
און ס׳גייען מיר בלויז נאָך זײַן ריח און זײַן פֿאַרב.

זײַן שטילן ציטער הער איך אַלץ אין שטאַמלעניש פֿון זאַכן,
וואָס האָבן דורך דעם ליד געזאָלט נתגלה ווערן;
זיי שטייען איצט פֿאַרלאָזטע, מיט פֿאַרמאַכטע הערצער,
און ס׳קען זיי מער נישט עפֿענען קיין בעטן און באַשווערן.

ס׳וויינט מיט פֿאַרפֿרירטן טויט אין מיר אַיעדער אבֿר,
און ס׳איז מײַן קאָפּ געבויגן אבֿלדיק צו דר׳ערד;
עס האָט מיך גאָט גערופֿן באַנײַען דעם בראשית,
און איך — איך האָב זײַן שטים פֿאַרפֿעלט און נישט דערהערט.

פֿאַרוויאַנעט איז דער טאָג שוין אין זײַן פֿריסטער שעה,
און אין מײַן האַנט עקרהדיק וועלקט ס׳ווײַסע בלאַט פּאַפּיר
ס׳האָט מיט אַ כמאַרע גאָט פֿאַרשטעלט פֿאַר מיר זײַן פּנים,
און ווי אַ פֿרעמדע שטיי איך איצט בײַ מײַן פֿאַרשעמטער טיר.

IZI KHARIK

*1898, Zembin, White Russia—1937, place of death
unknown.*

========================

As a youthful supporter of the Revolution, Kharik joined the
Red Army in 1919 and fought in the Civil War. He played a
leading part in the expansion of Yiddish cultural activity in the
Soviet Union, becoming one of the members of the executive of the
White Russian Communist Party in Minsk, and a leading figure in
the educational and cultural organizations of the region. One of the
boldest representatives of Soviet Yiddish "Proletarian" verse, he
retained a wry affection for the *shtetl* traditionalism he saw declin-
ing. In 1937 he was arrested by the Soviet regime. He died several
months later in prison.

August

August. I've come to the *shtetl* on a cool
Transparent evening. The dusk is blue.
A smiling poignancy ascends like smoke.
At dawn, the *shtetl* rises in a dew.

The air is clear and warm, down from the heights
A luscious apple fragrance drifts.
The summer haze is airy, light,
And the heart turns dense and luscious, too.

Not long ago I cursed and railed at you,
And now, you lie before me, hushed.
I wander in a fume of fruit and blossom
And August lies transparent here, and cool.

August 1925

Leonard Wolf

Pass On, You Lonely Grandfathers . . .

Pass on, pass on, you lonely grandfathers,
With frightened beards covered with snow,
In the last sorrow, in the final grief
You're still here, the final witnesses.
Pass on, pass on, you lonely grandfathers!

Then woe and grief to your entire *shtetl*,
Trampled down with pain and poverty,
It's been so long you've had to smile and beg
For every famished morsel of your bread.
Then woe and grief to your entire *shtetl*.

Tired and fearful, do you look about you
And feel a frightened trembling in your knees?
Who knows, who knows whether these sons
Will still survive, these sons, as Jews?
There is a frightened trembling in your knees.

אַווגוסט

אַווגוסט. איך בין אין שטעטעלע געקומען.
איז אַווגוסט קיל, און דורכזיכטיק, און בלוי,
צו אָוונט רייכערט זיך אַ שמייכלענדיקער אומעט
און פֿאַר טאָג גייט אויף דאָס שטעטעלע אין טוי.

ס׳איז לופֿטיק־גרינג אין זומערדיקן נעפּל,
פֿון הייכן ווייט מיט וואַרעמקייט און ליכט,
סע שמעקט די לופֿט מיט ווייַניק־קלאָרע עפּל
און אין האַרצן ווערט אויך ווייַניק און געדיכט . . .

איך האָב ניט לאַנג געשאָלטן און געפּלוכט דיך,
ליגסטו איצטער, שטעטעלע, פֿאַרשטילט . . .
גיי איך אַרום אין רויך פֿון צוויט און פֿרוכטן,
און אַווגוסט ליגט דאָ דורכזיכטיק און קיל.

אויגוסט, 1925

פֿאַרגייט, איר אומעטיקע זיידעס . . .

פֿאַרגייט, פֿאַרגייט, איר אומעטיקע זיידעס,
מיט בערד צעשראָקענע, פֿאַרלאָפּענע מיט שניי! . . .
אין לעצטן בראָך, אין לעצטן ווײ
זייַט איר פֿאַרבליבן לעצטע עדות, —
פֿאַרגייט, פֿאַרגייט, איר אומעטיקע זיידעס!

אַז ווינד, אַז ווײ צו אייַער גאַנצן שטעטל
צעטראָטעטענעם אין ווייטאָג און אין נויט . . .
צו יעדן הונגעריקן ביסן ברויט
האָט איר פֿון לאַנג געשמייכלט און געבעטלט, —
אַז ווינד, אַז ווײ צו אייַער גאַנצן שטעטל.

און קוקט איר איצט צעשראָקענע און מידע,
און ס׳ציטערן און ס׳טרייסלען אייַך די קני.
— ווער ווייס, ווער ווייס, אויב ס׳וועלן די,
אויב ס׳וועלן אָט די זין שוין בלייַבן ייִדן? —
און ס׳ציטערן און ס׳טרייסלען אייַך די קני.

And we, the ones still calling you "Grandfather,"
Knowing we may not call you that for long—
We are ascending, like the sound first heard,
The sound first heard of an oncoming joy,
We, the ones still calling you "Grandfather."

It's good to peer into your lonely eyes
When the sorrow of your beards is strange. . . .
We—I and he and they—it is our fate,
It is our fate never to bow again.
Pass on, pass on, you lonely eyes.

Leonard Wolf

❖ ❖ ❖

The poet regrets that he cannot speak of the shtetl—*the declining Jewish market town, or village—with the same natural filial attachment that is to be found in the verse of the Russian poet Sergei Esenin (1895—1925), who called himself "the last poet of wooded Russia." The poem is untitled in the original Yiddish.*

Here I bend my young head and am still,
And my heart's unable to find peace.
Ah, withered twig, dear *shtetl, shtetl,*
I know that you desire to green again;
I move, a silent guest, and I keep still.

And I am touched by grief; by so much sorrow—
And I'm so envious of Esenin.
I too would like to come to you
And, singing, call you mother.
I'm so sorry, *shtetl,* oh, so sad.

און מיר, אָט די, וואָס רופֿן אײַך נאָך זיידעס, —
און ווייסן, אַז דאָס דאַרף מען שוין ניט לאַנג, —
מיר גייען אויף, ווי ערשטער קלאַנג,
ווי ערשטער קלאַנג פֿון קומענדיקע פֿריידן,
מיר, אָט די, וואָס רופֿן אײַך נאָך זיידעס.

איז גוט אַרײַנקוקן אין אומעטיקע אויגן,
ווען פֿרעמד איז אײַער ווייטאָג פֿון די בערד . . .
מיר, — אָט די און די — ס׳איז אונדז באַשערט,
ס׳איז אונדז באַשערט שוין קיין מאָל זיך ניט בייגן.
פֿאַרגייט, פֿאַרגייט, איר אומעטיקע אויגן!

❖ ❖ ❖

איך בייג דאָ אײַן מײַן יונגן קאָפּ און שווײַג,
און ס׳קען מײַן האַרץ קיין רו זיך ניט געפֿינען,
שטעטל שטעטעלע, מײַן אָפּגעדאַרטער צווײַג,
ווידער ווילסטו אָנהייבן צו גרינען,
גיי איך דאָ אום אַ שטילער גאַסט און שווײַג.

און ס׳טוט מיר באַנג, עס טוט מיר זייער באַנג
און כ׳בין אַזוי יעסענינען מקנא.
אויך מיר וואָלט זיך דאָך וועלן אין געזאַנג
קומען און דיך אָנרופֿן: מײַן מאַמע.
עך, דו שטעטעלע, ווי ס׳טוט מיר באַנג.

Often, it seems to me I stand at
your border; and it seems to me that you
Would rather not be bowed and that your huts
Like round-eyed, newly wakened sheep
Want to start up from their summer sleep.

Shtetl, shtetl of my long-gone childhood.
There was a time I wished to see you burning,
But he who cursed you once upon a time
Must learn to know that you have been accursed,
shtetl, shtetl of my long-gone childhood.
1926

Leonard Wolf

אָפּט מאָל דאַכט זיך מיר, איך שטיי שוין ביַי דיַין סוף,
און אָפּט מאָל דאַכט זיך מיר, דו ווילסט ניט שטיין געבויגן
און דייַנע הייַזעלעך, ווי אויפֿגעוואַכטע שאָף,
עפֿענען די קייַלעכדיקע אויגן
נאָך אַ שטילן, זומערדיקן שלאָף . . .

שטעטל שטעטעלע, מייַן קינדערשער אַמאָל,
איך האָב געוואָלט דערזעען דיך אין ברענען,
נאָר ווער עס האָט געשאָלטן דיך אַ מאָל,
וועט שוין מוזן דיך פֿאַרשאָלטן קענען,
שטעטל שטעטעלע, מייַן קינדערשער אַמאָל . . .

1926

AARON ZEITLIN

(Aren Tsytlin) 1899, Uvarovo, Russia—1974, New York.

================================

The son of noted religious Yiddish writer Hillel Tsytlin, Aaron Zeitlin began to write in early childhood and published his first poem at the age of fifteen. In Warsaw between the world wars he wrote prolifically—poems, narratives, dramas, essays, in both Yiddish and Hebrew—and served as editor of several important literary publications, including the Yiddish journal *Globus* (1932—34) and the Hebrew periodical *Hatekufa*. He was invited to New York by the director Maurice Schwartz, for the production of his play *Esterke*, in 1939, and was thereby saved from the fate that overtook his wife and family. Unlike most Yiddish poets, Zeitlin continued to draw, thematically and spiritually, from the Jewish religious and mystical tradition as well as from secular cosmopolitan artistic sources.

To Be a Jew

Being a Jew means running forever to God
even if you are His betrayer,
means expecting to hear any day,
even if you are a nay sayer,
the blare of Messiah's horn;

means, even if you wish to,
you cannot escape His snares,
you cannot cease to pray—
even after all the prayers,
even after all the "evens."
1947

Robert Friend

Six Lines

I know that in this world no one needs me,
me, a word-beggar in the Jewish graveyard.
Who needs a poem, especially in Yiddish?

Only what is hopeless on this earth has beauty
and only the ephemeral is godly
and humility is the only true rebellion.

Robert Friend

זייַן אַ ייִד

זייַן אַ ייִד הייסט אייביק לויפֿן צו גאָט,
אַפֿילו אַז מ׳איז אַן אַנטלויפֿער;
דערוואַרטן צו הערן אַ ליאַדע טאָג
(אַפֿילו אַז מ׳איז אַ כּופֿר)
ס׳קול פֿון משיחס שופֿר.

זייַן אַ ייִד הייסט נישט קענען אַרויס פֿון גאָט
אַפֿילו אַז מע וויל עס;
נישט קענען אויפֿהערן תּפֿילה צו טאָן
אַפֿילו נאָך אַלע תּפֿילות,
אַפֿילו נאָך אַלע אַפֿילוס.

זעקס שורות

כ׳ווייס: קיינער דאַרף מיך נישט אויף אָט דעם עולם,
מיך, ווערטער־בעטלער אויף דעם ייִדישן בית־עולם.
ווער דאַרף אַ ליד — און נאָך דערצו אויף ייִדיש?

נאָר בלויז דאָס האָפֿנונגסלאָזע אויף דער ערד איז שיין,
און געטלעך איז נאָר דאָס, וואָס מוז פֿאַרגיין,
און נאָר הכנעה איז מרידהיש.

Zeitlin wrote many poems about Warsaw, recalling landmarks and per-sonalities like this peddler of the Nalevkes—Nalevki *Street (it no longer exists)—the heart of the Jewish district, crowded with shops and hawkers.*

Ten Groschen

Growing gray by a gate
an old man stands—
an image of sorrow,
small and extinguished.
I still hear the cry
that weeps in my ear:

Ten groschen, ten groschen—
the Nalevki Street blizzard
forever in motion
swirling around him,
while he stands there and sells
his ten-groschen calendars.
Hey, Jews, a calendar—
your guide to the holy days.
Stop! What's the rush?
Come buy a calendar,
one little calendar,
to give you some notion
in all this commotion
of just where you stand—
before, God forbid,
you fall underfoot
or are crushed by a cart.

This is not what he utters—
that withered, extinguished
little old man.
I hear it all in the words
of his wintry beseeching:
Ten groschen, ten groschen!

Robert Friend

צען גראָשן

גרויט ביַי אַ טויער
אַ זקן — אַ שטיק טרויער,
קליין און פֿאַרלאָשן.
מיר וויינט ביז איצט אין אויער:

צען גראָשן — צען גראָשן — —
ס׳ברויזן אַרום אים
נאַלעווקער זאַווערוכעס —
און ער שטייט, פֿאַרקויפֿט
צען־גראָשנדיקע לוחות.
אַ לוח׳ל, רב ייִד!
וואָס פֿליט איר ווי אַ רוח?
שטעלט זיך אָפּ און קויפֿט
אַ לוחל, אַ לוח.
אַז איר זאָלט אין גוואַלד,
אין מיטן דעם האַרמידער,
וויסן ווו איר האַלט — — —
איידער, חלילה
וחלילה, איר פֿאַלט
און איר ווערט צעדראָשן — — —

ער זאָגט דאָס נישט, דער זקן
מיט דעם קוואַרן גוף,
קליין און פֿאַרלאָשן.
איך הער דאָס אַלץ אַרויס
פֿון וויינענדיקן רוף:
צען גראָשן, צען גראָשן!

Twelve Autumn Lines

Scarlet trees are spitting blood of leaves
and flies are dying on filthy windowpanes.

Ripe, my heart falls from the Tree of Knowledge,
rotting with a spitlike stickiness.

Come, pour me out a sleeping draught of kisses.
Like dead flies I shall be lying, lying . . .

And till a thunderclap come to awake me,
spin a Grieg autumn melody around me.

On the black piano, play for me, black sister,
play ethereal sorrow, art and falsehood.

Until the shattering thunder opens graves
and God's lightning falls on children in their cradles.

Robert Friend

צוועלף האַרבסט־שורות

מיט בלוט פֿון בלעטער שפּײַען רויטע ביימער.
אויף שויבן ברודיקע קראַפּירן פֿליגן.

רײַף פֿאַלט מײַן האַרץ פֿון וויסנס בוים אַרונטער.
עס איז מיט פֿוילער קלעפּיקייט באַשפּיגן.

קום, טרינק מיך אָן מיט שלאָפֿגעטראַנק פֿון קושן.
ווי פֿליגן טויטע וועל איך ליגן, ליגן . . .

און ביז אַ דונער וועט מיך קומען וועקן —
פֿאַרשפּינוועב מיט אַ האַרבסט־ניגון פֿון גריגן.

בײַם שוואַרצן פּיאַנאָ שפּיל מיר, שוואַרצע שוועסטער.
שפּיל עטערדיקן קומער, קונסט און ליגן.

ביז שמעטערדיקער דונער עפֿנט קבֿרים
און ס׳פֿאַלט גאָטס בליץ צו קינדער אין די וויגן.

ITSIK FEFER

*1900, Shpole, Ukraine—1952, place of death
unknown.*

===================

Fefer made his literary debut in 1919, the same year that he joined the Russian Communist Party, and throughout the 1920s his poems combined revolutionary romanticism with sharp antitraditionalist motifs. His robust lyricism celebrated hope in the new social order, but he was also polemically outspoken against those who placed aesthetic refinement and quavering individualism above the aims of political transformation. Though he was a leading representative of Yiddish "Soviet Culture" and occupied many important positions as editor, publicist, and cultural bureaucrat, he met the same fate as his fellow Yiddish writers. Arrested in late 1948 or early 1949, he was executed on August 12, 1952.

*The following two poems are untitled in the original Yiddish and are
therefore left so in the English translation.*

❖ ❖ ❖

Dead Gentile women in greatcoats,
eyes gray, hunks of ice,
on their necks—not beads,
strings of lice.

They had not managed to wait out the trains,
dead Gentile women in greatcoats
without evenings, without dawns
strewn out by doorsteps.

Gray Russian stations
in a bright winter,
valises, bags, bundles, railway ties,
dead Gentile women in greatcoats.

Without evenings, without dawns
strewn by doorsteps,
had not managed to wait out the trains,
dead Gentile women in greatcoats.

Leonard Wolf

❖ ❖ ❖

So what if I've been circumcised
With rituals, as among the Jews?
Field winds have tanned my middle-sized,
Pale, dreaming feet to darker hues.

Some Jews long for *tsholnt* yet—
We toughs, for smoke, and flame in motion;
Eight years' embattled meadows, set
Underneath the sky's blue ocean.

---

tsholnt: a baked stew of beans or potatoes and meat placed in the oven on Friday
for lunch on the Sabbath, when no fires may be lit.

❖ ❖ ❖

טויטע גויעס אין שינעלן,
אויגן גרויע, שטיקער אײַז,
אויף די העלדזער — ניט קיין קרעלן,
שנירלעך לײַז.

ניט דערוואַרט זיך אויף קיין צוגן
טויטע גויעס אין שינעלן
אָן פֿאַרנאַכטן, אָן פֿאַרטאָגן
אויסגעוואַלגערטע בײַ שוועלן.

גרויע רוסישע וואָקזאַלן
אין אַ ווינטער אין אַ העלן,
קלומקעס, זעקלעך, פּעקלעך, שפּאַלן,
טויטע גויעס אין שינעלן.

אָן פֿאַרנאַכטן, אָן פֿאַרטאָגן
אויסגעוואַלגערטע בײַ שוועלן,
ניט דערוואַרט זיך אויף קיין צוגן
טויטע גויעס אין שינעלן.

❖ ❖ ❖

נו, איז וואָס אַז מ'האָט מיך געמַלעט,
און געפּראַוועט, ווי בײַ ייִדן, אַ ברית.
ס'האָבן פֿעלדישע ווינטן פֿאַרסמאַליעט
מײַנע ווײַסע פֿאַרדרימלטע פֿיס.

דאָ טרוימען נאָך ייִדן פֿון טשאָלנט,
יאַטן בענקען נאָך רויך און נאָך פֿלאַם.
אַכט יאָר אויף פֿעלדער און טאָלן
אונטער הימלשן בלויען ים.

I'm a quiet guy and hardly a villain;
My honesty has no great appeal;
I'm never known to put on *tfiln*,
I'm never known to wheel and deal.

So what if I've been circumcised
With rituals, as among the Jews?
Field winds have tanned my middle-sized,
Pale, dreaming feet to darker hues.

John Hollander

Raised in the heartland of the Hasidic movement in the Ukraine, Fefer delights in transposing its joyous energy to his own political cause. Reb Itsikl (Isaac Twersky of the Chernobyl dynasty) had been the rabbi of Skvira, not far from Fefer's birthplace, Shpole.

I've Never Been Lost

In all my short, happy life, I've never
Been lost, nor forgotten the way I came.
I laugh to myself when I remember
That I carry some famous rabbi's name.

The name that my grandfather wanted for me
Was the Holy Reb Itsikl of Skvira's,
That I might lay *tfiln* and wear a *tales*
And do my singing of prayers and *zmires*,

That I might be the richest man in town,
And my wife's housekeeping be the best,

---

tfiln: phylacteries, worn by men.
tales: prayer shawl.
zmires: Sabbath melodies.

מע קען מיך פֿאַר אַ גוטן און שטילן,
פֿאַר אַ סך איז מײַן ערלעכקייט קאַרג.
כ׳האָב קיין מאָל ניט געלייגט קיין תּפֿילין
און קיין מאָל ניט געהאַנדלט אין מאַרק.

נו, איז וואָס, אַז מ׳האָט מיך געמַלעט
און געפּראַוועט, ווי בײַ ייִדן, אַ ברית.
ס׳האָבן פֿעלדישע ווינטן פֿאַרסמאַליעט
מײַנע ווײַסע פֿאַרדרימלטע פֿיס.

איך האָב קיין מאָל ניט געבלאָנדזשעט

איך האָב קיין מאָל ניט געבלאָנדזשעט
אין מײַן קורצן שמייכלענדיקן לעבן.
לאַכט אין מיר מײַן האַרץ, ווען איך דערמאָן זיך,
אַז איך טראָג אַ נאָמען נאָך אַ רבין.

נאָך דעם הייליקן ר׳ איציקל פֿון סקווירע
האָט געוואָלט מײַן זיידע איך זאָל הייסן,
איך זאָל דאַווענען און זינגען זמירות
און צו טאָן האָבן מיט תּפֿילין און טליתים.

איך זאָל זײַן דער גרעסטער גבֿיר אין שטעטל,
און מײַן ווײַב זאָל זײַן די גרעסטע באַלעבאָסטע.

So days and nights gave way to each other,
And each year came to follow the rest.

The sun has blessedly bronzed my body,
My life is all battles and songs of fame;
It really breaks me up to remember
That I carry some famous rabbi's name.

John Hollander

האָבן טעג מיט נעכט זיך וואָכעדיק געביטן
און געשוווּמען זײַנען יאָרן פּראָסטע . . .

האָט די זון געבענטשט מײַן לײַב מיט בראָנזע,
און מיט שלאַכטן און מיט לידער רײנט מײַן לעבן.
לאַכט אין מיר און קײַכט, ווען איך דערמאָן זיך,
אַז איך טראָג אַ נאָמען נאָך אַ רבין.

YISROEL RABON

(Rubin) 1900, a village near Radom, Poland—1941,
Ponary, near Vilna.

Raised in the working-class slum of Baluty in Lodz, Rabon began to publish satiric verses on topical subjects at the age of fifteen. He wrote stories and poems, expressing a naturalistic and often grotesque view of the trapped individual. His several collections of poetry, including *Behind the Fence of the World* (1928) and *Gray Spring* (1933), and his novels, *The Street* (1928) and *Balut* (1934), portray in grotesque form the estrangement of the uprooted city dweller in Poland during the years between the wars.

Rabon lived mostly in Lodz and briefly in Warsaw. After the German occupation he escaped to Bialystok and Vilna, where he was killed in one of the mass slaughters.

A Funeral

Thirteen gentlemen in top hats hard as tin,
who wear
patent-leather shoes as black as ink,
and reek of ointment in their parted hair,
follow after a coffin in a funeral,
a silent funeral.

A rain beats down on thirteen top hats hard as tin,
washing away powder and pomade.
The gentlemen on parade,
all thirteen,
turn white as chalk.

Step by step the mourners go—
no moan, no tears, no sound.
A street here and a street there—
and the good burial-ground.

The dead man lies, an obscene hulk:
belly, jowls, grease, and rind.
To greet him come
five burial Jews
who pat his fat behind.

Five burial Jews, nimble as mice,
each black-gowned,
who pinch and sew and twitch,
and twist the dead man round.

By the grave, each bent in half,
thirteen gentlemen hard as tin,
gather from an eye a tear
and fling it in.

The dead man, massive bulk entombed,
beard trimmed,

אַ לוויה

דרײַצן הערן אין צילינדערס האַרטע ווי בלעך,
און אין לאַקשיך, וואָס זענען שוואַרץ ווי טינט,
און מיט פּאָמאַדע דער שרונט—
גייען נאָך אַ לוויה,
אַ שטילע לוויה.

אַ רעגן קלאַפּט אויף די דרײַצן צילינדערס האַרטע ווי בלעך
און שווענקט אָפּ דעם פּודער און ווישט די פּאָמאַד.
די דרײַצן הערן ווערן גרין און בלאַס,
ווי קרײַד.

טריט בײַ טריט גייט די לוויה.
אָן טרער, אָן שאָרך, אָן וואָרט.
אַ גאַס אַהער, אַ גאַס אַהין—
דאָס "גוטע אָרט".

דער מת—אַ גראָבער הער:
אַ בויך, אַ גוידער, פֿעט, שמאַלץ.
פֿינף טויטן־יִידלעך קומען אָן,
טאַפּן אים דעם הינטן, נאָפּל, האַלדז.

פֿינף טויטן־יִידלעך, פֿלינק ווי מײַז,
אין כאַלאַטלעך טאַנצן אום,
קנײַפּן, דרייען, נייען, צופּן
דעם מת אַרום.

די דרײַצן הערן אין צילינדערס האַרטע ווי בלעך
בייגן ביז אַ העלפֿט זיך אײַן
און יעדער נעמט אַראָפּ פֿון אויג אַ טרער
און וואַרפֿט זי אין דעם גרוב אַרײַן.

דער מת—דער ריז,
די וואָנצעס—פֿאַרשפּיצט,
די האָר געפּוצט,
ראַזירט,
פֿריזירט,

hair groomed
and shining with shampoo,
looks up and sweetly smiles:
Thank you.

Robert Friend

The Cat Merchant

I'm on my way to Leutamirsk, the train is leaving soon,
and only the Devil knows just why I'm going there.
It's ugly and it's muddy, but I've nothing else to do,
So I'm going to the marketplace and hope to find a fair.

No sooner will I get to town when some fellow, I suppose,
will clap me on the shoulder (we are ringed around by brats)
and ask me what I've come to buy—barley, perhaps, or groats?
"What barley, what groats, my friend?" I say. "I've come to buy
  some cats."

The marketplace is growing wild: a man has come from Lodz
who's buying up all the cats (they say) in the vicinity.
Hold on (they say)—it won't take long before they round them up
and bring all the cats they've caught to the marketplace for me.

From cellar and from bathhouse, from alley and from yard,
in baskets and in wheat sacks, and some led on a string,
from shop and roof and basement, and from the house of prayer—
see the black cats, the white cats, the brown cats they bring;

roly-poly fat cats, gay cats, cats wealthy, cats of weight,
and each adorned with a mustache such as the Christians wear,
cats graceful as if they danced on ice, cats swifter than the wind,
cats with ribbons round their tails and looping through their hair.

And when at long last darkness falls upon the marketplace
and I'm engulfed by a sea of cats and find I cannot swim,
the people in the town will ask, their eyeballs popping out,
What will he do with all these cats? And what will become of *him*?

ער ליגט און שמייכלט זיס:
דאַנקעשעהן!״

דער סוחר פֿון קעץ

כ׳פֿאָר קיין ליוטאָמירסק . . . באַלד גייט אָפּ די באַן . . .
(איך זאָל אַזוי פֿון צרות וויסן, וואָס איך פֿאָר אַהין! . . .)
אַ שטעטל איז׳ס אַ מיאוס׳ס און אַ בלאָטע איז דאָרט שטעטס—
און איך, איך בין משוגע און כ׳האָב נישט וואָס צו טון . . .

כ׳וועל קומען אויפֿן מאַרק פֿון שטעטל, וועל איך טרעפֿן אַ יריד.
עס וועט, מסתּם, אַ ייִד אין פּלייצע געבן מיר אַ זעץ
און פֿרעגן מיך: „וואָס קויפֿט איר—ווייץ, אַ זעקל גערשט?״
„ניין, נישט קיין ווייץ און נישט קיין גערשט. איך בין געקומען קויפֿן קעץ.״

וועט ווערן חושך אויפֿן מאַרק: געקומען איז אַ מענטש פֿון לאָדזש,
וואָס קויפֿט די קעץ פֿון גאַנצן שטעטל אויף
און איידער ס׳וועט אַוועק אַ קליינטשיק שטיקל צײַט,
וועט מען מיר ברענגען אַלע קעץ אויפֿן מאַרק אַרויף.

פֿון די געוועלבער, פֿון די הויפֿן, פֿון די קעלערס, פֿונם באָד
אויף שנירלעך פֿירט מען קעץ, קעץ ברוינע, געלע קעץ;
פֿון בית־מדרש, פֿון די קראָמען, פֿון יעטוועדן הויף
וועט מען פֿירן שוואַרצע קעץ און ווײַסע און גרינע קעץ.

גבֿירישע, געפּאַשעטע, געפֿלעקטע, שווערע קעץ,
מיט סטענגעס אויף די העלדזער און די קעפּ מיט שרונטן.
קעץ מיט וואָנסעס, ווי די קריסטן, מיט שלייפֿלעך אויף די שווענץ,
קעץ, וואָס טאַנצן אויף איין פֿיס און פֿליִען ווי די ווינטן.

און אַז דער אָוונט וועט צופֿאַלן אויפֿן מאַרק
און איך וועל שטיין פֿון טויזנט קעץ אַרומגעהילט אַליין—
וועט ליוטאָמירסק דאָס שטעטל גלאָצן זיך די אויגן אויס
און פֿרעגן זיך, „וואָס וועט דאָ מיטן קאַצן־סוחר זײַן?״

And when midnight comes upon the world, a yowling will begin
rising from the cat encampment, loud cries of distress.
That will be the sorrow, brother, weeping deep in me,
escaping from the prison house of my loneliness.

I'm leaving for Leutamirsk today, and by tomorrow night,
I'll be drifting through some village or sleeping in some byre;
or telling peasants stories by the half-light of the moon
as I warm my weary body by a friendly peat fire.

Robert Friend

Mendacious Song

My grandfather lived five thousand years or so
and he slept on a baking griddle.
Grass grew on his head
and his hair made music as if it were a fiddle.

And once my grandfather slapped the moon's teeth out
because she was stingy and left the world half-lit.
And because he wanted the sun for his very own,
he paid the Lord Almighty a mint for it.

And when he spoke with his dogs, it was Yiddish that he spoke,
and those who overheard him glowed with pride.
And when he told a story or a joke,
people toppled over laughing and nearly died.

For lunch my grandfather would eat a cloud or two
garnished with carrots and fried.
Afterward he would unbutton his pants and roar,
still unsatisfied.

And when, God bless him, Grandfather kissed a woman
in one of his sudden pashes,
she burst into flames that nobody could put out
and fell dead at his feet, burned to ashes.

Robert Friend

ווען האַלבע נאַכט וועט קומען אויף דער וועלט צו גיין—
וועט דאָס געיאָמער פֿון דער מחנה קעץ זיַין שרעקלעך גרויס.—
אָ, ברידער, דאָס וועט זיַין דער אומעט, וועלכער וווינט אין מיר
און רײַסט זיך פֿון מײַן איינזאַמקייט פֿון מיר אַרויס.

כ׳פֿאָר הײַנט קיין ליוטאָמירסק . . . און מאָרגן מיטיק־צײַט
וועל איך, קען זײַן, זיך וואַלגערן ערגעץ אין אַ ווײַטן דאָרף.
בײַ דער לבֿנה־ליכט דערציילן מעשׂיות פּויערים אויפֿן קול
און זיך וואַרעמען דעם גוף דעם מידן בײַ אַ פֿײַערל פֿון טאָרף!

אַ ליד פֿון אַ ליגנער

מײַן זיידע האָט געלעבט אַ פֿינף טויזנט יאָר.
און גראָז איז געוואַקסן אים אויפֿן קאָפּ.
געשלאָפֿן איז ער אין א פֿײַערטאָפּ
און ווי פֿידלען האָבן געשפּילט זײַנע האָר.

מײַן זיידע האָט די לבֿנה אַ מאָל צען אויסגעפּאַטשט,
פֿאַרוואָס זי לײַכט אַזוי קנאַפּ אויף דער וועלט.
און אַז די זון זאָל זײַן אייגנטום זײַן—
האָט ער גאָט באַצאָלט אַ פֿאַרמעגנס מיט געלט.

מײַן זיידע האָט גערעדט אויף יִידיש מיט הינט,
אַז געקוואָלן האָט דער, וואָס האָט געהערט.
אַז מײַן זיידע האָט אַ מעשׂה דערציילט,
זענען מענטשן פֿון לאַכן געפֿאַלן צו דר׳עדר.

מײַן זיידע האָט געגעסן אויף מיטיק א וואָלקן,
געפּרעגלט מיט מייערן און סאַלאַט.
דערנאָך האָט ער פֿאַרקנעפּלט די הויזן
און געשריגן, אַז ער איז נאָך נישט זאַט.

אַז מײַן זיידע האָט געגעבן אַ פּרוי אַ קוש,
האָט זי גענומען ברענען, ווי אַ קנויט.
און איידער מען האָט דערמינטערט די פּרוי—
איז זי געפֿאַלן טויט.

ITSIK MANGER

1901, Czernowitz, Rumania—1969, Tel Aviv.

===========================

T he son of a tailor, Manger was sent to a German high school,
but after being expelled for misconduct, he spent some years
at his father's trade. A lifelong *enfant terrible*, he reveled artistical-
ly in the tradition of the Yiddish folk song and the Yiddish theater
of his native region. In the best-known of his works, *Medresh It-
sik*, he simulates the Jewish tradition of homiletic storytelling to
provide his own poetic interpretations of important biblical per-
sonages and events. From 1928 to 1938 he spent most of his time in
Warsaw, winning fame as a poet, essayist, lecturer, and occasional
dramatist. He moved to Paris and then, after the German occupa-
tion, to London. In 1951 he came to New York, and following
several visits to Israel he settled there in the early 1960s.

The most popular of modern Yiddish poets, thanks to the humor
and accessibility of some of the poems and his obvious affection
for folk sources, he enjoyed the incongruous coupling of tra-
ditional forms, like the ballad, with sophisticated motifs of contem-
porary European poetry. His use of impersonal, anonymous folk
genres for highly expressive personal moods results in an innocent
world weariness, a distinctive mixture of romantic fancy and ironic
mischief.

The first four poems form part of Medresh Itsik, *Manger's playful exegetical renditions of well-known biblical episodes. While the stories and homilies of traditional midrash were often unintentionally anachronistic, Manger used anachronism as one of several techniques to show the tension between the grandeur of the Bible and the east European Jew's experience of it in exile.*

Eve and the Apple Tree

She stands before the apple tree
While the red sun sets.
Mother Eve, what do you know,
What do you know of death?

Death, ah, death's the apple tree
Whose weary limbs bend down,
It is the bird upon the branch
Singing an evensong.

Adam's to the wild wood gone
At dawn into the wood.
Adam says, "The wood is wild
And all that's wild is good."

But Eve is frightened of the wood,
Prefers the apple tree,
And when she does not go to it,
It comes to her in dreams.

It rustles, it leans over her,
It says, "Beloved Eve,
Not every warning Word He speaks
Has to be believed."

In love, she plucks an apple—
She feels strangely light.
Round and round the tree she goes
Like a butterfly in flight.

חוה און דער עפּלבוים

חוה שטייט פֿאַרן עפּלבוים.
דער זונפֿאַרגאַנג איז רויט,
וואָס ווייסטו, מוטער חוה, זאָג,
וואָס ווייסטו ועגן טויט?

דער טויט דאָס איז דער עפּלבוים
וואָס בייגט די צווייַגן מיד.
דער אָוונט־פֿויגל אויפֿן בוים
וואָס זינגט זייַן אָוונטליד.

אָדם איז אַוועק פֿאַר טאָג
אין ווילדן וואַלד אַליין.
אָדם זאָגט: „דער וואַלד איז ווילד
און יעדער ,ווילד׳ איז שיין״.

נאָר זי האָט מורא פֿאַרן וואַלד.
זי ציט צום עפּלבוים.
און קומט זי נישט צו אים צו גיין,
קומט ער צו איר אין טרוים.

ער רוישט און בייגט זיך איבער איר.
זי הערט דאָס וואָרט „באַשערט״.
פֿאַרגעס וואָס „ער״ דער גרויסער „דער״,
וואָס ער האָט דיר פֿאַרווערט.

און חוה רייַסט אַן עפּל אָפּ
און פֿילט זיך מאָדנע גרינג,
זי קרייַזט פֿאַרליבט אַרום דעם בוים,
ווי אַ גרויסער שמעטערלינג.

And He Himself who warned her
Says, "The tree is fair."
And keeps the sunset lingering
Another moment more.

Each night, whether true or not,
She dreams this dream: A tear
Drops from the weeping apple tree
And falls into her hair.

"Lovely apple tree, don't weep,
I am your melody
And know your word is stronger far
Than the Word that's warning me."

Then Eve enfolds the apple tree,
She clasps it in her arms
While far above, the pious stars
Tremble with alarm.
1941
                                    Leonard Wolf

Hagar Leaves Abraham's House

The dawn is blue at the window,
Three times the rooster crowed.
Outside the horse is neighing,
Impatient for the road.

Hagar is worn with weeping;
Her child lies in her arms:
Once more she casts her eyes around
The gray, familiar room.

Outdoors, the teamster haggles
For his fare with Abraham:
"All right, six dollars, even,
After all, there are two of them."

און „ער״, וואָס האָט דעם בוים פֿאַרוועדט,
ער זאָגט אַליין: „ס׳איז שיין״,
און האַלט נאָך אויף אַ רגע אויף
דאָס גרויסע זונפֿאַרגיין.

דאָס איז דער חלום יעדע נאַכט,
טאָ וואָס זשע איז די וואָר?
און חוה פֿילט ווי ס׳טרערט דער בוים
אַראָפּ אין אירע האָר.

„וויין נישט, שיינער עפּלבוים,
דו רוישסט און זינגסט אין מיר
און דו ביסט שטאַרקער פֿונעם וואָרט,
וואָס וואָרנט מיך פֿאַר דיר״.

און חוה נעמט דעם עפּלבוים
מיט ביידע הענט אַרום,
און איבער דער קרוין פֿון עפּלבוים
ציטערן די שטערן פֿרום . . .
1941

הגר פֿאַרלאָזט אַבֿרהמס הויז

די בלאָקייט טאָגט אין פֿענצטער,
דער האָן האָט דרײַ מאָל געקרייט,
אין דרויסן הירזשעט דאָס פֿערדל
אין ווײַטן וועג געגרייט.

הגר שטייט אַ פֿאַרוויינטע
מיטן קינד אויף די הענט
און ס׳וואָגלען אירע אויגן
צום לעצטן מאָל אויף די ווענט.

דער בעל־עגלה דינגט זיך אין דרויסן
מיט אַבֿרהמען וועגן דעם לוין:
„לייגט צו, ר׳ אַבֿרהם, אַ זעקסער,
ס׳זענען דאָך צוויי פֿאַרשוין״.

The pony scrapes the gravel
As if it were saying, "Come on!
Give me a chance to show you
How to make the highway tame."

"This is our portion, Ishmael;
Darling, dry your tears.
This is the way of the Fathers
With their long and reverend beards."

She foresees herself abandoned
In a railroad waiting hall
In a foreign country and she sobs
Into her Turkish shawl.

"Hagar, stop that sniveling—
Woman, do you hear me or no?"
Hagar takes her bundle,
Hagar turns to go.

He stands with his silken cap on,
The pious Abraham—
"Dear mother, tell me, does he feel
My heart's defeated pain?"

The whip sings out; they've started.
She sees, through tear-rimmed eyes,
The village houses slowly
Scrape backward in a haze.

She takes the earth and heaven
To be her witnesses:
This is the way of the Fathers
With their long and reverend beards.

Leonard Wolf

ס׳פֿערד שאַרט מיט די פּאָדקאָוועס
ווי ס׳וואָלט געטענהט: אַן עק!
אָט וועל איך אײַך ווײַזן, ייִדן,
ווי מען לערנט בלק אַ וועג.

„וויין נישט, ישמעאליקל טאַטע,
אַזוי איז אונדז שוין באַשערט,
אָט אַזוי פֿירן זיך די אָבֿות
מיט די לאַנגע פֿרומע בערד".

זי זעט זיך שוין אַ פֿאַרלאָזטע
אויף אַ ווײַטן פֿרעמדן וואָקזאַל
און זי כליפּעט אירע טרערן
אַרײַן אין דעם טערקישן שאַל.

„הגר, גענוג שוין געיעלהט,
דו הערסט וואָס מען זאָגט, צי ניין!"
און הגר נעמט דאָס פּעקל
און לאָזט צו דער פֿור זיך גיין.

אָט שטייט ער אין זײַדענעם קאַפּל,
רב אַבֿרהם דער פֿרומער ייִד —
„צי פֿילט ער כאָטש, מאַמע געטרײַע,
מײַן ביטער דערשלאָגן געמיט?"

דאָס בײַטשל קנאַלט: לסוסתי!
און פֿאַר איר פֿאַרטרערטן בליק
שאַרן די הײַזער פֿון שטעטל
פּאַמעלעך זיך אויף צוריק.

און הגר נעמט פֿאַר אַן עדות
דעם הימל און די ערד:
אָט אַזוי פֿירן זיך די אָבֿות
מיט די לאַנגע פֿרומע בערד.

Based on Genesis 29:9 ff., Manger's Jacob displays the airs of a Western-educated Jew who lords it over his small-town relatives back home. He converses with Rachel in affected Germanized Yiddish, with touches of French thrown in for good measure.

The Patriarch Jacob Meets Rachel

It's late in the evening. Bedraggled,
The patriarch plods his way.
"There is the well—the one to the left . . .
That's it . . . certainly."

He checks his pocket Bible . . .
It's clearly written, "There."
In that case, what's the matter?
Why isn't the girl here?

She comes. The pitcher in her hand,
She runs. "Ah, what a girl."
More lovely than the Bible says—
Indeed, a perfect jewel.

"*Bon soir*, my pretty *mademoiselle*.
I am an *étranger*,
That is . . . perhaps . . . *vous comprenez*,
I mean . . . I'm not from here.

However, Miss, I'm said to have
An uncle hereabouts.
It may be he's well known to you . . .
Vous comprenez, no doubt.

His name is Lavun . . . *c'est à dire*,
He's not just anyone.
He's said to be a millionaire
By all the folks back home."

"Laban Harami happens to be
No one but my *papa* . . ."

יעקבֿ אָבֿינו באַגעגנט זיך מיט רחלען

יעקבֿ אָבֿינו שלעפּט זיך מיד
אין שפּעטן אָוונט אַרייַן —
אָט איז דער ברונעם דאָרטן לינקס,
דאָ מוז עס זיכער זייַן.

ער נעמט דאָס חומשל אַרויס:
„אַוודאי, אַוודאי דאָ —
איז ווי זשע קומט עס טאַקע, האַ,
וואָס זי איז נאָך נישטאָ?"

זי גייט, זי לויפֿט, איי פּאַטערל!
מיטן קריגל אין דער האַנט,
נאָך שענער ווי אין חומש שטייט —
אַן אמתער בּאַרליאַנט.

„גוטן אַבענד, שיינע מאַדמאַזעל,
איך בין דאָ, וויסן זי,
אַ גר, אַ פֿרעמדער אין דעם אָרט,
דאָס הייסט, אַז נישט פֿון הי.

נאָר כ'האָב דאָ, פֿרייַלייַן, וויסן זי,
אייַן אָנקל אין דעם לאַנד,
ער מוז איהן, פֿרייַלייַן, וויסן זי,
אַוודאי זייַן באַקאַנט.

לבֿן הייסט ער, וויסן זי,
ער איז נישט אַבי ווער,
בייַ אונדז אין שטעטל זאָגט מען אַז
ער אין איין מיליאָנער".

„לאַבֿאַן האַאַראַמי, יונגער מאַן,
דאָס איז דאָך מייַן פּאַפּאַ!" —

"Then *Mademoiselle*, unless I'm wrong,
You are my cousin Ra—"

"And you are Jacob, *mon cousin*."
Sne blushes by the well,
While Jacob, in his secret heart
Thinks, God, she's beautiful.

Each takes the other by the hand.
A cooling evening wind
Swirls them in a firm embrace
One moment and is gone.

                                   Leonard Wolf

*Based on the story of Joseph, Genesis 37–50, "The Selling of Joseph"
became in Europe a popular subject of Purim plays, performed during the
celebrations commemorating the victory of Esther and Mordecai over
Haman. The title of the poem draws attention to Manger's anachronistic
transposition of Jacob into an east European father, studying the weekly
portion of the Bible with his sons as a good Jew would have done. His an-
ticipation of Joseph's trials is an added piece of playfulness: a well-known
midrash explains that Joseph was able to resist Potiphar's wife because
"the image of his father brought him to his senses and his illicit passion
departed from him." (Louis Ginzberg,* The Legends of the Jews, *II, 54).*

Jacob Studies "The Selling of Joseph" with His Sons

"Why do you stand so silent,
Reuben, my oldest son?"
"Our Purim play, dear father,
Is ready to begin."

"Come, put on your silken shirt,
Joseph, my best-loved son.

„אויב כ׳האָב קיין טעות, וויסן זי,
זענט איר דאָס פֿרײַלײַן ראַ—״

„און איר זענט יאַקאָב, מײַן קוזען?״
און זי ווערט ווי צונטער רויט
און יעקבֿ טראַכט אין האַרץ בײַ זיך
— אר־וואַ, אַ וואַזשנע מויד!

זיי גיבן ביידע זיך די הענט,
אַ קילער אָוונטווינט
נעמט זיי ביידע פֿעסט אַרום
אַ רגע און — פֿאַרשווינדט.

יעקבֿ אָבֿינו לערנט מיט זײַנע זין „מכירת יוסף״

„ראובֿן, מײַן סאַמע עלטסטער זון,
וואָס שטייסטו אַזוי שטיל?״
„פֿאָטער יעקבֿ, מיר זענען גרייט
צו שפּילן דעם פּורים־שפּיל״.

„יוסף, מײַן סאַמע ליבסטער זון,
טו אָן דאָס זײַדענע העמד!

Your brothers need to sell you
To strangers once again.

When they throw you in the pit,
Weep, but not for long.
It's not the first time that you act
This play out, my dear son.

But when you pass your mother's grave
That stands beside the way,
Be sure you shed a real tear
And softly, gently say

That gladly would old Jacob serve
Another seventh year
If once before his death he might
Again caress her hair.

By now, you know the rest by heart—
Your exits, cues, and bows.
Again in Pharaoh's dream there graze
His seven fattened cows.

Interpret for him without fault
As truly as before,
And, don't forget, in Heaven's name,
To send me a sack of flour.

And, don't forget, in Heaven's name,
Be virtuous, my dear . . .
Watch out for the wiles of Pharaoh's wife
For she is young and fair."

—   —   —   —   —

"Hey, now, my sons. Why do you stand
Without a word to say?"
"Because, Father Jacob, you yourself
Have spoiled the Purim play."

Leonard Wolf

די ברידער ווילן דיך נאָך אַ מאָל
פֿאַרקויפֿן אין דער פֿרעמד.

איז וואַרפֿן זיי דיך אַרייַן אין גרוב,
טאָ וויין — אָבער נישט צו פֿיל!
דו שפּילסט דאָך נישט דאָס ערשטע מאָל,
מייַן קינד, דעם פּורים־שפּיל.

נאָר ווען דו גייסט פֿאַרבייַ דעם וועג,
וווּ דייַן מאַמעס קבֿר שטייט,
וויין אויף איר שטיין אַן אמתע טרער
און זאָג צו איר שטילערהייט:

דער אַלטער יעקבֿ וואָלט נאָך אַ מאָל
געדינט זייַנע זיבן יאָר,
ער זאָל נאָך אַ רגע פֿאַרן טויט
אַ גלעט טון אירע האָר.

און ווייַטער ווייסטו שוין אַליין,
וווּ איַין וווּ אויס און ווי —
ס׳פּאַשען שוין אין פּרעהס טרוים
די זיבן פֿעטע קי.

זייַ אים פּותר ווי אַלע מאָל,
זע מאַך נאָר נישט קיין פֿעל,
און פֿאַרגעס נישט, למען השם,
דעם טאַטן אַ זעקל מעל!

און פֿאַרגעס נישט, למען השם,
יוסף הצדיק דו מייַן —
און היט זיך פֿאַר פּוטיפֿרס ווייַב,
כאָטש זי איז יונג און שיין!״

— — — — —

„הייַדאַ קינדער, וואָס שטייט עך וואָס,
וואָס שווייַגט עך אַזוי שטיל?״
„פֿאָטער יעקבֿ, האָסט קאַליע געמאַכט
אַליין דעם פּורים־שפּיל״.

The Ballad of the White Glow

"You've grieved enough, my daughter dear,
You've mourned enough, your woe."
"Mother, see, in the depth of night—
A cool, white glow."

"It's a will-o'-the-wisp, my daughter,
A will-o'-the-wisp, be sure.
May it always wander the empty fields
And come here nevermore."

"It cannot be a will-o'-the-wisp,
It may not be false fire
Because my heart, in that cool glow,
Is throbbing with desire."

"Say your prayers, my daughter.
I cannot understand—"
"Mother, the white glow calling me
Calls from the beyond.

What shall I say to my urgent heart?
Shall I refuse to go?
If it is my calling heart,
Shall I answer 'No'?"

The storm is blowing out of doors,
Outside there whirls the snow.
"Wait one moment more, white light.
One moment and I'll go."

Quickly, quickly, she takes up
Her little crimson shawl.
Her own red blood is a brighter red—
The look of death is pale.

Long, long at the windowpane,
Her mother sees her go,

די באַלאַדע פֿונעם ווײַסן שײַן

„געגנוג געיאָמערט, טעכטערל,
און אויסגעוויינט דעם פּײַן!"
— זע מאַמע, אויפֿן פֿאָן פֿון נאַכט
אַ ווײַסן קילן שײַן.

„אַ טעות־ליכט, מײַן טעכטערל,
אַ טעות־ליכט, ניט מער.
אויף פּוסטע וועלדער זאָל עס גיין
און שוין ניט קומען מער".

— ווי קען עס דען אַ טעות־ליכט,
אַ טעות־ליכט גאָר זײַן?
ס'צאַפּלט דאָך מײַן אייגן האַרץ
אין ווײַסן קילן שײַן.

„זאָג גיכער קרישמע, טעכטערל,
גאָט ווייסט, וואָס דאָס באַטײַט!"
— דער ווײַסער שײַן איז, מאַמעשי,
אַ רוף פֿון יענער זײַט.

און אַז מען רופֿט, ווי קען איך דען,
ווי טאָר איך דען ניט גיין?
צי קען איך דען מײַן אייגן האַרץ
לאָזן דאָרט אַליין?

אין דרויסן איז אַ שטורעמווינט,
אין דרויסן איז אַ שניי.
איין רגע נאָך, דו ווײַסער שײַן,
איין רגע און איך גיי.

זי כאַפּט אויף זיך דאָס שאַלעכל,
דאָס שאַלעכל איז רויט.
און רויטער נאָך איר אייגן בלוט
און ווײַס דער שײַן פֿון טויט.

די מאַמע שטייט בײַם פֿענצטערל
און קוקט און קוקט זיך אײַן

Until the virgin silhouette
Fades in the pallid glow.

Leonard Wolf

The Crucified and the Verminous Man

On the darkening road, stands the verminous man
Who rouses from sleep the crucified one.

"Tell me, O Jesus, where did you hear
That your crown is holier than my tear?

Jesus, tell me, who says that your crown
Is holier than all my pain?"

King Jesus stammers, "I'm only a child
Whose home is the wind where I'm crucified."

King Jesus stammers, "Woe and thrice woe
To my scarlet spring amid fallen snow."

Feverish, the verminous man says, "My home
Is cobwebs and night and wind and loam.

Forever a stranger, wherever I go,
Lice flicker like stars in my shirt—they glow.

You are rocked on the wind by two women so mild.
One murmers, 'Beloved,' the other says 'Child.'

There are pitying lips for each of your wounds;
They hallow your flesh, O crucified man.

There are bended knees for each of your thorns;
They hallow your cross, O crucified man.

While I am like shadows, or dogs that bark
Or howl, abandoned on roads after dark."

און זעט דעם מיידל־סילועט
פֿאַרגיין אין ווײַסן שײַן.

די באַלאַדע פֿון דעם לײַזיקן מיט דעם געקרייציקטן

שטייט דער לײַזיקער אויפֿן טונקלען שליאַך,
און וועקט דעם געקרייציקטן פֿונ׳ם שלאָף:

— ווער האָט דיר געזאָגט, אָ, יעזוס, ווער,
אַז דײַן קרוין איז הייליקער פֿון מײַן טרער?

— ווער האָט דיר געזאָגט, אָ, יעזוס, זאָג,
אַז דײַן קרוין איז הייליקער פֿון מײַן פּלאָג?

שטאַמלט יעזוס: — איך בין אַ קינד,
און מײַן היים איז דער צלם אויפֿן ווינט.

שטאַמלט יעזוס: — וויי און דרײַ מאָל וויי
צו מײַן רויטן פֿרילינג אויפֿן ווײַסן שניי.

פֿיבערט דער לײַזיקער: — ווו איז מײַן היים?
שפּינוועבס און נאַכט און ווינט און ליים.

ווו איך שטעל מײַן טראַט, בין איך אין דער פֿרעמד,
און לײַז, ווי שטערן, ברענען אין מײַן העמד.

און דיך צוויי פֿרויען וויגן דיך אויף ווינט,
איינע שטאַמלט: „געליבטער!‟ און די צווייטע: „קינד‟.

פֿאַר דײַן יעדער ווונד איז אַ ליפּ פֿאַראַן,
וואָס הייליקן דײַן גוף, געקרייצטער מאַן.

פֿאַר דײַן יעדן דאָרן זענען קני פֿאַראַן,
וואָס הייליקן דײַן קרייץ, געקרייצטער מאַן.

און איך בין צו די הינט און שאָטנס גלײַך,
וואָס וואָיען הפֿקר אויפֿן טונקלען שליאַך.

King Jesus stammers, "O wretch, I believe
Your dust is more holy, more holy your grief."

From the crucifix trickles a thin, silver cry;
Smiling, the verminous man turns away

With heavy step toward the evening town
For a loaf of bread and a pitcher of wine.

Leonard Wolf

In the Train

The train is hounded, like an exile's heart.
In the fields, a harvest of white snow.
Red eyes glisten, glow, and are extinguished,
But brighter, clearer is the field of snow.
All roads are bright; only the heart is dark
As it goes stumbling through the ripened white.
Tired and hushed, I say and hear the blue
Of your name. I say it to the night—
Your blue name to the whiteness of the night.

When the train is hounded, then its spark
Flies back, as if it had been turned to longing
That wavered, searching for the right way back,
Only to perish in an infant's cry.
Every moment that you're nearer,
All my yearning's crucified on wind;
It waves about, like dangling spider's thread
Enclosing everything my sorrows spun
Long ago, and all I then conceived.
Now, you are all I know, and the white night.
Now, you are all I know, and the white night.

The train is hounded, like an exile's heart.
In the fields, there blossoms the white snow.

שטאַמלט יעזוס: — לײַזיקער, איך גלייב,
אַז דרײַ מאָל הייליק איז דײַן טרער און שטויב!

און פֿון דעם צלם רינט אַ זילבערן געוויין,
שמייכלט דער לײַזיקער און לאָזט זיך פֿריילעך גיין

מיט שווערע טריט אין שפּעטן דאָרף אַרײַן
נאָך אַ לאַבן ברויט, און נאָך אַ בעכער ווײַן.

אין צוג

ס׳יאָגט דער צוג, ווי דאָס האַרץ פֿון אַ פֿאַרשטויסענעם,
און אויף די פֿעלדער בליט דער ווײַסער שניי.
רויטע אויגן בליצן, גליִען און פֿאַרלעשן זיך,
נאָר קלאָר און ליכטיק בליט דער ווײַסער שניי.
די וועגן זענען קלאָר, נאָר טונקל איז דאָס האַרץ,
וואָס בלאָנדזשעט אין רײַפֿער ווײַסקייט אום.
איך זע און הער און מורמל מיד און שטום
דײַן בלאָען נאָמען אין דער נאַכט אַרײַן,
דײַן בלאָען נאָמען אין דער ווײַסער נאַכט אַרײַן.

ווען ס׳יאָגט דער צוג, פֿליט דער פֿונק צוריק,
ווי ס׳וואָלט דער פֿונק די בענקשאַפֿט גאָר געווען
וואָס פֿלאַטערט זוכנדיק דעם וועג צוריק,
און שטאַרבט אין די אָרעמס פֿון אַ קינדגעוויין.
און יעדע רגע ווערסטו נענטער מיר,
ווײַל אויך מײַן בענקשאַפֿט הענגט געקרייצט אין ווינט,
ווי שפּינוועב־פֿעדעם פֿלאַטערט ערגעץ אום
אַלץ, וואָס מײַן טרויער האָט אַ מאָל געשפּינט,
אַלץ, וואָס מײַן בענקשאַפֿט האָט אַ מאָל פֿאַרטראַכט.
איצט קען איך נאָר דיך און די ווײַסקייט פֿון דער נאַכט,
איצט קען איך נאָר דיך און די ווײַסקייט פֿון דער נאַכט.

ס׳יאָגט דער צוג, ווי דאָס האַרץ פֿון אַ פֿאַרשטויסענעם,
נאָר אויף די פֿעלדער בליט דער ווײַסער שניי.

Would that my soul might be as bright and clear
As the clarity of white-spread snow.
The night is bright; only the heart is dark
As it goes stumbling through the ripened white.
Tired and hushed, I say and hear the blue
Of your name. I say it to the night—
Your blue name to the whiteness of the night.

Leonard Wolf

The Besht, acronym for (Israel) Baal Shem Tov—literally, Master of the Good Name—was the founder of the Hasidic movement. He is the subject of hundreds of hagiographic tales attributing to him powers of mystical concentration strong enough to affect the course of nature. Manger's title provokes recognition of the similarities between this Jewish figure and certain mystics of the Christian tradition; it establishes his heretical credentials in treating an otherwise unexceptional Hasidic motif. The poem is dedicated to Manger's brother Notte.

Saint Besht

Almost midnight. The Baal Shem sits
In his quiet alcove, lost in thought.
The night is holy, lovely, deep;
Even a man with barefoot step
Moving alone through a foreign land
Can feel himself in God's blue hand.

The Baal Shem rises; then suddenly
There sounds at the window a tremulous cry.
"Who grieves at night; who is it weeps
When the bird, the wind, and the hut all sleep,
And the forest sleeps along with them?
Who drives the gold away from his dream?
Listen," the Baal Shem says, and turns
To the exiled grief, "Come sleep in my hands."

ווען מײַן נשמה וואָלט אַזוי קלאָר און ליכטיק זײַן,
ווי אָט דער קלאָרער, ווײַס־צעשפּרייטער שניי!
נאָר ליכטיק איז די נאַכט, און טונקל איז דאָס האַרץ,
וואָס בלאָנדזשעט אין רײַפֿער ווײַסקייט אום
איך זע און הער און מורמל מיד און שטום,
דײַן בלאָען נאָמען אין דער נאַכט אַרײַן,
דײַן בלאָען נאָמען אין דער ווײַסער נאַכט אַרײַן.

סאַנקט בעש״ט

נטען

זיצט דער בעל־שם קעגן מיטננאַכט
אין זײַן חדר־מיוחד און ער טראַכט:
„די נאַכט איז הייליק, טיף און שיין,
אַז אַפֿילו דער מענטש, וואָס גייט אַליין
באָרוועס איבער אַ פֿרעמדן לאַנד,
פֿילט איבער זיך גאָטס בלאָע האַנט״.

ער הייבט זיך אויף און בלײַבט פּלוצים שטיין:
אין פֿענצטער ציטערט אַ דין געוויין.
ווער וויינט בײַ נאַכט, ווער וויינט אַצינד,
ווען ס׳שלאָפֿט דער פֿויגל און ס׳שלאָפֿט דער ווינט,
ווען ס׳שלאָפֿט די כאַטע, און ס׳שלאָפֿט דער וואַלד?
ווער טרײַבט פֿון זײַן חלום אַוועק דאָס גאָלד?
„הער — זאָגט ער צום פֿרעמדן געוויין געוויינדט —
קום און ווער אַנטשלאָפֿן אויף מײַנע הענט״.

But the cry at the window is tremulous, fine
As a spider's web or a violin
Or the gasp of a dying child, turned thin
While the child's head writhes against the wind.

The Baal Shem opens the door and tries
To discover what creature disturbs the joys—
The joys and dreams of all the world.
The river dozes and there the town
Is dozing and the field as well.
Who's weeping now
When the bird, the wind, and the hut all sleep
And the forest sleeps along with them?

Who drives the gold away from his dream?
"Listen," the Baal Shem says, and turns
To the exiled grief, "Come sleep in my hands."

But the cry at the window is tremulous, fine
As a spider's web or a violin
Or the gasp of a dying child, turned thin
While the child's head writhes against the wind.

Then he raises his clear eyes . . .
To heaven raises his clear eyes
And sees a gray cloud squeeze against
A single star, and then
The Baal Shem stands a moment by
Attentive to its silver cry.

He raises to heaven his brilliant hand . . .
To heaven raises his brilliant hand
And eases the cloud away. The star
Begins to flutter. Relieved of fear,
It flutters and shimmers, sparks and rings
Through the air, like fine gold rings.
The Baal Shem smiles and says, "You bum,
You've shaken the world into alarm."

נאָר ס׳ציטערט דאָס געוויין ווי אַ פֿידל דין,
דין ווי דאָס שפּינגעוועב פֿון אַ שפּין,
דין ווי די גסיסה פֿון אַ קינד,
וואַס פֿאַרוואַרפֿט דאָס קעפּל אויפֿן ווינט.

עפֿנט דער בעל־שם די טיר און גייט
געוויר צו ווערן, ווער ס׳שטערט די פֿרייד,
די פֿרייד און דעם חלום פֿון אַ וועלט.
אָט דרימלט די שטאָט, אָט דרימלט דער טייַך.
אָט דרימלט דאָס פֿעלד.
ווער זשע וויינט אַצינד,
ווען ס׳שלאָפֿט דער פֿויגל און ס׳שלאָפֿט דער ווינט,
ווען ס׳שלאָפֿט די כאַטע און ס׳שלאָפֿט דער וואַלד?
ווער טרייַבט פֿון זייַן חלום אַוועק דאָס גאָלד?
,,הער — זאָגט ער צום פֿרעמדן געוויין געווענדט —
קום און ווער אַנטשלאָפֿן אויף מייַנע הענט״.

נאָר ס׳ציטערט דאָס געוויין ווי אַ פֿידל דין,
דין ווי דאָס שפּינגעוועב פֿון אַ שפּין,
דין ווי די גסיסה פֿון אַ קינד,
וואָס פֿאַרוואַרפֿט דאָס קעפּל אויפֿן ווינט.

הייבט דער בעל־שם די אויגן אויף,
די ליכטיקע אויגן צום הימל אַרויף,
זעט ער אַ גראָע כמאַרע וואָס ליגט
איבער אַ שטערן, וואָס ווערט צעדריקט.
בלייַבט דער בעל־שם אַ רגע שטיין
און הערט זיך צו צום זילבערנעם געוויין.

דערנאָך הייבט ער אויף די ליכטיקע האַנט,
צום הימל אַרויף די ליכטיקע האַנט,
און ווישט די גראָע כמאַרע אַוועק.
פֿלאַטערט דער שטערן באַפֿרייַט פֿון שרעק,
פֿלאַטערט און שימערט, בליצט און קלינגט
אַדורך דער לופֿט, ווי גינגאָלד קלינגט.
שמייכלט דער בעל־שם: ,,דו שייגעץ, דו!
האָסט אויפֿגעטרייסלט אַ וועלט פֿון רו״.

With silent steps, he makes his way
Home to his hut of brick and clay.
Seating himself beside the sill
He waits for the birds' first morning trill.
He waits for the first drop of the sun . . .
The golden first drop of the sun—
Before the day from dawn can rise,
Softly, to himself, he says:

"The cry of the earthworm or the hare,
The cry of a blade of grass or star
Can shake the world into alarm.
Father! Keep them safe from harm."

Then, to his hand a sundrop falls
And downward to his garment rolls.

Leonard Wolf

November

Seven ancient women croak—"November."
All through the town, the clocks begin their ringing.
My body, here beside you, burns, Anyela.
Listen. How beautifully sick owls are singing.
One by one, the funerals take flight;
The graves are young and ready, and they wait.

An infected wind weeps in our garden;
Before our house a scarlet lantern glows;
Death's silver razors play, like fiddle bows,
White music on the throats of pious calves.
In the nursery, cradles rock themselves
And mother's gone—her chaste, still music dies,
A guiltless sacrifice of lullabies.

November: young and slender brides are weeping,
"Where art thou, loveliest and golden one?"
But pimps glide to their windows to peer in,

מיט שטילע טריט גייט ער דאַן אַהיים,
אַהיים צו זײַן כאַטע פֿון ציגל און ליים,
און זעצט זיך אַנידער אויפֿן שוועל,
און וואַרט אויפֿן ערשטן פֿויגלטרעל,
און וואַרט אויפֿן ערשטן טראָפּן זון.
אויפֿן ערשטן גאָלדענעם טראָפּן זון.
און איידער דער טאָג האָט אויפֿגעטאָגט,
האָט ער שטיל צו זיך אַליין געזאָגט:

„דאָס געוויין פֿון אַ ווערעמל און פֿון אַ גראָז,
דאָס געוויין פֿון אַ שטערנדל און פֿון אַ האָז
קען טרייסלען און צעטרייסלען אַ וועלט פֿון רו
באַהיט און באַשיץ זיי, טאַטע דו!“.

און אַ ליכטיקער טראָפּן פֿאַלט אויף זײַן האַנט
און קײַקלט זיך אַראָפּ איבער זײַן געוואַנט.

נאָוועמבער

זיבן זקנות קראַקען אויס: נאָוועמבער!
און אַלע זייגערס פֿון דער שטאָט הייבן אָן צו קלינגען.
ס׳פֿיבערט מײַן גוף נעבן דיר, אַניעלאַ,
הער, ווי שיין די קראַנקע סאָוועס זינגען.
אַ לוויה פֿליט פֿאַרבײַ — נאָך איר אַ צווייטע,
די קבֿרים זענען יונג און וואַרטן גרייטע.

אַ קראַנקער ווינט וויינט אין אונדזער גאָרטן,
דער לאַמטערן פֿאַרן הויז ברענט שאַרלאַך־רויט,
מיט זילבערנע חלפֿים פֿידלט אויס דער טויט
אויף פֿרומע קעלבער־העלדזער זײַן ווײַסן ניגון.
אין קינדער־צימער וויגן זיך אַליין די וויגן:
די מאַמע איז אַוועק, דאָס שלאָפֿליד איז געשטאָרבן
צניעותדיק און שטיל — אַן עולה־תמימה־קרבן.

נאָוועמבער. יונגע שלאַנקע כּלות וויינען:
ווּ ביסטו גאָלדענער, ווּ ביסטו שענסטער?
אַלפֿאָנסן שאַרן זיך פֿאַרבײַ די פֿענצטער

Fooling the aged fathers into thinking,
"Good fortune flies like that, when fortune flies."
And they suspect the proof of their old eyes.

The watchman, gray and grumbling, stands before
His lamp and asks, "Art thou my destiny?
Too bad." A nurse is bandaging a star
That only lately fell out of the sky.
Trains, in the distance, go and come again;
Deserted wives, at stations, await their men.

Stumbling on the roads, moonwalkers yearn
To find the moon; they search with tender hands
And feel about, but only touch cold rain.
They sob, "Oh, woe is us. The night erases
From our memories familiar traces;
It wipes our shadows out, and all our homes;
And there is no one left who knows our names."

The youthful murderer in prison waits
The coming of the dawn that is to bring
The moment of delight when he will hang
And twitch. Upon the wall, his shadow burns.
The young man asks, "How could you?" of his hands,
And gets no answer he can understand.

Seven ancient women croak—"November."
All through the town, the clocks begin their ringing.
My body, here beside you, burns, Anyela.
Listen. How beautifully sick owls are singing.
One by one, the funerals take flight;
The graves are young and ready, and they wait.

                                        Leonard Wolf

און אַלטע טאַטעס שמייכלען און זיי מיינען,
אַז דאָס גליק איז ערשט פֿאַרבייַגעפֿלויגן
און זיי גלייבן נישט די אַלטע אויגן.

אַ גראָער וועכטער ברומט צום נאַכט־לאַמטערן:
„גורל מייַנער, דאָס ביסטו? פֿאַרפֿאַלן!"
אַ קראַנקן־שוועסטער באַנדאַזשירט אַ שטערן,
וואָס איז פֿונ׳ם הימל ערשט אַראָפּגעפֿאַלן.
פֿון דער ווייַטנס רוישן און פֿאַרקלינגען באַנען
און עגונות אויף פּעראָנען וואַרטן אויף די מאַנען.

לבֿנה־גייער בלאָנדזשען אויף די וועגן
און זוכן די לבֿנה און זיי טאַפּן
מיט איידעלע הענט נאָר אָן דעם קאַלטן רעגן.
כליפּען זיי: וויי צו אונדזערע יאָרן!
די נאַכט האָט אָפּגעמעקט פֿון דעם זיכּרון
די היימען און די שאָטנס און די נעמען
און צו פֿרעגן איז נישטאָ בייַ וועמען.

אין תּפֿיסה־צעל וואַרט אַ יונגער מערדער
אויפֿן ערשטן טאָגליכט, וואָס וועט ברענגען
די רגע תּענוג פֿון צאַפּלען און פֿון הענגען.
(זייַן שאָטן פֿיבערט איצט אַרום די ווענט)
דער יונגער מערדער קוקט אויף זייַנע הענט
און וווּנדערט זיך: ווי האָבן זיי געקענט?

זיבן זקנות הוסטן אויס: נאָוועמבער!
און אַלע זייגערס פֿון דער שטאָט הייבן אָן צו קלינגען,
ס׳פֿיבערט מייַן גוף נעבן דיר, אַניעלאַ,
הער, ווי שיין די קראַנקע פֿייגל זינגען.
אַ לוויה פֿליט פֿאַרבייַ, נאָך איר אַ צווייטע,
די קבֿרים זענען יונג און וואַרטן גרייטע.

There is a tree that stands

There is a tree that stands
And bows beside the road.
All its birds have fled away,
Leaving not a bird.

The tree, abandoned to the storm,
Stands there all alone:
Three birds east, and three birds west—
The others south have flown.

To my mother then, I say,
"If you won't meddle, please,
I'll turn myself into a bird
Right before your eyes.

All winter, I'll sit on the tree
And sing him lullabies,
I'll rock him and console him
With lovely melodies."

Tearfully, my mother says,
"Don't take any chances.
God forbid, up in the tree
You'll freeze among the branches."

"Mother, what a shame to spoil
Your eyes with tears," I said,
Then, on the instant, I transformed
Myself into a bird.

My mother cried, "Oh, Itsik, love . . .
In the name of God,
Take a little scarf with you
To keep from catching cold.

And dear, put your galoshes on,
The winter's cold and aching.

אויפֿן וועג שטייט אַ בוים

אויפֿן וועג שטייט אַ בוים
שטייט ער איַינגעבויגן,
אַלע פֿייגל פֿונעם בוים
זענען זיך צעפֿלויגן.

דריַי קיין מזרח, דריַי קיין מערבֿ,
און דער רעשט קיין דרום.
און דעם בוים געלאָזט אַליין,
הפֿקר פֿאַרן שטורעם.

זאָג איך צו דער מאַמע: "הער,
זאָלסט מיר נאָר נישט שטערן,
וועל איך, מאַמע, איינס און צוויי
באַלד אַ פֿויגל ווערן.

איך וועל זיצן אויפֿן בוים
און וועל אים פֿאַרוויגן
איבערן ווינטער מיט אַ טרייסט,
מיט אַ שיינעם ניגון".

זאָגט די מאַמע: "ניטע, קינד",
און זי וויינט מיט טרערן.
"קענסט חלילה אויפֿן בוים
מיר פֿאַרפֿרוירן ווערן".

זאָג איך: "מאַמע, ס'איז אַ שאָד
דיַינע שיינע אויגן" —
און איידער וואָס, און איידער ווען,
בין איך מיר אַ פֿויגל.

וויינט די מאַמע: "איציק קרוין,
נעם, אום גאָטעס ווילן,
נעם כאָטש מיט אַ שאַליקל,
זאָלסט זיך נישט פֿאַרקילן.

די קאַלאָשן נעם דיר מיט,
ס'גייט אַ שאַרפֿער ווינטער —

Be sure to wear your fleece-lined cap;
Woe's me, my heart is breaking.

And, pretty fool, be sure to take
Your woolen underwear
And put it on, unless you mean
To lie a corpse somewhere."

I try to fly, but I can't move . . .
Too many, many things
My mother's piled on her weak bird
And loaded down my wings.

I look into my mother's eyes
And, sadly, there I see
The love that won't let me become
The bird I want to be.

Leonard Wolf

Written in 1958, on the eve of Manger's departure for Israel, this poem recalls the great twelfth-century Hebrew poet, Judah Halevi, whose passionate "Songs of Zion" presaged his emigration to the Holy Land. The twentieth-century Yiddish poet echoes some of the sentiments of his Hebrew predecessor: "I would bow down, my face on your ground; I would love your stones; your dust would move me to pity. I would weep, as I stood by my ancestors' graves; I would grieve, in Hebron, over the choicest of burial places." (T. Carmi, The Penguin Book of Hebrew Verse, p. 348.) But Manger feels less the pilgrim than the object of his own longing. In place of the patriarchs' graves that the medieval poet determines to seek out, Manger cites Lake Kinneret, home of the first modern settlers.

For years I wallowed

For years I wallowed about in the world,
Now I'm going home to wallow there.
With a pair of shoes and the shirt on my back,
And the stick in my hand that goes with me everywhere.

און די קוטשמע טו דיר אָן,
ווײַ איז מיר, און ווינד מיר.

און דאָס ווינטער־לײַבל נעם,
טו עס אָן דו שוטה,
אויב דו ווילסט נישט זײַן קיין גאַסט
צווישן אַלע טויטע״. —

כ׳הייב די פֿליגל. ס׳איז מיר שווער
צו פֿיל, צו פֿיל זאַכן,
האָט די מאַמע אָנגעטאָן,
דעם פֿייגעלע דעם שוואַכן.

קוק איך טרויעריק מיר אַרײַן
אין דער מאַמעס אויגן:
ס׳האָט איר ליבשאַפֿט נישט געלאָזט
ווערן מיר אַ פֿויגל.

כ׳האָב זיך יאָרן געוואַלגערט

כ׳האָב זיך יאָרן געוואַלגערט אין דער פֿרעמד,
איצט פֿאָר איך זיך וואַלגערן אין דער היים.
מיט איין פּאָר שיך, איין העמד אויפֿן לײַב,
אין דער האַנט דעם שטעקן. ווי קען איך זײַן אָן דעם?

I'll not kiss your dust as that great poet did,
Though my heart, like his, is filled with song and grief.
How can I kiss your dust? I *am* your dust.
And how, I ask you, can I kiss myself?

Still dressed in my shabby clothes
I'll stand and gape at the blue Kinneret
Like a roving prince who has found his blue
Though blue was in his dream when he first started.

I'll not kiss your blue, I'll merely stand
Silent as a *Shimenesre* prayer myself.
How can I kiss your blue.? I *am* your blue.
And how, I ask you, can I kiss myself?

Musing, I'll stand before your great desert,
And hear the camels' ancient tread as they
Sway with trade and Torah on their humps.
I'll hear the age-old hovering wander-song
That trembles over glowing sand and dies,
And then recalls itself and does not disappear.
I'll not kiss your sand. No, and ten times no.
How can I kiss your sand? I *am* your sand.
And how, I ask you, can I kiss myself?

Leonard Wolf

Shimenesre: Yiddish for the *Amidah* prayer that originally consisted of
eighteen (*shmone esrey*, Hebrew) blessings.

כ׳וועל נישט קושן דײַן שטויב ווי יענער גרויסער פּאָעט,
כאָטש מײַן האַרץ איז אויך פֿול מיט געזאַנג און געוויין.
וואָס הייסט קושן דײַן שטויב? אין בין דײַן שטויב.
און ווער קושט עס, איך בעט אײַך, זיך אַליין?

כ׳וועל שטיין פֿאַרגאַפֿט פֿאַר דעם כּנרת בלאָ,
אין מײַנע בגדי־דלות אָנגעטאָן,
אַ פֿאַרוואָגלטער פּרינץ, וואָס האָט געפֿונען זײַן בלאָ,
און בלאָ איז זײַן חלום פֿון תּמיד אָן.

כ׳וויל נישט קושן דײַן בלאָ, נאָר סתּם אַזוי
ווי אַ שטילע שמונה־עשׂרה וועל איך שטיין —
וואָס הייסט קושן דײַן בלאָ? איך בין דאָך דײַן בלאָ
און ווער קושט עס, איך בעט אײַך, זיך אַליין?

כ׳וועל שטיין פֿאַרטראַכט פֿאַר דײַן מדבר גרויס
און הערן די דורות־אַלטע קעמל־טריט,
וואָס וויגן אויף זייערע הויקערס איבערן זאַמד
תּורה און סחורה, און דאָס אַלטע וואַנדערליד,
וואָס ציטערט איבער די זאַמדן הייס־צעגליט,
שטאַרבט אָפּ, דערמאָנט זיך און וויל קיין מאָל נישט פֿאַרגיין.
כ׳וועל נישט קושן דײַן זאַמד, ניין און צען מאָל ניין.
וואָס הייסט קושן דײַן זאַמד? איך בין דײַן זאַמד,
און ווער קושט עס, איך בעט אײַך, זיך אַליין?

Belzhets was used by the Nazis during the Second World War as the site of a forced labor camp and, from March 1942, as an extermination center where some 600,000 Jews, many of them from the immediate area, were gassed. The poem evokes an imagined trial conducted by three famous Hasidic rabbis of the region whose kindness and reputation for charitable deeds had won them the title "Lovers of Israel."

The "Lovers of Israel" at the Belzhets Death Camp

Reb Moyshe Leyb of Sossov points to the heaps of ash
(The storm is but recently weathered).
His beard trembles; his body and life are embittered:
"See, Lord. Ah, take a good look," he says.

"Listen, gentlemen, listen," Reb Volf of Zborosh murmurs;
His voice, like an evening fiddle, is tired—
"The Lord above has not looked well to his vineyard. . . .
Proof: These heaps abandoned on earth."

Trembling and feverish, Reb Meirl of Przemyslan
Waits, leaning on his old stick. "Gentlemen,"
He says, "Let us in unison call

To God, 'Creator of worlds, Thou art mighty and great,
But we Galician Jews forever erase
Your name from the list of true Lovers of Israel.'"

                                                      Leonard Wolf

די ,,אוהבֿי ישׂראל״
ביים טויטנלאַגער בעלזשעץ

ר׳ משה לייב פֿון סאָסאָוו טײַטלט אויף די הויפֿנס אַש,
(דער שטורעם האָט אַקאָרשט דורכגעוויטערט)
זײַן באָרד ציטערט, זײַן לײַב און לעבן ביטערט:
— ,,נאַ, נעם און זע, אַך גאָטעניו טי נאַש״.

ר׳ וואָלף פֿון זבאַראַזש מורמלט: ,,הערט, רבותי, הערט!״
(זײַן קול איז ווי אַן אָוונט־פֿידל מיד)
— ,,דער אייבערשטער האָט זײַן ווײַנגאָרטן נישט אָפּגעהיט
אַ סימן: אָט די הפֿקר־הויפֿנס אויף דער ערד.״

ר׳ מאיר׳ל פֿון פּרעמישלאַן אויף זײַן אַלטן שטעקן אָנגעשפּאַרט
שטייט און וואַרט, פֿיבערנדיק און צערט:
,,רבותי, לאָמיר זאָגן אַלע אויף אַ קול:

באַשאַפֿער פֿון די וועלטן דו ביסט מאַכטיק, מוראדיק און גרויס
נאָר מיר די גאַליציאַנער מעקן דיך אויף אייביק אויס
פֿון דער עדה אמתע ,אוהבֿי ישׂראל׳.״

ABA
SHTOLTSENBERG

1905, Glinyany, then Galicia—1941, New York.

Though he arrived in New York at the age of eighteen, Shtoltsenberg's poetry remained rooted in Galician subjects and childhood impressions. Taken in hand by *Di Yunge*, he was encouraged to abandon the expressionistic "excesses" of his early poetry in favor of controlled imagery, attentiveness to sensual detail, "mastery over the language of things." Never prolific, Shtoltsenberg was apparently discouraged by poverty and loneliness and published nothing between 1932 and 1938. "The Diary of the Straw Knight," begun in 1938, a series of auto-biographically inspired dramatic poems that are considered one of the high points of American Yiddish poetry, remained unfinished at the time of his death.

Wolf Bezberider

Among bailiffs and creditors
Wolf Bezberider is free-handed.
They stagger off with silver trays,
the *mizrekh* from his wall,
iron bedsteads, kitchen copper.
He walks in empty rooms:
You ease me of a weight, God,
and take off my blindfold.
My sight's unblurred as after a downpour.
If you're with me
I'll walk dry through it
and outlive hunger years. . . .
He gives a pauper his silk wardrobe.
Rough jacket and coarse linen suit the road.
He abandons house and town with a heart
as though he'd lost nothing.
I was born naked
and can praise you at any corner,
shoeless and with a torn shirt, God,
and at strange tables.

Dennis Silk

Galician Winter

Bad at the bourse.
Shares at mud level.
Banks bleed,
the merchant throws himself under a train.
Bankrupt Jews abandon the world.
All treasuries hang by a hair.

---

mizrekh: a plaque or decoration placed on the east (Heb. *mizrakh*) wall of
a room to indicate the direction of Jerusalem.

וואָלף בעזבערידער

די מאָנערס מאָנען, די מבֿינים שאַצן,
וואָלף בעזבערידער צאָלט מיט אַ פֿרייַער האַנט.
מ׳טראָגט אַרויס די זילבערנע טאַצן,
מ׳נעמט אַראָפּ דעם מזרח פֿון דער וואַנט.
מ׳שלעפּט אַרויס די שטאָלענע בעטן,
דאָס גאַנצע קופּער פֿון דער קיך.
אין די ליידיקע שטיבער גייט ער אַרום:
גאָט, פֿון אַ שווערער לאַסט באַפֿרייסטו מיך,
און נעמסט אַראָפּ אַ בלענדעניש, אַ שאָלעכץ פֿון די אויגן,
ווי נאָך אַ רעגן זע איך איצטער קלאָר.
אַז דו ביסט מיט מיר, קען איך דורך שלאַקסרעגן דורכגיין טרוקן,
און אויסשטיין קען איך הונגעריקע יאָר.
ער רופֿט אַרייַן אַן אָרעמאַן
און גיט די זייַדענע קליידער אַוועק.
אַ האַרטער מאַנטל און גראָבער לייַוונט איז בעסער אויפֿן וועג.
און ער פֿאַרלאָזט דאָס הויז, די שטאָט,
מיט אַ האַרץ ווי ער וואָלט גאָרנישט נישט פֿאַרלוירן.
גאָט, נאַקעט בין איך געבוירן,
און לויבן קען איך דיך אין יעדן ווינקל
מיט באָרוועסע פֿיס און אַ צעריסן העמד,
ביי פֿרעמדע טישן אין דער פֿרעמד.

אַ בייזער ווינטער

אויף דער בערזע איז געוועזן פֿינצטער,
אַקציעס זייַנען מיט דער בלאָטע גלייַך געשטאַנען.
געבלוטיקט האָבן באַנקען, גרויסע פֿירמעס,
סוחרים האָבן זיך געוואָרפֿן אונטער באַנען.
ייִדן האָבן אָנגעזעצט און פֿון דער וועלט געגאַנגען.
אַלע קאַסעס זייַנען אויף אַ האָר געהאַנגען.

A bad winter,
typhus among gentiles,
crosses sprout in their graveyard.
The gentile walks, stooped.
Priests trudge through snow with the host,
and gentile women with candles.
Pelakh's eyes flare through sick villages.

At Passover: beggars.
Clouted feet, hooded head.
Sprawl in ditch, or on church steps,
squat for weeks, get no alms.
Cellar doors are forced.
Clothes die in their closet.
Stilt-high Germans strut.
From sleds, through night, inhuman song carries.

Dennis Silk

Young Ukrainians

They unfold like a snake
and crawl on their belly.
Miles around haystacks flare,
homesteads go up in smoke.
Bloodied, and striking matches, they
crawl along the flat of the land,
down culverts and over Polish roads,
soaked and lice-eaten.
In the capital, aristocrats
set a price on their head.

Dennis Silk

Pelakh: a haunting creature of Ukrainian folklore.

ס׳איז געווען אַ בייזער ווינטער,
צווישן גויים איז געגאַן אַ טיפֿוס,
עס זייַנען צלמלעך געוואָקסן אויפֿן צווינטער.
דער גוי איז ביז צו דר׳ערד געגאַנגען אָנגעבויגן.
דורך טיפֿע שנייען האָבן זיך געצויגן
גלחים מיט די האָסטיעס, גויעס מיט די ליכט אין הענט,
איבער קראַנקע דערפֿער האָבן פֿלאַכס אייגעלעך געברענט.

שבת־שירה האָבן זיך געוויזן בעטלער,
מיט שמאַטעס אויף די פֿיס, מיט קאַפּאַשאָנעס אויף די קעפּ,
און זיך צעלייגט אין ריוועס און אויף די קלויסטערטרעפּ
און וואָכן לאַנג געזעסן און קיין נדבֿות נישט גענומען.
קעלער־טירלעך האָט מען אויפֿגעבראָכן,
מלבושים זייַנען פֿון די שאַפֿעס אומגעקומען.
אויף גאָרנדיקע שטאָלצן זייַנען דייַטשלעך אומגעגאַנגען.
פֿון שליטנס האָבן זיך דורך נעכט געטראָגן נישט קיין מענטשלעכע
געזאַנגען.

יונגע אוקראַיִנער

זיי צעלאָזן זיך ווי שלאַנגען
און קריכן אויפֿן בויך.
סטויגן פֿלאַקערן אויף מייַלן,
הויפֿן גייען מיטן רויך.
צעבלוטיקט און מיט שוועבעלעך אין האַנט,
רוקן זיי זיך דורך דער פֿלאַך פֿון לאַנד,
דורך ריוועס און דורך פּוילישע וועגן,
געוואַשן פֿון רעגן, געגעסן פֿון לייַז.
אין הויפּטשטאָט זיצן נאָבעלע מענער
און לייגן אויף זייערע קעפּ אַ הויכן פּרייַז.

Bolsheviks

They came on ponies, barefoot,
brandishing guns that had no bullets;
wore ladies' hats backwards; their leaders
with the look of deacons; and packs
of ox-men, heads wrapped in sacks.

They came in early autumn, shook down
the pears they could not pick by hand;
sprawled across sidewalks and church steps
and felt themselves masters of the land.

The motorcycles spring out of nowhere.
A blast from the roaring White Guards!
Of Trotsky's soldiers nothing remains here
but some sad little mounds near the woods.

Stanley Kunitz

Boring Days

I made a way through fire and big winds
and bullets and tipsy song.
Over the frontier and past strict guards
till I walked into the swamp of boring days.
Boring days; the spider weaves, the cricket saws,
fear molelike burrows,
as in a dripping rain forest
I stand in wall space, in the blind city-wheel,
and attend—mice rustle, spade scrapes,
I could be stuck to the floor.
Old letters sob
and all I've lived is cobwebbed.
Sky and tree a dusty picture
mounted in a window frame.
Boring days; beneath your weight
horses fall, dogs go mad.

באָלשעוויקן

גערקומען זײַנען זיי אויף קליינע פֿערד,
באַרוועס און מיט ביקסן אָן פּאַטראָנען.
אין דאַמענהיט אָנגעטאָן פֿאַרקערט,
עלטסטע, אין קליידער ווי דיאַקאָנען,
און אָקסנטרײַבער מיט די זעק אויף קעפּ.

געקומען זײַנען זיי פֿאַר האַרבסט
און אָפּגעטרעסעט אַלע באַרן.
צעלייגט זיך אין די ריוועס און אויף קלויסטערטרעפּ
און דערפֿילט זיך פֿון דעם לאַנד די האַרן.

אויף מאַטאָציקלעך יאָגן לעגיאָנערן
פֿון מאַשינגעווער אַ האָגל פֿאַלט.
פֿון טראָצקיס זעלנער זײַנען דאָ געבליבן,
טרויעריקע בערגלעך נעבן וואַלד.

נודנע טעג

איך בין געגאַנגען דורך פֿײַער, דורך געוויטער,
דורך קוילן און דורך שיכּורע געזאַנגען.
דורך גרענעצן, דורך שטרענגע היטער,
ביז כ׳בין אין זומפּ פֿון נודנע טעג פֿאַרגאַנגען.
נודנע טעג, די שפּינען וועבן נעצן און די גרילן זעגן,
און ס׳גראָבט די שרעק זיך פֿינצטער ווי אַ קראָט,
ווי אין אַ בלעטערדיקן וואַלד אָנגעזאַפּט מיט רעגן
שטיי איך אין רוים פֿון ווענט, אין בלינדן ראָד פֿון שטאָט
און האָרך, — ס׳שאָרכען מײַז, די ריגלען סקריפּען,
איך בין צום דיל ווי צוגעקלעפּט.
פֿון אַלטע בריוו די ווערטער כליפּען,
און אַלץ, וואָס איך האָב דורכגעלעבט
איז ווי אין שפּינוועבס אײַנגעהילט.
דער הימל און דיביימער ווי אַ שטויביק בילד
אין ראַמען פֿון די פֿענצטער אײַנגעפּאַסט.
נודנע טעג, אונטער אײַער לאַסט

Someone, pacing his floor,
asks for fire and wind.
Someone is scared on his doorstep,
floor a pit, wall prison,
and someone notes a heap of earth, a weeping tree,
and quivers as if shot
through space.

Dennis Silk

*This poem, from the autobiographically based series "The Diary of a
Straw Knight," is dated February 20, 1909.*

Dream Canaan

And Canaan? How d'you get there?
Easy, in a dream, to get there.
Not boat, or train, or frightening Turk—
with a lump of bread and an apple

down garden, scurried up field,
thought through fence and over wall,
I put up my collar because of Jordan chill,
sit down on a sandy hill a bit.

Mounted Ishmaelites snatch off my cap
and chasing I fall into a cellar.
Bottled syrup, soda-jerk Joseph, two
snakes clang cymbals, a blind beggar fiddles.

In circling dream this cellar . . . two saws saw
in desert, over heaped stones, quite near Beth-El.
Wearing a brilliant head scarf and a laundered apron,
Mother Rachel gets up to say hello.

Canaan: ancient region lying between the Jordan, the Dead Sea, and the Mediter-
ranean; the land promised by God to Abraham (Genesis 12:5—10).
Ishmaelites: nomadic tribe on borders of ancient Israel, traditionally considered
descendants of Ishmael, son of Abraham.
syrup: conjectural, the meaning of this line in the original text is not certain.

פֿאַלן פֿערד, משוגע ווערן הינט.
איינער אין זײַן צימער שפּאַנט
און בעט אויף פֿײַער און בעט אויף ווינט.
איינער שטייט דערשראָקן אויף דער שוועל,
אַן אָפּגרונט איז דער דיל, די וואַנט אַ תּפֿיסה־וואַנט.
און איינער זעט אַ בערגל ערד, אַ וויינענדיקן בוים,
און פּלאַטערט ווי דורכגעשאָסן
אין ליידיקן רוים.

חלום־כּנען

20טער פֿעברואַר 1909

ווי אַזוי קען מען קומען אין לאַנד כּנען? —
אין חלום איז לײַכט אַהין צו קומען.
נישט קיין שרעק פֿאַרן טערק, נישט קיין שיף, נישט קיין באַן —
אַ שישקע פֿון אַ ברויט און אַן עפּל גענומען,

אַריבערגעלאָפֿן דעם גאָרטן, אַריבערגעשפּאַנט אַ פֿעלד,
אַריבערגעקראָכן אַ פּלויט, אַריבערגעקלעטערט אַ מויער,
כ׳שטעל אויף דעם קאָלנער פֿון רעקל, פֿון ירדן ציט אַ קעלט,
כ׳זעץ זיך אַ ביסל אַנידער אויף אַ בערגל זאַמד בײַ אַ טויער.

ס׳פֿאָרן דורך ישמעאלים און ציִען מיר אָפּ דאָס קאַשקעטל.
איך לאָז זיך לויפֿן נאָך זיי און פֿאַל אַרײַן אין אַ קעלער.
פֿלעשער מיט סאָרפּ(?) אויף דער ערד, יוסף אויף אַ הילצערן בעטל,
צוויי שלאַנגען שפּילן אויף צימבל, אויפֿן פֿידל אַ בעטלער אַ געלער.

ווי אין חלום שווינדלט דער קעלער, צוויי זעגן שטייען און זעגן,
אין מדבר, נישט ווײַט פֿון בית־אל, איבער אַ קופּע מיט שטיינער.
אין דרויסן זיצט מוטער רחל — זי זעט מיך און גייט מיר אַקעגן,
ס׳בלענדט אויף איר קאָפּ די פֿאַטשיילע, ס׳בלאַנקט דער פֿאַרטעך דער
ריינער.

Cooks up millet and honey, brews mead,
slips me, going, pennies to buy cherries with.
Hail stings and clay clings,
who knows I'll get out of this alive?

Shadowy spies clutch poles of grape clusters.
A roaring drills the heart, hairs stand up.
This laughing lion'll flick me with his knotted tail.
Drowsing, open-eyed, on a sandy hill.

A summer of homing pigeons
shows me, from there, the way.
Here is the town beggar at our stoop.
Light and the pigeons worry our window.

Dennis Silk

זי קאָכט אָפּ הירזש מיט האָניק, זי גיט מיר מעד צו טרינקען,
זי בענשט מיך פֿאַרן אַוועקגיין און גיט מיר אויף קאַרשן צו קויפֿן.
ס'לאָזט זיך אַ שאַרפֿער האָגל, די שיך אין ליים אַריַין זינקען,
ווער ווייסט צי כ'וועל מיטן לעבן פֿון דאַנען קענען אַנטלויפֿן.

ווי שאָטנס גייען מרגלים מיט הענגלעך טרויבן אויף שטאַנגען.
פֿון האַרץ בויערט דורך אַ געבריל, די האָר שטעלן אויף זיך קאַפּויער.
ס'לאַכט מיר אין פּנים אַ לייב, — ער מעסט מיטן קנאָפּ צו דערלאַנגען . . .
איך דרימל מיט אָפֿענע אויגן אויף אַ בערגל זאַמד ביַי אַ טויער.

ס'פֿליִען פֿייגל אַהיים, ס'הייבט זיך אָן שוין דער זומער.
איך לאָז זיך לויפֿן נאָך זיי, זיי וויַיזן דעם וועג מיר פֿון אויבן.
אין שטאָט, נעבן באָקל זיצט שוין דער בעטלער דער קרומער,
ס'פֿלאַטערן טויבן אויף דעכער, די זון האָט פֿאַרגאָסן די שויבן.

BERISH WEINSTEIN

(Vaynshteyn) 1905, Rzeszów, then Galicia—1967, New York.

Raised in his grandmother's house after his father fled to America (to escape the draft), Weinstein was exposed to refugee conditions in the First World War and during the Polish pogroms. As a Polish citizen he lived illegally in Vienna, then came to New York in 1925 and made his debut as a poet two years later. The material density of his poems, reminiscent of Carl Sandburg, their down-to-earth and sometimes coarse subjects, seemed to fulfill the expectations of proletarian poetry that were current in the late 1920s and 1930s. Sometimes overlooked was the narrative power that is released through Weinstein's stately lyrical forms.

In the Port

Steel anchors with thick ropes lie on stone floors,
Crates, tall stacks of bales, sacks tightly packed;
A scattering of trunks with expensive brass locks;
Barrels of kerosene; reinforced concrete in ironbound barrels;
From the walls, there rise the cool smells of exotic trade goods.

Broad ships arrive from Cherbourg, from Le Havre.
The French sailors are young and quick; they have nimble feet
To clamber up ropes, and their faces are swarthy.
Much travel has taught them to read clouds, winds, and
    rainstorms,
And they know how to signal at night among winds on the ocean.

Loading the goods are Poles, Negroes, powerful Jews and Italians;
They carry hooks on their shoulders and, round their waists,
    packets of food bound in pouches.
They wear aprons of leather, and coarse, stiff shirts made of linen.
The strongest have taut-muscled stomachs, quick hands with
    broad fingers
That are yellow and coarse, torn at by ropes, and by crates they've
    ripped open,
And peeling in layers like the hooves of horses.

In the port, the foreign ships anchor, fending off water and wind;
Foreign faces debark; Germans and Jews with terrified children,
Their clothes ticketed with names—of a street or a kinsman;
And the faces are mute, behind heavy cold bars; behind fences.
Bars of disciplined fear of uniforms; of a calendar stern with
    what's destined.

Steel anchors with thick ropes lie on stone floors;
Familiar baskets dotted with stamps and seals of crossed borders.
In the port the pavement gleams, windswept by carts of luggage
    and footsteps;
Clouds over the port darken the depot; windowpanes grow heavy
    with evening.
From the walls there rise the cool smells of exotic trade goods.

Leonard Wolf

אינעם באָרטן

אויף שטיינערנע דילן ליגן שווערע שטריק מיט שטאָלענע אַנקערס;
קאַסטנס, באַלן און הויכע שטויסן געפּאַקטע זעק.
ס׳ליגן אָנגעוואָרפֿענע קופֿערטן מיט רייַכע מעשענע שלעסער,
נאַפֿט־פֿעסער און גערייפֿטע הילצערנע פֿעסער מיט אייַזן באַטאָן,
און פֿון די ווענט שלאָגט קילער ריח פֿון אויסלענדישע סחורות.

ס׳ציִען ברייטע לאַסט־שיפֿן פֿון שערבורג און פֿון האַווער,
מיט טונקעלע, פֿראַנצייזישע געזיכטער פֿון יונגע מאַטראָזן
וואָס זענען פֿלינק און האָבן גרינגע פֿיס צו קלעטערן אויף הויכע שטריק.
פֿון שטענדיקן פֿאָרן, ווייסן זיי סימנים פֿון וואָלקנס, שטורעמס און רעגנס,
און קענען רופֿן סיגנאַלן בייַ נאַכט אין ווינטן אויפֿן יַם.

פֿאָליאַקן, נעגערס, איטאַליענער און שטאַרקע ייִדן לאָדענען סחורות;
זייערע אַקסלען טראָגן שאַרפֿע האָקנס, אויף די לענדן אָנגעהאָנגען בינטלעך עסנס,
די קליידער זייערע, לעדערנע פֿאַרטעכער, האַרטע שטרוקסענע העמדער.
די שטאַרקסטע זענען די, וואָס האָבן געשפּאַנטע בייַכער, פֿעסטע הענט מיט דיקע פֿינגער;
די הויטן פֿון זייערע פֿינגער זענען צעריסן פֿון שטריק און צענאָגלטע קאַסטנס,
און זענען געל, גראָב, אָפּגעשיילט ווי קלאָען פֿון פֿערד.

פֿרעמדלענדישע שיפֿן פֿאַראַנקערן דעם באָרטן און שפּאַרן פֿון זיך די וואַסערן אין ווינט.
ס׳שטייַגן אָפּ אויסלענדישע געזיכטער, גערמאַנען און ייִדן מיט אָנגעשראָקענע קינדער,
זייערע קליידער זענען באַהאָנגען מיט אָנגעטשעפּעטע נעמען צו אַ קרובֿ, צו אַ גאַס,
און די פּנימער שטומען הינטער שטאַכעטן, הינטער שווערער קעלט פֿון גראַטעס, —
גראַטעס פֿון דיסציפּלינירטן פּחד, פֿאַר מונדירן און שטרענגן קאַלענדער־גורל.

אויף שטיינערנע דילן ליגן שווערע שטריק מיט שטאָלענע אַנקערס;
היימישע קוישן מיט אָנגעוואָרפֿענע זיגלען פֿון גרענעצן און לענדער.
אינעם באָרטן גלאַנצט דער ברוקיר, אויסגעווינטיקט פֿון טריט און פֿראַכט־וועגעלעך.
פֿונעם האַפֿן נעפּלט טונקל דער וואָקזאַל, שויבן ווערן אָוונטיק שווער,
און פֿון די ווענט שלאָגט קילער ריח פֿון אויסלענדישער סחורה.

Railroad Thieves

Train track distances reflect with the chill light of signals.
Fired-up locomotives with perpetual smoke and thick sparks
    resound.
Out of the wild, red fumes, bleak evenings settle on nearby panes
On which the shadows of deep curving woods, of open freight
    trains,
Carrying coals and boards from faraway cities are cast.

Mothers and fathers lie in wait for dark cars carrying coal;
Heavy sacks have stooped their shoulders; stealing makes their
    hands tremble.
For the pregnant women, carrying the coal to their bleak panes,
    the stealing,
In the wild red smoke of the passing freights, is more dreadful still.

In their homes, broad beds and holy pictures; the thick steam of
    cooked foods.
Narrow homes. Lust in such narrow homes is stronger, hotter.
In such homes, the just-removed blouse of an older sister is easy
    to see.
Sisters whose shoulders at dawn are blue with the toothmarks of
    railway gangs.
Their bodies quick to be pregnant, give painless birth on the
    nearest street.

Train boys from collieries, slaughterhouses, from sawmills and
    freight cars;
Their clothes of rough fabric, well acquainted with sticks and with
    ropes;
Neither glass, nor tin, nor rods can damage their hands any more,
And their bare feet are toughened so well they no longer bleed.

Mary, with Jesus in her arms, stands by the road where they live,
Walled in a cornice of glass and glowing with eternal light.
Mother Mary is full of compassion for thieves such as these.
She does not require their tears; for her their confession is pure
    when they make it.

באַן־גנבים

ווײַטקייט פֿון באַנשינעס שלאָגט אָפּ מיט קאַלטן ליכט פֿון סיגנאַלן.
צעהייצטע לאָקאָמאָטיוון רוישן מיט שטענדיקע רויכן און גראָבע פֿונקען.
פֿון די ווילדע, רויטע רויכן זעצן זיך טריבע אָוונטן אויף שכנישע שויבן.
און אויף די שויבן שאָטענען אָפּ געבויגענע שטרעקעס פֿון טיפֿע וועלדער
מיט אָפֿענע לאַסטציגער, ברעטער, קוילן און ערדעפּל פֿון ווײַטע שטעט.

מאַמעס, טאַטעס, לאָקערן אויף טונקעלע וואַגאָנען נאָך ערדעפּל, נאָך קוילן.
פֿון האַרטע זעק האָבן זיי אַראָפּגעזעצטע רוקנס; פֿון גנבֿענען —
ציטערדיקע הענט.
און שווערער נאָך איז די שרעק, ווען זיי טראָגן זעק שוואַנגערדיקערהייט,
צו זייערע טריבע שויבן מיט רויטן ווילדן רויך פֿון פֿאַרבײַיִיקע ציגער.

אין די שטיבער ברייטע בעטן און הייליקע בילדער, שווערע פּאַרע פֿון
געקאָכטע עסנס.
ענגע שטיבער; אין ענגע שטיבער איז די גלוסטונג שטאַרקער, הייסער.
אין אַזאַ שטוב קען מען גרינג זען אַן אויסגעטאָן העמד פֿון אַ גרויסער
שוועסטער.—
שוועסטערס, וואָס טראָגן אַרום פֿאַר טאָג בלויע אַקסל צײַן פֿון באַנערס;
ס׳לײַב זייערס איז שפּעדיק צו קינדלען, אָן ווייטיק אויף אַ צופֿעליקער גאַס.

באַנײַינגלעך, פֿון קוילן און שלאַכטהײַזער,פֿון טאַרטיגעס און פֿראַכט־
וואַגאָנען,
אָנגעטאָן אין קליידער פֿון שטאַרקער צײַג, ווייסן בלויז פֿון שטעקנס און
שטריק.
גלאָז, בלעך און שטאַבעס קענען שוין מער נישט צעקאַליטשען זייערע
הענט;
די באָרוועסע פֿיס זענען אויסגעטראָטן האַרט אַז זיי בלוטיקן נישט מער.

אומטעטום ווו זיי ווינען, שטייט מאַריע בײַם וועג, מיט יעזוסן אויפֿן אָרעם,
אײַנגעמויערט אין אַ גלעזערנעם געזימס, און ליכטיקט בײַם נר־תּמיד.
פֿאַר גנבֿים אַזעלכע איז די מאַמע מאַריע פֿול מיט דערבאַרעמטקייט,
פֿאַר איר דאַרפֿן זיי נישט וויינען; זייער ווידוי איז ריין ווען זיי זענען זיך
מתוודה.
גנבֿים האָבן נישט קיין פֿאַלשע תּפֿילה; אַז זיי בעטן שוין איז זייער תּפֿילה אַן
אמתע.
אויף די זינד פֿון באַן־גנבֿים קלאָגן אָפּגעטער אויף שטרעקעס, ווינטיקע
פֿעלדער.

Though over stretches of windblown fields idols mourn railroad
  thieves' sins,
The prayers the thieves make are not false; once they pray, their
  prayers are true.

Leonard Wolf

*This poem is a response to Hitler's appointment as Chancellor of Ger-
many and the beginning of his rule of terror.*

Executioners

The rushing ax cools and bleeds; the ax drips,
And necks, at its edge, split and rebound;
The gash at the gleaming cut is dimmed with steam;
And blood drains swiftly away from the cold steel.

In prison cells, bodies are branded with dark blue swellings.
Clothes fall apart beneath the flaying switch
And under a cold sweat, bellies quiver.
Wounds drain and congeal to raw meat.

To keep its fine edge, the ax is thrust in the ground
So it will shine when it's held to the spurting sun;
Held over white sifted sands, over freshly planed boards
On which the newly shaved heads, their eyes wide open,
Their necks cleanly washed, and warmly unbuttoned, will bounce.

The wound of decapitation's extinguished in sand;
Teeth clench the lips; the still living temples throb.
Through its covering cloth, the body continues to breathe.
Sometimes, a foot or a hand tries to live; the fingers, watching, die.

❖ ❖ ❖

הענקערס

די האַק קילט און בלוטיקט, די האַק רווישט און טריפֿט.
אויף דער שאַרף שפּאַלטן זיך העלדזער און שפּרינגען אָפּ.
פֿון וואַרעמען שניט פֿאַרלויפֿט דער בלענד מיט פּאַרע,
ס׳בלוט ציט אָפּ שנעל און הייס פֿון קילן שטאָל.

אין די צעלן בראַנדיקן לייַבער מיט בלוינעם געשווילעכץ.
אונטערן שינד פֿון ריט צעפֿאַלן די קליידער,
און ס׳צאַפּלען די בייַכער דורך קאַלטשווייס.
וווּנדן קלעפּן און רינען אויס אין ווילדפֿלייש.

אין דער ערד שטעקט די האַק, זי זאָל נישט שטומפּיקן,
און זאָל קענען בליאַסקען אין די הענט, מיט צעשפּריצטער זון,
איבער פֿרישגעהובלטע קלעצער אויף ווייַס, געזיפּטן זאַמד —
קלעצער צוגעגרייט מיט ריין געוואַשענע העלדזער, וואַרעם צעקנעפּלט,
וואָס שפּרינגען אָפּ מיט געגאָלטע קעפּ און אָפֿענע אויגן.

אין זאַמד לעשט זיך ס׳רויפֿלייש פֿון אָפּגעהאַקטן קאָפּ.
ציין קלאַמערן די ליפּן און לעבעדיק שלאָגן נאָך די שלייפֿן.
דורך איבערגעדעקטן טוך אָטעמט נאָך דער גוף.
איטלעכעס מאָל מונטערט אויף אַ האַנט, אַ פֿוס; צוזעענדיק שטאַרבן די פֿינגער.

Executioners scrub off the spots and neatly adjust their clothes.
Through the nailed-shut doors of Wedding the night yells with
a Jewish girl.

Again, delicate and white, the ax darkens against a beam;
At the grave of a fresh corpse, a spade still crunches crisp earth.
Germany, 1933

Leonard Wolf

Wedding: a working-class district of Berlin where anti-Nazi sentiments were
particularly strong.

הענקערס שייַערן אָפּ די פֿלעקן, פֿאַרריכטן זיך לייַטיש דעם קנייטש פֿון קלייד.
דורך צוגענאָגלטע טירן שרייַט די נאַכט פֿון וועדינג מיט אַ ייִדישער טאָכטער.
און אויף ס׳נייַ טונקלט די האַק, ווייַס און איידל אָנגעשפּאַרט אין קלאָץ.
פֿון רידל קרישלט נאָך קרוכלע קבֿר־ערד פֿון אַ פֿריש מת.
דייַטשלאַנד, 1933.

LEYZER VOLF

(Mekler) 1910, Vilna—1943, outside Samarkand.

Though socially shy and bookish, Leyzer Volf wrote in a mocking, antiromantic vein (under a pen name) that reflects the darker side of his nature. His poetry often tends to black humor and the grotesque; without leaving Vilna, he parodied his own images of cosmopolitan Europe. Volf was one of the most prolific members of the literary-artistic group *Yung Vilne*. He escaped to the Soviet Union after the German invasion of Poland and died there of starvation. Only a small fraction of his writing remains.

The Coarse Old Maid

Exactly as if it were in a shed or pen
I live—a moldy-green and coarse old maid,
a crusty bit of soldier's bread, baked God knows when.

I sit at my yellow Turkish machine—and thread,
sew, stitch and unstitch, from the first crack of dawn
till evening bleeds upon my spindle; then,

beside a black and suffocating wick
I gulp my cabbage, red beets, and dry bread,
and take a dose of salts to wash them down.

My red day crawls, a crab, toward set of sun.
My Friday candle's yellow as my cheek.
My Sabbath is a sack, empty and grayish-brown.

A raven that falls on its prey, I fall on my bed,
with a white-as-radish and embittered head,
shedding, like broad beans, my brown-as-liver tears.

O come, dear truelove of good family,
silken- and flaxen-haired, and by my side
all black and blue, O lie down lovingly.

I have been stitching, stitching all my life,
taking embroidery needles to my flesh.
O my dear God, when shall I be a wife?

My Turkish-fashioned beau, so young, so fresh,
come, come to me. I have one male alone,
the cock that crows before my door each dawn.

I have for dowry, I would have you know,
forty green notes and a ram-skin counterpane.
Husband! I've waited thirty years or so!

די בולוואַנסקע מויד

פּונקט ווי אין אַ באַלעגאָלע־בויד,
לעב איך, די בולוואַנסקע גרינע מויד,
אַלט געבאַקן פֿון סאָלדאַטסקן ברויט.

אויף דער געלער, טערקישער מאַשין
ניי איך, טרען איך, שטעפּ איך פֿון באַגין
ביז דער אָוונט בלוטיקט אויפֿן שפּין.

בײַ אַ שוואַרצן שטיקנדיקן קנויט
פֿרעס איך ברויט מיט קרויט מיט בוריק־רויט
פֿאַרטרינקענדיק מיט ביטערזאַלץ אַ לויט.

עס קריכט מײַן טאָג אַ רויטער ווי אַ ראַק.
מײַן פֿרײַטיקליכט איז געל־גרין, ווי מײַן באַק.
מײַן שבת איז אַ לײַוונט־גרויער זאַק.

איך וואַרף זיך אויפֿן שטרוי־זאַק ווי אַ ראָב
מיט אַ פֿאַרביטערט־רעטעך־ווײַסן קאָפּ
און שיט מיט ברוינע לעבער־טרערן באָב:

— אָ, קום זשע, בחור־לעב, פֿון פֿײַנע לײַט,
געשפּינט פֿון פֿלאַקס, געסטריגעוועט מיט זײַד,
און לייג זיך בײַ מײַן בײַלן־בלויער זײַט.

אַזוי פֿיל יאָרן זיץ איך אַלץ און קלײַב
די גייענדיקע העפּט־נאָדלען אין לײַב.
אָך, גאָטינקע, איך וויל שוין זײַן אַ ווײַב!

— קום, בחורקע, פֿון טערקישן פֿאַסאָן!
מײַן איין איינציקער זָכר איז דער האָן,
וואָס קרייט מיר אַלע טאָג אין פֿענצטער אָן.

איך האָב אַ גרינעם פֿערציקער נדן,
אַ קאָלדרע פֿון אַ פֿעל פֿון אַ באַראַן.
שוין שלושים יאָר דערוואַרט איך דיך, מײַן מאַן!

Winter sheds its silent cotton wool,
summer puts on its fripperies of green,
and fall expires, a yellow cockerel.

Raw though I am with wounds, I'm waiting still,
each Sabbath eating hen-fat with my bread,
and swallowing—my daily bitter pill.

I have for husband my Turkish sewing machine,
I have for sons and daughters yards of cloth,
I have for grandsons needles sharp and thin,

for mother-in-law a tabby, for father-in-law a tom,
and for my son-in-law a mole as blind can be
that has already dug a pitch-black hole for me.
1928
                                        Robert Friend

I Am Not a Honey-Hearted Child

And I have never been mild.
My heart is always wild,
In sorrow and in joy.
Raging like a tiger in a crate of straw,
raging like a black sea to the shore,
when days are sunnily singing and rejoice.

I have always succumbed to sin.
I have never been
a honey-hearted child,
but like a stubborn horse no one can tame,
I've always broken loose from bridle and from stall.
And only bathed in the wildest waterfall.

And I have always yearned for glory and for fame.
May I be deaf and dumb, may I be blind
if the cosmos will not do the bidding of my mind,

דערווינטער וואַרפֿט זײַן טויבע וואַטע אָן,
דער זומער טוט זיך גרינע שמאָכטעס אָן,
דער אָסיען פֿגרט, ווי אַ געלער האָן.

איך אין געהאַקטע וווּנדן וואַרט נאָך אַלץ,
כ׳עס יעדן שבת ברויט מיט הענערשמאַלץ
און כ׳טרינק נאָך אַלץ . . . און כ׳טרינק נאָך אַלץ . . . מײַן ביטערזאַלץ.

מײַן מאַן איז אַלץ מײַן טערקישע מאַשין,
מײַן זון איז אַלץ מײַן גלאַטיקער אַרשין,
מײַן אייניקל איז נעדעלע דין־דין . . .

מײַן שוויגער איז די קאַץ, מײַן שווער — דער קאָט,
מײַן איידעם איז דער פּעכיק־בלינדער קראָט,
וואָס האָט אויף מיר שוין ערד געטאָן אַ שאָט . . .

1928

כ׳בין ניט קיין קינד פֿון האָניק־האַרץ

און איך בין קיין מאָל ניט געווען מילד.
מײַן האַרץ איז אייביק ווילד,
ווי אין פֿרייד אַזוי אין לייד,
און רײַסט זיך ווי אַ טיגער פֿון דער קייט,
און רײַסט זיך, ווי אַ שוואַרצער ים צום ברעג,
ווו ס׳יובֿלען זוניק־זינגענדיקע טעג.

און איך בין אַלע מאָל באַגאַנגען זינד.
כ׳בין נישט געווען קיין קינד פֿון האָניק־האַרץ,
נאָר ווי אַ פֿערד אָן אייביק אײַנגעשפּאַרטס
האָב איך געבראָכן צוים און שטאַל
און נאָר געבאָדן זיך אין גרעסטן וואַסערפֿאַל.

און איך האָב אַלע מאָל געלעכצט נאָך רום.
זאָל איך ווערן טויב און בלינד און שטום,
אויב ס׳וועט דער קאָסמאָס ניט געהערן צו מײַן איך,
אויב כ׳וועל דעם וועלטרוים ניט אײַננעמען אין זיך,

if I do not take all time and space in me,
if I do not myself become
all of eternity.

Robert Friend

Moses Montefiore (1784—1885), philanthropist and champion of the Jews, became a popular hero among the Jewish masses and later, a subject of song and legend, as an intercessor with the political authorities. He traveled and brought assistance to many Jewish communities, including Vilna. This mock ballad assesses the great benefactor somewhat less reverently than do the folk songs.

Montefiore in Vilna

Brothers, blessed in number
(may no Evil Eye look down),
they say that Montefiore
will be riding through the town.

They say that he has a palace,
pure gold, pure gold all through.
They say he could buy up Russia
if only he wanted to.

They say that he sits with the Kaiser
at chess and eats his figs.
They say that he's built a *suke*
covered with silver twigs.

They say that he's a devil,
they say he's a holy man,
that he buys up Jews from the Kaiser
by the dozen when he can.

---

suke (Heb. *succah*): the booth in which Jews take their meals during the Feast of Tabernacles.

אויב איך וועל ניט אויפֿנאַשן דעם ווײַטסטן שטערן,
אויב איך וועל די אייביקייט נישט ווערן!

מאָנטעפֿיאָרע אין ווילנע

ייִדן, קיין עין-הרע —
אַ מבול, אַ פֿאַרשאָט:
מע זאָגט, אַז מאָנטעפֿיאָרע
וועט דורכפֿאָרן די שטאָט.

מע זאָגט: ער האָט אַ פּאַלאַץ
פֿון עכטן, הוילן גאָלד;
מע זאָגט: ער קויפֿט אָפּ רוסלאַנד,
ווען ער וואָלט נאָר געוואָלט.

מע זאָגט: ער זיצט בײַם קיניג
און שפּילט מיט אים אין שאַך;
מע זאָגט: ער מאַכט אַ סוכּה,
געדעקט מיט זילבער-סכך.

מע זאָגט: ער איז אַ בייזער.
מע זאָגט: ער איז אַ גוטס.
מע זאָגט: ער קויפֿט בײַם קייזער,
די ייִדן אויפֿן טוץ.

They say that in his palace
there's a button, believe it or not,
that when you press it, presto!—
there's *tsholnt* in a pot.

They say that he's religious.
Hebrew—he's got it pat.
His *tales* is a cloudlet
captured on Ararat.

Black pearls he has for *tfiln*,
its straps, gold through and through.
They say he could buy up England
if only he wanted to.

Now see him drawn in his carriage
by a roly-poly steed,
looking, I must tell you,
exactly the Hasid.

See him riding in the courtyard
of the synagogue. Aha!
He's going to speak, so silence!
He's holding forth. Hurrah!

"Oh, my dear, dear brethren
scattered in the wind like sand,
I return to you in sorrow,
for your sorrow I understand.

---

tsholnt: a stew prepared on Friday and kept in the oven until the Sabbath lunch.
tales (Heb. *tallith*): prayer shawl.
Ararat: the mountain where Noah's ark came to rest.
tfiln (Heb. *tefillin*): phylacteries; two leather boxes fastened to leather straps,
    containing portions of the Pentateuch.
Hasid: a follower of Hasidism, also used more loosely for a pious man.

מע זאָגט: בײַ אים אין פּאַלאַץ
איז דאָ אַזאַ מין קנאָפּ:
מע גיט אַ דריק, באַווײַזט זיך
דער טשאָלנט אין אַ טאָפּ.

מע זאָגט: ער איז אַ פֿרומער,
העברעיִש רעדט ער פֿרײַ.
זײַן טלית איז אַ וואָלקן,
געפֿאַנגען אין טערקײַ.

די תּפֿילין — שוואַרצע פּערל
און די רצועות — גאָלד.
מע זאָגט: ער קויפֿט אָפּ ענגלאַנד,
ווען ער וואָלט נאָר געוואָלט.

אָט פֿאָרט ער — אין אַ קעטשל
אין רונדע פֿערד געשפּאַנט;
איך זאָג דיר: פּונקט אַ חסיד,
ער זעט מיר אויס באַקאַנט.

אָט פֿאָרט ער אויפֿן שולהויף
אַרויף. — הוראַ! הוראַ!
שווײַגט ייִדן, ער וועט ריידן.
אָט רעדט ער דאָך, אַהאַ!

— אָ, מײַנע ליבע ברידער,
ווי זאַמד אין ווינט צעזייט.
איך קאָמע צו אײַך ווידער
אין קומער און אין לייד.

איך ווייס אַז אײַך איז ערגער,
עס גיסט זיך אײַער בלוט,
נאָר וואָס באַווײַזט עס ברידער? —
אַז מיר איז אויך ניט גוט.

עס פֿעלט מיר ניט חלילה,
קיין פֿלייש, קיין פֿיש, קיין ווײַן;
אין הויז פֿון אַ בעל־תּפֿילה
זאָל ווייניקער ניט זײַן.

I know that your lot has worsened,
that you drown in streams of blood.
But what does that show, dear brethren?
That I also don't have it good.

Though I do not lack—God forbid it!—
fish or meat or wine.
May never the poorest cantor
have less on which to dine.

Oh, my miserable brethren,
it is for you I pray,
whom everyone tramples and slaughters
in the north and south each day.

I go to duke and baron.
When I speak, they can't refuse.
'Why are you distressing
my good fellow Jews?

Pogroms? What do they bring you?
Three things: blood and blood
and a very bad reputation.
You'd do better to do them good.

What do you think's the answer?'
'It's hard for us and we err,
but we'll really make an effort
to do better by you, sir!'

There at the theater
I'm sitting with the most
illustrious of the nobles
and two princelings, not to boast,

and with a voice as sweet as honey
I quietly give my views:
'Why is the regime, Your Highness,
so much harder on the Jews?'

אָ, ברידער מײַנע אָרעם,
וואָס יעדער טויט און טרעט
אויף צפֿון און אויף דרום,
איך בעט פֿאַר אײַך, איך בעט.

איך פֿאָר צו הויכע שׂררות,
איך האָב בײַ זיי דערפֿאָלג.
איך זאָג: וואָס טוט איר צרות
מײַן גוטן ייִדן־פֿאָלק?

וואָס האָט איר פֿון פּאָגראָמען? —
דרײַ זאַכן: בלוט און בלוט
און אַ שלעכטן נאָמען,
טאָ ווערט שוין בעסער גוט.

וואָס מיינט איר איז דער ענטפֿער?
„דאָס איז אונדז זייער שווער.
מיר וועלן זיך באַמיִען
צו ווערן בעסער, סער״.

אָט בין איך אין טעאַטער
געזעסן מיטן גאָר
הויכן גובערנאַטאָר
און שׂררות נאָך אַ פּאָר.

איך רוף זיך אָפּ געלאַסן,
כ׳מאַך האָניק־זיס מײַן שטים:
„וואַרום איזט זאָ פֿיל שטרענגער
פֿאַר יודן דער רעזשים?״.

די בינע גיט קאָמעדיע.
דער שׂררה לאַכט אַ צײַט.
ער לאַכט: „די יודן לאָמיר
איצט לאָזן אָן אַ זײַט״.

נו, שווײַג איך שוין, איך וועל דאָך
ניט פֿרעגן איצטער מער.
די בינע גיט קאָמעדיע;
איך וויש געהיים אַ טרער.

The theater offers farces.
He laughs and wipes his brow.
'Let us,' he smilingly answers,
'forget the Jews for now.'

Well, so I grow silent.
I'll ask no questions here.
The theater offers farces.
I shed a secret tear.

Oh, my unfortunate brethren,
I am rich, it's true,
but I weep because even a wormling
is far better off than you.

But do not worry, brethren,
it's been known for ages past
the Messiah will be coming
to our ancient land at last.

And we shall be exalted
as well as prosperous,
like a rain of silent tears
sent down from heaven to us.

And in Jerusalem, brethren,
there will stand once again
a white, eternal Temple
in the sweet sun, Amen."

Robert Friend

אָ, ברידער מײַנע אָרעם,
איך וויין, כאָטש איך בין רײַך,
ווײַל יעדן קליינעם וואָרעם
איז פֿריילעכער פֿון אײַך.

נאָר זאָרגט ניט, ליבע ייִדן,
עס איז דאָך אַלט־באַקאַנט,
אַז קומען וועט משיח
אין אונדזער אַלטן לאַנד.

מיר וועלן דאָרטן ווערן
דערהויבן און באַגליקט,
אַזוי ווי שטילע טרערן
פֿון הימל צוגעשיקט.

און אין ירושלים
וועט ווידער אייביק שטיין
אַ ווײַסער בית־המקדש
אין זיסער זון, אָמן.

GABRIEL PREIL

(Prayl) 1911, Dorpat (now Tartu), Estonia

G abriel Preil immigrated to the United States with his mother in 1922, soon after the death of his father. He attended for a time the Teachers Institute of the Rabbi Itzkhak Elkhanan Yeshiva and Yeshiva University, but basically he educated himself on his own, as an avid reader in several languages. Preil began writing poetry almost simultaneously in Yiddish (1935) and Hebrew (1936). He came into close relation with the *In Zikh* group of Yiddish poets, especially its leading figure Jacob Glatstein, and the impact of its esthetic would be felt in much of his later work. He published several Hebrew volumes before putting out his first book of Yiddish poems in 1966. In the last few decades he has been considered a major Hebrew poet, acclaimed in the Israeli literary world. His spare, understated style and his familiarity with both the American landscape and American poetry have brought a new flavor into both Yiddish and Hebrew poetry.

Sober

The paper's whiteness
is one with the night.
A landscape that makes wounds
more lucid than mornings.
Something must shake me
Out of my white imprisonment.

No restraint. No consoling
myself with fine words.
Not the sleepy fork
of a small pond,
or even a season,
already used,
that sweetened things once,
but a beginning
that burns hellishly white,

like frost that bites,
takes over
and rises up stronger
than rhetorical summers:
the challenge of sober paper.

Grace Schulman

The Surprised Pen

Young trees rise
like exclamation points.
Opposite, old women sit
content as full stops
that follow long sentences
heavy with meaning,
and pigeons enclose
in a parenthesis

ניכטער

דער װײַסער פּאַפּיר איז די װײַסקײט
װאָס איז אײנס מיט דער נאַכט.
אַ לאַנדשאַפֿט װאָס מאַכט װוּנדן
קלערער פֿון פֿרימאָרגנס.
איך מוז האָבן עפּעס אַן אַרויסרוף
אין מײַן װײַסער געפֿאַנגענשאַפֿט.

ניט צוריקהאַלט, ניט איבערבעטן
זיך אַליין מיט גוטע רײד;
ניט דער דרימלענדיקער אָפּנײג
פֿון אַ קליין מילד טײַכל
אָדער גאָר אַ סעזאָן
פֿון אַ שוין באַנוצטן מין
װאָס האָט פֿאַרזיסט זאַכן
אַ מאָל.
נאָר אַן אָנהייב אַזאַ װאָס ברענט העליש־װײַס
װי אַ קעלט װאָס בײַסט זיך אײַן, באַצװינגט
און גייט אויף שטאַרקער פֿון רעטאָרישע זומערס;
בלויז אַרויסרוף פֿון ניכטערן פּאַפּיר.

די זיך־װוּנדערנדיקע פּען

װי אויסרוף־צייכנס שטעלן זיך אויף
די יונגע בײמער.
די עלטערע פֿרויען זיי אַנטקעגן
זיצן מיושבֿדיק װי פּונקטן
װאָס קומען נאָך אַ לאַנגן זאַץ,
שװער מיט מיינען.
און טויבן נעמען אַרײַן אין קלאַמערן
אַ באַזילבערט, צעגייענדיק
שטיק הימל.

a silver, melting
bit of sky.

I am Job
in the wheel's shadow;
but often my brief words
end with a question
that drops
from the surprised pen.

                    Grace Schulman

A Lecture

A mass of leaves shot through with green and red,
a legend that climbs into lofty windows.
Like the waning sea, the wide street is hushed;
a bus cuts through the violet rain.

Inside the hall, the lecturer analyzes
varieties of literature, the thin autobiographical
veins that run through words.
He drops names that flutter between sentences
like snapshots, like echoes in memory.
Thus, for instance, while taking a walk,
Mendele Moykher Sforim happens in, and wonder
sprinkles from his glasses,
or Glatstein enters, as if at home,
and, wise as light, smiles with his eyes.

They live on the same map.
The places of their stories,
revealed, are cooler now,

Mendele Moykher Sforim and *Jacob Glatstein:* Mendele (Shalom Jacob Abramo-
    vitch, 1835—1917) is acknowledged as one of the classic founders of modern
    Yiddish and Hebrew literature, and Jacob Glatstein (1896—1971), Yiddish
    poet, is prominently represented in this volume.

איך אַליין בין אינגאַנצן איובֿדיק
אינעם שאָטן פֿון ראָד;
אָבער אָפֿט פֿאַרענדיקן זיך
מייַנע קורצע רייד
מיט אַ קאָלירריַיכער פֿראַגע
וואָס פֿאַלט אַראָפּ אַזוי
פֿון דער זיך־וווּנדערנדיקער פּען.

אַ פֿאָרטראָג

אַ בלעטער־געצווייַג דורכגעלויכטן מיט גרין און רויט,
אַ לעגענדע וואָס שטייַגט אַרייַן דורך די הויכע פֿענצטער.
ווי אָפּגאַנג פֿון יַם איז די ברייטע גאַס פֿאַרשטילט,
אַן אויטאָבוס גליטשט זיך, שנייַדט איבער דעם פֿיאָלעטן רעגן.

אין זאַל אַנאַליזירט דער לעקטאָר
פֿאַרשיידנקייטן פֿון ליטעראַטור, די דינע אויטאָביאָגראַפֿישע
אָדערן וואָס ציִען זיך דורך דאָס געשריבענע.
ער ברענגט אַרויס נעמען וואָס פֿלאַטערן צווישן זאַץ און זאַץ
ווי שנעל־גענומענע בילדער, ווי אָפּקלאַנגען אין זיכּרון.
אַזוי, למשל, פּאַסירט אַז גייענדיק אויף זייַן שפּאַציר
טרעפֿט דאָ אַרייַן מענדעלע מוכר־ספֿרים און אַן אָפּגלאַנץ
פֿון וווּנדער שפּרינקלט זיך פֿון זייַנע ברילן פֿונאַנדער,
אָדער גלאַטשטיין קומט אַרייַן ווי אין זייַן אייגנס
און קלוג ווי דאָס ליכט שמייכלט ער מיט די אויגן.

זיי לעבן אויף איין געאָגראַפֿישער מאַפּע.
די ערטער פֿון זייערע אַנטדעקטע דערציילונגען
זענען איצט אַ סך קילער און קענען
באַטראַכט ווערן, דורכמאַכן אַ דיאַגנאָז
אַפֿשר ניט ווייניקער פֿונעם בלעטער־געצווייַג
געדיכט און דורכגעלויכטן:
ענלעך אין דער רעטעניש פֿון זייער זייַן.

and can be considered, can be diagnosed,
no less, perhaps, than the mass of leaves,
thick and shining,
alike in the riddle of their being.

Grace Schulman

Like Feathers

The years are plucked like feathers,
but I must not exaggerate:
romantic houses have not lost
hovering images that intoxicate;
they've only turned contemplative,
cool thinkers engaged in slow conversation.

Flutes may not play
praises and hosannahs
without undue surprise:
the jagged young paintings
glide into older colors;
the boldest new structures
have outlines of antique dwellings;
and you are a man who is whitening like paper,
exposed, naked as snow;
you breathe deep of summer.

Grace Schulman

The Record

The poet reads lines
about the credences of summer.
The glass in his hand hides
and rekindles
a small fire;
a delicate wisdom flares;

ווי פֿעדערן

די יאָרן פֿליקן זיך אָפּ ווי פֿעדערן
נאָר איך טאָר ניט איבערכאַפּן די מאָס:
די ראָמאַנטישע הײַזער האָבן נאָך ניט פֿאַרלאָרן
דעם הויער פֿון אימאַזש וואָס פֿאַרשיכּורט.
זיי זײַנען בלויז געוואָרן מער באַטראַכט,
קילע דענקערס פֿאַרטאָן אין אַ פּאַמעלעכן שמועס.

אָן איבעריקע סורפּריזן
לאָזסטו די פֿלייט זיך מער ניט שפּילן
מיט סתּם שבֿחים־און־לויבן.
די פֿאַרשפּיצט־יונגע מאָלערײַ
הייבט זיך אָן אַרײַנגליטשן
אין פֿאַרעלטערטע פֿאַרבן;
דאָס נײַסטע דערוועגטע געבוי
צייכנט אָן שטריכן פֿון אַנטיקע שטיבער
און דו אַליין —
ביסט אַ מענטש וואָס ווײַסט זיך ווי פּאַפּיר
אָפּגעדעקט, נאַקעט ווי דער שניי
און אָטעמסט טיף זומערדיק.

רעקאָרד

דער פּאָעט לייענט פֿאָר אַ ליד
וועגן די באַגלייבטקייטן פֿון זומער.
די גלאָז אין זײַן האַנט באַהאַלט
און האַלט אין איין צינדן
אַ קליין פֿײַער;
סע לײַכט אויף אַ דינע קלוגשאַפּט,

the beauty of things
cannot be exhausted;

but the voice of the poet
recalls a shadowy sailor
cast up on a desolate shore
far from every certainty.

Grace Schulman

Eternal Now

My mother's uncle was physician to the Persian Shah;
before that, or after, he built long bridges in the Caspian sea
    region.
A graying photo testifies that he was young in 1888,
in the spring of a good wheat year, in Lithuania, near the Prussian
    border.

It's true that I don't know precisely when his sister became a bride,
but she bore a daughter that spring
who is now, and has been, for a long, long time,
my mother, a little girl grown old
with summers and winters that come to New York
always, always; but there is no *then*.
I am neither a forgotten link
nor a pampered heir.
I am the man who trades the moment for words,
drinks tea, bites into an apple, listens to the cantor
behind shutters when the Sabbath passes.

Of course, this is not a document;
there is only one *now* of bright and dark.
There is no *then*.

Grace Schulman

שיינקייט פֿון זאַכן איז ניט צו דערשעפּן —

אָבער דאָס קול פֿונעם פּאָעט אַליין
דערמאָנט אין אַ שאָטנדיקן מאַטראָס
פֿאַרשטויסן אויף אַ סומנעם ברעג,
אַ ווייַטן פֿון יעדער באַגלייבטקייט.

אייביקער איצט

מייַן מוטערס פֿעטער איז געווען דער דאָקטער פֿונעם פּערסישן שאַך,
פֿריִער, אָדער נאָך דעם, האָט ער געבויט לאַנגע בריקן אין דער געגנט פֿון
קאַספּישן ים.
אַ באַגרויטע פֿאָטאָגראַפֿיע זאָגט עדות אַז ער איז יונג געווען אין 1888,
אין פֿרילינג פֿון אַ גערעָטענעם ווייציאָר, אין ליטע בייַם פּרייַסישן גרענעץ.

ס'איז אמת אַז איך ווייס ניט פּינקטלעך ווען זייַן עלטערע שוועסטער איז
געוואָרן אַ כלה.
נאָר זי האָט געבוירן אַ טאָכטער אינעם דערמאָנטן פֿרילינג
און זי איז איצט און שוין אַ לאַנגע-לאַנגע צייַט
מייַן מוטער, אַן אַלט-געוואָרן קליין מיידעלע —
צוזאַמען מיט די זומערס און ווינטערס וואָס קומען אין ניו־יאָרק
שטענדיק-שטענדיק, אָבער עס איז ניטאָ קיין **דעמאָלט**.
איך בין ניט קיין פֿאַרגעסענער רינג אין אַ קייט,
אָדער אַ געצערטלטער באַליבטער יורש.
אין בין דער מאַן וואָס בייַט איבער דעם מאָמענט מיט ווערטער,
טרינק טיי, בייַס אייַן אין עפּל, הער זיך צו צום חזן
הינטער לאָדנס ווען דער שבת פֿאַרגייט.

פֿאַרשטייט זיך, אַז דאָס אַלץ איז ניט קיין היסטאָרישע דאָקומענטאַציע;
איין איצטיקייט פֿון העל און טונקל לעבט, איז פֿאַראַן.
עס איז ניטאָ קיין דעמאָלט.

YANKEV FRIDMAN

1910, Milnitse, then Galicia—1972, Ramat Aviv.

<hr />

T he descendant of two famous Hasidic dynasties, Fridman was
raised in the cosmopolitan city of Chernovtsy (Czernowitz),
then part of Rumania. He survived the ghetto of Bershad, in the
Ukraine. After the war, attempting to reach Palestine, he was in-
terned for two years in Cyprus. Once in Israel, he farmed in vil-
lages until 1960, then lived in Ramat Aviv. Fridman was the author
of long dramatic poems as well as lyrics, and his oral style seems to
derive from the Hasidic narrative tradition, though he speaks of
God in a wry and modern idiom. Among his postwar poems are
many on the Hasidic personalities and remembered experiences of
his youth.

Poetry

True poetry sometimes likes to ride
on the healthy plain horse of prose.
The steeds whinny for joy, they don't even feel the rider's burden;
they think: moon princesses have come to visit on ordinary
    saddles. . . .
Royal children are both modest and full of poses.

Princesses sometimes like to wander into kitchens
where, together with the servants, they dunk rye bread in earthen
    bowls. . . .
Their royal blue blood shines against the black earth of coarse
    flour
with an even bluer bloom; and among the garlic smells
their white lily skin has a scent even more aristocratic.

Of course true poetry besides being childishly innocent
is also modern and refined.
It is exactly like God's-true-world,
where opposites
combine for charm.

But in the end, after long extravagant roaming,
it turns—poetry turns—from all its somersaults with form
back to the ancient blue flagon waiting at home
in God's fatherly bosom.
March 1958
                                                Ruth Whitman

פּאָעזיע

וואָרע פּאָעזיע האָט ליב אַ מאָל צו רײַטן
אויף געזונטע פּראָסטע פֿערד פֿון פּראָזע.
די סוסים הירזשען פֿון פֿרייד, זיי פֿילן אַפֿילו נישט די רײַטערישע לאַסט,
זיי מיינען: לבֿנה־מלכּות זענען געקומען אויף פּראָסטע זאָטלען צו גאַסט . . .
קעניגלעכע קינדער זענען אי צניעותדיק, אי פֿול מיט פּאָזע.

בת־מלכּות האָבן ליב אַ מאָל צו פֿאַרבלאָנדזשען אין די וואָכעדיקע קיכן
און צוזאַמען מיט די דינסטן, אין ערדענע שיסלען, צו טונקען ראַזעווע
ברויט . . .
אויף שוואַרצערד פֿון פּראָסטן מעל שטראַלט נאָך בלויער צעבלויט
דאָס בלויע בלוט דאָס קעניגלעכע, און צווישן קנאָבלגערוכן
שמעקט נאָך פֿירשטלעכער די ווײַסע ליליענהויט . . .

אַוודאי איז וואָרע פּאָעזיע, חוץ קינדיש־צניעותדיק,
אויך מאָדערניש־ראַפֿינירט.
זי איז אין גאַנצן געראָטן אין גאָטס־וואָרער־וועלט,
וועלכע קאָמבינירט
דורך קאָנטראַסטן איר שאַרם . . .

נאָר צום סוף, נאָכן לאַנגן עקסטראַוואַגאַנטן וואָגל,
קערט זי, די פּאָעזיע, פֿון אַלע קאָזשלקעס מיט פּאָרעם,
אַהיים צום אוראַלטן בלויען לאָגל,
וואָס וואַרט אויף איר אין כּבֿיכולס פּאָטערלעכן שויס . . .
מאַרץ 1958

Batlonim

Homes were built, houses, shops,
and a household prepared for them.
"My house," "my wife," "my child":
they call each by its proper name.

They name all these things but they feel
that like white snowy dazzle
these things melt away, coolly touched
by their hands, shadowy, fragile.

And they themselves feel: it's not real.
Their own bodies seem absurd,
though like all Jews they go to the bathhouse
and put on a freshly laundered shirt. . . .

They can become fathers and grandfathers,
even live to grow long white beards,
but it seems to them someone invented
this tale as a joke to be heard.

Amazed, they move through this fable
like children awakened in fear
from the blue of their dreams, like stars in night's well—
nearby, yet not really here.

Ruth Whitman

Batlonim: The term referred originally to "men of leisure" who freed themselves
from work in order to serve the needs of the community and to be available
for synagogue service. In Yiddish it came to mean impractical men, idlers,
who could not make their way in their world.

בטלנים

מ׳האָט אויפֿגעבויט די היימען, הײַזער און קראָמען,
און צוגעגרייט פֿאַר זיי אַ הויזגעזינד.
רופֿן זיי אַלצדינג אָן בײַם רעכטן נאָמען:
„מײַן היים״, „מײַן ווײַב״, „מײַן קינד״.

זיי רופֿן אָן די זאַכן, נאָר זיי פֿילן:
ווי ווײַסער שנייִיקער בלענד
רינען אַלע זאַכן אויס אין קילן
באַריר פֿון זייערע שאָטנדיקע הענט.

אויך זיך אַליין דערפֿילן זיי: ס׳איז נישט ממשות,
דער גוף דער אייגענער איז פֿרעמד.
כאָטש ווי אַלע ייִדן גייען זיי אין מרחץ
און טוען אָן אַ פֿריש געוואַשן העמד . . .

זיי קענען ווערן טאַטעס און זיידעס
און דערלעבן אַפֿילו לאַנגע ווײַסע בערד,
נאָר עס דוכט זיי: עמעץ אויף קאַטאָוועס
האָט די גאַנצע מעשׂה אויסגעקלערט.

שפּאַנט מען פֿאַרחידושטע אין דער פֿרעמדער מעשׂה —
דערשראָקענע קינדער אויפֿגעוועקטע אין חלומדיקן בלאָ,
זיי זענען ווי שטערן אין אַ נאַכטישן ברונעם —
נאָענט און דאָך נישט פֿון דאָ.

Winter Song

Oh, what a pleasure to sing winter songs in *khamsin* days,
while the sun sleeps like an old man on a dead wind.
Go, gather up the members of your household,
especially your young little Sabras—
and sing, sing for them
the lovely song of fragrant snow.
Truly, I remember the smell of the first snow in my
   grandfather's orchards:
it smells of gooseberries and of the naked calves of the
   tenant's daughter
when she comes striding out of the river and her skin burns
   hard and cold.
I used to watch her by the river through the branches
   of the trees. . . .
I can still remember the smell of the first snowman I made
near my grandfather's stable, I remember the smell of his
   snow-body:
he smelled like Eve, the first Adam's wife,
when she stepped like a little aristocrat up to the tree
   of knowledge. . . .
Later I kneaded all these smells of snow into my song.
Truly, my song has become a spice-box, it holds
all the spicy smells of once-upon-a-time.
I remember: wearing sheepskins and wild caps, like Huculs,
the village Jews fly on sleds to the wintry forest,
and beneath the black horses the white frost
plays a lively folk tune on moon-fiddles.
I'm sitting with them and my nostrils
can smell out the winter-king's palaces, polished as frozen glass,
palaces that hang shining among the marble cliffs.

At night the miller's enchanted daughters dance, all seven brides
of Ashmodi's own personal apprentices.

---

khamsin: sirocco, heat wave.
Huculs: name of Ukrainian peasants in southeastern Galicia.
Ashmodi (Asmodeus): according to talmudic legend, the king of the demons.

ווינטער־ליד

אָהאָ, סאַראַ תּענוג צו זינגען ווינטער־לידער אין טעג חמסיניקע,
בעת די זון פּאָפּט עובֿר־בטל אויפֿן טויטן ווינט.
גיי דעמאָלט און קלײַב צונויף דײַן הויזגעזינד
און דער עיקר — די צבראלעך דײַנע די יונגינקע . . .
און זינג, זינג פֿאַר זיי
דאָס שיינע ליד פֿון שמעקנדיקן שניי.
וואָרהאַפֿטיק, איך געדענק נאָך דעם ריח פֿון ערשטן שניי אין זיידנס סעדער,
ער שמעקט מיט אַגרעסן און מיט ליטקעס באָרוועסע פֿון פּאַכטערס מויד,
בעת זי שפּרײַזט פֿון טײַך אַרויס און עס ברענט האַרט און קאַלט איר הויט.
איך פֿלעג זי זען בײַם טײַך דורך די צווײַגן פֿון די ביימער . . .
איך געדענק נאָך אַפֿילו דעם ריח פֿון ערשטן שניימענטש, וואָס געקנאָטן
איך האָב לעבן זיידנס שטאַל, איך געדענק דעם ריח פֿון זײַן שניילײַב,
געשמעקט האָט ער ווי חוה, אָדם הראשונס ווײַב,
בעת זי האָט צום עץ־הדעת ווי אַ פּאַנעלע געטראָטן . . .
שפּעטער האָב איך אַלע ריחות פֿון שניי אין מײַן ליד אַרײַנגעקנאָטן.
וואָרהאַפֿטיק, אַ בשׂמים־הדסל איז מײַן ליד געוואָרן, עס באַהאַלט
אַלע טערפּקע ריחות פֿון אַמאָלן.
איך געדענק: מיט שאָפֿענע פּעלצן און מיט קוטשמעס ווילדע, ווי הוצולן,
פֿליִען דאָרפֿס־ייִדן אויף שליטנס צום ווינטערדיקן וואַלד,
און אונטער שוואַרצע פֿערד דער ווײַסער פֿראָסט
האָט אויף לבֿנה־פֿידלען אַ וואָלעכל שפּילן געלאָזט.
איך זיץ צווישן זיי און די פֿליגלען פֿון מײַן נאָז
ניוכען צום מלך־ווינטערס פּאַלאַצן, געשליפֿן פֿון פֿאַרפֿרוירענעם גלאָז,
די פּאַלאַצן הענגען ליכטיקע צווישן מירמלנע סקאַלעס.

בײַ נאַכט טאַנצן דאָרט דעם מילנערס פֿאַרכּישופֿטע טעכטער, אַלע זיבן זענען כּלות
פֿון אשמדאיס לײַבלעכע געזעלן.
אויף די מיידלעכס נאַקעטע ברוסטן ציטערן בּריליאַנטענע שטערן־קרעלן.
מיר דוכט: די קרעלן שמעקן ווי רויטע יאַגדעס אונטער ווײַסן שניי.
און אַז איך לעק דעם שליטן מיט מײַן צונג, דערפֿיל איך זיי,
אי די קרעלן אי די ברוסטן פֿון די זיבן פֿאַרכּישופֿטע כּלות,
אויפֿן פֿאַרפֿרוירענעם טײַך צווישן מירמלנע סקאַלעס . . .

Diamond star-beads sparkle on the girls' bare breasts.
It seems to me that the beads smell like red berries under
    white snow.
And when I lick the sled with my tongue, I taste them both,
the beads and the breasts of the seven enchanted brides,
on the frozen river among the marble cliffs.

Ruth Whitman

God no longer speaks

God no longer speaks
as he did in the days of the Bible,
he no longer shines in the firecloud
over our roof.
Adam and Eve have run into the depths of the garden
from God's unveiled presence,
as we—we run, seeking him
in the darkness of a closed bud. . . .

The barefoot steps of angels
no longer kiss our threshold
as in the days of our forefathers.
But our yearning weeps
for their blue wings
that swim like drowned moons
over all the world's rivers. . . .

At midnight we huddle, pressing our ears to the sleeping grass,
to the leaf of a tree, to the skin of young fruit:
looking for God's fragrant silence, trying to translate it
with the shadow words of ancient song.

Our forefathers could hear God's words,
but we write hidden poems
to hide our naked longing for God's breath,
more silent than the breath of stars
over sleeping wintertime lakes.

גאָט רעדט נישט מער

גאָט רעדט נישט מער
ווי אין די טעג פֿון חומש,
ער שטראַלט נישט אויף אין פֿײַער־וואָלקן
איבער אונדזער דאַך.
אָדם און חוה אַנטרינען זענען אין גאָרטן־טיף
פֿון גאָטס אַנטפּלעקטער מראה,
און מיר — לויפֿן זוכן אים
אין טונקל פֿון אַ פֿאַרמאַכטער קנאָספּ . . .

באַרוועסע טריט פֿון מלאכים
קושן נישט מער אונדזער שוועל
ווי אין די טעג פֿון אָבֿות.
נאָר אונדזער בענקעניש וויינט
נאָך זייערע בלויע פֿליגל,
וואָס שווימען ווי דערטראָנקענע לבֿנות
איבער אַלע טײַכן פֿון דער וועלט . . .

חצות טוליען מיר די אויערן צום שלאָפֿנדיקן גראָז,
צו אַ בוימבלאַט, צו דער הויט פֿון יונגע פּירות:
מיר זוכן גאָטס שמעקנדיק שווײַגן און פּרוּוון עס טײַטשן
מיטן שאָטן פֿון ערבֿ־ליד . . .

די אָבֿות געהערט האָבן גאָטס רייד,
און מיר דיכטן פֿאַרהוילענע לידער
צו פֿאַרהילן אונדזער נאַקעטע בענקשאַפֿט נאָך גאָטס אָטעם,
וואָס איז שטילער ווי דער דעך פֿון געשטערן
איבער שלאָפֿנדיקע אָזערעס, ווינטערצײַט.

Our desolation weeps and the weeping
is dark blue
like the shadow of a dead bird
over the white snow of a lifeless forest.

God no longer speaks,
he's weary, wise, and old:
God no longer believes
in the godliness of words.

Ruth Whitman

ווײַנט אונדזער עלנט און דאָס געוויין
איז טונקל־בלאָ,
ווי דער שאָטן פֿון אַ טויטן פֿויגל
איבערן ווײַסן שניי פֿון אַ געשטאָרבענעם וואַלד.

גאָט רעדט נישט מער
ער איז מיד, קלוג און אַלט:
גאָט גלייבט נישט מער
אין געטלעכקייט פֿון ווערטער . . .

JUDD TELLER

(Yehuda Leyb Teler) 1912, Tarnopol, then Galicia—1972, New York.

T eller, who came to America in 1921, spanned the worlds of poetry and journalism in Yiddish and English. He published his first Yiddish poem in 1926, put out three collections of Yiddish poetry between 1930 and 1940, and then, after an interruption of many years, appeared again in Yiddish periodicals in the late 1950s. He also had an active career in American-Jewish journalism, as a regular contributor to the Yiddish daily *Morgn Zhurnal*, editor of the Independent Jewish Press Service, contributor to Yiddish and English periodicals, and author of several book-length political and social studies, including *Strangers and Natives: The Evolution of the American Jew from 1921 to the Present*. He visited Poland in 1937 and a year later traveled illegally to Germany and then to Palestine. Among the Yiddish poets who spent most of their lives in the United States, Teller was notable for his absorption of many elements of American culture and modernist literary sentiments.

Twenty Lines to a Tree

You smell of sweat, and murmur,
the last light in your branches.
Around us, birdtalk. I shiver
with passion for mating.
We have the same source.
My fingers are roots that dig
into the cool, dark, deep.
Our bark splits, yours and mine;
the sap presses; the book
on the ground is hoarse,
shouting through its shackles.
The book and I are planted, like you,
in dread, entangled
with rivers, earth and heat,
glowworms and night sounds.
All nests are warm with whispers.
The birds shiver awake.
My hands burn on your thighs.
I want you to know me:
I create a language for you.

Grace Schulman

Three Jewish Boys Write to an Ancient Chinese Poet

Li-T'ai-Po, three Jewish boys
send greetings. They spoke
of your poem today at sunset
on the Warsaw Nalevki.

Strange light caressed
the cornices of ruined castles,
a coachman swayed on his carriage seat,
and students crowded the street of taverns.

Nalevki: the crowded Jewish street of Warsaw.

צוואַנציק שורות צו אַ בוים

שמעקסט מיט שווייס, און רוישסט
מיט לעצטן בליאַסק אין צווייַגן.
אַרום אונדז פֿייגלרייד. איך ציטער
מיט דער ליידנשאַפֿט פֿאַר פֿאָרן.
מיר זענען פֿון איין שטאַם.
מייַנע פֿינגער גראָבן זיך ווי וואָרצלען
צום קילן פֿינצטערן טיף.
אויף אונדזביידן פלאַצט די קאָרע,
ס'שפּאַרט דער סאָק, און אויך דאָס בוך
אויף דר'ערד איז הייזעריק
און שרייַט געפּענטעט פֿון די טאָוולען.
בוך און איך, פֿאַרוואָרצלטע ווי דו
אין שוידערגרויל, פֿאַרפּלאָנטערטע
מיט טייַכן, ערד און היצן,
גליווערעם און נאַכטיקע גערוישן.
אַלע נעסטן זענען וואַרעם מיט געפּליסטער.
די פֿייגל ציטערן און זענען וואַך.
מייַנע הענט גליִען אויף דייַן דיך.
כ'זוך אין דיר דערקענטעניש,
כ'שאַף צו דיר אַ לשון.

דרייַ יִידישע יִינגלעך שרייַבן צו אַן אַלטן כינעזישן פּאָעט

לי־טאַי־פּע, דרייַ יִדישע יִינגלעך
לאָזן דיך גריסן. זיי האָבן גערעדט
פֿון דייַן ליד הייַנט בייַ זונפֿאַרגאַנג
אויף די וואַרשעווער נאַלעווקעס.

אויסטערליש ליכט האָט געלאַשטשעט
די גזימסן פֿון חרובֿע שלעסער,
אַ פֿורמאַן האָט זיך געהוידעט אויף
דער קעלניע און סטודענטן האָבן

A woman clapped her hands, and moved,
like shadow, through a gate.
Like a stray bird, a beard
fluttered between two brick houses.

Gentle light warmed the cornices.
A distant moon shimmered
like the hoop
in a pirate's ear.

The River Vistula was filled, probably,
with the rush of tides and leaves.

The boys would have had you add
two lines to the sunset
about fear.

Grace Schulman

Relations between Jews and Christians were always strained in Brisk (Brest-Litovsk). The compressed images of this poem refer to various aspects of the local pogroms: the accusation that Jews were Bolsheviks and millionaires; the featherbedding ripped by angry mobs; the absentee noblemen who taxed the peasants beyond their means, with no sense of responsibility for their welfare, and made the Jews take the blame for their plight; the raped and crazed wives of men who could not protect them.

The Jews of Brisk

It's been a long time
since we've heard from Marx and Rothschild.
We're poor relations and simple Jews.
Our eyes soar over the marketplace
like feathers of stolen bedding,

געשפאַרט פֿון דער שענקגאַס.
אַ ייִדענע האָט פֿאַרפאַטשט די הענט
און זיך אַרײַנגעשאָטנט
אין אַ טויער.
ווי אַ פֿאַרבלאָנדזשעטער פֿויגל —
האָט צווישן צוויי מויערן
געפֿלאַטערט אַ באָרד.

צאַרטע שײַן האָט געוואַרעמט
די געזימסן.
אַ ווײַטע לבֿנה האָט געפֿינקלט
ווי אַ רייפֿל בײַ אַ פּיראַט
אין אויער.

מסתּמא איז די ווײַסל פֿול געווען
מיט אָוונטיקן רויש פֿון שטראָם און בלעטער.

די ייִנגלעך וואָלטן בלויז געוואָלט
דו זאָלסט צושרײַבן צוויי שורות שרעק
צו דער שקיעה.

ברִיסקער ייִדן רעדן

שוין לאַנג ווי מיר האָבן זיך
מיט מאַרקס און ראָטשילד ניט צונויפֿגעשריבן.
מיר זענען אָרעמע קרובֿים און פּשוטע ייִדן.
אונדזערע אויגן פֿלאַטערן איבערן שטעטלשן מאַרק,
ווי פֿעדערן פֿון צערויבטן בעטגעוואַנט,

looking for buyers of cloth,
of a glass of *kvass*.

We're related also to those
whose Temple was burned,
but our little synagogue was a dump
that was set afire
by a drunken peasant.
And when the nobleman got wind of it in Warsaw,
he, who wastes the money
meant for peasants' boots,
didn't take it to heart.

We climb ladders
with nails in our teeth,
and patch broken rungs.
The sun is low, warming beards,
shingle roofs, and copper pendulums
in dark halls of noblemen.
Our daughters scatter sand,
tie ribbons in their hair,
and, again, wait for matches.

A few weeks more
and scars will heal.
Once it was the brute
who wore the stigma;
today, Abel.

Someone's wounds will keep oozing.
The widow's daughter
will scrub her hands
at the glimpse of a man.
And Yankl, the wheelright, will never
forgive the cowardice of his oak hands.
After all, every city has its madmen.

זוכן אַ קונה אויף אַ מעטער וואַרע,
אויף אַ גלעזל קוואַס.

מיר זענען אויך פֿאַרוואַנדטע מיט יענע
וועמעס בית־המקדש מ׳האָט פֿאַרברענט,
נאָר אונדזער שולכל איז געווען אַ וואָכעדיקע חורבֿה
און דעם שטורקאַץ האָט צוגעלייגט
אַ פּשוטער, שיכּורער איוואַן.
און ווען אין וואַרשע האָט דערפֿון געהערט דער פּאַן,
וואָס פֿאַרזויפֿט די שטיוול פֿון אַלע איוואַנעס,
האָט ער זיך אויך ניט גענומען צום האַרץ.

מיר קלעטערן אויף לייטערס
מיט טשוועקעס צווישן די ציין,
און פֿאַרלאַטען די צעבראָכענע געשטעלן.
די זון איז נידעריק, וואַרעמט בערד
שינדלדעכער און מעשענע זייגערוואָגן
אין טונקעלע פּריצישע זאַלן.
אונדזערע טעכטער שיטן געלן זאַמד,
בינדן סטענגעס אין די האָר
און שטייען שוין ווידער אין שידוכים.

נאָך עטלעכע וואָכן, און ס׳וועלן
זיך פֿאַרציִען די שראַמען.
אַ מאָל האָט דעם שטערן־צייכן
געטראָגן דער שלעגער,
און היינט — הבֿל.

ביי עמעצן וועלן נאָך יאַטערן וווּנדן.
דער אלמנהס טאָכטער
וועט זיך רייסן צום אָקריפּ
ביים אָנבליק פֿון אַ מאַנסביל.
און יאַנקל סטעלמאַך וועט שוין קיין מאָל ניט פֿאַרגעבן
דאָס פּחדנות פֿון זיינע דעמבענע הענט.
יעדע שטאָט האָט דאָך אירע משוגעים.

The sunset, color and melody,
enchants windowpanes and rooftops
and beaten Jews
on their beds of torture.

The city darkens against the night sky,
threatens, like the peasant's fist;
darkens, like his mind.

Grace Schulman

This is a later variant of the poem "Jew Suss Oppenheimer on His First Visit to Professor Sigmund Freud."

His Relative Confides in Professor Sigmund Freud

You, clear of vision, farsighted, penetrating,
take me like grain in your fist,
an egg against the light.
We are of the same blood.

Shackled Yeshiva students who skipped
inside a fence of forbidding laws;
the king's dealers
who carried Torah scrolls
and swept the dust with their beards
when the bishop approached,

take me on hectic walks,
clamor like beggars in cemeteries.
In my blue hours with a gentile's daughter,
they remind me of my sister, who was raped.

די שקיעה איז פֿאַרב און אַ ניגון
און פֿאַרלאָקט שויבן און דעכער
און צעשלאָגענע ייִדן
אויף מאַטער־געלעגערס.

די שטאָט טונקלט קעגן נאַכטיקן הימל,
דראָט, ווי איוואַנס פֿויסט,
פֿינצטערט — ווי זײַן מוח.

משפּחה רעדט זיך אויס
פֿאַר פּראָפֿעסאָר זיגמונד פֿרויד

(אַ שפּעטערער וואַריאַנט פֿון ליד
„ייִד זיס אָפּענהיימער אויף זײַן ערשטן באַזוך בײַם פּראָפֿעסאָר זיגמונד פֿרויד")

קלאָר־זעער. ווײַט־זעער. דורכזעער.
נעם מיך ווי גרויפּן אין פֿויסט,
ווי אַן איי קעגן ליכט.
מיר זענען איין ייִחוס.

געפּענטעטע לערנער
וואָס האָבן געהיפּעט
אין אַ מחיצה פֿון לאַוון.
געלטמינצער בײַם מלך
וואָס האָבן געטראָגן ספֿרי־תּורה
און געקערט דעם שטויב מיט די בערד
דעם בישאָף אַנטקעגן.

זיי באַגלייטן מיך אויף רוישיקע שפּאַצירן.
טומלען ווי בעטלער אויף הייליקע ערטער.
אין בלויע שעהען מיט אַ גוייִשער טאָכטער
דערמאָנען זיי מיר מײַן פֿאַרגוואַלטיקטע שוועסטער.

We are of the same blood.
Pull a stalk from me,
as from sheaves of oats at markets.
Tell me the answer.

Grace Schulman

Minor

The night is blue, the blanket
spotted with white.
My wife is porcelain, and I
am hail on the window.
Our dream repeats our day.

You are right, friends.
You reek of revolution
like brandy,
and you aren't even dizzy.

When your stones strike her window,
damned if I'll be sorry.

Grace Schulman

Budapest

Under Lenin's portrait,
a Hapsburg orchestra.
Like fish in a tank,
bureaucrats, tourists, and brokers
sit at dressed tables
on an open terrace.

מיר זענען איין ייִחוס.
צי פֿון מיר אַ זאַנג
ווי פֿון גערשטן אויף יאַרידן.
זאָג מיר דעם באַשייד.

מינאָר

די נאַכט איז בלוי, און פֿלעקלעך
ווײַס אויף דער קאָלדרע.
מײַן ווײַב איז פּאָרצעלײַ, און איך
ווי האָגל אויף די פֿענצטער.
אונדזער חלום חזרט איבער
אונדזער טאָג.

איר זענט גערעכט, חבֿרים.
פֿון אײַך שמעקט די רעוואָלוציע
ווי בראָנפֿן און ס׳דרייט זיך אײַך
אַפֿילו ניט דער קאָפּ.

אַז אײַער שטיין וועט טרעפֿן
אין מײַן פֿענצטער
וועט עס מיך אָסור פֿאַרדריסן.

בודאַפּעשט

אונטער לענינס פּאָרטרעט,
אַ האַבסבורגער אָרקעסטער.
ווי פֿיש אין טאַנק —
אַן אָפֿענע טעראַסע,
און בײַ געדעקטע טישן
ביוראָקראַטן, מעקלער און טוריסטן.

A trolley car shoots by:
a line of gleaming lead.
Bridges gleam
like wedding canopies
over the Danube.
A fiddle sways, blessing wine.
The moon snows ash
over the Jewish quarter.

Grace Schulman

אַ טראַמוויַי שיסט פֿאַרביַי
ווי אַ שורה גליִיק בליַי.
בריקן ליַיכטן
ווי חופּות
איבערן דוניַי.
אַ פֿידל דוכנט איבער אַ בעכער וויַין.
די לבֿנה שנייט
מיט אַש
אויפֿן ייִדישן פֿערטל.

ABRAHAM
SUTZKEVER

1913, Smorgon, Lithuania.

S utzkever's childhood in Siberia, where his parents fled during
the First World War, remained his touchstone of splendor and
the source of many poems and images. He was a member of the
literary-artistic group *Yung Vilne* in the 1930s and became a
forceful cultural presence in the Vilna ghetto. In 1943 he escaped to
the partisans and then to Moscow. After the war he testified at the
Nuremberg trials; later he left for Lodz, Paris, and, in 1947, Israel.
Since 1948 he has been editor of the leading Yiddish literary jour-
nal, *Di goldene keyt.*

A virtuoso of modern Yiddish poetry, Sutzkever shows the play
of language through his rhyming skill and verbal inventiveness.
He began as a lyric poet, attracted to the creative abundance of
nature. Under the pressure of historical events he wrote narratives
and epics, fashioning his poems as confirmations of spiritual in-
domitability. Sutzkever uses words and spatial images to defy the
damage of time, uniting the dead past with the living present. The
"Poems from a Diary" that he has been writing since 1974 join per-
sonal with metaphysical concerns in lyrics of diverse subjects and
moods.

Dated 1936, but later revised, this poem became part of the larger cycle of poems entitled Sibir (Siberia).

In the Hamlet

1

Sunset over icy blue roads. Sweet sleepy
Colors suffuse my mood. A little hut
Shines across the way in the valley,
Covered with a flurry of sunset.

Amazing forests sway against the panes;
Magic sleighs go ringing by.
Doves coo in the attic, coo my face
Out of its shell. Beneath the ice,

Striped with flashes of lightning crystals,
The Irtysh ripples as if it were not real.
And there, under the hushed cupolas,
A seven-year-old child—a world—grows tall.

2

In the luminous, bleak, snowy
Siberian hamlet where I lived as a child,
Flowers spring from the dark-eyed shadows,
Innumerable, quicksilver, wild.

Into the quenched corners of the room,
The moon breathes its solitary brilliance.
My father's face is white as the moon,
The snow's silence weighs upon his hands.

He slices the black bread with the bright
Merciful knife. His face grows blue and old.
And I, with my fresh-sliced thoughts,
Dip my father's bread into the salt.

Irtysh: the Irtysh River, which flows through the Siberian city of Omsk.

אין כוטער

פֿון „סיביר"

1

זונפֿאַרגאַנג אויף אײַזיק בלאָע ווענן.
זיסע דרעמלפֿאַרבן אין געמיט.
ס׳ליײַכט פֿון טאָל אַ שטיבעלע אַנטקעגן
מיט אַ שניי פֿון זונפֿאַרגאַנג באַשיט.
ווונדערוועלדער הוידען זיך אויף שויבן,
צויבער־שליטנס קלינגען אין אַ קרײַז.
אויפֿן פּיצל בוידעם וואָרקען טויבן,
וואָרקען אויס מײַן פּנים. אונטער אײַז,
דורכגעשטרײַפֿט מיט בליציקע קרישטאָלן
צאַפּלט דער אירטיש אין האַלבער וואָר.
אונטער אויסגעשוויגענע קופּאָלן
בליט אַ וועלט — אַ קינד פֿון זיבן יאָר.

2

אינעם ליכטיק־טונקעלן, פֿאַרשנייטן
כוטער פֿון מײַן קינדהייט אין סיביר,
בליִען פֿון די שאָטן־אַפּלען — קווייטן,
קוועקזילבערנע קווייטן אָן אַ שיעור.
אין די ווינקלען אָפּגעלאָשן מאַטע
בלאָזט אַרײַן לבֿנה איר געבלענד.
ווײַס ווי די לבֿנה איז דער טאַטע,
שטילקייט פֿונעם שניי — אויף זײַנע הענט.
ער צעשנײַדט דאָס שוואַרצע ברויט מיט בלאַנקן
רחמימדיקן מעסער. ס׳פּנים בלויט.
און מיט נײַ צעשניטענע געדאַנקען
טונק איך אינעם זאַלץ דעם טאַטנס ברויט.

3

Knife. Father. The wood lamp smokes.
Childhood. Child. A shadow
Takes the fiddle down from the wall. Thin flakes
Of snowsound drift slowly over my head.

Quiet. Father is playing. The sounds
Engrave themselves in the air, as in the frost
Silver atoms of breath hang suspended
Blue over snow the moon has glazed.

Through the windowpane with its icy fur,
A wolf sniffs at the blood of the music.
Quiet. In our dovecote an unfledged bird
Picks its way out of the shell. *Peck-peck.*

Chana Bloch

Here I Am

Here I am, full-grown, flourishing.
It's as if fiery bees had stung me with songs.
I heard you calling from the first light
And set out to you through darkness. Dust. Sweat.
Towns and villages fell away from me,
One flash of lightning set ablaze
My old gray home.
Rain washed away the last traces.
And I was left standing before your name
As before the blue
Mirror of conscience.
My hands, stripped branches,
Bang impatiently at your door.
Fresh with marvels,
My eyes are drawn to you like sails.
But suddenly: the door's ajar.
You are not here.

3

מעסער. טאַטע. רויכיקע לוטשינע.
קינדהייט. קינד. אַ שאָטן נעמט אַראָפּ
ס׳פּידעלע פֿון וואַנט. און דין־דין־דינע
שנייענקלאַנגען פֿאַלן אויף מײַן קאָפּ.
שטיל. דאָס שפּילט דער טאַטע. און די קלאַנגען —
אויסגראַווירט אין לופֿטן, ווי אין פֿראָסט
זילבערלעך פֿון אָטעם בלאָ צעהאַנגען
איבער שניי לבֿנהדיק באַגלאָזט.
דורך אַן אײַזיק אָנגעפּעלצטן שײַבל
שמעקט אַ וואָלף צום פֿלייש פֿון דער מוזיק.
שטיל. אין אונדזער טויבנשלאַק אַ טײַבל
פּיקט זיך פֿון אַן אייעלע, פּיק־פּיק.

אָט בין איך דאָך

אָט בין איך דאָך, אַן אויפֿגעבליטער אין מײַן גאַנצער גרייס,
פֿאַרשטאָכן מיט געזאַנגען ווי מיט פֿײַערדיקע בינען.
איך האָב דערהערט דײַן רוף צו מיר פֿון ליכטיקן באַגינען
און זיך צו דיר אַוועקגעלאָזט דורך נאַכט און שטויב און שווייס.
עס האָבן שטעט און דערפֿער זיך פֿון מיר אַוועקגעריסן,
אַ בליץ האָט דין אַ צונד געטאָן מײַן אַלטע, גראָע היים.
אַ רעגן האָט פֿאַרווישט די רויטע שפּורן.
און כ׳בין געבליבן פֿאַר דײַן נאָמען שטיין,
ווי פֿאַרן בלאָען שפּיגל פֿון געוויסן.
די הענט מײַנע ווי צווייַגן אָפּגעשונדענע
קלאַפּן האַסטיק אין דײַן העלער טיר.
די אויגן מײַנע, צאַפּלדיק־פֿאַרוווּנדערטע,
ציִען זיך ווי זעגלען צוויי צו דיר.
נאָר מיט אַ מאָל: די טיר איז אָפֿן.
ביסט ניטאָ.
ס׳איז אַלץ אַנטלאָפֿן.
ביסט ניטאָ.

Everything's gone.
You are not here.
Only a poem remains.
A foolish cry.
A not knowing why.

1935   *Chana Bloch*

In the Sack of the Wind

A barefoot vagabond on a stone
in evening's gold
shakes off
the dust of the world.
Suddenly, from out of the woods
a bird flies
and snatches up the last grain of sun.

There's also a willow near the river.

A road.
A field.
A fresh meadow.
Footprints of clouds, foraging in secret.
Where are the hands that make miracles?

There's also a live fiddle.

What is there to do at such a moment,
O my world of a thousand colors,
but to gather up that beautiful redness
in the sack of the wind
and bring it home for supper.

And then there's loneliness, like a mountain.

1935

Chana Bloch

עס בלײַבט אַ ליד.
אַ נאַרישער געוויין.
אַ ניט־פֿאַרשטיין.
1935

אין טאָרבע פֿונעם ווינט

אַ באָרוועסער וואַנדראָווניק אויף אַ שטיין
אין אָוונטגאָלד
וואַרפֿט פֿון זיך אַראָפּ דעם שטויב פֿון וועלט.
פֿון וואַלד אַרויס
דערלאַנגט אַ פֿלי אַ פֿויגל
און טוט אַ כאַפּ דאָס לעצטע שטיקל זון.

אַ ווערבע פּאַזע טײַך איז אויך פֿאַראַן.

אַ וועג.
אַ פֿעלד.
אַ צאַפּלדיקע לאָנקע.
געהיימע טריט
פֿון הונגעריקע וואָלקנס.
ווו זענען די הענט, וואָס שאַפֿן ווונדער?

אַ לעבעדיקע פֿידל איז אויך פֿאַראַן.

איז וואָס זשע בלײַבט צו טאָן אין אָט דער שעה,
אָ, וועלט מײַנע אין טויזנט פֿאַרבן?
סײַדן
צונויפֿקלײַבן אין טאָרבע פֿונעם ווינט
די רויטע שיינקייט
און ברענגען זי אַהיים אויף אָוונטברויט.

אַן עלנט ווי אַ באַרג איז אויך פֿאַראַן.
1935

How?

How will you fill your goblet
On the day of liberation? And with what?
Are you prepared, in your joy, to endure
The dark keening you have heard
Where skulls of days glitter
In a bottomless pit?

You will search for a key to fit
Your jammed locks. You will bite
The sidewalks like bread,
Thinking: It used to be better.
And time will gnaw at you like a cricket
Caught in a fist.

Then your memory will resemble
An ancient buried town.
And your estranged eyes will burrow down
Like a mole, a mole. . . .

Vilna Ghetto,
February 14, 1943

Chana Bloch

ווי אַזוי?

ווי אַזוי און מיט וואָס וועסטו פֿילן
דײַן בעכער אין טאָג פֿון באַפֿרײַונג?
ביסטו גרייט אין דײַן פֿרייד צו דערפֿילן
דײַן פֿאַרגאַנגענקייטס פֿינצטערע שרײַונג
ווו עס גליווערן שאַרבנס פֿון טעג
אין אַ תּהום אָן אַ גרונט, אָן אַ דעק?

דו וועסט זוכן אַ שליסל צו פּאַסן
פֿאַר דײַנע פֿאַרהאַקטע שלעסער.
ווי ברויט וועסטו בײַסן די גאַסן
און טראַכטן: דער פֿריִער איז בעסער.
און די צײַט וועט דיך עגבערן שטיל
ווי אין פֿויסט אַ געפֿאַנגענע גריל.

און ס׳וועט זײַן דײַן זכּרון געגליכן
צו אַן אַלטער פֿאַרשאָטענער שטאָט.
און דײַן דרויסיקער בליק וועט דאָרט קריכן
ווי אַ קראָט, ווי אַ קראָט — —

ווילנער געטאָ
14טן פֿעברואַר 1943

The Rom Press since the end of the eighteenth century was a prestigious traditional press and publishing house in Vilna, later run by the Widow Rom and Sons. It was renowned for its editions of the Talmud as well as for promoting works of modern Yiddish and Hebrew literature. This poem is based on a projected plan of the Jewish underground to use the lead of the printing plates for ammunition to stock its tiny arsenal. The poem's images link the ghetto struggle with the ancient battles for Jerusalem before the fall of the Temple.

The Lead Plates at the Rom Press

Arrayed at night, like fingers stretched through bars
To clutch the lit air of freedom,
We made for the press plates, to seize
The lead plates at the Rom printing works.
We were dreamers, we had to be soldiers,
And melt down, for our bullets, the spirit of the lead.

At some timeless native lair
We unlocked the seal once more.
Shrouded in shadow, by the glow of a lamp,
Like Temple ancients dipping oil
Into candelabrums of festal gold,
So, pouring out line after lettered line, did we.

Letter by melting letter the lead,
Liquefied bullets, gleamed with thoughts:
A verse from Babylon, a verse from Poland,
Seething, flowing into the one mold.
Now must Jewish grit, long concealed in words,
Detonate the world in a shot!

Who in Vilna Ghetto has beheld the hands
Of Jewish heroes clasping weapons
Has beheld Jerusalem in its throes,
The crumbling of those granite walls;
Grasping the words smelted into lead,
Conning their sounds by heart.

Vilna Ghetto,
September 12, 1943
Neal Kozodoy

די בלײַענע פּלאַטן פֿון ראָמס דרוקערײַ

מיר האָבן ווי פֿינגער געשטרעקטע דורך גראַטן
צו פֿאַנגען די ליכטיקע לופֿט פֿון דער פֿרײַ —
דורך נאַכט זיך געצויגן, צו נעמען די פּלאַטן,
די בלײַענע פּלאַטן פֿון ראָמס דרוקערײַ.
מיר, טרוימער, באַדאַרפֿן איצט ווערן סאָלדאַטן
און שמעלצן אויף קוילן דעם גײַסט פֿונעם בלײַ.

און מיר האָבן ווידער געעפֿנט דעם שטעמפּל
צו עפּעס אַ היימישער אייביקער הייל.
מיט שאָטנס באַפּאַנצערט, בײַ שײַן פֿון אַ לעמפּל —
געגאָסן די אותיות — אַ צייל נאָך אַ צייל,
אַזוי ווי די זיידעס אַ מאָל אינעם טעמפּל
אין גילדענע יום־טובֿ־מנורות — דעם אייל.

דאָס בלײַ האָט געלויכטן בײַם אויסגיסן קוילן,
מחשבֿות — צעגאַנגען אַן אות נאָך אַן אות.
אַ שורה פֿון בבֿל, אַ שורה פֿון פּוילן,
געזאָטן, געפֿלייצט אין דער זעלביקער מאָס.
די ייִדישע גבֿורה, אין ווערטער פֿאַרהוילן,
מוז אויפֿרײַסן איצטער די וועלט מיט אַ שאָס!

און ווער ס׳האָט אין געטאָ געזען דאָס כּלי־זיין
פֿאַרקלאַמערט אין העלדישע ייִדישע הענט —
געזען האָט ער ראַנגלען זיך ירושלים,
דאָס פֿאַלן פֿון יענע גראַניטענע ווענט;
פֿאַרנומען די ווערטער, פֿאַרשמאָלצן אין בלײַען,
און זייערע שטימען אין האַרצן דערקענט.

ווילנער געטאָ
12טן סעפּטעמבער 1943

Frozen Jews

Have you seen, in fields of snow,
frozen Jews, row on row?

Blue marble forms lying.
Not breathing. Not dying.

Somewhere the flicker of a frozen soul—
glint of fish in an icy swell.

All brood. Speech and silence are one.
Night snow encases the sun.

A smile glows immobile
from a rose lip's chill.

Baby and mother, side by side.
Odd that her nipple's dried.

Fist, fixed in ice, of a naked old man:
the power's undone in his hand.

I've sampled death in all guises.
Nothing surprises.

Yet a frost in July in this heat—
a crazy assault in the street.

I and blue carrion, face to face.
Frozen Jews in a snowy space.

Marble shrouds my skin.
Words ebb. Light grows thin.

I'm frozen, I'm rooted in place
like the naked old man enfeebled by ice.

Moscow,
July 10, 1944

Cynthia Ozick

פֿאַרפֿרױרענע ייִדן

האָסטו געזען איבער פֿעלדער מיט שניי
פֿאַרפֿרױרענע ייִדן, אַ רײ נאָך אַ רײ?

זײ ליגן אָן אָטעם, פֿאַרמירמלט און בלאָ,
נאָר טויט איז אין זייערע קערפּערס ניטאָ.

ווײַל ס׳פֿינקלט אויף ערגעץ פֿאַרפֿרױרן דער גײַסט,
ווי אַ גילדענער פֿיש, אין אַ כוואַליע פֿאַראײַזט.

זײ ריידן ניט. שווײַגן ניט. יעטוועדער **טראַכט.**
און די זון ליגט פֿאַרפֿרױרן אין שניי אויף בײַ נאַכט.

עס גליט אויף אַ ראָזלעכער ליפּ אין געפֿריר
אַ שמייכל און קען זיך ניט געבן קיין ריר.

אַ טראָט לעם דער מאַמען ליגט הונגעריק ס׳קינד
און מאָדנע: זי קען עס ניט זייגן אַצינד.

און ס׳גליווערט אַ פֿויסט בײַ אַ נאַקעטן גרײַז
און קען ניט זײַן כּוח באַפֿרײַען פֿון אײַז.

כ׳האָב אַלערליי טויטן פֿאַרזוכט ביז אַהער
און ס׳קען מיך שוין קיינער ניט וווּנדערן מער.

נאָר אַצינד אין דער יוליקער היץ אויף אַ גאַס
באַפֿאַלט מיך אַ פֿראָסט ווי ס׳באַפֿאַלט משוגעת:

עס גייט מיר אַנטקעגן דאָס בלאָע געביין —
פֿאַרפֿרױרענע ייִדן אויף שנייִקן פֿליין.

מײַן הויט ווערט באַצויגן מיט מירמלנער שיכט,
און אָפּשטעלן נעמט זיך דאָס וואָרט און דאָס ליכט.

און אויך מײַן באַוועגונג פֿאַרפֿרירט, ווי בײַם גרײַז,
וואָס קען ניט זײַן כּוח באַפֿרײַען פֿון אײַז.

מאָסקווע
10טן יולי 1944

The entire series Epitaphs *consists of twenty-seven parts. They are dedicated to the poet's brother, Moyshe.*

Epitaphs

❖

You, letters scratched on walls
Of death houses, ghettoes, prison cells,
In every tongue, by a thousand hands,
In every shade that humans weep—
Amid you I discern my name,
Your song I shall forever hear.

Extinguish the stars! All over the earth,
Kindle, burn, supplant the stars!

❖

Nowhere seek my song,
Or other fragment of my ravaged limbs—
Only, my one remaining brother,
Taste the redness of the rose;
Feel, with every barb,
A message sent up from below,
Where wonders unreleased
Stanch my poems' flow.

❖

Another life, unsavored, might hold
Spicier horrors; I do not know.
I sought no other wisdom than this—
Only to be, myself, both ground and plow,
Scooping up that force which willed me
Not to remain unborn forever.
For the grant of a world, I,
Your memorial blade of grass, give thanks.

פֿון עפּיטאַפֿן

אַ מתּנה מײַן ברודער משהן

✣

איר אויסגעקריצטע אותיות אויף די ווענט
פֿון טויטנהײַזער, געטאָס און קאַרצערן,
אויף אַלע שפּראַכן און מיט טויזנט הענט,
אויף אַלע פֿאַרבן פֿון דעם מענטשנס טרערן,
איך האָב מײַן נאָמען צווישן אײַך דערקענט
און וועל אײַך ווי אַ ניגון אייביק הערן.

פֿאַרלעשט די שטערן! צינד זיך אָן און ברענט
אַריבער גאָר דער וועלט, אַנשטאָט די שטערן!

✣

אין ערגעץ זאָלסטו מײַן געזאַנג ניט זוכן
און ניט דעם רעשט פֿון די פֿאַרצוקטע גלידער, —
נאָר ווּ דו ביסט, דו איינציקער פֿון ברידער,
זאָלסטו אַ רויטן רויזנקוסט פֿאַרזוכן.
וועט דיר יעדער שטאָך באַזונדער
ברענגען גרוסן פֿון דער נידער,
ווּ ניט־אויסגעלייזטער ווּנדער
בינדט דעם קוואַל פֿון מײַנע לידער.

✣

קיין אַנדער לעבן האָב איך ניט פֿאַרזוכט,
און ווייס ניט, צי זײַן שוידער איז געשמאַקער.
קיין אַנדער חכמה האָב איך ניט געזוכט
ווי זײַן אַליין די ערד, אַליין דער אַקער
און אויפֿגראָבן די קראַפּט, וואָס האָט געוועלט
איך זאָל ניט בלײַבן אייביק אומגעבאָרן.
אַ דאַנק דיר פֿאַרן שענקען מיר אַ וועלט
און פֿאַרן זײַן אַ גראָז אין דײַן זכּרון.

❖

This man could be a god, and I a worm.
All the same I roar at my tormentor:
    You have no right.

That I die, in witness, arm across my chest,
    Is nothing.
But that a slave should be master of my years—
    This, to me, is gall.

❖

Inscribed on the slat of a railway car:

Should you happen on a string of pearls,
Threaded on a length of blood-red silk,
Which, like the pathway of life, runs all the finer
As it nears the throat,
Until, dissolved in fog,
It vanishes from sight—

Know, these pearls you've found
Once coolly lit my heart,
The reckless eighteen-year-old heart
Of a Paris showgirl named Marie.

I, transported through chartless Poland,
Now fling them through the grate.

If you are a man,
Deck your sweetheart with your find.
Wear them, if a girl,
The pearls are yours.
And if old—let them form
The object of your prayers.

⁘

אויך ווען דער מענטש וואָלט זײַן אַ גאָט און איך וואָלט זײַן אַ וואָרעם,
אַלץ איינס וואָלט איך צום פּײַניקער געברומט: ביסט ניט גערעכט.

מיך אַרט ניט, וואָס איך שטאַרב, אַן עדות — אויף מײַן ברוסט דער אָרעם;
עס אַרט מיך, וואָס דער האַר אויף מײַנע יאָרן איז אַ קנעכט.

⁘

אַזוי שטייט אָנגעשריבן אויף אַ ברעט פֿון אַ וואַגאָן:

ווער עס וועט אַ מאָל געפֿינען פּערל,
געציליעט אויף אַ בלוטיק רויטן שנירעלע פֿון זײַד,
און וואָס צום האַלדז דערלויפֿן זיי אַלץ דינער
ווי דער וועג פֿון לעבן,
ביז וואַנען זיי פֿאַרגייען אין אַ נעפּל
ניט צו מערקן —
ווער עס וועט געפֿינען אָט די פּערל,
זאָל וויסן, אַז זיי האָבן קיל באַלויכטן
דאָס האַרץ — אַן אַכצניעריקס, אומגעדולדיקס,
פֿון דער פֿאַריזער טענצערין מאַרי.

איצט פֿירט מען מיך אין אומבאַוווּסטן פּוילן, —
וואַרף איך מײַנע פּערל דורך די גראַטעס.

אויב עס וועט געפֿינען זיי אַ בחור —
זאָל די פּערל צירן זײַן געליבטע.
אויב עס וועט געפֿינען זיי אַ מיידל —
זאָל זי אָנטאָן, עס געהערט צו איר.
אויב עס וועט געפֿינען זיי אַ זקן, —
זאָל ער פֿאַר די פּערל טאָן אַ תּפֿילה.

❖

Hangman, beware. Your every savagery
Is aimed against you, tenfold.
Even here, in this oven hell,
My burning soul is not consumed.

Curling from chimneys, a cloud of black,
I will come swarming, gliding on your trail,
Obliterating trace and spore,
Your serpent in his cradle, your domain.

❖

In an orchard, amid the fruit trees,
On the drawbeam of a well,
A scratching:
Here lie those not present
When village folk were in the synagogue,
Being burned.

With the well-rope,
He who blindly writes these words
Has hoisted from this grave of waters
Himself and child.
Now he but desires
To return below.

❖

Survivors! Inherit, with your happiness,
The tears of each of us, flickering in that vise.
Remember: Inhale our dying.
Never forget: Be martyrs to life.

❖

To you, the rescue of a Jewish child
Is a crime.
So let me herewith confess:
Guilty, guilty,

✣

זײַ וויסן, קאַט, אַז איטלעכע אַכזריות
אין דיר אַליין איז צענפֿאַכיק געוועגדט.
אויך דאָ, אין גיהנום פֿון די קרעמאַטאָריעס,
וועט מײַן נשמה אַלץ ניט זײַן פֿאַרברענט.

אַ שוואַרצער וואָלקן, וועל איך זיך פֿון קוימען
אַרויסוויקלען און שווימען נאָך דײַן טראָט, —
ביז וואַנען איך וועל אָפּמעקן דעם זוימען
פֿון דיר, דײַן שלאַנג אין וויגל, און דײַן שטאָט.

✣

צווישן ביימער אין אַ סאָד,
אויף אַ ברונעמס קאַלוואַראָד
איז פֿאַרקריצט: דאָ ליגן
די, וואָס זענען ניט אַרײַן
אין דער שול פֿאַרברענט צו זײַן
אויסן דאָרף דעם היגן.

דער וואָס שרײַבט עס בלינדערהייט,
האָט זיך אָקערשט אויף דער קייט
אויפֿגעהויבן פֿונעם
וואַסער־קבֿר מיט אַ קינד.
נאָר עס גלוסט זיך אים אַצינד
קריק אַרײַן אין ברונעם.

✣

געבליבענע! בעת אײַער פֿרייד זאָלט איר אַרבן
די טרערן פֿון יענע וואָס צאַנקען אין קלעם.
פֿאַרגעסט ניט און אָטעמט אַרײַן אונדזער שטאַרבן.
פֿאַרגעסט ניט צו **לעבן** אויף קידוש־השם.

✣

אויב ראַטעווען אַ ייִדיש קינד
בײַ אײַך ווערט אָנגערופֿן **זינד**, —
בין איך זיך דעמאָלט מודה:
שולדיק, שולדיק,

And anxiously awaiting
The noose. Swing me over.
Entering no plea for mercy, nor rueful
Of my hard appointed fate.

But O, my bright one, Reyzele,
Heed your mother-wit:
We live once—let it not rush past in vain.

Vilna Ghetto-Moscow-Lodz,
1943—46
                                    Neal Kozodoy

Deer at the Red Sea

The sunset grew bold: it insisted on staying
In the Red Sea at night, when the innocent pink
Young fawns delicately make their way
Downhill to the palace of water to drink.

They leave their silken shadows on the shore,
Bending to lick the rings of coolness
In the Red Sea, with long fiddle-faces. And there
They are betrothed at last to the silence.

And then—they run away. Rosy flecks
Animate the sand. But the sunset deer
Stay behind in the water, mournful, and lick
The silence of those that are no longer there.
1949
                                    Chana Bloch

און וואַרט געדולדיק
אויף דער תּליה: גיב מיר שוין אַ הוידע.

און ניט איך בעט גענאָד, ניט מיך פֿאַרדריסט
מײַן האַרבער גורל דער באַשערטער.
נאָר דו, מײַן ליכטיק רייזעלע,
געדענק דײַן "מאַמעס" ווערטער:
איין מאָל לעבט מען — זאָל עס ניט פֿאַרבײַלויפֿן אומזיסט.

ווילנער געטאָ־מאָסקווע־לאָדזש
1943—46

הירשן בײַם ים־סוף

דער זונפֿאַרגאַנג האָט זיך פֿאַרעקשנט מיט העזה
צו בלײַבן אין ים־סוף בײַ נאַכט, ווען עס קומען
צום פּאַלאַץ פֿון וואַסער — די אומשולדיק ראָזע,
די איידעלע הירשן צו שטילן דעם גומען.

זיי לאָזן די זײַדענע שאָטנס בײַם באָרטן
און לעקן אין ים־סוף די רינגען פֿון קילקייט
מיט פֿידלענע פּנימער לאַנגע. און דאָרטן
געשעט די פֿאַרקנסונג בײַ זיי מיט דער שטילקייט.

געענדיקט — אַנטלויפֿן זיי. רויזיקע פֿלעקן
באַלעבן דעם זאַמד. נאָר עס בלײַבן פֿול יאָמער
די זונפֿאַרגאַנג־הירשן אין וואַסער און לעקן
די שטילקייט פֿון יענע, וואָס זענען ניטאָ מער.
1949

This is one of fifteen prose poems of Green Aquarium, *a sequence of symbolic narratives that Sutzkever wrote in the 1950s of the Vilna Ghetto and the resistance of Jewish partisans in the forest nearby.*

Death of an Ox

With burning horns, two twisted candles under a radiant yellow halo, an ox lunges from the flaming stable with a hoarse bellow, as if the slaughterer's gilded knife had remained stuck in its throat. Purple rings rise like smoke from the dried manure on its backside, and the flesh blazes along the forelegs as far up as the jaw like kindled wildgrass.

The first snowfall—as if someone had chased a great flock of baby doves from their warm sleep in heaven's coop and forced them to sinful earth—the snow cannot quench the fire. When the sparks, darting red needles, stab the falling doves awake—quicker than a sigh—the doves are swallowed up by the greedy fire. Fed by the snow-doves, the fire rages exultantly, wildly, around the victim, chaining the ox in copper ribs, riding its back like a naked satyr and lashing it with fiery whips.

Its ears catch the sound of a distant mooing, a moo of terrible yearning, a thunderclap with severed wings.

But it cannot answer. Its mouth is open but it has lost, really lost, its tongue.

Its own momentum drives the ox forward, the fire rising from the ground, from the dark sunken swamps that reach all the way to a lake.

When the ox rushes into the lake up to its knees, and when its reflected elliptical eyes, like molten glass of many colors, catch sight of a second upside-down ox in the water with its burning horns pointing downward to the sky, then a human smile begins to wrinkle its face.

Its copper ribs burst.

The ox turns its head to the left, in the direction of its home village, where only one dark chimney stands, like a dead hand, and remains perfectly still.

For a while the horns flicker, like candles beside a dead man; then they are snuffed out with the day.

1953

Ruth Wisse

דער טויט פֿון אַן אָקס

מיט ברענענדיקע הערנער, צוויי אויסגעקרימטע וואַקסענע ליכט, אונטער אַ געלן שטראַליקן אָרעאָל, טראָגט זיך אַן אָקס מיט אַ הייזעריקן רעוועך פֿונעם פֿלאַמענדיקן שטאַל אַרויס, ווי אין זײַן האַלדז וואָלט געבליבן שטעקן אַ גילדענער חלף. דאָס צוגעקלעפּטע טרוקענע מיסט פֿון זײַן הינטערטייל רייכערט זיך אין פֿיאָלעטע קנוילן און זײַנע פֿאָדערשטע פֿיס, אַרויף ביז דער געמבע, פֿלאַקערן בײַם סאַמע פֿלייש ווי אונטערגעצונדן ווילדגראָז.

דער פֿאַלנדיקער ערשטער שניי, גלײַך עמעץ וואָלט פֿאַריאָגט פֿון הימלשלאַק אַ ריזיקע טשאַטע פּערל־ווײַסע יונגיטשקע טויבן, פֿאַרטריבן זיי אויף דער זינדיקער ערד אין מיטן זייער וואַרעמען שלאָף — דער שניי קאָן דעם פֿײַער ניט אײַנלעשן. ווען די פֿונקען, די רויטע פֿליִענדיקע נאָדלען, וועקן אויף מיט אַ דינעם שטאָך די פֿאַלנדיקע טויבן — דויערט ניט קיין „אוי" — און די טויבן ווערן פֿאַרשלונגען פֿונעם זשעדנעם פֿײַער. און מיטן כּוח פֿון די פֿאַרשלונגענע שנייטויבן בושעוועט נאָך ווילדער, מיט מער הנאה, דאָס פֿײַער אויף זײַן קרבן, שמידט אים אין קופּערנע ריפּן, זיצט אויף זײַן רוקן ווי אַ נאַקעטער סאַטיר און שמײַסט דעם אָקס מיט שײַטערדיקע בײַטשן.

צו זײַנע אויערן דערטראָגט זיך אַ ממנו, אַ גרויליק בענקענדיקער ממנו, אַ דונער מיט אָפּגעהאַקטע פֿליגל . . .

ער קאָן ניט ענטפֿערן. ס׳מויל איז אָפֿן, נאָר ניט אַנדערש — ער האָט פֿאַרלוירן די צונג.

זײַן אימפּעט יאָגט אים ווײַטער, ס׳פֿײַער הייבט פֿון דער ערד, פֿון די שקיעהדיק פֿינצטערע זומפּן וואָס ציִען זיך ביז צו אַן אָזערע.

ערשט דעמאָלט, ווען ער שטורעמט אַרײַן ביז די קני אין אָזערע, און מיט די פֿאַרטאָפּלטע עליפּסענע אויגן, ווי צונויפֿגעשמאָלצן גלאָז פֿון אַ סך קאָלירן, דערזעט ער אין וואַסער **נאָך** אַן אָקס, אַ קאַפּויערדיקן, מיט ברענענדיקע הערנער אַראָפּ, אין הימל אַרײַן — נעמט זיך קנייטשן אויף זײַן פּנים אַ מענטשלעכער שמייכל.

עס פּלאַצן זײַנע קופּערנע ריפּן.

דער שניי שיט און שיט.

און דער אָקס, דרייט אויס דעם קאָפּ אויף לינקס, אין דער ריכטונג צו זײַן היימישן דערפֿל, וואָס פֿון אים איז בלויז פֿאַרבליבן אַ פֿינצטערער קוימען, ווי אַ טויטע האַנט, און ער טוט זיך קיין ריר ניט.

אַ ווײַלע פֿלעמלען נאָך די הערנער, ווי ליכט צוקאָפּנס פֿון אַ טויטן, און לעשן זיך צוזאַמען מיטן טאָג.

1953

Poetry

A dark violet plum,
the last one on the tree,
thin-skinned and delicate as the pupil of an eye,
that in the dew at night blots out
love, visions, shivering,
and then at the morning star the dew
grows weightless: That
is poetry. Touch it so lightly
that you don't leave a fingerprint.
1954

                                        Chana Bloch

Toys

My daughter, you must care for your toys,
Poor things, they're even smaller than you.
Every night, when the fire goes to sleep,
Cover them with the stars of the tree.

Let the golden pony graze
The cloudy sweetness of the field.
Lace up the little boy's boots
When the sea-eagle blows cold.

Tie a straw hat on your doll
And put a bell in her hand.
For not one of them has a mother,
And so they cry out to God.

Love them, your little princesses—
I remember a cursed night
When there were dolls left in all seven streets
Of the city. And not one child.

                                        Chana Bloch

פּאָעזיע

אַ טונקל פֿיאָלעטע פֿלוים
די לעצטע אויפֿן בוים,
דין־הײַטלדיק און צאַרט ווי אַ שוואַרצאַפּל,
וואָס האָט בײַ נאַכט אין טוי געלאָשן
ליבע, זעונג, צאַפּל,
און מיטן מאָרגן־שטערן איז דער טוי
געוואָרן גרינגער —
דאָס איז פּאָעזיע. ריר זי אָן אַזוי
מען זאָל ניט זען קיין סימן פֿון די פֿינגער.
1954

שפּילצײַג

דײַנע שפּילצײַג, מײַן קינד, האַלט זיי טײַער,
דײַנע שפּילצײַג נאָך קלענער ווי דו.
און בײַ נאַכט, ווען ס׳גייט שלאָפֿן דאָס פֿײַער,
מיט די שטערן פֿון בוים דעק זיי צו.

לאָז דעם גאָלדענעם פֿערדעלע נאַשן
די פֿאַרוואָלקנטע זיסקייט פֿון גראָז.
און דעם ייִנגל טו אָן די קאַמאַשן
ווען דער אָדלער פֿון יַם גיט אַ בלאָז.

און דײַן ליאַלקע טו אָן אַ פּאַנאַמע,
און אַ גלעקעלע גיב איר אין האַנט.
ווײַל ס׳האָט קיינער פֿון זיי ניט קיין מאַמע,
און זיי וויינען צו גאָט בײַ דער וואַנט.

האָב זיי ליב, דײַנע קליינע בת־מלכּהס,
איך געדענק אַזאַ טאָג — ווײ און ווינד —:
זיבן געסלעך און אַלע מיט ליאַלקעס
און די שטאָט איז געווען אָן אַ קינד.

Firemen

Firemen attacked me late at night
Like acrobats in a circus,
Sure-footed
on their tall ladders
flung up quick as a shot
to the sixth floor.

Firemen.
Rivers on their shoulders.
Helmets. Axes.
Strip the living flesh from my innocent walls.
A mirror cracks.
Pays me back a debt: a sliver of face.
Shovels. Streams of water.
The pillars of the air
shudder.
Down below, a crowd
with an outstretched net
raises a clamor—
they have weak hearts—
shouting that I should take pity at once
and jump.

Meanwhile, reclining like a king
on the sixth floor,
reading (of all things)
a poet of the thirteenth century,
I am amazed
the firemen have attacked me at night
with axes, helmets, and raw nerve—
and with what fervor they
won't let me burn.
1970
                                        Chana Bloch

פֿײַערלעשער

פֿײַערלעשער זענען מיך באַפֿאַלן שפּעט בײַ נאַכט,
ווי ספּריטנע אַקראָבאַטן
אין אַ צירק,
אויף לאַנגע לייטערס,
געשווינד אַרויפֿגעשאָסענע צו מיר
צום זעקסטן גאָרן.

פֿײַערלעשער.
טײַכן אויף די אַקסלען.
העק און העלמען.
רײַסן שטיקער פֿלייש פֿון מײַנע אומשולדיקע ווענט.
ס׳פּלאַצט אַ שפּיגל. צאָלט מיר אָפּ אַ חובֿ: אַ שטיקל פּנים.
לאָמען.
שטראָמען.
ס׳וואַקלען זיך די זײַלן פֿון דער לופֿט.
אונטן שטייען מענטשן
מיט אַן אויסגעשפּרייטער נעץ.
ליאַרעמען,
— זיי האָבן שוואַכע הערצער —
איך זאָל זיך גלײַך דערבאַרעמען
און שפּרינגען.

און איך, אויף זעקסטן גאָרן,
אין אַ קעניגלעכער פּאָזע,
לייען גאָר אַ דיכטער פֿונעם דרײַצעטן יאָרהונדערט
און בין פֿאַרוווּנדערט,
אַלמאַי די פֿײַערלעשער זענען
באַפֿאַלן מיך בײַ נאַכט
מיט העק און העלמען און מיט העזה,
און מיט אַ ברען זיי לאָזן מיך ניט ברענען.

1970

Poems from a Diary

1974

Who will last? And what? The wind will stay,
and the blind man's blindness when he's gone away,
and a thread of foam—a sign of the sea—
and a bit of cloud snarled in a tree.

Who will last? And what? A word as green
as Genesis, making grasses grow.
And what the prideful rose might mean,
Seven of those grasses know.

Of all that northflung starry stuff,
the star descended in the tear will last.
In its jar, a drop of wine stands fast.
Who lasts? God abides—isn't that enough?

Cynthia Ozick

*In Jewish folklore the sight of a water carrier bearing one or two full pails
is an omen of good fortune; empty pails foretell bad fortune.*

1975

The funeral's early, the concert is late.
I go to both (such is my fate),

A yoke's round my neck, with two brimming pails.
One's for good luck, the other one fails.

If one pail hangs empty, you can guess that the other
will never attempt to outdo its own brother.

When the salt's lost its savor, will it pay through the nose
for seven salt shakers, set out in nice rows?

And the light! Would it wrinkle and burst
if a shade didn't trouble to water its thirst?

לידער פֿון טאָגבוך

1974

ווער וועט בלײַבן, וואָס וועט בלײַבן? בלײַבן וועט אַ ווינט,
בלײַבן וועט די בלינדקייט פֿונעם בלינדן וואָס פֿאַרשווינדט.
בלײַבן וועט אַ סימן פֿונעם ים: אַ שנירל שוים,
בלײַבן וועט אַ וואָלקנדל פֿאַרטשעפּעט אויף אַ בוים.

ווער וועט בלײַבן, וואָס וועט בלײַבן? בלײַבן וועט אַ טראַף,
בראשיתדיק אַרויסצוגראָזן ווידער זײַן באַשאַף.
בלײַבן וועט אַ פֿידלרויז לכּבֿוד זיך אַליין,
זיבן גראָזן פֿון די גראָזן וועלן זי פֿאַרשטיין.

מער פֿון אַלע שטערן אַזש פֿון צפֿון ביז אַהער,
בלײַבן וועט דער שטערן וואָס ער פֿאַלט אין סאַמע טרער.
שטענדיק וועט אַ טראָפּן ווײַן אויך בלײַבן אין זײַן קרוג.
ווער וועט בלײַבן, גאָט וועט בלײַבן, איז דיר ניט גענוג?

1975

בײַ טאָג אַ לוויה, בײַ נאַכט אַ קאָנצערט
און קומען סײַ דאָרטן סײַ דאָ איז באַשערט.

באַשערט אַ קאָראָמיסל אויפֿן גניק:
צוויי פֿולינקע עמערס מיט אומגליק און גליק.

אַז ליידיק וואָלט העגנגען אַן עמער, קאָן זײַן
דער צווייטער וואָלט קיין מאָל קיין פֿולער ניט זײַן.

די זאַלץ וואָלט ניט פֿילן איר טעם און זי וואָלט
פֿאַר זאַלצעלעך זיבן אַן אוצר באַצאָלט.

און ס׳ליכט וואָלט געוואָרן אין קנייטשן און קראַנק
ווען ס׳וואָלט ניט אַ שאָטן אים זײַן אַ געטראַנק.

The funeral's early, the concert is late.
I go to both (such is my fate),

to play at the pairing of music with clay:
a pail of good fortune, a pail of dismay.

Together, together, the that and the this,
and a beam of light curving to swim the abyss.

Such is the link of the scythe to the ground,
such is the union of fiddler and sound.

Here is the binding of now and of then,
Here is the coupling of women with men.

Cynthia Ozick

Sutzkever met the Russian poet Boris Pasternak when he was in Moscow (1944—45). Pasternak (1890—1960), of Jewish parentage but totally estranged from Judaism, translated some of Sutzkever's poems into Russian. Familiar with German, Pasternak could understand all the words of Germanic and Slavic derivation, but not the word rege, *from the Hebrew component of Yiddish.*

1976

Remembrance of Pasternak: the earth of his forelock
in new Moscow snow. Red shawl at the throat. As though
Pushkin had entered . . . something it was he felt in the air.
The snow was still there.

He gave me his hand, entrusting a key
made of fingers. Across, his face nervous yet potent:
"Read on in your Yiddish. I can follow the sounds that we share."
The snow was still there.

I read my coals plucked from hell. "A *rege* fell
like a star"—he understood everything well, except *rege*:
"moment" in Hebrew. He could stretch, but not snare.
The snow was still there.

בײַ טאָג אַ לוויה, בײַ נאַכט אַ קאָנצערט
און קומען סײַ דאָרטן סײַ דאָ איז באַשערט.

און פֿילן דעם זיווג פֿון ערד און מוזיק:
די פֿולינקע עמערס פֿון אומגליק און גליק.

צוזאַמען־צוזאַמען דער דאָרטן און דאָ
און ס׳בייגט זיך אַ שטראַל צו דערשווימען צום דנאָ.

אַזאַ איז די שײַכות פֿון קאָסע און זאַנג,
אַזאַ איז די אײנהײט פֿון פֿידלער און קלאַנג.

אַזוי איז פֿאַרברידערט **געווען** און **פֿאַראַן**,
אַזוי איז פֿאַרגלידערט אַ פֿרוי מיט אַ מאַן.

1976

דערמאָנונג וועגן פּאַסטערנאַק: די ערד פֿון זײַן טשופּרינע —
אין פֿרישן מאָסקווער שניי. אַרום דעם האַלדז אַ רויטער שאַליק.
אַזוי ווי פּושקין וואָלט אַרײַן . . . עס האָט אים וואָס געפֿאַנגען.
דער שניי איז ניט צעגאַנגען.

זײַן האַנט אין מײַנער, ווי ער וואָלט אַ פֿינגערדיקן שליסל
פֿאַרטרויט מיר. און זײַן פּנים, קעגן איבער: אי דערשראָקן
אי מאַכטיק: לייענט ווײַטער, איך פֿאַרשטיי די ווערטער, קלאַנגען.
דער שניי איז ניט צעגאַנגען.

איך האָב געלייענט מײַן געראַטעוועטן זשאַר פֿון גיהנום:
„אַ רגע איז געפֿאַלן ווי אַ שטערן״ — אַלע ווערטער
פֿאַרשטאַנען, חוץ „אַ רגע״. ניט געקענט צו איר דערלאַנגען.
דער שניי איז ניט צעגאַנגען.

In his moist marble pupils, burnished and black,
that *rege* struck like a star: yellow patch
Russia's poet had, for a moment, to bear.
The snow was still there.

Cynthia Ozick

*Yanova Bartoszewicz was a Polish woman who hid Sutzkever in her cellar
and brought food to his family in the Vilna Ghetto during a period of
mass liquidation in late October 1941. Sutzkever planted a tree in her
memory in the Avenue of the Righteous Gentiles, part of the Yad Vashem
Memorial in Jerusalem.*

1980

And when I go up as a pilgrim in winter, to recover
the place I was born, and the twin to self I am in my mind,
then I'll go in black snow as a pilgrim to find
the grave of my savior, Yanova.

She'll hear what I whisper, under my breath:
Thank you. You saved my tears from the flame.
Thank you. Children and grandchildren you rescued from death.
I planted a sapling (it doesn't suffice) in your name.

Time in its gyre spins back down the flue
faster than nightmares of nooses can ride,
quicker than nails. And you, my savior, in your cellar you'll hide
me, ascending in dreams as a pilgrim to you.

You'll come from the yard in your slippers, crunching the snow
so I'll know. Again I'm there in the cellar, degraded and low,
you're bringing me milk and bread sliced thick at the edge.
You're making the sign of the cross. I'm making my pencil its
   pledge.

Cynthia Ozick

אין זייַנע פֿייַכט־געשליפֿענע שוואַרץ־מירמלנע שוואַרצאַפּלען
האָט אָפּגעשטערנט יענע רגע. און זי האָט אַ רגע
דעם רוסישן פּאָעט מיט געלער לאַטע אויך באַהאַנגען.
דער שניי איז ניט צעגאַנגען.

1980

און וועל איך צו מײַן היימשטאָט עולה־רגל־זײַן אום ווינטער
מיט זיך אַליין אין צווייען, ווי אַצינד אין דער מחשבֿה,
דורך שוואַרצע שנייען וועל איך עולה־רגל־זײַן צום צווינטער
ווו ס׳הויערן די קנייטשן פֿון מײַן רעטערין יאַנאָווע.

בלחש וועל איך לייענען, בלחש וועט זי הערן:
אַ דאַנק, דו האָסט געראַטעוועט פֿון שײַטער מײַנע טרערן.
דאָס ביימעלע וואָס כ׳האָב געפֿלאַנצט פֿאַר דײַנטוועגן איז ווייניקלעך,
אַ דאַנק, דו האָסט געראַטעוועט סײַ קינדער און סײַ אייניקלעך.

די צײַטראָד וועט געשווינד זיך טאָן אַ דריי צוריק, נאָך שנעלער,
קאָשמאַרישער, ווי מײַן געדריי דורך פּעטליעס און דורך נעגל.
און דו, מײַן רעטערין, וועסט מיך באַהאַלטן אין אַ קעלער,
דו־דו, וואָס אין געדאַנק בין איך צו דיר שוין עולה־רגל.

אַ סקריפּ אין שניי זאָל זײַן מיר קענטלעך, וועסטו אין פּאַנטאָפֿל
אַרײַן פֿון הויף אין קעלער ווו איך ליג פֿאַרזונקען־שפֿל.
און ווידער ברענגען מילך, אַ לוסטע ברויט, און וועסט זיך צֵלמען,
און ווידער וועל איך צוזאָגן מײַן בלײַער צו דערציילן אים.

Ponary, in Yiddish Ponar, is a lovely country retreat about ten kilometers from Vilna where the Germans shot many thousands of Jews from the ghetto and buried them in gigantic mass graves.

1981

A letter arrived from the town of my birth
from one still sustained by the grace of her youth.
Enclosed between torment and fondness she pressed
    a blade of grass from Ponar.

This grass and moribund cloud with its flicker
once kindled the alphabet, letter by letter.
And on the face of the letters, in murmuring ash,
    the blade of grass from Ponar.

This grass is my doll's house, my snug little world
where children play fiddles in rows as they burn.
The maestro's a legend, they lift up their bows
    for the blade of grass from Ponar.

I won't part with this stemlet that yields up my home.
The good earth I long for makes room for us both.
And I'll bring to the Lord my oblation at last:
    the blade of grass from Ponar.

                          Cynthia Ozick

1981

איך האָב אַ בריוו דערהאַלטן פֿון מײַן היימשטאָט אין דער ליטע
פֿון איינער וואָס איר יוגנט־חן האָט ערגעץ נאָך אַ שליטה.
אַרײַנגעלייגט האָט זי אין אים איר ליבשאַפֿט און איר צער:
אַ גרעזל פֿון פּאָנאַר.

דאָס גרעזל מיט אַ צאַנקענדיקן וואָלקנדל, אַ גוסס,
האָט אָנגעצונדן אות נאָך אות די פּנימער פֿון אותיות.
און איבער אותיות־פּנימער אין מורמלענדיקן זשאַר:
דאָס גרעזל פֿון פּאָנאַר.

דאָס גרעזל איז אַצינד מײַן וועלט, מײַן היימיש־מיניאַטורע,
ווו קינדער שפּילן פֿידל אין אַ ברענענדיקער שורה.
זיי שפּילן פֿידל און דער דיריגענט איז לעגענדאַר:
דאָס גרעזל פֿון פּאָנאַר.

איך וועל זיך מיטן גרעזל פֿון דער היימשטאָט ניט צעשיידן,
מײַן אויסגעבענקטע גוטע ערד וועט מאַכן אָרט פֿאַר ביידן.
און יעמאָלט וועל איך ברענגען אַ מתּנה פֿאַרן האַר:
דאָס גרעזל פֿון פּאָנאַר.

BIBLIOGRAPHY

<hr>

This bibliography provides the sources of our Yiddish texts, in the order in which the poems are presented. We tried to find the most authoritative text for each poem. Wherever the Yiddish text provided exact or approximate dating for the poem, we put this information in parentheses. Thus, for example, Itsik Manger's *Lid un balade* arranges the author's Selected Poems according to the volumes in which they originally appeared. The dates in this case indicate the *first* appearance of each poem in book form, though not necessarily the date of original publication.

Our selection from Soviet Yiddish poetry is based mainly on the anthology *A shpigl oyf a shteyn*, edited by Kh. Shmeruk. The bibliographical information contained in that volume was used for the dates of those poems.

Whenever a poet dated a work personally, the reference is provided on the page of the poem itself.

Yitskhok Leybush Perets   "Monish": *Teater-velt*, Warsaw, 1908, nos. 10—13.

Morris Rosenfeld   "The Sweatshop": Morris Rosenfeld, *Shriftn*, I, New York, 1910.

Abraham Reisen   "Household of Eight" (1901), "What Have I to Do With?" (1907), "To a Woman Socialist," "A Prayer" (1920), "The Last Street" (1922), "Kinds of Luck" (1926), "So!" (1927): *Amerikaner yidishe poezie*, ed. M. Bassin, New York, 1940. "Children's Games" (1922), "Future Generations": Abraham Reisen, *Naye lider*, Vilna, 1929.

Joseph Rolnik   "Poets" and "Neighbors": Joseph Rolnik, *Naye lider*, New York, 1935. "Home from Praying" and "The Net": Joseph Rolnik, *A fenster tsu dorem*, New York, 1941. "The First Cigarette": Joseph Rolnik, *Geklibene lider*, New York, 1948.

Eliezer Shteynbarg   All poems are from Eliezer Shteynbarg, *Mesholim*, I, Czernowitz, 1932.

Mani Leyb   "Hush": *Shriftn*, ed. by Dovid Ignatov, New York, 1914. All remaining poems are from Mani Leyb, *Lider un Baladn*, I, New York, 1955.

705

Yisroel-Yankev Schwartz   "The Climb Up": Y. Y. Schwartz, *Kentucky*, New York, 1925. "In the End-of-Summer Light": Y. Y. Schwartz, *Lider un poemen*, Tel Aviv, 1968.

Moyshe-Leyb Halpern   "I Say to Myself, " "The Street Drummer," "Memento Mori," "Yitskhok Leybush Perets": Moyshe-Leyb Halpern, *In nyu york*, New York, 1919. "The Bird, " "The Tale of the Fly," "From One of My Letters," "The Will": Moyshe-Leyb Halpern, *Di goldene pave*, Cleveland, 1924. The remaining poems are from *Moyshe-leyb halpern*, I and II, New York, 1934, checked with previous newspaper publications.

Anna Margolin   All poems are from Anna Margolin, *Lider*, New York, 1929.

H. Leivick   "The Night Is Dark" (1914), "On the Roads of Siberia" (1915), "With the holy poem" (1922), "Sanatorium" (1936), "A Stubborn Back—and Nothing More" (1940): H. Leivick, *Ale verk*, I, New York, 1940. "Sacrifice": H. Leivick, *A blat oyf an eplboym*, Buenos Aires, 1955.

Celia Dropkin   All poems are from Celia Dropkin, *In heysn vint*, New York, 1959.

Aaron Glants-Leyeles   "Fabius Lind's Days," "Bolted Room," "Disorder": Aaron Glants-Leyeles, *Fabius lind*, New York, 1937. "Isaiah and Homer": Aaron Glants-Leyeles, *A yid oyfn yam*, New York, 1947.

Dovid Hofshteyn   "In Winter's Dusk" (1912), "City" (1919), "When clenched teeth grate" (1920); "Procession" (1919): *A shpigl oyf a shteyn*, ed. Kh. Shmeruk, Tel Aviv, 1964.

Zishe Landau   "Epilogue," "This Evening" (1911–1915), "The Strikover Rabbi," "The Strikover Rabbi's Wife," "The Little Pig" (1919–1924), "In the Tavern" (1925–1937): Zishe Landau, *Lider*, New York, 1937.

Leyb Naydus   "Intimate Melodies": Leyb Naydus, *Litvishe arabeskn*, Warsaw, 1924.

Leyb Kvitko   "Inscrutable Cat" (1919), "Day and Night" (1923), "Esau" (1922), "Russian Death" (1919): *A shpigl oyf a shteyn*, ed. Kh. Shmeruk, Tel Aviv, 1964.

Melech Ravitch   "The Excommunication" (1919), "Horses" (1921), "Tropical Nightmare in Singapore" (1937): Melech Ravitch, *Di lider fun mayne lider*, Montreal, 1954.

Kadya Molodovsky   "Women's Songs": Kadya Molodovsky, *Kheshvndike nekht*, Vilna, 1927. "A Stool at the Head of My Bed": Kadya Molodovsky, *In land fun mayn gebeyn*, Chicago, 1937. "Invitation" and "God of Mercy": Kadya Molodovsky, *Der meylekh dovid aleyn* *iz geblibn,* New York, 1946. "White Night": Kadya Molodovsky, *Likht fun dornboym,* Buenos Aires, 1965.

Yisroel Shtern All poems are from Yisroel Shtern, *Lider un eseyen,* New York, 1955.

Perets Markish "The rinsed fences dry themselves . . ." (1919), "The day's not enough . . ." (1919), "Hey, women, spotted with typhus . . ." (1920), "Out of frayed sackcloth . . ." (1920), "Cattle carry on their horns" (1921), "The Mound" (1922), "On the mute walls of empty shops . . ." (1922), "It's good, it's good, not to shield . . ." (1922), "The marketplace sleeps . . ." (1922), "Galilee" (1922), "I recall: beside some rivulet . . ." (1925), "To a Jewish Dancer" (1940?), "Shards" (between 1940 and 1943): *A shpigl oyf a shteyn,* ed. Kh. Shmeruk, Tel Aviv, 1964.

Moyshe Kulbak "In the Tavern" (1922), "A Ball . . ." (1922), "Ten Commandments" (1922), "Byelorussia" (1922), "Songs of a Poor Man" (1925): *A shpigl oyf a shteyn,* ed. Kh. Shmeruk, Tel Aviv, 1964. "Summer" and "Vilna": Moyshe Kulbak, *Poemen un lider,* Vilna, 1929.

Yankev-Yitskhok Segal "In Me" and "Winter": Y. Y. Sigal, *Lirik,* Montreal, 1930. Remaining poems are from Y. Y. Sigal, *Seyfer yidish,* Montreal, 1950.

Jacob Glatstein "1919" (1919), "Evening Bread" (1926), "Kleine Nachtmusik," "Wagons" (1943), "Without Jews," "Mozart" (1946), "The Bratslaver to His Scribe" (1943–1953), "Old Age," "Genesis," "Yiddishkayt" (1953), "Prayer," "Sunday Shtetl" (1953–1956): Jacob Glatstein, *Fun mayn gantser mi,* New York, 1956. "Sabbath": Jacob Glatstein, *Di freyd fun yidishn vort,* New York, 1961. "Our Jewish Quarter": Jacob Glatstein, *Gezangen fun rekhts tsu links,* New York, 1971.

Uri Tsvi Greenberg "Mephisto" (1921), "The Kingdom of the Cross" (1923), "King Shabtai Tsvi" (1933): Uri Tsvi Greenberg, *Gezamlte verk,* I and II, Jerusalem, 1979.

Malka Heifetz Tussman "Water Without Sound," "Songs of the Priestess": Malka Heifetz Tussman, *Shotns fun gedenken,* Tel Aviv, 1965. Remaining poems are from Malka Heifetz Tussman, *Unter dayn tseykhn,* Tel Aviv, 1972.

Shmuel Halkin "Of Things Past" (1920), "Russia" (1923), "Ah, When Will Dawn Begin to Break?" (1942): *A shpigl oyf a shteyn,* ed. Kh. Shmeruk, Tel Aviv, 1964.

Rokhl Korn "Crazy Levi": Rokhl Korn, *Dorf,* Vilna, 1928. "I stand in the midday . . .": Rokhl Korn, *Bashertkayt,* Montreal, 1949. "On the Other Side of the Poem" and "Last Night I Felt a Poem on My Lips":

Rokhl Korn, *Fun yener zayt lid*, Tel Aviv, 1962.

Izi Kharik   "August" (1925), "Pass On, You Lonely Grandfathers" (1926), "Here I Bend" (1930): *A shpigl oyf a shteyn*, ed. Kh. Shmeruk, Tel Aviv, 1964.

Aaron Zeitlin   "To Be a Jew," "Six Lines": Aaron Zeitlin, *Gezamlte lider*, I and II, New York, 1947. "Ten Groschen": Aaron Zeitlin, *Lider fun khurbn un lider fun gloybn*, I, New York, 1967. "Twelve Autumn Lines": Aaron Zeitlin, *Vayterdike lider fun khurbn un lider fun gloybn*, II, New York, 1970.

Itsik Fefer   "Dead Gentile women in greatcoats . . ." (1924), "So what if I've been circumcised . . ." (1925), "I've Never Been Lost" (1929): *A shpigl oyf a shteyn*, ed. Kh. Shmeruk, Tel Aviv, 1964.

Yisroel Rabon   All poems are from *Groyer friling*, Warsaw, 1933.

Itsik Manger   "Eve and the Apple Tree" (1941), "Hagar Leaves Abraham's House" (1935), "The Patriarch Jacob Meets Rachel" (1935), "Jacob Studies 'The Selling of Joseph' with his Sons" (1935): Itsik Manger, *Medresh itsik*, Jerusalem, 1969. "The Ballad of the White Glow" (1929), "The Crucified and the Verminous Man" (1929), "In the Train" (1929), "Saint Besht" (1933), "November" (1937), "There is a tree that stands" (1942), "For years I wallowed" (1942), "The 'Lovers of Israel' at the Belzhets Death Camp" (1942): Itsik Manger, *Lid un balade*, New York, 1952.

Aba Shtoltsenberg   All poems are from Aba Shtoltsenberg, *Lider*, New York, 1941.

Berish Weinstein   All poems are from Berish Weinstein, *Brukhvarg*, New York, 1936.

Leyzer Volf   "The Coarse Old Maid": Leyzer Volf, *Shvartse perl*, Warsaw, 1939. Remaining poems are from Leyzer Volf, *Lider*, New York, 1955.

Gabriel Preil   "Sober": *Der Vecker*, Nov.–Dec. 1979. "The Surprised Pen": *Svive*, 32, 1970. "A Lecture": *Di goldene keyt*, 95–96, 1978. "Like Feathers": *Di goldene keyt*, 107, 1982. "The Record": *Di goldene keyt*, 107, 1982. "Eternal Now": *Di goldene keyt*, 95–96, 1978.

Yankev Fridman   "Poetry" (1958), "Batlonim" (1960), "Winter Song" (1960), "God no longer speaks" (1960): Yankev Fridman, *Lider un poemes*, 3 vols., Tel Aviv, 1974.

Judd Teller   "Twenty Lines to a Tree," "Three Jewish Boys Write to an Ancient Chinese Poet," "The Jews of Brisk," "His Relative Confides in Professor Sigmund Freud," "Minor": Judd L. Teller, *Lider fun der* *tsayt*, New York, 1940. "Budapest": Judd L. Teller, *Durkh yidishn gemit*, Tel Aviv, 1975.

Abraham Sutzkever   "In the Hamlet" (1936), "Here I Am" (1935), "In the Sack of the Wind" (1935), "How?" (1943), "The Lead Plates at the Rom Press" (1943), "Frozen Jews" (1944), "Epitaphs" (1943—46), "Deer at the Red Sea" (1949), "Death of an Ox" (1953), "Poetry" (1954), "Toys" (1956): Abraham Sutzkever, *Poetishe verk*, I and II, Tel Aviv, 1963. "Firemen": Abraham Sutzkever, *Tsaytike penimer*, Tel Aviv, 1970. "Poems from a Diary": Abraham Sutzkever, *Alte un yunge ksavyadn*, Tel Aviv, 1982.

INDEX

זוכצעטל

Grateful acknowledgment is made for permission to reprint the following copyrighted material:

"The Sweatshop," by Morris Rosenfeld; "Household of Eight," by Abraham Reisen; "Hush" and "I Am . . . ," by Mani Leyb; "The Bird" and "The Will," by Moyshe-Leyb Halpern; "The Night Is Dark," "On the Roads of Siberia," and "Sanitorium," by H. Leivick; "Isaiah and Homer," by Aaron Glants-Leyeles; "White Night," by Kadya Molodovsky; "Vilna," by Moyshe Kulbak; "From 'Kleine Nachtmusik' " and "Wagons," by Jacob Glatstein; "To Be a Jew," by Aaron Zeitlin; "So what if I've been circumcised . . ." and "I've Never Been Lost," by Itsik Fefer; and "Bolsheviks," by Aba Shtoltsenberg, are from *A Treasury of Yiddish Poetry*, edited by Irving Howe and Eliezer Greenberg. Copyright © 1969 by Irving Howe and Eliezer Greenberg. Reprinted by permission of Henry Holt and Company.

The following works are reprinted in their original Yiddish text and translated into English by arrangement with their respective proprietors:

All poems by Moyshe-Leyb Halpern with the exception of "The Bird" and "The Will." By permission of Isaac Halpern.

"A Stubborn Back—And Nothing More" and "Sacrifice," by H. Leivick. By permission of Ida B. Leivick.

All poems by Celia Dropkin. By permission of John Dropkin.

"Fabius Lind's Days," "Bolted Room," and "Disorder," by Aaron Glants-Leyeles. By permission of Dena Levitt.

All poems by Melech Ravitch. By permission of Yost Bergner.

All poems by Yankev-Yitskhok Segal. By permission of Mrs. Yankev-Yitskhok Segal.

All poems by Jacob Glatstein with the exception of "From 'Kleine Nachtmusik' " and "Wagons." By permission of Fanny Gladstone.

Selections from "Mephisto," "In the Kingdom of the Cross," and "King Shabtai Tsvi," by Uri Tsvi Greenberg. By permission of Acum Ltd. All rights for the original Yiddish verse are reserved by the author.

All poems by Malka Heifetz Tussman. By permission of the author.

All poems by Gabriel Preil. By permission of the author.

All poems by Yankev Fridman. By permission of Kenia Friedman.

All poems by Abraham Sutzkever. By permission of the author.

"The Circus Dancer," "Adam," and "The Filth of Your Suspicion," by Celia Dropkin, and "Epilogue," "This Evening," "The Strikover Rabbi," and "The Little Pig," by Zishe Landau, first appeared in *Translation*.

FOR THE BEST IN PAPERBACKS, LOOK FOR THE

In every corner of the world, on every subject under the sun, Penguin represents quality and variety—the very best in publishing today.

For complete information about books available from Penguin—including Pelicans, Puffins, Peregrines, and Penguin Classics—and how to order them, write to us at the appropriate address below. Please note that for copyright reasons the selection of books varies from country to country.

In the United Kingdom: For a complete list of books available from Penguin in the U.K., please write to *Dept E.P., Penguin Books Ltd, Harmondsworth, Middlesex, UB7 0DA*.

In the United States: For a complete list of books available from Penguin in the U.S., please write to *Dept BA, Penguin, 299 Murray Hill Parkway, East Rutherford, New Jersey 07073*.

In Canada: For a complete list of books available from Penguin in Canada, please write to *Penguin Books Canada Ltd, 2801 John Street, Markham, Ontario L3R 1B4*.

In Australia: For a complete list of books available from Penguin in Australia, please write to the *Marketing Department, Penguin Books Australia Ltd, P.O. Box 257, Ringwood, Victoria 3134*.

In New Zealand: For a complete list of books available from Penguin in New Zealand, please write to the *Marketing Department, Penguin Books (NZ) Ltd, Private Bag, Takapuna, Auckland 9*.

In India: For a complete list of books available from Penguin, please write to *Penguin Overseas Ltd, 706 Eros Apartments, 56 Nehru Place, New Delhi, 110019*.

In Holland: For a complete list of books available from Penguin in Holland, please write to *Penguin Books Nederland B.V., Postbus 195, NL–1380AD Weesp, Netherlands*.

In Germany: For a complete list of books available from Penguin, please write to *Penguin Books Ltd, Friedrichstrasse 10–12, D–6000 Frankfurt Main 1, Federal Republic of Germany*.

In Spain: For a complete list of books available from Penguin in Spain, please write to *Longman Penguin España, Calle San Nicolas 15, E–28013 Madrid, Spain*.